한국 문학의 사생활

김춘수 | 고　은

이청준 | 이승우

송하춘 | 윤후명

신경숙 | 이혜경

김영하 | 조경란

한승원 | 박범신

성석제 | 심상대

황지우 | 이인성

하성란 | 윤대녕

김주연 | 장영희

김원우 | 이문열

김광일 | 이문재

문학동네

책머리에

　이 책은 2002년 가을과 겨울 삼 개월 동안 매주 금요일 저녁 동숭동 문예진흥원
에서 만난 작가 시인 평론가·기자들과 나눈 대화의 기록이다. 나는 우선 내가 평소
에 특별한 관심을 가지고 작품을 읽어왔던 작가 시인들을 초대하여 이야기를 하고
자 했다. 내가 좋아하는 문인들이 이뿐이 아닌 것은 말할 필요도 없다. 다만 앞서
의 이 모임에는 주로 시인들이 초청되었으므로 이번에는 상대적으로 소설가들을
더 많이 초대하게 되었을 뿐이다.

　대화를 진행함에 있어서, 나는 각 시인 작가들에게 자신의 작품 중에서 특히 화
제로 삼고 싶은 한 편을 골라줄 것을 요청하여 그 작품 제목을 게시하고 그것을 미
리 읽고 온 청중들 앞에서 주로 그 작품을 중심으로 이야기를 나누는 방식을 취했
다. 대화는 가급적 평론가들의 영역인 작품의 해석이나 평가와 같은 엄숙한 내용
을 피하고 그 작품을 쓰게 된 동기, 집필과정, 거기에 따른 어려움과 에피소드 등
주로 작품의 '사생활' 쪽에 치중하도록 했다. 이와 같은 일종의 '발생론'은 우리
문학에서 비교적 소홀하게 취급되어온 분야라는 점에 착안했고 동시에 이런 종류
의 대화를 통해서 우리의 저녁모임이 더 사적이고 친근하게 되도록 노력했다. 그
래서 나는 노시인 김춘수 선생에서부터 젊은 소설가 조경란씨에 이르기까지 다양

한 문인들을 만나면 그때마다 사진을 찍어 그 모습을 남겼고 그분들이 쓴 글들 중에서 인상 깊었던 대목을 직접 손으로 옮겨써주기를 부탁했다. 프루스트가 『잃어버린 시간을 찾아서』를 집필할 때 사용했던 것과 똑같은 모양으로 프랑스 국립도서관이 제작한 그 좁고 긴 수첩에는 그분들 모두의 귀한 필적이 수집되었다. 이 책은 그런 '사적인' 흔적을 또한 담고 있다.

그때 나는 가을 등산중에 불의의 골절상을 입고 목발을 짚은 채 모임에 나가기 시작했었다. 그리고 가을이 깊어가고 모임이 무르익을 즈음에는 차츰 목발을 내려놓고 자립할 수 있게 되었다. 내가 초급, 중급 불어를 처음 배우고 지드, 카뮈의 텍스트를 떠듬거리며 읽기 시작했던 그 강의실이 있던 자리, 거기에 문예진흥원이 세워진 지도 오래, 젊은 시절에 푸르게 잎새를 드리우고 있던 늙은 마로니에를 창밖으로 내다보며 선배 동료 후배 문인들과 대화를 나누는 내 개인적 감회 또한 각별했다. 그리고 우리의 대화는 대학로의 주점으로 밤늦도록 연장되곤 했다. 이 책에는 그 밤들의 취기 또한 스며 있을 것이다.

인문주의의 붕괴와 더불어 문학판이 날로 썰렁해져가고 있는 때, 이 저녁모임의 초대에 흔쾌히 응하여주시고 흥미로운 이야기를 솔직한 육성으로 들려주신, 그리고 이런 책이 되어 나오도록 허락해주신 시인 작가 평론가 기자 여러분들이 그저 고마울 뿐이다. 그리고 저녁모임마다 넓은 홀을 열광적인 관심으로 가득 채워주시고 더러는 초대 문인들과 더불어 훈훈한 뒤풀이에까지 남아주신 청중 여러분들에게 다시 한번 우정의 인사를 보낸다. 이렇게 하여 나는 21세기 초 '한국문학의 사생활'에 빛바랜 추억의 앨범 한 권을 보태게 되었다. 오래 수고하신 문학동네 편집자들에게 박수를!

2005년 1월
김화영

차례

2002년 초겨울
서울 東崇의가의
문에 진흥원 - 이곳
은 사실 내가 젊은
시절을 보낸 대학의
캠퍼스였다 -에서
여러 作家, 1층 소설을
청강하며, 조용일
기억이다. 이야기를
나누는 모임을 주관
했다. 모두가 다
내가 아끼고 좋아
하는 분들이다.
그분들 편지에 써다
나는 그분서 作品
속에서 내가 선택한
한 귀절. 혹은 1줄
한결같 自筆로
써 달라고 부탁
했다. 바뀌지도
무너지는 삶의 재난
속에서 구해낸
이 문단문학 나도
아낀다. 덧붙여서
... 김화영

 김춘수

 고은

꽃동안

눈속에서 호개울의

봄은 열매가 아고
있다.
서울 北郊에서는 보
지 못한
깡치가 하얀 짓을
새가
그것은 쪼아먹이고
있다.
越冬하는 꽃동안의
빛깔이
이루지 못한 人間의
꽃보다도
더욱 슬프다.

金春洙
2002. 10. 4

천지

물은,

세상 대신

내게저서

함께

내가

있는

ㄴ 내게가

많았은

혼자 스다가

내려가지

2002. 10. 4

김화영 　여러분, 안녕하십니까? 고려대학교의 김화영입니다. (함께 박수) 우선 이 자리에 나오신 두 분 선생님을 소개하겠습니다. 제 왼쪽에 계신 분은 시인 김춘수 선생님이십니다. (함께 박수) 제 오른쪽에 계신 분은 고은 선생님이십니다. (함께 박수)

'금요일의 문학 이야기'를 제가 맡아서 하는 첫번째 시간인데, 여러분들이 많이 나와주셔서 반갑고 기쁩니다. 제가 오늘 들어올 때 여러분들이 조금 놀라셨겠지만, 목발을 짚고 나왔습니다. 열흘 전 등산 중에 다쳐서 그렇습니다. 그래서 다른 대부분의 일정은 취소하거나 변경한 상태이지만, 이 강좌만은 저 자신이 특히 하고 싶었고, 더군다나 저명하신 선생님들과 약속을 해놓고 취소할 수가 없어서 보기에 민망한 모습이긴 하지만 목발을 짚고 나왔습니다. 적어도 한 달 정도는 이런 모습일 것 같습니다. 그 이후에는 정상적인 상태로 만나뵙도록 할 테니까 양해해 주시길 바라겠습니다.

'금요일의 문학 이야기'에 모시고 싶은 문단인사들의 명단을 만들어서 문예진흥원측에 드렸는데, 문예진흥원의 담당자 여러분께서 아주 수고스럽게 여러 시인 작가 분들을 접촉한 결과, 그야말로 한국문단을 대표한다고 해도 과언이 아닐 분들이 차례로 이 자리에 나오시게 되었습니다. 제가 그 가운데에 끼게 된 것은 분에

넘치는 영광입니다. 여러분을 대신해서 제가 여러 가지 질문도 해보고, 좋은 이야기를 많이 들려주십사 하고 많은 청을 드리도록 하겠습니다.

제가 지금부터 진행하는 '금요일의 문학 이야기' 프로그램은, 보시면 아시겠지만, 대부분이 시인 소설가로 글을 쓰는 작가분들입니다. 예외적인 다른 몇 분의 경우도 있지만 대부분은 작가분들을 모셔서, 그냥 이 얘기 저 얘기가 아니라 특히 손수 지정하신 작품으로 한정해서 그 작품에 대한 이야기를 할까 합니다. 적어도 일주일 전에는 어떤 작품을 가지고 얘기할지에 대해서 말씀을 드릴 테니까, 반드시 숙제처럼 꼭 읽고 나오셔서 이야기를 들으면 훨씬 재미있지 않을까 생각합니다. 분량도 많지 않습니다. 시집의 경우는 한 권이 되기도 하지만, 대부분 소설의 경우는 단편소설 하나 혹은 장편소설 한 권 정도의 분량이니까, 일 주일에 한 권쯤 읽으면 그렇게 수고스럽지 않을 거라고 생각합니다. 또 그분들이 정해주시는 작품들이 중요한 작품들이니만큼, 그 목록들은 우리가 꼭 읽어야 할 좋은 작품들일지도 모릅니다. 그런 점에서 여러분이 미리 책을 읽고 오셔서 이야기 손님들의 이야기를 들으시면 아주 유익하리라고 생각합니다.

그럼 우선 너무나 유명한 두 분 선생님이라서 새삼스럽게 설명할 필요는 없습니다만, 혹시나 자세히 모르는 분들이 있을까 싶어 간략하게 두 분을 소개하겠습니다. 아시다시피 김춘수 선생님은 1922년생이시니까 지금 팔순이십니다. 그런데도 여기까지 나와주신 것은 너무나 감사한 일이고, 보시다시피 건강하셔서 아주 기쁜 일이라고 생각합니다.

선생님은 1948년에 첫시집을 내셨으니까, 그야말로 반세기가 넘는 동안 꾸준히 시를 쓰셨는데, 과거에만 시를 쓰신 게 아니라 지금도 왕성하게 시집을 내고 계십니다. 작년에 『거울 속의 천사』라는 시집을 내셨고, 금년에도 시에 관한 평론을 모은 평론집 『사색 사화집』을 내셨습니다. 교과서에 실려서 너무나 유명한 「꽃」이라든지 『부다페스트에서의 소녀의 죽음』 등이 널리 알려져 있는데, 특히 『구름과 장미』라는 1948년 시집을 필두로 해서 『꽃의 소묘』 『타령조 · 기타』 『처용』 『김춘수 전집』 1권에 시, 2권에 시론, 3권에 산문 등이 있고, 『꽃을 위한 서시』 『처용 단장』

『들림 도스토예프스키』, 작년에 나온『거울 속의 천사』등 많은 시집이 있습니다.

또 평론집도 많이 내셨는데, 『한국 현대시 형태론』에서부터 최근에 나온 시론까지 여러 권을 내셨고, 산문집과 더불어 심지어 소설까지 내셨습니다. 김춘수 선생님은 일본대 예술학과를 졸업하셨고, 경북대학교에서 오랫동안 교편을 잡으셨으며, 명예 문학박사 학위를 수여하셨고, 11대 국회의원을 역임하셨으며, 현재 예술원 회원으로 계십니다.

이런 얘기는 우습지만, 김춘수 선생님은 1922년생이시고, 고은 선생님은 33년생이시고, 저는 42년생이니까 약 십 년 터울로 앉아 있는 셈입니다. (함께 웃음) 고은 선생님은 1933년생으로 1958년『현대문학』을 통해서 등단하셨고, 일찍이 입산하셔서 법명 '일초(一超)'로 오랫동안 승적을 갖고 계시다가 환속하셔서, 그뒤로 쭉 시를 쓰셨습니다. 첫 시집『피안감성』을 내신 1960년 이후, 하도 저서목록이 길어서 선생님의 저서에 보면, '시, 소설, 수필, 평론 등 백여 권의 저서 간행'이라고 적혀 있습니다. 간략하게 몇 권만 꼽아보면, 오늘 다루게 될『남과 북』, 그 외에도 무려 열다섯 권에 해당하고, 1986년부터 간행되기 시작한 만 사람의 이야기『만인보』, 서사시『백두산』『속삭임』『머나먼 길』『순간의 꽃』등이 있습니다. 고은 전집이 벌써 두 번이나 나왔는데, 청하출판사에서 나온 것이 있고, 민음사에서 나온 것이 있습니다. 제가 알기로는 머지않아 전집이 또 나올 것으로 알고 있습니다.

두 분의 소개 말씀에 덧붙일 것은, 우리나라 사람들은, 조선시대의 유교 전통 때문인지, 나이 많고 의젓한 것이 권위가 있다고 생각해서 그런지 모르겠지만 조로하는 경우가 많다고 합니다. 오십만 넘으면 벌써 원로가 되어서 창작속도도 느려지고, 세상을 다 산 것처럼 달관한 표정으로 있는 데 반해서, 두 분 선생님은 칠십대, 팔십대임에도 불구하고, 거의 청년을 방불케 하는 건강에다가, 청년을 느끼게 하는 젊고 열린 태도까지 갖고 계십니다. 그것이 중요한데, 달관이나 초월의 자세가 아니라, 아직도 맹렬하게 모든 것을 정면돌파하려는 자세로 꾸준히 시를 쓰고 계시다는 점이 저희에게는 매우 예외적인 경우라서 매우 든든하고, 존경하게 되는 일면이기도 합니다.

두 분께 오늘 이야기할 작품을 지정해달라고 부탁드렸더니, 김춘수 선생님은 아주 짧은 「인동잎」이라는 시 한 편과 『처용단장』에 실려 있는 연작시 중에서 「들리는 소리 5」(이하 「사바다」) 등 두 편의 시를 골라주셨습니다. 그리고 고은 선생님께서는 2000년에 출판된 『남과 북』이라는 시집 한 권을 추천해주셨습니다. 그래서 한 분은 아주 간결한 두 편의 시에 대해서 이야기해주시고, 또 한 분은 시집 한 권 전체에 관해서, 그중 특히 몇 편의 시에 대해서 이야기해주시겠습니다.

　　제가 이 프로그램을 기획할 때의 원래 목적은 시인 자신이 시를 이런 뜻으로 썼다고 해설해달라는 의도가 아니었습니다. 소설가도 마찬가지입니다. 과장되게 얘기하자면, 시인이 자기 시에 대해서 산문적으로 이것은 이렇고 저것은 저렇다, 라고 할 것 같으면, 굳이 쉽게 말하지 어렵게 시로 쓸 필요가 없을 것입니다. 그렇게 시로밖에 쓸 수 없었던 그 무엇이 있을 것입니다. 그런 시를 놓고, 선생님들께 여쭙고 싶은 것은 시에 대한 해설이 아니라, 그 시를 쓰게 된 과정입니다. 예를 들어서 처음에는 어떤 식으로 작성했다, 그런데 어떻게 변하게 되었다, 라는 등의 시가 태어나는 과정에 대한 이야기는 쓴 당사자 이외에는 어디를 가도 못 들을 얘기일 겁니다. 평론가가 연구를 한다고 될 일이 아닙니다. 오직 그것을 창조한 창조자만이 그 과정을 얘기할 수 있습니다. 물론 성격에 따라서 절대로 그것을 이야기하지 않는 분도 계실 테고, 또 어떤 분은 아주 장황하게 이야기하는 경우도 있을 겁니다. 어떤 방식으로든 그 이야기를 통해서 자연히 창조의 비밀이라고 할 수 있는 어떤 것을 알게 되고, 시라는 것은 여러 가지 쓰는 방법이 있는데 저렇게도 쓸 수 있구나, 또 저렇게 해서 무엇이 탄생하는구나, 거기에서 한 걸음 더 나아가서 그 과정을 이야기하는 동안에 시인이 가지고 있는 시관, 나아가서는 세계관, 삶에 대한 태도들이 드러난다고 생각합니다.

　　그래도 이 자리가 너무 공부하는 것 같은 딱딱한 자리가 되지 않도록 하기 위해서 저명한 두 분 선생님을 모처럼 모셨으니까, 몇 가지 사사로운 이야기부터 시작해보도록 하겠습니다.

　　김춘수 선생님의 시집을 제가 세어봤더니, 스무 권 정도 되던데, 그중에 어떤 것들은 겹치는 것도 있고 어떤 것들은 전집이라고 해서 묶인 것도 있는데, 선생님께서는 몇 권이나 쓰셨는지 집계를 해보셨는지요?

김춘수 확실한 것은 기억을 못 하는데, 아마 열대여섯 권 될 겁니다.

김화영 지금 여기 앉은 제 역할은 평론가나 교수가 아닙니다. 제가 청강하시는 여러분을 대신해서 조금 어리석은 질문을 종종 할 테니까, 친절하게 대답해주시면 감사하겠습니다.

제가 선생님 시를 여러 번 읽어봤는데, 선생님 시는 참 어렵다는 생각을 했습니다. 어렵다는 것이 좋다 나쁘다는 것과는 관계가 없는 이야기입니다. 선생님 시는 왜 이렇게 어렵습니까, 라고 질문한다면 선생님께서는 어떻게 대답하시겠습니까?

김춘수 글쎄요, 어렵다는 말을 더러 듣습니다만, 내 자신은 그렇게 생각 안 합니다. 나는 아주 쉽게 쓰는데, 보는 사람들이 어렵게 보아버립니다. (함께 웃음) 그래서 당신 시가 어렵다는 말을 들을 때마다 시를 보는 사람이 시를 어렵게 만드는 것이 아닌가 하는 느낌을 갖습니다.

그런데 이런 것은 있습니다. 종전에 우리가 타성(관습)으로 생각해왔던 시와는 조금 다르다는 점이 독자들로 하여금 내 시를 어렵게 느끼게 하는 것이 아닌가 하는 생각이 듭니다. 실상 그렇게 어려운 것도 아닌데, 흔히 볼 수 있는 시가 아니고 조금 낯선 데가 있으니까 시가 어렵게 보이지 않나 하는 생각이 듭니다. 그래서 스스로 내 시가 난해시의 범주에 들어간다고 느껴본 적은 없습니다.

김화영 지금 선생님 말씀을 들으면서 금방 생각난 것이, 시의 경우는 말할 것도 없지만, 소설의 경우도 요즘 나오는 한국소설을 보면 이게 과연 소설인가 수필인가 논문인가 하는 느낌이 들 때가 있습니다. 그렇게 말하는 사람의 머릿속에는, 본인이 대놓고 얘기하지는 않지만, 나는 소설이 이런 것이라고 생각한다는 규범(정의)이 있을 겁니다. 대개 거기에 비추어서 보게 됩니다. 19세기에 등장한 이야기 소설, 리얼리즘 소설을 표본으로 했을 때, 작품이 수미일관한 이야기로 이해할 수 있는 어떤 것이어야 하는데, 그렇지 않을 때와 마찬가지로, 아마도 김춘수 선생님의 시를 읽을 때 어렵다고 하는 것은 머릿속에 상당히 쉬운 어떤 시가 들어앉아 있어서,

14

그 시가 김춘수 선생님의 시를 쉽게 읽지 못하도록 만드는 것이 아닌가 싶습니다.

김춘수 지금 말씀하신 것에 덧붙여서, 아까 말씀드린 내용을 부연해서, 조금 구체적인 설명을 해보겠습니다. 내가 생각하기에는 이미지에는 두 가지가 있다고 생각합니다. 하나는 아주 서술적인(descriptive) 것이고, 또하나는 비유적인(metaphorical) 것입니다. 그런데 보통 우리가 이미지를 볼 적에 여태까지 습관적으로 보아온 시에서는 비유적으로 봅니다. 무언가를 비유하기 위해서 구체적인 장면, 사건을 내놓고 있다고 보는 것입니다. 그게 관습화되어 있습니다. 우리들 문학교육이 잘못된 점이 많은데, 어릴 때부터 그런 훈련이 되어 있습니다. 문학시험 칠 적에도, 심지어 대학 입학시험에서도 그런 것을 본 적이 있습니다. 이 장면, 이 사건, 이 구체적인 이미지는 무엇을 말하기 위한 것인가, 그 배후에 있는 관념을 말하라, 이런 문제들을 우리가 흔히 대합니다. 그것이 잘못된 것입니다. 물론 그런 시들도 있지만, 그렇지 않은 시들도 있을 수 있는데, 일률적으로 그렇게 취급해버리는 것이 잘못되었다는 것입니다. 그런 관습화된 눈으로 시를 보다보니까, 자꾸 시가 어렵게 보이는 것입니다. 무언가 분명하지 않을 경우에, 모르겠다고 하는 것입니다. 분명하게 어떤 관념을 드러내기 위해서 구체적이고 선명한 장면이 나와 있을 때에 시가 쉬워지는 것이고, 그것이 아리송해지면 독자는 모르겠다고 합니다. 하지만 작자는 관념을 생각하지 않고 있는데도 불구하고, 독자가 자꾸 관념을 들먹이니까, 어려워지는 것입니다. 독자가 시를 어렵게 만든다는 것은 그런 의미입니다.

그러니까 이미지에 서술적인 것이 있을 수 있다는 것, 제 경우에는 한동안 이미지를 그렇게 썼습니다. 사실을 사실 그대로 썼습니다. 이것을 조금 더 천착해 들어가면, 여러 가지 어려운 문제에 부닥치기도 합니다. 이왕 말을 했으니까, 조금 나아간 말을 하겠습니다. 이미지 그 자체를 위한 이미지, 내부에 관념을 가지고 있지 않은 이미지는 사물을 있는 그대로(즉물적으로) 본다는 것입니다. 이것은 어떻게 보면 대단히 선적인 태도라고도 볼 수 있습니다. 관념을 일체 배제하고서 사물을 본다는 것입니다. 우리가 사물을 볼 때에는 흔히 관념의 눈으로 보는 경우가 많습니다. 하지만 나의 경우는 관념을 떠나서 사물을 있는 그대로 본다는 것인데, 이것은 후설이라고 하는 철학자가 에포케라고 하는 말을 써서 표현한 것입니다. 에포케는 판단을 괄호 안에 넣는다는 것인데, 판단을 중지(보류)한다는 말입니다. 관념이라고 하는 것은 판단이니까, 이미 결론이 나 있는 상태입니다. 모든 관념이 다 그런 것입니다. 그런데 사물을 있는 그대로 본다는 것은 판단으로 가기 이전의 상태를 본다는 것입니다. 대단히 회의적인 태도입니다. 이런 것이 제 시에 있다는 것입니다. 이미지를 서술적으로 쓴다는 것은 순수하게 쓴다는 것이고, 배후에 관념을 가지고 있지 않다는 것입니다. 일반적으로 사용되고 있는 이미지와는 그런 점에서 다른데, 그러니까 시가 달라질 수밖에 없습니다. 있는 그대로 쓰니까 아주 쉽고 그대로 봐주면 되는데, 거기에 적혀 있는 그대로 보지 않고, 무엇 때문에 이런 표현을 썼는가, 라는 식으로 뒤를 자꾸 캐려고 하니까(뒤에는 아무것도 없는데) 어려워 보인다는 것입니다. (함께 웃음) 독자가 시를 어렵게 만든다는 것은 그런 뜻입니다.

나는 시뿐만 아니라 예술이라는 것은 구속이 아니라 해방이라고 생각합니다. 관념이 있는 시는 구속하는 시입니다. 관념적으로 자꾸 독자를 구속하고 어떤 내려진 결론 쪽으로 끌고 가려고 합니다. 그렇게 안 하면 관념이라는 것이 소용없어지니까 그렇습니다. 모든 이데올로기가 그런 것 아닙니까? 자꾸 자기편으로 만들려고 강요합니다. 그것을 풀어주는 상태, 해방시켜주는 것, 그러니까 결론을 보류한다는 것은 그런 것입니다. 심리적으로 해방시켜주는 것입니다. 예술은 해방입니다. 나쁜 관념, 일체의 모든 관념, 기성관념으로부터 해방시키는 것입니다. 그것을 다르게 말하면, 선입견이라고 할 수 있는 상태로부터 우리의 심리상태를 해방시켜준다는 것입니다. 그러니까 예술은 아주 자유로운 것이고, 자유롭게 풀어주는 것입니다. 또한 편견 없이 사물을 보도록 해주는 것입니다. 선악도 없고, 가치의 고하도 없고, 새로 시작하는 상태입니다. 따라서 시나 예술이라고 하는 것은 우리를 원시적인 상태로 이끌어주는 것입니다. 처음부터 시작하라는 말입니다. 제 시를 그렇게 보면, 어린아이라도 이해할 수 있습니다. 있는 그대로 보면 됩니다. 어렵게 보지 마세요.

김화영 지금까지 우리가 비싼 돈 내면서 배운 것이 다 헛것이고, 어린아이 상태로 돌아가는 것이 옳을지도 모른다는 말씀입니다. 제가 엊그제 외국에서 온 작가의 강연을 들었는데, 그가 윌리엄 블레이크의 말을 인용했습니다. 우리 인식의 문에 눌어붙어 있는 더러운 때를 닦아내지 않으면 대상이 보이지 않는다, 라고 했는데, 김춘수 선생님의 시는 어렵다, 쉽다를 넘어서 흔히들 말하는 관념의 때를 벗기고 의미 이전의 존재를 드러내는 과정이라고 볼 수 있습니다. 대개 우리가 이것은 무엇을 의미하는가, 라고 끊임없이 질문을 하기 때문에, 또한 우리가 기존의 틀 속에서 쉽게 이해할 수 있는 어떤 의미를 찾고 있기 때문에, 실제로 내 눈앞에 있는 사물이나 언어도 있는 그대로 보지 못하고, 그 너머를 자꾸 기웃거리게 됩니다. 하지만 사실 어린아이들은 눈앞에 있는 것을 보고 매순간 황홀해합니다. 의미 이전의 존재 그 자체를 드러내는 작업이라는 뜻에서 이해하면, 우리가 김춘수 선생님의 시에 대해 가지고 있던 어려움이 조금은 덜어지리라고 생각됩니다.

한편, 고은 선생님 시를 읽으면, 감히 쉽다는 말은 못하지만, 김춘수 선생님 시를 읽을 때보다는 그렇게 막막하게 막힌다는 생각은 안 들 만큼, 우리들에게 직접 전해주는 메시지도 있고 그렇습니다. 그런데 사실은 우리가 가진 그런 생각이 어쩌면 편견일지도 모릅니다. 고은 선생님의 시가 쉽게 읽힌다고 할 때, 거기에 또다른 함정이 있을지도 모릅니다. 고은 선생님은 어떻게 생각하시는지요?

고은　사람에게는 뭔가 서로 결핍된 두 가지가 만나야 비로소 그것이 온전해집니다. 그것이 내 신체에도 적용이 되는데, 나는 한쪽 귀가 70년대에 없어져서 한쪽 귀로 듣고 있는데, 김춘수 선생님의 말씀이 웅얼웅얼하고 울릴 뿐이지, 납득이 되면서 두 귀를 통해 음파가 와서 종합이 되질 않습니다. (우연하게도 고은 선생은 사회자의 왼쪽에 앉고 김춘수 선생은 오른쪽에 앉아 있었는데 고은 선생은 오른쪽 귀가 멀어서 당신의 왼쪽에 앉는 사회자와 더 멀리 앉은 김춘수 선생의 말을 분명하게 듣기 어려웠다.) 그래서 이제까지 말씀한 것을 거의 울림으로만 들었습니다. 따라서 거기에 연계되는 작업을 지금 할 수가 없습니다.

다만, 내가 올 봄에 프라하 작가축제에 다녀왔는데, 프라하의 봄에 사과꽃이 피면, 그 중세도시가 더할 나위 없이 아름답습니다. 거기에 프랑스 작가 로브그리예가 왔는데, 나이가 저보다 많습니다. 그런데 얼마나 정력이 넘치는지, 서로간에 얘기도 하고 담론도 나누어야 되는데, 혼자 마구 떠듭니다. 프랑스의 레토릭(수사)이라는 것은 무지막지합니다. 아마 무슨 일을 하면서도 입은 입대로 지껄일 겁니다. (함께 웃음) 저러면서 어떻게 문학을 하나 생각했습니다. 거기에는 침묵의 곳간이 하나도 없었습니다. 색다른 경험을 했는데, 나중에 떠난 뒤에 체코 신문에, 로브그리예는 철저히 자기 중심적인 작가라는 타이틀로 이야기가 나왔습니다. 서양사람들도 너무 많이 얘기하니까, 진력이 난 겁니다. 그게 서구와 동구의 차이인가봅니다. 나는 그런 교훈을 받아서 오늘 가능하면 장광설을 사절하겠습니다.

우리는 서구에서 근대문학의 여러 양식과 주제 경험 등을 받아들였습니다. 처음에는 무조건 황홀했지만, 이것이 어쩐지 내 것이 아닌 것 같기도 하고, 또 내 것이 되어야 한다는 당위도 있고, 여러 가지 복합적인 과정을 통해서 우리의 근대문학이 만들어진 것입니다. 그런데 서구에서도 내가 아는 바로는 낭만주의까지는 그래도 대중과 아주 쉽게 만났습니다. 물론 그 이전의 고전주의나 고답주의도 매우 어려웠지만, 그래도 시가 문학의 주종으로서 대중의 수준을 늘 고양시키는 아주 중요한 역할을 했습니다. 그런데 20세기에 들어와서 모더니즘이 들어오면서, 완전히 시인의 문학 내적인 게토로 들어갔습니다. 그러니까, 시와 세상과의 이야기가 아니라, 문학 안으로 들어간 것입니다. 그때 독자 대중들은 당황했습니다. 아까 인식에 대한 말씀을 하셨는데, 인식의 전환이라는 것, 깨달음의 전환이라는 것은 쉬운 노릇이 아닙니다. 이런 문제가 오늘날에 이르러 시가 대중으로부터 멀리 떨어지기 시작했고, 드디어 이제 영상문명의 시대에 와서 시가 조금씩은 변방으로 밀려가게 되었습니다. 영국 같은 곳에서는 시인이 대중을 무시함으로써, 대중이 시인을 무시하게 되었다는 얘기를 시인들이 말하고 있습니다.

나는 내 입장에서 모더니즘을 부정하는 것이 아닙니다. 나에게도 충분히 모더니티가 있어야 됩니다. 1930년대 최재서나 김기림 같은 분들이 선두에서 모더니즘의 씨를 뿌려놓았고, 50년대 전후의 각박한 시대에 자연발생적인 정서를 넘어서서 뭔가 해봐야겠다고 해서, 실존주의와 함께 모더니즘이 힘을 얻게 되었습니다. 그러나 50년대 모더니즘은 거의 다 문학사적인 의미를 강화할수록 실패작이 많습니다. 요즘에는 모더니즘에 더욱 성찰을 해서 살아남은 것이 몇몇 사람들의 주지적인 서정을 갖고 있는 시라고 얘기할 수 있습니다. 그런 점에서 나의 시는 어떤 문학사조에 집착하지 않습니다. 어차피 내 의무는 고대부터 써왔던 시의 운명을 다 종합하면서 무거운 짐을 지는 것입니다. 가령 옛날에 서구에서 호메로스가 있었고, 호라티우스의 시가 있었고, 중세문학이 있었습니다. 이런 것까지 지금은 다 들어왔습니다. 우리가 50년대 시를 얘기할 때, 아리스토텔레스의 『시학』을 이야기함으로써, 우리 시가 아주 새로워졌습니다. 아주 수천 년 전에 있었던 골동품 같은 보물을 가지고 와서 우리는 새롭게 시작한 것입니다. 그리고 단테의 난데없는 중세언어가 와서 아주 새로워졌습니다. 그러니까 아주 오래된 잊혀진 고전인데, 우리에게는 늘 새로운 보고로 온 것입니다. 이런 짐을 많이 진 문학이었는데, 이제는 이것을 우리가 벗고 있지만, 다만 우리 조상들이 살아온 내력이 있습니다. 고시, 당시, 송시 들이 내려와 우리의 고대시가와 민요세계에까지 이르면서 우리에게는 하나의 종합으로서의 문학사를 요구합니다. 이럴 때에 내가 모더니스트다, 초현실주의자다, 참여다, 순수다, 라는 식으로 작업을 할 수가 없습니다. 나의 존재 이유로도 종합하지 않으면 안 됩니다. 그래서 내 허영은 내가 종합의 자식이다, 라는 것입니다. 이게 내 문학에서 하나의 법칙이라고 할 수 있습니다. 이상입니다. (함께 웃음)

김화영 제가 의도한 것은 아니지만, 오늘 아주 절묘하게 두 분을 모신 것 같습니다. 김춘수 선생님께서는 근 반세기의 시력을 가지고, 끊임없이 외골수로, 흔히는 무의미의 시라는 표현을 씁니다만, 어쨌든 선생님 내부에 있는 현상적인 세계, 관념 이전의 세계를 추구한다는 점에서는 상당히 일관된 길을 걸어오셨다고 할 수 있습니다. 그런 점에서 매우 순수하게 하나의 길을 걸어오셨다면, 고은 선생님은 지금까지 걸어오신 시의 세계뿐만 아니라, 지금까지의 이력도 산에서 시작해서 하산했고, 또 질척거리는 이 저잣거리를 아주 고생(고통)스럽게 휘저으셨을 정도입니다. 지금 말씀하셨듯이, 마치 작은 골짜기에 있던 물들이 합쳐져서 바다에서 만난 것처럼, 동서양의 모든 전통들을 종합하고 계십니다. 그런 면에서 두 분은 매우 다른 것 같지만, 어쨌거나 두 분이 아직도 열심히 스스로의 길을, 자신이 지금 어디쯤에 서 있다는 것을 확고하게 알고 계시다는 점에서 공통점이 있는 것 같습니다.

그럼 조금 더 구체적으로 들어가서 김춘수 선생님께서 지정해주셨던 시 「인동잎」을 쓰게 된 과정에 대해서 간략하게 얘기해주시지요.

김춘수 조금 전에 얘기했다시피, 나는 한동안 서술적인 이미지를 통해서 시를 드러내보려고 노력해보았습니다. 그게 내 시작의 입장인데, 그렇게 되기 전에 정반대의 경향으로 한 십 년 동안 걸어왔다고 생각합니다. 50년대의 십 년 동안은 실존주의 사상의 영향 아래 있었습니다. 그리고 라이너 마리아 릴케 시의 영향 아래 있었습니다. 릴케 시와 실존주의 사상이라는 것은 일맥상통하는 바 있습니다. 릴케 시도 아주 존재론적입니다. 실존 문제를 다루는 존재론이라고 하는 것이 그대로 하나의 관념세계이고, 철학의 세계입니다. 50년대에 내 시는 관념세계에 사로잡혀 있었습니다. 그렇게 한 십 년을 지내다보니까, 60년대에 들어서서 반성이 생겼습니다. 시가 이래서야 되겠는가, 차라리 그럴진대는 철학을 그냥 하는 게 좋지 굳이 시를 쓸 필요가 있겠는가, 관념세계를 추구한다는 것은 철학의 세계이지, 시의 세계가 아니지 않은가, 하는 반성이 생겼습니다.

그렇다면 시란 무엇인가, 라는 고민 속에서, 그런 무슨 론(論)이라고 하는 말을 붙이기 이전의 세계, 즉 관념 이전의 세계가 시의 세계라는 생각이 들었습니다. 관념세계는 이미 결정이 나버린 세계입니다. 논리적인 결론이 이미 나버린 것입니다. 따라서 시의 세계는 그런 결론이 나기 이전의 아주 소프트하고 신선한 미지의 세계, 있는 그대로의 세계, 뭐라고 명명할 수 없는 세계입니다. 명명했다는 것은 벌써 의미가 성립되었다는 것입니다. 의미로서 굳어지기 이전의, 아주 신선하고 말랑말랑하며 융통성이 있는 세계, 유연한 세계가 바로 시의 세계가 아닌가 싶었습니다. 시뿐만 아니라, 예술의 세계가 원래 그런 것이 아닌가 하는 반성이 생겼고, 동시에 그것은 일종의 자각이라고도 볼 수 있습니다. 그런 자각이 생기면서 그때부터 나는 서술적인 이미지라는 말을 쓰기 시작했습니다. 사물을 있는 그대로 보는 훈련을 하자고 해서 그것을 한참 하다보니까, 또 어떤 벽에 부딪히게 되었습니다. 언어로서 그리는 이미지라고 하는 것은 역시 의미의 영역입니다. 내가 그렇게 쓰지 않는다고 해도, 독자는 뭔가 의미에 천착하려고 합니다. 그렇다면 이것도 잘못된 것이 아닌가, 독자가 없는 시는 있을 수가 없는데, 자꾸 의미를 찾으려고 하는 독자들이 나타났습니다. 당신 시는 잘 모르겠다고 하는데, 왜 모르냐면, 자꾸 관념과 결부시키기 때문입니다. 어쩔 수 없이 그런 면이 있다는 생각이 들었습니다. 교육이 나빴던 면도 있지만, 언어 자체에 그런 면이 있다는 생각이 들었습니다. 언어 자체가 늘 의미의 그림자를 거느리고 있습니다. 이미지를 아무리 순수하게 쓴다고 해도, 의미의 그림자가 깃들인다는 겁니다.

서술적인 이미지도 없애야 된다고 생각해서 그 다음에는 주문 비슷한 시를 썼습니다. 이미지라고 하는 회화적인 세계를 버리고, 이번에는 동적인(dynamic) 시간성을 가진, 음악적인 세계에 접근해보자, 그러면 의미를 좀 덜 드러낼 수 있지 않겠는가, 더 의미를 억제할 수 있지 않겠나, 생각했습니다. 그래서 주문 비슷한 시를 썼습니다. 리듬이 많은 시, 그게 역시 하나의 세계를 형성할 수 있습니다. 음악으로 치면 모차르트 음악이 그런 것입니다. 베토벤 음악과 비교해보면 현저합니다. 모차르트의 음악은 내용이 없습니다. 소리뿐입니다. 순수한 음악의 세계가 음악으로서는 가능하지만, 언어는 언어 자체가 가지고 있는 의미성 때문에 대단히 어렵다는 생각이 들었습니다. 주문 비슷한 시를 써봤는데도, 역시 낱말이 있는 이상, 꽃, 새, 먹는다, 간다 등의 명사, 동사 등이 모두 의미를 가지고 있습니다. 아무리 낱말을 가지고 의미를 배제한다고 해도, 리듬을 살린다 해도, 주문 비슷한 시를 쓴다고 해도, 의미의 찌꺼기는 남는다는 것입니다. 주문의 시가 가진 음악적인 분위기의 시는 아주 몽롱한 세계입니다. 그러나 그것도 의미의 찌꺼기가 있었습니다.

그러면 어떻게 하면 좋겠나, 생각하다가 낱말도 해체시켜보았습니다. 낱말을 해체시키면 음절만 남습니다. 그래서 음절 단위의 시를 써봤습니다. 해보니까, 언어가 전부 파괴되어버렸습니다. 시가 전부 없어져버렸습니다. 그래서 결국 언어는 숙명적으로 의미를 버릴 수 없다는 것을 자각하게 되었습니다. 그러니까 나는 의미의 세계를 새롭게 발견하는 데에 수십 년이 걸렸습니다. 실천을 통해서 터득하게 된 것입니다. 그런데 어떤 사람들은 내가 시 이론을 서구에서 받아들였다고 하는데, 절대로 그게 아닙니다. 나는 자생적으로 나 자신의 실제 시작업을 통해서 내 자신의 이론을 터득했습니다. 어떠한 영향을 받은 것도 없습니다.

그래서 요새 쓰는 것은 새로운 의미의 시입니다. 내 자신의 말로는 변증법적으로 지양된, 의미를 부정했다가 다시 의미로 돌아온 지양된 의미의 세계입니다. 그러니까 전연 그 과정을 겪지 않은 이전의, 그냥 그대로의 일반적인 시와는 역시 다릅니다. 하지만 그것을 얼른 식별하기 어려워졌습니다. 시 자체로서 식별하기는 어려워졌지만, 내 자신으로서는 변증법적인 지양을 거친 새로운 의미의 세계를 그리게 되었습니다. 결국 시가 의미를 버리면, 시도 없어지는 것입니다. 제가 그것을 실제로 해봤다는 겁니다.

여러분 중에 시를 좋아하고, 또 시를 직접 쓰는 사람도 있을 텐데, 감히 내가 얘기합니다. 이런 일을 한 사람은 우리 시단에 아무도 없습니다. 나뿐입니다. 김화영 선생이 난해하다는 것이 좋다, 나쁘다는 것이 아니라고 얘기했지만, 내가 그것을 했다는 것이 좋다, 나쁘다거나 가치가 있다, 없다는 것이 아니라, 아무도 안 한 것을 내가 했다는 것을 말씀드리는 것입니다. 이것은 여러분들이 기억해줘야 됩니다. 여러분뿐만 아니라 우리 시의 역사가 그것을 기억해줘야 됩니다. 그렇지 않다면, 우리 시사는 없다고 나는 단언할 수 있습니다. 이런 사람이 한 사람 있었다는 것을 기억해달라는 것입니다. 그뒤에 무슨 일을 해도 하라는 것입니다. 제가 조금 흥분해서 얘기를 한 것 같습니다. (함께 웃음) 내가 정치가나 사업가들을 모아놓고 얘기하는 것이 아니니까, 여러분 중에서는 앞으로 우리 시에 크게 기여하는 사람이 나올 수도 있으니까, 감히 하는 소리였습니다. 이것은 어떻게 보면, 내 개인의 입장을 떠난 얘기입니다. 누가 비난해도 좋지만, 시세계에 대해서 이야기하라고 하니까 얘기하는 것입니다. (함께 웃음)

김화영 그런데 지금 선생님께서 의미를 제거하려는 노력을 수십 년간 하신 결과, 다시 그것을 넘어서서 의미가 있는 쪽으로 오셨다고 하셨는데, 선생님께서 지정하신 「인동잎」의 창작과정에 대해서는 아직 답이 없으신 것 같은데, 짧게 한 말씀 해주시지요. (함께 웃음)

김춘수　제가 조금 흥분을 해서 지정한 것은 쏙 빼버리고 공연히 과장된 소리만 한 것 같은데, 「인동잎」이라는 시는 50년대에 대한 반성 속에서 서술적인 이미지로 시를 써야겠다고 해서 씌어진 첫머리로서 시험작입니다. 그 시가 반쯤까지는 서술적인 이미지로 되었다고 생각이 되는데, "눈 속에서 초겨울의 / 붉은 열매가 익고 있다. / 서울 근교(近郊)에서는 보지 못한 / 꽁지가 하얀 작은 새가 / 그것을 쪼아먹고 있다."까지가 전반부인데, 있는 사실을 그대로 적은 것입니다. 그게 선명하고 신선해야 됩니다. 있는 그대로 적었다 하더라도 많은 것들 중에서 선택을 하는 것이니까, 선택한 것이 신선하고 호소력을 가져야 시가 됩니다. 그것이 시적 감각인데, 선택의 감각이 있어야 됩니다. 이런 것, 저런 것을 끼워맞추는(콜라주) 선택의 감각이 있어야 됩니다. 그런데 시는 절대로 기교를 떠날 수가 없습니다. 기교가 대단히 중요합니다. 간혹 그것을 싫어하는 사람도 있긴 하지만, 트릭을 할 줄 알아야 됩니다. 후반부는 이렇습니다. "월동(越冬)하는 / 인동(忍冬) 잎의 빛깔이 / 이루지 못한 인간(人間)의 꿈보다도 / 더욱 슬프다." 이게 관념입니다. '이루지 못한 인간의 꿈보다도 슬프다'는 것은 판단이면서 관념 그 자체입니다. '슬프다'는 것 자체가 이미 판단이기 때문에 그런 말을 해서는 안 되는데, 서술적인 이미지에서 그런 말을 해버렸습니다. 나는 이것을 쓸 적에는 이만하면 되었다 생각했는데, 발표하고 난 뒤에 보니까, 후반부가 서툴다, 아직도 멀었다는 생각이 들었습니다. 서술적인 이미지로서의 시는 아직도 멀었다는 생각을 했습니다. 그뒤에 자꾸 수련을 해서 어느 정도 내가 쓰고 싶은 시에 접근한 작품도 있고, 더러는 잘 안 된 실패작도 있는데, 시가 잘 됐다, 못 됐다는 문제보다도 조금 더 내 의도에 접근된 작품들은 그후에 자꾸 생겼습니다.

　그것도 자꾸 해보니까, 이미지라고 하는 것이 의미의 그림자를 늘 거느리고 다닙니다. 그래서 이미지도 없애버리고, 쓴 시가 「사바다」라는 시입니다. "불러다오 / 멕시코는 어디 있는가, / 사바다는 사바다, 멕시코는 어디 있는가, / 사바다의 누이는 어디 있는가, / 말더듬이 一字無識 사바다는 사바다, / 멕시코는 어디 있는가, / 사바다의 누이는 어디 있는가, / 불러다오 / 멕시코 옥수수는 어디 있는가," 이것은 말을 횡설수설하고 있는 겁니다. (함께 웃음) 일부러 횡설수설한 것인데, 이것이 주문과 같은 것입니다. 이미지를 지워버리려니까, 이렇게 되었습니다. 리듬과 반복이 자꾸 생기게 된 것입니다. 분위기가 암시해주는 세계를 표현하는 것이 음악으로는 가능한데, 시로는 이것이 주문도 아니고, 시도 아니고, 무엇도 아닌 이상한 것이 되어버렸습니다.

그래도 의미가 남아 있다고 해서 여기에서 한 발 더 나아가서 낱말까지도 해체시켜버렸습니다. 낱말이 의미를 가지고 있으니까, 사바다, 일자무식 같은 말들이 다 뜻이 있는 것입니다. 낱말을 없애려고 하니까, 언어가 증발되어버렸습니다. 나는 이 상태를 동물의 언어라고 해서, 음악의 악보라는 말을 붙여봤습니다. 그것은 우리가 지금 사용하고 있는 언어와는 다릅니다. '언어는 존재의 집'이라고 말하는 하이데거의 언어와는 다른 것입니다. 그것은 동물의 언어입니다. 동물은 소리만 가지고도 의사전달이 됩니다. 우리도 그런 감각이 지금은 퇴화되었지만, 태초에는 있었습니다. 하이데거 식의 언어가 생긴 이후 우리에게는 시니피앙의 감각, 소리에 대한 감각, 음악에 대한 감각이 퇴화되어버렸습니다. 음악만 가지고도, 의사전달을 할 수 있는 것이 나는 이상적인 문화의 상태라고 생각합니다. 우리가 음악으로써 의사전달을 하면 얼마나 아름답겠습니까. 그런 경지에 가면 우리의 더러운 정치도 없어질 것입니다.

김화영 「인동잎」에서 「사바다」로 넘어가는 과정을 어느 정도 설명해주신 셈인데, 저도 이 「인동잎」을 읽으면서, 묘사적인 시인데 뒤에 감정적인 표현인 '슬프다'가 왜 와 있나, 생각했었는데, 역시 거기가 잘못되었다고 말씀하셨습니다. (함께 웃음) 잘못된 과정도 역시 시를 넘어서는 한 과정이라고 생각한다면, 이런 과정을 거쳐서 「사바다」라는 시가 등장하게 되었다는 것을 알 수 있습니다. '사바다'는 잘 아시다시피, 멕시코의 혁명가로서 총살당한 사람인데, 「사바다」에 나오는 '사바다'가 그의 역사적인 행동 때문에 등장한 것이 아니라, 음악성 때문에 등장했다고 하셨습니다. 지금 시간이 없어서 긴 얘기는 못 하겠지만, 언어를 가지고 의미를 제거한다는 것이 얼마나 고단한 작업인지 알 만할 것 같습니다.

이제 이야기를 고은 선생님의 『남과 북』으로 돌려보도록 하겠습니다. 제가 이 『남과 북』이라는 시집을 읽고 고은 선생님의 넘쳐나는 정력에 놀랐습니다. 「후기」에 보면, 이것이 거의 한 달도 안 되는 불과 한 이십여 일 상간에 폭포처럼 쏟아진 시입니다. 물론 영감이야 그렇게 왔겠지만, 여기에 들어 있는 각종 정보들을 외국에 있으면서 어떻게 다 소화해내셨는지, 또 아시다시피 『남과 북』은 남쪽과 북쪽의 이야기인데, 남쪽이야 오래 사셔서 시재(詩材)로 충분히 쓰셨다고 하지만, 북쪽은 오랫동안 계신 적도 없는데 어떻게 시로 쓰시게 되었는지 그 과정에 대해서 설명을 조금 해주시지요.

고은 제가 『남과 북』을 생각한 것은 뜻밖이었습니다. 1999년 일 년 동안 미국에서 살 기회가 있었습니다. 그때 동부에서 초청을 했는데, 서부에서 그것을 알고 서부에서도 한 학기 강의를 해주면 어떻겠냐고 연락이 왔습니다. 한반도에 사는 사람이 미국에서 이 년 이상 살 처지는 아니니까, 한 학기씩 나눠서 했으면 좋겠다고 해서 동부에서 양해를 했습니다. 그래서 버클리의 동양학부에서 한 학기 동안 한국시를 이야기했습니다. 그리고 학점을 다 마치고 하버드로 돌아가려고 하는데, 어느 날 꿈속에서 『남과 북』이라는 시를 꿈속의 내가 구상해서 몇 가지의 자세한 콘티까지 짰습니다. 대개 꿈은 일장춘몽이지만, 나의 경우는 꿈에서 시를 쓰기도 합니다. 그런데 긴 것은 기억을 못 하고, 그저 한 대여섯 줄짜리는 어떻게 기억을 했다가 쓰면 몽중작으로 남는데, 원고지 서너 장 분량으로 연이 몇 개 되는 시는 깨어나면 다 없어집니다. 그래서 늘 덧없어하고 그랬는데, 그렇게 꿈꾸고 나서, 아침에 교수회관에서 밥을 먹고 있는데, 그 꿈이 생각이 났습니다. 대개 꿈꾸면 잊어버리지만, 꿈이 생시에 나타나서 나에게 글을 쓰라는 과제를 부여한 것 같았습니다. 그래서 사명감을 갖게 되었습니다. 사명감은 있었지만, 버클리에서 짐을 싸고 있었기 때문에 거기에서는 글을 쓸 수가 없었고, 메모만 몇 번 하다가 동부로 갔습니다.

동부는 마침 방학이었는데, 처음에는 방도 낯설고 해서 호텔 바에 가서 포도주만 먹고 그랬는데, 어느 날 갑자기 흥이 났습니다. 내가 무당은 아니지만, 짐작건대 무당의 무(巫) 기운도 그렇게 오는 것 같습니다. 전혀 예기치 않게 나에게 마구 쓰게 합니다. 지난 1998년인가에 히말라야에 갔었는데, 6천5백 미터까지 올라갔었습니다. 친구들에게는 히말라야에 기를 받으러 간다고 했는데, 6천5백 미터를 아무 준비도 없이 그냥 올라갔어요. 4천 미터 미만이 티베트의 라사인데, 거기에 가면 코피를 흘리고 기운이 없어지기 마련입니다. 그런데 나는 복식호흡을 해서 그런지 끄떡없었습니다. 그래서 오만이 생겨서, 더 올라가자고 해서 6천5백 미터에 올라갔더니 거기는 완전히 산소가 결핍이었습니다. 거기에서 완전히 뻗어버렸습니다. 그러니까 기를 받으러 간 게 아니라, 내 남은 기운, 여생을 살 기운마저 히말라야에 바치고 왔습니다. (함께 웃음) 그리고 사십 일 있다가 해골바가지가 되어서 집에 오니까, 아내가 나를 알아보지를 못했을 정도였습니다. 그런 뒤로 글이 안 나왔습니다. 그래서 아, 이제 아무개도 문학 다 끝났구나, 흥이 나면 한두 마디 서정시나 불러주고 죽어야겠다며 절망에 익숙해져 있었습니다. 시인(작가)이 글을 못 쓰는 것만큼 가혹한 일은 없습니다. 그때 모 신문 연재를 중도에 그만두고 글이 계속 안 써졌습니다. 그 다음해에 모 신문사에서 북한에 가지 않겠느냐고 해서 갔습니다. 가서 15일 동안 두 도만 빼놓고 여러 군데를 돌아다녔습니다. 그런데 조국의 산천이라 그런지 히말라야에서 다 빼앗겼던 기운을 거기에서 조금 얻었습니다. 그 전보다는 훨씬 못하지만, 조금 나아진 것 같았습니다. 내가 살았던 내 조국의 산천이니까 나를 죽음으로부터 살려내는 은인이 될지도 모른다는 깨달음이 있었습니다. 그러고 나서 미국에 갔던 것입니다.

하버드에서는 여름방학이니까, 처음에는 여름을 어떻게 지낼까 했는데, 어느 날 꿈에 있었던 것이 나오기 시작했습니다. 처음에는 남쪽만 썼습니다. 아까 김화영 교수께서 머리가 좋아서 정보가 많이 들어 있는가 하셨는데, 사실은 그게 아니고, 하버드 도서관에 가면 우리나라보다 북한 관련 도서가 많습니다. 지금은 한국에도 많이 있지만, 어쨌든 그중에서 조금씩 골라 보았습니다. 그런데 저에게는 어떤 자료를 열심히 찾아서 정보가 오는 것이 아니라, 정보가 필요하다고 생각하면 자료가 옵니다. 이제까지 그래왔습니다. 어떤 자료가 자석에 끌려서 나를 찾아오는 손님처럼 왔습니다. 참 행복한 자료와 필자의 관계인데, 북쪽을 쓴다고는 하지만, 작가라는 것은 자료에 의존해서 자료의 노예가 되어서는 안 됩니다. 자료를 변화시켜야 됩니다. 내 상상력이라는 것이 급격하게 개입하는 것입니다. 그래서 나중에는 자료가 거의 무시당하고, 허구로서의 시세계가 만들어졌습니다. 사실 초고는 한 달도 안 걸렸습니다. 예전에는 초고를 안 썼지만, 히말라야 이후에는 두 번씩은 씁니다. 그해에 출판하려고 했다가, 외국에 있으면서 시집에 너무 연연하는 것 같아서, 돌아가면 내년에 내자고 해서 나온 책이 『남과 북』입니다.

김화영 제가 이런 사사로운 얘기를 해서 좋을지 모르겠습니다만, 고은 선생님은 제가 중학교 2학년 때 길에서 만난 분입니다. (함께 웃음) 그때는 고은 선생님이 스님이었습니다. (고은:김화영 선생은 그때 경기중학교 학생이었습니다.) 1957년 이후 제가 잘 아는 분인데, 일초 스님이었다가 그뒤에 환속을 하셔서, 온갖 우여곡절을 겪는 동안 여러 번을 만나뵈었습니다. 이 얘기를 제가 왜 하냐면, 고은 선생님의 특징 중의 하나가 몸 속에 끓어넘치는 흥을 도저히 못 참는 순간들이 예기치 못하게 나타나는 때가 있다는 것입니다. 그래서 아마도 옛날 산에 입산했을 때와 환속한 지금의 공통점 중의 하나가 몸 속에 있는 도저히 견딜 수 없는, 광기에 가까운 힘을 제어하지 못하는 어떤 것이 있다는 점인데, 그런 것이 꿈으로 나타나지 않았나 하는 생각이 듭니다.

제가 늘 들었던 에피소드 중 하나를 소개하죠. 참 신기한 일화로 괴테에 관한 것입니다. 시인은 누구나 시가 안 써질 때(소설가의 경우는 드물겠죠), 꿈을 꿔서, 지금까지 내가 도저히 쓰지 못했던(어느 시인이 자기 시에 만족하는 사람이 있겠습니까만) 이상적인 시를 한 편 꿈속에서 받아적을 수만 있다면 얼마나 좋을까 하는 생각을 하게 됩니다. 꿈이라는 건 우리 범인들이 매일 겪는 환상의 세계죠. 우리는 모두 보잘것없는 삶을 살지만, 간혹 한번씩 나타나는 꿈이야말로 우리가 보통 사람이 아니라는 것을 느끼게 만들어줍니다. 그러니 어찌 꿈속에 멋진 시가 한 편 저절로 만들어져 나타나주기를 바라지 않을 수 있겠습니까. 시인 괴테는 과연 어느 날 꿈속에서 완벽한 시를 하나 만났다는 겁니다. 너무 기뻐서 이거야말로 한 번도 내가 못 썼던 이상적인 시로구나, 그 시가 드디어 현몽했구나 싶어 황홀해진 그는 선잠이 깬 어렴풋한 의식 속에서, 머리맡에다 항상 놓아두는 노트를 어둠 속에서 펼치고 꿈속의 시를 그대로 다 적어놓고 다시 잠이 들었답니다. 그 이튿날 아침에 깨서 어제 저녁에 꿈에서 받아적었던 시가 얼마나 멋진 것인가 궁금한 나머지 얼른 공책을 펼쳐보았습니다. 그런데 이게 웬일입니까. 꿈속에서 받아적어놓은 시란 바로 공책의 왼쪽 아래에서부터 오른쪽 위까지 흐릿하게 그어놓은 한 줄의 선이 전부였답니다. (함께 웃음)

저는 괴테의 얘기를 읽고 나서, 시라는 것이 과연 이런 것이다, 정말로 각고의 노력과 자신의 구체적인 삶이 배어들지 않고는 그냥 주어질 수 없는 것이 시다, 라고 생각했습니다. 그런데 그 반대현상이 바로 고은 선생님이 말씀하신 꿈이 아니었나 싶습니다. 그것도 장편의 시가 콘티까지 짜여서 나온다면야 더이상 바랄 게 없을 겁니다. (함께 웃음) 옛날의 산, 히말라야의 산, 이북의 산 등에 정기를 두고 왔다고 하셨지만, 빠져나갔던 정기가 어느새 고 선생님의 신명 속으로 다시 되돌아와서 그렇게 된 것이 아닌가 싶습니다.

그래도 놀라운 것은, 아무리 꿈속에서 콘티가 짜였다고 하지만, 초고라고는 해도 불과 이십여 일 사이에 이렇게 긴 시를 썼다는 것에 대해서 감탄하지 않을 수가 없습니다. 그리고 자료의 노예가 되어서는 안 된다고 하셨는데 그것은 당연히 그렇습니다. 그런 느낌을 주는 시에 제가 밑줄을 쳐놓았기에 문득 생각이 납니다. 조금만 읽어보겠습니다. "전남 화순 능주 운주사 일천 부처 일천 탑이 울창하더라. 그 부처 사이 스며든 사내와 계집 갈 데 없이 서성이자, 그들도 부처 사이에 불러 들여 함께 숨은 부처이더라" 이런 구절이 있습니다. 아마 이런 식으로 자료들이 슬쩍슬쩍 숨어와서 옆의 부처 사이에 눕기도 하는 것이 아닌가 싶습니다.

『남과 북』이라는 시집이 워낙 두꺼운데, 선생님께서 얼른 보시다가 마음에 드시는 시가 있으면 한 편만 낭독해주셨으면 좋겠습니다.

고은 「천지」라는 시인데 4행으로 아주 짧은 시입니다. "천지, 문득 세상 떠난 아버지와 함께／여기 왔다／그 아버지가 말했다／좀더 있다가 내려가자". (함께 박수) 육당이 백두산에 올라가서 천지를 찬탄할 때, 한국문학의 어떤 과장형 같은 것이 다 동원되어서 아주 크게 구사됩니다. 그 다음에는 시조 시인 노산 이은상 같은 분도 우리 국토를 이야기할 때마다 아주 웅원한, 화려한 수사를 총동원합니다. 이 시가 그런 것을 반드시 의식하고 쓴 것은 아닙니다. 그런데 지금 읽고 나서 생각해 보건대, 천지에서 우리가 노래할 때, 민족이라든지, 단군 신화라든지, 건국 신화의 여러 가지 대교향악적인 묘사라든지 해서 여러 가지를 상투적으로 동원할 수 있을 겁니다. 그런데 문득 내가 천지를 보면서 체험한 것은, 그런 것이 전혀 없이, 아주 사사로운 한 개인이 개입할 수 있는 자유였습니다. 내가 천지에 탁 섰을 때, 이미 돌아가신 아버지가 다시 나에게 와서 나와 함께 천지를 바라봅니다. 그때, 나는 바람도 불길래 내려가려고 하는데, 아버지는 애야 좀더 있다가 내려가자고 해서, 내 갈 길을 멈추게 만들었고, 그래서 다시 천지를 향하게 되는 풍경을 그린 것입니다. 이렇게 단순한 것이지만, 이승과 저승이 함께 천지에 내포되어 있다는 의미로 구성된 것이 아닌가 싶습니다.

여기에서 제가 한두 가지 말씀드리고 싶은 것은 저는 다른 동료 시인들보다 상대적으로 시 쓰는 양이 많습니다. 그래서 다작이라는 누명을 뒤집어쓰고 있는데, 그것은 우리 근대문학의 체질과 한계에서 우리가 더 나아가지 않는 논리의 각도에서 그런 언술이 있지 않나 하는 생각이 듭니다. 김화영 교수께서 불문학을 전공하셨지만, 빅토르 위고 같은 사람은 가장 좋은 시를 세계에서 가장 많이 쓴 시인입니다. 우리는『장발장』만 알고 있지만, 그분의 희곡과 소설을 능가하는 것이 시입니다. 또 괴테는 서간 전집만 해도 굉장히 많습니다. 이런 것을 놔두고, 왜 우리는 다작에 대해서 문제를 삼는지 모르겠습니다. 내가 이번에 전집 나오는 것이 서른 여덟 권입니다. 쌓으면 한 이 미터 가까이 되는데, 사람들이 많다고 하지만, 전혀 많은 것이 아닙니다. 내가 어중간한 상태입니다.

우리 근대문학에서 가령 이용악 시인을 얘기해보면, 1930년대 아주 큰, 당시의 시단에서는 보석 같은 존재의 하나였습니다. 이분은 식민지 시대 룸펜이었습니다.

화신 가각에 아침 열시부터 나와서 아는 사람 지나가기를 바랍니다. 지금은 자가용을 타고 다니니까, 약속이나 해야 술친구들을 만나지만, 옛날에는 그냥 우연히 걸어가다가 아는 사람을 만나면 참 반갑습니다. 그러다가 아는 사람 하나 만나면 반가워서 악수를 하면서 기다리던 님이 온 것처럼 기뻐합니다. 커피는 먹을수록 시장기가 더하고, 막걸리는 먹으면 시장기가 덜하니까, 커피보다는 막걸리를 먹자고 해서 막걸리를 먹게 됩니다. 그때는 그렇게 점심을 때우면서 시인들이 살았습니다. 그래서 일 년에 시 한 편, 두 편 발표하면 그해의 풍작입니다. 일생을 살면서 시집 하나 남기는 겁니다. 지금은 시집 하나에 칠팔십 편 정도 되지만, 옛날에는 사십 편 정도의 활자 큰 시집도 있었습니다. 그런 것을 내고 죽는 것입니다. 그랬던 근대문학의 체질이 오늘날까지 와서, 더군다나 유교의 청빈주의가 묘하게 개입되어서 작가나 시인은 작품을 절제해서 조금씩 내야 된다, 질이 우선이지 양은 우리가 거절해야 된다고 합니다. 하지만 질과 양이 함께 가는 것입니다.

이런 점에서 우리는 이제 근대문학의 체질이나 한계를 벗어버리고, 자기 시대의 문학행위를 해야 됩니다. 적어도 아주 시련 많고 수고가 많은 땅에서 문학을 한다고 하면, 서너 편 남겨놓고 죽어서는 안 될 겁니다. 뭔가 좀 남겨놔야 합니다. 그래서 후세에 비판도 받고, 칭찬도 받고, 잊혀지기도 하면서, 세상 속에서 화려하고 다채롭게 여러 가지 교향악을 만들어내는 존재로서 있어야 된다고 생각합니다.

김화영 김춘수 선생님도 시의 경향이 전혀 다름에도 불구하고, 물론 꿈에서 불러주는 것을 받아적지는 않으셨을 텐데, (함께 웃음) 최근에 보면 선생님 연세에 비해 볼 때, 한꺼번에 여덟 편씩이나 발표하시는 등 많이 쓰고 많이 발표하시는 인상인데, 최근에 한 달에 몇 편이나 쓰셨는지요?

김춘수 좀 쑥스러운 얘기인데, 너무 많이 썼습니다. 너무 많이 써서 미안합니다. (함께 웃음) (김화영: 미안해하실 것 없습니다.) 9월 한 달에 스무 편 썼습니다.

김화영 이런 일은 참 드뭅니다. 더욱이 팔순에 스무 편을 쓰는 것은 굉장히 어려운 일인데, 정말 풍성한 가을인 것 같습니다. 이제 시간이 많이 지났으니까 질의 응답 시간을 갖도록 하겠습니다.

질의 응답

질문자 1 두 분 선생님의 건강하신 모습을 뵈어서 참 기분이 좋습니다. 제가 김춘수 선생님께 꼭 드리고 싶은 질문이 있습니다. 몇 년 전에 모 대학의 사학자께서 간첩사건에 연루되어서 구속된 일이 있었습니다. 그때 접선현장이 목격되어서 그분이 구금이 되었는데, 그때 「꽃」이라는 시로 그쪽과 이쪽이 접선했다고 해서 화제가 되었습니다. 상대방에게 의미로운 존재가 되겠다는 김춘수 선생님의 「꽃」이 북한에서 많이 알려지지 않았을까 하는 생각이 들었는데, 그 부분에 대해서 선생님 말씀을 듣고 싶습니다. 북한에서 선생님의 시를 많이 알고 있는지, 그런 것에 대한 선생님의 견해를 듣고 싶다는 말씀입니다.

김춘수 그걸 제가 어떻게 압니까? (함께 웃음) 북한에서 내 시를 어느 정도로 어떻게 알고 있는지는 전혀 모르고, 알 수도 없지요. 그런 일이 있었다는 것을 신문보도를 통해서 읽은 적은 있습니다. 내 시 중에서도 「꽃」이라는 시가 그런 데 이용당하리라고는 꿈에도 생각을 못 해봤습니다.

김화영 그 시가 교과서에 실려 있었죠. (김춘수 : 네, 그렇습니다.) 저는 우리나라 사람들이 사실은 시 읽는 일에 매우 인색하다고 늘 느끼고 있는 터입니다. 왜냐하면 기껏해야 교과서에 나오는 시가 전부이니 말입니다. 특히 「국화 옆에서」 같은 몇 편의 시가 유명해진 것은 교과서에 나온 것이기 때문입니다. 그것이 인구에 회자되어서 좋다고 할 수도 있지만, 아는 것이 교과서밖에 없다는 반증이기도 합니다. 그래서 저는 우리나라 교육이 잘되려면 '교과서'를 없애버려야 된다고 생각하는데, 특히 국어 교과서는 없을수록 좋습니다. 별거 아닌 짤막한 책 한 권이 세상의 귀중하고 수많은 책들의 독서를 포기하는 면죄부가 되고 있는 것입니다. 그 교과서라는 책의 내용이 뭐 그리 대단하다고, 그 텍스트를 요리 비틀고 조리 비틀어서 입학시험 문제를 내고 학생들은 또 거기에 요령껏 답하는 훈련을 지칠 줄 모르고 하는 것입니다. 아마 시인 자신도 그런 문제로 시험을 치면 다 대학에 떨어질 겁니다. (함께 웃음)

어쨌든 몇몇 시들은 교과서에 실렸기 때문에 유명해지지 않았나 생각합니다. 그렇다고 교과서에 실린 시가 선생님 시 중에서 빠진다는 뜻은 아닙니다. 선생님의 많은 시편들 중에서 교과서에 실린「꽃」과「부다페스트에서의 소녀의 죽음」중에서 간첩사건과 관련된 그 시가 나왔다는 것은 어차피 유명세 때문일 겁니다. 2차대전 때 독일이 프랑스를 점령했을 때, 드골이 런던에 망명정부를 세워서 프랑스 국내에 있는 레지스탕스와 연락을 할 경우 제일 먼저 내보낸 교신이, 유명한 폴 베를렌느의 시였습니다. 시의 장점은 짧다는 데 있습니다. 긴 소설을 어떻게 간첩들에게 내보내겠습니까. (함께 웃음) 짧다는 것, 널리 알려져 있다는 것이 이유일 텐데, 선생님 시의「꽃」이야말로 간첩이 사용하기에 좋습니다.「꽃」은「부다페스트」에서의 소녀의 죽음보다 더 짧을 뿐 아니라 서로 이쪽으로 오고, 저쪽으로 가고 하는 얘기이고, 상대방의 이름을 불러주는 것이니까 간첩의 교신 내용과는 훨씬 더 잘 어울릴 수 있을 겁니다. (함께 웃음) 선생님 생각은 어떠세요?

김춘수 내가 뭐라고 말을 해야 좋을지 모르겠습니다. 하필이면 왜 나를 선택하고, 그중에서도 하필이면 왜「꽃」을 선택했는지 모르겠습니다. (함께 웃음) 이북에서 문학 하는 사람들이 나를 보면 틀림없이 반동분자라고 할 겁니다. 어쨌든 나하고는 전혀 관계가 없는 일입니다.

김화영 그런데 어쨌든 시인이 자기 작품을 세상에 내놓은 이상, 일단 세상에 나간 작품을 어떻게 이용하는가에 대해서 간섭할 수는 없습니다. 이미 독자의 것이 되어버렸기 때문에 그것이 간첩에게 이용되든, 좋은 독자에게 이용되든, 교과서에 실리든 그것은 어떻게 할 수가 없는 일이라고 생각합니다.

고은 선생님의 작품 중에서도 교과서에 실린 작품이 있는지요?

고은 중학교, 고등학교에 한 편씩 있을 겁니다.

김춘수 그런데 고은 선생님도 주의하세요. (함께 웃음) 작품을 이용당할지도 모르니까 말입니다.

질문자 2 고은 선생님께 질문을 드리고 싶은데, 최근에『바람 풍경』이라는 시집이 있던데, 본인 스스로 좋아하시는 시가 있으면 하나 정도 낭송해주시길 바랍니다.

고은 나는 내가 쓴 시를 외우는 게 하나도 없습니다. 그래도 외우는 것이 딱 하나 있는데, 한 줄입니다. (함께 웃음) "절하고 싶다 저녁 연기 자욱한 저 건너 마을"이라는 시인데, 지금은 우리나라 시골에 가도 고층 아파트가 많이 있어서 옛날 농경사회의 향토적인 정서는 다 깨졌습니다. 시골 사람들도 TV를 대도시와 똑같이 보니까, 정서가 다 도시화되어가고 있습니다. 농촌에 이제 농민과 농민의식이 없습니다. 그러나 우리가 근원적으로 수천 년 동안 농경사회에서 살아왔기 때문에 아직도 우리의 근원정서 속에 있는 유전적인 바탕에는 농업, 농촌이 들어 있습니다. 그래서 플라타너스 잎사귀, 은행나무 잎사귀가 떨어지는 것에서 느끼는 도시의 가을정서도 다른 무엇과도 바꿀 수가 없지만, 도심을 벗어나서 시골을 걸어가면서 그곳에서 잎사귀 떨어진 것, 낱알 떨어진 것, 이삭들을 보면서 우리가 직접 하루를 보내는 경우와 비교할 수는 없습니다. 그런데 농촌에서는 이 마을 저 마을 왔다갔다 하는 나그네들에 의해서 옛날에는 정보를 전하고 그랬습니다. 대개 농촌에 사는 사람들은 삼십 리 안팎에서 살다가 죽지만, 나그네들은 멀리 몇천 리를 걸어다니면서 다른 고장의 이야기들을 전해줍니다. 그런 나그네가 지나가다가 저물녘에 어떤 마을에 저녁 연기가 저기압에 의해서 자욱하게 퍼지는 것을 봅니다. 그런 마을은 어떤 종교보다도 더 경건하고 신성합니다. 말하자면, 한 마을 한 공동체가 자기들 스스로 일하고 살아가면서 밥을 끓여 먹는 그 연기가 자욱하게 퍼질 때, 거기에는 우리 할아버지의 넋도 있고, 우리 어머니나 아버지의 목소리도 들어 있고, 우리 자손들의 어떤 아기 울음도 들어 있을 겁니다. 그럴 때에 거기는 삶의 성전이 됩니다. 교회나 성당, 절간만이 아니라 사람이 사는 아주 존엄스러운 마을을 그냥 뻣뻣하게 서서 바라볼 수는 없겠다고 생각해서, 내가 그런 마을에 대고 절하고 싶다고 한 겁니다. 이걸로 대답을 대신하겠습니다.

김화영 사실은 오늘 처음이라서 어떻게 이야기를 진행할까 고민이 되었는데, 오히려 시간이 모자랄 정도였습니다. 오늘은 이것으로 마치도록 하겠습니다. 두 분 선생님들께 감사드리고, 끝까지 경청해주셔서 감사합니다. (함께 박수)

이청준

이승우

다시 태어나는 말
　　이청준

것은 가치 말와 정
신의 규범이라 할 수
있었다.
물의 神이니고 하는
하는 즉 인간의 정신
혹은 사슴의 내풍이오
쳐서 響響 나는 물은그
사람의 잠이 되는 모이
나 할 수 있었다.
　　2002. 10. 11.

생의 이면
　　이승우

삶의 파편들은
때로 소설의 겉으로
드러내기도 하고,
더 자주는 눈에
잘 띄지 않게
숨어 있기도 하다.
삶이 없으면 소설도
없다. 따라서 소설
속에서 우리가 발견
해야 하는 것은,
파편들 속에 감추
둔 작가의 내밀한
움직이지 파편들을
짜맞춘 사실의
복원이 아니다.
　　2002. 10. 11.

김화영 여러분, 일 주일 동안 안녕하셨습니까? 오늘은 보시다시피 너무나도 유명하신 백발의 이청준 선생님을 모셨습니다. (함께 박수) 그리고 이청준 선생님보다는 훨씬 젊으신 이승우 선생님도 모셨습니다. (함께 박수)

어젯밤에 노벨 문학상 발표가 있었습니다. 저는 혹시나 노벨 문학상 수상자를 문학 이야기의 첫 손님으로 모시는 건 아닐까 하고 기대가 컸었는데, (함께 웃음) 그 상이 동쪽으로 오긴 왔지만 오다가 헝가리에서 부려지고 우랄 산맥을 못 넘었습니다. 그러나 저는 감히 확신하건대, 언젠가 노벨 문학상이 우리나라에 온다면, 이번 석 달 동안에 제가 모시는 손님들 중 한 분에게 반드시 그 상이 돌아갈 것이라고 생각합니다. 어쩌면 오늘 저녁에 오신 손님들께 돌아갈지도 모르겠습니다.

그러기를 바라면서, 오늘 여기 오신 선생님들, 이미 널리 알려져서 새삼스럽게 소개할 필요가 없을 줄로 압니다만, 그래도 참고로 우선 이청준 선생님을 소개합니다. 이청준 선생님은 1939년 전남 장흥에서 출생하셨습니다. 그리고 1965년『사상계』에 단편「퇴원」이 당선되어 등단하셨죠. 서울대학교 독문과를 졸업하셨는데, 저에게는 일 년 선배이십니다. 지금은 순천대학교 석좌교수로 적을 두고 계신데, 선생님이 받으신 문학상은 목록이 깁니다. 동인문학상, 한국일보 창작문학상, 이상문학상, 중앙문예대상, 대한민국문학상, 이산문학상, 대산문학상, 21세기문학상 등을 받으셨는데, 우리나라의 중요한 상은 거의 다 받으셔서 더 받을 상이 있을지 모르겠습니다.

그리고 여러분들 중에 『서편제』를 들고 오신 분들이 많던데, 책의 뒷날개를 보시면 이청준 문학전집이 지금 간행되고 있는 중임을 알 수 있습니다. 제가 집계를 해보니까, 소설만 해도 장편과 중단편을 합쳐서 무려 스물네 권입니다. 지난번에 고은 선생님이 오셔서 지금까지 쓰신 글의 전집이 이 미터나 된다고 하셨는데, 이청준 선생님도 거기에 못지 않습니다. 더군다나 이청준 선생님은 잡문을 별로 쓰지 않고 오로지 소설만 쓰고 계신 드문 작가 중 한 분이십니다.

그리고 이승우 선생은 이청준 선생님보다 꼭 이십 년 아래로 1959년에 출생하셨고, 그 때문에 오늘 저녁에 초청한 것은 아니지만 고향이 전남 장흥으로 똑같습니다. 장흥이라는 곳이 문재(文才)가 많이 나는 특출한 고장인 것 같습니다. 이승우 선생은 서울신학대학교를 졸업하셨고, 연세대 연합신학대학원에서 수학하셨습니다. 그리고 1981년 한국문학 신인상에 『에리직톤의 초상』이 당선되어 등단하셨습니다. 그러니까 한 이십 년 동안 작가생활을 하신 셈입니다. 그 동안 무려 열세 권의 장편과 단편을 발표하셨습니다. 굉장히 많은 생산력이라고 할 수 있는데, 근래에는 2000년부터 거의 매년 한 권씩 책을 내셨습니다. 소설집으로 『구평목씨의 바퀴벌레』『일식에 대하여』『미궁에 대한 추측』『목련공원』『사람들은 자기 집에 무엇이 있는지도 모른다』『나는 아주 오래 살 것이다』 등이 있고, 장편으로는 『에리직톤의 초상』『가시나무 그늘』 등이 있죠. 1993년 『생의 이면』으로 제1회 대산문학상을 수상해서 사람들을 놀라게 했으며, 『내 안에 또 누가 있나』『사랑의 전설』『태초에 유혹이 있었다』『식물들의 사생활』 등 많은 작품이 있습니다. 특히 이청준 선생님은 새삼스럽게 강조할 필요도 없습니다만, 이승우 선생의 『생의 이면』이 불어로 번역되어서 일간 르몽드 지에 전면으로 커다랗게 소개된 것을 보고 저 역시 긍지를 느낀 적이 있었습니다.

두 분 선생님께 특별히 이야기하게 될 작품을 정해달라고 부탁을 드렸더니, 이청준 선생님께서는 연작소설집 『서편제』의 제일 마지막에 실려 있는 「다시 태어나는 말」을 정해주셨고, 이승우 선생께서는 대표 장편 『생의 이면』을 정해주셨습니다. 오늘은 주로 이 두 작품을 가지고 이야기를 하겠지만, 본격적인 작품 이야기를 하기 전에, 좀더 평범한 이야기를 들어보도록 하겠습니다.

우선 제가 놀란 것은 두 분이 다 전남 장흥 출신이라는 것인데, 두 분이 고향에서부터 잘 아셨습니까?

이승우 그렇진 않습니다.

김화영 이런 말씀 드려서 좋을지 모르겠습니다만, 이청준 선생님이 오늘 나오신다고 하니까, 처음에 나오기로 약속하셨던 이승우 선생님이 힘들어서 못 나온다고 하셨습니다. 그런데 제가 약속했으니까 안 된다고 억지로 나오시게 했어요. 아시다시피 이 두 분 선생님은 요즘 우리나라에서 흔히 접할 수 있는 소설경향과 많이 다른, 다시 말해서 아주 진지한 문학을 하시는 분들입니다. 요즘 많이 볼 수 있는 독신자들의 이야기라든지, 판타지라든지, 혹은 불륜 같은 흥미진진하지만 좀 가벼운 주제들과 거리가 있는, 흔히들 말하는 '예술가 소설'이라고 하겠지요, 우리나라에는 그리 많지 않습니다만, 소설 속에서 소설이란 무엇인가, 예술작품 속에서 예술이란 무엇인가라는 질문을 끊임없이 던져가는 완성 도중에 있는 작품을 주로 많이 쓰지 않았나 하는 인상을 받았습니다. 그래서 이 두 분을 고향과 관계없이 진지한 작품이 무엇인가에 대해서 생각해보려고, 오늘 모셨습니다.

우선 이청준 선생님은 작품을 쓰기 시작하신 지 몇 년쯤 되셨죠?

이청준 한 삼십오 년 정도 된 것 같습니다.

김화영 아까 순천대학교 석좌교수라고 말씀드렸지만, 전에 저는 참 놀란 적이 있습니다. 예전에 한양대학교 교수로 일 년인가를 재직하시다가, 소설 써야지 안 되겠다고 하면서 그만두셨잖습니까. 그야말로 앞도 뒤도 돌아보지 않고 오로지 작품만 쓰셨습니다. 그렇게 삼십 여 년 동안 소설만 쓰시면 지겹지 않으십니까? (함께 웃음)

이청준 주변에서 팔리는 소설을 좀 재미있게 쓰지, 일부러 안 쓰는 것이냐고 묻는데, 잘 쓸 수 있으면 잘 써서 많이 팔 수 있었겠죠. 그런데 실은 못 써서 그런 겁니다. 학교에서 잘 가르치고, 공부 잘할 수 있었으면 거기에서 편한 밥 먹지, 아니, 편하다고 해서 미안합니다. (김화영 : 사실 좀 편합니다.) (함께 웃음) 그렇게 못 해서 그렇습니다. 그래서 그 일을 두고, 쫓겨났다고 하지 그만두었다고 하지는 않습니다. 할 수가 없어서 그렇습니다.

김화영　제가 왜 편하다는 말씀을 드렸냐면, 한국의 교수 노릇, 특히 저처럼 불문과 같은 곳에서 가르치면, 제가 불어를 학생보다 더 잘하는 것은 확실하거든요, 그래서 늘 자신있게 학생들에게 가르치니 쉽다고 할 수 있죠. 그런데 국어국문학 선생님들은 어떻게 가르치는지 늘 궁금합니다. 선생이라고 해서 반드시 학생들보다 국어를 잘하란 법은 없죠. 그래서 가르치기 힘들겠다는 생각이 듭니다. 요즘에는 대학에서도 가르치는 강의 시간수가 상대적으로 좀 줄긴 했지만 그래도 강의는 반복성도 없지 않아요. 그런데 아침에 깨면 백지 앞에 앉아서 끊임없이 소설을 써야 된다는 강박관념과 마주하는 작가들, 벼랑 끝에 몰린 그분들을 보면 참 존경스럽습니다. 더군다나 그 어려운 일을 삼십 여 년 동안 하시면서 수십 권의 책을 쌓아놓았다고 생각하면, 얼마나 고통스러웠을까 하는 생각이 듭니다.

소설가의 하루 일과는 대개 어떻습니까?

이청준　제가 원래 주로 낮과 밤을 바꿔 살았습니다. 예전에는 앉아서 쓰지도 못하고 늘 배 깔고 엎드려서 썼는데, 복압 때문에 견딜 수가 없었습니다. 그래서 앉은뱅이 책상에 앉았는데, 거기에 앉으면 글이 안 써어져서, 거기에 익숙해지는 데 몇 년 걸리고, 다시 테이블 형식으로 된 책상으로 옮기는 데 몇 년 걸리고, 타이프라이터를 배우는 데 몇 년 걸리고, 컴퓨터로 옮겨가는 데 몇 년, 이런 식으로 늘 어떤 자세가 있었습니다. 엎드려서 볼펜으로 쓸 때에는 주로 밤에 일을 했습니다. 밤에 일을 하니까 남들과 시간대가 달라서 생활이 아주 불규칙하고 복압도 늘어서 나쁜 병도 생겼습니다. 그래서 그 이후로는 남들이 출근할 때 나도 방으로 출근하고, 퇴근할 때 방에서 나오는데, 그렇게 나와도 미루어두었던 풀리지 않은 이야기들이 밥 먹으면서, 잠자면서 계속되기 때문에, 그걸 견딜 수가 없어서, 늘 소주를 퇴근하자마자 재빨리 반병쯤 들이마셔야 그것을 잊어버리는 형국이 되었습니다.

지금 와서도 출근은 그 시간에 하지만, 문 앞에 가서 방에 들어가지 않을 온갖 구실을 세 시간쯤 구하다가 점심 먹고, 그리고 또 오후에 다시 들어가지 않을 핑계를 대고 뱅뱅 돌다가 오후 다섯시쯤 되면, 남들이 퇴근하면서, 뭐해? 그럼 지금 집으로 갈까, 라고 해서 일은 하지 못하고 술 먹는 실력만 남아 있습니다. 그것도 못 먹게 하는 병이 생겨서 요즘엔 조금씩 먹고, 그렇게 지내고 있습니다. (함께 웃음)

김화영 그러면서 언제 스물몇 권의 소설을 썼는지 신비하기만 합니다. 차차 얘기를 들어보기로 하고, 이승우 선생은 지금 왕성하게 글을 쓰고 있는데, 하루 일과가 어떻습니까?

이승우 저도 편한 밥 좀 먹어보려고 (함께 웃음) 작년부터 조선대학교 문예창작과에 직장을 얻었습니다. 편할 줄 알았는데, 별로 편하지 않더라구요. 저는 20년 가까이 다른 직업을 갖지 않고 글만 쓰며 살았기 때문에, 어떤 집단의 일원으로 사는 삶에 익숙하지가 않습니다. 전체의 일부가 되어 산다는 것이 결코 쉽지 않다는 사실을 체감하며 지내고 있습니다. 정체성에 대한 고민도 있습니다. 그래서 창작하는 것과 학생들을 가르치는 일 사이에서 갈등하면서, 이게 과연 내 일인가 고민도 하면서 지내고 있습니다.

김화영 이 두 분 선생님들이 무슨 비밀을 잘 공개하지 않으려고 (함께 웃음) 겉으로만 맴도시는데, 조금 더 구체적으로 물어보겠습니다. 지금 컴퓨터로 글을 쓰십니까?

이승우 네. 저의 필기구 변천사도, 이청준 선생님보다 이십 년이 뒤지지만, 선생님의 과정을 밟아왔습니다. 저도 초기에는 배 깔고 연필로 글을 썼고, 그리고 소설가가 된 후 타자기를 한 일 년 사용했고, 컴퓨터가 보급되기 전에 워드프로세서가 나와서 그것으로 일이 년 작업을 했던 것 같구요. 그 이후로 286 컴퓨터부터 시작해서 지금까지 컴퓨터로 작업을 하고 있습니다.

김화영 그 과정이 저와 거의 비슷하네요. (함께 웃음) 그러면 조금 더 구체적으로 어떤 주제가 떠올랐을 때, 그 조사과정을 구체적인 생활의 일정과 관련해서 조금 소개해주시겠습니까?

이승우 착상을 할 때, 어떤 분들은 여행을 한다든지 사람들을 만나서 이야기하는 경우도 있는 것 같은데, 그런 분들의 소설은 대개 이야기가 강하고, 읽는 재미도 있는 소설이 되는 것 같습니다. 저는 여행도 썩 좋아하지 않고 다른 사람들 만나 이야기하는 것도 그다지 즐기지 않습니다. 대체로 빈둥거리다가 머릿속에서 뭔가 떠오르면, 그것을 붙잡고 오랫동안 뭉그적거리다가 메모도 하고, 필요한 게 있으면 취재도 하고 그럽니다. 책을 본다든지 하는 경우인데, 작업을 할 때는 굉장히 많이 필요할 것 같아서 나름대로 자료를 모으고 공부를 하는데, 그것들이 실제로는 작품에 쓰이지 않을 때가 더 많습니다. 어쨌든 책상에 앉기까지, 예컨대 서두 문장을 쓸 때까지, 굉장히 많은 시간들을 필요로 하고, 제가 생각하기로는 머릿속에서 소설을 이미 다 써놓고 났을 때만 책상에 앉게 됩니다. 다른 분들은 모티프나 이미지만 가지고도 시작할 수 있다고 하는데, 저는 그게 잘 안 됩니다. 어떤 분들 얘기를 들어보면, 소설을 쓰다가 중단한 작품도 많다고 하는데, 그래서 그런지 저는 중단한 작품이 없습니다. 단지 시작하지 않은 작품이 있을 뿐입니다.

김화영 사람마다 많이 다른 것 같습니다. 국내 작가들의 경우에는 이런 기록이 별로 없지만, 프랑스 작가의 경우에는 제가 많이 조사를 해봤는데, 사람마다 쓰는 방식이 다 다릅니다. 그중 예를 들어서 제가 지난 봄에 파리에 가서 만난 미셸 투르니에 같은 사람은 사전에 조사를 다 끝내기 때문에 쓰는 것은 아주 빠르고 쉽다고 합니다. 그 이전에 자료를 모아서 앞뒤 관계를 만들고 시나리오를 만드는 과정이 굉장히 길고 고통스러운데, 일단 첫줄만 쓰면 된다는 거죠.

이청준 선생님은 어떠십니까?

이청준 쓰는 얘기를 하기 전에 곁다리 얘기를 조금 하겠습니다. 볼펜에서 컴퓨터 작업으로 옮겨올 때의 일인데, 컴퓨터가 처음 나왔을 때, 참 다행스런 나이라고 생각했습니다. 사십대는 이것을 배워야 될 테고 오십대는 배우나마나한 나이이고, 저는 오십대 후반이었는데 이것을 안 배워도 될 것 같아, 아주 다행이라고 생각을 했습니다. 그런데 삼십 년 정도 볼펜을 쓰다보니까 자연스레 오십대에 들어서서 오십견이 들었는데, 그것이 지나가고 나서도 작업을 계속 하니, 육십 가까이 와서도 오십견이 우측으로 왔습니다. 아직 많이 안 겪어보셨겠지만, 눈에서 불이 번쩍번쩍합니다. 특히 오른쪽에서 벼락 치듯이 옵니다. 그래서 컴퓨터 작업을 할 수밖에 없다고 생각했는데, 이승우 선생이 말씀했지만, 저도 비교적 얘기를 머릿속에서 전부 꾸며놓고 쓰기 시작합니다. 제가 아는 분으로 선우휘씨 같은 분은 벽에 이 미터짜리 메모장이 있고 나서야 구성에 들어가는데, 저도 대개 노트를 그런 식으로 합니다. 그리고 나중에 디테일을 가하고, 칠판을 보듯이 작품을 씁니다. 그런데 그전에는 써가면서 이야기 전체가 통제가 되었습니다. 대학 노트의 양쪽에 적으면, 그것이 한 면에 일곱 매씩 해서 열다섯 매 정도가 한눈에 들어오니까, 그림처럼 보이고, 뒤에 뭐가 나온다는 것을 보고 적었는데, 한 십 년 전부터 기억력이 떨어지니까 이야기가 통제가 안 됩니다. 어제 쓴 것을 나중에 보면 다시 써놓고, 그래서 어제까지 뭘 했나 하는 것을 다시 전부 들춰서 확인하고, 그때 기분을 되살리는 과정이 길어졌습니다. 오십견과 겸해서 컴퓨터 작업을 할 수밖에 없구나, 오십 대도 별로 다행스런 나이가 아니구나 싶어서 다시 컴퓨터로 연습을 했습니다. 이야기가 통제될 만한 양의 콩트나, 길어야 한 삼십 장 정도의 단숨에 내려쓸 수 있을 정도로 짧은 것을 가지고 연습을 해서 이제 거의 컴퓨터로 작업을 하게 되었습니다. 이제 긴 것도 컴퓨터에 메모를 하는데, 이렇게 해도 문자를 볼펜으로 적을 때와 컴퓨터에 찍을 때는 다릅니다. 항상 컴퓨터는 다시 봐야만 이것을 내가 이렇게 썼구나라고 생각하게 됩니다. 노트에 쓸 때처럼 머릿속에 강하게 윤곽이 안 찍힙니다. 그래서 요즘은 더욱 메모를 많이 하게 되고, 어떤 작품을 구성하는 과정을 보면, 쓰는 것은 열 매 정도밖에 안 되지만, 메모는 한 삼십 매쯤 되어서, 메모를 밀어올리는 데 한참씩 걸리는 식입니다.

김화영   메모도 손으로 안 쓰시고 컴퓨터로 하시나요?

이청준   컴퓨터에 메모를 합니다.

김화영   그러면 예전에 긴 줄로 붙였다는 초고랄까, 사전에 준비한 것들은 버리지 않고 갖고 계십니까?

이청준   대개 있지요.

김화영   제가 외국문학이 전공이라서 늘 그런 생각을 합니다. 한국 현대문학이 일천해서 한글로 씌어진 한국문학은 사실상 한 일 세기 정도밖에 되지 않습니다. 그런데 정말 문헌으로 남아 있는 게 너무 적습니다. 책으로 남아 있는 것도 판마다 다 다르고 오자투성이이고 뭐가 어떻게 된 영문인지 모릅니다. 하지만 외국의 경우에는 많은 작가들이 사전에 그것을 쓰게 된 과정과 관련된 자료와 문헌들을 하나도 안 버리고 그대로 갖고 있어서 국가에서 다 사서 보관합니다. 그래서 도서관에 가면 플로베르 같은 사람들의 원고, 메모지, 초고 등 모든 게 다 남아 있습니다.

이청준   그거 비쌉니까?

김화영   굉장히 비싸죠. (함께 웃음) 그러니까 버리지 말고 갖고 계세요. (함께 웃음) 그리고 또 이게 법으로 규정되어 있어서, 작가들의 생가, 문화의 자취, 원고는 물론이고, 이런 것들을 마구 경매하지 않습니다. 일단 중요한 작가의 경우에는 국가에 살 것이냐 말 것이냐를 물어봐야 됩니다. 그리고 마음대로 팔 수도 없습니다. 그래서 국가가 많이 소장하고 있고, 개인이 사서 국가에 기증하기 때문에 국립도서관 같은 곳에는 엄청난 양의 원고가 쌓여 있습니다. 지난 시간에 제가 잠깐 보여드렸던 프루스트의 수첩이 바로 그런 것입니다. 그런 것이 귀중한 우리의 문화유산일 텐데, 컴퓨터가 생기면서 조금 섭섭한 것은, 그 메모들을 클릭 한 번이면 날려보내게 돼요. 컴퓨터에 쓴 것은 그것이 자필 원고가 아니기 때문에 글 쓰는 과정을 알기도 참 어렵습니다. 컴퓨터는, 물론 그런 과정을 아는 방법이 없지는 않습니다만, 어떤 것이 앞이고 뒤인지, 어떤 것이 먼저 쓴 것이고 나중에 쓴 것인지 추적이 불가능한 경우가 많습니다. 그렇게 뒤죽박죽이어서 창조의 비밀을 따라가는 연구가 컴퓨터로 쓴 글의 경우에는 상당히 어렵습니다. 그래서 컴퓨터는 휘발성 문학이 아닌가 싶습니다. 건드리면 다 날아가는 게 컴퓨터라서 말입니다. 손으로 쓰면 그 사람의 체취가 묻어 있는 자필 메모라든지, 그것을 쓰느라고 고생한 것, 심심하면 옆에다 그림도 그리고 낙서도 하므로 여러 가지 고통스럽게 거쳐간 자취가 남아 있게 마련인데, 이제는 그 자취가 쉬 사라지는 이상한 운명 속으로 우리가 들어선 것 같은 느낌이 듭니다. 하여튼 두 분 선생님은 옛날 것이라고 해도 하나도 버리지 마시고 간직해두십시오.

제가 이런 얘기를 하는 데는 이유가 있습니다. 전에 우리 문학작품들도 번역 출판하도록 하고 싶어서 파리에 있는 유명한 출판사에 찾아갔더니, 좋다, 한국의 작가들도 파리에 상륙할 때가 됐다. 그러니까 여러 작가를 데려오지 말고, 쓸 만한 장편소설 다섯 권 정도 내놓은 중요한 작가의 작품들을 번역해서 가지고 오면, 그 사람을 집중적으로 소개해보겠다고 하더군요. 그 당시 이승우 선생은 아직 젊으셨고, 이청준 선생은 이미 너무 많이 번역되어 있는 처지였습니다. 사실 쓸 만하다고 하는 것이 기준에 따라서 다르긴 합니다만, 완성도가 높은 문제작 소설 다섯 권 정도를 가진 작가가 당시 우리나라에는 많지 않았습니다. 소설을 많이 낸 사람이 있긴 했지만, 상당 부분 전체적으로 완성도가 높지 못한 경우가 많았지요. 우리말로 출판이야 했다지만 외국어로 고생스럽게 번역 출판까지 할 필요가 있을까 싶은 느낌이 드는 작품이 많습니다. 정말 좋은 작품을 내는 작가가 드물고 보면, 오늘 모신 이 두 분은 그런 점에서 작은 메모까지도 중요한 문헌이 된다고 생각합니다.

그러면 이제 본격적으로 미리 화제로 삼기로 예고한 작품으로 이야기를 옮겨보겠습니다. 우선 이청준 선생님께 여쭤보겠는데, 『서편제』는 우선 연작이라는 말이 붙어 있고, 그 속에 「서편제」「소리의 빛」「선학동 나그네」「새와 나무」「다시 태어나는 말」 등이 들어 있습니다. 「서편제」는 이미 영화화되었기 때문에 소설을 안 읽는 사람도 다 알고 있는 내용입니다. 이러한 연작소설을 쓰게 된 동기랄까, 더구나 부제로 '남도 사람들'이 붙어 있는데, 이런 점과 관련해서 처음에 어떤 생각을 갖고 이 작품을 쓰게 되셨는지 말씀해주시지요.

이청준 아주 기계적인 얘기만 하죠. 원래 친구인 광주 『전남일보』 기자가 서울에 특파원으로 와 있었는데, 『전남일보』에 연말에, 연초 특집 겸해서 소설 한 편을 전작으로 싣자는 주문이 와서 쓴 것이 「남도 사람」이라고 해서 지금은 「소리의 빛」이라고 되어 있는 작품입니다. 나중에 얘기를 써놓고 보니까, 앞에 얘기가 있을 법해서 다시 쓴 것이 「서편제」인데, 그래서 첫 발표 때에는 시간도 많이 다르고, 인물 성격도 일관성이 없었습니다.

그랬지만, 앞 말씀과 연관시켜서 얘기하자면, 자필원고는 원고형태로 남지만, 컴퓨터에서는 고친 흔적을 놔두어도, 두 권을 같이 읽기 전에는 어디를 고쳤는지 찾아낼 길이 없습니다. 인쇄물을 고쳤을 때에는 어떤 부분을 고쳤다는 것이 한눈에 보입니다. 그렇게 쓰면서 「남도 사람」을 전체 제목으로 삼고, 각 편의 소제목을 썼습니다. 어떤 생각에서 연작으로 끌고 갔는지에 대해 말해보지요. 이것을 장편으로 하면, 인물의 일관성을 유지해야 하고 또 상당한 지구력이 필요한데, 세월이 흐르고 나면 자기 생각도 달라질 수 있고 이해방식이 달라지기도 합니다. 그래서 시간을 약간씩 단층을 두어서 비틀어놓았습니다. 비틀어놓으니까 각 편마다 나름대로 독자성을 이룰 수가 있고, 전부 이어서 하나의 장편으로 읽힐 수도 있는데, 그 경우 장편으로 썼을 때보다 훨씬 자유롭다는 이점이 있습니다. 쓸 때는 단편으로 쓰고, 연결할 때는 장편으로 연결하면서도, 연결에서 다소간 비틀림에 대해서도 독자로부터 이해(양해)를 구할 수 있었다는 겁니다. 그래서 그런 식으로 썼습니다.

김화영　그래서 과연 전체적으로 보면, 가시적인 표시도 있듯이, 「서편제」와 「소리의 빛」 같은 작품은 정확하게 같지는 않아도 비슷비슷하게 겹치는 부분이 많아서 마치 여러 가지 종이나 트럼프를 손에 펴서 쥐듯이 각각의 작품들을 부분적으로 겹쳐지게 펴놓은 듯한 느낌을 줍니다. 창호지를 겹쳐 바르면 어떤 부분이 진하게 보이듯이 그런 모습의 연작소설인 것 같습니다. 그중에서도 특히 오늘 얘기를 해주십사고 청했던 「다시 태어나는 말」은 물론 전체적인 주제인 소리꾼 얘기와 관련이 있으면서도 끝에 가서 소리꾼에서 약간 비껴나면서 차라든지 특히 말의 테마로 옮겨가고 있습니다. 오늘 제가 흥미롭게 주목하는 점은, 두 분 다 스스로 지정해주신 작품이, 소설을 쓰면서 소설의 가장 중요한 매체인 말, 말이란 무엇인가, 소설가가 말을 찾아나서는 과정은 어떤 것인가 하는 질문을 소설의 한 주제로 다루고 있다는 점입니다.

이승우 선생의 『생의 이면』 '서문'에 마치 벼랑 끝에 몰려서 길이 끝나는 곳에 더이상 못 갈 곳에 이르자, 에라 모르겠다라며 발을 다 적실 각오를 하고, 한 발 한 발 앞으로 나간 아주 대담한 기획이라고 말하고 있는데, 처음에 이 작품을 쓰게 된 동기와 과정을 설명해주십시오.

이승우 아마 좀 엄살 같은 이야기일 겁니다. 1990년대에 막 들어오면서 제가 그 작품을 썼는데, 저는 사실 80년대 내내 작품활동을 했고 80년대 작가라고 많이 불렸습니다. 80년대 문학의 특성이랄까 성격 같은 걸 대부분 이해하시겠지만, 시대와 사회, 주제와 이념이라고 하는 중압감 같은 것들에 짓눌려 있었습니다. 작가들도 사회학적 시각으로 글을 쓰고, 독자들도 그렇게 읽던 시대였습니다. 실천으로서의 문학을 직접적으로 하지 않는 사람들조차도 사회적 부담이나 중압감으로부터 자유로울 수 없었던 시절이었습니다. 그런데 89년 이후에 냉전체제가 붕괴되기 시작하고, 우리나라에 상대적으로 약간의 민주화가 진행되면서, 소위 말하는 오렌지 족 같은 것이 생겨났습니다. 그런 시대적 흐름이 문학판에도 거세게 밀려와서, 예컨대 굉장히 가볍고 감각적이고 경쾌하고 대단히 속도감 있는 글들이 포스트모더니즘이라는 이름으로 치장도 되면서 문학판으로 상륙해 들어왔습니다.

그때 갑자기 현기증 같은 게 느껴졌습니다. 내가 문학을 잘하고 있는 것인지 의문스러웠지요. 신간 소설이라고 나온 것들을 보면, 내가 그 동안 해온 것과는 사뭇 달랐습니다. 그때 저는 서른 살을 넘어섰고, 가정도 이루기 시작할 무렵이었습니다. 다른 거 할 줄 아는 것도 별로 없고 소설 쓰면서 계속 먹고살아야 되는데, 과연 계속 할 수 있을까 하는 위기감이 들었습니다. 십 년 넘게 애써왔지만, 이룬 성과가 무엇인가 생각하니 한심했습니다. 그러자 나에게 문학적 재능이란 게 있는가, 우리 한국문학 안에 내 자리는 있는가라는 고민도 생겼습니다. 문학적인 것만이 아니라 실존적 고민이었습니다. 마음이 심란해지더군요.

지금 생각하면 엄살인지도 모르겠습니다만, 『생의 이면』 '서문'에서 말한 그런 비장한 기분이 되면서 문득 지금 내가 할 수 있는 것이 무엇인가, 생각하게 되었습니다. 그러자 누구도 할 수 없고, 누구보다 더 내가 잘 알고 있는 세계가 무엇인지 떠올랐습니다. 그것은 기억이었습니다. 어쩌면 내가 이 시간을 위해 이것을 아껴두고 있었던 것은 아닐까라는 생각이 들었습니다. 기억이라는 것은 단순한 과거에 있었던 사실들의 나열이 아닙니다. 기억은 편집된 과거입니다. 편집이라는, 지우기도 하고 덮어쓰기도 하고 과장도 하고 키우거나 줄이기도 하는 전체적인 과정을 통해서 우리 내부에, 의식 밑바닥에 저장해둔 어떤 것들입니다. 그것들이 그 순간에 끓어올랐습니다. 기억이라고 하는 것들을 매개로, 질료로 해서 무엇을 하나 해보자라는 생각이 들었습니다. 물론 제 작품 속에 제 자신의 얘기가 안 들어간 것은 없습니다. 이렇게 저렇게 들어가 있지만, 그때까지는 제 자신의 이야기를 했다는 생각은 들지 않았습니다. 내 기억에 있는 것을 가지고 소설을 써보자는 의식적인 생각을 가지고 쓰기 시작한 첫 소설이 『생의 이면』입니다. 그래서 아마 그런 문구들이 나온 것 같습니다.

김화영 『생의 이면』은 소설가가 다른 소설가의 일생을 추적하는 과정을 내용으로 하고 있는데, 직접 조사한 것도 있지만 특히 대상이 된 소설가가 쓴 작품 여기저기를 인용해가면서 그 사람의 진실을 찾아가는 과정입니다. 거기에 나오는 인물의 경우 지금 말한 기억이라는 것이 구체적으로 몸의 어디쯤에 숨겨져 있는지는 모르겠습니다만, 특히 중요한 기억들은 우리 마음(두뇌)의 어떤 골방 깊숙이 처박혀 있을 것 같은데, 그런 느낌이 드는 장소가 그 소설 속에 꽤 많이 등장하는 것 같습니다. 예를 들면, 뒤꼍에 있는 방, 주인공의 아버지가 혼자 갇혀 있던 접근 금지된 방이라든가, 나중에 주인공 자신이 혼자 살다가 버려두고 넓은 세상에 나왔다가 다시 들어가게 되는 자취방이라든가, 혹시 그런 골방들이 기억의 방이 아닌가싶은데…… 어떻습니까?

이승우 방금 말씀하셨지만, 작가인 화자가 다른 작가를 취재하고 그 사람의 삶과 작품을 인용하는 평전(評傳) 투의 구조를 택했다든지, 앞의 문장을 뒤의 문장이 부정하고, 그 문장을 다시 그 다음 문장이 비틀고 굴절시키면서 진실을 드러내기가 참 힘든 것이라는 느낌이 드는 문장을 쓴 게 그래서 그런 것 같습니다. 기억을 드러낸다고 하는 것이, 드러내기는 드러내야 하는데(왜냐하면 이해를 받아야 하니까) 굉장히 힘든 일입니다. 그래서 그런 문장들과 구조들이 나오지 않나 싶습니다. 그런 기법들이나, 간접적으로 감추면서 드러내는 것, 은근히 드러내는 것, 짐짓 아닌 척 드러내는 방식들은 사실 이청준 선생님의 소설에서 배웠습니다. 제가 문청 시절에 공부했던 이청준 선생님의 많은 좋은 소설들로부터 그런 것들이 자연스럽게 저에게 습득되었다고 생각합니다.

김화영 제가 두 분을 함께 모신 것이 아주 잘한 일 같습니다. 특히 오늘 말씀을 들어보아도 그렇고, 아닌 게 아니라 저 자신도 작품을 읽으면서 그런 점을 많이 느꼈습니다. 두 분이 성격도 다르고 문체도 다르지만, 특히 『생의 이면』은 여러 가지 면에서 이청준 선생의 서술방식을 떠올리게 합니다. 다시 말해서 지금 말한 감추면서 드러낸다는 두 가지 모순된 듯한 방식이 그렇습니다. 대개 소설을 읽을 때 처음부터 끝까지 명쾌한 소설의 경우 읽을 때는 재미있지만 두 번을 반복해서 읽을 수는 없습니다. 그러나 의미 있는 소설은 역시 두 번, 세 번 읽을 때마다 어디에 이런 골방이 숨어 있었나 싶을 정도로 새로운 골방이 나타나서 전체의 큰 의미를 조금씩 변화시키고, 그 같은 의미의 유동성이 새로운 총체를 만들어가는 것이 아닌가 싶습니다. 드러내면서 감추고, 분명한 것 같으면서도 흐려지고, 뒤의 것이 앞의 것을 모순되게 만드는 관계가 더욱 진실에 가까이 다가가는 방법이 아닌가 싶습니다.

그런데 이청준 선생의 소설을 읽다보면, 솔직히 답답하다는 생각이 들 때가 많습니다. (함께 웃음) 왜냐하면 이렇게 말했다가, 거기에서 한 발 나가려다가 뒤로 물러서서 또 한 번 뒤집어서 다시 생각해보고, 그래서 같은 대상이나 현상을 뒤에서 보고 앞에서 보고, 이런 식으로 별 진전이 없이 굉장히 느릿느릿해 보이기 때문입니다. 그러나 그럴 때마다 모습이 조금씩 달라지고 그렇게 하여 뭔가 진실을 찾아 천착하는 듯한 느낌을 주는 소설이 이청준 선생의 소설인데, 바로 그런 점에서 이승우 선생이 영향을 받았다고 얘기하는 것이 아닌가 싶습니다.

이청준 선생의 「다시 태어나는 말」은 제목부터가 '말'에 관한 것입니다. 앞에서 소리꾼 얘기를 열심히 하다가 끝에 마치 마무리하는 듯한 작품에서는 제목마저 「다시 태어나는 말」이라고 하여 뭔가 달라집니다. 과연 그 작품을 자세히 읽어보니 '말'이 정말로 소설의 주인공 같습니다. 또 이 작품 자체의 구조가 김석호씨와 지욱이라는 사람이 일지암이라는 곳까지 갔다가 다시 여관으로 돌아오는 왕복 행로 속에서 서로 주고받는 말(대화)로 이루어져 있습니다. 말과 관련하여 그 작품 속에서 제가 그냥 간단히 추려보기만 해도, 말머리, 말꼬리, 말고삐, 말의 소굴, 말의 형식·숨결·규범·정신·절제, 잃어버린 말, 말을 아끼다, 무성한 말의 숲, 말의 운명, 말의 길, 말들의 깊은 숲, 말의 둥지, 말의 변신, 말의 마당, 말의 진실 (함께 웃음) 등 굉장히 말이 많습니다. '말'이 주인공이라는 점은 부인할 수 없는 사실인 것 같습니다. 어떤 이유에서 이 작품이 소리꾼인 『서편제』 끝에 가서 붙었는지 설명을 좀 해주시지요.

이청준 재미없다고 해놓고 그것을 설명하라고 하니까 참 재미없네요. (함께 웃음) 뒤쪽부터 먼저 말씀드리면, 의미를 더 배제시킨 말의 형식을 소리로 바꿨다고 할까요. 그 이유에 대해서는 조금 다른 설명을 드려야 될 것 같습니다.

아까 소설을 많이 썼다고 하셨는데, 그 부분에 대해서 지루하더라도 제 나름대로 정리한 이야기를 해야 대답이 될 것 같습니다. 저는 시골에서 초등학교를 졸업할 무렵에, 어느 소설에 썼습니다만, 중학교 안 가도 좋은데, 광주에 외사촌 누님이 계주를 하고 지내는 분이 있어서 광주의 중학교에 가게 되었습니다. 불행히도 합격을 해서, 입학식 가기 전날, 바다에 가서 어머니께서 친정 조카딸에게 아이를 얹혀 보내면서 게를 한 망태기 잡아서 버스에 태워줬습니다. 그런데 그 시절에는 시골에서 광주까지 가려면 비포장도로라서 한 여남은 시간 가니까, 늦은 봄철에 그것이 그만 전부 다 곯아버렸습니다. 버리고 갔으면 좋은데 아까워서 그냥 가지고 갔더니, 누님이 당장 코를 싸매면서 바깥 쓰레기통에 내다버렸어요. 나중에 내가 어딘가에 그렇게 적었습니다. "내가 지금 저렇게 버려졌다, 지금까지의 내 삶이 버려졌다"고. 아마 그때부터는 광주라는 문명의 도회 속으로 촌놈이 어떻게 끼어드느냐라는 것이 삶의 과정이었고, 소설에서 그것이 지속되었습니다.

어느 정도 글도 쓰고 서울까지 입성했다고 생각했는데, 하여간 서울 생활에서 버티다보니까 탈진이 되데요, 그때부터는 다시 고향 쪽을 오르내리게 되었고, 서울에서 술 좀 덜 먹기 위해서 시골에 갔지만, 서울에서는 저녁이 되어야 술을 먹는데 시골에서는 아침 먹고 있으면 '뭣 허는가' 하는 생각에 (함께 웃음) 술 먹고, 아침부터 술 취하면 밤까지 갑니다. 그렇게 사흘만 지나면 견딜 수가 없어서 다시 서울로 오고…… 그런 귀향과 귀경을 반복하면서 지냈지요. 돌아보니, 소설도 그런 식으로 쓸 수밖에 없었습니다. 시골의 삶은 근원적인 삶, 자연적인 삶, 자족적인 삶이지만, 도회의 삶은 의존적이고 관계적인 삶이라는 것입니다. 이렇듯 서울에서도 살 수 없고, 시골에서도 살 수 없다는 양면이 융합되고 조화되는 삶이 전체적인 삶이 아닐까라고 막연하게 생각했습니다.

그때 80년대에 들어오면서 저는 서울이나 도회의 사회적 삶이라는 것은 결국 우리가 말로써 관계 지은 삶이다라고 생각했습니다. 그러니까 말에 대해서 관심을 가질 수밖에 없었고, 그래서 「언어사회학 서설」이라는 시리즈를 「서편제」 시리즈와 같이 썼습니다. 한쪽은 시골의 삶이고, 한쪽은 도회의 삶을 다뤘습니다. 그래서 「언어사회학 서설」과 「서편제」 네 편을 따로 쓰다가, 「다시 태어나는 말」에서는 그 두 주인공을 만나게 한 것입니다. 왜 그런 생각을 했냐면, 80년대로 들어오면서 말이 극도로 억압당하고, 또 한편에서는 말이 굉장히 오염되었습니다. 자발적으로 혹은 이상한 방식으로 TV에 나와서 무언가를 합리화시키는 말, 그런 것은 어느 시대에나 있게 마련인데, 그러한 말의 타락과 오염이 우리 삶 자체를 타락시키고 오염시킨다는 생각을 갖고 있다가, 그러면 말의 타락과 오염은 어디에서 회복이나 정화의 힘을 찾아볼 수 있을 것인가 해서 근원적이다, 어머니다, 고향이다 하는 고향의 삶의 모습을 그리게 되었습니다. 말이라고 하는 것은 삶의 표리관계가 잘 만나 있어야 정상적인 말인데, 이미 오염되어서 약속관계에서 벗어나 유령처럼 떠돌고 있다면, 이 말을 어떻게 다시 우리 삶 속으로 끌어들일 것인가, 어떻게 그 알맹이를 품을 수 있는 말로 만들 것인가를 고민하다가, 그러한 삶의 내용을 「서편제」에 담았던 것입니다. 그러다보니까, 말이 중심이 되었고, 어차피 우리 삶의 현장은 말로 짜여진 것이기 때문에 말을 그렇게 많이 썼던 것 같습니다.

김화영 방금 그 말씀을 들으면서, 제가 책을 읽다가 체크를 해놓은 부분이 눈에 들어옵니다. 여기에 보면, "부흥회 사건 이후 말에 대한 완전한 절망을 겪고 나서였다. 지욱은 이제 그 가없은 글쟁이들과 어울림조차 단념한 채 한동안 혼자 집에만 틀어박혀 지내고 있었다. 어디에 아직 순결을 잃지 않은 말은 없을까. 그런 말들을 어디서 만나볼 수는 없을까." 그럴 만한 길을 찾아 이런저런 서책 나부랭이나 생각을 뒤지면서 발견한 것이 『초의선집』에 등장하는 『동다송』이라는 책인데, 제가 여기서 참으로 감동적으로 읽은 부분은 『동다송』을 인용하고 나서, "그것은 가위 말과 정신의 규범이라 할 수 있었다. 지욱은 한마디로 그 다도의 이치에서 말과 정신의 관계규범을 본 것이다. 물의 신이라고 하는 차는 즉 인간 정신의 혹은 사유의 내용이요, 차의 체라는 물은 사유의 장, 자리가 되는 말이라고 할 수 있다." 이렇게 물에다가 차를 타는 것과 우리의 말에다 사유를 집어넣는 것과의 관계가 잘 어울려서 향기로워지는 과정을 아주 기막히게 표현한 대목이라고 할 수 있습니다. 그런 의미에서 순수한 말, 때 묻지 않은 말을 찾는다는 것은 단순히 원초적인 것으로 돌아간다고 해서 되는 것이 아니라, 어쩌면 거기에 딱 맞는 말을 현실에 부여해서 현실에 일종의 형식을 부여하는 것이 아닐까라는 생각이 듭니다.

이승우 선생께서 『생의 이면』 어딘가에 "문학이라는 것은 아무런 형태가 없는 지리멸렬한 혼돈의 세계에다가 형식을 부여하는 것이다"라는 말을 했는데, 이것은 20세기에 들어와서 많은 작가들이 해온 절실한 말입니다. 표현은 다르지만 내용은 비슷합니다. 사실은 우리가 살고 있는 삶이라는 것을 보면, 우리 자신은 언제 태어나는지 모릅니다. 어머니만 알고 있습니다. 그래서 언제 시작하는지도 모르고, 끝이 나기는 나지만 언제 끝나는지도 모르는 것이 우리의 삶입니다. 잠시 후에 끝날지도 모르고, 몇십 년 뒤에 끝날지도 모릅니다. 그래서 끝과 시작이 불분명한, 따라서 형태가 없는 것이 삶이고, 거기에다가 끝과 시작이 있는 형태를 부여하는 것이 문학이고 소설이고 시인데, 그런 의미에서 말이 형태를 부여한다는 생각이 오늘날 우리 문학의 한 정의로 많은 사람들이 인정하는 터입니다.

이승우 선생의 『생의 이면』을 보면 자꾸 자전적인 소설이 아닐까라는 느낌이 듭니다. 우리 독자들은 조금 유치하기도 하고 남의 비밀을 훔쳐보는 것을 좋아해서, 어느 부분이 이 사람의 진짜 과거이고 어느 부분이 가미된 것일까, 더욱이 뒤 골방에 어떤 남자가 숨어 있다고 나오는데, 작가의 어린 시절의 추억과 비슷한 어떤 것이 거기에 숨겨져 있는 것은 아닐까 하는 생각을 하기도 합니다. 사실 그래야 소설이 재미있거든요. 누구든지 소설을 읽을 때 그냥 객관적으로 문자의 뜻만 해독하는 사람은 없습니다. 자신의 구체적인 기억속의 무언가에 끼워맞춰서 자기 나름대로 상상하는 구체적 주인공의 모습이 있는 법입니다. 소설을 각색한 영화를 보면서 늘 실망하는 것은 나는 저렇게 상상하지 않았는데, 여기서는 저런 배우, 저런 풍경이 되는구나 하고 놀라기 때문입니다.

『생의 이면』 속에 자전적인 요소와 자전적이지 않은 요소의 관계를, 꼭 짚어 고백하라는 것은 아니고, 어떻게든 조금 털어놓아주셨으면 좋겠습니다.

이승우 저도 남의 책을 읽을 때 그렇게 읽습니다. (함께 웃음) 이게 작가가 진짜 경험한 걸까, 또는 어디까지가 진짜일까 궁금해집니다. 어떨 때는 전화해보고 싶을 때도 있습니다. (함께 웃음) 제가 어딘가에 이런 표현을 썼습니다. "작가는 여러 편의 소설을 통해서 한 편의 자서전을 쓰는 사람이다"라고. 그런 의미에서라면 『생의 이면』도 자전적인 소설일 겁니다. 그러나 일화들의 사실 여부를 묻는다면, 그렇지 않다고 대답해야 할 것 같습니다. 실제 많은 일화들이 허구입니다. 다만 그 안에 들어 있는 인물의 의식, 자의식이라고 할 수 있는 부분은 적어도 제 기억이 보증하는 한에 있어서는 제 젊은 시절에 마음속에 있었던 욕망과 자의식들이 투영된 것이라고 얘기할 수 있을 것 같습니다.

김화영 피아노 치는 연상의 여인도 그렇습니까? (함께 웃음)

이승우 디테일한 부분이 다 그런 건 아니지만, 대체로 그렇습니다.

김화영 제가 왜 그걸 묻냐면 단순히 여인이 등장해서 그런 게 아니라, 이승우 선생의 이력을 보니까, 신학교를 다녔다고 되어 있고, 또 중요한 에피소드 중의 하나가, 통행금지에 몰린 아주 다급한 상황에서, 이것은 우리가 불과 얼마 전에 겪은 끔찍한 역사의 한 부분이기도 합니다, 쫓기듯이 찾아들었던 곳이 교회였기 때문입니다. 그때 나타난 사람이 교회의 목사님이 아니라 피아노 치는 여자였다는 게 참 인상 깊었습니다. 개인적 이력과 아무래도 좀 관계가 있겠죠?

이승우 없다고는 말하지 않겠습니다. (함께 웃음)

김화영 이청준 선생님께 다시 말씀을 돌려서, 「다시 태어나는 말」의 무대는 우리가 잘 아는 대흥사의 일지암, 표충사인데, 초이 선사 때문에 무대가 그곳으로 된 것 같습니다만, 이 선생께서 원래 소리와 차에 대해서 잘 아셨는지, 아니면 조사과정에 잘 알게 되었는지요.

이청준　거기에 나오는 김석호씨란 분이 소리에 장단 잘 치고 술 좋아하고, 본명이 우륵 김봉호라는 분인데, 그분을 해남에 찾아가서 만났습니다. 그분은 서울 음대를 나왔고, 이삼 년 전에는 국립극장에서 '춘향전'을 공연할 때 시나리오를 쓴 분입니다. 『초이와 완당』이라는 소설도 쓰고, 여러 가지를 하는 분입니다. 이분이, 맨 처음에 찾아갔을 때, 차를 내놓으면서 "아무렇게나 먹어, 이거 마셔봤어?"라고 묻더군요. 그런 분들에게는 이럴 때 안 마셔봤다고 해야 됩니다. (함께 웃음) "중놈이 씻는 물같이 맛이 없는 것이니까, 먹기 싫으면 말고"라는 식으로 해서 관계가 시작되었습니다. 그리고는 『초이선집』이라는 책을 얻어왔습니다.

이건 여담입니다만, 차에는 이상한 약효가 있는데, 타닌이 많습니다. 제가 복압 때문에 소화계통이 전부 망가질 지경이어서 늘 불안했는데, 차를 마시면 정리가 되었습니다. 그러니까 아주 좋은 술국입니다. 그래서 약으로 지금까지 한 30년 먹었지만 다도는 모릅니다. 한국과 일본, 중국 등 세 나라 중에서 우리나라의 다도가 일본 쪽에 치우쳐서 너무 형식에 얽매이는 것 같은데, 하지만 저는 언제나 차는 약으로 먹는다고 합니다. 그리고 소설에 뭔가 아는 척하고 적어놓은 것은, 저 사람이 차 좀 알면서 저러겠거니라고 독자가 느끼라고 적어놓은 것입니다. 그렇게 넘어가죠. (함께 웃음)

김화영　그러나 어쨌든 언뜻언뜻 비치는 부분이, 차라리 문헌처럼 본격적으로 이야기를 하면 싫증나겠지만, 보일 듯 말 듯 나오는 차라든지 소리 같은 것은, 마치 길거리를 지나다가 버스 지나갈 때 모퉁이에서 들려오는 전파사의 음악처럼, 다시 만날 수 없는 음악이 아름답듯이, 언뜻언뜻 보이는 것이라서 오히려 더 아름답게 여겨지는지도 모르겠습니다.

이청준　제가 여담 하나 말씀드릴까요. (김화영 : 네, 좋지요.) 임권택 감독이 〈서편제〉라는 영화를 찍자고 하는데, "당신 소리 들어본 일 있습니까"라고 물어보니까, 녹음된 것만 들어보았지 현장에서 들어본 적은 없다고 했습니다. 지금은 마을에서 일하다 와서 판소리를 하면서 노는 곳이 제가 알기로는 해남지역밖에 없습니다. 거기에 가면, 내가 술자리를 만들 테니까 놀 사람 좀 오라고 해서 불러오면, 그때 그 동네 사람들을 모아서 소리를 하는데, 김봉호씨가 쳐야 영화가 효과적일 것이라고 했습니다. 왜냐하면 제가 언젠가 구로공단 복지관에서 공장 노동자들에게 판소리를 들려주자고 해서 갔는데, 앞에 물을 떠다놨습니다. 소리하는 사람과 북잡이의 관계는 남녀간의 대화일 수도 있고, 친구간의 대화일 수도 있는데, 대화가 어우러지려면 엄숙하게 앉아 있는 것보다는 어우러져야 됩니다. 그래서 주스를 한 잔 달라고 하기에 제가 주스에 소주를 반 정도 섞어서 줬습니다. 그랬더니 금세 얼굴이 벌게지면서 북을 치는데, 가끔 가다 저를 보면서 잡아먹을 듯이 칩니다. 너 주스에 술 탔지라는 식으로, (함께 웃음) 그래서 나중에 "주스 한잔 더 하시렵니까" 하니까, "기왕 먹었으니까 한잔 더 하지"라고 해서 아예 그때는 소주를 3분의 2 정도 섞어서 줬습니다. 그 어우러진 표정이 '서편제' 끝에 보면, 김규철이가 석 달 동안 북을 쳤는데, 그 친구가 북을 치는 모양이 그것을 그대로 익힌 것입니다.

김화영 〈서편제〉와 술 그리고 영화 얘기가 나오니까, 최근에 칸 영화제에서 수상한 〈취화선〉 생각이 납니다. 제목이 '취화선'이긴 합니다만, 첫 장면부터 술 가져오라고 해서 술을 먹고 끝까지 계속해서 술만 먹으면서 그림을 그립니다. (함께 웃음) 제가 알기로는 소위 명필이라는 분들도 글씨를 언제나 다 잘 쓰는 것이 아니라 맑은 정신에 정성들여 써야 잘 씁니다. 그래서 사실은 명필에게도 잘 못쓴 글씨가 훨씬 더 많습니다. 아주 형편없는 글씨도 있습니다. 훌륭한 작가도 마찬가진데, 자신을 집중해서 써서 잘된 작품들만 빼놓고는 폐기하는 게 보통인데, 술을 마셔가며 과연 좋은 그림을 그릴 수 있을까 하는 것이 저는 늘 의문이었습니다. 인사동 한식집에 가면 그 집에 종종 드나드는 분들이 글씨를 남겨놓은 것을 볼 수 있지만 술 먹고 그 자리에서 썼기 때문에 대개 신통치 않습니다. 그래서 과연 '취화선'이라는 게 실제로 있을 수 있는가 하는 의문도 생기고, 혹시나 이런 내용의 영화가 칸 영화제에서 상을 받아서 외국 관객들이 한국 예술가들은 늘 술 먹고 예술작품을 만드는 것으로 오해하면 어쩌나 하는 걱정도 됩니다.

이청준 선생께서는 아까 술 얘기를 많이 하셨는데, 술 먹고 소설이 써집니까?

이청준 그거 안 되죠. (함께 웃음) 정신 통일이 안 돼서 안 됩니다. 혹시 시라면 모르겠습니다. 시는 한순간에 통제가 되니까 되겠지만, 술 먹고 깨면 이게 말씀도 아닙니다. (함께 웃음)

김화영 마치 욱해서 한밤에 연애편지 썼다가 나중에 찢어버리는 것과 똑같을 겁니다. 맑은 정신의 명증성, 혹은 명철성이 있어야 하는데, 그것이 없는 한 어떻게 예술가(작가)가 작품을 만들겠습니까. 알베르 카뮈가 그런 말을 했습니다. 글을 쓸 때에는 항상 둘이어야 한다는 겁니다. 한 사람은 꿈꾸고 다른 한 사람은 말똥말똥한 정신으로 받아적고 있어야 된다는 것입니다. 그 둘이 합쳐져야만 탁월한 글을 쓸 수 있다는 것인데, 둘 다 꿈을 꾸고(술을 먹고) 있으면 잘되기가 어렵겠지요. '취화선'이라면 정말 위대한 예술가임에 틀림없는 것 같은데, 아무래도 저는 그 영화의 그 점이 마음에 걸렸습니다.

끝으로 이청준 선생께 한 말씀만 여쭤보겠습니다. 아무래도 전 이해가 안 가는데, 「다시 태어나는 말」 끝부분에, 그 여자가 "커다란 얼레빗을 한 손에 움켜쥐고, 다른 한 손으론 그녀의 탐스러운 머리채를 길게 늘여잡고, 열심히 힘차게 빗어내리고 있었다"라고 나오는데, 이것과 소리와 말, 차 등과 무슨 관계가 있는지요? 여자가 왜 자꾸 머리를 빗습니까? (함께 웃음)

이청준 거기에 조금 말을 보태겠습니다. 시골에 가면 예전에 밤길에 산을 가다가 중간에 사람을 마주치면, 많이 지나온 사람이 앞으로 갈 길이 많이 남은 사람에게 "금방 사람 지나갔는데, 빨리 쫓아가보시오"라고 합니다. 그게 뭐냐 하면, 무서운 밤길 가는 사람에 대한 위로입니다. 거짓말이긴 하지만, 어둠 속에 두려움을 갖고 갈 때 그 한마디 거짓말이 앞으로 어둠 속을 갈 후행자에게 위로가 될 수 있다는 겁니다. 곧이듣는 사람이나 위로를 받지, 곧이듣는 사람이 아니라면 아무것도 아닐 겁니다. 이게 소설이라는 생각이 듭니다. 그 이야기를 듣고 쫓아가다가 왜 안 나오지, 그 사람이 만약에 도둑이면 어쩌지, 나와 편하게 지내는 동네 아저씨였다면, 혹은 남자일 경우에 아름다운 여자였으면 얼마나 좋을까라는 생각을 하게 됩니다. 그 여자가 치렁치렁한 자기의 고운 머리를 열심히 빗어넘기는 예쁜 여자였으면 하는 것은 꿈입니다. 어차피 소설은 그 지점부터 허구인데, 아까 말, 소리 같은 것 속에서 그때 꿈꾸었던 현실의 삶의 모습, 내가 이런 사람 만났으면 좋겠다라는 말의 모습에 대한 꿈이었을 것입니다.

김화영 우리가 흔히 소설이라고 하면, 19세기 초·중엽에 등장한 발자크 유의 현대소설 같은 것들을 생각하면서, 한 사회의 모습을 그려 보이고, 그 속에서 살고 있는 사람들, 계층들이 어떻게 갈등하는가, 또 어떻게 그 갈등이 해소되는가, 그 계층간의 상호관계는 어떤가 하는 것들을 소설의 표본으로 삼지요. 또 근래에 와서는 어떤 구조를 많이 머릿속에 떠올리냐면, 예를 들어 오 헨리의 「마지막 잎새」라든지 「크리스마스 선물」 같은 것들을 머릿속에 넣고 맨 마지막에 딱 한마디 결구로 뭔가 매듭이 지어지거나 뜻밖의 반전이 일어나기를 기대합니다. 아 그래서 그랬구나, 그게 그렇게 뒤집어지는구나라는 놀라움을 맛보기도 하고, 또 마음이 후련해지기도 하고, 혹은 전체가 완결되었다라는 느낌을 받으며 만족감을 느끼게 됩니다.

그런 전통적 소설의 시각이나 기대 속에서 이청준 선생의 소설을 읽게 되면 갑자기 이야기의 끝에 가서 여자가 왜 머리를 빗나, (함께 웃음) 이게 그러면 머리빗에 관한 얘기인가라고 생각하게 됩니다. 요즘 소설이 날이 갈수록 점점 더 뭔가 매듭을 짓기보다는 끝에 가서 독자 개개인의 상상으로 열어놓는, 그래서 사람들 각자가 여러 가지 해석을 내릴 수 있게 뭔가 미진한 상태로 남겨두는, 그래서 우리 독자들을 소설의 첫 페이지로 되돌아가게 하는 동적인 형식이 아닐까 하는 생각을 하게 됩니다.

이승우 선생의 『생의 이면』을 이번에 벌써 세번째 읽었는데, 주인공은 그렇게 고통스러운 과정을 거치면서, 어린 시절에 선산의 아버지 무덤에 불을 지르고 고향을 떠나고, 객지에 나와서 중국집 배달꾼 노릇을 전전하다가 군대에 가고, 한때는 종교에서 구원의 희망을 얻나 싶었는데 결국은 또다시 어린 시절의 아버지처럼 골방으로 들어가는 장면으로 끝을 맺고 있어요. 이거 굉장히 우울한 소설, 비관적인 결말이 아닙니까, 어떻습니까?

　　이승우　네, 우울한 소설이죠. (함께 웃음)

　　김화영　그런데 지금도 그렇게 우울합니까?

　　이승우　발표된 소설을 어떻게 읽느냐 하는 것은 독자들의 몫일 텐데, 예컨대 그 작품을 하나의 성장소설로도 읽을 수 있겠다 싶었습니다. 그리고 소설가의 탄생이라는 관점에 맞추어 읽어도 좋지 않을까 하는 바람을 가져봅니다. 소설이 꼭 예술이라고는 생각하지 않습니다만, 그렇지 않을 수도 있지만, 예술가적인 재능이 가장 떨어지는 사람들이 산문을 쓰는 게 아닌가 싶습니다. 왜냐하면, 제가 시를 열심히 쓰고 싶었고 굉장히 열심히 썼지만 잘 썼다는 소리를 거의 못 들어 봤거든요. 산문을 쓰면 잘 쓴다는 말을 듣고는 했는데. 저에게는 예술가적인 면보다는 다른 것들이 조금 있는 것 같았습니다. 아까 김화영 선생님께서 꿈꾸는 자와 명증하게 그것을 바라보는 시선(이성)을 가진 자 등 두 개의 자아에 대해서 말씀하셨는데, 그 두 자아가 소설가의 초상이 아닌가라는 생각을 합니다. 그런 의미에서 소설가가 돼가는 과정, 그 길을 탐색하는 과정들이 그 작품 속에서 읽혔으면 하는 생각이 듭니다. 거기 들어 있는 인물의 내면에 있는 것들에 대해서는 공감을 하는 독자 분들도 있고, 그렇지 않은 분들도 있을 겁니다. 우울하고 비관적으로 읽을 수도 있겠지요. 하지만 중요한 것은 진실과 이해라고 생각합니다. 제가 그 인물을 문자화해서 표현할 때는 우울함보다 훨씬 더 큰 어떤 마음의 흔들림이나 갈등, 고뇌와 도전 같은 것들이 있었습니다.

　　김화영　제가 우울한 소설이 아니냐고 한 것은 절대로 비판적인 표현이 아니었습니다. 사실 저는 개인적으로 문학은 어두운 문학이 더 감동적이라고 생각합니다. 우리는 삶의 고통을 위로받기 위해서 소설을 읽는 것은 아닙니다. 우리 자신이 어떤 모습인가, 자기의 내면적 진실은 무엇인가, 우리가 살고 있는 사회는 어떤 모습인가를 찾아가다보면 길이 시원하게 뚫리는 경우보다는 길이 끊기고 막히는 때가 훨씬 많습니다. 그럴 때 그 난관과 고통 속에서 자기 모습을 발견하는 과정이 예술작품이라고 생각한다면, 우울한 것, 비관적인 것이 반드시 나쁜 것은 아니라고 생각합니다. 예술은 어느 면에서 카타르시스의 기능도 갖고 있지만, 반드시 그것이 아니더라도 자기 내면에 있는 진실을 추구하다보면 당연히 고통이 따르게 마련입니다. 늘 아는 말, 소박한 표현을 통해서 우리의 마음을 다독여주는 작품, 말로만 우리를 위로해주는 책만으로는 진실에 다가가기 어렵다는 생각입니다.

그런 의미에서 『생의 이면』은 가다가 길이 막히고 벼랑도 만납니다. 문체 자체도 그렇습니다. 작중인물인 작가의 이런 소설 저런 소설을 한 페이지씩, 그 내면세계의 편린들을 이리저리 짜깁기해서 그 인물을 추적하는 과정이다보니까, 여기저기가 문득문득 막히고 주저하고 더듬거리는 것 같은 느낌을 주는데, 마치 자기 내면의 어둠을 더듬다가 길이 막히고 다시 그 막힌 길을 뚫고 가고 가다가 또 막히고, 그런다는 인상을 줍니다. 특히 지금 말씀하신 성장소설이라는 말, 동감입니다. 어떤 의미에서는 모든 문학작품은 성장소설이라고 할 수 있습니다. 한 인간이 성인으로 만들어지는 과정, 아까 형태를 부여한다고 하셨는데, 형태를 부여하는 것이 인간의 성장이죠.

성년의 비밀 속으로 들어가는 이야기가 대개는 이야기, 즉 소설의 원초적인 모태입니다. 『춘향전』 같은 것도 한양에 가서 출세(과거급제)하는 이야기이고, 솔베이지의 애인 페르긴트 이야기도 돈을 벌기 위하여 사랑하는 사람을 두고 세상으로 나아가는 이야기인데, 돈을 번다든가 출세를 한다는 것 자체가 한 인간이 형성되는 과정인 것입니다. 『생의 이면』이라는 작품을 보면, 소설의 끝이 종결이 아니라 앞으로 계속되는 삶의 한 과정의 단계입니다. 이 인간이 어린 시절부터 성년이 되기까지의 경로(험로)는 곧 외면적 이력만이 아니라 내면(정신) 속에서의 여로를 말하는 것입니다.

그래서 저는 오늘 두 분 선생님을 모시고 얘기한 주제를 '말로 쓰는 소설이 말에 관해서 천착한다' 또는 '남의 얘기를 쓰면서 자기의 삶(혹은 삶의 진실)을 되돌아본다' 라고 요약해보고자 합니다. 어떤 면에서 자전적이라는 소설은 그런 뜻이 되겠습니다. 소설 속의 어떤 에피소드가 작가의 그것과 일치하기 때문에 자전적이라기보다는, 아까 이승우 선생도 얘기했지만, 자기 내면의 의식이나 그 의식의 변화

과정과 일치한다, 혹은 그것을 드러낸다는 점에서 자전적이라고 할 수 있겠지요. 프루스트가 자신의 실제 경험들이 어떻게 소설 속에 녹아들어가는가를 말하기 위하여 노트에 이런 말을 쓴 적이 있습니다. "한 권의 책은 거대한 공동묘지다. 그 공동묘지 속의 대다수의 비석에 새겨진 이름들은 거의 다 지워져 있어서 판독해낼 수가 없다. 때때로 어떤 이름이 생각나고, 어떤 얼굴이 생각나지만, 그 여자의 그 무엇인가가 과연 내 책들 속에 살아남아 있기나 한 것일까. 눈빛이 참하고 말씨가 정답던 그 아가씨의 무덤은 어디인가. 어디쯤인가. 도무지 기억이 잘 나지 않는다." 이렇게 기억은 잘 나지 않고 정확하게 누구의 무덤인지 밝혀낼 수는 없지만, 그런 모든 과거의 실제 경험들이 와서 묻혀 있는 공동묘지, 비석에 새겼던 글자가 더러 보이기도 하고 더러는 지워져서 보이지 않기도 하는 경험의 비석들, 그런 기억들이 집합되어서 일정한 형식을 이루고 있는 공동묘지가 소설이라는 뜻입니다.

그런 의미에서 우리 문단에서 아주 보기 드문 정면돌파형이랄까, 아주 진지한 소설, 자기 자신과 진실에 용감하게 늘 마주 서고자 하는 작가, 그냥 단순히 재미난 얘기를 만들어 들려주겠다는 것이 아니라, 자기의 진실과 대면하는 고통을 마다하지 않는 두 분을 모셔서 오늘 얘기를 들어보았습니다.

질의 응답

질문자 1　이청준 선생님께 드리는 질문인데, 3부작 「선학동 나그네」와 「서편제」와의 연작 상관관계를 좀더 알고 싶고, (이것은 아까 대답을 하신 것 같습니다) 「눈길」의 착상에 대해서도 알고 싶습니다. 그리고 모 대통령 발기인 명부에 오르게 되자, 집 주소까지 바꾸고 잠적하셔서 선생님의 깨끗함과 심중이 크게 알려져 있는데, 지금쯤 한마디 해주실 수 있는지요.

이청준　한 시대 지내면서 이런저런 얘기들이 많이 있지요. 우회적으로 얘기하겠습니다. 제가 『낮은 데로 임하소서』라는 소설을 쓰고 나서, 『당신들의 천국』이라는 소설에 대해 일종의 편견 비슷한 것이 있었습니다. 심하게 얘기하면, 몇십 명 정도의 자서전 대필 의뢰를 받은 일이 있습니다. 80년대 어느 시절엔가는 가장 높은 분의 그것이 얘기가 되어서, 집 문을 걸어 잠그고 시골에 간 일이 있습니다. 그것이 「여름의 초상」이라는 작품으로 된 적이 있습니다. 얼마 뒤에 그분의 책이 나오기도 했습니다. 저뿐만 아니라 그 시절을 산 사람들이 겪었을 일들로 생각이 됩니다.

1960년대 말에 주변의 출판사 하는 친구들이, 자네 소설 천 부만 팔리면 한 권 내주고 싶은데 책이 팔려야 말이지라고 했어요. 그래서 제가 아파트를 팔아서 견적을 내보니까 사십삼 만원이었습니다. 그걸 갖고 『소문의 벽』이라는 책을 냈는데, 유류파동이 나서 전세도 쫓겨날 지경이었습니다. 그래서 집사람에게, 시골에 큰 산 밑에 누님이 한 분 살고 있는데, 거기에 가서 아랫방에서 사세. 공기도 좋고 건강에 좋다고 하니까, 라고 얘기하니까, 하도 절망적이어서 따라나서게 되었습니다. 거기에 가서 늙은 누님에게 밥을 삶아내라고 하기가 뭣하니까, 그때 밥통을 하나 사들고 갔는데, 한 이틀 있어보니까 도저히 숨이 막혀서 있을 수가 없었습니다. 그래서 밥통을 거기 놔두고, 어머니가 조그만 오두막에서 은신을 하고 계셨는데, 거기를 갔습니다. 그게 고부간의 사실상의 첫 대면이나 마찬가지인 상황이었는데, 그 방에 옛날에 집에 있었던 옷궤가 하나 있는데, 속없는 며느리가 할머니 같은 시어머니께 자꾸 옷궤 내력을 묻습니다. 제가 예전에 집이 파산하고 흩어질 때에 그거 하나 남아 있더라는 얘기를 했거든요.

「눈길」을 보신 분들은 알겠지만, 집이 팔렸는데 제가 방학을 해서 집에 가니까, 어머니가 집 산 사람에게 사정을 해서, 우리 아들이 조금 있으면 방학 때 다녀갈 테니까, 그때 저녁 먹여 보낼 때까지만 주인에게 집에 들어오지 말라고 했습니다. 가보니까 뻔히 팔린 집인데, 어머니가 집을 놔두고 왜 여기 와 있느냐 싶었지만, 그날 저녁에는 모른 척하고 같이 자다가 새벽에 부끄러워서 일찍 길을 떠났습니다. 그런데 새벽길에 버스에서, 이분은 갈 데가 없고, 저는 광주로 가는데, 이분은 어디로 갔을까 싶었지만, 그 이후로 결혼할 때까지 그 생각 자체를 무서워해서 못

했습니다. 노인에게 한 번도 그것을 못 물어봤습니다. 어둠 속에서 집도 없는데 어디로 돌아가셨느냐를 못 묻고 있었는데, 철부지 며느리가 그때 어떻게 가셨어요, 라고 계속 물어봤습니다. (함께 웃음) 그러니까 야단을 치셨는데, 그때 저는 안 듣는 척하면서 그 이야기를 들었습니다. 「눈길」 구조가 그대로입니다. 제 체험에다가 며느리와 시어머니 둘이 이야기하는 시간대를 그대로 연결한 것입니다.

제가 한 가지 짧은 얘기를 덧붙이자면, 그것을 쓰고 났더니, 나연숙씨 오라비가 나한봉씨라고 시나리오 쓰는 사람인데, 두 분 다 우리나라에서 유명한 돌쟁이입니다. 충청도 단양 지역에서 돌을 많이 모아놓은 사람인데, 어느 날 술 먹고 자기 집에 가자고 했습니다. 돌 모으는 사람들은 몇 가지 특징이 있는데, 제일 좋은 돌은 남에게 안 주고 세번째 정도 좋은 돌을 줍니다. 그런 사람이 집에 가자고 하더니, 여기서 돌을 하나 가져가라고 했습니다. 그때 그 돌의 가치는 일 년치 원고료에 해당했고, 옛날 월급쟁이 월급 일 년치에 해당하는 돌이 많았는데, 거기에서 하나 집어가라고 하는 겁니다. 그래서 왜 그런가 하니까, 이것은 너에게 주는 것이 아니고, 네 어머니께 드리는 것이라고 했습니다. "「눈길」을 보니까, 네가 쓰는 게 아니고, 네 어머니가 쓰는 거드만"이라고 하면서 (함께 웃음) 주었습니다. 그렇게 조그만 것 하나 얻어와서 지금도 소중히 간직하고 있습니다. (함께 박수)

김화영 역시 훌륭한 작품을 쓰려면 훌륭한 어머니를 모시고 있어야 될 것 같습니다. (함께 웃음) 뭐 아무나 그렇게 타고나는 것은 아닌 것 같습니다.

질문자 2 이승우 선생님의 『생의 이면』을 아주 인상 깊게 읽었습니다. 『생의 이면』은 개인적으로 대학시절에 읽은 김승옥의 「환상수첩」 이후에 저를 뒤흔든 소설이었습니다. 무엇보다 선생님의 문장이 기억에 남습니다. 아주 많은 책을 읽으신 것 같은데, 선생님께서 영향 받은 작가나 기억에 남는 작품이 있으면 말씀해주십시오. 좋은 글을 써주셔서 고맙습니다.

이승우 칭찬해주셔서 고맙습니다. 제가 어렸을 때만 해도 읽을 책이 많이 없었습니다. 저는 또 시골에서 자랐고, 책을 구할 수 있는 환경이 아니었습니다. 집이나 학교에서 『세계문학전집』을 본 게 가장 큰 문학적 자극이었던 것 같습니다. 우리 세대의 대부분이 그런 것처럼 19세기 말이나 20세기 초의 서양소설들을 주로 보았는데, 그래서 기독교적 세계관이 많이 들어왔던 것 같습니다.

사실은 이청준 선생님과 제가 인연이 조금 있습니다. 제가 오늘 이청준 선생님과 자리를 같이 한다고 해서 여러 번 사양을 했는데, 그건 이청준 선생님을 어려워하기 때문에 그랬습니다. 제가 처음 소설을 써봐야겠다, 소설은 참 좋은 것이고 위대한 것이구나라는 생각을 한 것이 고등학교 때 이청준 선생님의 소설을 처음 접하고 나서였습니다. 작품집도 아니고, 제 기억이 정확하다면, 우리나라 젊은 작가들의 단편 몇 편이 실린 어떤 여성지의 별책 부록이었습니다. 「나무 위에서 잠자기」를 거기에서 읽었는데, 읽고 나서 굉장히 충격을 받았습니다. 선생님이 군대 갈 무렵에 맡겨두었던 짐이 없어진 이야기인데, 이게 소설이구나 하는 느낌을 받았고, 이런 게 소설이라면 소설가가 한번 되어보고 싶다는 생각이 들었습니다. 그 이후로 선생님 소설을 열심히 읽었고, 그것이 제가 했던 유일한 문학 수업이었습니다.

특히 데뷔작을 쓸 때, 대학교 휴학중이던 스물두세 살 무렵이었는데, 제가 폐결핵이 있어서 일 년 동안 집에서 쉬면서 그때 선생님의 『소문의 벽』을 수십 번 읽었던 기억이 납니다. 『에리직톤의 초상』을 쓰다가, 『소문의 벽』과 제 데뷔작인 『에리직톤의 초상』이 그렇게 연관이 있는 소설이 아닌데도 불구하고, 글을 쓰다가 막히면 『소문의 벽』을 꺼내서 읽었고 그러면 뭔가 길이 열리고 그랬습니다. 거기에서 이야기의 유사성이 아니라, 이야기를 풀어나가는 비밀을 한 수씩 지도받는 느낌을 받았습니다. 『소문의 벽』을 계속해서 읽으면서 『에리직톤의 초상』을 완성했고, 그 작품을 『한국문학』 1백만원 고료 중편 부문에 응모를 했는데, 운이 좋았는지 그때 심사위원 중의 한 분이 이청준 선생님이셨습니다. (함께 웃음)

김화영 기억나세요?

이청준 나중에 알았습니다. 제목과 내용이 특이해서 그것만 기억하고 있었는데, 나중에야 이승우 선생의 작품이라는 것을 알았습니다.

이승우 저는 내막을 잘 모르지만, 제가 이청준 선생님의 소설을 보면서 공부를 했으니까, 흡족하지는 않더라도 조금은 마음에 들지 않았을까 하는 생각이 듭니

다. (함께 웃음)

김화영 『생의 이면』의 주인공 박부길이 어린 시절 얘기를 하면서, 한동안 미친 듯이 책을 읽었는데, 코난 도일, 헤세, 지드, 삼국지 이렇게 되어 있는데, 본인과 비슷합니까?

이승우 네. (함께 웃음)

김화영 저도 그런 기억이 있는데, 서울 같은 도회지에서 자란 분들은 문명의 혜택을 받아서 소년소녀 소설도 읽고 동화도 읽고 그랬지만, 촌에는 아이들이 읽을 만한 동화책이 아예 없었습니다. 그래서 아주 일찌감치 어른 책을 읽기 시작했습니다. (함께 웃음) 그래서 저도 사실 무슨 소리인지도 모르고 김동인부터 읽기 시작했는데, 그러다가 나중에는 조숙해져서 예를 들어서 방인근, 김내성 같은 훔쳐볼 것이 많고 주로 연애하는 얘기들이 있는 소설들을 보기 시작했습니다.

저는 사실 요새 세대와의 장벽을 참으로 많이 느끼는데 그중 한 이유가 만화라고 생각합니다. 제가 어릴 때에는 만화가 거의 없었습니다. 그때 만화를 접해볼 기회가 없었고 만화의 재미를 느껴보지 못했기 때문에, 지금도 만화가 무슨 맛인지 모릅니다. 그런데 어린 시절에 만화를 즐기면서 자란 세대, 더욱이 만화의 영향을 아주 직격탄처럼 받고 소설을 만화처럼 쓰는 신세대가 지금 대거 쏟아져나왔기 때문에 독자로서 저는 그 감수성을 잘 이해하지 못합니다. 엽기니 판타지니 하는 것들 말입니다. 그게 어린 시절에 읽은 책의 경향 때문인 것 같습니다.

어쨌든 이승우 선생의 소설에서는 제게도 익숙한 코난 도일, 헤세, 지드 같은 사람들이 등장하니까 저로서는 편하고 익숙하고 또 상당히 기분이 좋았습니다. (함께 웃음)

오늘은 이 정도로 마치도록 하겠습니다. 끝까지 경청해주셔서 감사합니다. (함께 박수)

송하춘

윤후명

海峽의 딸들

바람은 젖은 모래를
말리고, 투명한
햇살은 자꾸만
내 몸안으로 스며들어
행복과 부피를 더해
가는데 ─.
그 아이가, 아내처럼,
그 아이의 엄지 발가락
같은 길이 말라지도,
자꾸만 내 몸속을
파고 들것입니다.
누운 채로 나는 바다를
보았습니다. 떠밀릴 듯
물결은 내쪽으로 와고
싶어했지만. 그러나
바다는 거기 있었
습니다.
2002. 10. 18
宋 河 春

가장 멀리 있는
길

윤 후 명

하얀 길에 대한
생각은 옳기 보고
쉽지 않았다. 그
기억이 까마득히
오는 때가 된
고향이라고 엿볼이
그래서 그렇듯 그것
때문이. 만 다만으로
높음많은 좋아한다는
말은 러싸기들이
그래가 여러를
따로이 옮겨져야인
에는이 있다.
나는 새벽 하늘을
밝게 우러르는 나
제 신을 나름속에
그려보고 싶었다.

김화영 여러분, 일 주일 동안 안녕하셨습니까? 오늘은 금요일의 문학 이야기의 세번째 시간인데, 두 분 소설가를 모셨습니다. 제 왼편에 앉아 계신 분이 송하춘 선생이십니다. (함께 박수) 제 오른편에 앉아 계신 분은 소설가 윤후명 선생이십니다. (함께 박수)

이미 여러분들이 유인물을 갖고 계시겠지만, 지금까지의 관례에 따라서 간단하게 두 분을 소개해드리겠습니다. 송하춘 선생님은 1944년 전북 김제 출생이십니다. 1972년에 조선일보 신춘문예로 등단하셔서 지금까지 창작집으로『한번 그렇게 보낸 가을』『은장도와 트럼펫』『호박꽃 여름』『하백의 딸들』『꿈꾸는 공룡』등의 작품을 내셨습니다. 그리고 소설가이면서 저와 같은 대학인 고려대학교 국문과 교수이신데, 소설 강좌를 강의하시다보니까 자연히 전공서적도 여러 권 내셨습니다. 『1920년대 한국소설 연구』『채만식—역사적 성찰과 현실풍자』등의 저서를 보면, 이분이 전공과목 가운데에서도 어느 쪽이 전문이신지 짐작하실 겁니다. 그리고 『탐구로서의 소설독법』『소설발견 1·2·3』『발견으로서의 소설기법』등을 발표하셨습니다. 1995년 중편『험한 세상 다리 되어』로 오영수문학상을 받으셨고, 2000년에는 해군 순항훈련단과 함께 태평양을 횡단하고 돌아와서, 단편「그해 겨울 우리는 이렇게 보았다」「바다 이야기」등 바다에 관한 소설들을 계속 발표하고 계십니다.

그리고 윤후명 선생님은 1946년 강원도 강릉 출생이십니다. 연세대학교 철학과를 졸업하시고, 현재 추계예술대학에서 소설창작론을 강의하고 계십니다. 원래 1967년 경향신문 신춘문예에 시「빙하(氷河)의 새」로 등단하신 시인이셨는데, 1979년 한국일보 신춘문예에 소설「산역山役」이 당선된 후 쭉 소설을 써오고 계십니다. 시집으로는『명궁』『홀로 등불을 상처 위에 켜다』등을 내신 뒤에, 소설집『돈황의 사랑』『부활하는 새』『원숭이는 없다』『오늘은 내일의 젊은 날』『여우 사냥』등을 내셨고, 장편소설로는『별까지 우리가』『약속 없는 세대』『협궤열차』『이별의 노래』등과 산문집『곰취처럼 살고 싶다』, 장편동화『너도밤나무 나도밤나무』등을 내셨습니다. 수상 경력으로는 녹원문학상, 소설문학작품상, 한국일보문학상, 현대문학상, 이상문학상 등 많은 상을 받으셨습니다.

오늘은 예고해드린 대로 송하춘 선생님의 작품집『하백의 딸들』중에서 첫번째로 실려 있는 단편「하백의 딸들」과 윤후명 선생님의 소설집(소설집이라기보다는 중편소설 두 편이 실려 있는)『가장 멀리 있는 나』중에서 동일한 제목의 중편「가장 멀리 있는 나」두 편의 작품을 주로 이야기의 화제로 삼기로 하겠습니다. 한편으로 이 두 분 선생님은 소설을 써서 발표하시기도 하지만, 송하춘 선생님은 대학교에서 강의를 하고 계시고, 윤후명 선생님도 대학교뿐만 아니라 한국문학원 원장으로 계십니다. 다시 말해서 두 분이 스스로 작품을 쓰시는 한편 다른 사람들이 작품 쓰는 것을 지도하시니까 문학교육, 창작교육에 관해서도 이야기를 나눌 수 있다고 생각합니다. 그래서 두 가지 면에서 이야기를 들어보도록 하겠습니다.

우선 연장자이신 송하춘 선생님께 하나 여쭤보겠습니다. 지난번에도 잠깐 얘기했지만, 저는 불문과에서 불어를 가르치다보니 불어는 학생들보다 확실하게 더 잘하니까 가르치기가 비교적 수월한데(제가 그렇다고 정말 잘한다고 할 수는 없겠습니다만), 같은 우리말을 쓰고 있는 국문과 학생들에게 무엇을 어떻게 많이 가르칠 수 있는지 저는 늘 궁금했습니다. (함께 웃음) 그래서 작품을 쓰는 것과 국문학 교수로서 학생들을 가르치는 것, 이 두 가지가 서로 도움을 주는지 아니면 방해가 되는지에 대한 이야기부터 들어보겠습니다.

송하춘 평소에 학교에서도 자주 뵈니까, 김화영 선생님이 종종 불어는 학생들이 잘 모르니까 교실에 들어가서 첫 줄부터 해석하라고 하면 그 시간 동안 바짝 얼어서 꼼짝 못 하니 그것 하나로도 수업을 무사히 끝낼 수 있다, 그러니 처음부터 완벽하게 선생은 알고 있고 학생들은 모르는 상태라 수업하기가 좋은데, 도대체 다 아는 한글, 한국말을 가지고 어떻게 가르치는가, 라는 질문을 잘 하십니다. 실제로 그렇습니다. 가르치는 게 없습니다. (함께 웃음)

김화영 그래도 월급은 다 받으시지 않습니까. (함께 웃음)

송하춘 일단 소설론 작가론 창작론 등 이 세 과목은 제가 학기마다 돌아가면서 맡고 있는 과목입니다. 그런데 이야기 방향은 크게 두 가지로 다르다고 생각합니다. 소설론은 소설을 조각조각 내서 인물이 어떻고, 사건이 어떻고, 구성이 어떻다는 식으로 소설을 조각내는 것이고, 창작론 수업시간에는 그렇게 아는 것들을 어떻게 짜맞추면 살아나고, 어떻게 하면 살아나지 못하는지에 대해서 가르칩니다. 그러니까 하나는 마구 부수는 이야기이고, 하나는 맞추는 일이라고 저는 생각합니다. 정작 무엇을 가르친다기보다도 창작론 수업 때는 학생들이 쓴 작품을 제가 반드시 꼼꼼하게 읽고 나서 이것은 됐다, 이것은 안 됐다는 것에 대해서 조금 말을 할 수 있는 것 같습니다. 어떻게 잘됐느냐까지는 모르겠지만, 이것은 됐다, 그러니까 너는 소설가 할 수 있다 혹은 이것은 아니다 정도는 제가 할 수 있습니다. 그것을 가르친다고 생각합니다. (함께 웃음)

김화영 말씀을 들어보니까, 상당히 재미있고 좋겠네요.

송하춘 예를 들면, 이런 겁니다. 말씀드리다가 생각난 건데, 지난 학기에도 학생들이 작품을 써왔는데, 아직은 소녀티 나는 앳된 여학생이 제목을 '엄마야 누나야'라고 썼습니다. 그런 제목의 소설이니까, 소월의 '엄마야 누나야 강변 살자, 뜰에는 반짝이는 금모래빛' 식의 소설이겠거니 했습니다. 그런데 읽어가다보니까, 주인공이 결혼 안 하고 혼자 살면서 아이는 꼭 갖고 싶어하는 여성인데, 고민 끝에 결정을 내리고 정자은행에 가서 씨를 받습니다. 받고 나서 아이가 생겼는데, 알고 봤더니 자기 아버지 정자입니다. 그러니까 아이가 태어나면, '엄마야? 누나야?'가 됩니다. (함께 웃음) 그래서 어떻게 할 것이냐라는 식으로 소설이 진행됩니다. 아이가 태어나면, 주인공은 아이의 엄마임과 동시에 아이가 아버지의 자식이니까 아이의 누나가 됩니다. 그러니까 제목 '엄마야 누나야'가 그렇게 잘 맞아떨어질 수가 없습니다. 그런 생각을 하는 학생이니까, 소설도 잘 만들었습니다. 그래서 제가 다 읽고 나서, 너는 소설가다, 너 소설가 해라, 이렇게 가르쳤습니다. (함께 웃음)

김화영　윤후명 선생님은 추계예대에서도 가르치시고, 한국문학원 원장도 역임하고 계시면서 학생들 지도를 참 많이 하시는데, 우선 한국문학원이라는 곳이 어떤 곳인지 소개를 해주시지요.

윤후명　한국문학원이라고 되어 있지만, 본래는 소설가 친구들 열한 명이 그냥 노느니 뭘 좀 해보자, 그럼 뭘 하겠느냐, 소설 가르치는 것 아니겠느냐, 라고 해서 시작하게 되었습니다. 사실 요새 무슨 센터라고 해서, 백화점이나 신문사 등에서 많이들 가르칩니다. 그런 것을 우리도 한번 해보자고 해서 시작했는데, 지금은 저 혼자 하게 됐습니다. 거기에서는 말하자면 사회교육을 합니다. 소설을 쓰겠다는 욕구를 가진 사람이 상당히 많은데, 그 사람들의 돌파구를 한번 마련해보자 해서 시작한 것이 벌써 몇 년 됐습니다. 요즘 세태가 그래서 그런지 학생 중에 여성들이 많습니다. 남성들에게 소설 쓰라고 권할 수가 없는 지경에 있거든요. 말하자면 먹고살기가 힘들다는 겁니다. 전업작가는 경제적으로 매우 힘듭니다. 가르치는 데가 많아서 여기저기 가보면, 거의 다 여성들입니다. 우선 배우는 사람이 많으니, 데뷔하는 사람들도 여성이 많을 수밖에 없습니다. 그런 실정이 안타깝습니다. 다른 한편으로 요즘 대학에서 겸임교수 제도가 생겨서 학생들을 가르치고 있는데, 어린 학생들에게서 요즘 젊은이들의 사고방식을 받아들이는 재미가 있습니다.

　저는 이론 같은 것에 대해서는 일절 공부를 안 해서 잘 모릅니다. 또 가르치면서도 이론이 무슨 소용이 있겠느냐, 잘 쓰면 되지라고 생각해서 아무것도 공부를 안 하고 갑니다. (함께 웃음) 그게 상당히 좋은 점이라고 생각됩니다. 학생들이 하나씩 작품을 써오면, 한 삼십 분 동안 그것을 읽고, 그것에 대해서 얘기해보라고 하고, 제가 또 몇 분 정도 얘기하면 수업이 끝나니까, 아주 참 좋습니다. (함께 웃음) 그렇게 해서 저도 그들에게서 배웁니다. 제가 벌써 소설가 된 지가 이십 년이 넘었습니다. 원래는 소설가가 안 되고, 시만 쓰려고 했었습니다. 그런데 소설을 이십 년 넘게 써온 것이 있어서 서로간에 나는 이렇게 썼다라고 얘기를 합니다.

그리고 전에 송하춘 선생님의 책을 받아봤는데, 학생들의 창작물에 대해서 처음에는 이렇게 썼는데 고치니까 이렇게 되었다라는 창작과정을 아주 소상하게 써놓은 좋은 책이었습니다. 얇지만 아주 좋은 책이라서 저도 그런 책을 만들어보고 싶은 욕심도 좀 생겼습니다. 어쨌든 저는 이론 같은 것은 하나도 모르지만, 무조건 현장실습처럼 어떤 공식에도 대입시키지 않고, 이 경우에는 이렇게 쓰면 더 좋지 않겠느냐라는 것을 얘기하면서 수업을 진행합니다. 술 먹고 가서 쓸데없는 얘기를 한 경우도 있습니다. 그래서 과장 선생님한테 어린 학생들에게 지나친 이야기는 하지 말아달라는 말씀도 들었습니다. 몇 년 지난 일인데…… 어쨌든 저는 창작만, 소설 자체에 대해서만 학생들과 대화를 나눕니다.

김화영 그러면 학생들을 가르치는 문제와 자기 자신이 글을 쓰는 문제가 서로 상충하는지 아니면 도움이 되는지, 혹은 전혀 관계가 없는지에 대해서 말씀을 해주시지요.

윤후명 조금 아까 말씀 드렸다시피, 학생들 가르치는 게 저는 매우 단순합니다. 그것에 제가 특별히 정력을 쏟을 일도 없다고 생각합니다. 약력을 보니까, 송하춘 선생님이 전에 오영수문학상을 타셨던데, 고려대학교 교수 중에 제 친구가 몇 명 있습니다. 오영수 선생님이 살아 계실 때 특강을 부탁했다는데, 오영수 선생님이 좀 있다가 땀을 뻘뻘 흘리면서 나오셔서 자네들은 무슨 얘기로 한 시간을 메우나 하고 묻더랍니다. 본인은 "진실하게 써라"라는 말 한마디 하니까 더이상 할말이 없었답니다. (함께 웃음) 제 친구 소설가 몇 명이 모여서 그 얘기를 듣더니 아주 박장대소를 했습니다. 그러면서 한 친구가 "다 거짓말로 때우는 거지 뭐"라고 얘기를 하는 것을 들었습니다. 제가 가르치면서도 그때 그 생각이 자꾸 납니다. 자꾸 얘기하는 것보다 오영수 선생님 말씀대로 "진실하게 써라"라는 한마디면 다 되는 것 아닌가 싶습니다.

김화영 지금 두 분의 말씀을 들으니까, 한 가지 저의 오랜 의문이 풀리는 것 같습니다. 역시 성실하게 안 가르치시는군요. (함께 웃음) 사실 천만다행이라고 생각합니다. 직업적인 작가가 교실에서 성실하게 가르쳐야 반드시 좋은 성과가 나오는 것은 아닙니다. 사실 어폐가 있습니다만, 요즘 대학에서는 몇 편 몇 편 하는 식으로 연구실적에 대한 평가를 많이 합니다. 과학 하는 사람은 그럴 수도 있겠지만, 문학의 경우 저는 늘 이게 아주 우스운 노릇 같습니다. 교육부에서 하는 행정은 실정에 안 맞는 경우가 많습니다. 그래서 우리나라가 잘되려면 교육부가 없어져야된다는 것이 오래 전부터 저의 지론입니다. 농담이 아닙니다. 선진국 중에 교육부 없는 나라가 많습니다. 미국도 주 정부에만 교육부서가 있지 연방에는 교육부가없습니다. 독일도 없습니다. 프랑스처럼 굉장히 관료적인 나라에도 대학교육은 교육부에서 안 합니다. 대학청이 따로 있습니다.

이것은 다른 얘기지만, 적어도 문학에 관한 한 철저하게 빡빡하게 가르친다고해서 좋은 결과가 나오지는 않습니다. 제가 최근에 여기저기에 가서 '상'의 심사를 많이 합니다. 심사를 하다보면 응모자가 굉장히 많은데, 그중 많은 응모자들이 심사위원을 얼마나 피곤하게 하는지 모릅니다. 요컨대 어림도 없는 사람들이 일확천금이나 유명해지기를 꿈꾸는 인상입니다. 요즘은 컴퓨터가 생겨서 자판을 두드리니 팔도 안 아프니까 아무 얘기나 굉장히 길게 써서 냅니다. 더욱이 기계로 출력을 해서 보면 시각적으로 속기가 쉽죠. 깨끗하게 뽑혀나오니까 잘 쓴 것처럼 보입니다. 자기가 원고지에 악필로 마구 썼을 때는 어쩐지 잘 못 쓴 것 같은데, 컴퓨터로 문단정리까지 잘 해놓으니까, 기성 소설가나 된 것으로 착각하게 되지만, 사실은 기초도 안 된 글들이 많습니다. 그래서 어떤 때는 어찌나 황당한지, 내가 지금 이걸 읽고 있어야 되나라는 생각에 원고를 집어던지기도 합니다.

많은 사람들이 어디 가서 강의를 조금 들었다고 금방 시인이 되고 소설가가 되는 것으로 착각하는 경우가 있는데, 그건 어림도 없습니다. 그런데 제가 소설 공부하기 좋은 대학을 딱 한 군데 알고 있는데, 제가 경험해서 아는 곳이 아니라 관찰해서 아는 곳입니다. 굉장히 어려운 대학교인데, 바로 감옥입니다. (함께 웃음) 감옥에 오래 갔다 오신 분들 중에서 훌륭한 글을 쓰는 분들이 많습니다. 그런데 감옥은 아무나 갈 수 있는 곳이 아닙니다. 그것도 짧게 있는 것은 안 되고, 몇 년씩 있는 분들의 경우에 아주 훌륭한 소설가가 되어서 나온 분들이 있습니다. 여러분들도 아마 잘 아실 겁니다. 스스로 훌륭한 선생님이 되고 스스로 훌륭한 학생이 된 경우죠. 물론 대단한 고통이 수반됩니다만. 반면에 신문사 문화프로그램이나 대학교에서 창작교육을 받았다고 해서 갑자기 뭐가 되는 것은 아닙니다. 우리나라는 미국의 풍조를 많이 빌려오는 경향이 있어서 이런 창작교육기관이 많이 생겼는데, 미국 말고 다른 나라에는 그런 게 없습니다. 창작은 교육한다고 되는 게 아닙니다. 그냥 혼자서 어떤 충동을 이기지 못하여 말과 씨름을 하고 훌륭한 선배들의 저작에 심취하여 많이 읽으면서, 자기 인생의 경험을 벼랑까지 밀고 가서 자기의 모습을 찾아내는 것이 문학이라고 할 수 있는데, 그것을 어떻게 교실에서 가르칩니까. 문법이나 분석법을 어느 정도 가르칠 수는 있겠지만…… 사실 그것도 혼자 배우면 됩니다. 문학은 수공업의 세계이지 평준화된 곳에서 양산하는 것이 아니죠.

　제가 60년대에 대학 다닐 때는, 선생님들이 휴강을 밥 먹듯 해서 자주 놀았습니다. 강의실에 가보면 선생님이 안 오시고 예고도 없이 휴강을 합니다. 그런데 바로 그즈음에 대학을 다닌 동기들이나 한두 해 선배 중에서 훌륭한 시인 소설가가 많이 나왔습니다. 지난주에 나왔던 이청준 선생이라든지, 황동규 박태순 김승옥 김지하 김현 김주연 염무웅 김치수 같은 분들이 다 탁월한 문인들인데, 그때 휴강을 많이 한 결과가 아닌가 싶습니다. (함께 웃음) 선생님들이 툭하면 휴강을 했기 때문에, 우리끼리 돌아다니면서 여기저기에서 책도 보고 토론도 하고 욕도 하고 술도 먹고 연애도 하고 일찍부터 글을 써서 투고도 하고 동인지도 내고 그랬습니다. 이러다보니까 나 혼자서 열심히 무언가를 해봐야겠다, 선생님만 믿어서는 안 되겠다는 생각이 들었던 것 같습니다. 선생님만 믿고, 교실에서 배운 얼마 안 되는 것만을 들여다보고 있기보다는 자기 내면을 철저하게 파보는 것이, 위대한 책들 속을 찾아다니는 것이 문학이라고 생각합니다. 두 분 선생님께서는 아주 겸손하게 말씀하셨는데, 아마 문학 교육은 이처럼 약간 게으르게 해야 되는 게 아닌가 싶습니다. 하지만 농담이 섞인 말이니까, 액면 그대로만 믿지는 마시기 바랍니다.

그러면, 오늘 읽고 온 작품에 대한 얘기를 해보도록 하겠습니다. 우선 송하춘 선생님은 「하백의 딸들」이라는 제목을 붙이셨는데, '하백'은 고구려 건국신화에 나오는 인물인데, 왜 제목을 이렇게 붙이셨는지요.

송하춘 저보다 여기 계신 분들이 더 잘 아실 겁니다. 하백은 동명성왕의 외할아버지이고, 하백의 딸인 유화가 햇볕을 쬐어서 알을 낳고 그 알에서 신비롭게 태어난 것이 고주몽입니다. 이 작품은 요즘 청소년들 사이의 미혼모 문제를 다룬 작품이지만, 그것을 문제화하기 위해서 만든 작품은 아닙니다. 언젠가 TV를 봤더니, 5층짜리 아파트 건물에서 비닐봉지에 싼 아기를 수위 아저씨가 줍는 얘기가 나오더라구요. 그 자체가 너무나 충격적이어서, 미혼모라는 게 과연 무엇일까, 호적에 올려서 낳으면 괜찮고, 아직 호적에 오르기 전에 낳으면 왜 문제인가, 이렇게 고민하다 보니까, 어차피 건국시조인 고주몽도 하백의 딸에게서 그렇게 태어났다는 생각이 들었고 그래서 붙인 제목입니다.

김화영 아까 우연히 소개하신 학생 작품도, 출생이 불분명한 생명을 소재로 한 작품이었죠. (함께 웃음) 이 문제와 관련하여 문득 생각나는 것이 프로이트의 학설 중의 하나인 '가족소설'에 관한 해석방법입니다. 마르트 로베르라는 프랑스 평론가는 소설의 기원을 따져보면서 프로이트의 학설을 빌려 소설이 원래 '가족소설'이라는 심리작용에서 생겨난 것이라고 설명하고자 합니다. 그게 바로 '사생아설'이라는 것입니다. 어린아이는 처음에 태어나서 부모의 믿음직한 보호 아래 자라죠. 그때 그 순진한 아이는 아버지는 힘이 세고 어머니는 뭐든지 다 할 줄 아는 다정한 존재로 생각해서 굉장히 존경하고 믿게 됩니다. 뭐든지 부모가 다 해주기 때문에 걱정할 게 없다고 생각하지요. 남에게 얻어맞으면 그를 혼내주고 무서운 존재로부터 언제든 보호해줄 수 있다고 생각하는 등 굉장한 존경심을 가지고 살아가요. 그런데 점차 성장하면서 가만히 보니까 세상에서 최고인 줄 알았던 우리 아버지는 가령 군인 중에서도 육군 중사밖에 안 된다, 그런데 다른 아이들의 아버지를 보면 중위 대령 장군 등 자신의 아버지보다 더 높은 사람들이 많다는 것을 알게 됩니다. 자신이 믿고 존경해 마지않던 아버지, 이 세상에서 최고의 존재인 줄로만 알았던 아버지가 보잘것없는 존재라는 사실을 알게 되는 날이 옵니다. 그때야 비로소 큰 충격을 받고 이건 도저히 믿을 수 없다, 내가 어떻게 저런 사람의 아들일 수 있단 말인가, 그럴 리가 없다, 엄마는 바로 나의 옆에 있고 나에게 잘해주기 때문에 나의 엄마가 틀림없지만, 결코 '최고'의 존재라고 할 수 없는 아빠는 나의 진짜 아빠가 아닌 가짜일 것이라고 해석을 하면서 자위의 방법을 구하게 됩니다.

이 자의적인 해석, 즉 스스로 지어낸 이런 시나리오가 나오려면, 혹은 가족소설이 성립하려면 보다 나은 나의 진짜 아버지를 가상하지 않으면 안 되죠. 진짜 아버지는 지금 어떤 사정으로 내 옆에 없지만 그는 필시 어느 왕국의 왕 같은 대단한 존재일 것이다, 이렇게 믿게 되는 거죠. 이처럼 나는 필시 어떤 사정 때문에 사생아 신세가 되었고 어머니는 지금 다른 남자, 즉 상대적으로 무능한 남자와 살고 있는 것이다, 따라서 현재 아버지 노릇을 하고 있는 저 남자는 가짜 아버지이고, 진짜 아버지는 먼 곳, 다른 곳에 있을 것이다라는 식으로 자기의 형편을 합리화하여 이야기를 지어내는 과정이 바로 가족소설의 기원인 동시에 한 아이가 성인으로 성장하는 과정이라는 것이 프로이트의 설명입니다. 그런 원초적인 어린아이의 이야기가 형태를 바꾸어가면서 소설이 되었다는 거죠. 흔히 여러 건국신화들에서는 영웅들의 출생과정이 불분명합니다. 아버지 어머니가 호적에 분명히 명시된 존재가 아니라 난생설화에서처럼, 인생의 여명기가 불분명하게 그려지고 있습니다. 많은 개국신화의 영웅들도 다 그렇고, 오이디푸스도 그렇습니다. 이 아이가 태어나면 어떤 사정으로 인하여 그대로 살려두지 못하고 없애야 하는 형편이 되고 그리하여 몰래 버리거나 먼 곳으로 보내버립니다. 배에다 실어 먼 바다로 띄워 보낸 결과 어떤 목동이 발견하고서 그를 데려다 키우는 경우도 있고, 알 속에 있다가 누구에겐가 발견되기도 하죠. 하백의 딸들이 낳은 아기도 이런 각도에서 보면 장차 크게 될 아이가 아닐까 하는 생각이 듭니다. (함께 웃음)

그래서 저도 처음 소설을 읽기 시작할 때는 세태소설처럼 신문 사회면에 나올
법한 얘기인가 했는데 뒤로 가면서 슬슬 뭐가 달라지기 시작한다는 사실을 알게
되었습니다. 「하백의 딸들」이라는 제목이 신화적인 연상을 자아내고, 처음에는 사
회면 기사에 등장할 듯한 평범한 사람들의 이야기로 시작되다가 차츰 무대가 우리
들의 안방에서 벗어나서 인적이 별로 없는, 할머니가 혼자 사는 바닷가로 옮겨가
기 시작하면서 차원이 달라지는 것이 아닌가 하는 느낌을 줍니다. 슬며시 차원을
이동하는 작가는 단순한 미혼모의 문제를 초월하는 쪽으로 방향을 잡는 느낌이 없
지 않은데, 어떻습니까?

　송하춘　미혼모 문제가 단순히 선생이나 법, 의사가 처리할 사회적인 문제만은
아니라는 생각이 들었지요. 작품에서는 여학생이 모르는 사이에 그런 일이 저질러
졌다고는 하지만, 그냥 개인적 욕망이랄까 호기심에서부터 비롯된 일이 엄청난 역
사에까지 미치는 이야기를 써보면 어떨까 하는 생각을 했습니다. 그래서 결국 바
닷가의 오막살이 할머니에게 갈 수밖에 없도록 그렸습니다. 그러나 저 자신도 사
실은 구체적으로 설명하기는 어렵습니다. (함께 웃음)

　김화영　그러면 여기에서 말하는 '딸들'이라는 게 아이를 낳는 것과 관련된 여
선생과 여학생 할머니들을 말하는 겁니까?

　송하춘　그냥 결국은 모두가 다 하백의 딸들이 아닌가 싶습니다.

　김화영　사생아 낳는 여자들 말입니까?

　송하춘　아니요. 인간은 모두 다 하백의 딸에서 태어나는 것이 아닌가 싶습니다.
그것을 저는 사회적인 관점에서 이야기한 것이 아니고, 근원적으로 보면 욕망의 문
제가 아닌가 싶었습니다. 작품을 발표하고 훨씬 뒤에 내가 후회하게 된 것은 '딸들'
이라고 제목을 붙인 겁니다. 그냥 '하백의 딸'이라고 해도 되었을 거라는 생각이 들
었기 때문입니다. 황순원 선생님께 예전에 제가 무심코, 왜 '카인의 후예들'이 아니
라 '카인의 후예'라고 쓰셨습니까, 라고 여쭤본 적이 있습니다. 그랬더니, 그것도
모르느냐는 듯이 (함께 웃음) 모든 게 복수 개념일 필요가 있나, 단수여도 되지 않
나, 라고 말씀하셨습니다. 저는 제가 질문했던 것조차 잊어버리고, '딸들'이라고 했

습니다. 지금 생각해보면, 그냥 '딸'이어도 괜찮을 뻔했다는 생각이 듭니다.

김화영 그런데 그것은 언어의 문제입니다. 서양어에서, 가령 영어나 불어에서 딸이라고 할 때, 정관사 The나 La가 붙으면 단수임과 동시에 그 각각에 해당되는 개개인을 나타내는 것이니까, 굳이 딸들이라고 복수로 표시할 필요가 없습니다. 그런데 우리말은 복수 단수 개념의 구별이 별로 없는데, 신세대들은 서양어를 배웠기 때문에 자꾸 '들'자를 사용하지 않나 싶습니다.

어쨌든 「하백의 딸들」에서 나오는 아버지가 누구냐는 사생아 문제는 사실은 어느 나라에서나 다 문제가 되겠지만, 우리나라에서는 상대적으로 문제가 좀더 심각한 것 같습니다. 왜냐하면 우리나라의 경우에는 단순히 가부장제의 문제만이 아니라, 우리의 의식을 강하게 지배하는 민족 이데올로기와 무관하지 않기 때문이라고 봅니다. 실제로 저는 한국인이 단일민족이라고 생각하지 않습니다. 몽고만 해도 백 년씩이나 지배한 적이 있는데, 어찌 순수한 단일민족일 수가 있겠습니까. 그 사이에 다른 피도 많이 섞였을 텐데, 실제 이상으로 중요한 지향성으로서의 '단일'민족 이데올로기는 여전히 그 힘을 발휘하고 있죠. 즉 단일민족이고 싶고, 단일민족이어야 한다고 믿는 겁니다.

족보는 바로 그 지향성의 증거입니다. 우리는 어느 가문 어느 혈통에 소속이 안 되면, 변방으로 밀려나서 살 수밖에 없도록 만들어진 사회구조의 구속을 받습니다. 그래서 혈통적으로 소속이 불분명한 사생아들은 이 사회 내에서 제자리를 찾기가 다른 사회보다 상대적으로 더 어렵습니다. 아주 힘겨운 삶이 시작되는 것이니 말입니다. 그런데 서양의 경우를 보면 자신의 성을 바꾸는 것도 불가능하지는 않으니까, 사생아가 되어도 남과 다름없는 개인이고 시민으로서 국가가 보호하기 때문에, 우리와는 그 심리적 피해의 절실함이 다르지 않나 싶습니다. 어쨌든 우리나라에서는 누구의 피냐, 생모가 누구냐, 양모가 누구냐, 진짜 아버지가 누구냐 하는 문제를 상당히 심각하게 따지고 중요시합니다.

얘기를 돌려서 성격이 전혀 다른 소설입니다만, 윤후명 선생의 「가장 멀리 있는 나」는 전체적인 줄거리를 따라가다보면 아주 다양한 장소와 각도에서 접근한 테마들이라고 할 수 있는데, 글 전체를 꿰뚫고 있는 주제 중의 하나가 '아버지'입니다. 여기에서도 우리 아버지가 어떻게 해서 죽었는가라며 아들이 아버지에 대해서 끊임없이 생각합니다. 자기 아버지의 무덤이 어디에 있는가 하는 문제가 거의 전편에 잊어버릴 만하면 한번씩 나타나는 것이 역시 출생과 무관하지 않다고 생각합니다.

윤후명 선생님은 근래에 와서 여행과 관련된 소설들을 날이 갈수록 많이 발표하고 있습니다. 이 작품의 배경이나 무대가 되는 나라가 여럿인데, 스리랑카에서 시작해서 국내의 여러 장소들은 말할 것도 없고, 러시아 연방의 나라들도 여럿 등장하고 있고, 터키, 남미의 멕시코, 쿠바 등등 아주 다양한 나라들로의 여행과 관련된 경험들이 소설에 등장합니다. 이런 여러 나라들을 윤후명 선생님은 다 여행해 보셨겠죠? (윤후명 : 네, 거의 다 했습니다.) 짐작건대 선생께서는 여행을 하지도 않고서, 그냥 책상 앞에 앉아서 자료를 조사해가지고 다 가본 척하지는 않을 것 같습니다. 그리고 윤후명 선생님의 소설은 대부분 '나'라는 화자를 중심으로 한 일인칭 소설로 서술하고 있어서 더욱 직접적인 경험의 이야기라는 느낌을 주는데 이런 일인칭 선호에 특별히 어떤 이유가 있으신지요?

윤후명 이십 여 년 전에 제가 소설가가 되었을 때는 소위 3인칭 소설이 주류였습니다. 그래서 어쨌든 남과 달라야 되겠다. 소설가는 남과 다른 소설을 써야 된다, 이런 강박관념도 있고, 우리나라 소설에서 '나'가 조금 덜 다루어져 있다는 생각을 했습니다. 또 저 개인적으로는 우리에게 집단주의가 좀 승하다고 개인의 자아 탐구가 상당히 부족하지 않나, 그래서 나를 택하기로 했습니다. 그런데 지금은 거의 모든 소설이 '나'로 시작되고 있습니다. 저는 처음에 '나'라는 것을 지나치게 강조한다고, 일본의 사소설 경향도 아닌데, 상당히 비난받았습니다. 어쨌든 저는 '나'를 얘기해야겠다고 생각했고, 그래서 지금도 '나'를 주로 그리고 있습니다.

또 남과 어떻게 달라야 되나 생각했을 때, 제가 처음 등단했을 때는 여행이라는 것을 쉽게 할 수 있는 형편이 아니었습니다. 우리나라에서 여행 자유화가 이루어진 것이 불과 십 년 정도밖에 안 됐습니다. 그러다보니 할 수 없이 『돈황의 사랑』이라는 작품은 실크로드의 한 도시인 돈황을 그냥 머리로 떠올리면서 썼는데, 그게 돈황이라고 되어 있지만 실은 서울의 사랑입니다. 그래서 그 작품은 종로 5가에서 왔다갔다 하면서 돈황을 가보지는 않고 생각만 하는 소설인데…… 물론 나도 나중에는 가봤습니다. 자료를 백과사전에서 찾는 얘기를 하면서, 책을 들춰보니까 이렇더라는 것이 작품 속에도 그대로 나옵니다. 저는 어디서 베꼈으면 베꼈다고 그대로 씁니다. (함께 웃음)

제가 외국여행 얘기를 쓰는 이유는, 지금은 외국 가서 이러이러한 행동을 하고 생각을 한다는 내용의 소설이 많아졌습니다만, 그 당시에는 그런 것이 매우 드물었으므로 우리 문학도 무대를 조금 넓힐 필요가 있다는 생각을 했었습니다. 조금 답답함을 느끼면서 넓혀봐야겠다는 생각을 했지만, 그냥 무대만 옮겨가지고는 넓어지지 않습니다. 어떤 내적 필연성이 있어야 되겠다는 생각에서 실크로드를 바라보게 되었습니다. 여러분도 아시다시피, 그 지역이 우리나라까지 연결되었다고 하고, 또 혜초라는 분이 거기 동굴 속에서 쓴 『왕오천축국전』이 발견되었다는 얘기도 있으니, 우리와 뭔가 끈이 닿아 있는 곳이라고 생각되기에 처음에 실크로드를 끌어들인 겁니다. 현실이 조금 답답해서 그런 거지요. 나중에는 더 퍼져나갔습니다만, 중앙아시아에까지 우리 민족이 가 살고 있는 것을 그때 알고, 깜짝 놀랐습니다.

요즘에는 많이들 이야기해서 다 압니다만, 우리 민족과 관련이 있기만 한 것이 아니라 내적 필연성으로 뒷받침되어 범위가 넓어져야겠다는 생각을 주로 했습니다. 그렇다면 민족의 문제도 소설에 끌어들여서 무대를 넓혀야 되겠다(단순한 여행기로서의 소설은 저도 반대합니다만)는 취지에서 이리저리 다니면서 현지에 살고 있는 우리 민족과의 교감도 갖게 되고, 그래서 점점 더 많이 다니게 되었습니다. 일본 사람들만 해도 이젠 외국에 가는 것을 별로 대단치 않게 여깁니다. 하루키 같은 경우는 외국에서 생활하는 것을 그대로 자기들 이야기처럼 씁니다. 하지만 아직도 우리나라에서는 여전히 약간의 저항이 있다고 봅니다. 그것도 금방 없어지지 않을까 싶긴 합니다만, 말하자면 세계 속의 한국이라는 생각 속에 여행을 끌어들였고, '나'를 썼습니다.

김화영 사실 윤후명 선생께서 우리라고 만날 한국 내에 국한해서만 쓸 수는 없지 않겠느냐라는 생각에서 무대를 넓힌다고 하셨는데, 충분히 그런 욕구가 생길 만합니다. 그러나 제가 요즘 우리 소설에서 갑자기 무대가 확장되고 여행 애기가 많아지는 현상을 목격하면서 어딘가 좀 어색한 느낌이 드는 것은 어쩔 수가 없습니다. 이건 우리나라가 세계 속에서 처해진 지리상의 위치와 거기에 따른 고립적 삶과 요즘 갑자기 많아진 여행소설이 잘 어울리지 않기 때문이 아닌가 싶습니다. 우리나라는 유라시아 대륙의 끝에 매달려 있어요. 극동 중에서도 극동이죠. 상대적으로 다른 나라와 거리가 그만큼 멀어서 오랫동안 타자와의 구체적인 교섭이 쉽지 않았다는 말입니다. 외국 사람들이 우리나라를 조용한 아침의 나라니, 은자의 나라니 하는 것은 바로 그 '먼 나라'로서의 지리적 위치와 무관하지 않죠. 우리 내부에서 우리끼리 아무리 복닥거리고 살며 서로 한 가족같이 느껴도 우리나라가 타자들에게는 그만큼 낯선 나라였고 타자에 대해서도 그만큼 모르는 나라였습니다.

최근에 젊은이들이 배낭여행도 하고 성인들도 여행을 많이 하기 시작한 것은 사실입니다. 무역도 많이 하기 시작했죠. 그러나 여행은 어디까지나 '여행'일 뿐입니다. 여행이란 갔다가 제 집으로 돌아오는 것입니다. 거기 가서 정착하여 타자와 함께 사는 게 아닙니다. 우리에게는 너무나 오랫동안 한반도, 내 고장, 내 집만이 중심이요 뿌리였습니다. 거기를 떠나 잠깐 바람 쐬고 구경하고 부분적인 경험을 하고 돌아오는 것이지, 세계를 실제로 삶의 무대로 삼는 것은 아닙니다. 가령 영어학습을 생각해봅시다. 중학교 1학년 때부터 영어를 배우고 학원도 다니고 시험도 치고 하는데, 영어가 쉽게 늘지 않는 이유는 머리가 나쁘거나 실력이 없어서가 아니고, 우리들이 살고 있는 곳이 외진 극동이어서 나라 밖에 존재하는 타자의 사회를 몸으로 부딪치며 내 것으로서 살아보지 못해서입니다. 우리는 항상 우리끼리 모여서 '우리'의 울타리 속에서만 살아왔습니다. 이렇게 되니 혹시 어쩌다가 단체여행이나 한두 번 다녀오는 것이 고작인 먼 외국을 무대로 삼은 여행소설을 읽게 되면, 어딘지 구체적인 삶의 실감이 나질 않고 억지로 빌려 입은 옷 같은 느낌을 지울 수가 없어서 뭔가 좀 어색하고 인위적이라는 느낌이 드는 것입니다.

그런데 윤후명 선생의 소설은 그런 느낌이 덜합니다. 아마도 그 속에 등장하는 일인칭의 경험이 충분히 내면화되어 있기 때문이 아닐까 합니다. 「가장 멀리 있는 나」처럼 어떤 소설들에서는 좀 지나치다 싶을 정도로 많은 나라들이 작품의 무대로 활용되고 있긴 합니다만, 너무 낯선 배경을 무리하게 옮겨놓았다는 생각이 들지 않는 이유가 바로 서술의 시점인 일인칭과 관련이 있지 않나 싶습니다. 다시 말해서 이 사람이 카르미크에 가 있든 멕시코에 가 있든 스리랑카에 가 있든, 그가 거기에 있는 사람들과 함께 살면서 관계를 맺고 거기에서 무슨 사건이 일어나는 것이라기보다, 대개 주인공 즉 화자의 내면에 항상 한국의 삶과 고민과 이미지가 가득 들어 있기 때문에 그렇지 않은가 합니다.

그러니까 그 사람 마음속에서 일어난 모든 문제는 사실 현재 그가 가 있는 외국보다는 국내에 살아 있거나 그의 과거와 얽혀 있는 여러 인물들, 그리고 사건들과 더 많은 관계를 맺고 있는 것입니다. 그래서 주인공인 나는 현재 외국에 체류중이지만 그의 내면의 친근한 이미지들 때문에 거기가 꼭 한국처럼 보입니다. 왜냐하면 주인공의 의식이 거기에서도 아주 짙게 자기 냄새를 피우기 때문입니다. 그래서 다른 나라의 여행기 같은 소설이 아니라, 이상한 분위기의 낯선 곳이지만, 그 분위기와 주인공의 내면풍경이 더러는 어긋나고 더러는 잘 어울려서 그려지지 않나 싶습니다.

그래도 길이가 백오십 쪽이나 되는 굉장히 긴 중편이고, 일곱 장의 이야기가 복잡하게 뒤엉켜서 한 번 읽어서는 잘 이해가 되지 않을 것 같은데, 이 작품 전체를 꿰고 있는 무엇이 있다면 그것에 대해서 조금 말씀해주시지요. 해설해달라는 것은 아닙니다.

윤후명 그게 저의 창작 방법론과 관계가 있는 것 같습니다. 그 작품은 연작소설이라고 쓴 것을 주축으로 해서 여러 토막들을 한데 합쳐놓은 겁니다. 그것들의 제목이 각각 따로 있는데, 제 소설쓰기는 무슨 한 줄기 서사를 쫓아가는 것을 싫어합니다. 그래서 제 소설은 단편이 장편이 되는 수도 있고, 장편을 잘라놓으면 또 단편이 되기도 합니다. 저는 이런 것을 상당히 좋아합니다. 제 소설을 의미를 알려고 애를 쓰며 읽을 필요는 없습니다. 심지어 뒤에서부터 읽어도 된다고까지 저는 얘기합니다. (함께 웃음) 다만 삶의 어떤 부분, 삶의 욕구나 진실 이런 것만 소설에서 찾아내면 됩니다. 흔히들 그게 무슨 얘기냐, 무슨 뜻이냐 하고 물어오는데, 그런 질문과 거기에 대한 대답이 무슨 소용이 있겠습니까. 삶의 어떤 분위기, 살아야겠다는 의지, 이런 것들을 전부 합쳐서 보여주면 되는 것이고 이야기로 들려준다면 줄거리만 한 줄 제시하면 그만일 것 같습니다. 그래서 제 소설에 대해서 그게 무슨 이야기냐고 묻는다면, 저 자신이 제대로 답변하기가 힘듭니다. 사실 이야기가 별로 없습니다.

저는 그런 방법론을 쓰기 때문에 어떻게 해석할 재간도 없고, 여러분들이 만약에 읽는다면, 부분부분 토막내어 읽어도 됩니다. 또 어떤 분들은 제가 백과사전적 지식들을 잔뜩 나열해놓아서 어렵다고 합니다. 그건 안 읽어도 됩니다. 그냥 넘어가면 됩니다. 이야기가 없으니까, 이때 기분은 이럴 것이다, 살아야겠다는 의지가 있구나 하는 정도만 받아들이면 될 것 같습니다. 이미지가 메시지에 선행한다고 하듯이, 저는 그런 방법론으로 소설을 쓰기 때문에, 제 소설이 매우 어렵다고 하는 사람이 많습니다. 하지만, 소설을 자꾸 과거식의 독법으로 읽으려고 하니까 어렵지, 어려울 게 별로 없습니다. 감정 토로 좀 하고, 진실이 여기 있구나 하는 정도만 받아들이면 되지, 소설을 왜 과거식으로 보려고 하는지 모르겠습니다. 춘향이가 어디에서 몽룡이를 만나고, 옥에 들어갔다는 얘기가 중요한 게 아니라고 생각합니다. 이런 식의 방법론에 끌리는 것은 제가 시를 썼기 때문인지도 모르겠습니다. 어떡하든지 남과 다른 소설을 써야 되겠다는 것이 시 쓰는 것과 합쳐져서 자꾸 그런 식의 소설이 되는지도 모르겠습니다. 제가 옛날에 시를 쓸 때에는 소설 쓰는 사람을 사기꾼인 줄 알았습니다. 무슨 얘기를 그렇게 만들고 있느냐, 라고 생각을 했습니다. 저는 그런 것을 반대합니다. 그렇다고 해서 제가 무슨 프랑스의 앞서가는 전위소설들처럼 밑도 끝도 없이 쓰지는 않습니다. 그래도 조금의 서사는 있는데, 그걸 지나치게 중요시하지는 않는다는 얘기입니다. 조금 어렵다고들 하는데, 그렇지는 않습니다.

김화영　저는 윤후명 선생의 소설을 그렇게까지 어렵다고 생각해본 일은 없습니다. 다만 혹시나 이야기의 실마리를 쫓는 사람이 있다면, 그 이야기가 복잡하게 착종

되어 있는 느낌이어서 그런 말을 한 것일 뿐입니다. 가령 앞에 나온 여자와 뒤에 나온 여자가 같은 인물인지, 독자가 이런 따위의 의문을 품는 것은 자연스러운 일입니다.

지금 말씀을 들으니까, 우리가 지난번에 모셨던 시인 김춘수 선생님의 말씀이 생각납니다. 아마도 윤후명 선생이 시를 쓰는 분이라서 이렇게 쓸 것이라는 생각을 저도 했는데, 솔직히 고백하면, 소설의 이야기가 어떤 줄거리냐 하는 생각보다 그냥 한 문장 한 문단 읽으면서 그 텍스처나 이미지, 심상의 맛과 정서를 음미하고 그 분위기를 즐기는 것이 대개 더 재미있습니다. 다시 말해서 무슨 이야기인지 알 필요 없이 정말 시를 읽는 것처럼 매번의 이야기 이전의 정경, 분위기, 이미지 자체에서 생겨나서 정서나 감동을 맛보는 것이 윤후명 선생의 소설에서 얻는 매력입니다.

김춘수 선생님이 말씀하셨던 것처럼, 이게 뜻이 뭐냐, 관념적으로 번역하면 무엇이냐, 라고 질문을 하면 어렵지만, 그 자체로 놓고 내가 스리랑카나 멕시코에 와 있다고 상상하고, 지금 이 사람들과 차를 타고 간다고 생각하면 그 자체로서는 충분히 재미있고 감동적이고 분위기도 있습니다. 그런데 김춘수 선생님도 이미지 자체만 놓고 보면 된다고 말씀하셨지만, 사람이라는 것이 로고스에서 완전히 벗어나지 못하는 동물이어서 자연히 관념이 뭐냐, 무엇을 의미하냐, 라는 질문을 던지게 됩니다. 그 이유는 언어에는 반드시 뜻이 있기 때문입니다. 뜻이 있기 때문에 옆에 있는 다른 뜻과 연결되고자 합니다. 연결되지 않고 따로 놓고 있으면 늘 좀 불안해집니다. 그런데 때로 작가는 그 불안한 심사를 이용하기도 하는 것이니까, 불안한 것이 반드시 나쁜 것은 아닙니다. 그런 의미에서 제가 질문을 한번 던져본 것이지, 이야기가 앞뒤가 안 맞아서 비판적으로 얘기한 것은 아닙니다.

윤후명 선생의 다른 소설에 비해서도 이 작품은 아마 전체적인 길이 때문에 많이 복잡한 것은 사실입니다. 그밖에 특히 하나 여쭤보고 싶은 것이 있어요. 6장을 보면, 카르미크에 대한 얘기를 하겠다고 다시 되풀이하는 대목이 있는데, 거기에 가서 다른 장에서와는 판이하게 갑자기 대화체로 변합니다. 무슨 까닭이지요?

윤후명 무슨 뜻이 있는 것은 아닙니다. 아까 질문을 듣고 찔끔했습니다만, 다른 데는 다 가봤는데 카르미크는 사실 못 가봤습니다. (함께 웃음) 그 나라 얘기를 카자흐스탄이라는 중앙아시아에 가서 들었습니다. 참으로 신기한 나라구나, 몽골족의 일파라고 하는데 흥미롭다는 생각을 했죠. 러시아 쪽에는 제가 네 번 정도 다녀왔습니다. 카자흐스탄에 한 달 살고, 러시아에 한 달 사는 식이었는데, 그래서 비교적 잘 압니다. 거기에서 살 때 집주인이 고려인(조선족)이었는데, 한국에 와서 조계사 앞을 지나는데, 러시아에도 이런 게 있다고 하더군요. 그래서 거기 어디에 그런 게 있느냐고 물었더니, 그게 바로 카르미크라고 하길래 참 신기한 나라가 있구나 해서 약간 조사를 했습니다. 그리고 소련 지역의 집들이나 길이 다 비슷하게 생겼습니다. 물론 옛날에 그렇게 지었겠지만, 카르미크만 못 가봤습니다. 그 옆 지역들을 가본 결과 이러이러하게 생겼겠지 생각해서 머릿속으로 그려낸 것이죠. 그 지역에 우리 민족이 상당히 많이 살고 있다고 합니다. 체첸이라는 곳 옆인데, 매우 흥미로워서 쓴 것입니다.

대화체 이야기가 나왔습니다만 그 이유는 이렇습니다. 백일장 같은 곳에서 심사를 해보면, 편지투로 쓰면 매우 잘 쓴 것처럼 보입니다. 그런 이유 때문에 점수가 후해지는 경향을 경계하긴 합니다만, 그냥 문장보다 '습니다'라고 하면 남들 것보다 더 잘 쓴 것처럼 보입니다. 저도 그런 식으로 해놓으면 카무플라주(위장)가 되지 않을까 했는데, 그것을 족집게처럼 지적하시니까 죄송합니다. (함께 웃음)

김화영 이런 자리에 나와서 대화하는 재미가 바로 여기에 있습니다. 아주 흥미로운 대답을 해주셨습니다. 다시 송하춘 선생님께 얘기를 돌려서 조금 일반적인 얘기를 해보겠습니다. 송하춘 선생님은 소설을 쓸 때, 쓰게 되는 과정이 작품마다 다를 수도 있고 같을 수도 있을 텐데, 대체로 어떤 과정을 거치는지요. 처음에 아이디어를 낸다든지, 누구에게 흥미로운 이야기를 듣고 그것을 출발점으로 삼는다든지, 자료조사를 한다든지, 아니면 우선 하나의 실마리를 중심으로 무턱대고 쓰기 시작하고 차츰차츰 고친다든지, 구체적으로 「하백의 딸들」을 집필한 과정을 소개해주시면 고맙겠습니다.

송하춘 심오한 무엇이 들어 있는 것은 아닙니다. 아까 말씀드린 것처럼, 이것은 뭔가 할말을 좀 할 수 있겠다 하는 계기가 있습니다. 여러분도 그런 체험을 하시겠지만, 비닐봉지 하나를 보고 나서, 이게 뭐야, 이건 한번 얘기를 해봐야 하지 않나 하는 식의 생각을 하게 되지요 그렇다고 죽도록 그것만 생각하는 것은 아닙니다. 제 경우는 시간이 오래 걸립니다. 저는 그냥 소설만 써서 밥 먹고 사는 쪽은 아니었고, 늘 다른 일로 인해 시간에 쫓깁니다. 예정된 수업시간에 학생들의 작품을 읽고, 소설론에서 또다른 작품을 읽고 분석하는 일에 많은 시간을 빼앗기니까…… 아까 게으르다는 얘기가 조금 나왔지만, 작가만의 독특한 게으름이 아주 중요하다고 생각합니다. 뭔가가 떠오르도록 자기 생애를 늘 늘여가는 겁니다. 저는 이런 작가적 게으름을 아주 부러워하는 사람인데, 그러지 못하도록 짜여진 학교 훈장의 시간표 안에서 늘 저를 지켜보는 학생들의 요구에 많이 응해주고 사는 편이라서 작품에만 매달리지는 못합니다. 그래도 일단 이 문제는 매달려야 되겠다는 식으로, 한 가지 문제에 대해서는 두고두고 생각을 하는 편입니다. 그렇게 하는 과정에서 흔히 말하는 문제화하는 과정, 미혼모 문제가 어디에서부터 잘못되었는지 보자 해서 작품 안에서도 다루긴 했습니다.

법은 아직 이런 문제를 해결하지 못하기 때문에 법관의 문제가 아닙니다. 의사는 생명을 함부로 뗄 수 없으니까, 그냥 늦었다고 방치해두고, 이럴 때 교육문제가 나옵니다. 그 어느 쪽을 편들어서 그들의 관점에서, 그들의 문제로서 세상을 이야기하는 것은 제 소설쓰기 방식이 아닙니다. 아이를 뱃속에 가진 소녀가 주인공이지만, 이야기의 전면에 드러나는 것은 교사입니다. 교사를 전면에 내세우기까지 꽤 시간이 걸렸던 것 같습니다. 어느 쪽으로 이야기를 잡아갈 것인지에 대해서 오래 고민하다가, 교사를 설정해봐야 되겠다, 그리고 교사로 하여금 이야기를 이러저러하게 벌여나가게 해야 되겠다고 할 때까지는 꽤 시간이 걸렸던 것 같습니다. 소설 자체가 희화되어 있고, 연극적이라고 할 수 있을 정도여서 사실 리얼리티는 좀 적은 편입니다. 어째서 그렇게 되었는지에 대해서 스스로 추적을 해보면…… 아이를 임신한 학생의 문제 하나를 놓고 선생이 하는 것이라고는 기껏 그러지 말지 너 왜 그랬니, 정도일 겁니다. 언제나 머리 한 대 맞은 셈이 되는데, 아마 제가 직업이 선생이라서 선생의 하는 짓이 웃기는 짓이라는 의식이 깔려 있었던 것 같습니다. 이런 애기가 자연스럽게 배어들어서 소설 전체가 희화되었습니다. 어차피 그렇게 된 바에, 아주 그런 캐릭터로 몰아가자, 라고 짰습니다. 그렇게 짜는 데까지 꽤 시간이 걸렸던 것 같습니다.

그러면서도 끝내 안 놓친 것은, 그 아이는 정말로 그렇게 살아왔을 뿐, 그것은 잘못한 것도 아니고 또 그 아이가 공부를 안 한 것도 아니고…… 그러니까 자기의 삶을 그답게 가장 온당하게 살았다고 할까, 절실하게 살았다고 할까 그렇게 애하고 진실되게 살려고 하다가 그런 일이 벌어진 것인데, 그렇게 되기까지에는 어떻게 보면 그 삶이 아름다울 수도 있다는 겁니다. 그러니까 그 아이 쪽 입장을 생각해보아야한다는 게 제 소설에서 놓치고 싶지 않은 포인트였습니다. 교사 의사 법관 부모보다도 그 아이의 삶을 이야기해야 제일 큰 공감을 얻게 되고, 그것이 가장 중요한 문제라고 생각했습니다. 그게 갈등이고 고민이라고 생각했습니다. 그렇게 아이의 문제를 끌고 가다보니까, 자연히 신화 쪽으로 서서히 옮겨지게 된 것 같습니다. 이게 결국 제가 하고 싶은 이야기이고, 마음에 맞는 이야깃거리다, 라고 해서 간 방향은 신화인데, 그 신화를 신화로 이야기하면 소설이 안 됩니다. 그러니까 신화를 대체할 수 있는 인물로 할머니를 하나 넣고, 그 할머니를 인적 없는 바닷가의 원초적 공간에 위치시키게 된 것입니다. 저는 내륙지방 출신이라 바다를 모르는데, 모르는 만큼 바다는 저에게 미궁의 세계입니다. 그래서 이번에 기회가 닿아서, 배 타고 태평양을 건너보는 일을 일부러 해봤습니다. 그렇게 바닷가로 가고 새벽이고 밤이고 할머니 등등을 아이에게 맞추니까, 그래도 작품이 좀 살아나지 않았나 생각합니다.

김화영 두번째 장과 네번째 장에서 처음 시작이 "다음날 다시 장하구 조정미 부부 교사의 아파트"라고 시작되는데, 마치 '수사반장' 같기도 하고, (함께 웃음) 무슨 희곡의 첫머리 같기도 했습니다. 이런 톤에서 서서히 변해서 바닷가로 가는 장면으로의 무대이동이 특히 인상적이었습니다.

윤후명 선생께서는 소설을 앞뒤관계의 이야기 줄거리로만 쓰는 것은 무의미하다고 하셨지만, 읽는 사람이야 그렇다 치더라도 이렇게 긴 작품을 쓰실 때 전체를 어떤 식으로든 하나로 묶어야 되는데, 이걸 묶을 때 아무렇게나 묶지는 않을 겁니다. 거기에 어떤 내적인 질서가 분명히 있을 겁니다. 그 통일성의 원리가 꼭 논리적으로 설명이 되거나 가시적인 것은 아니겠습니다만, 선생님은 이 작품을 쓸 때, 어떻게 됩니까? 여러 나라에 가서 보고 느끼고 겪었던 일들을 메모를 해서 참고를 하십니까, 아니면 순전히 머릿속에 저장되었다가 술술 풀려나옵니까? 그리고 다른 한편, 이 작품에는 굉장히 많은 식물들이 등장하던데, 원래 식물에 대해서 잘 아셔서 그런 것인지, 아니면 백과사전에서 찾아서 사이사이에 끼워넣으신 것인지, 좀 유치한 질문 같지만 대답을 해주시지요. 구체적인 집필의 과정, 혹은 비밀을 조금만 엿보게 해주시면 고맙겠습니다.

윤후명　내적 질서라고 말씀하셨는데, 그것은 분명히 있습니다. 여기서는 결국은 아버지까지 갑니다만, 자기 찾기라고 해서 아까 얘기와 맥락이 닿아 있습니다. 자기 찾기입니다. 물론 찾았는지 안 찾았는지를 따진다면, 못 찾은 모양입니다. 어쨌든 늘 자기를 찾아 떠나는, 또 떠났다가 돌아오는, 사실은 여러 나라 이야기를 했더라도 상관없는 것입니다. 지구상에 있는 외로운 장소들, 다른 장소들에서 자기를 찾기 위해서, 결국 '파랑새 이야기'에서 행복은 가까운 곳에 있다고 하듯이, 저도 늘 자기를 찾아갑니다. 가장 멀리 가보자고 해서 가본 겁니다. 끝까지 가서 자기를 발견해서 돌아오기 때문에, 어떤 나라가 등장하든지 간에 그것은 하나의 장치에 불과합니다. 어떤 나라든 그 자체는 의미가 없습니다. 돌아오기 위한 하나의 장치니까요.

그리고 저는 여행하는 과정에 메모 같은 것을 잘 안 합니다. 메모 부지런히 하는 분들도 있는데, 사실은 그런 건 백과사전에 다 나와 있습니다. (함께 웃음) 그래서 제가 갔던 곳에서 조그만 것들, 티켓 같은 것들만 버리지 않고 가지고 옵니다. 메모 같은 것은 제가 좀 싫어하는 편이죠. 저는 옛날에 어떤 이야기나 상황을 쓰려고 할 때, 만약 메모하지 않았기 때문에 잊어버린 것이라면 그것은 자기 것이 아니라는 생각을 했습니다. 그래서 그게 자기 게 아닌데, 뭐 하러 메모를 해서 쓰려고 하느냐, 반면에 자기 속에서 잊혀지지 않고 있다면, 그것은 자기 것일 테니 쓸 수 있게 된다고 생각했습니다.

식물에 대해서 말씀드리자면, 이 경우에는 저도 메모를 조금 합니다. 저는 원래 매우 싫증을 잘 내는 사람인데, 글쓰기는 물론 싫증을 안 내는 것 중의 하나이고, 그 다음이 식물입니다. 제가 고등학교 때 원예반부터 시작했죠. 그래 조금 있다가 식물책을 한 권 낼 생각을 할 정도로, 가령 태어날 때부터 식물과 함께 태어났다는 식으로 생각할 정도로 제가 식물에 대해서는 싫증을 안 냅니다. 소설이라는 것을 서술이나 설명보다도 묘사라고 할 때, 저는 주로 식물 쪽으로 갑니다. 그래서 「하얀 배」 같은 작품도 저게 무슨 나무인가 물어보고, 현지 발음 비슷하게 듣고 메모를 합니다. 그래서 우리나라에 같은 나무가 있다는 둥, 못 보던 나무라는 둥, 묘사로 간다면 그게 주력을 이루게 됩니다. 저는 식물에 대해서는 특별한 생각을 갖고, 그 점을 주로 묘사를 합니다.

이것은 사족 같은 얘기인데, 송하춘 선생님 말씀에 신화 얘기가 나왔는데, 우리나라 소설에서 종종 외국 신화를 동원해서 작품을 쓰는 것에 대해서 저는 조금 반감을 가지고 있습니다. 그래서 한국 신화가 없겠는가 해서 그런 것들을 써보겠다고 했는데, 사실 분위기가 잘 안 붙어서 붕 뜹니다. 저도 하백이라는 소재를 생각했었는데, 어디에 썼는지 기억은 잘 안 납니다만, 하백의 딸이 유화인데, 이게 버들꽃입니다. 실제로 버들꽃은 거의 없습니다. 주몽의 어머니 되는 중요한 인물을 왜 꽃도 별로 신통치 않고 거의 없는 듯 존재하는 것으로 골라 그렸을까, 꽃이라고 볼 수도 없는 이름으로 지어놨을 리가 없는데…… 하는 생각을 했습니다. 해모수라는 신화적 인물이 유화 부인을 택했을 때, 이렇게 존재가 없는 것을 택했을 리가 없다고 생각했죠. 그래서 조금 뒤져본 결과, 버들이라는 것이 고어로 버슬이라고 하고, 꽃은 곳입니다. 그리고 해모수는 뭐냐 하면, '해'는 하늘에 있는 해이고, 모수가 뭐냐면 '못'이라는 뜻입니다. 쉽게 얘기하면 '못'이 '옷 벗을 곳'을 찾았다는 얘기입니다. 옷 벗는 여자를 만나서 낳았다는 뜻이라고 저는 과거에 해석했습니다. 물론 이것이 국어학자들에게 먹혀들지는 모르겠지만, 저 나름대로 해석을 해서 이걸 어떻게 좀 써먹어봐야 되겠다 싶어서 어떤 곳에서는 조금 쓰기도 했습니다. 신화라는 게 결국은 자기 해석이지, 남이 명확하게 해석을 해놓은 것이 있겠습니까? 그래서 그 이야기를 들으면서 한국 신화를 소설 속에 어떻게든 녹여서 써야 되겠다는 생각이 들었습니다. 약간 국수주의적인 생각인지는 몰라도, 우리 것이 세계적인 것이다, 지나치게 민족 이데올로기로 가면 안 좋긴 하지만, 그것 또한 어느 정도는 필요하지 않겠는가 해서, 한국 신화를 작품 속에 녹이고자 하는 노력을 저도 어느 정도 해본 적이 있고, 앞으로도 해봐야 되겠다는 생각을 합니다.

김화영   아주 재미있는 신화해석을 해주셨는데, 제가 윤후명 선생 소설을 좋아해서 그전에도 여행얘기가 나오는 소설을 여러 편 읽었는데, 이번에도 또 그런 얘기가 나와서 여쭤보고 싶었습니다. 물론 소설이니까 실제로 경험한 것을 그대로 쓰는 게 아니라 변화시켜서 쓰겠죠. 해외여행을 하게 되면 우리가 그 나라 말과 지리와 사정을 잘 모르기 때문에 대개 여행 안내인의 안내를 받습니다. 또 여행을 할 때 여행자는 현지의 풍속이라든지 풍경, 기념물 같은 외적 환경을 주목하게 되는데, 이분은 여행을 하면서 어쩐 일인지 안내인에게 더 관심을 기울이는 눈치십니다. 저는 한 번도 그런 행운을 못 얻었는데 이분은 행운인지 재주가 좋아서인지 매번 여성 안내인의 안내를 받는 모양이고, 그 안내인이 현지에서만 안내해주고 마는 것이 아니라, 한국에 와서도 또다시 만나게 되어 국내여행에도 같이 가고 그럽니다. 파리여행과 관련된 어떤 소설에서 보면 가이드가 또 여성인데, 그분이 한국에 나와서 '나'라는 주인공과 모종의 관계도 갖게 되는 것으로 그려졌습니다. 그런데 이번 작품에서는 터키에 가서 만났던 여자가 한국에 와서, 리포터 비슷한 자격으로 또다시 주인공과 함께 여행을 하게 됩니다. 제 생각에는 여행소설이라고 하지만, 현지에 있는 이국적인 풍광을 구경하러 가는 여행얘기가 아니라, 화자 자신의 얘기를 하다보니까, 안내인까지도 외국에 그냥 눌러살지 않고 수고스럽게 귀국하여 소설에 재등장하는 것이 아닌가 하는 생각이 드는데, 그 특이한 여성 안내인에 대해서 좀 사적인 얘기를 해주실 수 있을까요? (함께 웃음)

윤후명   제가 여성을 자주 등장시킨다는 말은 많이 듣습니다. 아닌 게 아니라 사실 여성을 만나고 사는 것 아니겠습니까. 여성이 많이 나오는데, 그게 또 한 여자면 어떻고 여러 여자면 또 어떻겠습니까. (함께 웃음) 어쨌든 제가 페미니스트들에게 이런저런 이야기도 듣긴 했습니다만, 저는 여성을 매우 존중하는 편입니다. 하지만 저는 소설 속에서 여성을 도구로 쓰는 경향이 있습니다. 작품에 등장하는 여성은 사실 여성으로 보기 힘듭니다. 사실 그 여성들은 일상을 보는 프리즘 같은 것입니다. 편의상 여성을 등장시키는 것이라서, 여성을 주체로 생각하기보다 지나치게 장치로 여긴다는 얘기를 어디에선가 들었습니다.

그런데 김화영 선생께서 말씀하신 소설이 동인문학상 후보에 올랐던「별들의 냄새」라는 작품인데, 여행을 하고 와서 그것을 썼고, 이호철 선생님이 제 주례 선생님이신데, 인사를 갔습니다. 제가 여행을 집사람과 같이 갔는데, 자네는 재주도 좋네, 마누라와 같이 갔는데 어떻게 빼돌리고 재미를 보고 왔나, 라는 얘기를 듣고, 이 소설 매우 잘 썼구나 생각했습니다. 가이드가 사실은 집사람입니다. 그런데 집사람이라고 쓰면 소설이 재미있겠습니까? (함께 웃음) 그래서 저는 소설을 쓸 때, 아주 간단하게 씁니다. 겪은 것을 그대로 쓰면서 그런 식으로 조금만 바꿔놓습니다. 제가 쓰는 재주가 없고 이야기를 만드는 재주가 없으니까, 집사람이라고 쓰지 않고 가이드로 바꿔놓은 결과, 김화영 선생께서도 오해를 하신 겁니다. (함께 웃음)

김화영 그러니까 아주 성공하셨다는 의미에서 쾌재를 부르시는 것 같은데, 사실 그렇습니다. 그래서 사실은, 윤흥길 선생님, 아니 윤후명 선생님께서, 죄송합니다, 아까부터 이름을 자꾸 틀리게 불러서 죄송합니다.

윤후명 제가 미국에 어떤 협회에서 오라고 해서 갔는데, 거기에서 문학을 하는 분들의 모임이 있었습니다. 바비큐를 한다고 해서 따라갔는데, 자꾸 저를 보고「장마」를 잘 봤다고 그럽니다. (함께 웃음) 그래서 아니라고 하기가 뭐해서 예, 예 하고 도망치는데, 자꾸 쫓아오면서 구렁이가 어떻고, 그런 적이 있습니다. (함께 웃음)

김화영 제가 오늘 저녁에 왜 이러는지 모르겠습니다. 두 분 소설가를 한 번도 서로 혼동한 적이 없는데, 아마 'ㅎ' 자가 같아서 다르게 이름을 부른 것 같습니다. 자주 만나지 못하는 윤흥길 선생보다는 윤후명 선생을 더 많이 마주쳤던 것 같은데, 이상하게 자꾸만 이름이 혼동되어서 죄송합니다.

「가장 멀리 있는 나」가 길이가 길고 전체의 이야기가 서로 어떻게 연결되어 있는지 잘 모르겠다고, 제가 농담 삼아 말씀드렸습니다만, 사실은 이야기로서의 관련이야 어찌되었든지 간에 이 길지만 매력적인 글을 너무 빨리 읽으면 안 되는데, 조금씩 아껴 읽어야지 하면서 묘한 몽상 같은 것에 젖어가며 읽게 되는 이유는, 이 소설 전체에 서려 있는, 아주 좋은 의미의 낭만적인 분위기 때문인 것 같습니다. 그건 소설 속에 깃들어 있는 묘한 여성 이미지들과도 무관하지 않을 것 같아요. 매력 포인트의 또다른 하나는, 이 소설이 전체적으로 아주 분명하게 무엇을 제시한다기보다는 내 마음속 깊은 곳에 잠겨 있는 그 무엇인가를 찾아가는 일인칭 주인공의 아직도 더듬거리며 암중모색하는 행적 같은 그 무엇이 특이한 내적 여행, 내면적 탐구의 분위기를 만들고 있어서 그런 인상을 받지 않나 하는 생각이 듭니다.

그 흐릿한 내적 공간의 중심에서 중요한 역할을 하는 것이 여성이라고 저는 생각합니다. 특히 한밤중에 우체국에 간다고 절을 떠나 아랫마을로 내려갔을 때 만난 여자라든지, 스님의 다비식에 갔다가 수십 년 지나 비구니가 되어 다시 해후한 여자라든지, 소설의 여기저기에 정체를 알 수 없는, 나타났다가는 또 사라지고, 사라진 것 같으면 다시 나타나 그의 마음을 사로잡는 여성들의 등장, 그리고 낯선 어떤 풍경, 낯선 몽롱한 장소들, 이런 모든 것이 한데 합쳐져서 전체적으로 뭔가 불분명하고, 다소 박명 속에 묻혀 있는 자기 자신의 진실을 만들어내는 듯합니다. 이것이 바로 나다, 하고 자신의 뚜렷한 진실을 손에 거머쥔 사람이 어디 있겠습니까. 실패와 실패를 거듭하는 자기 찾기, 그 연쇄, 이런 것을 통하여 아마 그런 모든 분위기를 싫증내지 않고, 독자로 하여금 앞으로 나아가게 하는 것이 윤후명 선생의 역량이랄까, 글 쓰는 재주라고 생각합니다.

질의 응답

질문자 1 윤후명 선생님께 질문을 드리겠습니다. 조금 특이한 곳에 여행을 다니시는 것 같은데, 여행경비는 어떻게 조달하시고 어떤 루트를 통해서 그런 쪽으로 가시게 되는지가 궁금합니다. (함께 웃음)

윤후명 제가 처음에 갈 적에는, 어디 글에 써놓기도 했는데, 인세 받은 것으로 갔다고 했지만, 사실 인세가 별로 없습니다. 제가 경기도 안산에서 한 칠 년 정도 살았습니다. 혼자서 라면만 먹고, 전업작가로 버티기가 참 어려웠습니다. 그 과정이 만만치 않았습니다. 사실 전업작가가 굉장히 어렵습니다. 술도 안주 없이 먹고 살았는데, 어떤 여성이 나타났습니다. (함께 웃음) 먹여살려주겠다고 하면서, 밤(생률)을 잘 치는 재주가 있어서 그것으로 먹여살릴 테니까, 술 그만 먹고 글 열심히 쓰라고 해서 십이 년째 살고 있습니다. (함께 웃음) 그 여성이 약간 먹여살리는 게 맞습니다. 그래서 제가 버는 것은 거의 쓰질 않습니다. 그리고 여행을 가도 별로 무엇을 사지도 않고, 돈을 쓰지 않습니다. 제 몫은 그대로 있으니까, 그럭저럭해서 일 년에 한 번 정도 갑니다.

질문자 2 윤후명 선생님께 질문 드리고 싶습니다. 이 작품에 전체적으로 단일한 서사는 없다고 생각되는데, 초생달, 개기월식, 그리고 맨 마지막에 눈썹도 나오는 등, 미당 선생의 「동천」을 연상시킵니다. 눈썹 이미지가 나오는 특별한 계기가 있었는지 궁금합니다.

윤후명 저는 사실 소설 속에서 제 심정을 얘기해놓기 때문에 새삼스럽게 설명을 곁들일 필요는 없을 것 같습니다. 어쨌든 제가 스리랑카에 갔을 때, 월식이 일어나서 그것을 봤는데, 굉장히 오래간만에, 천몇백 년 만에 일어난 월식이라고 합니다. 그래서 신기한 경험이라고 생각했는데, 신기한 경험은 소설로 쓰고 싶게 마련입니다. 그때 한 시간 넘게 바라보고 있는데, 월식이 일어났습니다. 정말 눈썹 같았습니다. 그래서 느낀 그대로 썼습니다. 제 소설에는 종종 시가 나옵니다. 소설 쓰기는 아귀 맞추기니까, 앞뒤가 자연스럽게, 앞에 나온 초생달이 소설 전체의 화두라면 뒤에 나온 것은 제 방법론입니다. 쉬운 방법론으로 쓴 것입니다.

이미지를 중시하는 것은 제 시인 기질인가봅니다. 시 쓰던 사람이 산문 쓰기가 매우 어렵습니다. 또 시 쓰던 사람에게 소설을 가르쳐보면, 시를 일단 다 버려야 되기 때문에 매우 어렵습니다. 글을 안 쓰던 사람이 소설을 쓰는 것보다 훨씬 어렵습니다. 그리고 저는 어떻게 하든지 맞추려고 하는 작법이 있어서, 그 순서에 의해서 초생달도 당연히 맞추고, 이게 단편들을 전체로 엮어놓는 것이어서 나중에 앞과 뒤의 이야기 아귀가 조금 틀릴 경우도 있습니다. 그것들을 적당히 맞추는 과정에서 자연스럽게 그렇게 됐습니다.

질문자 3 송하춘 선생님 스스로는 소설 쓰는 것과 문학이론 수업을 하는 것 중에 어떤 쪽에 더 재미가 있다고 생각하시는지 혹은 어떤 쪽에 더 재능이 있다고 생각하시는지 궁금합니다. (함께 웃음)

송하춘 글쎄요, 하다보니까 확실한 문학 선생이 되긴 했습니다만, 살면서 어느 때부터인가 저는 소설 전도사다, 문학 전도사다, 라고 표방을 했습니다. 그만큼 삶이 그쪽으로 지배를 하더라구요. 그렇지만 소설 전도사가 되기까지는 이미 창작으로 시작을 했기 때문에, 그리 걸어가게 되었지 그냥 갔을 리는 없습니다. 소설 창작 쪽에서 제 영역이 없었다면, 소설 전도사로 자처를 못했을 겁니다. 그래서 시작도 창작이고, 끝도 창작입니다.

지금 학교에서 가르치는 창작은 무엇을 가르친다기보다는, 원래 4년제 대학은 학문을 하는 곳이지 창작하는 곳은 아닙니다. 하지만 창작이 있어야 된다고 저는 늘 강조하고 열심히 해봅니다. 무엇을 열심히 해보냐면, 학생들은 다 멍청하지 않아서 자기가 원하는 대학을 왔는데, 그것은 세상이 정해준 좋은 곳에, 좋다고 알려진 학과에 왔을 뿐이지, 정말로 내 안에 무슨 능력이 있는지 모르고 삽니다. 대학 때는 모릅니다. 특히 내 안에 시가 들어 있는지, 소설이 들어 있는지는 더욱 모릅니다. 자기 안에 있는 자기를 한번쯤 확인해보는 것도 굉장히 중요하다고 생각합니다. 대학이라는 곳에서 마련해주지 않으면, 못합니다. 그러니까 그것은 자기 책임이 아니라 대학 책임입니다. 그런 정도의 창작교실은 대학에 반드시 있어야 된다고 생각했고, 그래서 주어진 저의 길을 열심히 가고 있습니다. 그래서 교사이긴 하지만, 그 이외의 모든 삶은 창작이고 그것에 욕심이 있습니다.

김화영 벌써 시간이 거의 다 됐는데, 오늘 저녁에 두 분 소설가 선생님을 모시고, 실제 창작과정, 또 창작생활의 여러 가지 문제들을 얘기하면서 동시에 문학교육과 연결지어서 생각해봤습니다.

저는 늘 그런 생각을 합니다. 지금 우리나라의 대학이라는 제도가 굉장히 비대해져서 전국에 엄청난 숫자의 대학이 있고, 거의 대부분의 젊은이들이 일단 대학까지는 갑니다. 과연 대학에 모든 사람이 가야 될 필요가 있는지는 모르겠습니다만. 또 대학에서 받는 등록금도 만만치 않습니다. 그렇게 많은 돈을 받게 되면 무언가를 반대 급부로 줘야 됩니다. 그러다보니까, 대학에서 특히 문학교육은 대단히 엄숙해졌습니다. 돈 받은 대가를 갚느라고 말입니다. 문학도 엄청난 '연구'를 강요받게 되고, 글에는 무거운 각주를 달고, 또 괄호 속에 영어 붙어 고유명사를 밝히고 전거를 대고 하는 식으로 굉장히 많은 지식이 동원되는 양상을 보이죠. 제 개인적인 생각을 솔직히 말한다면 이런 것이 대부분 쓸모없는 짓들입니다. 엄숙한 놀이인 경우가 많지요. 송하춘 선생님이 얘기하셨듯이, 이처럼 엄숙한 지식과 논리가 과도하게 동원된 나머지 진정한 문학예술 특유의 자유로움을 억압하거나 압도하는 경향을 보이는 건 참으로 불행한 일입니다. 그 결과 우리나라에는 (저도 더러 그런 입장에 끼여 민망합니다만) 문학평론가가 너무 많아졌습니다. 문학평론처럼 재미없는 게 없죠.

너무 많은 지식들로 문학을 억압하기보다는 자기 자신의 글을 써보는 것이, 자기 속에 있는 무엇을 길어내려고 노력하는 것이 여러 가지 의미에서 값진 것이라고 생각합니다. 그런 의미에서, 앞에서 약간 농담조로 말했습니다만, 선생님들이 휴강을 많이 하실수록 훌륭한 효과를 얻게 되는 것이 아닐까 합니다. 그저 게으르라는 것이 아니라, 많은 지식만 쌓는 것이 아닌, 스스로 창조적인 경험을 많이 해야 한다는 것입니다. 저는 우리가 나태하거나 안이한 쪽을 택하여 성급하게 결과를 얻으려 하지만 않는다면, 자기 내면에 잠겨 있는 자신의 엄청난 역량과 개성을 드러낼 수 있다고 확신합니다. 그런데 정면돌파하여 자기의 진실을 길어내지 않고 그냥 지나쳐버리거나 자기 '내면의 모차르트'를 싹에서부터 죽여 없애버립니다. 남의 것을 가져다 쓰거나 흔한 지식을 제 앞으로 옮겨놓기만 하고, 인터넷의 바다에 주인 없이 떠 있는 낱개의 지식이나 정보들을 이쪽으로 퍼다놓는다면 진정한 자기는 끝내 떠오르지 못합니다. 저는 우리들 내면의 가장 깊은 곳에 숨어 있는 자기를 바깥으로 끌어내서 자기의 인격, 혹은 능력을 스스로 발견하고 꽃피워내는 과정이 문학이라고 생각합니다.

오늘 저녁에는 이것으로 이야기를 마치도록 하겠습니다. 경청해주셔서 감사합니다. (함께 박수)

신
경
숙

이
혜
경

딸기밭　　　　일식

생애 있어서 어쩌면의
복제를 내게 비친 지평선을
연상시킨다. 끝간데 없는
절편의 지평선. 그 뒤에
뭔가 있을 거라 여가졌지만
거기엔 아무것도 없다. 새로
움도, 다른 경계선도, 뭔가
숨겨될만한 어떤것도.
햇빛이 비치는 날은 오른편
녹는 어머인거나 있을것
같으나 복석이 불가능한고
그래서, 그렇게도 불가어니,
절편앞 어느체 덩알음,
이라고 밖에 달리 표현될
될수없는것.

2002.10.25
신경숙

보지 말아야 할 것을
맨눈으로 보아서 결국 아무것도
볼수 없게 되더니. 달이 해를
가릴 때, 그건 보자가 망막이
타 버려서 마침내 빛반
미세에서 넘어진 사람이
없더니. 그녀가 한번도
가본 적 없는 땅, 누군가
깜깜한 어둠속에 잠기
있었다. 여자인지 남자인지,
아이인지 노인인지도
알 수 없는 그가
잠겨들었을 어둠, 그
어둠으로 잠겨들면 순간이
왜 그리 사무쳤던가.

—이혜경

2002. 10. 25

김화영 여러분, 안녕하셨습니까? 벌써 제가 이 프로그램을 맡은 지 한 달이 되었습니다. 오늘이 네번째인데, 세 번 연속으로 남성 시인 소설가만 모시다가 오늘은 보시다시피 아름다운 여성 소설가 두 분을 모셨습니다. 제 왼쪽에 계신 분이 신경숙씨이고, (함께 박수) 제 오른쪽에 계신 분이 이혜경씨입니다. (함께 박수)

이혜경씨를 먼저 소개해드리죠. 1960년생이시고, 1982년 단편 「우리들의 떨켜」로 등단하셨는데, 조금 전에 본인 얘기를 들어보니까, 사실상 두 번 등단한 셈이라는 얘기였어요. 1982년에 등단한 뒤로 별로 작품을 발표하지 못하다가, 1995년에 장편 『길 위의 집』으로 '오늘의 작가상'을 받으셨기 때문입니다. 그후, 1998년에 한국일보문학상, 2001년 현대문학상 등을 받으셨고, 2002년에는 『꽃 그늘 아래』로 이효석문학상을 받으셨습니다. 조금 과작이신 편인데, 펴낸 책보다 받은 상이 더 많은 편입니다. 저서로는 장편 『길 위의 집』, 소설집 『그 집 앞』『꽃 그늘 아래』 등 세 권을 내셨습니다.

신경숙씨는 1963년생이시고, 1985년 『문예중앙』에 단편 「겨울 우화」로 등단한 이후, 아주 많은 작품을 내시고 오늘날에는 널리 알려진 인기작가가 되었습니다. 제가 꼽아보니까 열 권이 넘는 것 같습니다. 소설집으로는 『겨울 우화』『강물이 될 때까지』『풍금이 있던 자리』『오래 전 집을 떠날 때』『딸기밭』, 그리고 최근에는 짧은 이야기들을 모은 『J이야기』를 내셨습니다. 그리고 장편소설로는 『깊은 슬픔』『외딴 방』『기차는 7시에 떠나네』『바이올렛』 등을 내셨죠. 그리고 그 동안 한국일보문학상 오늘의젊은예술가상 현대문학상 만해문학상 동인문학상 21세기문학상 이상문학상 등 중요한 상을 많이 받았습니다.

이처럼 유명한 인기작가 두 분이 바쁘실 텐데 기꺼이 이 자리에 나와주셔서 감사하게 생각합니다. 오늘 이야기할 작품으로 이혜경 선생께서는 단편집 『꽃 그늘 아래』에 수록된 「일식」을 선정해주셨고, 신경숙 선생께서는 『딸기밭』에 수록된 중편 「딸기밭」을 골라주셨습니다.

우선 구체적인 작품 이야기로 들어가기 전에 가벼운 이야기부터 시작해보도록 하죠. 신경숙씨는 최근에 나온 『J이야기』가 신문에 광고로 많이 나오던데, 많이 팔렸습니까? (함께 웃음)

신경숙 네. (함께 웃음)

김화영 '네'라는 단음절의 대답이 나오는 데 꽤 오래 걸렸습니다. 많이 팔린 것 같다고 짐작은 했죠. 제가 어느 날 지하철을 탔더니, 광화문역에서 차에 오른 어떤 젊은 여성이 과시하듯이 제 앞에 서서 계속해서 그 책을 읽고 있었어요. 교보문고에서 막 사가지고 나오는 길인 듯했습니다. 과연 지하철에서 읽기 좋은 짤막짤막한 재미있는 이야기가 많이 수록되어 있지요. 짧다고 해서 쉽게 쓸 수 있는 그런 이야기는 아니었어요. 상당한 관록이 배어 있는 작품들이죠.

같은 질문을 해볼까요. 이혜경 선생께서는 『꽃 그늘 아래』가 많이 팔렸습니까?

이혜경 아니오. (함께 웃음)

김화영 제가 기껏 문학 이야기를 한다면서 책 팔리는 얘기나 하고 있을 정도로 사람이 좀 유치합니다. 유치하긴 해도 궁금한 것은 사실입니다. 두 분 다 네, 아니오, 라고 점잖게 말씀하시고, 얼마나 팔렸는지 정확하게 얘기는 안 하실 것 같아서 계속 추궁하지는 않겠습니다.

이혜경 선생은 『꽃 그늘 아래』로 상을 받으신 지 얼마 안 되네요. (이혜경 : 네, 9월

달에 받았습니다.) 이효석문학상은 3회 수상자로 되어 있던데, 어디 메밀꽃밭에 가서 받았습니까?

이혜경 네, 메밀꽃밭에 가서 받았습니다. (함께 웃음) 평창 이효석문학관 개관 기념을 겸해서 시상식을 그렇게 했습니다.

김화영 요즘 얘기 들어보니까, 그 동네에 사람이 많이 모인다고 하던데, 그날도 사람이 많이 모였죠?

이혜경 네, 뜻밖에 많이들 오셨더라구요.

김화영 그러면 상금도 많았겠네요? (함께 웃음)

이혜경 제가 조금 돈이 안 붙는 스타일입니다.

김화영 객쩍은 얘기는 이 정도로 하고, 조금 더 진지한 얘기를 해보지요. 제가 이 자리에 소설가 시인들을 모시면, 작품에 관한 심각한 얘기도 빼놓지 않고 합니다만, 점잖은 지면이나 다른 자리에서는 잘 못 들어보는 아주 자질구레하지만 궁금한 질문을 종종 하니까, 추상적으로 대답하지 마시고 구체적으로 솔직하게 얘기해주시면 좋겠어요.

제가 늘 관심이 가는 것은 소설가들이 소설을 쓰는 방식인데, 쓰는 방식에는 두 가지가 있을 것 같습니다. 머릿속에서 눈에 보이지 않게 구상을 해서 원고지에 옮기는 방식이 하나 있고, 더 구체적으로는 책상에 앉아서 쓰느냐 엎드려 쓰느냐, 볼펜으로 쓰느냐 연필로 쓰느냐 컴퓨터로 쓰느냐, 메모를 많이 하느냐 하는 문제가 있습니다. 어떤 사람은 피아노를 치다가 와서 쓰는 사람, 냉수를 마시고 나야 써지는 사람, 별의별 사람, 습관이 다 있고, 또 새벽에 쓰느냐 밤늦게 쓰느냐 아니면 출근하듯 이른 아침부터 쓰기 시작하느냐 등 여러 가지 흥미로운 차이가 많이 있을 텐데, 그런 얘기를 신경숙 선생부터 조금 소개해주셨으면 좋겠습니다.

신경숙 안 쓸 때는 안 쓰고요. 매일 몇 장씩을 쓰고 몇 시간씩 작품을 쓰고 이렇지는 않아요. 체질이 그렇게는 잘 안 되는 것 같아요. 그냥 머릿속으로 생각만 많고, 작품을 쓰려고 하기 전까지의 시간이 가장 많이 걸리는 것 같아요. 책상은 저기에 두고, 책상 앞에 갈 때까지, 가능하면 안 가볼까 하는……

김화영　책상 앞에 잘 안 가려고 합니까?

신경숙　네, (함께 웃음) 그러다가…… 아니요, 책상 앞에는 매일 가고요. 한번 쓰기 시작하면 밤낮 없이 그냥 써요. 배고플 때 조금 먹고 쓰고, 졸리면 자고 일어나서 또 쓰고 이런 식으로, 그러니까 일상생활이 조금 허무해질 정도예요. 왜냐하면 처음부터 그렇게 해왔기 때문에 그게 몸에 붙어서 떨어지질 않아요. 쓰기 시작하면 끝이 날 때까지 계속 써요. 그래서 끝을 안 내본 작품이 없어요. 그게 좋게 끝나든지, 어떻게 끝나든지 간에 끝이 나야 다른 일을, 다른 생활을 할 수가 있는 스타일이에요.

그리고 노트북으로 작업을 하고요. 모든 과정을 다 거쳤어요. 처음에는 원고지에다 썼고, 그 다음엔 대학노트에다 썼고, 그 다음엔 '마라톤' 타자기에다 썼고, 그때는 쓴 이후에 타이핑되어 있지 않으면, 혹시 작품 같지 않아 보일까 싶은 노파심에 써서 타이핑하는 일을 반복했고, 그 다음에 워드프로세서를 썼고, 데스크탑만 상대를 안 해봤어요. 너무 커서 데스크탑은 적응이 안 되었어요. 현재는 노트북으로 작업을 하고, 출력을 해서 수정을 하고, 다시 작업을 해요. 작품을 쓸 적마다 어느 것은 노트에다가 써서 옮겨보기도 하구요. 그러니까 어떤 것 하나만 가지고 쓴다기보다는 섞여 있다고 보면 될 것 같아요. 또 뭐 물어보셨더라…… 하여튼 그렇습니다.

김화영　잠시 후에 또 얘기를 하도록 하고, 이혜경 선생께서도 소개를 좀 해주시죠.

이혜경　저는 사실 작품을 많이 안 써봤고, 특히 장편은 한 편밖에 안 써봤으니까 그야말로 마감이 닥치면 쓰는 편이구요. 소설가 김인숙씨가 제가 하고 싶은 말을 했던데, 소설을 어떻게 쓰느냐고 하니까, 마감 때만 쓴다고 하더라구요. 정작 쓰는 것은 마감 때이고 그전에는 끊임없이, 거의 비슷한 경우인데, 책상 앞으로 가는 게 겁나서 책상 앞으로 안 갈 수 있는 핑계만 있으면 그게 뭐든지 간에, 책상 앞으로 안 가려고 남의 일도 많이 거들어줍니다. (함께 웃음) 사실 제 꿈은, 베르베르가 아침 여덟시부터 열두시까지 꼬박 작업한다고 하던데, 저도 그렇게 작업한다고 말해보는 것인데, 그게 이번 생에 될지 안 될지 잘 모르겠어요. 그리고 저 같은 경우도 제가 70년대 학번이니까, 원고지부터 시작해서 워드프로세서를 건너뛰고, 전동타자기에서 바로 컴퓨터로 들어갔습니다. 지금은 노트북을 쓰고 있어요.

김화영 아까 신경숙씨 말씀하시는 모습을 보고 사실은 약간 겁이 났습니다. 사회자로서 말입니다. 단음절로 '네'라고 한참만에 잘 들리지도 않은 목소리로 대답하시길래, (함께 웃음) 계속 저러면 어쩌나 걱정이 되었어요. 우리나라에도 이제 꽤 많이 소개되어 알려진 프랑스 작가 중에서 파트릭 모디아노라는 사람이 있습니다. 그 사람 소설을 보면 아주 명쾌하고 문장도 아주 투명한데, 언젠가 한번 TV에 나와서 얘기하는 것을 봤어요, 신경숙씨 정도가 아니었어요. 한 시간 반 동안 하는 말은 단 한 문장도 제대로 완성된 문장이 없었으니 말입니다. (함께 웃음) 제가 어디서 그 비슷하게 우리말로 흉내내어 소개를 해보았습니다만, "그러니까 저, 다시 말해서, 아까 제가 말하다가 말았던 그 뭐랄까, 에 또" 이런 식입니다. (함께 웃음) 줄곧 그런 식으로만 말하더라구요. 그래서 웬만하면 외국인인 나라도 가서 거들어줬으면 좋겠다, 저렇게 말을 못할까, 하는 안타까움을 느낄 정도였습니다. 하지만 사실은 달변인 사람보다 눌변인 사람들이 주는 진정한 감동이 있습니다. 과연 그 이튿날 파리의 신문들을 보니까, 모디아노의 첫 TV 출연에 대한 감동의 말들이 쏟아져나왔습니다. 그 사람이 자기 마음속에 있는 진정한 말들을 찾느라고 헤매는 모습, 그 눌변이 많은 시청자들의 가슴을 흔들었다고 말입니다. 가짜의 말들이 이렇게 많은 세상에 자기 마음속에 있는 말을 찾아 끝없이 주저하는 눌변이 그렇게 각자의 내면을 되돌아보게 했던 것이죠.

정말로 감동적이었는데, 신경숙씨도 그런 식으로 계속하는가 해서 걱정을 했지만, 나중에는 말씀을 잘하시는 것을 보고 마음놓였습니다. 사이사이의 침묵이 더 분위기를 만드는 느낌도 들고요. 이혜경씨야 또록또록하게 잘 말씀을 하시니 처음부터 걱정 없었고……

두 분 말씀을 들으니까 제가 소설가는 아닙니다만, 저의 어쭙잖은 글을 쓰는 태도와 어느 면에서 공통점이 있는 것 같습니다. 어떻게 해서든지 시작을 안 하려고 이리저리 핑계를 찾는 버릇 말입니다. 일단 시작을 하면 어떻게 해서 계속되는데, 그 첫줄을 못 써서 많이 주저하고 헤맵니다. 직접 관련도 없는 다른 책도 공연히 몇 권 읽어보고, 노트에 쓸데없는 것을 굉장히 중요한 것처럼 가득 적어놓기도 하고…… 그 정도로도 시작이 안 되면 저는 주로 마루에 나와서, 다른 식구들과 함께 말도 안 되는 연속극을 봅니다. (함께 웃음) 눈물 짤수록 좋고 유치하고 말이 안 될 수록 더욱 좋지요. 흘러가는 시간에 실려가는 것이니까요.

그래도 두 분은 일단 작품에 매달리면 끝낼 때까지 쓴다고 하시는군요. 이혜경 씨는 제가 자주 연락을 못 해봤습니다만, 신경숙씨는 더러 연락을 해보면 곧바로 전화를 받는 법이 없습니다. 늘 자동응답기만 돌아가죠. 아마 그때가 글쓰는 때가 아닌가 싶은데……

하여튼 두 분께서는 최근 우리나라 필기도구가 변해온 역사를 거의 대부분 그대로 체험하셨다는 것을 알 수 있었습니다. 원고지에서 시작해서 노트북에까지 이르렀습니다. 제가 그 편리함에 감탄하는 것이 컴퓨터이지만, 그래도 참 뭔가 한구석에 아쉬운 향수를 느끼는 것이 원고지입니다. 이 지구상에 원고지를 사용하는 민족이 거의 없잖아요, 일본과 우리나라 정도 같은데, 그게 사라져버려서 전세계가 드디어 따분한 방식으로 평준화되지 않았나, 하는 생각이 듭니다. 작가의 체취가 묻어나는 원고지와 필적의 직접성이 그리운 때도 있어요.

그러면 이제 작품 얘기를 하도록 하죠. 우선 이혜경씨의 「일식」이라는 작품에 대해서…… 두 분이 처음 나오셨으니까 이 시간의 진행에 대해서 잠깐 소개하죠. 정해주신 작품을 두고, 그 작품의 의미 해석이라기보다는 이 작품이 나오기 전까지의 작가의 구체적인 경험이라든지, 이 작품을 착상하게 된 동기나 경위라든지, 쓰다가 어떻게 변화했다든지, 그런 과정을 자세히 소개해달라는 것입니다. 「일식」은 다른 작품과는 달리 무대가 우리나라가 아니고 인도네시아더군요. 인도네시아는 '네시아'라는 말이 붙어 있듯이, 한 군데에 집약되어 있는 공간이 아니라 여기 저기 흩어진 큰 섬, 작은 섬들이 모인 나라입니다. 작품 속에서는 길쭉한 모습의 섬이라고 소개되는데, 그곳이 구체적으로 어디인지요?

이혜경 자바섬입니다.

김화영 거기에는 어떻게 가게 되었죠?

이혜경 얼떨결에 가게 됐어요. 한국해외봉사단이라고 해서 국제협력단이 있는데, 1993년에 처음 광고를 봤고 1회 모집이었습니다. 그때 연령제한이 있어서 그해에 제가 가지 못하면 앞으로 갈 기회가 없었는데, 거기를 갈 것인가 장편을 쓸 것인가를 고민하다가, 장편을 쓰자고 생각해서 거기에 가는 것을 포기했습니다. 그러던 어느 날 우연히 신문을 보는데, 또 공고가 났더라구요. 마침 연령제한이 없어졌기에 한번 가보자고 해서 응모를 했습니다. 그렇게 가게 되었습니다.

김화영 가서는 무얼 하셨죠?

이혜경 현지 대학생들에게 한국어 가르치는 일을 했습니다. 교양 한국어를 이 년 동안 가르쳤어요.

김화영 보수는 괜찮았습니까? (함께 웃음)

이혜경 봉사활동이니까, 현지 생활비 정도를 줍니다.

김화영 거기에서의 경험으로 얻은 작품이 「일식」 하나인가요, 또 있나요?

이혜경 그 작품과 표제작 「꽃 그늘 아래」의 무대를 인도네시아로 잡았습니다.

김화영 지난 시간에 저희가 이 자리에 윤후명 선생을 모셨었는데, 그분의 작품은 한 나라가 아니라 여러 나라를 돌아다니면서, 각기 다른 나라들을 무대로 하는 일종의 해외여행 작품이었습니다. 이번에 또 공교롭게 해외를 배경으로 한 소설을 이야기하게 되었군요. 작품의 무대가 낯익은·한국이 아니라 외국일 경우에 쓰게 되는 방식에 있어서 어려움이랄까, 차이랄까 그런 점이 있는지요?

이혜경 저도 다른 나라를 무대로 해서는 처음 써봤습니다. 제가 쓰기 전에 다른 분들이 쓴 작품을 보면서 가끔 단순한 이국정취를 빌리기 위해서 쓰는 것은 경계를 해야 되지 않을까, 스스로 생각을 했거든요. 그래서 섣불리 쓸 수 없었는데, 일단 거기서 살았으니까 쓸 수 있겠다는 생각을 했습니다. 그리고 「일식」의 경우를 말씀드리자면…… 제가 93년인가에 신문을 봤는데, 소설 속에 나온 기사가 신문에 그대로 인용되어 있었습니다. 즉, 80년대의 어느 날, 금세기 최대의 개기일식이 있었는데, 그것을 보다가 사람들의 눈이 멀었다고 했습니다. 그곳이 제가 있었던 족자카르타인데, 그 도시로 가게 될 줄은 꿈에도 모르고 응모했거든요. 그래서 제가 갈 때 그 메모를 챙겨 갔습니다. 제가 소설 쓸 때 제목을 먼저 정해놓고 쓰는 경우가 별로 없었는데, 그중의 하나가 이 작품입니다. '일식'이라는 것을 제목으로 생각하고, 가서 살면서도 이걸 써야 될 텐데 라고 생각하다가 결국 돌아와서 쓰게 되었습니다.

김화영 실제로 일식은 있었습니다만, 일식으로 인해서 눈이 먼 사람도 실제로 있었습니까?

이혜경 네, 실제로 있었습니다.

김화영 일식이란 게 함부로 보고 있을 게 아니군요. 그러면 이제 「딸기밭」에 대해서 이야기를 해보지요. 다시 윤후명 선생 이야기를 꺼내게 되는데, 그분의 작품은 '일식'이 아니라, '개기월식'에 대한 이야기였습니다. 요즘에는 천문학적 현상이 우리 소설 속에 많이 등장하는 것 같더군요. 그래서 제가 한번 생각해본 것인데, 소설은 보통 사람과 사람 사이의 이야기를 주된 소재, 주제로 삼는다 하겠는데, 근래에 와서 그런 면에 대해서 싫증을 느꼈는지, 좀 색다른 쪽으로 관심을 이동시키는 현상이 나타나는 느낌입니다. 그 색다른 주제들 중 하나는 상당히 많은 종류의 여행이고, 또하나는 지금 말씀드린 월식이라든지 일식이라든지 별자리라든지 하는 천문학적 현상이죠. 가령 윤대녕씨 작품에도 그런 이야기가 있는 것으로 기억되는데. 한편 최근에 와서 두드러지게 나타나는 것이 식물과 동물에 관한 주제라고 할 수 있어요. 뱀 고양이 개 홍어 멸치 (함께 웃음) 등 각종 동물이 등장하는데, 신경숙씨 경우는 식물에 대해 상당한 애착을 보이는 것 같습니다. 『바이올렛』이라든지 「딸기밭」 등이 그렇죠.

「딸기밭」의 의미가 무엇이다, 라는 설명은 하지 않아도 됩니다만, 무엇이든지 자유롭게, 「딸기밭」을 쓰게 된 과정, 혹은 처음에 머리에 떠오른 어떤 힌트, 아니면 작품을 쓰는 동안 맞닥뜨린 어려움 등 그런 것을 좀 소개해주시지요.

신경숙 이 작품을 쓸 무렵에 개인적으로 느낀 느낌을 고스란히 말할 수 있을지 모르겠네요. 그 동안 제가 제 작품 속에 등장시켰던 화자들에 대해서 너무 가까이 있어서 친해지면 어느 때는 좀 떨어져 있고 싶은 경우가 있는데, 그런 것처럼 뭔가 좀 다른 방식의 글을 써보고 싶은 욕구가 제 마음속에 있었어요. 그래서 그런 마음하고, 이 작품을 쓸 무렵쯤에는 다 정리된 것 같은 80년대 이야기를 다른 방식으로, 그때 그 시대를 이렇게 살았던 여자도 있었다라는 식으로, 한번 완성시켜 보고 싶었어요. 모티프가 되었던 것은 스무 살 무렵에 수원 안양 근처에 딸기밭이 쭉 있었는데, 지금은 없어졌다고 하던데, 거기를 친구들하고 같이 한번 가게 되었던 일이에요. 그때는 돈을 얼마 내면 하얀 바구니를 주고 얼마든지 따먹을 수 있게 해주었어요. 그때 햇빛이 너무나 찬란하고, 하여간 뭐라고 해야 될지는 모르겠는데, 그 딸기밭이 풍기는 분위기가 굉장히 이상했어요. 거기에서 어떤 사람이 딸기를 먹고 있는 모습을 봤는데, 아마 그 모습이 작품 속에 많이 들어온 것 같아요.

이렇게 한두 가지로 말할 수가 없어요. 아주 여러 가지로 너무나 파편적으로 흩어져 있던 것들이 같이 들어왔어요. 그 무렵에 호암 아트홀에서 정태춘씨가 공연을 하고 있었는데, 거기에 가서 들었던 노래들에 대한 것도 같이 섞여 있고, 그러니까 아주 오래 전에 보았던 찬란하기는 하지만, 하여튼 뭔가 나로서는 감당이 잘 안 되고 그렇지만 한번 그 세계에 들어가보고 싶은 그런 느낌이 늘 작품으로 나오려고 하고 있었어요. 그러다가 공연장에 가서 봤던 여러 가지 모습들, 노래를 들었을 때의 기분들이 글 쓰는 순간과 딸기밭이라는 공간과 만났던 것 같아요. 그래서 이 작품을 쓰게 됐어요.

김화영 여러분들도 저와 함께 신경숙씨 말하는 것을 들어서 아시겠지요. 글을 읽을 때와 사람을 만나서 실제로 육성으로 얘기하는 것이 다른데, 오늘 저녁의 이런 모임이 귀중하다고 느끼는 게 바로 이런 대목이 아닌가 싶습니다. 그 내용보다도 말하는 어조, 태도 이런 것이 그 사람을 상당히 많이 나타냅니다. 글도 내용 못지않게 중요한 것이 문체인데 그건 어떻게 보면 말하는 어조입니다. 보시다시피 신경숙씨는 말 한마디가 나오는데 한참 걸리고, 그 다음에 그것이 유창하게 이어지는 것이 아니라 뚝뚝 끊어지면서 침묵으로 우리를 기다리게 하고…… 이렇게 해서 자연히 어떤 분위기가 만들어집니다. 아닌 게 아니라 「딸기밭」이라는 작품이 평소에 신경숙씨 작품이 가지고 있는 특성을 과장될 정도로 많이 드러내고 있다고 하겠는데…… 그건 바로 단어와 단어 사이, 문장과 문장 사이는 물론 문단과 문단 사이가 여백의 침묵으로 상당히 떨어져 있다는 점입니다. 이것이 소설인가 시인가, 신문기사를 모아놓은 것인가 싶을 정도로 떨어져 있습니다. 이런 여백으로 섬처럼 고립되고 파편화된 여러 가지 이미지들이 마치 짜깁기하듯이 모여서 하나의 전체를 이루죠. 다 읽고 나면 뭐가 어쨌다는 얘기보다도 전체의 문단들이 종횡으로 교섭하면서 전체를 휩싸는 분위기랄지 이미지 같은 것이 생겨서 마치 어떤 그림을 보는 듯한 느낌이 들게 됩니다.

특히 여기서 신경숙씨 자신이 실제로 말하는 목소리가 증거하듯이, 종결어미가 생략된 문체가 신경숙씨의 특징이라고 할 수 있을 것 같습니다. 제가 예를 들어서 몇 개를 뽑아왔는데, '……해놓고' '스물세 살의 나' '헐렁한 아버지의 바지' 이런 것들이 열거형식으로 표현될 뿐, '하였다' '했으니까'라는 식의 인과관계를 설명하는 경우나 종결하는 대목은 참 드물어요. 과연 작가 자신의 목소리를 들어보니까, 평소에 말하는 습관이라든지 생각하는 방식이 그렇지 않나 싶습니다. 그게 개성이 아닐까요?

그런데 오늘날에 아마 한국에서 소설을 쓰는 대다수의 중요한 작가들의 문체가 비유적으로 이야기하면, 음악적이기보다는 회화적이라고 할 수 있을 것 같습니다. 다시 말해서, 추상화를 볼 때, 이게 무슨 뜻이다, 이게 무슨 이야기다, 라고 하기보다는 어떤 선, 색깔, 굵고 가는 터치들이 일정한 방식으로 배치된 하나의 전체가 뭔가 막연히 좋다, 강하다, 슬프다 하는 정감을 만들어내는 것과 비슷하다 이 말씀입니다. 이 작품 자체도 '딸기밭'이 있고, 거기에 인물들이 등장하고 무슨 일이 꼬집어서 뭐라고 말하기 어려운 식으로, 물론 자세히 살펴보면 두 친구가 있었고, 또 한 사람이 사랑하던 사람이 있었고, 헤어진 사람이 있었고, 약속 장소에 나가지 않았던 일 등 몇 가지 인물과 얘기가 없는 것은 아닙니다만, 결국 그 전체를 이루고 있는 자질구레한 것들이 각기 파편적으로 흩어져 있다는 것을 알 수 있습니다. 그 파편들이 모여서 결국은 작품을 읽는 우리들의 마음속에 어떤 분위기 같은 것을 만들어냅니다.

제가 60년대에 대학생이었는데, 그때부터 수원 '딸기밭'은 유명했었죠. 수원에 서울대 농과대학이 있어서 아마 그렇지 않았을까 싶어요. 지금은 한겨울에도 딸기를 먹습니다만, 우리가 가난했던 시절에 딸기라는 것은 아주 특수한 위상과 정서를 가졌어요. 즉 먹고살기도 힘든 세상에 과일까지 즐기는 것은 좀 사치였죠. 과일도 재래종인 감 밤 사과 배 정도는 어쩌다가 먹게 되지만, 딸기라고 하면 서양사람들이나 먹는 희귀한 것 같고, 색깔도 유난히 빨간데 초록의 받침에 고여 있는 그것의 육질이 또 물렁물렁하고 연해서 함부로 우리가 식구끼리 둘러앉아서 먹기에는 너무나 고상한 그 무엇이었습니다. 또한 다른 과일은 껍질이 두꺼워서 우리가 쉽게 접근해도 별탈이 없는데, 말랑말랑해서 함부로 파손되기 쉽고 고와서 다가갈 수 없다는 느낌을 주는 것이 딸기였어요. 그런 느낌 때문에 딸기를 따러 가면 단순한 과일로서의 가치 이상의 '뭔가' 가 있었던 것 같습니다. 그래서 작품 속에서는 맨손이 아니라 하얀 장갑을 끼고 딸기를 따게 되는데, 그 등장인물 중 하나는 그냥 맨손으로 마구 딸기를 따는 장면이 있죠. 그리고 딸기가 가지고 있는 약간 금지된 것 같은, 그리고 관능적인 요소도 어김없이 나타납니다. 딸기를 보면 또 그 붉은색 때문에 피를 연상하게도 되죠. 그러니까 작품 속에는 80년대 이후 우리 사회를 억압했던 힘, 감당 못할 사회적 분위기, 그리고 가난한 사람과 잘사는 사람 사이의 사회적 계층관계 같은 것들이 구체적으로 뭐라고 꼬집어 말할 수 없지만, 단편적으로 여기저기에 흩어져 있어서 그것이 하나의 전체를 이루지 않나 하는 느낌을 받습니다.

한편, 이혜경 선생의 「일식」을 읽을 때, 저는 처음에 무슨 소리인지를 잘 몰라서 세 번 정도 반복해서 읽었어요. 그제야 겨우 뭔가를 알 수 있었습니다. 자세히 읽어보니까, 그 속으로 흘러가는 어떤 흐름이 있는데, 처음에 이것을 봤을 때는 그게 잘 이어지지 않았습니다. 이 경우 역시, 전체를 잘 읽어보면 정교하게 짜맞춰진 어떤 흐름이 잡히지만, 외형상 끊어진 단락이 잘 보이는 것도 아니고, 시간이나 의식 등 여러 가지 층위들이 구별없이 이어져 있고 시간도 왔다갔다 하고, 이게 한국에서 일어난 일인가 외국에 간 사람 얘기인가 의문이 생기고, 그 전체의 저변에 깔려 있는 것이 제목 '일식' 과 관련이 있을 것 같은데, 완전한 어둠의 가장자리에 너무 강한 빛이 새어나와서 그 적외선 때문에 눈이 멀게 되었다는 이야기를 읽으면서, 똑바로 보면 안 되는 너무 밝은 진실 같은 것들이 뒤에 숨어 있는 것이 아닌가 하는 의문도 생기고……

이혜경씨는 이 년 동안 그곳에 가 계셨으면 인도네시아 말도 좀 배우셨겠네요?

이혜경　네, 조금 배웠습니다.

김화영　조금 전에 만나서 이메일 주소를 좀 가르쳐달라고 했는데, 앞에 ID가 '포혼'이라고 되어 있어서 뭐냐고 물어봤더니, 인도네시아 말이라고 하셨기에 물어본 것입니다. 그러면 인도네시아의 다른 지역도 구경을 많이 하셨습니까?

이혜경　날마다 학교로 출퇴근을 해야 했기 때문에 별로 자유롭지는 않았어요. 그래서 나중에 돌아오기 전에야 다른 섬 몇 군데를 조금 돌아다녀봤을 뿐입니다.

김화영　인도네시아에서 살았던 구체적 경험을 작품화했다고는 하지만, 이 작품을 실제로 쓸 때는 어땠습니까? 빨리 썼습니까, 아니면 속에서 한참 동안 끓인 뒤에 쓰게 되었습니까?

이혜경　일식에 관한 신문기사를 본 것은 93년도인데요. 작품을 쓴 것은 작년이었습니다. 그러니까 중간에 써볼까 하다가 던져두기를 반복했고, 인도네시아에 사는 동안 써보려고 했는데, 끝내 마무리를 못 하고 결국 돌아와서 썼습니다.

김화영　그러면, 「일식」이라는 작품을 쓴다고 했을 때, 제일 먼저 머리에 떠오른 것이 일식과 신문기사였지만, 그 다음에 이야기의 짜임새를 위하여 마음속에 떠오른 것은 어떤 것이었습니까?

이혜경　금기와 위반이었습니다. 사회가 개인에게 강제하는 것이 금기이고, 그게 과연 개인의 진실을 담을 수 있는가 하는 부분을 생각했습니다.

김화영　훨씬 더 관념적인 것이 먼저 있고, 이야기는 나중에 자리를 잡은 겁니까, 아니면 함께 왔습니까?

이혜경　글쎄요, 거의 같이 온 것 같은데요. 그 신문을 보는 순간, 금지된 것을 보다가 누군가 눈이 멀었다고 했는데, 그 사실 그대로 그냥 저에게 사무쳤습니다. 그대로 들어왔습니다. 그러면서 금기에 대해서, 여기서는 모티프가 흔히 말하는 불륜으로 되어 있는데, 그런 것을 같이 버무리게 되었습니다.

김화영　제가 늘 소설가 분들에게 묻고 싶은 게 하나 있어요. 솔직하게 얘기를 잘 안 하는 것인지 못 하는 것인지 모르지만 궁금해요. 이 「일식」이라는 작품 속에 등장하는 여러 인물들이 다 이혜경씨 마음속에서 나온 것이겠지만, 특히 중심이 되는 인물, 아마 여기에서는 일인칭 소설이니까 '나' 일 텐데, 작가는 그 '나' 가 직접 되어서, 나라면 이럴 것이다. 라고 뼈저리게 생각하면서 쓰는 겁니까, 아니면 전체 등장인물 사이의 관계를 고려해서 이성적 논리적으로 만들어내어 쓰는 겁니까?

이혜경 「일식」 같은 경우는 논리가 별로 안 들어가고, 그냥 받아들인 경우 같아요.

김화영 그러면 어느 정도 된 다음에는 쭉 썼습니까?

이혜경 초고를 쓰는 데는 실제로 이십 일 정도밖에 안 걸렸어요.

김화영 그러면 예를 들어서 등장하는 인물 중에, 아마도 장님 같은데 길거리에서 혼자 노래 부르는 사람이 하나 있고, 그 다음에 영월이라는 여자가 있고, 그 남편이 있고, 여자가 마음속으로 사랑하던 유부남이 있었던 것 같은데, 이런 관계설정이 다 된 상태에서 글을 썼습니까, 아니면 나중에 어떤 인물을 집어넣는 경우도 있습니까?

이혜경 그 부분은 왔다갔다 했습니다. 처음에는 주인공이 결혼을 한 상태로 설정을 할까 하다가, 그냥 주인공 여자는 미혼으로 해봤는데, 그러면 인도네시아로 갈 이유가 없더라구요. 그러다보니까 결혼을 해야 되고, 그렇게 조금씩 나아갔습니다.

김화영 유부남을 좋아한 것은 처음부터 있었습니까?

이혜경 금기라는 것을 다루려니까 그랬습니다.

김화영 여기 상당히 매력적인 삽화로 '찌짝' 이라는 도마뱀이 있는데, 도마뱀은 처음부터 머릿속에 등장해 있었습니까, 아니면 나중에 소도구로 들어갔습니까?

이혜경 도마뱀 얘기는 사실입니다. 제가 살 때 제 방에서 저와 아주 낯을 익힌 도마뱀이 있었는데, 정말로 숨바꼭질하듯 집에 들어가면 막 찾곤 했어요. 어느 날 보니 정말 죽어 있었습니다. '어, 애가 죽었네!, 죽을 때 못 봤구나!' 하면서 굉장히 가슴이 아팠습니다. 그런데 그날 밤 실제로 비슷하게 생긴 다른 도마뱀이 하나 나왔는데, 죽은 도마뱀이 과연 내가 사랑했던 도마뱀인지 딴 놈인지 헷갈리더라구요. 그러면 그 동안 늘 보면서 애한테 가던 간절함이, 애가 아니라 또다른 도마뱀이었다면, 그렇다면 그런 간절함이 무엇인가 생각하다가 그게 소설 속으로 옮겨져왔습니다.

김화영　제가 지난번에도 잠깐 말씀드렸습니다만, 우리나라 사람들이 나라 밖 세계와의 접촉을 본격적으로 한 것이 최근이고 여행에서도 늘 관찰자적인 타자였어요. 그래서 외국여행 얘기가 소설 속에 등장하면 남의 옷을 빌려 입은 것 같은 어색한 느낌, 아무리 봐도 제대로 된 곰삭은 것이 못 된다는 느낌, 즉, 겉핥기라는 느낌이 들기 쉬웠어요. 지난번 얘기했던 윤후명 선생의 소설은 장소가 나라 밖으로 옮겨갔을 뿐이지, 한국 사람의 내면풍경이었으니까 별 거부감이 없었습니다. 제가 이번에 「일식」을 읽으면서, 그래도 이 년쯤 실제로 일을 하면서 살았던 곳의 삶이어서 그런지, 아니면 '일식'이라는 것은 국경과 관계없는 현상이어서 보다 더 보편성을 가져서 그런지, 외국으로 무대를 옮겨놓아도 이 작품이 어색하다는 느낌을 받지는 않았습니다. 그런 경우가 참 드문데……

신경숙 선생은 외국을 무대로 쓴 작품이 거의 없죠? 여행을 잠깐 갔다 오기는 해도.

신경숙　한 편 있었어요. 페루에 다녀와서 쓴 「오래 전 집을 떠날 때」가 있어요.

김화영　그래도 그것은 산다기보다는 여행 갔을 때 얘기지요? (신경숙 : 네.) 그런데 아까 했던 얘기를 이어서 간단하게 질문을 하나 하자면, 첫 페이지부터 유라는 사람이 등장하는데, 이게 영어의 You입니까, 유씨입니까, '너'입니까, 뭡니까? (함께 웃음)

신경숙　그냥 이름이에요.

김화영　왜 이렇게 쓰셨습니까? 성은 아니고 이름이라구요?

신경숙　성은 아니구요, 이름이라고 안 느껴지나요?

김화영　저는 자꾸만 영어의 You가 생각이 났고, 솔직히 말씀드려서 조금 거슬렸습니다. (함께 웃음)

신경숙　거슬리면 안 되는데…… (함께 웃음) 저는 이런 마음이었어요. 저는 작품을 쓸 때, 항상 굉장히 어려운 게 이름 짓는 것이에요. 다 마찬가지라고 생각이 되는데…… 특히 우리나라 이름은 누구 이름 댈 것도 없이, 경숙이도 좋게 말하면 친근한 것이고…… (함께 웃음) 소설 속에다가 자기가 자기 분신 같은 느낌으로 쓰고 싶은 이름이 우리나라 이름 중에는 별로 없어요. 그래서 이름 지을 때 고민이 굉장히 많고, 저는 웬만하면 짧은 소설에서는 '그, 그녀'라고 하는 경우가 참 많았어요. 차라리 그래야 내가 주고 싶은 어떤 성격이 고스란히 그 속으로 들어갈 것 같았어요. 이름을 잘못 지어놓으면, 자꾸만 이름이 생각나고 그 이름을 갖고 있으니까 성격이 제대로 주어지질 않아요.

이 '유'도 어떻게 해야 되나 하고 작품을 쓰는 동안 굉장히 고민이 많았는데, 제가 작품을 쓸 때 드는 생각은 이런 거였어요. 저는 이렇게 설명하는 게 다 부질없다고 생각하지만, 그래도 설명해보려고 애를 쓰자면, 여기서 '나'는 마흔이 지나서 뭔가를 자꾸 잊어버려가고 있는데, '나'와 '유'가 완전히 반대 인물인 것 같지만, '나' 안에 있는 또다른 모습의 '나'가 '유'라는 것, 그래서 이름을 그렇게 분간이 안 가도록 짓고 싶은 마음이었어요. 그래서 써봤는데, 저는 안 거슬렸거든요. 어떻게 생각하면 이 세상에 존재할 수 없는 인간이기도 하고, 이미 이 작품 안에서도 존재하고 있지 않지만…… 그런 여러 가지 느낌들이 포함되라고 지은 거예요. 그리고 기존에 저를 비롯해서 읽는 사람이 어떤 생각도 가질 수 없게…… 김화영 선생님도 '유'가 거슬렸다고는 하셨지만, 어떤 느낌은 없잖아요? (김화영:그렇죠.) 아마 얘는 얼굴이 하얄 거야, 왼손으로 글씨를 쓸 거야, 그런 느낌이 전혀 없는 백지인 상태, 그 속에 '유'를 완성시켜나가야만, 더 강렬하게 남을 것 같은 느낌이었어요.

김화영 저는 처음에는 이런 곳에 나와서 대중 앞에서 말하는 것도 힘들고 그래서, 이것을 안 하려고 했었는데…… 날이 갈수록 의외로 재미있어지는 부분이 이런 대목이네요. 이름을 쓰지 않으려고 애를 쓴다는 얘기를 듣고 보니까, 왜 신경숙 씨 소설을 읽는 게 어려웠던가, 이게 무슨 굉장히 어려운 문제가 있어서 그런 게 아니라, 사소한 것들이 걸려서 그랬나봅니다. 우리들 머릿속에, 어떤 이름을 딱 붙여서 『광장』의 이명준이면 이명준, 『마담 보바리』의 엠마면 엠마라는 식의 인물과 이름이 있어야 읽는 입장에서 이해가 빨라지는데, 그런 것이 없이 그냥 단음절의 '유'라고 해놓으면 읽는 동안에 자꾸 이름이 뭐더라 하고 자문하며 고민하게 됩니다. 과연 「딸기밭」에 보면, '나, 처녀, 유, 그 남자, 그 남자의 어머니, 유의 어머니'

이런 인물들밖에 없습니다.

그러니까 고유명사로 고착되기를 거부하는 존재들이 무슨 그림자들처럼 떠돌다가 만났다가 헤어지는 겁니다. 그렇게 되면 우리는 머릿속에서 각각을 분간하여 기억하기가 매우 어려워집니다. 머릿속에 남아 있지를 않는 거죠. 감성으로 받아들였던 것은, 마치 구름이 해를 가리면서 논 위에 그림자를 지었다가 지나가고 또 해가 나고 그렇게 오늘 하루가 가는데, 그게 과연 뭐였지? 싶은 이상한 분위기, 딸기밭에 갔던 어떤 느낌 정도일 뿐, 누가 누구와 갔었는지 꼬집어 말할 수 있는 감이 잘 안 잡힙니다. 아마 작가가 목표로 했던 것이 그런 것이 아니었나 싶은데, 이런 점이 바로 19세기 소설과 특히 오늘날의 소설 사이의 큰 차이라고 봅니다.

예전에는 사회적으로 이름만 들어도 이놈 이름은 머슴이다, 이 사람은 고관대작이다, 이 사람은 사기꾼이다, 라는 느낌이 들 정도였지요. 가장 유명한 예로 알베르 카뮈의 『이방인』의 주인공인 '뫼르소'가 있어요. 불어를 조금만 알면, '뫼르'는 죽는다는 뜻이고, '소'는 태양이라는 것을 느낍니다. 그러니까 태양 때문에 사람을 죽인다, 혹은 죽는다는 뜻이 이름 속에 이미 들어 있습니다. 처음에는 본래 메르소였습니다. 『행복한 죽음』의 주인공이었죠. '메르'는 바다입니다. 따라서 이름을 바다와 태양이라고 했다가, 너무 인위적으로 지은 이름 같은 느낌이라 마음에 걸려했었는데, 나중에 '뫼르소'라는 이름으로 바꿨지요. 이 이름은 억지로 지은 게 아닙니다. 프랑스산 유명한 고급 백포도주에 뫼르소라는 술이 있습니다. 거기서 온 이름이죠. 다시 말해서 이미 존재하는 이름의 차용인 것입니다. 여러분들은 『이방인』에 나오는 주인공만 알고 계시지 말고, 나중에 고급 호텔 같은 데 가서, '백포도주는 뭘로 드시겠습니까?'라고 물으면, '뫼르소 있어요?'라고 해보세요. (함께 웃음) 지갑이 확 가벼워질 염려는 있지만. (함께 웃음)

하여튼, 딴 얘기가 길어졌습니다만, 옛날에는 이렇게 인물의 이름이 그 무엇을 상징하는 작품들이 많았었는데, 뜻밖에도 이 「딸기밭」에 모여 있는 사람들은 이름 없는 사람들입니다. 이름은 없지만, 상당히 금지된 상태로서의 '남자'는 모습과 성격이 확연하지요. 거기다가 상징성이 강한 이름까지 붙여놓으면 독자인 내가 아는 동명이인과 혼동될 수도 있고 그럴 텐데, 여기서는 이름이 없음으로 해서 또다른 분위기가 생겼다고 생각합니다. 신경숙씨를 오늘 이 자리에 모신 덕분에 우리가 또하나 특별한 뭔가를 느끼게 되는 대목이 아닌가 싶습니다.

반면에 일식에 나오는 '영월'이라는 여성의 이름 역시 좀 거슬렸는데, 제가 여기서 거슬린다, 라는 표현은 나쁜 뜻으로 쓴 것이 아닙니다. 자꾸만 마음에 와서 걸리더라는 얘기입니다. '영월'이라는 이름은 어떻게 지으셨는지요?

이혜경 사람 이름 짓는 것이 다른 분들도 마찬가지겠지만, 저도 참 힘들거든요. 저는 어느 날 초등학교 앨범부터 대학교 앨범까지 쭉 꺼내놓고, (함께 웃음) 뒤에 주소록의 이름을 봤습니다. 그중에서 마음에 닿아오는 이름들이 있거든요. 그래서 그것들을 수집해놓고 나서 그때그때 분위기에 맞게 쓰는데, 그중에서 조금 성공적이었다고 스스로 생각하는 게, 소희와 효임이라는 이름입니다. '영월'은 그렇게 성공적이지는 않지만, 꼭 한번 써보고 싶었던 이름입니다.

김화영 그냥 탁 떠오른 겁니까, 아니면 무슨 관련이 있어서 쓰게 된 겁니까?

이혜경 영월이라는 이름은 실제로 제가 알았던 사람의 이름인데요. 그분과 이미지가 흡사하지는 않은데, 그분 이름을 들으면서, 저걸 언제 한번 써야지, 써야지 하다가, (함께 웃음) 이 작품에 쓰게 되었습니다.

김화영 여러분도 집에 가서 고등학교나 중학교 때 앨범을 잘 보십시오. 그중에 소설가 친구가 있으면, 세계적으로 유명해질지도 모르니까요. 그런데 인다, 다마 이라는 이름은 인도네시아에 많이 있는 이름입니까?

이혜경 네, 많이 있습니다.

김화영 찌짝도 그렇습니까? 고유명사입니까?

이혜경 네, 찌짝은 거기서 부르는 고유명사입니다.

김화영 이름 얘기는 그 정도로 하고, 좀 우스운 질문인데······ 여기 나와서 이렇게 멍청한 질문을 많이 하는 게 저의 역할입니다. 신경숙 선생은 정태춘씨와 잘 아세요? 작품 속에 실린 노래가사가 원래 그대로 나온 겁니까? (신경숙:네.) 종종 신경숙씨의 작품을 보면, 가사 전체를 다 소개하지 않고, 부분부분 감질나게 소개하는데, 평소에 노래를 가사 중심으로 많이 듣습니까, 아니면 소설에 삽입해서 쓰려고 노력을 합니까?

신경숙 요새는 노래를 자꾸 옛날 노래만 들으려고 해요. 요새 노래는 가사가 안 들어오거든요. 그래서 새로 배우는 노래가 없어진 지가 몇 년 된 것 같아요. 아무리 귀를 기울여도 뭐라고 하는지를 모르겠어요. 그런데 제가 좋아하거나 좋아했던 노래들은 가사가 일단 마음에 들어야 해요. 하여튼 음도 마음에 어느 정도는 들어야겠지만, 가사 위주로 노래를 듣게 되는 것 같아요. 듣다가 어떤 가사가 좋다고 생각되면, 그 노래 전곡을 들어봅니다.

김화영 들어보고 베낍니까, 아니면 외웁니까?

신경숙 지금은 그것도 아니에요. 저는 라디오 듣는 것을 어려서부터 좋아했어요. 대학가요제에 나왔던 〈나 어떡해〉 같은 노래는 처음 들었을 때 무슨 폭탄이 터지는 것 같았어요. 처음엔 세상에 무슨 이런 노래가 있을까 그랬는데, 자꾸만 라디오에서 그 노래가 나오는데, 익숙해지니까 그 노래가 너무 좋아졌고 가사도 너무 좋았어요. 그래서 가사를 외워야 하겠길래, 노래가 나오면 가사를 적었어요. 받아 적다가 미처 못 적으면 다음에 또 나올 때, (함께 웃음) 빈 칸 채우듯이 적는데, 그렇게 해서 다 적고, 다음에 또 나오면 따라 불러보고, 이런 식으로 배운 노래는 잊어버리지 않는 것 같아요. 어떤 식으로든지 남아 있는 것 같아요. 가끔 혼자 흥얼거려보기도 하는데……

김화영 사람들 앞에서 불러보지는 않나요? (함께 웃음)

신경숙 노래를 워낙 제가 못해요. 그런데 노래 이야기를 하려고 한 게 아니었지 않나요? (함께 웃음)

김화영 제가 무슨 질서를 갖춰서 이야기를 하려고 하는 것은 아닙니다.

신경숙 그런데 정태춘씨 노래는 못 외워요. 작품에 실린 이 노래는 정태춘씨 노래 중에서 제가 좋아하는 노래가 아니에요.

김화영 그러면 이 노래는 무엇을 보고 베낀 겁니까?

신경숙 정태춘씨를 개인적으로 안다기보다는, 그의 부인인 박은옥씨를 아는데요. 어쩌다 같이 보게 됐는데, 그 노래를 하나 주더라구요. 제가 그 이전에 정태춘씨 노래라고 여겼던 것과는 너무나 다른 노래였어요. 이 소설 안에도 얼핏얼핏 나오지만, 정태춘씨가 공연을 하면서 자기도 어떤 갈등을 하는 것 같더라구요. 내가 평소에 좋아했던 정태춘씨의 노래와 그와 정반대라고 할 수 있는 이 노래 사이에서 본인도 어떤 고민을 느끼는 것 같았어요. 그리고 그날 공연이 이런 가사 위주였어요.

김화영 가사가 굉장히 길던데, 이걸 어떻게 다 외울까요?

신경숙 원래 몇 절까지 있어서 그것보다 훨씬 길어요. 그래서 제가 가사를 못 외웠어요.

김화영 아니, 가수가 그 긴 것을 어떻게 다 외울까 하는 거지요. (함께 웃음) 제가 별 걱정을 다 합니다. (함께 웃음) 어쨌든 여기 보니까, 처음 시작이 "어디에도 붉은 꽃을 심지 마라/거리에도 산비탈에도 너희 집 마당가에도" 이렇게 되어 있습니다. "살아남은 자들의 가슴엔 아직도 칸나보다 복숭아보다 더 붉은 꽃을, 어디에도 붉은 꽃을 심지 마라" 이 노래가 80년대와 관련이 있는 노래인가요?

신경숙 네, 오월을 상징하는 노래예요.

김화영 그래서 이 딸기가 단순한 딸기가 아니라, 정태춘의 이런 노래가 뒷받침되면서 전체 분위기가 붉게 물들여지면서 여러 가지 의미에서 좀 아슬아슬합니다. 그런 점에서 아까 제가 말씀드린 서로 다른 여러 이미지의 파편들이 여기저기 적당한 위치에 놓여서 전체를 구성하는 부분들의 모습을 보이지 않나 생각됩니다.

노래 얘기가 나왔으니까 얘기인데, 신경숙 선생의 소설 속에는 정태춘의 노래가 상당히 소상하게 인용되어 있는 데 반해서, 「일식」에는 첫머리부터 노래 부르는 사람이 나오던데…… 뭔가 잘 파악이 안 돼요. 이 사람이 정말로 노래 부르는 건 아니지요? 소리만 지르는 겁니까? 어떻게 하는 겁니까, 실제로 인도네시아에서 본 겁니까?

이혜경 실제로 인도네시아에서 봤습니다. 제가 오가는 학교 앞에 있었는데, 그냥 나무 막대기를 안거나 쥐고서…… 그 레코드 가게가 모퉁이에 그늘이 져서 조금 음습했거든요. 하루 종일 그러고 있어요. 정말 열창을 하는데, 소리는 안 납니다. 벙어리는 아니고, 일종의 몽고증 같은, 그러니까 정신지체라서 말이 "어, 어"

하는 단음절로 나옵니다. 그런데 날마다 오가면서 보니까 정이 좀 들었습니다. 늘 보면서 쟤는 열심히 노래하는데, 그러면서 사람들이 오가는데도 사람을 보지 않고서 자기 자신을 들여다보고 있는 듯한 느낌을 받았어요. 노래는 못 들었습니다. 늘 지나다녀도 그냥 입만 뻥긋뻥긋했습니다.

김화영 그래서 처음에 나오는 이 부분이, 거의 몸부림치다시피 노래를 몸으로 표현만 하고…… 소리는 안 나니까, 소리가 다른 사람 귀에는 들리지 않으니까, 속에서 혼자 울리는 소리쯤 되겠죠. 이것이 마치 뒤에 나오는, 해가 가려지는 일식현상과 잘 맞춰져 있는 듯한 느낌을 받았습니다. 아닌 게 아니라 여기에 두 여자가 등장하는데, 한 사람은 한국 사람 영월이고 또 한 사람은 현지인 다마이라는 여자인데, 둘 다 각기 남자가 있습니다. 그런 것 속에서 우리는 해가 나고 해가 가려지는 천문학적 현상이 인물들의 모습과 잘 겹쳐지며 심상이 짜이지 않나 하는 느낌을 받습니다. 그런 의미에서 여전히 이혜경 선생의 「일식」도 구체적으로 사랑하는 사람들의 이야기이면서 또 사랑해서는 안 될 사람을 사랑하는 이야기 같은, 그래서 정면으로 똑바로 보면 안 되는 태양과 같은 모습이죠. 그러나 그것이 하도 착종된 모습으로 서로의 사이사이에 엇갈리며 끼어 있기 때문에 몇 번을 자세히 읽지 않으면, 앞의 이야기와 뒤의 이야기가 어떻게 얽혀 있는지 모를 지경입니다. 그래서 읽기는 힘들지만, 신경숙씨 경우와 마찬가지로 우리 마음속에 어떤 이미지가 살아났다가, 또다른 의미로 교체되거나 그것과 교차하면서, 하나의 전체, 하나의 그림이 되는 것이 아닌가 하는 생각이 듭니다.

지금까지 우리는 상당히 진지한 작품 얘기를 했습니다만, 아까 처음에 글 쓰는 방식과 관련하여 얘기할 때, 신경숙씨의 「딸기밭」은 다른 작품을 쓰게 된 과정과 비교해서, 늘 하는 방식과 비슷한 경우인가요? 제가 보니까 이 작품에서는 서로 다른 단락들이 별도로 떨어진 채, 아까 제가 일종의 파편이라는 얘기도 했습니다만, 나열되어 있는데, 이것들은 쭉 잇달아서 썼습니까, 아니면 여기저기 분리해서 써놓았던 것들을 자리를 옮겨가면서 맞췄습니까?

신경숙 그렇지는 않았어요. 이 인물들이 서로, 그러니까 어머니의 경우에, 나의 어머니가 이러면 유의 어머니는 저러한 식으로 작품 안에는 분명하게 어떤 경계선이 있어요. 그리고 내가 이러면 유가 저렇다는 것, 그러니까 아까 이름을 없애는 대신 더욱 철저하게 했던 것은 화자의 성격으로 기억시키려고 하는 것이 있었어요. 그래서 이를테면 범죄형의 그 남자라고 표현된 '그 남자'와 유의 모습이랄지, 이렇게 확연하게 다른 모습을 그리려고 했어요. 그렇기 때문에 쓰다가 이 사람들이 들락날락하기 때문에, 작품을 다 쓰고 나면 내가 이 작품을 어떻게 다 마쳤지 싶을 때가 많아요. 홀리지 않으면 잘 안 돼요. 뭐라고 설명할 수가 없어요. 일단 시작을 해서 3분의 1 정도만 화자의 냄새라든지 얼굴형이라든지 그 화자가 지닐 만한 어떤 성품, 에피소드가 진행되면 써져요. 그 다음에는 다른 사람들도 다 그럴 거라고 생각하는데, 마치 물이 마구 밀쳐 들어오듯이, 뒷문장이 끌려나오고, 뒷이야기는 어딘가에 내재되어 있었겠죠. 그게 나와요. 그렇게 해서 완성이 됐어요. 어디에다 그런 말을 썼는데, 하여간 그랬어요. (함께 웃음)

김화영 제가 늘 작가들을 만나면 궁금한 것이 작품의 시작과 끝입니다. 문학을 공부할 때, 최근에는 소위 인시피트(incipit)라고 해서 이름까지 따로 붙여 '모두(冒頭)'에 대한 연구를 많이들 하는데, 특히 누보 로망 이후에 어떤 이론까지 생겼습니다. 아무것도 쓸 얘기가 없이 그냥 시작했지만, 첫 줄이 다음 줄을 부르면서, 꼬리에 꼬리를 물게 되어 관계가 이루어지는 것이 글이라고 주장하는 사람들도 있고, 그 관계를 해석 연구하는 사람들도 있습니다. 그런데 어쨌든 작가는 다 처음에는 책상 앞에 잘 안 가려고 합니다. 첫 줄을 함부로 시작해서는 안 되기 때문에 그렇지 않나 싶습니다. 여러 가지 경우가 있고, 그때마다 다를 수 있겠습니다만, 이혜경 선생의 「일식」은 처음 시작을 어떻게 하겠다고 마음먹고 처음부터 이렇게 하기로 쉽게 시작을 했습니까, 아니면 나중에 고쳤습니까? 끝에 관해서도 얘기를 해 주시지요. 또 소설 쓸 때 과연 그런 것이 중요합니까?

이혜경 처음은 처음부터 그렇게 시작했습니다. 첫 문장 "춤추는 그애는 행복하다"라고 딱 그렇게 잡아놓고, 인도네시아로 떠나기 전에 쓰려고 했는데도 못 썼는데, 그게 지금 말씀하신 대로 첫 문장이 안 나오더라구요. 그런데 인도네시아에 가서 그 아이를 오며가며 보고, 그러다 어느 날 그 단락을 써버렸습니다. 써버리고, 그 중간중간 에피소드는 사실 한꺼번에 쓴 것이 아니라, 부분부분 써봤던 것들이 이리로 가봤다가 저리로 가봤다가, 선생님께서 지금 보시다가 헷갈리고, 한번 봐서는 잘 모르시겠다고 말씀하셨는데…… 글쎄요, 그냥 쭉 흐르게 쓸 수도 있었을 텐데, 그러고 싶지 않았던 모양이에요. 뭔가 이렇게 흘러가다가 한번 탁 제동을 걸어주고, 그래서 에피소드들을 더 끼워넣고, 그런 식으로 했구요. 처음과 끝은 그냥 자연스럽게 그렇게 나왔어요. 끝은 작품을 쓰다가 나온 겁니다.

김화영 과연 첫 줄이 얼마나 중요한지 알 수 있군요. 제가 아까 노트에다가 두 분께 자기 작품의 일부를 조금 적어달라고 했습니다만, 사실 저는 소설가들에게 자기 작품을 외우느냐고 물은 적도 있습니다. 사실 어떻게 그 긴 것을 다 외우겠습니까. 그래도 과연 첫 줄은 중요했는지…… 이혜경 선생은 "춤추는 그애는 행복하다"라는 첫 문장이 바로 입에서 나왔습니다. 확실히 첫 줄이 중요하긴 한 것 같습니다. 신경숙 선생의 경우는 어떻습니까? 첫 줄이 처음부터 머릿속에 있었습니까?

신경숙 네. 그리고 이것은 현재진행형 이야기처럼 되어 있지만, 사실은 아니거든요. 자기의 이십대 시절을 회상하는 거예요. 그런데 이것을 회상하는 이야기라고 생각하게 하기는 싫었어요. 그리고 저는 이혜경씨와 조금 다른데, 이게 다 완성이 되어서 파편화된 것처럼 보이지만, 읽는 사람은 그렇지만, 쓰는 사람은 그 리듬이 있어요. 이게 다 조각조각 떼어진 이야기 같지만, 나중에 쓰고 있는 동안에 그게 다 리듬에 의해서 나온 거예요. 그런데 마지막에 다 쓰고, 다시 읽어보고 탈고했을 때, 이런 경우는 있어요. 어떤 한 사람의 이야기가 지나치게 많이 쏠려 있을 때, 그러면 그 사람의 이야기를 뒤로 해서 그 사람 이야기를 조금 강조하는 경우는 있어요.

그런데 그 작품을 삼 년 전쯤에 썼는데, 그때 어떻게 썼냐고 한다면, 저도 사실은 그걸 다 설명할 수는 없어요. 그때 작품을 쓰는 순간에 몰입하는 사람하고, 나오는 사람하고 잘 되어야 될 거예요. 그런 것은 다시 말로 표현해서 어떻게 썼다, 라는 식으로 잘 안 되는 부분이에요. 이 「딸기밭」을 읽은 분들이 굉장히 힘들다고 하더라구요. 그런데 쓰는 저는 그게 좋았고, 표현이 계속 나올 때 행복했다고 해야 할 정도였어요. 작정하고 쓴 것, 기승전결이나 끝은 이렇게 해야 되겠다고 정해놓고 쓰는 것은 아니니까 자기도 모르는 상태예요. 어떻게 마무리가 될지 자기도 모르고, 두루뭉수리하게만 있는 거죠. 어떤 이야기가 될 것이다라는 느낌은 있어서 흐트러지려고 할 때면, 자꾸 내가 처음에 생각했던 이야기 쪽으로 가려고만 해요. 안 그러면 다른 데로 계속 가려고 하니까……

김화영 그런데 이런 글을 썼을 때 맨 마지막에 됐다, 여기가 끝이다, 라는 것이 확실하게 들어옵니까, 아니면 여기서 끝낼까 말까 더 쓸까 말까 망설입니까?

신경숙 이 작품도 물론 그랬고, 다른 작품도 전혀 생각하지 않고 그냥 무작정 쓴다는 건 절대 아니에요. 이렇게이렇게 해서 반짇고리 안에 뭐가 많이 들어 있듯이, 실도 있고 가위도 있는 것처럼 다 같이 울타리만 쳐놓고 있어요. 그래도 시작할 때는 이러이러해서 이런 이야기가 될 것이다, 라고 해서 여기가 마지막이 되게 해야지, 라고 생각은 해요. 그런데 쓰다보면 거기를 넘어서 훨씬 더 가야 끝내지는 게 있고, 거기까지 가지도 않았는데 이 이야기는 여기서 끝내는 것이 더 좋겠다는 것이, 쓸 때 그 순간에 정해지는 것 같아요. 저 같은 경우에는……

김화영 「딸기밭」은 상당히 긴 작품인데, 쓰기 시작해서 다 쓰는 데 얼마나 걸렸습니까?

신경숙 한 달 보름쯤 걸렸던 것 같아요.

김화영 한 달 보름에 이 정도 쓰면, 역시 많이 쓰시네요. 이혜경씨에게 마지막으로 질문을 하고, 이제 여러분들에게 발언권을 돌리기로 하겠습니다. 제가 '서문'을 보니까, 이런 말이 나오던데, 작품은 불행히도 가전제품이 아니라서 애프터서비스가 불가능하다고 하셨어요. 작품을 청탁을 받아서 쓰는 경우가 있을 텐데, 특히 월간지의 경우에 언제까지가 마감이라고 해서 써주기로 약속을 하고 펑크내면 안 된다고 협박도 느끼고 그럴 텐데, 그럴 때 작품은 아직 덜 된 것 같고 시간은 바쁘고…… 모두 다 그런 경험이 있을 겁니다. 그럴 땐 어떻게 하십니까?

이혜경 제 꿈이 마감을 칼 같이 지키는 사람인데, 그것은 역시 꿈이고, 오정희 선생님이 쓰신 대로, 그야말로 빌고 빌어서 편집자에게 치사하게 며칠을 더 얻거나 아니면 심한 경우는 펑크도 내봤습니다. 그런데 그게 시시각각 갈등인데, 저쪽에서는 일종의 업무이고, 제 작품이 저한테는 전부이지만, 저쪽에서는 전체 중의 일부인데, 저쪽의 업무진행을 생각하면, 제 욕심 때문에 날짜를 미루거나 심지어는 편집에 지장을 주면서 펑크를 내거나 하는 것이 무례하고 파렴치한 일이라고 생각하거든요. 그런데 그렇게 생각을 해서 작품을 내보내고 나니까, 작품집 묶을 때 다 빼게 되더라구요. 다른 작품이라고 제가 스스로 좋아하는 것은 아니지만, 정말로 자기 자신이 인정할 수 없는 작품을 내보내는 게 과연 잘하는 일인지에 대해서는 아직도 결론을 못 내렸습니다. 지금도 청탁원고가 있는데 제대로 안 된 글을 보낼까 말까 갈등하는 순간입니다.

김화영　그러면 예를 들어서 어떤 단편이나 중편 하나를 마감에 쫓겨서 이 정도면 됐다 해서 넘겼는데, 두고두고 마음에 걸려서 작품집에 안 실을 수도 있지만, 이미 잡지에 발표했던 것을 나중에 작품집에 실을 때 고치기도 합니까?

이혜경　네, 많이 고칩니다.

김화영　여기에 실린 작품 중에도 잡지에 실린 것과 달라진 게 많습니까?

이혜경　네, 다 달라졌습니다. 그러니까 잡지에 처음 실릴 때, 그리고 앤솔러지 형식으로 재수록할 때, 작품집에 실을 때, 그때마다 버전이 조금씩 달라집니다. 잘하는 일인지는 모르겠는데, 사실은 그렇게 해서 개악을 하는 경우도 없지 않을 텐데도 손볼 수 있으면 손을 보려고 합니다.

김화영　그런데 이상하게 개악을 하는 경우가 많습니다. 그러면 이렇게 책으로 나온 뒤에도 또 고치고 싶은 생각은 없습니까?

이혜경　그때는 되도록 안 봅니다. 보면 또 고치고 싶은데 이미 끝난 것이니까요.

김화영　글쓰는 사람은 누구든지 원고마감이라는 게 보통 일이 아닙니다. 피가 마르는 일인데, 제가 언젠가, 원고마감은 다가오는데, 글을 다 쓰지는 못해서 고민이라고 했더니, 김우창 선생님께서 명언을 하셨습니다. "뭐, 글을 제때 못 썼다고 누가 잡아가는 건 아니잖아요" 하시더라구요. 그래서 한국 사람이 제일 무서워하는 게 잡아가는 거구나, 생각이 들면서, (함께 웃음) 그뒤에 저도 상당히 배짱이 생겨서 잡아가지 않을 테니까 뭐 어떤가 생각하게 되었어요. 그러면서도 역시 잡혀가지 않나 싶을 정도로 바삭바삭 피가 마릅니다. 신경숙씨도 그런 경험이 있으시겠죠? 너무 다급해서 작품이 덜 됐는데 날짜는 됐고, 그런 경우에 펑크도 내보셨습니까?

신경숙 많이 내봤어요. 지금은 맨날 펑크만 내고 있는데요.

김화영 펑크를 계속 낸다구요? (함께 웃음) 마지막으로 아까 말씀드린 것처럼 신경숙씨의 경우도 발표한 뒤에 다시 고치는 경우가 있습니까?

신경숙 그럼요. 거의 다 그래요. 잡지에 발표해서 그 잡지가 저에게 도착하는 순간 다시 고치기 시작해요. (함께 웃음) 그런데 발표할 때 그것이 흡족하지 않아서 그러는 건 아니에요. 그것보다도 작품을 발표하고 나면 그 작품에 대해서 또 생각나는 게 있어요. 그러면 책을 낼 때까지는 많이 다시 고치게 돼요.

김화영 그런 경우에 더 보탭니까 뺍니까, 아니면 지우고 다시 씁니까?

신경숙 빼는 경우도 많고 다시 보태는 경우도 많아요. 그래도 작품의 맥이 완전히 달라지는 건 아니에요. 인물의 어떤 특성을 강화시킨다거나, 뭐가 이미지적으로 조금 덜 강렬하게 느껴지면 그것을 더 강화시킨다거나, 그런 식으로 고쳐요. 저는 그냥 고치는 게 마땅하다고 생각해요. 설령 개악일지라도…… 왜냐하면, 읽는 사람은 개악으로 느낄지 모르지만, 쓰는 사람은 그 이야기를 무슨 연유에서든지 꼭 하고 싶었을 것이거든요. 그런데 하고 싶은 이야기를 할 수 있는 것도 작가의 어떤 특권이 아닌가 싶어요.

김화영 제가 개악이라고 하고 보니까, 말실수를 하지 않았나 싶습니다. 사실은 제가 개악이라고 한 것의 근거가 아주 희박한 데에서 나온 겁니다. 고친 작품에 대해서 처음 것과 고친 뒤의 것을 면밀히 서로 대조해봤어야 그런 얘기를 할 수 있는데, 사실은 그런 노력을 해본 일이 별로 없습니다. 저는 아주 유명한 작품의 원본을 고친 것과 여러 번 대조해보고, 고친 것이 더 나쁘지 않나 생각했던 적이 딱 한 번 있었습니다. 그런 간단한 것을 근거로 개악이라고 했던 것은 지나친 표현이었다고 생각합니다.

전 사실은 평소에 우리나라 작가들이 너무 많이 쓰고, 잡지가 많아서 청탁을 많이 받으니까, 일단 한번 써보고 그 다음에 또 고치고 하는 식으로 좋은 여건에 있다고 생각하는 편입니다. 몇 번씩 고쳐 쓸 기회가 있으니까요. 그런데 한 번밖에 책을 안 내주는 나라들에서는 그런 건 엄두도 내지 못하죠. 작품을 발표하고 나면 작가는 다시 한번 자기 작품의 독자가 되니까 전체를 검토하고 고치는 것은 충분히 이해할 수 있는 일입니다.

질의 응답

질문자 1   두 분께 동시에 질문을 한 가지 드리겠습니다. 문학수업은 어떻게 하셨는지 궁금합니다.

김화영   이렇게 되면 다음에 또 와야겠는데요. (함께 웃음) 문학수업을 어떻게 했는지 한마디로 말할 수 있습니까?

신경숙   작품을 많이 읽었어요.

김화영   훌륭한 대답입니다. 이혜경 선생은 어떠신지요?

이혜경   저는 일기가 제게 힘을 주었던 것 같습니다. 일기 쓰기요.

김화영   최근에 프랑스에서 한국에 잠깐 일 주일 동안 다녀가신 샤를르 쥘리에라는 작가분이 계셨는데, 그분은 소설도 있고, 시도 있습니다만 자기는 글 중에서 역시 가장 중요한 작품은 일기라고 했습니다. 두께도 제일 두껍고…… 그분은 자기가 문학을 하는 이유가 자기 내면의 진실의 발견이라고 했어요. 역시 자기 내적 성찰이 중요하다는 거죠. 일기란 바로 그런 것이겠죠.

질문자 2   신경숙 선생님의 『딸기밭』은 이름이 예뻐서 샀는데, 고등학교 필독서로 가능한지 여쭙고 싶습니다. 이 질문을 드린 이유는 읽어보니 동성애를 다룬 소설이기 때문입니다. 이 글을 다른 작품에 비해 변화를 추구한 작품으로 보았거든요.

김화영   상당히 도덕적인 질문인 것 같습니다. (함께 웃음)

신경숙   저는 동성애는 아니었구요. 자매애라고 표현했으면 좋겠어요. 이게 동성애다, 라고 말할 수가 없다고 저는 생각해요. 왜냐하면 자기가 가질 수 없는, 눈부신 것만 가진 어떤 타자, 그 사람에 대한 동경, 마음속에 그와 같이 되었으면 좋겠다는 느낌도 있지만, 그건 뭔가가 좀 잘못되어 있다, 라고 부정하는 마음도 동시에 같이 있는 것이거든요. 그게 나중에는 자매애가 정상적으로 발산되지 않아서 살의로 변질되어가는 욕망의 문제이거든요. 그러니까 여기에서는 여자가 여자를 좋아했다가 아니고, 또 그렇게 안 읽혔으면 좋겠어요. 읽는 분들은 읽는 분들의 마음이겠지만, 제가 쓸 적에는 그게 아니었고, 그게 여자든 남자든 상관이 없는 것이었고, 내가 다 다를 수 없는 그 어떤 곳에 있는 젊은 날이니까, 이십대 때니까 그렇게 발산되었다고 생각하시면 좋겠고, 기호 있는 사람들한테까지야 못 읽게 할 수는 없겠지만, 막 읽으라고 권장할 수 있는 작품은 아닌 것 같네요. (함께 웃음)

김화영 사실 우리 사회에는 금지가 많고, 아직도 많이 닫혀 있는 사회이니까, 그럴 수밖에 없습니다. 제가 이 점에 대해서 꼭 하고 싶은 말이 있습니다. 마침 이 분이 질문을 잘 해주신 것 같습니다. 특히 이 작품 속에 등장하는 딸기밭에서의 한 장면 때문에 동성애라는 문제가 나왔는데, 저도 동성애라는 생각을 했습니다. 동성애냐 아니냐 하는 것은 그 경계가 대단히 모호한 것이고, 또 많은 경우 확연하게 동성애자라고 자처하는 사람을 빼고는 그 순간의 어떤 감정이라는 것 자체가 불분명한 경계를 가진 것이지요. 『이방인』에 나오는 한 장면에 유명한 대사가 있습니다. 여자가 사랑하냐고 물으니까, 그런 것은 중요하지도 않지만, 아마 아닐 거라고 대답하는 대목이 있습니다. 사실 모든 사랑이 다 그 경계가 대단히 모호한 경우가 많습니다.

만약 이 질문을 안 했으면, 아, 그거 동성애 소설이야, 라고 할 수도 있습니다. 우리는 뭘 이렇게 딱지를 붙여야 안심이 되는 경향이 있는데, 신경숙 선생이 주인공들에게 이름을 붙이기 싫어했던 것도 아마 그런 것 때문이 아닌가 싶습니다. 이 경우에도 마찬가지일 겁니다. 언젠가 우리에게는 고등학교에서도 이런 것을 가르쳐도 괜찮은 때가 올 겁니다. 저는 사실 괜찮다고 생각합니다. 고등학교 학생들이 사실 우리보다 더 어른입니다. 그 학생들이 뭘 모른다고 생각하고 늘 지도의 대상으로 생각하는데, 지금 고등학생들은 성인 이상입니다. 사실은 억지로라도 고등학교에서 권해보고 싶은 책이기도 합니다. (함께 웃음) 왜냐하면 그 반응이 흥미로울 테니까요. 너무 위선적으로 억지를 쓰는 건 옳지 않다고 생각합니다.

질문자 3 몇 년 전 신경숙 선생님을 모셔볼 기회가 있었습니다. 그런데 속초로 글 쓰러 떠났다는 말씀을 들었습니다. 속초에 가셔서 글을 쓰기도 하시는지요?

신경숙 제가 우리나라에서 많이 이용했던 장소가 제주도와 고향인 정읍, 그리고 속초였어요. 속초 위로 조금 올라가면 고성이라고 있는데, 조금 묵을 만한 곳이 있었거든요. 지금은 못 가본 지가 오래됐어요. 거기에서 작품을 많이 썼는데,「감자 먹는 사람들」등의 작품을 썼어요.

질문자 4 두 분께 다 여쭤보고 싶은데, 작가를 대변하는 것 중에 작품만한 것이 없고, 작품마다 다 '작가의 말'이 있기는 하지만, 제가 개인적으로 궁금증을 해결해야 되는 것은 아닐까, 라고 생각하기는 했습니다. 그런데 굉장히 흔한 질문을 드리고 싶습니다. 작품을 창작하시는 일이 책상 앞으로 가는 것을 멀리할 정도로 굉장히 고된 작업이라고 말씀하셨는데, 그럼에도 불구하고 계속적으로 글쓰기 작업을 할 수밖에 없는 동기가 있으실 것 같습니다. 그 동기 중에는 대중들 앞에 나를 드러내고자 하는, 그러니까 내가 뭔가 말하고 싶은, 소통하고자 하는 욕구가 다분히 포함된 것인지, 아니면 전혀 다른 동기가 있는지 여쭙고 싶습니다.

이혜경 저는 아까 김화영 선생님께서 소개하실 때 말씀하셨던 것처럼, 등단하고 한 이 년 동안 글을 쓰고 나서, 한 십이 년 동안 글을 못 썼습니다. 못 쓰고 또 안 쓰고 그랬는데, 그때는 정말 안 쓸 생각이었거든요. 중간중간 시도를 해보기는 했지만, 안 쓰고 살 수 있으면 그냥 살겠다고 생각했는데, 어느 날 도대체 글쓰기가 뭔가, 나한테 뭔가 재주가 있었으니까 등단을 했을 텐데, 왜 이 재주가 나에게 왔을까 생각해보게 되었습니다. 저는 종교가 왔다갔다 하는데, 만일 하느님이 계시다면, 하느님이 위에서 하나씩 던져준 것이라는 생각이 들었습니다. 누구에게는 무슨 재주, 누구에게는 무슨 재주, 그런 식으로 우연히 나에게 온 것이다, 그래서 이 글쓰기 재주가 내 재주라면 써도 되고 안 써도 되지만, 그렇지 않고 누군가로부터 받은 것이라면 이것을 피해 갈 수 있을까, 이것을 피해 가는 것도 흔히 말하는

벌받을 짓 아닌가, 하고 생각했습니다. 제가 좀 겁이 많거든요. 그러면서 피할 수 있으면 피하겠지만 안 피해지는 것 같아서 지금도 쓰고 있습니다.

신경숙 저는 한 번도 피할 수 있는 일이거나 그럴 수 있는 일이라고 생각을 해본 적이 없네요. 어렸을 때부터 책 읽고 글쓰는 것이 좋았고, 또 아주 좋게 말해서 어느 날 이런 생각이 들었어요. 제가 굉장히 콤플렉스가 많고 여러 가지로 모자라는 것 투성이인 사람인 것 같은데, 글을 쓰고 있을 때, 글로써 무엇을 표현하고 있을 때, 그럴 때는 그것으로 뭔가 균형이 맞지 않는가, 내가 많이 모자라는 어떤 것이 그래도 조금 보충되는 듯한 느낌이 들었어요. 저는 대학 졸업하고 대학도 문예창작과를 다녔을 뿐 아니라, 고등학교 때도 글쓰는 사람에 대한 동경, 작가가 되겠다는 그런 것이 굉장히 제 자존심에 큰 역할을 차지했었고, 그렇게 그냥 길들여졌어요. 스물세 살 때 등단을 했는데, 김화영 선생님께서 저보고 자꾸 작품을 많이 쓰셨다고 하지만, 가만히 생각해보니까 이혜경씨보다는 많이 쓴 것 같지만, 저에게는 늘 더딘 작업이었고, 뭔지 어떤 것에 의해서인지는 모르겠지만, 피할 수 있으면 안 쓸 수 있으면 안 써도 되는 일처럼은 안 되었어요. 너무 힘들고 그럴 때는 조금 숨도 고르면서 쉬고, 또 힘이 나면 쓰고, 그렇게 지내네요. 그러니까 저는 거부하려는 마음도 없구요, 거부할 수 있는 일도 아니었고, 그리고 다른 것을 이만큼 해서 잘할 수 있는 것이 아무것도 없어요. 또 우스갯소리지만 시골에 계신 제 부모님이 소설도 안 읽는 분들인데, 제가 글 쓰는 일을 보면서 쟤가 세상에 나가서 제대로 인간 구실을 하고 사나보다, 라고 안도하게끔 만들어주는 일이기도 하거든요. 그래서 앞으로도 계속 쓰고 있을 것 같아요.

김화영 두 분께서는 앞으로도 이러저러한 이유로 쓰지 않고는 못 배기실 것 같습니다. 느끼셨겠지만, 지금까지 세 번의 남성 시인, 작가들을 모셨을 때보다 오늘 저녁이, 훨씬 낫고 못하고가 아니라, 분위기가 아주 다른 느낌을 받습니다. 뭔가 아주 잔잔한 그 무엇이 우리들 전체 사이사이로 누비고 다니면서 피부에 닿는 듯한 느낌이었습니다.

오늘은 이것으로 마치도록 하겠습니다. 경청해주셔서 감사합니다. (함께 박수)

김영하

피뢰침

수십만 암페어의
전류가 훑고 지나간
그의 몸이 정겨웠다.
하늘을 보았다 언제
그랬냐는 듯이 구름들이
엷어지고 있었다.
나는 고개를 숙여
J의 얼굴을 내려다보았다
그의 몸에서 무럭무럭
김이 올라오고 있었다.
그렇게 한참을 보다가
그의 뜨거워진 입술에
입을 맞췄다. 그의
몸 속에 남아있던 미량의
전류가 내 몸 속으로
흘러들어 혀에 작은
경련을 일으켰고 그것을
스위치삼아 내 몸 속의
전선들이 일제히 켜지고
있었다.

2002. 11. 1.

김영하

조경란

동시에

그러나 애야, 나는
알고 있었단다. 지금쯤 그는
한 그루의 나무가 되었다는
것을. 보내지 못한 편지를
평생 간직한 사람처럼 그는
한 그루의 뜨거운 수선 나무나
종신 나무가 되었다는 것을.
그는 아마도 자작나무가 되었을
것이다. 하늘로의 침입도 두려워
하지 않겠다는 듯 드높이
쭉쭉 뻗은 가지와 사월이면
아래로 처져 달리는 수꽃
화서와 위로 서서 달리는
암꽃 화서가 영혼의
경계를 기억자로 맞댄 듯
하나로 만나는 자작나무
하얀 수피로 눈부신,

그
빛
의
나
무
로.

십일월 첫날
조경란.

김화영 여러분, 안녕하셨습니까? 날씨가 좀 쌀쌀해졌습니다. 여러분들과 함께 이번 가을과 초겨울을 함께 할 모양입니다. 오늘은 보시다시피 연령이 많이 내려 갔습니다. 멋진 남녀 두 분을 모셨는데, 조경란씨는 평소보다 더 예쁘게 하고 오셔 서 눈부실 정도입니다.

두 분은 1960년대 후반에 태어나셨고, 지금 삼십대 초반 내지 중반으로 아주 젊 으신 분들입니다. 이미 소설에 관심이 있으신 분들은 이 분들이 한국문단에서 얼 마나 개성 있는 활동을 하는지는 제가 새삼 소개를 하지 않아도 잘 아실 겁니다. 제가 여기 모실 손님들의 명단을 만들 때, 두 분이 잘 어울린다거나 혹은 전연 딴 판이라거나 하는 기준을 가지고 선별을 했습니다. 전연 딴판인 경우로, 김춘수 선 생님과 고은 선생님이 얼마나 판이한가를 보셨을 겁니다. 오늘 모신 이 두 분은 연 령으로 보나 문단에서의 참신한 이미지로 보나 상당히 비슷합니다. 그리고 또하나 비슷한 것은 이 두 분이 문학동네작가상 제1회 공동수상자라는 점입니다. 단순히 제1회일 뿐만 아니라 그 상을 거쳐서 우리 문단에서 활약하는 것을 봐서는, 적당한 비유가 될지 모르겠습니다만, 동아일보 중편으로 은희경, 전경린 두 분이 등단해 서 쌍으로 활동하는 모습과 유사한, 대단히 역동적인 느낌이 듭니다.

김영하씨는 연세대학교 경영학과 및 동대학원을 졸업하셨습니다. 그래서 증권 같은 것도 참 잘할 것 같은데 의외로 그런 것과는 아무 관계가 없는 분이고······ (함께 웃음) 그렇지만 하려고 마음만 먹으면 못할 것도 없는 능력 있는 사람이라고 생각합니다. 1995년 계간 『리뷰』를 통해서 등단했는데, 이것도 좀 파격적입니다. 다른 사람들은 대개 신춘문예를 통해서 등단하는데 말입니다. 그 잡지가 지금은 없어졌지요? (김영하:네.) (함께 웃음) 『리뷰』를 통해서 「거울에 대한 명상」으로 등단했죠. 지금까지 참 부지런히 쓰셨습니다. 우선 처음에 낸 작품집으로 제목부터 참신한 『호출』, 오늘 읽을 작품이 포함되어 있는 『엘리베이터에 낀 그 남자는 어떻게 되었나』, 장편소설로 『아랑은 왜』, 그리고 무엇보다도 조경란씨와 함께 문학동네작가상을 받은 것으로 유명한 『나는 나를 파괴할 권리가 있다』 등의 작품들을 쓰셨습니다. 특히 『나는 나를 파괴할 권리가 있다』는 불어로 번역되었는데, 저는 파리의 유명 서점에서 눈에 잘 보이는 진열장에 놓여 있는 그 책을 보고 놀랐어요. 파리에서 유명한 피가로 지의 기자 한 사람이 제목은 잘 기억나지 않지만 어떤 한국소설을 사서 재미있게 읽었다면서 얘기를 하는데, 가만히 들어보니까 김영하씨의 그 작품이었습니다. 김영하씨는 그밖에 『굴비낚시』라는 영화산문을 냈습니다. 영화에 관한 책이 또하나 나왔나 했더니 영화에 관한 이야기는 거의 없었습니다. 영화의 옆으로 슬슬 비껴다니면서 엉뚱한 얘기들을 쓰는 방식이 바로 이 글의 특징입니다. 최근에는 또다시 흥미로운 제목의 『포스트 잇』이라는 산문집을 내셨습니다. 그리고 아까 말씀드린 대로 1996년 문학동네작가상을 수상하셨고, 1999년에는 현대문학상을 수상하셨습니다.

  조경란씨는 1996년 동아일보 신춘문예에 단편 「불란서 안경원」이 당선되어 등단했고, 서울예술대학교 문예창작과를 졸업하셨습니다. 직업은 '현 소설가'로 되어 있습니다. (함께 웃음) 그런데 제가 감탄한 것은 이분이 1996년에 등단해서 한 해도 책 한 권을 내지 않고 거른 일이 없다는 점입니다. 그것도 수필집 같은 것이 아니고, 남들은 몇 년씩 걸려서 쓸 것 같은 아주 탄탄한 장편이나 단편집이었습니다. 1996년 문학동네 신인상을 받은 장편소설 『식빵 굽는 시간』, 1997년에 창작집

『불란서 안경원』, 1998년 중편 『움직임』, 1999년 장편 『가족의 기원』, 2000년 창작집 『나의 자줏빛 소파』, 2001년 장편 『우리는 만난 적이 있다』, 올해 5월 창작집 『코끼리를 찾아서』를 내셨습니다. 그래서 모두 일곱 권이나 되는 장편 내지 단편집을 내셨습니다. 그리고 아까 말씀드린 문학동네작가상을 수상하셨고, 올해에는 오늘의젊은예술가상을 수상하셨습니다.

두 분께 오늘 주로 얘기하고 싶은 작품을 뽑아달라고 말씀드렸더니, 김영하씨는 『엘리베이터에 낀 그 남자는 어떻게 되었나』 가운데에서 단편 「피뢰침」을, 그리고 조경란씨는 『코끼리를 찾아서』 중에서 중편 「동시에」를 추천해주셨습니다. 사실 김영하씨는 처음에 그 작품이 아니고, 『아랑은 왜』라는 장편소설을 추천하셨는데, 그 작품을 제가 읽어보니까 만만치 않은 소설이고 장편이라 숙제가 너무 많을 것 같아서 조금 봐달라고 했더니, 마음 좋은 분이라서 단편으로 바꿔주셨습니다.

두 분이 만만치 않은 분들이라서 오기 전에 다른 사람들은 이 두 분들을 뭐라고 소개하나 좀 살펴보았더니, 아주 멋있는 표현들이 있어서 잠깐만 소개하겠습니다. 조경란씨에 대해서는 "신문에 난 사진이 흑백 콘트라스트처럼 유독 선명하고, 각이 예리한 미인"이라고 되어 있습니다. 또 "얼굴은 아름다움이 죽음과 정면으로 맞대결한 듯 청초하고, (함께 웃음) 그렇게 죽음이 새하얀 듯 아름다움이 상복인 듯 아찔한 그 찰나 속에 식빵 굽는 여자" 이렇게 되어 있습니다. 하도 표현이 절묘해서 제가 인용해보았습니다.

김영하씨는 "새로운 감수성과 열린 시각, 분방한 상상력, 특유의 간결하고 속도감 있는 문체"라고 되어 있고, 다른 어떤 책을 봤더니 재미있는 소개가 있었는데, 특히 제가 무릎을 치면서 저와 뜻이 맞는다고 생각한 점으로, 김영하씨는 민속주점과 개량한복을 싫어한다고 소개되었어요. 저도 이 두 가지가 아주 질색입니다. 저는 민속도 한복도 다 좋아지만, 이상하게 '개량'까지 해서 먹고 입을 것은 없다고 생각합니다. 그리고 민속주점은 왜 그렇게 지저분하죠? 요새 같은 세상에 좀 청결해도 좋을 텐데, 민속이라고 깔보고 꼭 그렇게 지저분할 까닭이 뭐 있겠습니까? 그래서 저는 별로 안 좋아하지만 속으로 그렇게 생각만 하다가 문자로 딱부러지게

내놓고 의사표시를 한 것을 보고, 이럴 수도 있구나 했습니다. (함께 웃음)

　다른 때와 마찬가지로 작품 이야기를 시작하기 전에, 제가 쉽고 멍청한 질문을 몇 가지 해보도록 하겠습니다. 두 분 다 아까 말씀드린 것처럼 비슷한 시기에 등단하셨고, 같은 소설상을 받았고, 또 한 세대의 아이콘 같은 작품들을 쓰고 계십니다. 오늘 두 작품을 읽으면서, 어떤 공통점을 찾아볼까, 하고 봤더니, 두 분 다 상당히 과학적인 자료를 동원하고 있는 것 같습니다. 과연 이것이 과학적인 것인지, 그리고 과학적인 취재를 취미 삼아 하는 것인지, 이것이 거짓말은 아닌지, 진짜로 그런 것인지…… 원래 이 자리에서 얘기하는 것은 심각한 평론가들처럼 작품의 의미를 따지는 것은 아니고 그저 작품을 쓰는 동안에 무슨 일이 있었나, 어떻게 일이 진행되었나 하는 것들이니, 아주 소박하게 금방 알아들을 수 있도록 옛날 얘기하듯이 그렇게 얘기를 해주셨으면 좋겠습니다. 흔히들, 작품을 쓰는 동안 어려운 말로는 이것을 '발생'이라고 하는데요, 작품이 생산되는 과정을 연구하여 대학교에서 밥 벌어먹는 사람도 있습니다. 처음에는 이렇게 썼다가 어떻게 고쳤고, 당시에 나온 다른 소설 다른 주인공과 어떤 점에서 비슷하고, 그 당시에 무슨 사건이 있었고 등을 따져보는 것입니다. 그런데 우리 쪽에서는 그런 연구를 별로 안 하죠. 그래서 연구까지는 안 가더라도, 연구의 자료쯤 될 만한 얘기를 해보고자 하는 것이 오늘 진행하는 대화의 한 목적입니다.

　김영하씨한테 먼저 물어보지요. 김영하씨는 새로운 시대의 새로운 생산품(오브제)들을 상당히 신속하게 소설 속에 도입하는 순발력을 보였을 뿐만 아니라, 소설 속에서 어색하지 않게 주제로 다루어, 이것들을 한 시대의 기호 같은 자격으로 제시할 만한 역량을 갖췄다고 보는데…… 특히 제가 개인적으로 김영하씨를 아는 사이가 아니었다면 이분이 전기과 출신인가 싶을 정도로 (함께 웃음) 전기 계통에 좀 밝으신 것 같습니다. 엘리베이터도 그렇고, 삐삐도 그렇고, 고압선도 그렇고, 전기 계통과 두루 관련이 있는 것 같습니다. 아닌 게 아니라 요즘에는 전기 전자 아니면 새로운 게 별로 없습니다만, 제가 아주 깜짝 놀란 것은 피뢰침과 낙뢰에 관해, 전에 제가 못 들어본 표현들이 즐비하게 이어진다는 것입니다. '전격 세례, 탐뢰 여행. 선단 방전, 전문, 열뇌, 적란운 형성, 접지 전극, 운간 방전'. 저는 이런 말이 있었는지조차 몰랐던 어휘들이 수두룩할 정도로 상당히 전문적인 지식을 동원하고 있어요. 사전에 조사를 많이 하셨습니까?

김영하 김화영 선생님께서 아주 새로운 것들을 순발력 있게 잘 포착하고 있다고 말씀해주셨는데, 그런 면도 좀 있구요. (함께 웃음) 그것보다는 이런 말씀을 드리고 싶습니다. 벼락은 옛날부터 있어왔고, 소설보다 오래됐습니다. 인간이 천둥벌거숭이던 시절부터 벼락은 쳐왔지만 단지 벼락이 소설 속으로 잘 들어오지 않았을 뿐이죠. 제가 꼭 새로운 것을 추구한다기보다는 오래된 것도 추구하고 있다는 것을 이 기회에 꼭 말씀드리고 싶습니다. (함께 웃음)

「피뢰침」에서 주인공들이 벼락을 맞는데, 이것은 신화적이고 주술적인 영역의 사건입니다. 수험생에게 벼락 맞은 대추나무 같은 것을 아직도 선물하거나 하는 것은 우리가 여전히 벼락이나 번개에 대해서 갖고 있는 주술적인 믿음을 보여줍니다. 그리고 벼락 맞아 죽은 사람이 주변에 있으면 단순히 전기적인 충격에 의해서 죽었다고 생각하기보다는, 뭔가 죄를 지어서 그런 것이 아닐까, 라는 생각을 자연스럽게 하게 됩니다. 소설의 경우에는 우리가 쓰고 있는 것이 근대문학인데, 합리적인 세계관에 근거한 근대문학과 주술적인 영역에 있는 벼락이 그 동안 잘 만나지 않았다는 생각이 언젠가부터 들기 시작했습니다. 물론 이런 생각은 벼락이 많이 치는 날 하게 되는데, 저는 벼락이 많이 치는 날 꼭 좋은 생각이 나곤 합니다. 「흡혈귀」라는 소설도 처음 시작할 때 벼락이 많이 치면서 시작하는데, 벼락이 치면 어쩐지 소설을 써야 될 것 같은 생각이 들기도 합니다. (함께 웃음)

이번에도 벼락이 많이 치던 어느 날, 「피뢰침」이라는 소설을 착상하게 되었는데 제 처한테 그 얘기를 했더니 그냥 웃더라구요. 번개라는 것은 진지한 소설의 주제나 모티프가 될 수 없다고 생각하고 있구나, 라는 생각이 들더군요. 그 때문인지 그럼 한번 해봐야지, 하는 투지가 생겨서 벼락에 대해서 공부하기 시작했습니다. 공부를 해보니 상당히 흥미로운 용어들이 많이 있더군요. 제가 모르던 사실도 많이 알게 됐습니다. 예를 들어 제 소설에 많이 나오는 '전문'은 실제로 일어나는 현상입니다. 사람이 번개를 맞으면 전기가 지나간 길이 남게 되거든요. 이중에서 '전격 세례, 탐뢰 여행' 같은 어휘는 예전에 한 사람들이 없기 때문에 제가 만들어냈습니다. (함께 웃음) 만들어놓고 보니까, 그럴듯해서 저도 좀 흡족해했던 기억이 있습니다. (함께 웃음) 어쨌든 여기서만 비밀을 알려드리자면, 『동아세계대백과사전』의 많은 도움을 받았습니다. (함께 웃음)

김화영 그러니까 뭐 깊은 공부는 안 하셨군요. (함께 웃음) 백과사전 속에 있는 정보를 소설화했는데, 뒤집어 얘기하면 백과사전에 있는 것도 제가 몰랐으니 할 말이 없습니다. 그런데 어쨌든 소설가가 공부를 너무 많이 했다면, 제게는 별로 좋게 안 보입니다. 공부를 많이 해서 독자에게 전달하면, 직업을 바꿔야겠죠. 그런데 그것을 간략하게 공부를 하고도 이런 소설을 쓰셨다는 것이 참 놀라운 일입니다.

저는 이 소설을 읽으면서 전기와 김영하씨의 어떤 공통점이 있을까 생각했더니, 전기는 빛처럼 빠르고 신속하다는 데에 특징이 있는데, 신속하면서 뒷자리를 더럽게 남기지 않는다는 것이, 아주 깨끗하게 만든다는 것이 특징입니다. (함께 웃음) 김영하씨의 소설은 문체도 스피디하고 아주 깔끔하고 군더더기가 없고, 감정의 뜨뜻미지근한 것들이 있다 하더라도 그런 감정들을 눌러서 치우고 살짝살짝 보여주고, 더 한마디 쥐어짜면 울 것 같은데 거기에서 딱 끝나고, 그런 문체가 저에게 아주 속 시원하고 감동적이었습니다.

조경란씨의 작품을 보면 두 분이 비슷한 세대이지만, 얼마나 감성이나 세계가 다른가를 여실히 보여준다는 것을 확인할 수 있어요. 두 분 다 과학적이라고 했지만, 과학을 활용하는 방법도 전혀 다릅니다. 「동시에」를 보니까, 전기톱도 사용하고, 식물 계통 특히 나무 쪽으로 해서 종이 그래프도 사용하고, 나무에도 심전도 비슷한 게 있는 것 같던데, 그 비밀의 세계에 대해서 조금 털어놓으시죠.

조경란 아까 김영하씨를 만나서 오늘 선택한 작품이 뭐냐고 물었더니 「피뢰침」이라고 들었어요. 저는 「동시에」였는데, 아, 우리는 동시대를 살아가는 젊은이로서 어쩌면 이렇게 다른 작품들을 쓰고 있을까, 서로 아주 극단적인 대조를 보이는 작품이라는 생각이 들었어요.

먼저 그런 생각이 들었고, 김화영 선생님의 질문을 저는 두 가지로 나눴는데, 첫 번째는 과연 이런 나무의 이야기, 서로 신호를 주고받고, 죽을 때가 가까워지면 생의 어느 때보다 가장 많은 열매를 맺고, 이런 것이 과학적인지를 묻는 것이었고, 두번째는 어떻게 이 소설 자체가 탄생하게 되었는지에 대한 질문이라고 생각했습니다.

우선, 이 소설이 어떻게 나오게 되었는지 간략하게 말씀드리면, 처음에는 왜 그랬는지 저도 잘 몰랐습니다. 그게 1999년이 막 저물어갈 무렵이었어요. 그때 개인적으로 아, 내가 앞으로 어떤 소설을 써야 될까, 그런 근본적인 고민을 하느라고 힘들 때였는데, 자꾸만 꿈에 나무가 보였습니다. 그런데 꿈에 보이는 나무가 정말 존재하는 나무인지, 환상 속의 나무인지 구분할 수 없었고, 제가 백과사전 같은 것을 많이 봤는데도, 그 나무의 이름이나 학명 같은 것을 찾을 수 없었습니다. 그런데도 육 개월 정도 계속 꿈에 나무가 보였어요. 저는 그것을 어떤 신호라고 받아들였습니다. 내가 앞으로 이 나무에 관해서 이야기하지 않으면 안되겠구나, 라고 생각했어요. 하지만 가만히 생각해보니까, 제가 지금 나무에 관해서 쓸 만큼 성숙했다는 생각이 들지는 않았습니다. 그래서 다른 글들을 많이 썼어요. 그런데 자꾸만 꿈에 나무가 보였고, 나무들이 바다에서 자랐고, 그 나무들로부터 사람이 생겨났고, 나무들이 쪼개져서 사람이 되었고, 이러한 게르만족의 신화 같은 것도 잊혀지지 않았습니다. 그래서 결심했습니다. 나무에 관해서 써야겠구나, 라고 생각한거죠. 그렇지만 그러고 나서도 오랫동안 선뜻 쓰지를 못했습니다.

소설이라는 것이 하나의 이미지만 가지고 끌고 나가기에는 부족한 장르입니다. 소설은 서사와 이미지가 적절하게 융화되어야 하는 장르라고 생각하고 있거든요. 그것이 시와 소설을 구분짓는 제 나름의 방법, 경계입니다. 나무 이야기를 써야지 써야지 하고 생각하고 있던 참에 여기서는 사적인 이야기를 조금 해야 될 것 같습니다. (김화영:좋죠.) (함께 웃음) 등장 인물 중에 윤슬이라는 처녀의 이모가 있습니다. 실은 이 이모의 이미지를 어떤 여자분에게서 빌려왔습니다. 어떻게 우연히 여자 셋이서 술자리에 가게 되었어요. 그분이 지금 남편과 행복하지 않다는 것을 제가 잘 알고 있는데, 술집 주인으로부터 정말 우연하게 그분의 첫사랑 남자에 대해서 듣게 되었습니다. 왜 사람들이 많이 모이면, 몇 학번 알아요? 누구누구 알아요? 그 선배 알아요? 후배 알아요? 하는 식으로 이야기가 나오지 않습니까? 그러다가 제가 같이 간 여자분의 첫사랑이 자살했다는 이야기를 듣게 되었어요. 그래서 제 동행은 몹시 힘든 시간을 보냈고, 제가 새벽까지 같이 있어줬어요. 제가 그녀의 등을 토닥토닥거리면서도 머리 한쪽으로는 아 그래, 내가 부족하게 생각했던 게 바로 이거지, 라는 생각이 들었고, 제가 가지고 있던 나무의 이미지와 이쪽의 서사가 한꺼번에 탁 만나서 딱 소리가 나는 느낌이었어요. 하지만 소설은 픽션이잖아요. 이것을 어떻게 내 것으로 만들까 고민을 오래도록 하다가, 결국 여러분들이 읽으신 「동시에」의 이야기가 나오게 되었습니다.

나무에 관한 과학적인 측면의 얘기를 하자면, 나무들이 그렇게 신호를 주고받는 것은 사실이구요. 그것을 아주 수 년 전에 어느 과학잡지에서 읽었는데, 그 잡지는 우리나라에 소개되지 않은 잡지였어요. 이것이 나무에 관한 이야기라는 것은 알았는데, 그것을 번역할 수 없었거든요. 그래서 가까운 사람에게 번역을 부탁해서 읽었고, 그 2년쯤 뒤에 정신세계를 다루는 잡지에 그 나무의 신호, 신호를 주고받는 나무들에 관한 특집기사가 실린 것을 보았습니다. 그때 저는 이미 그것을 알고 있었는데, 기사가 너무 적나라하게 나와서, 내가 이것을 빨리 소설로 썼어야 했는데, 하는 안타까움이 들었었죠. 그렇게 해서 제가 나무에 관한 이야기를 쓰게 됐고, 그녀에게는 미안했지만 적절하게 이야기도 제 것으로 바꾸었구요.

저는 그 소설을 쓸 때, 무슨 생각을 했냐 하면, 단순히 꿈에 나무가 보인다고 해서 나무의 이야기를 쓴 것은 아니구요. 첫사랑의 남자가 계속 꿈에 나타나면, 첫사랑의 남자에 대해서 써야 하잖아요. 하지만, 저는 소설가란 자기 주위에 있는 사물들이 속삭이는 것을 알아차리고, 그 속삭임을 말이 되게끔 이끌어가는 사람이라고 생각합니다. 그리고 그것이 보이지는 않지만 저에게 어떤 신호를 보냈을 때, 저는 소설가의 역할을 해야 한다고 생각합니다. 그 소설을 써놓고, 몸은 많이 아팠지만, 저는 사실 많이 행복했습니다. 그래서 어떤 완성도를 떠나서 내가 이 소설을 쓸 때는 최선을 다했구나, 내가 당분간 나무나 사물에 관한 신화에 관해서는 이것보다 더 잘 쓸 수는 없겠구나, 하는 생각을 했구요.

그리고 한 가지 아주 절실하게 깨달은 것이 있었습니다. 저는 시를 공부했었기 때문에 처음부터 끝까지 시 같은 소설을 언젠가는 써봐야지, 라는 생각을 했었는데,「동시에」를 쓰고 나서 절실하게 깨달은 것은, 소설이 시적이어야 한다는 것은 어떤 한 문장이나 한 단락이 아니라 그 전체이어야 하겠구나, 그래야 시적인 느낌이 나면서 소설적인 완성도를 가질 수 있겠구나, 하는 것이었습니다. 소설이 그렇게 씌어진 거죠. 나무들이 신호를 주고받는 것은 과학적으로도 사실입니다. 거기에 제가 몇 가지 살을 더 보탠 것이구요. 당분간은 아마 나무에 관한 이야기는 쓰지 않을 겁니다.

그런데 제 사주에 나무가 네 그루가 있다고 그래요. (함께 웃음) 그래서 저는 제가 더 많이 성숙해지면 언젠가 한번 더 나무에 관한 이야기를 하게 되지 않을까 생각합니다.

김화영 아주 숨차게, 준비한 원고를 읽듯이, 잘 설명해주셨습니다. 제가 읽은 소개의 글에 그런 말이 있었습니다. 허난설헌 이후 '난' 자가 들어간 유명한 여성 예술가가 있다고 하면서, (함께 웃음) 조경란씨와 하성란씨를 꼽았었죠. 아닌 게 아니라 저는 나무 이야기를 들으면서, 나무같이 우람한 존재들이 서로 교신하고, 또 교신내용이 심전도처럼 종이에 기록까지 되는지는 잘 모르겠지만…… 식물에 대한 생각을 했어요. 개인적으로 젊었을 때는, 누가 선물로 화분 같은 것을 주면 질색을 했습니다. 화분 자체야 좋지만, 늘 바쁘고 부실한 제가 그 식물을 꼭 죽일 것 같아서 이런 부담을 나에게 왜 주나 싶었고 결국은 그 식물들이 대부분 다 죽고 말았어요. 그런 꼴을 볼 수가 없어서 제발 주지 않았으면 좋겠다고 생각했는데, 점차 나이를 먹으면서 제가 난초를 좋아하게 되었습니다.

난초를 특히 즐기거나 잘 알아서 기르는 것이 아니라, 학교 연구실 창턱에다가 올려놓고는 매주 일정한 날 아침에 물을 주고, 물을 줄 때는 흠뻑 주라는 얘기를 들었기에 살살 주지 않고, 정말 비가 쏟아지듯이 실컷 물이 쭉 빠지게 주고, 바람 잘 들고 볕 잘 드는 곳에 두었더니 잘 자라더군요. 젊었을 때는 생활에 규칙성이 없고 성급해서 못한 일이었죠. 나이 먹으면 왜 난초를 잘 기르나 했더니, 그것을 참고 기다리며 돌볼 수 있는 마음의 여유가 생겼달까 그런 것도 있고, 행동도 좀 굼뜨게 되고…… 굼뜬 사람은 뭔가를 좀 오래 바라보죠. (함께 웃음) 그런데다가 최근에 제가 누구에게 들은 말인데 난초에게 물을 줄 때도 그냥 주지 말고, 내가 예뻐하는 존재에게 말을 걸듯 하는 태도로 주라고 하더군요. 과연 그렇게 하니까 정말 죽은 잎사귀가 많던 난초도 파릇파릇하게 곧 살아나는 것을 발견했습니다. 그래서 성의 없이 기르지 않고 마음을 쏟아서 보살피면 잘된다는 것을 알았죠. 그걸 보면 한 포기 난초도 그런데 나무같이 그 큰 존재가 왜 신호를 주고받지 않겠나 하는 느낌을 받아요.

하여튼 조경란씨 설명을 잘 들었습니다. 제가 지난번에도 잠깐 말씀드렸지만, 요즘 한국소설의 소재가 흔히 남녀가 서로 연애하는 것, 특히 혼외정사 같은 것이어서 좀 따분한데 그런 것 이외에는 특히 눈에 띄는 세 가지 정도의 주제가 있다고 봅니다. 하나는 지난번에 봤던 여행인데, 특히 외국여행을 간다든가 해서 나라 밖의 공간이 많이 보이기 시작한다는 것이고, 또하나는 동식물이고, 그 다음으로는 천문이나 기상 관련 주제입니다. 지난번에 보았던 일식 월식 낙뢰 천둥 번개 등이 거기에 속하죠. 하기야 이런 식의 분류가 별 의미가 있는 것은 아니죠. 실제 소설 속에 들어가보면 같은 주제도 전연 딴판으로 색깔을 내기 때문입니다. 가령 천둥, 기상을 주제로 한 김영하씨의 「피뢰침」과 김주영씨의 『천둥소리』를 비교해보면, (함께 웃음) 똑같은 천둥소리이지만 얼마나 다른 내용에 얼마나 다른 기질의 표현인가를 짐작할 수 있을 겁니다. 그런 의미에서 가령 동식물 중에서도 조경란씨의 「동시에」와 신경숙씨의 『바이올렛』을 비교해보면 또 얼마나 다릅니까? 그러니까 한 작가가 무슨 주제를 어디에다 도입했다는 것은 평론가들이 논리의 편의를 위해서 분류한 것에 불과하고, 그 사람의 세계라는 것은 그 사람의 내면에 의해서 전연 다른 개성과 목소리로 발현된다는 것을 우리는 작품을 통해서 잘 알 수 있습니다.

그러면 김영하씨에게로 이야기를 다시 돌려서, 「피뢰침」 이야기를 해보지요. 이 작품은 거침없이 금방 읽힙니다. 흥미로웠던 사실은…… 요즘 작가들의 단편소설 속에서는 주인공이나 등장인물이 남자인지 여자인지 잘 알 수 없는 경우가 꽤 있는데, 이 작품도 한참 뒷부분에 가서야 어떤 단서가 나타나서 이 사람이 여자였네, 하고 놀라게 된다는 점입니다. (함께 웃음) 「피뢰침」의 주인공은 처음에 남자인 작가 자신을 자꾸 상상해서 그런지, 김영하씨 같은 남자일 줄 알았어요. 이 인물이 왜 이런 행동을 하지, 하고 의문을 품다가 그냥 지나쳤는데 한참 뒤에 그 인물이 여자라는 사실을 발견했습니다. 벼락 맞는 것에 남자 여자가 따로 없겠습니다만, (함께 웃음) 굳이 여자로 만들어놓은 것과 한참 뒤에 가서야 그 사실이 감지되게 만든 것은 어떤 의도에서 그런 것인지 그 부분에 대해서 좀 설명을 해주시지요.

김영하 사실은 처음부터 화자가 여자라는 것을 알리기 위해서 무던히 노력을 했지만, 잘 못 써서 (함께 웃음) 결과가 그렇게 빚어진 것 같습니다. 저는 독자들이 몇 줄 읽어내려가다보면 금세 화자가 여자라는 것을 알아채리라 생각했는데, 김화영 선생님처럼 정말 걸출한 독해력을 가지신 분도 그렇게 읽었다고 하니, 역시 여성적 문체를 함부로 시도해서는 안 되겠다는 (함께 웃음) 생각을 하게 됐습니다.

굳이 벼락을 남자가 맞아도 되는데 여자로 했느냐, 하는 그것이야말로 저는 소설 쓸 때 벌어지는 일종의 마술 같은 일이라고 생각을 합니다. 처음에는 남자든 여자든 상관없다고 생각하고 써내려가다가, 몇 줄 정도 내려가고 나니까 어쩐지 이 벼락은 반드시 여자가 맞아야 될 것 같고, (함께 웃음) 그리고 그것도 사춘기에 맞아야 될 것 같고, 뭐 그런 식의 생각이 떠올랐습니다. 그런데 오늘 제가 여기 오기 전에 도대체 왜 그랬을까 다시 생각해보니까, 역시 하나의 인물이 일단 소설 속으로 걸어나오게 되면, 그 인물이 가는 대로 작가가 따라갈 수밖에 없는 상황이 있을 텐데, 이번이 바로 그런 경우가 아닌가 싶습니다.

뭔가가 저를 끌고 다녔던 것 같은데, 이번에 다시 생각을 해보니까, 어쩌면 오래된 서사 패턴을 따르고 있었는지도 모르겠습니다. 그게 이를테면, 어떤 가족에 소속되어 있던 여자아이가 여러 가지 이유로 모험을 떠나거나 가족 내에서 방출되거나 혹은 새로운 세계로 떠나게 됩니다. 거기에서는 아주 이상한 일과 사람들, 기괴

한 일들을 경험하게 되고 그것은 그 여자가 집을 떠나게 된 원인과 관계가 있습니다. 엄마와 아빠 사이에서 자다가 벼락을 맞았는데, 그것과 관계가 있을 것입니다. 그리고 그런 경험이 자기만의 것이 아니라는 것도 알게 됩니다. 그리고 결국엔 집으로 돌아오는 서사인데, 오래된 옛날 얘기에 그런 게 많지요! 남자아이들이 떠났다가 돌아오는 경우도 있지요. 멀리 보자면, 『이상한 나라의 앨리스』 같은 경우도 그런 패턴일 텐데, 아마 그 오래된 이야기, 제가 어렸을 때부터 읽었던 이야기의 그 어떤 서사적 패턴이 「피뢰침」을 이끌고 간 게 아닌가, 하는 생각이 듭니다. 아직까지도 명쾌하게 해명할 수는 없네요. (함께 웃음)

김화영 작가가 뭐 그걸 논리적으로 해명해야 될 의무는 없습니다. 독자가 알아서 할 일이죠. 겸손하신 김영하씨는 잘 못 써서 그렇게 됐다고 하는데, 저는 오히려 뜻밖에 그 사람이 여자라는 것을 알게 되는 대목도 신선했고, 특히 독자 입장에서 하는 얘기입니다만, 끝에 "내 몸으로 그의 몸을 덮었다"고 하는 대목이 나오는데, 이게 바뀌어서 남자가 여자에게 했다면 추행입니다. (함께 웃음) 그러니까 이것도 전체적으로 훨씬 잘 어울리는 것이 아니었나 싶습니다. 김영하씨 소설들이 가지고 있는 전체적인 성격에 들어맞는, 일관성이 있는 작품임에도 불구하고, 어쩐지 이 작품은 초자연적인 현상과 인간이 관계되는 그 대목에 있어서 김영하씨 작품 중에서는 예외적일 만큼 상당히 현실 밖의 세계로 연결된 면이 엿보이는 아주 독특한 작품이 아닌가 싶습니다. 물론 「고압선」 같은 작품도 있습니다만, 어쩐지 그런 유의 이야기는 언어의 놀이 같다고 한다면, 「피뢰침」의 경우 아주 예외적으로, 김영하씨도 현실세계 바깥에 마음을 열어놓고 신호를 보내고 있다는 느낌이 들어서 특히 여운이 많이 남는다고 생각합니다.

「피뢰침」을 보면서 떠오른 생각은, 물론 다른 작품도 그런 것이 있겠습니다만, 보통 소설은 단편이든 장편이든 간에, 숨어 있든 반쯤 숨어 있는 전체가 드러나든 간에 어떤 '이야기'입니다. 사람과 사람 사이의 관계가 주축을 이루어 줄거리를 만들어갑니다. 그런데 이 작품은 사람과 사람 사이의 관계보다는 사람과 자연과의 관계가 더욱 강하게 드러난 작품이라서 마치 '피뢰침'이라는 제목이, 인간들 사이의 얘기보다는 '피뢰침이란 무엇인가'에 대한 논문의 제목 같은 느낌이 듭니다. 모 파상의 「머리털」 같은 소설도 그렇습니다. 사람 얘기보다는 머리털 자체가 무엇인 가라는 문제를 수필처럼 그린 것입니다. 소설의 가능성 중에서 우리가 한번 생각 해볼 부분이 그런 겁니다. 너무 독자들의 눈치를 보니까 이야기만 쓰는데, 사실은 수필 같아도 되고, 논문 같아도 되지요. 소설이 가지고 있는 막강한 잠재력이라는 것은 형식의 확장 가능성에 있습니다. 그렇게 봤을 때, 「피뢰침」이라는 작품은 이 야기일 뿐만 아니라, '피뢰침이란 무엇인가'라는 어떤 주제가 과학적이지만은 않 은, '인간에게 무엇인가'라는 주제에 접근하고 있다는 느낌을 줬습니다.

조경란씨께 이야기를 옮겨보죠. 아까, 어느 날 술자리에서 누구에겐가 들은, 사 귀던 남자가 자살했다는 얘기 정도는 예외적인 경우가 아닙니다. 흔히 있는 일입 니다. 자살을 그렇게 흔히 하면 안 되겠지만, 그래도 대개 옛사랑은 그런 방식으로 떠나야만 더욱 소설적이죠. 사람들 사이의 그런 관계, 그런 얘기는 많이 있지만, 나무라는 주제는 흔한 것이 아닙니다. 아주 특이한 경우죠. 그래서 그 두 개의 주 제가 딱 만났다고 했는데…… 제가 전부터 물어보고 싶은 것이 하나 있어요. 조경 란씨를 사적인 자리에서도 더러 만나서 얘기할 기회가 없지 않았습니다만, 원래 전공이 시였는지는 오늘 처음 알았습니다. 그 말을 듣자 저는, 아! 그래서 그랬구 나, 하는 느낌을 받았습니다.

전공이 시였던 사람들과 처음부터 소설만 쓰는 분들과 다른 점이 많이 있는 것 같아요. 지난번에 윤후명씨의 경우처럼, 시적인 감성을 많이 가진 소설가들은 대 개 추상화와 구상화 사이의 반추상 같은 내면의 세계를 많이 그립니다. 그래서 그 들의 이야기를 인간관계 같은 수준에서만 따라가다보면 뭔가 불분명해 보이고 재 미가 없습니다. 그리고 너무 어렵다는 느낌마저 받지요. 우리가 추상화나 반추상 화를 바라볼 때, 이것이 무엇을 의미하느냐, 라고 물으면 너무 어렵습니다. 새소리 를 듣고 이게 무슨 뜻이냐고 물으면 어려워지죠. 그러나 여기에 빨간 색이 있구나, 저기에 파란 색이 있구나, 여기에 굵은 선이 있구나, 그래서 뭔가 전체가 그럴듯하 구나, 뭔가 말로는 표현할 수 없지만 따뜻하다 혹은 공격적이다, 라는 느낌을 갖게 되고, 그것의 정체가 무엇인가를 생각해보면 오히려 쉬울 수도 있습니다. 그런 의미에서 여러 개의 여기저기에 던져진 이미지의 재료(요소)들이 우리들 마음속에서 마주치면서 하나의 전체가 되고, 그 전체가 우리에게 어떤 울림으로 전해진다고 생각했을 때, 바로 그런 종류의 작품을 많이 쓰는 사람들이 시와 관계된 사람들이 아닌가 싶습니다.

조경란씨 작품을 읽을 때, 이것이 무엇을 의미하느냐, 앞뒤 관계가 어떻게 되느냐고 해서, 저는 맨날 노트를 하면서 읽습니다. 안 그러면 못 따라가기 때문입니다. 그러나 그 노트 필기라는 것은 나의 수고일 뿐이고, 사실 제일 처음 작품을 읽었을 때 이 작품이 주는 전체적인 이미지는 끝까지 변함이 없습니다. 그렇게 봤을 때, 여기저기에 서로 다른 시제 오브제 이미지 등이 적당한 장소에 배치되어서 하나의 전체를 만든다는 느낌을 줍니다.

어쨌든 제가 하려고 했던 질문 하나는 이겁니다. 왜 조경란씨 작품들의 제목은 그렇습니까, (함께 웃음) 라는 것입니다. 아무리 봐도 소설 속에는 그 제목과 관계될 만한 뭐가 없습니다. 저는 「동시에」라는 작품을 차라리 한문으로 써놨다면, '같은 시간에' 라고 생각을 했을 텐데, 한글로 써놓은 '동시에'를 보면서 이게 식자우환인지 몰라도, 마르셀 프루스트의 『잃어버린 시간을 찾아서』에 생 루라는 인물이 주둔하고 있던 도시 이름인 '동시에르'가 자꾸만 생각났습니다. (함께 웃음) 왜 이런 일이 생기는고 하니, 조경란씨의 작품 제목은 작품 내용과 관계를 짓기가 너무 어렵습니다. 그래서 알려고 애를 쓰다가 그만 포기해버리는데, (함께 웃음) 제 나름대로는 이런 생각을 합니다. 제목과 작품 내용 사이의 관계에 저항하는 그 거리감, 괴리 속에 '피뢰침'이라든지 어떤 전기가 왔다갔다 할 것이다, 그 정도가 아닐까 하는 생각이 드는데, 이 작품집에 보면, 가령 단편 「김영희가 흘린 눈물 한 방울 같은 것」의 제목은 진짜 걸작입니다. 아무리 찾아봐도 눈물도 없고, 김영희도 없습니다. (함께 웃음) 그리고 난데없이 코끼리가 들어와 있긴 있습니다만, 댁이 얼마나 큰지는 몰라도 코끼리가 집에 들어와 살기는 어렵습니다. 이런 경우가 한두 가지가 아닙니다. 그래서 제목과 내용 사이가 왜 이렇게 먼 것인지, 이건 너무 멍청한 질문 같습니다만, 그 질문을 한번 해보고 싶어요. 또 그런 제목을 붙이는 과정이 대체로 어떤지, 어떤 방식으로 이런 제목을 붙이는지, 관계나 이유가 있다면 있을 것이고, 관계가 없더라도 생각이 불쑥 솟아오를 때 느껴지는 그 무엇이 있을 텐데, 그 점에 대해서 설명이 가능할까요?

조경란 첫번째 질문인 제목과 내용 사이에 대한 답변부터 드리겠습니다. 사실은 저는 오늘 「코끼리를 찾아서」를 가지고 여러분들과 이야기를 하고 싶었습니다. 왜냐면 제가 훨씬 더 많은 이야기를 진술하게 할 수 있을 것 같다는 생각을 했거든요. 그럼에도 불구하고 「동시에」를 택한 이유 중의 하나는, 도대체 '코끼리'가 뭐냐, 라는 질문이 꼭 들어올 것 같았기 때문입니다. 이미 그 질문을 여러 번 받아봤는데, 첫번째는 대답하기 싫은 마음이 가장 컸구요. 두번째는 언제나 하는 말이지만, 저도 잘 모르겠어요, 그게 아직까지 뭔지 잘 모르겠어요, 라는 말이었거든요. 그래서 오늘만큼은 더이상 '코끼리'에 대해서 얘기하지 말자는 생각이었습니다.

「동시에」의 처음 제목은 '나무의 귀'였습니다. 나무는 우리에게 신호를 보낼 수 있고 서로 신호를 주고받을 수 있을 만큼 살아 있는 하나의 존재라고 생각했습니다. 그래서 나무는 귀를 갖고 있고, 세상의 모든 것을 듣고 있을 거라고 생각했습니다. 그래서 같이 떠오른 제목이 '나무는 귀를 갖고 있다'였습니다. 그래서 '나무의 귀'와 '나무는 귀를 갖고 있다' 그 두 가지를 갖고 아주 맹렬하게 생각했어요. 그렇게 귀에 집착했던 것은 우리는 귀를 갖고 있고 모든 것은 귀를 갖고 있다, 그래서 우리는 만날 수 있다, 소통할 수 있다, 닿을 수 있다는 제 뜻을 전달하고 싶었기 때문입니다. 그런데 가만히 생각해보니까, 제가 하고 싶은 이야기는 나무에 관한 것이 아니라, 다른 어떤 소재를 빌려오든지 간에 우리는 인간에 관해서 이야기하고, 가장 중요한 것은 인간에 관한 어떤 것이라고 생각했습니다. 그러다보니까 그게 적절한 제목이 아니고 제 머릿속에 떠오른 영감과 이미지들을 충분히 표현해주지 못하는 것 같았어요. 「동시에」라는 소설은 저도 아주 순식간에 썼어요. 단편치고는 좀 분량이 길지만. 그런데 제목 때문에 많이 고민을 했습니다. 그러다가 '그와 내가 동시에 떨어져 있지만, 내가 그를 생각할 때 그도 나를 동시에 생각하고, 내가 아프다고 말할 때 그가 동시에 그것을 떠올려줄 수 있는' 까지 메모를 하다가, '아, 동시에' 하고 떠올랐습니다. 그런데 '동시에'는 잉게보르크 바하만의 소설 제목이기도 해요. 그래서 이십대 때 읽었던 아주 먼지가 많이 묻은 책을 꺼내서 다시 읽어봤습니다. 그랬더니 제가 쓰려고 하는 '동시에'와 전혀 상관이 없어서, 그래 그러면 자신있게 제목을 표절을 하자고 해서 '동시에'라는 제목을 붙였습니다. 「동시에」라는 소설의 제목은 그렇게 해서 태어났습니다.

　저는 그것이 작가들의 어떤 작업 스타일일 거라고 생각을 합니다. 저는 소설을 쓰는 일도 힘이 들지만, 제목을 짓는 일은 더욱 힘이 든다는 생각을 합니다. 그리고 제가 독자에게 바라는 것이 있다면, 제 소설을 읽어주실 때 굉장한 집중력을 가지고 읽어주셨으면 하는 거예요. 집중하지 않으면 읽을 수 없는 소설을, 물론 그게 목적은 아니지만, 그런 집중력을 요구하는 글을 쓰고 싶다는 생각이 늘 있습니다. 그리고 소설의 제목이라는 것은 그 소설과 피와 살처럼 아주 잘 어우러져야 하기도 하겠지만, 이를테면 「김영희가 흘린 눈물 한 방울」이라고 했을 때, 그 눈물은 왜 흘렸을까, 김영희란 여자는 누구일까, 그 눈물은 어떤 크기일까, 이런 여러 가지 상상력을 유도할 수 있는 제목을 늘 생각합니다. 그래서 제목을 짓는 일이 너무 힘드는데, 어느 순간 아무런 내용도 생각하지 않았지만 제목 먼저 딱 떠오른 경우가 있어요. 「우린 모두 천사」라는 제목은 그렇게 해서 얻은 것인데, 사실 '우린 모두 천사'라는 제목은 저의 소설 어떤 작품에 갖다 붙여도 썩 적절하게 어울리는 제목이라고 생각을 합니다. 그렇게 「우린 모두 천사」나 「코끼리를 찾아서」처럼 제목이 순식간에 휙 떠올라서 쓰는 소설들은 제가 나중에 써놓고 봤을 때, 유달리 애착이 가구요. 제목 짓는 일이 너무너무 힘들어서, 그리고 그런 경우는 거의 없긴 했지만, 다 써놓고도 출판사에 원고 교정지를 넘길 때, 제목을 여러 번 바꾸는 경우도 있어요. 그런데 시간이 흐르면 후회를 하게 되고, 이 소설이 별로 좋지 않구나 하는 생각을 합니다. 저에게는 그게 일종의 징크스예요. 먼저 제목부터 생각해야 되구요. 저는 소설의 내용과 제목이 크게 상관이 없어도 된다고 생각하는 사람입니다. 소설 제목은 한 편의 시일 수 있습니다. 그것 자체로 이야기를 만들어내는 아우라가 있는, 그런 힘있는 제목을 갖고 싶어요.

김영하 조경란씨와 제가 참 대조적인 면이 많다는 것을 (함께 웃음) 칠 년 만에 확인하고 있습니다. 조경란씨가 자신의 작품을 읽을 때 집중을 요구한다고 하셨는데, 저는 언제나 방심을 요구합니다. (함께 웃음) 방심하다가 '억' 하기를 원하고, (함께 웃음) 집중을 하고 있지 않다가 '엇, 여자가 아니라 남자라니!' 이런 식이었으면 합니다. 그리고 저는 제목을 막 짓는 편이거든요. (함께 웃음) 피뢰침이 많이 나오면 「피뢰침」, (함께 웃음) 엘리베이터에 끼면 「엘리베이터에 긴 남자는 어떻게 되었나」, (함께 웃음) 흡혈귀가 나오면 「흡혈귀」, (함께 웃음) 이런 식으로 짓는데, 어떻게 선정을 하셨는지 모르겠지만, 정말 오늘 대조적인 두 작가를 뽑으신 것 같습니다. (함께 웃음)

조경란 지금 제가 왜 제목을 이렇게 신중하고 힘들게 하나 생각해봤더니, 시인이 되려던 꿈을 접었기 때문에 한 편의 시를 쓰는 마음으로 제가 그렇게 제목을 쥐어짜는 것 같아요. 문득 그런 생각이 들어요.

김영하 「당신의 나무」도 사실 본래 출판사에 보낸 제목은 '나무'였습니다. (함께 웃음) 그랬더니 출판사에서 너무 무성의한 것 아니냐 (함께 웃음)고 하더군요, 저는 시를 써본 적이 없어서 그런지 이틀 동안 머리를 쥐어짜서 겨우 세 자를 늘렸습니다. 그래서 '당신의 나무'가 되었습니다. (함께 웃음)

김화영 이 제목 얘기 도중에 아주 재미있는 얘기가 나왔네요. 사실 저는 아주 옛날부터 제목에 관심이 많았습니다. 제목에 관한 글도 쓴 적이 있는데, 사실은 이게 근래에 와서 서구 쪽에서는 문학연구에서 많이 다루는 항목 중 하나입니다. 이것을 흔히 파라텍스트라고 하죠. 보통 우리가 읽는 작품은 소설의 텍스트인데, 사실은 우리의 시선 앞에 주어져서 제일 먼저 읽게 되는 소설의 첫줄은 소설 텍스트의 첫줄이 아니라 표지의 제목입니다. 그 제목이 책 자체 혹은 소설 자체의 시작이라는 점에서 매우 중요하고, 그것은 오늘날에 여러분들이 잘 아다시피 상업, 즉 판매전술과 관계가 있습니다. 제목을 잘 지어야 책이 잘 팔립니다. 더욱이 우리나라처럼 명청한 독자, 여론추수적 경향이 많은 나라에서는 제목이 매력적일수록 책이 잘 팔리죠. 어떤 경우에는 이것은 장사가 되겠다고 싶은 제목부터 미리 만들어놓고, 옛날에 쓰거나 출판한 작품을 그 제목에다 끼워맞춰서 크게 돈을 번 경우도 있습니다. 그러니까 대개 독자적인 개성이 없는 독자가 많은 나라일수록 그런 책이 많은 판매고를 올리죠. 출판도 장사니까 그것 역시 무시할 수는 없지요. 좋은 제목, 잘 팔릴 만한 말랑말랑한 제목, 눈물 쥐어짜는 제목, 혹세무민의 명상적 제목…… 여러 가지 종류의 독자를 홀리는 제목들이 있습니다.

그런데 어쨌든 제목이 소설 텍스트와 관련되는 방식은 아주 다양합니다. 가장 전통적인 방식은 소설을 요약하는 경우입니다. 원래 역사적으로는 주인공 이름을 딴 제목이 제일 많았습니다.『고리오 영감』『햄릿』『장화홍련전』『춘향전』『카라마조프가의 형제들』 그중 가장 유명한 경우가 『마담 보바리』입니다. 『마담 보바리』는 원래 엠마라는 여성이 주인공인데, 엠마라고 하지 않고 마담 보바리라고 한 것은, 바로 '마담' 때문입니다. 엠마는 결혼을 잘못한 여자죠. '마담'이 우리나라에서는 술집이나 다방에서 많이 통용되는데, (함께 웃음) 프랑스의 마담은 바로 결혼한 여자라는 뜻입니다. 19세기 시민계급이 등장하고 자본주의가 형성되는 과정에서 많은 사람들의 첫 결혼은 대개 망치게 되어 있어요. 왜냐하면 돈 때문에 결혼을 하기 때문입니다. 돈 때문에 결혼을 하게 되면 사랑은 뒷전이죠. 그러면 결국 아내 이외의 다른 애인이 하나 생기게 마련입니다. 그런 19세기 자본주의 초기 사회구조의 성립과정을 어느 면으로 요약한 제목이 '마담 보바리'입니다. 보바리는 남편의 성이죠. 그러니까 별로 좋아하지도 않는 남편과의 관계에 의해, 성까지도 따르게 되는 여자의 운명에 관한 이야기라는 사실이 이미 제목 속에 내포된 셈이죠. 그런 면에서 보면 조경란씨의 경우는 가장 예외적인 방식일 겁니다. 소설과 아무 관계가 없는 제목을, (함께 웃음) 더욱이 그렇게 고생스럽게 시적이길 바라며 짓고, 제목이 좋으면 내가 쓴 작품 중에서 아주 훌륭한 작품이라고 생각할 정도니까, 얼마나 중요하겠습니까?

그런데 바로 맞받아서 김영하씨가 말씀하셨는데, (함께 웃음) 제가 김영하씨를 보고 늘 놀랍게 생각하는 점이 하나 있어요. 김영하씨의 자유분방한 상상력은 남이 생각하지 않았던 엉뚱한 생각을 해내는데, 그것이 다른 사람으로 하여금 한 발 늦었다고 생각하게 할 정도로 뻔한 얘기를 왜 다른 사람들은 그걸 생각 못 했을까, 라는 생각을 하게끔 만드는 종류의 것이라는 점입니다. 호출이라는 말은 삐삐가 등장하기 전에는 전연 다른 뜻이었습니다. 그러던 게 삐삐가 등장하면서, '접속'이라는 말이 그렇게 되었듯이, 아주 새로운 의미를 갖게 되었습니다. 가령 '부조리'라는 말이 그렇습니다. 50~60년대에는 '부조리'라는 말이 형이상학적인 뜻이었습니다. 카뮈 때문이죠. 그 다음에 70년대 이후 우리나라가 산업화되면서 '부조리'는 완전히 남의 것을 해먹는 부정행위와 관계된 것으로 변했습니다. (함께 웃음) 그래서 이것이 사회학적이고 경제적인 이야기로 변한 것이죠. 김영하씨는 이런 사회적 감성적 변화의 기미를 빨리 포착하는 작가입니다.

김영하씨에 의해서 한 시대의 특징이 제목 속에 탁탁 요약되고, 김영하씨는 거의 사회학적이라고 할 만큼 순발력 있는 오늘의 아이콘을 만들어내는 사람이죠. 그런데 하는 행동을 보면 그런 전위적인 것과 정반대되는 상당히 보수적인 요소도 없지 않은 사람이라고 생각합니다. 그중에 하나가, 아까 말씀드린 개량한복과 민속주점을 싫어하는 것과 마찬가지로 다른 사람들과는 반대로 가고 있는 일면이랄까…… 김영하씨는 누구보다 먼저 컴퓨터를 가까이하여 초기의 네티즌이 된 것으로 압니다. 그 방면에 도사라고 들었고 그래서 초기에 자기 홈페이지를 가장 먼저 만들어놓았다더니 또 그 홈페이지를 가장 먼저 닫았다고도 했습니다. 다시 말해서 아주 실제적인 부분을 빼고는 인터넷에 관한 과장된 신뢰감을 가장 먼저 버린 사람이 김영하씨 같습니다. 그런 면에서 생각해보면 이 작가가 굉장히 진보적이고 전위적인 세계로 열린 면이 있는가 하면, 어떤 점에서는 요지부동으로 전통의 좋은 점을 쥐고 놓지 않는 듯한 인상을 줍니다. 그런 점이 바로 제목 속에 나타나지 않았나 싶어요.

물론 「엘리베이터에 낀 그 남자는 어떻게 되었나」같이 길고 비교적 출판사에서 좋아할 것 같은 제목도 있지만, (함께 웃음) 대부분은 달랑 고유명사나 명사 하나입니다. '피뢰침, 고압선, 비상구, (당신의) 나무, 흡혈귀' 등이 그렇고 '사진관 살

인사건' 같은 것은 또 낯익은 탐정소설 같은 제목입니다. 그런 면에서 보면, 전에 많은 사람들이 즐겨 사용했던 방식으로 명사 하나 혹은 명사와 명사를 접속사로 연결한 전통적 제목을 짓는 것 자체가 진보적으로 열려 있으면서 앞서간다는 것과는 반대되지 않나 싶은데 어떠신지요?

김영하 선생님께서 적절한 질문을 해주셨는데요. 저에 대한 여러 가지 많은 오해들이 있습니다만, 제가 새 것을 좋아한다든지 새로운 조류를 좋아한다는 얘기를 저도 많이 듣는데……

김화영 머리 색깔 보십시오. (함께 웃음)

김영하 패션에 관해서는 어느 정도 그런 면이 있습니다만……

김화영 귀걸이는 안 하고 오셨나요? (함께 웃음)

김영하 이쪽에 했습니다. (함께 웃음) 저는 사실은 대단히 고전을 사랑하구요. 문화적으로 진보냐 보수냐를 어떻게 가르는가. 시오노 나나미의 글에 이런 구절이 있습니다. 누군가가 스스로를 문화적으로 보수적이라고 말할 때 그의 이상향은 과거에 있다는 것입니다. 걸작들은 과거에 있고, 현대의 작품들은 조금 조악하지만 새로 나왔으니까 한번 읽어보자는 정도입니다. 그런데 문화적 진보들의 이상향은 미래에 있죠. 지금까지의 작품들은 참 지루하고 재미없고 고리타분했지만, 앞으로 삼사십 년 후에는 더 좋은 작품이 나올 것이다, 현대의 작품이 과거의 것들보다 좋다, 라고 믿는 사람들이 저는 문화적으로 진보라고 생각합니다. 다시 말해서 문화적으로 보수라는 것은 옛것 중에 지금 것보다 좋은 것이 많다는 것인데, 그렇게 따진다면, 저는 문화적 보수에 가깝습니다.

그리고 그게 저는 상식에 가깝다고 생각합니다. 지난 천 년 이천 년 동안의 것이 우리가 현세에 볼 수 있는 것보다, 당연히 그 양과 질에서 압도적이라고 생각합니다. 저는 대학교 때는 국악을 했었는데요. 대금을 열심히 불어서 그때는 정말 전공을 국악이론으로 바꿀까 하는 생각을 진지하게 했던 적도 있습니다. 그리고『객석』에 국악 평론을 응모했다가 낙선한 경험도 있습니다. (함께 웃음)

그리고 소설도 사실은 옛날 소설들을 좋아합니다. 물론 요즘 소설들도 좋아합니다만, 그 수효나 무게감에 비할 때, 여전히 좋은 것은 제가 태어나기 이전에 많이 나왔다고 믿는 편입니다. 그리고 실제로 제 소설「흡혈귀」같은 소설을 쓸 때에도 가장 큰 영감을 줬던 소설은 푸슈킨의「스페이드의 여왕」이었습니다. 푸슈킨 당시에는 그런 기괴한 이야기를 요즘 소설가들처럼 자기 입으로 해버리면 사람들로부터 비난이 들어옵니다. 이런 사람이 어디 있느냐, 이런 부도덕한 일을 왜 하느냐 하는 식의 도덕적인 비난을 작가에게 하는 겁니다. 독자들이 작가와 화자를 구분하지 못하던 시대였기 때문인데, 작가들은 그걸 피해 가기 위해서 어떤 수법을 쓰냐 하면…… 내가 잘 아는 사람이 있는데, 그 사람이 나에게 이런 편지를 보내와서 나는 그냥 소개할 뿐이다. (함께 웃음) 나에게 뭐라고 하지 말아라, 왔으니 쓰는 것이다. 그렇지만 푸슈킨이 아니고서야 누가 그 정도의 필력으로 편지를 쓰겠습니까? 당연히 푸슈킨이 쓴 겁니다. 저도 그런 방식을 빌려서「흡혈귀」를 썼습니다.

저는 예전 것에서 발견되는 어떤 새로운 것들, 그리고 우리가 잊고 있던 오래된 새로움에 대해서 관심이 좀 있어요. 제목의 경우로만 한정해서 말하더라도 옛날 제목들이 짧고 좋은 것 같습니다. (함께 웃음)

김화영 오늘 제가 두 분을 비슷하다고 생각해서 모셨는데, 너무너무 달라서 아주 좋습니다. (함께 웃음) 그런데 제가 이 두 분이 바로 옆에 있어서 하는 얘기는 아닙니다만, 사실 독자는 까다롭고 변덕스럽기 때문에 요구가 많습니다. 조경란씨 같은 소설을 읽으면, 다시 말해서 읽기가 힘든 소설을 읽으면, 왜 이렇게 복잡한가 하는 느낌을 받아서 어떤 때는 읽기 싫어지기도 합니다. 오늘처럼 나와서 얘기해야 하니 안 읽을 수 없어서 억지로라도 펜을 들고 읽어야 되죠. (함께 웃음) 그런데 의외인 것은, 결국 다 읽고 난 뒤입니다. 물론 뭐 이렇게 쓸데없이 어렵게 썼어, 다시는 안 읽겠어, 하고 던져버리는 작가의 작품도 없지 않아 있습니다. 반면에 지금은 틈이 없지만 시간이 나면 언젠가 꼭 한번 더 읽어야 되겠다, 그때는 좀 꼼꼼히 한 줄 한 줄 맛을 음미하면서 더 읽고, 전체 관계도 따져봐야겠다, 그래서 세번째 읽을 때쯤 되면 아주 친해지겠다는 느낌을 주고, 그래서 마치 맛있는 음식을 아껴가며 조금씩 남겨두는 것처럼, 시간 나면 할, 뿌듯한 할 일이 생겼다는 느낌을 주는 작가의 경우도 있습니다.

그런가 하면 김영하씨의 경우는, 처음에 읽을 때 책장이 빠르게 잘 넘어갑니다. 그래서 기분 좋고 재미가 있지요, 그런 소설은. 특히 장편인 경우, 다 읽고 나서 벌써 다야, 하는 느낌을 주는 때도 있습니다. 반면에 다시 한번 더 읽어보고 싶다는 생각은 별로 들지 않습니다. 탐정소설의 경우가 그렇죠. 재미야 있지만 그뿐 다시 음미할 일은 없지요. 그런데 이상하게 김영하씨의 소설은 그렇게 쉽게 빨리 읽었는데, 다 읽고 나면 그냥 쉽게 던져둘 작품이 아니구나 하는 느낌, 나중에 좀 천천히 또 읽어봐야겠다는 생각이 듭니다. 저는 늘 훌륭한 작품은 적어도 두 번 세 번 읽고 싶은 작품, 또 읽을 때마다 뭔가 달라지는 작품, 더욱이 나와 내 속에 있는 무엇을 불러내게 하는 작품, 이런 것이라고 생각합니다.

그런 의미에서 두 분의 작품들은 두 번 세 번 읽고 싶게 하면서도 방식이 전혀 다르다는 느낌이 듭니다. 조경란씨 작품은 정말 읽기가 힘들었습니다. 그래서 다른 어떤 작품보다도 조경란씨 작품은 두 번 내지 세 번 정도 읽지 않고는 처음에 금방 들어오지도 않습니다. 제 책은 보시다시피 많은 줄이 쳐 있고 메모가 되어 있습니다. 다른 곳에 메모해둔 것이 또 있는데도 잘 기억이 안 납니다. 왜냐하면 잘 꿰어 맞출 수가 없기 때문입니다. 그래서 막연히 코끼리가 침대 밑에 와 있다든가, 폴라로이드 사진기 얘기구나 하는 정도이지, 앞뒤 관계를 이어서 뚜렷하게 추적하기가 어렵습니다. 김영하씨 작품 같으면 제목이라도 뭘 요약하고 있으니까 기억이 나죠. (함께 웃음) 조경란씨 경우는 그것도 아니잖아요. 「김영희가 흘린 눈물 한 방울」은 제가 이 작품집에서 제일 좋아하는 작품인데, 읽을 때마다 그 작품의 내용이 「동시에」인 줄 잘못 알았습니다. (함께 웃음) 왔다갔다 혼란이 이만저만이 아닙니다. (함께 웃음) 이게 작자에게 도움이 되는지, 손해가 되는지는 모르겠습니다만, 독자에게 어떻게 보일까 하는 부분에 대해서는 전혀 신경을 안 쓰십니까?

조경란 그런 문제에 대해서 왜 고민을 하지 않았겠어요. 그리고 가능한 한 이게 저 혼자 쓰고 즐겁자고 하는 작업이 아니라, 나는 쓰고 또 누군가는 읽어주고 다시 쓸 수 있는 용기도 생기고, 그러면서 서로 소통하고 그래서 제가 위안받고 살아가고, 쓰는 이유가 더 생기고…… 이렇게 생각했거든요. 하지만 제가 지금 데뷔한 지 올해로 칠 년째가 됐습니다. 그 동안 여러 가지 생각을 했는데, 저는 이제 제가 가질 수 있는 것과 가질 수 없는 것을 서서히 깨닫고 있는 것 같아요. 그리고 제가 가질 수 없는 것에 관하여 욕심을 부리기보다는, 그것은 제가 아무리 노력을 해도 불가능한 것일지도 모른다고 체념을 합니다. 제가 할 수 있는 것, 가질 수 있는 것, 그것을 가지기 위해서는 제가 또 일정 부분 포기해야 되는 게 틀림없이 있다고 생각합니다.

그게 뭔지는 잘 모르겠지만, 예를 들면 「김영희가 흘린 눈물 한 방울」 같은 경우에도 저는 다른 제목을 붙일 수 있었어요. 그런데 '김영희가 흘린 눈물 한 방울'이라는 제목이 나갔을 때, 다른 첫 문장을 읽지 않고도 읽으시는 분들이 이 소설의 내용은 무엇일까, 김영희라는 여자는 어떤 사람일까, 벌써부터 너무 궁금해하길 바라는 것이었어요. 매번 최선을, 죽을 힘을 다해서 쓴다고 말할 수는 없지만, 그래도 그만큼에 가까운 노력을 해서 소설을 발표하고, 그때는 이미 저에게서 그 소설이 떠나갔지만, 독자 여러분들은 나중에 그것을 읽게 되는데, 제가 그것을 몰입해서 썼던 시간, 여러분들이 그것을 집중해서 읽는 시간, 그 시간대는 각각 다르지만, 우리가 그 시간들을 통해서 서로 만나는 어떤 부분이 있을 거라고 저는 생각하고, 그것이 제가 생판 모르는 독자들과 소통하는 것이라고 생각합니다.

질문에 관해서는, 제목에 관해서는 저는 잘 모르겠어요. 그것은 저의 본능 같은 것이라는 생각이 듭니다. 그리고 소설이 어렵다는 것은, 선생님께서 어렵다는 말씀을 여러 번 하셔서, 저에게는 일종의 욕으로까지 들리는데…… (김화영:절대로 아닙니다.) 그런데 어렵다는 말이 그렇게 싫지는 않습니다. 왜냐하면 그것은 제가 갖고 싶은 것을 갖기 위해서 제가 선택한 방법 중의 하나이기 때문입니다. 이를테면, '나는 오늘 그를 만났다, 우리는 저녁을 먹었다, 우리는 야경을 보러 갔다, 그리고 우리는 밤 열두시에 헤어졌다' 이렇게 나열식의 문장들을 써서 이야기를 만들어나갈 수 있죠. 그런데 저는 가능한 한 '우리는 오늘 만났다. 우리는 밤 열두시에 헤어졌다' 까지만 쓰고 싶어요. 그리고 사실은 그러한 노력들을 하거든요. 문장과 문장 사이에, 사실 제 문장을 가만히 여러분들이 쪼개서 보시면, 한 문장과 한 문장 사이에 서너 문장은 더 들어갈 수도 있고, 단락과 단락 사이는 그것보다 더 긴 어떤 공간이 있습니다. 그 공간을 여백이라고 생각해주시면 좋고, 그 문장과 문장 사이, 마침표와 마침표 사이, 한 단락과 한 단락 사이에 무슨 일이 있었지, 라고 여러분들이 상상하면서 읽기를 바랍니다.

우리가 책을 읽는다는 것은 단순히 가르침을 받기 위해서는 아니라고 생각합니다. 배우는 것과 깨닫는 것은 분명히 달라요. 우리가 독서를 하는 이유는 발견하기 위해서입니다. 발견하는 일은 스스로 배우는 것이지, 책으로부터 모든 사람이 얻을 수 있는 것을 배우는 것은 아니거든요. 내가 독서를 하면서 발견하는 과정 속에서 나의 눈이 생기고, 그것이 곧 나의 안목이 된다고 생각합니다. 어려운 소설을 쓰겠다는 작정을 하는 것이 아니라, 충분히 그것을 읽는 시간도 즐기길 바라고, 그 문장과 문장 사이에 어떤 일이 있었나 하고 여러분들이 마음껏, 그 소설의 끝까지 어떤 줄거리에 위배되지 않는다면 그 안에서 여러분들이 또다른 스토리를 만들어보실 수도 있구요. 아무튼 상상력을 마음껏 펼쳐보시길 바라는 욕심이 있습니다. 그렇다고 어렵게 쓰겠다고 작정을 하고 쓰는 것은 아니에요.

김화영 물론 그러시겠죠. (함께 웃음) 지금 얘기를 들어보니까 장차 더 쉬워질 가망성은 없네요. (함께 웃음) 그러니까 그런 기대는 하지 않겠습니다. (함께 웃음) 그런데 문제는 요즘처럼 사람들이 잡다한 일, 그리고 너무너무 재미있는 일이 많아서 모두들 차를 끌고 바깥으로 나다니고 딴 일을 보고 하는데, 그 사람들이 차분히 들어앉아서 이 문장과 저 문장 사이사이의 여백에 무슨 일이 있었을까 하고 생각에 잠길 사람들이, 오늘 여기에 계신 분들 빼고, 과연 많이 있을지…… 그래서 제가 여쭤보고 싶은 것인데『코끼리를 찾아서』는 많이 팔렸습니까? (함께 웃음)

조경란 사실 이번에 약간 충격을 받았어요. 이런 말씀 드려도 될지 모르겠지만, 제가 단행본을 일곱 권 냈는데, 누군가 당신의 책을 한 권만 골라주세요, 라고 한다면『코끼리를 찾아서』를 고를 만큼 제가 사랑하는 책입니다. 그런데 책이 생각보다 너무너무 안 팔렸어요. 그래서 깜짝 놀랐어요. 그리고 사실 책 내놓고…… (김

화영:몇 판이나 찍으셨습니까?) 재판 찍었거든요. 그런데 초판하고 재판을 같은 날 찍었어요. 날짜만 달리해서요. 지난 수요일에 문학과지성사에 볼일이 있어서 잠깐 들렀다가 의기소침해져서 앉아 있었는데, 책을 만들어준 친구가 오더니, 조금 있으면 책을 다시 찍을 것 같다고, 아주 꾸준히 책이 팔린다고 하더라구요. 그래서 제가 물어봤어요. "아주 꾸준히 팔린다는 게 하루에 몇 권쯤 나가는 건가요?" 그랬더니 일 주일에 한 열 권쯤 나간다고 하더군요. 저는 『코끼리를 찾아서』의 독자가 저의 영원한 독자일지도 모른다고 생각하고, 소설을 쓰고 있습니다.

김화영　그러면 삼 판 정도 찍으면 한 만 부 정도 되는 겁니까? (조경란:네.) 만 명이면 많죠. 영원한 독자가 만 명이면 세상에 그런 행복이 어디 있겠습니까? 제가 장담하거니와 백만 부를 팔아도 오 년 후면 싹 잊어버리고 없습니다. 그러니까 정말 기뻐하십시오. 여기서 이런 설명을 해도 좋을지 모르겠습니다만, 제가 일원으로 있는 동인문학상 심사위원회에서 결과가 나왔으니까 하는 얘기입니다. 사실 금년에 나온 모든 소설을 일 년 동안 꾸준히 읽고, 매달 만나서 토론을 하고 하나씩 뽑아서 올리는데, 저는 처음부터 알고 있었어요. 저만 아니라 대부분의 심사위원들이 알고 있었을 것 같아요. 결국 이번 상은 성석제씨의 『황만근은 이렇게 말했다』로 돌아갔습니다만, 『코끼리를 찾아서』는 수상작과 함께 끝까지 남았고, 결선에서는 둘 중에서 어느 쪽을 선정해야 될지 많이 망설이게 했던 작품입니다.

그만큼 저는, 여러분들에게 이런 말씀을 해도 좋을지 모르겠습니다만, 조경란씨가 지금까지 보여준 역량의 최정상이 바로 『코끼리를 찾아서』라고 생각합니다. 그래서 신문에도 나고 그랬는데도 만 부가 아직 안 팔렸다니 우리나라 문학정서가 어느 상태에 와 있는지……

조경란　선생님, 만 부가 아직 한참 안 팔렸거든요. (함께 웃음)

김화영　어지간하군요. 신문에 대문짝만하게 나는 책들이 어떻게 팔리는지를 보면, 우리는 우리 수준에 합당한 대가를 받고 있다고 생각합니다. 그래도 싸다, 이런 말입니다. 그런 형편인데도 기어코 고집을 부리면서 제목을 기어코 이렇게 하시는 것을 보면, (함께 웃음) 뭔가 작정을 하긴 한 것 같습니다. 그러면 김영하씨 작품처럼 쉽게 잘 읽히고 순발력도 있고 참신하고 그런 작품은 잘 팔려야 될 텐데, 『엘리베이터에 낀 그 남자는 어떻게 되었나』는 얼마나 팔렸습니까? (함께 웃음)

김영하　14쇄 정도 찍었을 겁니다. 뒷부분은 천 부씩 해서 찍은 것이구요. 꾸준히 잘 나가고 있구요. 2만5천 부 정도 나간 것 같습니다.

김화영　이건 제목을 잘 붙인 것 같습니다. (함께 웃음)

김영하　누구나 궁금하지 않겠습니까? (함께 웃음) 엘리베이터에 낀 사람이 어떻게 되었을지. (함께 웃음)

김화영　그러면 이 책이 김영하씨가 지금까지 낸 책 중에서 가장 많이 팔린 책입니까?

김영하　네. 『나는 나를 파괴할 권리가 있다』와 거의 비슷한 수준입니다.

김화영　이것은 다른 얘기지만, 최근에 나온 『포스트 잇』은 손에 들자마자 단숨에 다 읽었는데, 그 책은 잘 팔렸습니까?

김영하　그것은 잘 안 팔리는데요. (함께 웃음) 전에 『굴비낚시』도 그랬습니다. 그것도 역시 초판에서 끝났구요. 이번 『포스트 잇』도 초판에서 끝날 가능성이 큰 것 같은데, 그걸 보면 독자들 사이에 김영하는 소설은 좀 쓰는데, 산문은 좀 못 쓰는 것 같다는 어떤 대중적 합의가 있는 것 같습니다. (함께 웃음) 산문집을 내면 대부분 잘 안 됩니다. 출판사들은 큰 기대를 갖고 내는데, 대부분 초판에서 끝나고 있습니다.

김화영　저는 아주 재미있었는데…… 기죽지 말고 산문도 계속 쓰십시오. 그래도 제목 덕을 보지 않았을까요?

김영하　네, 공교롭게 『코끼리를 찾아서』와 『엘리베이터에 낀 그 남자는 어떻게 되었나』가 같이 문학과지성사에서 나왔는데…… 지난주에 나왔던 신경숙씨 책 『딸기밭』도 문학과지성사지요. 문학과지성사의 편집부 직원들이 아주 고집이 셉니다. 저는 사실 제목을 천성대로 흡혈귀나 피뢰침, 고압선으로 하자고 (함께 웃음) 강력하게 주장을 했는데 관철을 못 시켰고 그 무렵에 설악산에 있었는데요. 설악산에 가서까지 나는 고압선으로 하겠다고 했는데, 문학과지성사의 전 직원들이

『엘리베이터에 낀 그 남자는 어떻게 되었나』로 해야 된다고 해서 정말 마지못해서 했습니다. 지금 생각하면 말 듣기를 잘한 것 같습니다. (함께 웃음)

김화영　말 들어서 성공하신 분과 여전히 『코끼리를 찾아서』가 너무 좋으신 분과……

조경란　아니에요, 선생님. 저는요, 그것도 사실 적절하게 타협을 본 것이거든요.

김화영　그러면 처음에는 무엇으로 하려고 했습니까?

조경란　저는 「동시에」로 하려고 그랬죠. (함께 웃음) 그랬는데, 저는 출판사 편집부 직원들을 믿어요. 왜냐하면 그분들은 굉장히 똑똑하고, 책을 어떻게 만들어야 되는지 잘 알고 있고, 단순히 교정만 보는 분들이 아니라고 생각해요. 그래서 얼마 전부터는 원고를 딱 주면서, 처음부터 끝까지 목차도 만들고 제목의 표제작도 한번 뽑아주세요, 라고 상의를 하는 수준이 됐습니다. 한 이삼 년 전까지만 해도 저는 뭐든지 제가 다 했어요. 제목, 목차 등을 아주 고집스럽게 했는데, 어느 순간부터 이것까지는 내가 이렇게 하면 안 되겠다는 생각을 했고, 말을 듣다보니까 표제작은 출판사 직원들이 그렇게 정해줘서 한 겁니다. 그러니까 저 말 들었구요. (함께 웃음) 말을 듣다보니까 나중에 시간이 지나고 나면 그렇게 하기를 잘했구나 하는 생각이 듭니다.

김화영　그러나 뭐 『코끼리를 찾아서』는 속에 들어 있던 것을 끄집어낸 것에 불과하니까, 말을 들어도 작품집 속에 있던 것을 타협한 정도네요. 어쨌든 제가 이 제목을 달아서 좋다든가 나쁘다든가 그런 뜻이 아니라, 저는 둘 다 제목이 좋은데요. 그런데 만약에 '동시에'라고 했다면 글쎄요…… (함께 웃음)

김영하　제가 말씀 안 드린 게 있는데요. 원래 『엘리베이터에 낀 그 남자는 어떻게 되었나』가 처음에 출판사에 보내질 때 제가 붙인 제목은 '이상한 하루'였습니다. (함께 웃음) 전에 『현대문학』의 편집인께서 전화를 걸어오셔서 소설의 내용이 바로 이상한 하루인데, (함께 웃음) 제목을 '이상한 하루'라고 하면 어떻게 하느냐, 조금만 아리송하게 해달라고 해서 (함께 웃음) 역시 또 이틀을 고민해서 소설의 마지막 문장을 떼어서 제목으로 한 겁니다.

조경란 정말 잘하셨어요. (함께 웃음)

김영하 남의 말 들어야 됩니다. (함께 웃음)

김화영 그런데 사실은 세상이 달라진 겁니다. 그래도 문자를 가지고 밥을 먹고, 문자를 가지고 몸부림치는, 그야말로 씨름을 하시는 분들이 언어에 대해서 가장 잘 알 텐데, 그분들이 제목을 포기할 정도로 독자의 눈치를 보는 시대로 우리는 오고 말았습니다. 그것은 우리나라에만 있는 현상이 아니고 전 세계적인 현상이라고 하겠는데, 어쨌든 그 점, 마음이 쓰이는군요. 저도 혼자 제목을 지었다가 결국 출판사 전문가들 보고 마음대로 하라고 맡기게 되죠. 양보하는 기분이 늘 편한 것은 아닙니다. 얼마 전까지만 해도 절대 양보를 하지 않았어요.

전에 한번⋯⋯ 제가 1975년도에 프랑스에서 돌아와서 『행복의 충격』이라는 제목으로 산문집을 낸 일이 있는데, 저는 그 제목이 굉장히 좋았습니다. 소설가 김승옥씨가 그 제목을 굉장히 좋아했죠. 그런데 나중에 출판사에서 자꾸만 제목을 다른 것으로 바꾸자고 해요. 그런데 그 전화를 받은 날이 마침 우리집 둘째아이가 병원에 입원해서 경황이 없는 날이었는데⋯⋯ 자꾸만 '지중해' '영혼' 같은 말을 넣자고 하는데, 정말 싫더라구요. 보이기 싫은 분홍빛 속치마 같은 게 보이는 것 같은 (함께 웃음) 그런 제목을 붙이자는 것이 꺼림칙했지만, 그렇다고 대안도 없고 아이는 아프고 그래서 그렇게 하라고 했더니, 결국 『지중해, 내 푸른 영혼』이 됐습니다. 저는 그 제목이 아주 걸리는데, 의외로 많은 사람들이 그 제목을 좋아해서 자꾸만 그 제목을 가지고 저에게 얘기합니다. 그러면 괜히 마음이 부끄럽고 근질근질합니다. 그래서 그런 부분도 아마 김영하씨와 제가 통하는 보수성일 텐데, 『행복의 충격』이라는 제목은 정말 대표적인 구식 감성의 구조를 갖추었죠. 명사 플러스 명사⋯⋯

조경란 『행복의 충격』 이야기가 나왔으니까, 정말 그때의 감정이 살아나는데, 지금은 선생님을 알고 지내지만, 『행복의 충격』이라는 책을 읽을 때가 제가 스물두 살 때였어요. 그때는 대학도 못 가고 재수도 실패하고 방문 걸어잠그고 책만 볼 때인데, 그때『행복의 충격』이 책세상에서 녹색빛이 일렁거리는 물빛으로 조그만 하드 커버로 나왔었거든요. 그 책은 나는 좀 자라면 멀리 가리라, 여기를 떠나리라, 하면서 읽었던 책입니다. 그런데 어느 날 보니까,『행복의 충격』이 표지도 바뀌고 제목도 바뀌었더라구요. 저의 이십대를 있게 한『행복의 충격』이었는데, 이렇게 갑자기 새삼스럽게 옆자리에 앉아서 마이크 대고 이야기를 하니까, 제가 굉장히 크긴 컸나봅니다. (함께 웃음)

김영하 며칠 전에 서점에 나가서 보니까, 요즘 판은 '행복의 충격' 이라고 되어 있고, 그 밑에 흐릿한 글씨로 '지중해, 내 푸른 영혼' 이라고 되어 있어요. (함께 웃음) 표지가 바뀌었더라구요.

김화영 저는 그걸 몰랐는데…… 이런저런 얘기를 하다보니까 벌써 시간이 많이 흘렀군요. 이제 여러분의 질문을 받도록 하겠습니다.

질의 응답

질문자 1 김영하 선생님께 드리는 질문입니다. 전에 모 일간지에서 소설과 영화의 비교를 상상력의 층위에서 잠깐 언급하실 때, 영화에서의 행사 차원에서 하는 촬영지 순회를 영화가 가진 매체의 한계(상상력의 부족)를 드러내주는 단편인 것처럼 말씀하신 것이 기억납니다. 그때 언급하신 내용이 너무 단편적이어서 보충 설명 없이는 오해의 소지가 많습니다. 상상력의 차원에서 영화와 소설에 대한 김영하 선생님의 견해를 듣고 싶습니다. 그리고 김화영 선생님의 참여도 부탁드립니다. (함께 웃음)

김영하 신문이라는 데가 지면이 부족하기 때문에 풍부하게 얘기를 해줘도 거두절미하고 나갈 때가 많이 있습니다. 그래서 영화를 사랑하는 분들의 지탄을 제가 얼마 동안 받았는데, 그 얘기는 이런 얘깁니다. 폴 오스터라는 미국 작가의 글을 인용한 겁니다. 그분 얘기가 영화는 2차원이고, 소설은 3차원이다, 라는 겁니다.

그 얘기는 뭐냐면, 영화는 제아무리 아름다운 화면일지라도 스크린에서 보는 거지요. 예를 들어 〈사운드 오브 뮤직〉이라고 하면 대령이 춤추고 그럴 뿐, 우리가 절대로 그 안으로 들어갈 수가 없습니다. 서울 극장에서 영화를 보는데 아무리 우리가 그 영화 속 분위기에 빠져 있었다고 하더라도, 극장에서 나오면 오징어를 굽고 있습니다. (함께 웃음) 오징어에 붕어빵을 팔고 있기 때문에 금방 현실로 돌아와버립니다. 영화는 너무 선명한 재현이기 때문에 우리가 절대로 트레비스 대령에게 우리 삼촌의 얼굴을 대입할 수가 없어요. 우리의 상상력을 발휘할 여지를 영화는 상당히 제약합니다.

　소설의 경우는 다릅니다. 예를 들어 『태백산맥』 같은 소설을 본다고 했을 때, 또는 우리 현실과 전혀 상관이 없는 『마담 보바리』 같은 소설을 본다고 했을 때도 우리는 바람 피우고 도망간 옆집 여교수를 생각할 수도 있습니다. (함께 웃음) 소설은 아주 풍부한 맥락 속으로 우리를 집어넣습니다. 『마담 보바리』를 보는 동안 만큼은 프랑스의 어떤 도시를 돌아다니고 있는 듯한 느낌이 들구요. 그것을 보는 한 일 주일, 한 열흘 동안은 그 삶 속에 있고, 『태백산맥』 같은 경우에는 몇 달 동안 마치 우리가 지리산에서 막 뛰고 있는 것 같고 발까지 시려워 동상에라도 걸리는 것 같고, 그래서 마치 우리가 지리산이라는 하나의 현실적 맥락 속에 들어가 있는 것 같은 느낌을 주지만, 영화 '태백산맥' 같은 경우는 안성기나 최진실 얼굴만이 자꾸 떠오르기 때문에 (함께 웃음) 그것을 풍부한 맥락으로 자기화하기가 상당히 어렵습니다.

　그래서 제가 '박하사탕 다시 보기 모임'이나 '파이란 다시 보기 모임'을 예로 들어서 얘기했는데, 저는 이런 '다시보기'는 영화매체 특유의 '휘발성' 때문에 강제된 애처로운 몸부림이라고 생각합니다. 영화는 소설보다 감동이 빨리 희석됩니다. 볼 때는 재미있고 감동적이지만 나오면 오징어를 팔고 있다는 겁니다. 오징어 냄새와 함께 금방 영화의 맥락에서 멀어지게 됩니다. 그리고 집에 오면 구질구질한 일상이 기다리고 있고, 그러니 그 영화의 맥락으로 들어가기 위해서는 그 영화를 다시 볼 수밖에 없는 것입니다. 영화를 다시 보거나 비디오를 봐야 되는데, 다시 보면 아무래도 처음에 봤을 때와 같은 느낌이 되살아나지 않습니다. 아무리 좋은 영화라도 그렇습니다.

그런데 소설 같은 경우, 『카라마조프가의 형제들』 같은 작품은 우리가 성장함에 따라 새로운 감동을 보여주지만, 영화는 감동의 체감이 가파릅니다. 그리고 영화는 생리적인 한계를 고려할 수밖에 없는 장르입니다. 한 번 화장실을 가고, 그 다음 화장실을 가기 전까지는 끝나야 되는거지요. 그러니까 정말 제한되어 있죠.

미국쪽 인터넷 사이트에 들어가보면, 제인 오스틴 같은 작가가 이백 년 전에 쓴 작품을 지금도 읽고 그것에 대해서 얘기하는 모임들이 있습니다. 그런데 영화에 관해서 그런 모임이 있습니까? 물론 영화 역사가 고작 백 년 이지만 지금 우리가 그 옛날 그렇게 감동했던 '닥터 지바고 모임' 같은 게 우리나라에는 하나도 없습니다. 다시 말해서 영화는 화려함, 공감각적인 면에서 강점이 있지만, 어떤 지속성의 부족, 그리고 독자, 혹은 관객이 그 맥락을 철저히 자기화할 수 없다는 면에서 여전히 소설이 경쟁력이 있다는 얘기를 했는데, 그게 신문에 나다보니까 너무 줄어서 과격한 발언이 됐습니다. 여기 오신 분들은 다 이해하셨으리라고 생각합니다.

김화영 저에게 조금 참여를 부탁한다고 했으니까, 저도 한마디만 하면, 저는 이렇게 생각합니다. 영화는 영화대로 장점이 있고, 소설은 소설대로 장점이 있겠지만, 명작소설이 미리 나오고 거기에 대한 영화가 나중에 나왔을 때 영화는 완전히 판정패입니다. 그럴 수밖에 없는 것이 이미 성과가 이루어져 있고, 그뒤에 거기에 필적할 만한 작품을 만들기에는 명작 속에서 생략해야 되는 요소가 너무 많습니다. 명작의 표현 중에서 감칠맛이 나는 부분은 사건이 아니기 때문에 영상으로는 표현할 수도 없고…… 특히 영화의 아주 치명적인 요소 한 가지로, 무명 신인배우를 기용하는 경우는 다르지만, 인기배우가 등장했을 경우, 예를 들어서 말론 브란도가 주연으로 나오는 경우 당연히 그 배우가 연기하는 인물은 끝까지 안 죽습니다. 그 사람에게 드는 출연료가 얼마인데, 중간에 퇴장시키겠습니까. 그래서 말론 브란도가 나오면 저 사람은 절대로 안 죽을 것이다, 쫓기고 쫓겨도 맨 마지막까지 살 것이라는 예측이 가능하죠. 그러나 소설 속에서 주인공은 죽을지 안 죽을지 정말 예측불허입니다. 그런 간단한 하나만 보더라도 알 수 있듯이, 영화 속에서는 피와 살로 된 실제 사람을 기용하기 때문에 그 배우의 전력이 우리 머릿속에 따라 들어오게 되어 있습니다. 소설의 경우는 그렇지 않아요. 그리고 또하나, 문자로 되어 있는 것은 그 자체가 기호일 뿐이어서 독자인 우리의 무한한 상상력을 발동하게 만들지만, 시각적으로 보이는 영화는 치명적인 한계가 있습니다. 그 실제 살아 움직이는 인물을 눈으로 보면 우리의 상상력은 그 시각적 세계의 한계 속에 갇혀서 멈출 수밖에 없습니다. 더이상 발견이나 발전할 여유가 없습니다.

그러나 이미 있던 유명한 작품을 영화화하는 것이 아니라, 처음부터 이미지 상태로 상상해서 만든 영화는 성공 가능성이 있습니다. 그리고 그것은 그 나름대로 소설이 할 수 없는 명작이 될 수 있겠죠. 그러나 그런 영화에는 관객이 잘 안 듭니다. 이게 어려운 점이죠. 그래서 상업적인 문제를 무시 못하는 시대의 관점에서 보면, 영화는 빠른 속도로 여러 사람들에게 전파될 수 있는 장점을 가지고 있고 돈도 벌 수도 있지만, 소설은 잘해봤자 만 부, 이만 부 정도니까, 차이가 많습니다. 그래도 자기 혼자 고요히 들어앉아서 자발적으로 책을 펴고 자기 시간을 바치는 사람과 우르르 몰려들어서 컴컴한 방 안에서 다 같이 보는 사람들과는 질적으로 차이가 얼마나 큽니까. 그러니까 애호가의 숫자가 적어도 작가들은 자부심을 가질 만하다고 생각합니다.

질문자 2 저는 두 분 글을 보고서 생각한 것인데, 어떤 장거리 여행을 할 때, 영화라든가 가요 같은 것 말고, 잔잔하게 책을 읽어주는, CD가 있으면 얼마나 좋을까 하는 생각을 많이 하는 사람인데, 오늘 두 분을 보면서, 두 분 소설을 청각적인 것으로 만든다면, 인쇄되는 책보다 훨씬 낫지 않을까 하는 생각을 했습니다. 그럴 의향은 없으신지요?

김영하 제가 좋은 프로그램을 하나 알려드리겠습니다. KBS 2 라디오에서 일요일 새벽 여섯시, 문학이 이렇습니다, 한 시간 동안 하는 〈라디오 독서실〉이라는 프로그램이 있는데요. 삼십 년간 한국의 주요 문학작품들을 다 드라마로 만들어서 해놓은 게 있어요. 인터넷으로 다시 듣기를 할 수가 있는데, 물론 거기에 조경란씨 작품도 있을 거고, 제 소설도 있고, 저보다 훨씬 훌륭한 분들의 소설이 많이 있어서 원하시는 대로 골라서 들으실 수가 있습니다.

질문자 2　그러니까 그런 것을 상업화하자는 거죠. (함께 웃음) 제가 오기 전에 조경란 선생님 글을 봤는데, 후지산에서 후지산 나무를 보면서 왜 이렇게 백년 정도의 계획을 못 세우고, 출판권력들이 작가를 하루하루 연명시키는가, 라는 말을 쓰셨더라구요. 거기에 비슷비슷한 작가들이 비슷비슷한 글을 쓰고 있는 게 우리의 현실이라고 나와 있는데, 정말로 그렇게 생각하시는지, 우리가 보기에는 그래도 다 나름대로 특색이 있거든요.

조경란　저는 그런 글을 쓴 적이 없는데, 어디에서 읽으셨는지요? 신문이라는 매체를 우리가 이렇게 믿을 수 없는 것이, 한참 전에 오늘의젊은예술가상을 받았다고 인터뷰 전화가 와서 요즘 뭐 하고 있느냐고 하길래 제가 "얼마 전에 후지산에 다녀왔다, 태풍 때문에 길이 끊겨 있었다, 정상에 걸어서는 영영 갈 수 없는 길이 저기 또하나 있다, 내 앞에는 백년 후를 기약한다고 어린 묘목들이 심어져 있었다, 정상까지는 올라가지는 못했지만 나는 그 묘목들을 보고 내려왔다, 나는 이미 백년 후의 나무를 보고 내려왔다"라고 밖에 이야기하지 않았는데, 지금 말씀하신 것이 사실이라면 그것은 왜곡치고도 굉장한 왜곡인데, 큰일났네요. 저는 그렇게 말한 적 없습니다.

김화영　그러니까 신문기자들에게 그런 말 하지 마십시오. 산에 가서 뭘 봤더니, 라고 하면 안 됩니다. (함께 웃음) 보도하기 아주 어려운 얘기를 하셨네요. (함께 웃음) 금방 생각나는 게 전에 무슨 정치적인 사건이 났을 때, 정치가가 '소설 쓰고 있네' 하고 빈정댔어요. 소설가가 말한 것을 듣고, 신문기자가 '소설을 쓴' 모양인데요. (함께 웃음)

조경란　너무 당혹스럽기는 하지만, 그런 일은 있을 수 있구요. 저는 제가 하는 작업이 중요하다고 생각하고, 저의 선배님, 후배님, 우리 동시대를 살아가면서 작품 쓰고 있는 모든 행위들이 다 소중하다고 생각하고 있는 사람입니다.

김화영　그런데 정반대로 기사를 썼다는 거군요. 아무리 생각해도 조경란씨가 그렇게 말했을 것 같지는 않은데요.

질문자 3 한 일본의 젊은 작가가 자기 소설이 어렵다는 독자들의 말에 대해서, 왜 소설이 그냥 쉬워야만 한다고 사람들이 생각을 하느냐, 자기는 소설을 읽을 때 사전도 찾아봐야 하고, 모르면 남들에게 물어도 봐야 되고, 그렇게 소설이 읽혔으면 좋겠다, 라고 생각한다는 글을 보고, 감동을 받은 적이 있거든. 조경란 선생님께서 아까 독자들에게 집중력을 요한다고 했는데, 만약에 다른 어떤 독자가 그것과 반대되는 생각을 말한다면, 독자들이 집중력을 요하지 않고 그냥 편하게 읽을 수 있는 소설을 써보지 않겠냐고 말한다면, 어떻게 대답을 하실지가 궁금합니다.

조경란 그건 제가 잘할 수 없을 것 같아요. 지금은 할 마음도 없구요. 저는 앞으로 제가 가고 싶은, 이제 겨우 찾은 길이 보여요. 칠 년 동안 소설을 써왔지만 지금까지 쓴 것과 전혀 다른 길을 가야 할지도 모른다고 생각했는데, 그걸 지금 찾은 것이 정말 기뻐요. 저는 제가 하고 싶은 게 있기 때문에 그쪽으로 갈 것이구요. 그리고 읽는 것이 쉽다고 해서 쓰는 것이 쉽다고 생각하지는 않습니다. 저는 지금 제가 하고 있는 것이 저에게 가장 잘 맞고, 이것을 읽어주시는 팔 천여 명의 독자들이 있기 때문에 (함께 웃음) 저는 계속 이 길을 꿋꿋하게 갈 겁니다.

김화영 조경란 선생 얘기를 들으니까 생각나는 것이 있어요. 스테판 말라르메라는 프랑스 시인은 시가 난해하기로 유명하죠. 그가 말했어요. 사람들은 음악을 들을 때 작곡자가 너무 어렵게 작곡을 해서 잘 모르겠다, 좀 쉽게 하지 그러냐 하는 따위의 말을 잘 안 한다, 그리고 음악에 대해서 함부로 평을 하지 않는다, 악보도 읽을 줄 모르는 사람이 무슨 음악에 대해서 평을 하겠는가, 기껏 듣고 좋다거나 시끄럽다거나 슬프다거나 하는 정도로 얘기한다는 겁니다. 그런데 왜 유독 시에 대해서는 이해하기 어렵다고 불평을 하는가. 그런데 저는 특히 그런 현상이 우리 나라에서는 더 흔하다고 봅니다. 음악회에 가서는 어렵다고 불평하지 않으면서, 또 미술 전람회에 들어가서도 쉽게 그려달라고 주문하지 않으면서…… 기껏해야 화가에게 다가가 수고 많이 하셨네요 (함께 웃음) 아니면, 용감하게 경향이 조금 변했네요 정도의 소리를 합니다. 그런데 같은 모국어를 사용한다는 이유 하나 때문에, 소설이나 시에 대해서는 전부 주제 넘게 떠들고 주문도 합니다. 누구든지 어떤 작품에 대해서 감상을 얘기할 수는 있죠. 그런데 쉽게 쓰라면 이것은 자기 수준으로 내려오라는 얘기인데, 이것은 아주 나태한 주문이라고 생각합니다. 돈 벌 욕심에서 양보하는 경우가 있을지 모르지만, 들어줄 필요가 없는 아니 들어줄 수 없는 주문이죠. 쉽다 어렵다 하는 것은 일부러 되는 것이 아니고, 자기의 생긴 모양대로 자기의 내면이 요청하는 대로 쓰다보니까 쉬워지기도 하고 어려워지기도 하는 겁니다. 한동안 권위주의 정치를 통과하면서 민중문학이 상당히 목소리가 높아지는 동안에, 사실은 민중들이 가지고 있는 삶에 가까이 가라는 요구를 부분적으로 오해해서 무식한 사람도 쉽게 이해할 수 있는 글을 쓰라, 아마 이런 것으로 오해한 모양입니다. 그것과 민중의 삶에 가까이 가는 것과는 전연 다른 문제입니다.

그리고 전 국민이 다 같이 정신적으로 나태해지자, 쉽게 살자, 이렇게 할 수는 없는 것 아니겠습니까. 그러니까 어렵다 쉽다가 아니라 그 속에 얼마만큼 나를 움직여주는 것이 있는가, 이것이 중요하지 않겠습니까. 소위 요즘 베스트셀러라는 혹세무민의 소설이나 수필들이 없지 않죠. 그 속에서는 우리 모두가 뻔히 다 아는 얘기를 그것도 쉬운 말로 쓰고 바람이 잘 통하게 듬성듬성 편집하고 심심할 때마다 줄을 바꿔서 내놓죠. 전 국민이 다 같이 정신적 게으름 속에서 뭉치자고 부르짖는 것 같은 느낌을 받습니다. 모든 독자들이 왜 그런 단세포적인 글만 읽습니까? 거기에 약간 게으르게 그림도 집어넣고, 그래야 빨리 페이지가 넘어가니까, 그리고 편집도 듬성듬성, 내용도 아이 같은 어른이 읽을 수도 있게 듬성듬성…… 어른이 그것을 읽고 있다고 생각하면, 차라리 가서 주식투자나 하라고 (함께 웃음) 권하고 싶을 정도로 따분한 내용인데, 바로 그런 점에서 쉽고 어렵고는 독자의 수준과 관계가 있다고 생각해요. 특히 수준이 아니라 독자의 성의, 의지와 관계가 있다고 생각합니다. 그런 성의와 의지 없이 책을 읽겠다는 것은 반성의 여지가 있다고 생각합니다.

오늘은 이것으로 마치겠습니다. 끝까지 경청해주셔서 감사합니다. (함께 박수)

한 승 원

박 범 신

걸어당기
등로 비
한승&2

2002
가자 길었던
하루
들길 ①
박범신

썰물로 드러난
해감설이
버려닥 앳속
랑에 앉아있는
걸어당기 등비
하노 뻐리는
그서그러이
있는 꽃으로
날아나요 왔얐
다.

4335. 11.
8 일

2002 서너라나
뢰점하게 손아오른
달은, 죽어박힌 것
처럼 한겹귀롱이가
꾸그려져 있었지만,
환하고 맑앴유.
뒤틀린 삶사로 보리운
삶을 하고입긴했으나
속정이 많은어머니처럼
따숫히 편하리
물앐요 것이읍다..

2002.
11오긍8일
한논보는 날

김화영 여러분, 일 주일 동안 안녕하셨습니까? 저는 하루 종일 방안에 있어서 몰랐는데, 아까 박범신 선생께서 오늘 첫눈이 왔다고 하더군요. 첫눈이 온 날, 멀리서 오신 한승원 선생님, 그리고 박범신 선생님을 소개해드리겠습니다. (함께 박수)

지난 시간에는 삼십대의 두 젊은 소설가를 모셨었는데, 오늘은 한참 더 과거로 소급해서 오십대와 육십대의 선생님들을 모셨습니다. 제 왼편에 계신 분이 한승원 선생님이시고, 오른편에 계신 분이 박범신 선생님이십니다. 간략하게 두 분을 소개해드리겠습니다. 한승원 선생님은 서라벌예대 문예창작과를 졸업하셨습니다. 지금은 그 학교가 중앙대학교로 편입되었죠? 한승원 선생님은 1965년『대한일보』 신춘문예에 단편「목선」이 당선되어 등단하셨고, 현재 조선대학교 문예창작과 초빙교수로 계십니다. 많은 저서를 갖고 계신데, 소설집으로『물보라』『멍텅구리배』 『사랑』『한승원 중단편전집』(전6권)『스님의 맨발』『해산 가는 길』『포구』『까마』 『동학제』『새터말 사람들』『불의 딸』『화사』『꽃상여』『겨울폐사』『사랑학습』『낙지 같은 여자』『아버지와 아들』등이 있습니다. 소설뿐만 아니라『노을 아래서 파도를 줍다』『사랑은 늘 혼자 깨어 있게 하고』『열애일기』등 시집도 내셨고, 수필집과 동화집도 내셨습니다. 많은 상을 수상하셨죠. 1983년 한국소설문학상, 1984년 한국문학작가상, 1988년 대한민국문학상 현대문학상 이상문학상, 1994년 서라벌문학상, 1997년 한국해양문학상, 2001년 현대불교문학상 등 두루 많은 상을 받으셨습니다.

오른편에 계신 박범신 선생님은 전주교육대, 원광대학교 국문과, 고려대학교 교육대학원을 졸업하시고, 1973년 중앙일보 신춘문예에 「여름의 잔해」가 당선되어 등단하셨으며, 현재 명지대학교 문예창작과 부교수로 계십니다. 소설집으로는 『외등』『풀잎처럼 눕다』『죽음보다 깊은 잠』『토끼와 잠수함』『개뿔』『향기로운 우물 이야기』『흰 소가 끄는 수레』『제비나비의 꿈』『침묵의 집』『겨울강 하늬바람』『킬리만자로의 눈꽃』『마지막 연인』『형장의 신』『돌아눕는 혼』『불꽃놀이』등 많은 소설을 내셨고, 산문집『젊은 사슴에 관한 은유』등과 콩트집도 내셨습니다. 1981년에 대한민국문학상, 1999년에 원광문학상, 2001년에 김동리문학상 등을 수상하셨습니다.

우선 육십대이신 한승원 선생님은 전남 장흥 출신이십니다. 이 자리에 전남 장흥 출신을 많이 모시게 되는군요. 이미 이청준 선생, 이승우 선생이 나오신 바 있는데 오늘 한승원 선생님이 오셨어요. 장흥 출신의 문인이 또 있습니까? (한승원: 송기숙씨가 있습니다.) 젊은 사람은 잘 모르시나요? 따님하고 아드님은 왜 소개 안 하십니까? (함께 웃음) 집안에 소설가가 셋입니다.

한승원 딸은 광주 출생이고, 아들은 광양 출생입니다. (함께 웃음)

김화영 잠깐 여쭤봤더니 오늘 그 먼 장흥에서 서울까지 비행기 타고 오셨다구요? (한승원 : 네.) 감사합니다. 사례비가 비행기 값이 안 될 것 같은데요? (한승원 : 오늘은 특별하게 주지 않겠습니까.) (함께 웃음)

박범신 선생은 고향이 충남 논산인데, 훈련소 있는 곳 아닙니까? (박범신 : 네, 훈련소 근처입니다.) 더군다나 오늘 읽게 되는 소설이 박범신 선생의 다른 여러 소설과는 많이 다르게 드디어 고향으로 귀향하신 것 같은 느낌이 들어서 훨씬 더 친근하게 느껴지더군요. 고향 얘기가 나온 김에 얘기를 조금 더 하겠습니다. 제가 박범신 선생께서 오늘 정해주신 「그해 가장 길었던 하루」는 아마 이 모임이 없었다면 못 읽고 넘어갈 뻔했어요. 이 작품을 읽게 된 것을 참으로 기쁘게 생각합니다. 다른 작품들과 많이 다르다는 느낌을 받았어요. 왜 이런 정다운 입담을 두시고 다른 소설만 열심히 쓰셨던가요? 이 작품을 보면서 저는 문득 충청도 분들이 입담이 참 대단하다는 생각을 했어요. 금방 머리에 떠오른 분들이 세 분…… 한참 선배로 최일남 선생, 그리고 이문구 선생, 그리고 박범신 선생…… 입담 좋은 고향분이 또 계십니까? (박범신 : 글쎄요.)

오늘 이런 자리에서는 너무 심각한 얘기는 않기로 합니다. (함께 웃음) 안심하시고 긴장을 푸세요. 마치 겨울날 뜨뜻한 사랑방 아랫목 이불 밑에 무르팍 파묻고, 광에 꽝꽝 언 감이나 시원한 동치미 같은 것을 꺼내 먹는 기분으로 앉아서 잡담이나 조금 주고받을까 합니다. 혹시 잡담 속에 문학적인 진담이 자연스레 포함된다면 더 좋지 않겠습니까?

우선 한승원 선생님께 여쭤보겠습니다. 지금까지 책으로 낸 소설집 장편소설이 아주 많은데 권수로 몇 권인지 세어보셨습니까? 본인이 세어보지 않아서 모르신다면, 다른 사람에게라도 시켜보시지 그러셨어요? (함께 웃음)

한승원 못 세어봤습니다. 세상에 저를 저만큼 잘 아는 사람이 어디가 있겠습니까? 저도 잘 모르는데, 다른 사람이 그걸 짚어서 세어보려면 고생스러울 것이고, 그리고 제가 하지도 않는 일을 남에게 어떻게 시키겠습니까?

김화영 저도, 너무 많아서 못 세었습니다. 그전에 제가 한승원 선생님 작품을 열심히 읽던 80년대까지는 열심히 따라갔는데, 그뒤로 하도 많이 쓰셔서 도저히 이런 속도로는 못 따라가겠다 싶어서, 한동안 뜸하게 못 읽었습니다. 일 년에 한 권 정도 내십니까? 두 권 정도 내십니까?

한승원 글쎄요, 저도 잘 모르겠어요. 한 권 낼 때도 있고, 두 권 낼 때도 있습니다. 저는 자고 새면 글을 쓰고, 밥 먹듯이 하지 않으면 안 될 듯이 늘 글을 쓰는데, 옆에서 책 내자고 하면 싫다 않고 내다보니까 이렇게 됐는데, 글쎄요, 잘 모르겠어요. (함께 웃음)

김화영 여기 나오셔서 잘 모르시면 안 되는데요. 제가 한 이 년 전쯤에 한승원 선생님께서 장흥 바닷가에 집을 짓고 사신다고 해서 찾아간 일이 있었습니다. '해산 토굴'이라고 이름을 붙여놨었지요. 거기서 자고 새면 글쓴다고 하셨는데, 어디 하루 일과를 한번 소개해주시죠?

한승원 아침에 요즘으로 치면 다섯시 반쯤에 일어나서, 벽난로에 장작을 때어서 지펴놓고, 공기를 조금 따뜻하게 한 뒤, 그 다음에 대개 집필을 합니다. 한 시간이나 한 시간 반쯤 지나면 일곱시쯤 되는데, 요즘에는 대개 바닷가로 나갑니다. 바닷가로 들판 건너서…… 예전에 김화영 선생께서 아침에 일어나 혼자 한 바퀴 돌아서 온 그 길이 오십 분 정도 걸렸을 텐데, 저도 그렇게 삥 돌아서 우리집까지 오면 50분 정도 걸립니다. 그 정도의 걷는 연습이 저에게 굉장히 좋은 것 같습니다. 혹은 뒷산 쪽으로 올라가서 종주하면, 한 사십 분 내지 오십 분 정도 걸립니다. 그렇게 해서 돌아오면 여덟시쯤 되지요. 그러면 샤워를 이십 분쯤 하고 아침밥을 먹습니다. 그 다음에 녹차를 마시고, 대개 아침에 치르는 행사가 있습니다. 거꾸로 말했는데, 날마다 치르는 행사를 치르고 나서, 차를 마십니다. 그러면 열시쯤부터 열두시나 열두시 반 정도까지 작업을 합니다. 새벽 한 시간과 아침밥 먹고 두 시간 정도가 저에게는 황금시간인데, 이때는 누가 만나자고 해도 늘 피하고 오후에 약속을 하거나 방문하라고 합니다.

그리고 점심을 대개 열두시 반쯤에 먹는데, 제가 점심 먹으러 내려가면, 우리집 사람이 "땡이에요?"라고 말합니다. 그러니까 언제든지 정확하게 그 시간에 간다는 얘기입니다. 점심 먹을 때는 포도주에다가 점심을 먹는데, 그게 저의 가장 큰 호사입니다. 점심 먹고 차 마시고 나면, 두시쯤 되는데, 그때부터는 막 잠이 옵니다. 그래서, 식곤증을 피하려고 마당도 걸어다니는데, 제가 금년에 연못을 팠습니다. 연못을 판 사실은 김화영 선생께서 모르실 텐데, 제가 욕심 많게 주차장 옆에다 열댓 평 팠습니다. 둠벙을 파놓으면 개구리가 뛰어든다고 했듯이, 그걸 파놓으니까 건너편에 자신의 상좌처럼 저를 생각해주는 젊은 스님이 자기 방죽에 있는 수련을 분양해줬습니다. 그래서 금년에는 수련꽃 구경을 야무지게 잘 하면서 그놈과 함께 살았고, 또 광주에 있는 어느 제자가, 저는 운전을 못하는데, 자기 승용차에다가 비단 잉어 열다섯 마리 정도를 싣고와 분양해줬어요. 그놈들은 움직이는 꽃이어서 그놈들을 야무지게 보고 살았습니다. 그놈들이 사는 데 방해하는 황소개구리란 놈들도 끼어드는 바람에, 그놈들을 잡으면서 지냈습니다.

그렇게 해서 세시쯤 되면 한 한 시간을 잡니다. 그 안에 자면 체하니까 그때쯤 자고, 일어나서는 책도 읽고 그러다가 〈동물의 왕국〉 보고, (함께 웃음) 〈6시 내 고향〉 보고, 요즘처럼 야구하면 야구도 좀 보고, 그리고 오후 시간은 자료를 읽거나 공부를 합니다. 공부를 안 하는 작가는 부도가 나니까, 부도 안 나려고 열심히 책을 읽습니다. 제가 외국어는 어눌하니 열심히 번역된 서적들을 구해다가 읽고, 고전들도 읽고, 읽은 것을 또 읽고, 노루뼈를 삼 년 고아 먹듯이 읽어야 할 책들을 읽고, 그리고 저녁밥은 여섯시나 여섯시 반쯤에 먹습니다. 그리고는 대개 아홉시 뉴스를 누워서 보는데, 그러니까 고개가 아픕니다. 뉴스 보면서는 자다 보다 하다가, 스포츠 뉴스 보면서 일어나 있다가, 이렇게 저렇게 하다 보면…… 밑에 살림집이 있고 위에 작가실이 있는데, 집사람이 과부가 안 되려고 저녁밥 먹고 자기 볼 TV 다 보고 올라옵니다. 제가 자다 말다 하면서 TV를 보는 것을 보면, 인정하지 않을 수 없는 게 늙는 겁니다. 늙으면 말도 많아진다는데, 지금도 말을 많이 하고 있네요. (김화영 : 알고 계시네요.) (함께 웃음) 한두시가 되면 그때 좀 헤매다가 잠자고 일어나서 아까처럼 반복이 됩니다.

김화영 그러면 몇시에 주무십니까?

한승원 대개 열두시쯤 자는데, 열한시쯤 자서 한시쯤 일어나면 아예 잠이 안 오니까, 한 시간 정도 일어나서 책 뒤적거리다가 밖을 내다보기도 하고 그러다가 잠이 들면 다섯시 반에 일어납니다.

김화영 그러면 뭐 조금밖에 안 주무시네요.

한승원 나이 들면 다 잠이 적어지잖아요. (함께 웃음) 낮에 조금 자기도 하고 그렇습니다.

김화영 소설가에게 질문 잘못하면, 장편소설을 하나씩 쓰셔서…… (함께 웃음) 그런데 정작 「그해 가장 길었던 하루」라는 제목이 붙은 작품은 한승원 선생의 소설이 아니고, (함께 웃음) 박범신 선생의 작품이죠. 박범신 선생은 좀더 젊으시니까

그렇게 긴 하루를 보내시진 않겠지요. 간략하게 조금 말씀해주시죠? (함께 웃음)

박범신 한승원 선생님의 하루 얘기를 듣다가 저는 본의 아니게 반성을 아주 많이 했습니다. 선생님은 아주 규칙적이고 성실하고 작가의 하루다운데, 저는 너무 불규칙합니다. 저는 일찍 일어나면 아홉시, 정상적으로 일어나면 열시나 열한시입니다. (함께 웃음)

김화영 늦게 일어나시는 건 젊다는 증거입니다. (함께 웃음)

박범신 한 선생님에게 가장 소중한 글쓰는 시간에 저는 잠만 자네요. 그러다가 밥 먹고 뭐 준비하고 그러면 거의 정오입니다. 그리고 대학에서 강의 있는 날이면 강의를 하러 가구요. 그렇지 않은 날에는 그냥 놉니다. 그때그때 달라서 뭐라고 말씀을 못 드리겠네요. 잠은 보통 두시쯤에 드는데, 그러니까 많이 자는 편이지요.

김화영 그러면 대개 글은 일정한 시간에 씁니까, 아무 때나 생각날 때 씁니까?

박범신 전에는 낮에는 놀고 주로 원고를 밤에 썼죠. 하지만 나이를 먹고 눈이 안 좋아져서 언제부터인가 밤에는 거의 원고를 안 씁니다. 요즘에는 낮에 씁니다. 그것도 대학에 나가고 그럴 때는 거의 안 쓰고, 방학이 되면 열한시, 열두시쯤 일어나서 아침 겸 점심 먹고, 저는 원고를 쓰면 멈추기가 어려운 타입이거든요. 누구나 그렇겠지만 힘이 들어도 일단 빠져들면 계속 그 일을 하는 버릇이 있기 때문에 보통 어두워지고 여덟시, 아홉시쯤까지 계속 일을 합니다. 그때는 거의 식사는 갖다 먹거나 대충 하고, 아홉시나 열시쯤 내려와서, 한승원 선생님 말씀대로 아홉시 뉴스를 보려고 내려오는데, 조금 더 옛날에는 계속 일을 했습니다.

김화영 저는 전공이 프랑스 문학이다보니까, 자꾸 예를 프랑스의 경우를 많이 들게 되는데, 소설가들의 집필 스타일에는 크게 두 종류가 있다고 합니다. 하나는 19세기에 플로베르, 에밀 졸라 유의 스타일이고 다른 한편으로는 스탕달 유의 스타일이죠. 플로베르나 졸라는 소설을 쓰기 전에 무슨 이야기를 쓴다는 막연한 구상 정도가 아니라 '시나리오'라는 것을 자세하게 만듭니다. 소설을 몇 개의 장으로 구성하고 처음에 무슨 얘기를 배치한다는 식으로 시작해서 전체 플랜을 구체적으로 짜서 사건들을 배치하고, 거기에 에피소드도 끼워넣고 하는 식이죠. 그것뿐만 아니라 쓰기 시작하기 전에 많은 자료들을 조사하고 현지답사도 하죠. 소위 말하는 리얼리즘 작가들답게 준비를 하는 겁니다. 물론 실제로 쓸 때에는 처음 준비한 것과 많이 달라지기도 하지만, 어쨌든 사전준비를 많이 하는 스타일입니다.

거기에 비해서 스탕달 같은 작가들은 대단히 즉흥적입니다. 유명한 소설 『적과 흑』을 보시면, 거기에 등장하는 주인공 쥘리앵 소렐은 아주 젊은 사람입니다. 젊은 사람은 즉흥적이죠. 그 인물이 밟아가는 인생행로가 상당히 시원하고 자유롭게 느껴지는 것은 그의 젊음과 더불어 거기에 맞는 집필 스타일과도 관계가 있다고 합니다. 그런데 과연 스탕달은 그 작품을 쓰다가 외교관이 되어 이탈리아의 임지로 떠나게 되었습니다. 그래서 각 장마다 제목과 제사를 붙여서 잘 써나가다가 후반부의 어느 대목에 이르면 갑자기 제목이 사라집니다. 다시 말해서 작가가 임지로 가느라고 바빠서, 제목이나 제사를 안 붙인 채 그냥 마무리를 한 겁니다. 그 정도로 즉흥적으로 글을 쓴 나머지 훗날까지 이렇게 흔적이 남은 겁니다. 그와 같은 두 가지 유형으로 크게 나누어본다면 두 분의 집필하는 방식은 어느 쪽이라고 할 수 있을까요?

한승원　제가 대답을 하고 나서 생각해보니 마치 검사가 피의자를 불러다놓고 심문하는 투로 얘기하니까, (함께 웃음) 저는 솔직하고 자세하게 대답한다고 했는데, 그게 여러분들의 귀에 매우 복잡하고 지루하게 들렸다면 제가 사과를 합니다. (함께 웃음) 이제부터 대답을 하면서는 제가 뺄 건 좀 빼고, (함께 웃음) 그래도 됩니까? (함께 웃음)

예전에 제가 초심자일 때, 소설을 처음 쓰기 시작할 때에는 백로지를 사다 하면 돈이 아까우니까 큰 달력을 뒤집어서 벽에다가 걸어놓고, 거기다가 구도를 짰습니다. 작위도 짜고, 줄거리도 쓰고, 구도도 쓰고, 인물 설정을 해서 관계도 그려놓고 해서 썼습니다. 그런데 그와 같은 일을 몇 차례 하다 보니까, 그것을 할 필요가 없어졌습니다. 머릿속에 그와 같은 것이 생기니까, 얼마쯤 그렇게 하다가 나중에는 주인공들의 이름과 나이만 써놓고 간략하게 그것에 대한 설명을 해놓으면 머릿속에 그 인물들이 다 그려집니다. 그리고 나머지의 모든 것들은 머릿속에서 그려지니까요. 처음에 할 때는 우리집사람에게 이야기를 했습니다. 내가 이러이러한 이야기를 쓰려고 하는데, 어떤가, 라고 물을 때 좋다, 라고 하면 용기를 얻어서 쓰고 그랬는데, 쓸 때마다 그 짓을 할 수가 없어서 지금은 제 마음대로 씁니다.

저는 써가면서 다음 쓸 것을 메모해놓고 그만두는데, 다른 일을 하다가 메모를 보고 앞에 써놓았던 것을 이어서 쓰는 버릇을 들였습니다. 어떤 사람이 저에게 이런 얘기를 해줬습니다. 피아노 치는 사람이 하루 안 치면 자기가 자기 실수를 알게 되고, 이틀 안 치면 옆에서 보는 사람들이 그 사람의 실수를 눈치채게 되고, 사흘 안 치면 그 피아노 소리를 듣는 사람은 모두 다 그 사람이 실수하는 것을 느끼게 된다고 하더라구요. 아까 김화영 선생께서는, 저는 볼펜을 쓰는데 잉크를 담는 만년필을 쓰시더라구요. 세상이 달라졌을지라도 제 만년필이 녹슬지 않도록 하기 위해서 저는 가능하면 날마다 어떤 글을 쓰든지 쓰려고 합니다. 그래서 저는 참 열심히 쓰는 형입니다. 그리고 저는 일사천리로 일단 마무리를 지어놓은 다음에 고치는 형이죠. 문장 하나하나를 완성해나가지 않고, 무조건 처음부터 끝까지 써놓고 그 다음에 첨삭을 합니다. 그러니까 고생을 무지하게 하는 형의 작가가 아닌가 하는 생각이 듭니다.

김화영 컴퓨터로 쓰시죠?

한승원 네, 컴퓨터로 씁니다.

김화영 박범신 선생은 보기와는 달리 그 많은 소설을 써내시면서, 또 한동안은 정말 인기작가로 긴 장편을 여러 편씩 써내셨는데, 아직도 컴퓨터가 아니라 손으로 작품을 쓰신답니다. 아직도 원고지에다 쓰십니까?

박범신 네, 제가 원고를 많이 쓰는 편이지만, 어깨 아프고 팔이 아파서 기계화한다는 사람들을 저는 이해를 못합니다. 파지도 아주 많이 냅니다. 백 장을 쓴다면 실제의 노동력은 사오백 매 정도를 쓰게 됩니다. 물론 팔이 아픈데, 팔도 좀 아파야 뭔가 일한다는 느낌을 주는 긴장감이 있습니다. 육체적으로 약간 새디스트여서 그런지는 모르겠는데, 힘이 들 때 그것이 주는 긴장감이 저에게는 있습니다. 원고라는 것은 구겨 던지는 재미로, (함께 웃음) 원고지를 찢어발기기도 하고 내던지기도 하는 수공업적인 재미가 있으니까요. 굳이 그런 이유 때문에 아직도 원고지에 쓰는 것은 아니구요. 기계화가 잘 안 되어서 그렇습니다. 보기에는 많은 사람들이 제가 기계를 잘 따라할 것처럼 보인다고 하는데, 앞으로도 기계화될 것 같지는 않습니다.

저 같은 경우는 한승원 선생님과는 달리 문장을 그 순간에 완성하는 타입입니다. 그래서 파지를 많이 내고, 계속 원고를 새로 씁니다. 제가 결벽증이 있어서 원고지에 쓰는데도 긋고 쓰는 법이 없습니다. 제 원고는 한 자 한 자가 깨끗하게 네모 속에 들어가 있습니다. 그래서 파지를 많이 냅니다. 노동력이 많이 드는데, 그 순간 완성을 해내면 다시 돌아보지는 않는 타입인 것 같습니다. 그래서 육체적으로 고되다는 것이고, 쓰는 방식으로는 저 같은 경우는 일종의 클라이맥스라고 해야 할지, 가장 중요한 끝무렵의 한 지점을 완성하지 않으면 소설을 시작하지 못합니다. 단편 같은 경우 어떤 때는 거의 즉흥적인 기분으로 쓸 때도 있지만, 역시 마지막 절정이라고 생각되는 부분, 이를테면 높은 산 하나가 제 목표이기 때문에 골짜기 어디를 지나도 제가 설정했던 높은 산은 보이는 거죠. 그래서 중간부분은 애매하거나 계획이 없어도 길을 잃지 않고 갈 수 있다고 생각합니다. 높은 부분의 봉우리는 구체적으로 설정해서 제 머릿속에 갖고 있기 때문에. 마지막 절정부분과 출발부분만 된다면 일단 시작을 하고 봅니다.

김화영 그런데 시작과 끝, 끝이 절정이라는 얘기시겠죠? (박범신 : 네, 끝일 수도 있고 그 직전일 수도 있습니다.) 그럴 때 그것을 머릿속에서만 구상합니까, 아니면 가시적으로 어디에 써놓기도 합니까?

박범신 저는 학교에서는 열심히 메모를 하라고 가르치는데, (함께 웃음) 메모를 해본 적이 없습니다.

김화영 그러면 왜 그렇게 가르치십니까?

박범신 절정이라고 생각되는 부분은, 저 같은 경우는 머리나 논리를 통해서 찾아지는 것 같지는 않습니다. 그렇다고 전광석화처럼 직관을 통해서 순간적으로 오는 영감이라는 뜻은 아니지만, 어쨌든 직관의 통로를 통해서 뜨는 그림 같은 것이거든요. 그게 완성되는 데는 상당한 시간이 필요합니다. 그래서 예를 들면, 어떤 이미지가 떠올랐으면 한 달이든 두 달이든 제 머릿속에 있으면서 소설 전체도 완성이 안 되지만, 클라이맥스에 해당되는 부분도 상당히 오랫동안 제 머릿속에 있기 때문에 메모를 음각 양각으로 깊게 한 것만큼은 됩니다. 중간부분에 대해 그 높은 봉우리에 이르는 과정을 메모하면 도움을 받겠다는 생각이 가끔 들기는 합니다. 그런데 아까 말한 대로 이것만은 있어야 된다고 얘기했던 절정부분은 저 같은 경우, 메모를 하는 것보다 더욱 확고하게 가지고 있다고 생각합니다.

김화영 저도 지금은 컴퓨터로 씁니다만, 원고지로 쓰다가 컴퓨터로 옮겨오는 과정에서 굉장한 저항감을 느꼈습니다. 왜냐하면, 원고지라는 것은 끊임없이 우리의 손으로 만지면서 쓰고 또 만년필이나 펜이 종이에 닿으면 내 몸이 거기에 연결된 것 같은, 마치 손이 글을 쓰는 것 같은 느낌에 익숙해져서 오랫동안 그런 접촉에 의지해서 썼죠. 그러다가 어느 날부터 갑자기 컴퓨터의 모니터를 저만큼 놓고 보고 있으니까 거리가 많이 떨어져 있어서 간접화되는 것 같은 느낌을 견디기 어렵더군요. 그래서 그쪽으로 옮겨가기가 쉽지 않았어요. 지금은 습관이 되어 쓰기는 쓰죠. 하지만 일반적으로 볼 때 컴퓨터가 생긴 이후에 특히 우리나라 작가들은 그것에 빨리 적응을 한 셈이지만 그 때문에 작품들이 양적으로 너무 증가하는 건 아닌지 모르겠어요. 이런 양적 증가로 인해서 어딘가 좀 엉성한 느낌, 이런 표현이 적당할지는 모르겠습니다만, 함량 미달인 것 같은 느낌이 들 때도 없지 않아요.

제 자신의 글도 그렇습니다. 예전에는 종이에다 바로 썼기 때문에 그 순간에 고치기가 사실 더 어렵습니다. 한 장을 통째로 다시 써야 하니까요. 컴퓨터는 고치기가 아주 쉽죠. 그래서 컴퓨터에 쓴 글이 문법적으로 더 반듯하다는 인상을 주는 것이 사실이죠. 하지만 그 속에 글쓴이의 체취가 섞인 찐득찐득한 그 무엇, 마음의 농도 같은 그 무엇이 실은 글의 매력이기도 한데, 그게 많이 빠진 것 같은 느낌이 없지 않아요. 그래서 전체적으로 균형은 잡혔지만, 뭔가 힘과 열정이 적은 것 같은, 너무 모범생 같아 매력이 적다는 인상도 받죠. 실제로 그런 것인지, 아니면 기계가 가지고 있는 간접화 때문에 그런 인상을 주는지는 잘 모르겠습니다만, 하여튼 여러 가지 필기도구, 글쓰는 매체의 변화에 따라서 문체와 글의 농도에도 변화가 오는 것은 분명한 것 같습니다.

이제 이미 정해놓은 작품을 가지고 좀더 구체적인 얘기를 하도록 하겠습니다. 우선 한승원 선생님의 「검은댕기두루미」, 이 작품은 선생님 생각에 지금까지 쓰신 다른 작품들과 비교할 때 특별히 다른 무엇이 있기에 우리에게 읽으라고 정해주신 겁니까, 아니면 마음에 특별히 애착이 가는 무엇이 있었던 것입니까?

한승원　「검은댕기두루미」는 읽어보셨으면 알겠지만, 제가 서울살이를 거두고 고향 쪽으로 내려가서 쓴 단편 몇 편 가운데 하나인데, 검은댕기두루미처럼 살고 싶은 제 희망이죠. 그리고 매우 고독하고…… 제가 십칠 년 동안 서울에서 살다가 고향 마을 이웃으로 내려갔는데, 집사람조차 거기로 따라오지 않으려고 했어요. 저 혼자 거기 가서 수도하는 사람처럼 살던 그 무렵에 쓴 소설인 것 같습니다. 그리고 제가 장흥으로 서울살이를 거두고 내려간 것은 제 삶에 어떤 획을 그어야 되지 않느냐, 라는 생각을 했기 때문입니다. 가령 주유소를 하는 사람들은 모여 살면 안 됩니다. 주유소는 일정한 거리를 두고 있어야 하죠. 장흥으로 제가 저만의 주유소를 옮긴 것은, 제가 아무리 멀리 떨어져 있어도 주유소로 기름을 넣으러 오는 사람이 있을 것이라는 생각이 있었고, 그래서 바닷가에다 주유소를 하나 차리듯이 거기에서 사는 겁니다. 바닷가 바지락밭에 늘 앉아 있는 두루미처럼 나도 한번 살아봐야 되지 않느냐, 그게 시간이 문제라고 할 수 있어요. 사람이 과거 현재 미래가 완전하게 있어야 확실한 존재의 의미를 지니게 되는데, 과거와 현재만 있고 미래가 보장되지 않는 존재가 존재로서 권리를 부여받을 수 있는가 하는 회의를 늘 가졌었습니다. 그래서 그쪽으로 내려간 것입니다. 말하자면 작가 한승원으로서의 미래를 더 확실하게 보장받아야 되지 않느냐, 라는 생각 때문에 내려간 것입니다. 그간 저는 바다 이야기를 쭉 써왔는데, 바다를 좀더 확실하게 내 삶의 터전으로 삼는 데 손색이 없어야 되겠다는 생각을 해봤습니다. 그래서 그 소설을 썼고, 지금도 그와 같이 살고 있어요. 그 삶이 어떻게 읽혀질 수 있는지, 저는 김화영 선생이 살아온, 봐온 것들에 늘 신뢰를 갖고 있기 때문에, '당신이 보기에 내가 살려고 하는 방법이 어떠한가?' 내가 오늘 피의자로 와서, (함께 웃음) 확실하게 이야기를 들어보고 싶어서 그 소설을 내놓았습니다.

김화영 제가 아주 제일 싫어하는 말씀을 하셨습니다. 저는 검사나 권력을 쥔 입장에서 남을 피의자로, 더욱이 최근에 불행한 일까지 있었는데…… 다루는 데는 취미가 없어요. 그런 자리에 앉히시면 저는 어쩔 줄을 모르겠어요. 그냥 한 겸허한 독자로서 말할 뿐인걸요. 마침 고향으로 돌아오는 문제를 말씀하셨는데, 오늘 아래층에서 한 선생을 처음 만나서 지난번에 여러분들께 소개한 바 있듯이 수첩에다가 무엇을 써달라고 할까 하다가, 그 작품의 첫 구절을 써달라고 했지요. 아무래도 제가 꽤 잘 맞춘 것 같습니다. 다시 말해서 작자의 의도가 잘 드러난 곳이 그 첫 구절이 아닌가 싶으니까 말입니다. "홀로 살고 있는 늙은 두루미였다"라고 되어 있지 않습니까? 아마 그런 심정으로 이 작품을 쓰신 것 같은데, "나는 이리로 죽으러 왔다"라고 했으니까, 미래가 상당히 짧게 닫혀 있고 과거와 현재만이 있는 상황이지요. "썰물로 드러난 회갈색의 바지락 양식장에 앉아 있던" 이렇게 시작을 했으니까, 결국 '썰물'이라는 것은 저쪽으로 멀리 달아나는 물이죠. 마치 현재로부터 과거로 사라지는 시간처럼…… 바닷가의 이런 풍경이 아마 그런 한 선생의 심정을 잘 나타내고 있다고 생각합니다.

검사와 피의자 사이의 관계는 절대 아닙니다만, 제가 짐짓 투정을 좀 부려볼까요? 「검은댕기두루미」를 읽으면서, 불만이랄까…… 뒤에 가면 많이 그런 느낌이 없어지지만…… 구체적 인물들이 등장해서 행동이 개시되면 좀 덜한데…… 처음 시작부분의 묘사, 작품의 두번째 문단에 "나는 이리로 죽으러 왔다. 이 말을 그녀는 혼자 사는 두루미에게서 배웠다"라고 나오잖아요? 저는 두루미에게 '배웠다'의 이 가르침과 배움, 가르침과 깨달음에 일종의 거부감을 느꼈어요. 문학에서 무엇을 배운다든지 가르친다든지 하는 것이 제 기질에 안 맞아서 그런 게 아닐까 싶어요. 개인적인 의견일 뿐이라면 하는 수 없죠. 저는 늘 문학은 절대로 누구에게 무엇을 가르친다든지, 문학 속에서 무엇을 배운다든지 하는 것은 아니라고 생각해왔어요. 문학은 배움, 깨달음의 답이 아니라 질문, 혹은 질문하는 한 방식이라고 생각합니다. 그리고 작품을 쓰는 과정이 곧 답을 찾으러 가는 과정이라고 봐요. 작품 속에 이미 답이 들어 있다든지 남에게 답을 강요한다든지 작품 속에서 당장 무엇을 배웠다든지 하면, 뭔가 좀 억압적인 틀이 느껴져서 좀 부담이 됩니다. 역시 작가는 질문하는 과정만을 보여주고 답의 모색은 독자에게 맡겨둬야 한다고 생각합니다. 그래서 여기서 "두루미에게 배웠다"든지, "그녀로서는 환장하게 향기로운 말이었다"라는 문장에서 '환장하게 향기롭다' 같은 표현은 작자의 의도가 너무 겉으로 드러난 경우여서 저항감을 느낍니다. 그 다음 페이지에는 또, '……하는 화두였다' 라든지 '일깨워주곤 하였다' 라는 표현이 이어집니다.

그러다가 인물들이 살아서 행동하게 되면서부터 그런 표현이 싹 사라지게 되죠. 독자로서 저는 어느 편이냐 하면, 어떤 장면이나 상태를 그냥 '보여주는' 것을 좋아하지, 작자가 나서서 설명하거나 가르쳐주는 작품에 대해서는 빨리 싫증을 내는 편입니다. 그래서 저는 사건이 얽혀들고 인물이 스스로 행동할 때 빨려들죠. 가령 주인공이 그 무거운 가죽 짐 보따리를 떠메고 아현동 비탈을 헤매는 장면에서는 나도 그 사람과 같이 그 무거운 가죽 보따리를 들고 어려운 비탈길을 함께 올라가는 느낌이 들어서 실감이 나고 좋았습니다. 어쨌든 막연히 「검은댕기두루미」에서 인생의 깨달음을 바로 전해주거나 설명하거나 가르치는 쪽보다는 인물들이 스스로 살아서 생동하는 쪽이 훨씬 좋았어요. 또한, 중간에 삽입된 여우꼬리 얘기, 상당히 우화적인 그 부분이 전체적 서사와 병행되어 중층의 의미를 만들어내는 것은 아주 좋았습니다. 이것이 제 느낌이었는데, 나중에 제가 잘못 읽은 부분이 있다면 꾸짖음의 말씀을 해주시길 바랍니다.

우연입니다만, 한승원 선생님이 「검은댕기두루미」를 가지고 고향으로 돌아가는 심정을 작품화하셨는데, 박범신 선생 역시 「그해 가장 길었던 하루」를 통해 어느 면에서 고향의 심장부로 돌아온 느낌입니다. 저는 개인적으로 읽는 동안에 참 흐뭇하고 정답게 느낀 작품인데, 박범신 선생의 작품에서 전에는 잘 보지 못했던 세계 같았어요. 고향으로 돌아가는 그 모습이 훨씬 더 절실하게 느껴졌습니다. 그 원천의 세계가 말입니다. 책의 앞에 씌어진 '작가의 말'을 읽어보니까, 박선생의 작품성향이 몇 가지 시기별로 나뉘는 것 같습니다. 처음에는 사회비판적 성격이 강한 단편들을 열심히 쓰다가, 그 다음에 소위 말하는 인기 작가, 베스트셀러 작가로 몇 십 년간 많은 독자의 사랑을 받았다고 했는데, 이 시기에 저는 박범신 선생과 별로 만날 기회가 없었습니다. 그러다가 절필을 하셨고, 그 다음에 『흰 소가 끄는 수레』로 마치 새로 데뷔한 신인처럼 새로운 모습으로 등장했을 때, 저도 박범신 선생의 작품을 좀 읽기 시작했습니다. 그랬는데, 『흰 소가 끄는 수레』도 좋았지만, 특히 이번 「그해 가장 길었던 하루」를 보면서 이런 문체를 가진 분이 전혀 다른 세계에 가서 왜 그리 오랫동안 헤매었을까, 라는 생각을 했습니다. 이 작품으로 돌아온 심정이 어떠했는지 말씀해주시지요.

박범신 이 작품을 선정한 건, 여기 오시는 분들이 아주 젊은 분들일 줄 알았기 때문이었습니다. (김화영 : 실제로 젊습니다.) (함께 웃음) 그래서 젊은 독자들이 이런 타입의 소설을 읽을 기회가 요즘 많지 않을 거라는 생각을 해서 조금 재미없을지도 모를 작품을 읽게 하는 것도 좋지 않겠는가 해서 이 작품을 선택했습니다. 저는 작가로서도 그렇지만, 한 자연인으로서도 평생 동안의 고통이 있다면…… 노래에도 그런 게 있잖아요. 내 속엔 내가 너무도 많아, 라는 노래가 있듯이…… 요즘 제가 『작가세계』에 「내 책상 네 개의 영혼」이라는 소설을 연재하고 있는데, 제가 열일곱 살에서 스무 살에 이르는 시기를 쓴 글이죠. 그때를 생각하면 내 안에 너무 많은 인격체가 있었던 것이 젊은 날에는 큰 고통이었습니다. 요즘에는 사술이 많이 늘고 그래서 제 자신을 많이 여미고, 큰 틀을 훼손하지 않으면서 살아갈 수 있는 나이의 갑옷 같은 것을 어느 정도 가졌다고 생각하는데, 그래도 여전히 제 안에는 네 개의 영혼 정도가 아니라 때로는 열 개 이상의 인격과 영혼들이 숨쉬고 있고…… 특히 우리나라 예술계에서는 한 우물을 파는 것을 미덕으로 생각하는 오랜 전통이 있습니다. 그래서 계속 한 가지 그림을 그리거나, 한 작품을 삼십 년 걸쳐서 쓰거나 이런 것들이 우리의 인문학적 풍토에서는 미덕이 되어 있어서 그런 풍토 안에서는 제 자신이 늘 불행하다고 생각합니다. 저는 매우 가변적이고 제 자신의 감수성이 때로는 놀랍게 충동적이고, 그래서 사실은 아직 제 정체성에 대해서 확신을 가지는 것이 없고, 제 안에 너무나 다른 인격들이 숨쉬고 있는 느낌이죠. 그리고 「들길」이라는 작품을 낯설다고 하셨지만, 사실 이런 문체는 소위 인기 작가 시절의 소설들에서도 보입니다. 예컨대 『불의 나라』나 『물의 나라』 같은 것은 판소리 타입의 문체라는 소리를 제가 들었습니다. 그러니까 초기부터 이런 세계도 제 안에 있었던 거지요. 그런데 이런 것을 쓰고 나면 얼른 또다른 옷을 입게 돼요. 「들길」을 하나 쓰고 나면, 「들길」로부터 떠나서 또다른 것을 쓰게 됩니다. 그래서 도대체 뭐가 나인지 모르겠어요. 올해로 제가 쉰일곱이 됐는데도 불구하고 아직도 내 자신이 누구인지 잘 모르겠거든요. 아직도 매우 가변적이다, 「들길」 같은 것도 쓰겠지만, 또 전혀 반대되는 것도 안 쓸 수 없을 것이다, 라는 생각을 개인적으로 하고 있습니다.

김화영 그런데 이 작품은 배경이 일제시대로 되어 있습니다. 잘 아시다시피 군산이라는 항구가 일본 사람들의 수탈의 근거지가 된 항구였는데, 그 지역에서 일어났던 일, 그때 배곯던 우리 농촌, 그 당시 이른바 싹트는 산업사회의 출발점으로서 방직공장 같은 것이 눈에 선하게 경험되고 있어요. 그렇지만 박범신 선생은 해방 후에 태어난 세대인데, 소설의 시대는 작가가 태어나기 이전인 해방 전입니다. 가령 이런 무대를 몸에 익히자면, 아마도 자신이 태어나기 전 세계에 대한 답사랄까, 조사가 필요했을 텐데, 어떤 준비를 했습니까?

박범신 네, 이 소설의 배경은 제 고향입니다. 김화영 선생님 말씀대로 절필도 겪고, 『흰 소가 끄는 수레』도 쓰고, 그러다보니까 자연히 시선이 안으로, 기억 속으로 내재해서 확장되어가다보니까, 결국은 내가 걸어온 길을 돌아보게 되더라구요. 내가 어떤 통로를 통해서 걸어왔는가, 예를 들면, 「들길」이라는 소설에 나오는 두하라는 동네에서 실제로 제가 강경으로 통학을 했는데 처음 중학교 때는 걸어 나왔구요. 그 다음에는 자전거로 나왔고, 고등학교 가면서는 기차로 통학을 하고, 마침내 서울로 올 때는 고속버스를 타고 왔습니다. 어떻게 생각하면 제가 걸어왔던 길이 뭐랄까요, 근대화라고 할 수 있는 것의 상징 같았습니다.

이 소설은 1943년으로 배경이 되어 있는데, 저는 1946년에 태어났기 때문에 계속 쓰면 「들길」 5, 6편에 제가 태어나게 되어 있습니다. 저의 탄생을 위한 그라운드(배경)를 만들기 위해서 2편까지 쓴 겁니다. 그때 배경은 잘 모르지요. 하지만,

아직 누님들이 살아 계시고, 어머님은 돌아가셨지만, 그래서 누님들 얘기를 듣고, 지금 팔십이 넘으신 장인 어른이 일제 때 얘기를 많이 도와주시고 그래서 재현할 수가 있었습니다. 거기에 나오는 두 형제, 순임이와 순명이는 제 큰누님과 작은누님이 모델입니다. 실제로 둘째누님은 이 소설의 이듬해에 마침내 홀로 씩씩하게 서울에 올라가서 방직공장에서 한 육 개월 일하다가 큰일을 겪기도 했습니다. 3편에는 44년에 영등포의 방직공장이 등장할 것으로 혼자 생각을 하고 있는데, 하대 명년입니다. 요즘 놀기가 좋아서 소설을 안 쓰고 있습니다.

김화영　제가 이 소설에 상당히 많은 호감을 느꼈다고 했습니다만, 박범신 선생 말씀을 듣고 보니까, 지금 이 자리에 계신 분들 중에서 우리 세 사람과 나이가 비슷한 분이 거의 없는 것 같군요. 지금 젊은 분들은 그 까마득한 옛날, 더욱이 가난했던 농촌 얘기가 얼마만큼 실감날지…… 더군다나 너무나도 변한 이 인터넷 시대에 함께 소설의 분위기를 공감할 수 있는 부분이 얼마나 될지 궁금합니다. 나중에 단순히 질문만 하지 마시고, 작품에 대한 각자의 견해도 얘기를 해주시면 좋을 것 같습니다.

그럼 다시 한승원 선생님께서 「검은댕기두루미」에 대한 저의 반응을 어떻게 생각하시는지에 대한 말씀과 더불어 소설을 쓰는 방식, 소설 쓰는 동안의 소설관이랄까 그런 것에 대해서 자유롭게 얘기해주시면 좋겠군요.

한승원　「검은댕기두루미」를 중심으로 이야기를 하자면, 소설을 쓰는 데에 있어서, 저는 언제든지 그런 생각을 합니다. 소설은 하나의 커다란 비유의 덩어리라고 생각을 하죠. 아까 문장 상에서 작자의 설명에 대한 이야기를 김화영 선생께서 하셨는데, "나는 두루미에게서 배웠다, 나는 파도에게서 배웠다." 그런 얘기들을 저는 가끔 쓰는데, 내 삶이 늘 그러합니다. 저는 오만하지 않으려고 애를 씁니다. 저는 시골에서 나고 자라서 그런지는 모르지만, 지적인 것들을 책을 통해서 아는 것보다 가령 자연, 풀이라든지 벌레 같은 것들을 통해서 배워 아는 것이 훨씬 더 많고, 그것이 더 진실되다고 생각하거든요. 그래서 하나의 커다란 비유의 덩어리인데, 그 비유를 보여주면서, '이것이 우리들의 가장 진실되게 살아가는 어떤 것 아닐까요?'

하고 나 스스로에 대한 질문을 합니다. 그리고 그것을 읽는 독자들에 대한 질문이 되겠지요. 언제든지 저는 그 이야기를 통해서 저에게 먼저 질문을 합니다. 그런 방법으로 소설쓰기가 이루어지곤 하지요.

여러 가지 장치를 드러내는 것은 소설의 기술적인 문제일 것이고, 저는 소설을 쓸 때 언제든지 그런 생각을 합니다. 줄거리라든지 주제라든지 이런 것이 마련되어 있고, 아까 박범신 선생께서도 그런 얘기를 했지만, 가령 제가 『아리랑 별곡』을 쓸 때, 맨 나중에 쓴 이야기 "아리랑 아리랑 아라리요, 아리랑 고개로 넘어간다, 나를 버리고 가시는 님은 십 리도 못 가서 발병 난다"를 뒤집어 엎어놓으면, 나를 버리고 가시는 님은 십 리도 못 가서 발병이 나야 하는데, 그 할머니의 입장에서 보면, 자기 남편도 아들도 손자도 떠났는데 발병도 안 나고 잘만 가더라 하는 그 이야기를 맨 나중에 놓았습니다. 그러니까 다 죽고, 이 할머니 혼자만 살아 있는 겁니다. 가령 황순원 선생이 「소나기」를 쓸 때, 맨 나중에 "내가 입던 옷을 그대로 입혀서 묻어달라"는 그 말 하나 준비해놓고, 그 소설을 썼을 거라는 거죠. 이와 같이 어떤 진실을, 이거야말로 우리들의 삶의 가장 진실이 아니겠는가 하는 것을 드러낼 때, 그와 같이 쓰게 됩니다. 그런데 저는 설사 줄거리와 맨 나중에 도달해야 할 목표지점이 설정되었다 할지라도, 쉽게 써나가지를 못합니다. 말하자면 집필을 못하고 매우 오랫동안 헤맵니다. 그 헤매는 이유는 신명이 오르지 않으면 글을 쓰지 못하기 때문입니다. 줄거리나 모든 것이 갖추어졌는데도 신명이 오르지 않으면 집필을 하지 못하는데, 그 신명이 무엇인가 하면, 그 소설을 아름답고 향기롭게 해줄 수 있는 신비로운 어떤 것들과 만나지 못하면 신명이 나지 않아서 집필을 하지 못한다는 얘기입니다. 그러니까 그와 같은 좋은 예의 하나가 「검은댕기두루미」일 것이다, 그래서 이걸 가지고 이야기하자는 것이었습니다. 그러니까 줄거리에다가 줄거리와 만나게 되는 어떤 소설미학 같은 게 있지 않을까 하는 생각이 듭니다.

김화영 제목이 「검은댕기두루미」로 되어 있는데, 여기서는 늙은 두루미와 함께 또다른 짐승, 즉 여우가 등장하고 있어요. 그러니까 이 소설은 두루미와 여우 이야기로 이해해도 좋겠다는 느낌을 받았습니다. 우화로 등장하는 이 여우가 사실은 가장 중요한 인물 중의 하나인 그 여자, 미친 황음병에 걸려 있는 이 여자가 아닐까요? 잠시 전에 신명이니 신비스러움이니를 말씀하셨습니다만, 한승원 선생께서 지금까지 쓰신 작품 모두를 꿰뚫고 있는 것이 바로 우리가 벗어날 수 없는, 우리 마음속에(본질 속에) 숨어 있는 엄청난 불, 혹은 타오르는 힘 같은 것이라고 할 수 있죠. 그것이 많은 경우 성적인 모습을 띠고 있어요. 여기서 성은 우리의 존재 저 깊은 곳에 도사리고 있는 제어하기 어려운 힘, 프로이트의 말을 빌려서 일종의 리비도 같은, 우리를 초월한 어떤 힘 같은 것이죠. 여우, 특히 그 꼬리를 온전히 감추지 못하는 그 요상한 짐승은 바로 그런 내면의 감당 못 할 불 같은 것이 아닐까 싶은데…… 결국 그 여우를 마침내 극복하는 방식이 두루미가 아닌가 하는 느낌이 드는데 어떻습니까?

한승원 아주 참 잘 지적하셨는데, 저 역시 그런 생각을 합니다. 여우가 가지고 있는, 여우가 내보였던 종이에 답이 있겠는데…… 또 검은댕기두루미와 대칭이 되는 여자 주인공의 남동생이 찾아왔을 때, 그 남동생이 가지고 있는 것도 여우가 내보였던 종이와 똑같은 그런 것이거든요. 말하자면 그와 같은 것이 이야기를 관통하고 있는 셈이죠. 그런데 금방 여우의 그러한 모든 것들을 극복할 수 있는 것, 이겨낼 수 있는 것은 바로 검은댕기두루미라고 말씀하셨어요. 왜 그럴까요? 죽으러 왔기 때문에 모든 것을 전부 용서해버리는 이 여자의 향기로운 마음, 여기 빈집 하나 있으니까 여기에 와서 살게 해주면 모든 것을 용인해주겠다고 하는 것, 바로 그것이죠. 주인공인 그 여자마저도 그 알 수 없는 종이에 휘둘려왔었는데, 거기에서부터 벗어나는 그 여자의 말 한마디, 그 여자의 마음…… 그런 것이 우리 삶의 향기가 아닌가, 라고 저는 생각을 합니다.

김화영 어쨌든 끝에 보면 "그 여자를 거기 가둬두지 말고, 이리 모셔다놔라, 저 두루미와 같이 살다 가라고"라는 표현이 나오죠. 한 일생을 지배하고 구속하고 있던 힘, 자기 자신도 어쩌지 못하는, 자기 자신을 넘어서는 그 감당 못 할 힘을 드디어 더 넓은 공간 속에 해방시켜 끌어안는 태도에서 어떤 답을 얻으려 하는 것이 이 작품이라 생각되는데, 그런 의미에서는 박범신 선생의 작품과도 일맥 상통하는 점이 있다고 생각합니다.

특히 「들길 1」 부분에는 더 나은 삶을 향해서, 어쩌면 그것이 미망일지도 모르는, 더 나은 삶이 있다고 상상되는 대도시를 향해서 기차 타고 가려다가 다시 고향으로 돌아오는 얘기가 그려져 있어요. 그런데 「들길 2」에 보면, 확실히 마음속에 따뜻한 정을 품고 있으면서도 겉으로는 아주 퉁명스럽게 말을 주고받던 두 사람의 관계가 급전되는 대목이 흥미롭지요. 정말 충청도 사람답게 '어머니'는 끈질기게 남자를 따라가서 기어코 그에게 밥보따리를 주고 말지요. 이 짧은 소설 속에서 그 먼 길을 언제까지 따라갈 셈인가 궁금하기 짝이 없었는데 결국은 뜻을 이루고 마는 그 마음의 집요함이 감탄스러워요. 저로서는 정말 좋았던 부분이죠. 아까 박선생이 맨 끝부분을 항상 생각해둔다고 하셨는데 더군다나 그냥 밥보따리를 넘겨주기만 하는 것으로 그치지 않고 밥의 반은 식초를 타놓아 결국은 신 음식을 좋아하는 자기 동생에게까지 전달되도록 하는 그 계산속도 절묘해요. 밉살스럽던 사내에게 그렇게까지 쫓아가서 그 귀한 밥을 그냥 다 주기만 한다면 너무 교훈적이 되고 말 텐데 자기 동생에게 더 주고 싶은 그 속셈까지 그 밥그릇 속에다가 뾰족하게 끼워놓으니 톡 쏘는 맛으로는 일품이죠. 그게 액센트 아니겠습니까. 그러면서도 역시 한국 사람들이 내면 깊은 곳에 가지고 있는 어떤 관대함, 넉넉함, 전체를 끌어안고 싶어하는 그릇이 유감없이 나타나 있다고 보는데, 박선생 스스로 작품의 이 시리즈에 대해서 조금 더 설명을 해보시면 어떨지요.

박범신 사실은 『향기로운 우물 이야기』 중에서 처음에 어떤 소설을 읽히면 좋겠냐고 해서, 저는 이 소설집 안에서 개인적으로 「별똥별」이라는 소설을 제일 좋아해서 그것으로 정하려고 했었습니다. 전혀 상반된 소설인데, 그래도 아까 말씀드렸던 대로, 젊은 독자들이 「들길」 같은 소설을 조금 읽을 필요가 있겠다는 생각으로 「들길」을 택했습니다. 저는 1, 2편 중에 많은 분들에게 1편 「그해 가장 길었던 하루」가 좋다는 말씀은 더러 들었지만, 2편을 말씀해주시는 분이 적었는데, 저 개인적으로는 2편을 더 좋아합니다. 왜냐하면 이건 소설기술상의 문제가 아니라 매우 개인적인 이유인데, 저는 그 동안 소설을 너무 정색을 하고 썼던 것 같다는 생각이 있습니다. 「들길 1」 같으면 거기에는 어쨌든 딱 짜인 플롯이 있거든요. 그 딱 짜인 플롯으로 독자를 좌우간 꼼짝 못 하게 사로잡으려고 하는 작가로서의 야망 같은 것들을 감추지 못했다고 생각합니다. 그런데 한 이삼십 년 문단생활을 하면서 늘 제 마음속에 하나 과제와 숙제가 되는 것은 왜 독자를 사로잡지 않으면 직성이 풀리지 않는가, 라는 점이에요. 그것이 문체로 하든 딱 짜인 플롯으로 하든 아니면 엽기적인 소재를 하나 갖고 들어오든 간에 저는 저뿐만 아니라 우리나라 작가들이 지나치게 독자를 일격에 사로잡으려고 하는 야망에 가득 차 있다는 생각이 들어요. 그래서 이걸 좀 어떻게 독자와 함께 쉬엄쉬엄 웃고, 농지거리를 나누면서 가는 소설을 나는 언제쯤 쓸 수 있을까 했는데, 그걸 알고는 있지만, 아는 것하고 쓰는 것하고는 역시 확실히 다릅니다. 쓰는 것은 세계관이 완전히 변하지 않고는 안 되더라구요. 그런데 2편을 써놓고 났을 때, 저 자신도 미숙했다고 생각했고, 젊은 독자들에게 좀 물어봤더니, 2편은 좀 심드렁하니 쉬어가는 느낌이 있다고, 웃을 수 있었다고 해서 내가 오랫동안 꿈꿨던 희망이 여기에 있구나, 그러니까 앞으로 소설을 내가 꿈꾸었던 소설, 야망으로 독자를 만나는 것이 아니라, 이야기의 본질로 독자를 만날 수 있는 소설을 앞으로 육십대 때에는 써갈 수 있겠다는 희망을 2편을 쓰면서 제가 받았거든요. 그래서 저는 개인적으로 2편을 좋아합니다. 항상 얘기를 하다보면, 처음에 김화영 선생이 뭘 물어보셨는지를 잊어버리게 되네요. (함께 웃음)

김화영　괜찮습니다. 제가 다시 질문을 하겠습니다. 우리들 문학 이야기라는 게 이렇습니다. 우리들이 무슨 뚜렷한 목적을 가지고 가는 게 아니기 때문에, 샛길로 새는 것도 재미있죠. 이런 것을 흔히 해찰이라고 하는데, 애인을 만나러 가다가 중간에 감 떨어진 것이 있으면 감 줍느라고 애인 만나는 것도 잊어버리고, 중간에 다른 길로 새기도 하는 것이죠. 그런 것이 훨씬 자연스럽고 좋은데 바로 박선생이 바라던, 어딘가 좀 느슨하고 푸근한 작품구조 얘기와도 관련이 없지 않습니다.

지금 작가들이 독자를 너무 사로잡으려 한다고 하셨는데, 그 말씀을 들으니 생각나는 점이 하나 있어요. 사르트르가 프랑수아 모리악이라는 작가에 대해서 던진 유명한 비판이 있습니다. 모리악은 아시다시피 대단히 정색을 한 가톨릭 신자입니다. 물론 위대한 작가죠. 그런데 사르트르는 무신론자였습니다. 사르트르가 뭐라고 했냐 하면, "프랑수아 모리악이 섬기는 신은 상상력이 없다, 모르는 게 있어야 상상력을 발휘하지, 신처럼 다 아는 존재가 어찌 상상을 하겠는가? 신에게 상상력이 없다면 신을 믿는 모리악에게도 상상력이 없다"고 비판을 했어요. 즉 프랑수아 모리악의 소설에 나오는 인물들은 저자의 노예 같아서 스스로의 자유를 누리지 못한다, 너무 작자의 손아귀에 붙잡혀서 꼼짝 못 하는 주인공들이 많다는 것이었습니다.

지금 말씀하신 것이 그것과 관련이 있는지는 모르겠습니다만, 너무 인물들을 쥐고 흔든다는 것, 게다가 인물을 너무 확고한 목적지로 인도하는 데 골몰한다는 것, 이것을 비판한 것이죠. 그보다는 그 인물의 개성을 따라가고 그의 자유를 따라가는 것, 이것이 훨씬 자연스럽고 진실하다는 입장의 표명이죠. 그것이 소설 속에서 허용되는 자유라는 말입니다. 그런 의미에서 박범신 선생의 「들길 1」 「들길 2」가 바로 인물들 스스로 가도록 자유를 부여하고 있다는 느낌을 줍니다. 아마 가장 숨쉬기 좋고 자유스러운 원천인 고향으로 돌아가서 그렸기 때문에 그렇지 않나 합니다. 「들길 1」은, 산업사회가 미약한 대로나마 태동하는 그 시기에 농촌에서 돈벌이를 위해 상경한 인물이 맨 마지막에는 부정한 방법으로 광목을 몸에 감고 나오는 것 같은…… 계획된 플롯에 따라 어김없이 행동하고 있어서 이 작가가 과연 소설가답게 실력발휘를 하는구나 싶어지죠. 반면에 「들길 2」는 오히려 잘 짜인 플롯의 구속을 받는다기보다 아주 자연스럽게 타고난 심성대로 흘러가는 듯한 느낌을 주는 그 인물들의 자유가 돋보여 유별난 감흥을 자아내죠.

또하나 잠시 말씀드린다면, 우리가 한글로 글을 쓰고 문학작품을 창작한 지가 이제 약 한 세기 정도이고 보면 현대문학사가 길다고 말하긴 어렵습니다. 그 동안에 너무 가난했고 책을 찍을 종이도 부족했고 먹고살기도 힘들어 소설 읽을 시간도 많지 않은 세월이었죠. 그래서 작가들이 원고료를 조금 받을 수 있는 곳이 이른바 문예지, 즉 여러 가지 잡지들이었습니다. 거기에 실을 수 있는 주종이 단편이었습니다. 장편은 거의 안 실었어요. 때문에 우리나라는 유난히 단편이라는 장르가 발달했지요. 그러다보니까 단편이 장편에 비해서 훨씬 더 밀도가 짙어요. 어떤 단편소설 속에서는 열 명이 넘는 인물들이 죽어나가기도 합니다. (함께 웃음) 그러니 우리의 그런 지독한 단편소설 분위기에 비하면, 서양의 체호프 같은 작가들의 단편은 한결 가볍고 은근한 분위기를 암시적으로 만들어내고 있지요. 우리의 단편은 아주 정색을 하고, 굉장히 복잡한 스토리를 구사하고 있어요. 이것은 한국소설의 사회적 경제적 조건과 관련이 있는 것 같은데, 그런 의미에서 우리나라 단편들은 플롯이 너무 강하다는 느낌이에요. 좋은지 나쁜지 함부로 판단할 일은 아니지만, 이런 면이 어쨌든 한국소설이 가지고 있는 특징 중의 하나라고 생각이 됩니다. 그래서 그런 규범에 길들여진 우리 독자가 갑자기 길고 상대적으로 느슨한 느낌의 장편을 읽게 되면 어딘가 짜임새가 덜하여 엉성한 것 같은 인상을 받을 수밖에 없습니다. 단편에 비하여 지독한 느낌이 적어서 마치 마늘이나 짠 음식을 많이 먹다가 좀 슴슴한 것을 먹으면 성에 안 차는 것 같은 느낌을 받게 됩니다.

어쨌든 오늘 우리가 읽었던 이 두 분의 작품은 한결같이 우리나라 사람들이 가지고 있는 고생스럽고 어렵고 고통스러운 삶의 한 표현이지만, 그 삶을 넓게 껴안고 좀 자유롭게 훨훨 날고 싶은 욕구, 그리고 넉넉하게 우리 삶과 운명을 받아들이고자 하는 태도를 은연중에 드러내보이는 작품이었다고 생각합니다.

오늘은 여러분의 많은 질문이 있었으면 좋겠는데, 저로서는 가령 박범신 선생의 작품에서 한 군데만 예를 들어서 인용해보고 싶습니다. 요즘처럼 지독한 단편소설에 길든 독자들이 어떤 반응을 보일지 싶어서 말입니다. 「들길 2」의 첫 페이지에 이런 대목이 있습니다. "보나마나 부싯돌을 찾아 앉을 새도 없이, 잿더미 끝자락에다 오줌을 갈겼을 순임이는, 컴컴한 뒷간귀신이 갈퀴 같은 손으로 뒷덜미라도 움켜잡을 것 같은 기세를 느꼈던지, 고쟁이를 채 여미지도 못하고 사뭇 앉은뱅이 걸음새로 어기작어기작 나오다가……" 이렇게 서술되어 있습니다. 이 부분에서 특히 '잿더미 끝자락에다 오줌을 갈겼을 순임이'이라는 표현…… 이건 여기 앞자리에 앉아 있는 우리 세 사람은 너무나 잘 압니다. 옛날 시골 변소라는 것이 재를 거기다 퍼다놓으면, 잿더미 근처에 오줌을 갈겨서 나중에 다 퇴비로 긴요하게 쓰였죠. 그러나 요즘 깨끗한 양변기에만 올라앉아 일을 보시는 분들은 이게 무슨 소리인가 싶을 겁니다. 사실 두 분 소설을 읽으면서 저는, 나이 탓인지…… 이런 말을 하면 맞아 죽을 소리입니다만, 가난했던 옛 시절이 왜 그렇게 그리운지 모릅니다. 뒤집어 말하면 돈 많고 풍족한 요즘 세상이 왜 이렇게 살맛이 안 나는지, 그래서 발전하고 문명된 우리는 과연 더 행복해졌는가, 라는 의문을 갖게 되지요. 특히 두 분 소설이 그리는 지나간 시절의 농촌정경들은 특히 저에게 좀 퇴행적인 감동을 주는 바 없지 않습니다. 오히려 낙향해 계신 한승원 선생께서, 잿빛 두루미라든지 여우 같은 옛날 얘기도 없지 않습니다만…… 아현동 비탈길 같은 아주 인상 깊은 도회지 장면을 그렸어요. 바닷가의 해산 토굴에 앉아서 아현동 길을 어쩌면 그렇게 정말 실감나게 그리셨는지…… 반면에 서울에서 계속 생활하시는 박범신 선생은 먼 과거 먼 고향으로 돌아가 그때 그곳의 분위기를 실감나게 만들어내셨고…… 하여튼 두 분 소설, 두 분이 말씀하신 것, 두 분들의 기질 등에 대해서 이제 여러분들의 질문을 받도록 하겠습니다.

질의 응답

질문자 1 오늘 뵙게 되어서 너무 반갑습니다. 한승원 선생님께 여쭤보고 싶은데요. 선생님 작품들을 읽다보면 궁금해지는 게, 시골에서 성장하셨는데 문학의 길을 가게 된 어떤 계기가 있었는지, 언제부터 문학에 관심을 갖고 그쪽으로 방향을 잡았는지가 궁금하구요. 작품에서, 다른 분들도 마찬가지지만, 배경으로 항상 고향을 그리시거든요. 선생님의 작품에서 느껴지는 고향은 작품마다 그림이 그려지는 것 같습니다. 선생님 개인적으로 생각하실 때 고향은 어떤 것인지를 알고 싶습니다.

한승원 굉장히 어려운 질문을 했는데요. 제가 쉽게 대답을 하겠습니다. 제가 소설의 길에 들어선 계기는, 제가 굉장히 말을 잘 못하는데 전라도 사투리로는 '내두잔하다' 고 그럽니다. 굉장히 내성적이라 옆 친구에게 연필심이 부려졌을 때 칼 하나를 빌려달라고 말을 못 하고 쪽지에다가 써서 (함께 웃음) '칼 좀 빌려 주라'고 할 정도였습니다. 방학 때 집에 내려가면 돈을 타야 하는데, 돈을 얼마만큼 달라고 하면 아버지께서 전부 다 검색을 합니다. 이건 살 필요 없어, 이런 식으로 삭감을 해버립니다. 가령 만원을 타려고 했을 때, 한 오천원으로 삭감돼서 더 달라고 하지도 못하고 오천원만 타가지고 옵니다. 그리고는 자취방에 와서야 편지를 써서 왜 제가 그와 같은 돈을 청구했는가 하는 것을 써보내곤 했습니다. (함께 웃음) 그와 같은 것들이 문학을 하게 만들지 않았나 싶습니다. (함께 웃음)

그 다음에 고향 얘기를 하셨는데, 고향은 제게 이렇습니다. 서울에서 제가 십칠년 살다 내려갔고, 광주에서 한 십 년 살았어요. 호랑이하고 악어가 싸우면 호랑이는 자꾸 육지로 나와서 싸우려고 하고, 악어는 호랑이를 유인해서 물로 들어가서 싸우려고 한답니다. 제가 악어처럼 호랑이를 가능하면 물 속으로 유인해야만 유리할 것 같으니까, 그래서 설사 도회에서 생기는 일이나 발상이 생기면 그걸 그대로 거기에서 이야기하면 순발력이라든지 감수성이 아주 날카로운 도회에서 많이 산 작가들에게 이길 수가 없을 테니까, 그래서 가능하면 바다 속으로 끌어들여서 싸우려고 한 결과가 아닌가 싶습니다. 대답이 됐는지 모르겠습니다.

김화영 제가 한승원 선생님의 소설들을 여러 권을 읽었는데, 거의 대부분의 작품들이 예를 들어서 『해변의 길손』 『내 고향 남쪽 바다』 이런 식으로 바다가 많이 등장합니다. 노래에 나오는 '내 고향 남쪽 바다 그 잔잔한 물결' 이 아니라, 뭔가 바닥이 없이 깊고 어둡고 수영을 하면 저 깊은 곳에서 천길 물 속으로 발목을 잡아당기는 것 같은 바다, 무시무시한 전설 혹은 신화가 깃들인 그런 바다가 연상되곤 했었죠. 그런데 실제로 가보니까 그냥 호수같더군요. 그러니까 그 바다는 한승원 선생이 지금 살고 계신 바다가 아니라, 마음속에 출렁거리는 바다로서 무섭게 깊다는 느낌을 받았습니다.

질문자 2 박범신 선생님은 저의 아버님 연배 정도가 되시는데요. 저는 선생님이 젊으셨을 때의 날카로운 소설이 좋거든요. 지금은 나이가 많이 드셔서 육십대가 다 되셨군요, (함께 웃음) 젊으셨을 때는 좀더 날카롭고 강렬한 작품을 쓰시려고 했던 것 같습니다. 예를 든다면, 저 같은 경우에는 미시마 유키오의 「우국」이라는 단편에 대한 인상이 참 강렬했습니다. 그런 부분에 대해서 얘기를 해주셨으면 좋겠습니다.

박범신　제 가까운 문우들, 내 또래 글쓰는 몇몇 친구들이 저를 부를 때, '칼바위'라고 부르거든요. (함께 웃음) 너무 날카롭다는 뜻이죠. 그런데 날카로운 것 때문에 제 자신이나 이웃들이 받아야 하는 일상적인 의미에서의 상처들이 때로는 너무 마음 아파요. 그래서 자꾸 날카로운 성격이나 제 세계관 안에 끼어 있는 날카로운 것들을 좀더 두루뭉수리하게 할 수 없을까 하는 희망들을 한 자연인으로서 제가 지니고 있습니다. 지금도 그렇구요. 그러나 그래도 여전히 작가로서 굳이 보자면, 제 캐릭터는 역시 날카로운 게 제 적성에 맞구요. 그걸 버리지 못하죠.

『향기로운 우물 이야기』의 '작가의 말'에 '나는 청년 작가로 살고 싶다'는 얘기를 쓴 바가 있습니다. 그런데 글쓰는 문우들이 그 말을 제가 하니까 잘 어울린다고 합니다. (함께 웃음) 나이가 비슷해도 그 말을 다른 사람이 하면 정말 작위적이고 안 믿어지는데, 박범신이가 하니까 어울린다고 하는데, 아까도 말씀드린 대로 내 안에 숨쉬고 있는 여러 개의 '나'들이 아직도 여전히 잠들지 않고 있고, 문학이라고 하는 것이 영원히 잠들지 못하는 이상한 병에 걸린 자들이 하는 짓이라는 생각을 저는 하고 있습니다. 물리적으로는 여덟 시간씩 자고 있지만, 문학하는 사람들은 잠들지 못하는 것 같습니다. 제 경우는 그렇습니다. 죽을 때까지 잠을 못 자는 병에 걸렸으니, 이걸 어떻게 사나 하는 생각이 듭니다.

하나의 소설양식을, 지금도 확고하게 믿고 있는 것 중의 하나인데, 마지막에 한 번 통렬한 오르가슴에 도달하려고 쓰는 거지요. 저는 그렇게 생각합니다. 특히 단편이라는 것은 마지막에 한 번 가미가제처럼 죽는 느낌 같은 거 있잖아요. 그걸 향해서 타오르는 것이고, 나는 개인적으로 그런 단편들을 좋아합니다. 아까 「들길 2」얘기를 한 것은 굉장히 저 자신이 한 자연인으로 또 작가로 살아가면서 제 안에 가졌던 너무나 많고 고통스러웠던 내적 분열의 반대쪽에서 제 감의 일단을 말씀드린 것이고, 그것 자체가 제 전부의 이데올로기라고 할 수는 없지요. 또 여전히 단편이라고 하는 것은 그야말로 한 번 죽는 느낌으로 쓰는 것이고, 그런 것들이 굳이 말하자면 날카로운 방식이라고 할 수 있죠.

그런데 더 좋은 것은 그런 날카로운 틀 안에서 「들길 2」에서 보여지는 자연스러운 여유라고 할까, 그런 것들이 깃들여 있어서 인물들이 정말 우리가 살면서 만났던 인물로 독자의 머릿속에 남아 있다면, 그래서 박범신의 인물이 아니라 말하자면 독자의 인물이 될 수 있다면, 지나치게 날카로워서 독자들이 이건 내가 읽고 마스터할 뿐이야, 이런 것이 아니라 독자의 영혼 속으로 스며들어서 머릿속으로 들어가서 그 영혼을 훔쳐내는 인물일 수 있다면, 그런 날카로운 틀 안에서의 그런 여유 같은 것은 가장 바람직한 것일 겁니다. 그런데 거기에 이르지 못하니까, 날카로움이라도 성취해야 되겠다는 것이 제 젊은 날의 모습이었는데, 그것들이 주었던 많은 질문들이 현재 제 안에 있어서 이러고 있습니다.

김화영 오늘은 연세가 드신 분들을 모셨더니, 작품 얘기가 굉장히 진지하게 되는 바람에 무슨 심각한 소설론을 마주친 것 같은 느낌을 받았습니다. 그 역시 우리들에게는 많은 도움이 되었다고 생각합니다. 제가 아까 재를 쌓아둔 곳이 화장실이다, 이런 얘기를 하고보니 마치 독자가 나이 많은 축과 나이 적은 축, 둘로 나누어진 것 같은 인상을 받기 쉬운데, 나이의 젊고 늙음이 중요한 것이 아니라 작품이 가지고 있는 그만큼의 균형과 전체적인 높이가 중요하겠지요. 같은 작가의 작품에도 날카로운 작품, 부드러운 작품이 다 있을 수 있죠. 그러나 그 두 요소를 합쳐서 꿰뚫고 있는 그 작가 특유의 방향이 있지 않나 싶습니다. 그렇기 때문에 우리는 그 작가의 전체 작품을 놓고 그 속에서 개개의 작품들을 이해하도록 노력하는 것이 보다 좋은 독서방법이 아닐까 합니다.

이것으로 오늘의 이야기를 마치도록 하겠습니다. 시종 진지하게 경청해주셔서 감사합니다. (함께 박수)

심
상
대

성
석
제

떨림
沈相大

나는 이러한
쿠엉을 가진
떡자를 놓아
한다. 이를이면,
노란색 물이는
신날 그권떠슨
맞춰 노란색
뜨지의 책료도
한 권 사는 떡일
상, 변회할
여긴을 기다리는
동안 ——

2002년 11월
15일 어성울박선
든마지로 쏠쏠히

협죽도 그늘 아래

성 석 제

한 여자가 울고
있다. 가시대로 가는
길목, 협죽도 그늘
아래.
협죽도 그늘 아래
최핏빛 적색과
보랏빛 취빠는 옴게
차려있은 여자나
앉아 있다. 여러러
옷은 칠숟가희에
맞춰 친정거리서
마전해를 길이다.
여자는 오셨여 언제이
여붙홍 치쏘 거리는
친격입고가서리에서
꾸 리키를 치였죠.
그래의 그 선뚝가
않아 있다.
      2000.11.15

김화영　여러분, 일 주일 동안 안녕하셨습니까? 오늘은 여러분들도 잘 아시는 성석제 심상대 두 분 소설가를 모셨습니다. (함께 박수) 제가 지난 9월 중순에 이 프로그램을 시작하기 전에 석 달간 모실 분들의 명단을 짤 때, 매주 두 분을 모셔야 하는데 그 두 분을 어떻게 선정하고 어떻게 짝을 지을 것인가 하는 문제를 놓고 나름대로 고민이 많았습니다. 소설가 시인 분들이 결코 만만한 분들이 아니라서 같은 자리에 모셔서 얘기를 듣는 것은 흥미로우면서도 한편으로는 미묘한 문제가 됩니다. 저는 순전히 육감으로 이 두 분을 같은 날 모시기로 했는데, 그때 전 머릿속으로 이 두 분이 우리 문단에서도 보기 드문 입심이랄까, 그런 면에서 강한 분들이라고 생각했었습니다. 그런데 막상 가만히 생각해보니까, 한 분은 글로 입심이 좋고 한 분은 특히 말로 입심이 좋은데, 그걸 제가 같은 평면에서 쉽게 동일화한 것 같습니다. 과연 이렇게 두 분을 모신 것이 잘한 일인지 어떤지 두고 볼 일입니다.

　마침 작품을 선정해달라고 했더니, 두 분 다 '림'자 돌림으로 『홀림』『떨림』을 정해주셨습니다. 둘 다 명사형으로 그리 흔하지 않은, 그러나 단순한 제목인데, 용케도 두 분이 같은 항렬의 이름을 선택해주신 셈입니다. 한글로 씌어 있어 잘 모르겠습니다만 혹시 수풀 림(林)자 돌림인지…… 어쨌든 작품 제목도 유사한 데가 있어서 오늘은 여러 가지 재미있는 얘기를 많이 할 수 있지 않을까 기대가 큽니다.

매번 그렇지만, 여기 나오시는 분들은 제가 심각한 문학의 문제를 가지고 어려운 질문을 할 거라고 예상하시는 모양인데 여기는 보시다시피 그저 '금요일의 문학 이야기'를 하는 편한 곳입니다. 그래서 가급적이면 심각한 자리에서는 하지 못했던 얘기들도 좀 나누었으면 싶습니다.

먼저 두 분을 소개하자면, 성석제 심상대 이 두 분은 1960년생으로 동갑입니다. 성석제씨는 연세대학교 법학과를 졸업했습니다. 1986년 『문학사상』에 시 부문 신인상을 수상하면서 등단하셔서, 시집도 『검은 암소의 천국』 『낯선 길에 묻다』 등을 내셨고, 등단한 지 한참 뒤인 1994년부터 본격적으로 소설과 산문을 쓰기 시작하셨습니다. 아주 부지런히 쓰셔서, 제가 세어봤는데, 열 권이 넘는 것 같습니다. 『그곳에는 어처구니들이 산다』 『왕을 찾아서』 『새가 되었네』 『재미나는 인생』 『아빠 아빠 오, 불쌍한 우리 아빠』 『궁전의 새』 『호랑이를 봤다』 『홀림』 『순정』 『황만근은 이렇게 말했다』 등의 장편과 소설집이 있습니다. 그리고 1997년 한국일보문학상, 2000년 동서문학상, 2001년 이효석문학상, 2002년 동인문학상을 수상하셨습니다.

한편 심상대씨는 서울예술대학 문예창작과에서 수학하셨고, 1990년 『세계의문학』에 소설 「묵호를 아는가」를 발표하면서 등단하셨습니다. 『사랑과 인생에 관한 여섯 편의 소설』 『묵호를 아는가』 『늑대와의 인터뷰』 『떨림』 『명옥헌』 『심미주의자』 등의 책이 있고, 2000년 현대문학상을 수상하셨습니다.

소개는 이 정도로 하고, 차차 얘기하는 가운데 두 분이 어떤 분들인지, 어떤 생각과 태도로 문학활동을 하는지를 알게 될 겁니다. 성석제씨는 불과 며칠 전에, 우리나라에서도 가장 큰 상이라고 할 수 있는 동인문학상을 수상하셨는데, 이런 기회에 감상 한마디쯤 하셔야겠죠?

성석제　수상소감이라는 것을 쓰면서 하도 글이 안 되길래, 세상에 이렇게 어려운 장르가 있느냐고 하면서, 이렇게 고생해서 쓰니까 이 장르에서 다소간의 성취라도 얻어야 되겠다고 농담을 한 적도 있습니다만, 다 쓰고 나니까 그때 감상이 뭐였는지 지금은 희미해져버리고 어려운 단어만 머릿속에 남아 있는 것 같습니다.

기쁘고 여러 어른들께 감사하고 그외에는 특별히 생각나는 게 없습니다.

김화영 저는 그렇게 어려운 주문을 한 게 아닙니다. 앞으로의 문학에 대한 포부 같은 걸 말하라고 한 것이 아니고, 사실 제일 궁금한 점은 상금이 굉장히 많은데, (함께 웃음) 그 돈을 어디에 쓰셨는지, 무엇에 쓰실 것인지 하는 것입니다.

성석제 상금을 일단 받아서 통장에 넣었습니다. (함께 웃음) 그리고, 통장을 한 번 옮겼구요.

김화영 세탁중이군요. (함께 웃음)

성석제 지금도 어디선가에서 계속 세탁중입니다. (함께 웃음)

김화영 보시다시피, 오늘 모임의 대화 수준이 이 정도입니다. 기왕 얘기가 나왔으니까…… 심상대씨도 이 년 전에 현대문학상을 수상하셨는데, 그때 상금을 어떻게 쓰셨는지…… 일부 그 용도가 공개되기도 했는데, 어떻게 쓰셨지요?

심상대 일부가 아니라, 상금을 받으면 총액에서 세금이 빠지잖아요.

김화영 총액이 얼마였죠?

심상대 상당히 많지만 밝힐 수 없습니다. (함께 웃음) 세금이 조금 빠졌기 때문에 제 돈으로 세금을 메워서 한 장을 만들어서 줬습니다.

김화영 어디다 주셨습니까?

심상대 상 받고 오히려 손해봤네요. 남들에게 상금을 폼나게 줬다는 게 아니고……『묵호를 아는가』라는 소설집에 나옵니다만, 제가 「야곱의 외출」이라는 소설을 쓰게 된 계기가 있었어요. 다시 말해서 제가 외국으로 입양되는 아이들을 취재할 기회가 있었습니다. 그때 저로서는 가슴이 아파서 나중에 성공해서 돈을 벌면 꼭 해외 입양아들에게 상금을 주겠다는 생각을 했었어요. 저는 맹세를 지켰고, 그뒤 우리나라에서 최초로 해외 입양인 대회를 치렀는데, 대회장에 저보고 오라고 그랬지만 부끄러워서 거기는 안 갔습니다.

김화영 심상대씨가 부끄러워할 때가 있군요. (함께 웃음)

심상대 상금을 또 주시면 이번에는 제가 술을 사겠습니다. (함께 웃음)

김화영 이제는 기부 안 하고 개인적으로 마음대로 쓰시겠다 이거죠?

심상대 낭만주의자답게 화려하게 술을 사겠습니다. (함께 웃음)

김화영 제가 드릴 수 있는 상이 있는지 모르겠는데…… 쓰시는 소설 봐서 어디선가 드리겠지요. (함께 웃음) 성석제씨는 아까 소개해드린 대로, 연세대학교 법학과, 요새로 말하면 들어가기 어려운 곳인데, 이런 좋은 학교를 다니시고 하필이면 고생스러운 문학을 시작하셨습니다. 이제는 동인문학상까지 수상하신 유명한 소설가가 되셨지만, 애초에 어쩌다가 이 지경이 되셨습니까? (함께 웃음)

성석제 어느 날 집에서 고추를 빻아오라고 해서 방앗간에 고추를 빻으러 갔는데, 방앗간으로 전화가 왔습니다. 학교 다닐 때 은사이신 정현종 선생님께서 저를 찾는다고 해서, 왜 그러시나 했더니, 혹시 시 써놓은 것 있느냐고 하셨습니다. 제가 군대 갔다 와서 늦게 시를 쓰기 시작했기 때문에 그때 시라고 할 만한 게 예닐곱 편 정도 있었는데 그 시들을 다 긁어서 갖다드렸더니, 그걸 가지고 월간지 『문학사상』 신인모집에 투고를 하라고 하셨어요. 그리고 나서 정신을 차리고 보니까 등단해 있었습니다.

김화영 그것은 물론 시를 써놓은 게 있다는 소문이 이미 나 있어서 방앗간에까지 연락이 갈 정도였으니까…… (함께 웃음) 정현종 선생께서 연세대 교수이신 건 알고 있습니다만, 그분은 국문과 교수이시니 법학과와는 동네가 다르잖아요. 그러니까 그전에 이미 정현종 선생이 성석제씨가 시를 쓰고 있다는 것을 잘 알고 계셨군요?

성석제 제가 시를 처음 쓰기 시작한 게 1984년인데, 군대 갔다 와서 복학을 하니까 그때 정현종 선생께서 학교에 와 계셨습니다. 저는 법학과라서 전공만 두고 보면 국문과 쪽과는 사실 별 연관이 없어야 되는데 문학회에 한 이 년 들어 있던 인연이 있었습니다. 제가 군대 가기 전에 전공학점을 많이 따놓았지만 학점만 땄지 성적이 나빠서 전체 평균 성적을 올리려면 말랑말랑한 데 가서 점수를 따야 되겠다는 생각이 들어서……

김화영 잘 들으셨습니까? 문학하는 데가 말랑말랑한 곳입니다. (함께 웃음)

성석제 만만했다기보다는 달리 기댈 데가 없었던 것 같습니다. 그래서 문과대를 갔더니, 거기 국문학이 제일 친숙해 보여서……

김화영 국문학 중에서도 시는 또 길이가 짧잖아요.

성석제 그래서 시 공부를 하기 시작했습니다. 사실 법학과에서는 재학중에 군대를 가는 경우도 드문 일이고, 더구나 다른 단과대에 가서 수업을 듣는 것도 흔한 일은 아닌데, 제 체질이나 기질 같은 것이 문학에 맞았던 것 같습니다.

김화영 그런데 왜 법학과에 가셨습니까?

성석제 입학할 때는 그냥 계열로 들어갔습니다. 2학년 올라갈 때 과가 정해지게 되어 있는데, 법학과가 제일 출석을 안 부르고, (함께 웃음) 놀기가 좋다고 해서 그것만 믿고 갔습니다.

김화영 이만하면 대학교가 어떤 곳인지 아시겠죠? (함께 웃음) 사실 문인들에게 학벌이라는 것은 명예일 수도 있지만 방해도 됩니다. 심상대씨를 소개할 때 보니까, 보통 글쓰는 사람이 많이 가는 곳이 서울예술대학인데, 이 학교는 이 년제이기 때문에 웬만하면 다 졸업은 하는데, 거기서도 졸업을 못 하신 분이 어떻게 이렇게 되셨는지…… (함께 웃음) 또 그 학교를 골라 가신 걸 보니까 그전부터 문학에 관심이 많았던 것 같은데, 아주 선사시대까지 거슬러올라가서 어떻게 그 길로 들어서게 되셨는지 좀 설명해주시죠.

심상대 저는 뭐 어렸을 때부터 희망사항이 소설가였어요. 소설가가 아니면 영화배우를 한번 할까, (함께 웃음) 아니면 탐정을 하고 싶었거든요. 그런데 배우나 탐정을 잘 했다손 치더라도 소설가가 안 됐으면 굉장히 슬펐을 겁니다. 아버님이 하시던 일도 제가 해봤는데 영 마음에 차지 않고, 소설만 쓰면 제일 잘 쓸 것 같았어요. 어렸을 때부터 소설가가 목표였는데, 학교 다니면서 공부를 못했던 소설가가 어디 있겠습니까? 그래서 저는 예술고등학교나 영화고등학교를 가려고 했는데, 아버님께 두드려맞기나 하고…… 제가 중학교 때까지 굉장히 모범생이었는데도 불구하고 고등학교를 안 가겠다고 버텼어요. 어지간히도 용감했죠. 그러다가 강릉상고에 입학했는데, 학교 다니면서는 수업을 잘 안 하니까, 하루는 담임선생님이 불러서 너 왜 그러냐고 그래서, 저는 예술을 해야 됩니다, 라고 하니까, (함께 웃음) 우리 학교에도 문예반이 있지 않느냐, 라고 해서, 그런 애들하고 하는 거 말고 예술을 해야 되겠다고 했죠. (함께 웃음) 그럼 밴드부가 있잖아, 라고 하기에 밴드부 생활을 제가 이 년쯤 했습니다. (함께 웃음) (김화영 : 뭘 불었습니까?) 트럼펫하고 혼을 불었는데, 지금도 음치입니다만, 소리는 내지 못하고 그냥 행진만 했죠. (함께 웃음) 그러다가 저는 고등학교 1학년부터 신춘문예만 붙으면 그 돈으로 대학을 갈 작정이었습니다. 아직까지 신춘문예에 못 붙어서 제가 대학을 안 간 것이지, (함께 웃음) 학벌에 대한 콤플렉스가 제가 왜 없겠습니까? 있습니다. (함께 웃음)

신춘문예를 준비하다가 서울예전(지금의 서울예술대학) 간 걸 얘기하자면, 제가 생각하기에는 몇 가지 직업을 거쳐야 멋진 소설가가 될 수 있을 것 같아서, 고등학교를 졸업하기 전에, 제가 상고를 다녔으니까, 3학년 2학기쯤 돼서 다른 애들은 실습 나가고 은행에 취직할 때, 저는 책방에 취직했습니다. 그 이유는 루소 같은 사상가와 소설가가 되고 싶어서였어요. 루소가 책방 점원으로 인생을 시작했지 않습니까. 책방 점원만 잘하면, 루소처럼 돈 많고 예쁜 백작 부인을 만날 수 있으리라고 여겼어요, (함께 웃음) 그래서 이것저것 다 해결이 될 것 같은 책방 점원을 했는데 (함께 웃음) 그것도 잘 안 되어서 결국 몇 가지 직업을 두루 거쳤습니다. 그런 가운데 술집에서 웨이터를 하면서도 저는 계속 신춘문예에 응모했습니다. 그런데 저에게 술 먹으러 왔던 젊은 손님이 서울에 서울예술전문대학에 문예창작과가 있다고 해서……

김화영 술집은…… 강릉에서 일했습니까?

심상대 아닙니다. 세상에 고향에서 할 수 없는 직업 세 가지가 있습니다. (함께 웃음) 이거 아주 중요한 지적이에요. 예수도 얘기했다시피, 선지자는 고향으로 돌아갈 수 없습니다. 그래서 어떤 각성, 해탈한 사람은 고향에 갈 수 없고, 또하나는 예술가예요. 예전에는 같이 학교 다녔던 친구들도, 은유와 상징으로 이루어진 소설을 쓴다고 하면 그거 책방에서 파나, 라고 물을 정도입니다. (함께 웃음) 또하나 고향에 가서 할 수 없는 직업이 웨이터입니다. (함께 웃음) 고향 사람에게 팁 받을 수 없잖아요. (함께 웃음) 그래서 고향은 아니고, 경상도 인근과 서울을 떠돌면서 웨이터를 하다가, (김화영:오래 했습니까?) 한 일 년 반을 하면서 영업부장까지 진급했습니다. (함께 웃음) (김화영:그래서 달변이시군요.) 계속 했으면 제가 일가를 이루었을 텐데, 오늘 이 지경이 됐습니다. 손님 말을 듣고 서울예전에 입학하게 됐습니다. 저는 그런 학교가 있는 줄 몰랐죠. 참 훌륭한 학교, 명문 S대를 나오게 돼서 지금도 영광으로 생각하고 있습니다. (함께 웃음)

김화영 졸업은 하셨어요?

심상대 졸업은 못 했죠. 졸업하는 멍청이가 어디 있습니까? (함께 웃음) 소설가 자격증 주는 것도 아니구요. (함께 웃음)

김화영 멍청이들 많던데…… 그래서 얼마나 다니다 그만두셨습니까?

심상대 원래는 1학년을 그만두고, 소설가가 되기 위한 경쟁을 해보고 싶었는데, 그때 등록금이 삼십삼만원으로 큰 돈이었습니다. 그래서 제가 모 선생님께 한편으로는 원망이 있습니다. 2학년 1학기 커리큘럼을 보니까 모 선생님이 하시는 문학비평특강이라는 강좌가 있어서, 그 강좌를 꼭 들어보고 싶었습니다. 잘 아시겠습니다만, 그분이 글은 유려하신데 강좌는 재미가 없었습니다. 그래서 세 시간을 듣고, 아까운 등록금을 포기하고, 절간으로 들어갔습니다. (함께 웃음) 2학년 1학기 초까지 다녔습니다.

김화영 이제 여러분들이 대충 감을 잡으셨을 겁니다. 입심이 좋은 분이 어떤 분이신지…… (함께 웃음) 얘기가 점입가경이네요. 지금 심상대씨의 학벌 얘기가 나왔습니다만, 사실 문학만이 입사시험처럼 학벌을 따지지 않을 겁니다. 다른 곳은 다 자격으로 고졸 대졸을 요구하는데, 여기는 정말 그런 게 없습니다. 그래서 별로 대단한 학벌 없이, 감옥에 갔다 온 분들이 특히 잘하시는 것이 문학인데……

성석제씨는 시인으로 등단해서 86년부터 94년까지 약 팔 년간…… 공백이라면 우습지만, 오늘날 알려진 소설가가 되기 전의 그 기간이 독자측에서 보면 별반 커다란 소식이 없었다고 하겠는데, 뭘 하시면서 그 세월을 보내셨습니까?

성석제 심상대씨 얘기를 듣다보니까, 저는 참 모범생이었던 것 같은데…… (함께 웃음)

심상대 나도 공부는 잘했어요. (함께 웃음)

성석제 저는 학교를 졸업하고, 제 또래와 약간 다른 게 있다면, 한 일 년 정도를 지방 다니면서 절에서 사람들도 만나고 떠돌이 생활을 좀 했었구요. 그 다음에 얌전하게 취직을 해서 일반 회사에 다녔습니다. 그리고 시는 직장생활과 병행이 되니까 시를 계속 썼고, 1993년에 회사를 그만둘 때까지는 계속 시를 쓰고 직장생활하면서 착실하게 젊은 시절을 보냈습니다.

김화영 그런데 소설을 쓰겠다는 결심이 어떻게 생겼습니까?

성석제 그러니까 회사를 그만두고 나서 두번째 시집을 준비할 때인데, 시집을 준비하면서 저에게 미진한 게 있어서 그런 걸 정리해보자 하는 생각이 들었습니다. 분명히 시는 아닌데 산문이라고 하기도 뭣한 것이었습니다. 한 철 지나고 나니까 원고가 책 한 권 분량이 되어서 책을 내게 됐고 거기에 우연히 소설이라는 이름이 붙게 되었습니다. 그 다음에 처음 정식으로 청탁을 받아서 쓰게 된 단편소설 (「내 인생의 마지막 4.5초」, 『문학동네』1995년 여름호)이 백십 매 정도의 분량인데, 오십만원 가량의 원고료를 쳤습니다. 그런데 조금 있으니까, 무슨 문학상 후보작에 올라갔다고 칠십만원을 더 주고, 어디 또 여러 사람의 책을 묶으면서 삼십만원의 재수록료를 주고, 또 이십만원인가를 받았습니다. 그때 시 한 편의 원고료가 제 생각에 삼만원에서 오만원쯤 했던 것 같은데, 한 번에 열 편 값을 벌고, 그 다음에 다시 여섯 편 값, 그러니까 거의 소설 하나로 시집 한 권 가까운 원고료가 나와서, 살려면 이렇게 살아야 되겠다 (함께 웃음) 생각했습니다.

김화영 얘기가 굉장히 시사적입니다. 저도 근래에 시를 쓰다가 소설로 옮겨온 분들을 여러 번 봤는데, 그 심정 충분히 이해가 갑니다. 몸을 가지고 태어난 사람이 어떻게 돈 없이 삽니까? 그런데 문제는 시에서 소설로 옮겨와서 성공하신 분이 극히 적다는 데에 있습니다. 지난번에 모셨던 윤후명씨 같은 분이 예외라고 하겠습니다. 그리고 또 재미있는 것은, 제가 과문한 탓인지는 모르겠습니다만, 시를 쓰다가 소설로 바꾸어서 성공한 분은 그래도 꽤 여럿 되지만, 소설로 시작했다가 시로 가는 분은 거의 못 봤습니다. 그것은 단순히 원고료를 적게 주기 때문에 시로 못 가는 것은 아니고, 소설로 시작한 분들은 아예 시를 못 쓰는 것 같습니다. 그게 참 묘해서 한번 깊이 생각해볼 점입니다. 거기에 대해서 어떤 분이 깊은 성찰을 해서 그 이유를 밝혀주었으면 싶은데…… 심상대씨는 시는 안 써보셨습니까?

심상대 그만한 재주가 못 됩니다. 그런데 제가 최근에 이런 생각을 했습니다. 시상식, 백일장을 하면, 신춘문예도 그렇습니다만, 문학 장르를 나열할 때 항상 시 소설 문학평론, 이렇게 하지 않습니까? 이 순서에서 뒤에 처져 있는 문학 장르의 대상자는 섭섭한데, 왜 그런가 하는 생각을 좀 해보았어요. 그리고 저 나름대로 터무니없는 결론을 내렸습니다. 결국은 각 장르가 가지고 있는 특성 가운데서 우리가 생각하고 있는 문학의 본질에 어느 것이 더 충실한가 하는 문제 같습니다. 순수문학이라는 점에서 볼 때 소설보다는 시가 순수성을 담보하는 언어예술 매체로서 은유와 상징이라는 것을 더 가지고 있기 때문에 우월하지 않은가, 그 다음에는 소설이고, 외람됩니다만 과학적 결론을 도출해야 하는 평론은 그보다 좀 아래고, 어린이들에게 정서와 사상을 전달해야 하는 동화는 그보다 좀더 아래고, 시나리오와 희곡처럼 연극이나 영화라는 또다른 매체를 통해서 완성을 기하는 경우에는 좀더 뒤로 처지고, 이런 순서가 아닌가 싶습니다. 그래서 소설가가 시인으로 성공할 수 없는 이유는 문학의 본질인 은유와 상징이 시보다는 소설이 미진하기 때문이 아닌가 생각합니다.

김화영 아주 명쾌한 설명을 하셨는데, 저도 부분적으로 동의합니다. 사실 세계 문학사를 조금이라도 눈여겨본다면, 예술이라고 할 때, 서양에서는 'art'라는 말과 미술과 예술을 혼동하는 경향이 있습니다. 그럼에도 불구하고 시라고 하면, 구체적인 작품으로서의 시보다도 시정신 같은 것이 예술의 본질이 아닌가, 라고 생각합니다. 역사도 가장 오래됐고, 노래에 담겨졌으니까, 예술의 본질에 가장 가까운 것이 시라서 가장 먼저 시를 으뜸으로 치지 않나 생각합니다. 우리가 보통 쓰는 말의 용법만 봐도 알 수 있습니다. 소설 쓰고 앉았네, 라고 하면 참 나쁜 뜻입니다. 뭔가 터무니없는 말을 지어내고 있다는 뜻이죠. (함께 웃음) 그런데 참 시적이다, 라고 하면 고상하고 좋은 뜻이 됩니다. (함께 웃음) 다만 평론의 경우, 등수로는 몇

등이 될지 잘 모르겠습니다만, 대부분 그것도 문학인가 싶을 정도로 좀 변두리에 자리잡고 있습니다. 그러나 근래에 와서 특히 비평 자체가 글쓰기의 예술이고자 하는 특수한 경우가 없진 않습니다. 사실 이것은 학교에서 연구하는 학문분야와는 다른 것으로 특히 신비평 주제비평 동화비평 등의 경우라 하겠습니다. 그 경우는 다른 글쓰기와 상당히 비슷한 일종의 예술로 취급될 수 있겠죠.

그런데 아동문학 분야에 대해서 저는 좀 생각이 다릅니다. 왜 그랬는지 우리나라에서만 유독 아동문학이라는 분야가 따로 분리되는 전통이 있습니다. 그러나 실상 아동문학이라는 것이 따로 있을 수 없다고 봐요. 아동문학 하는 사람이 따로 있어야 하는 게 아니라 아동의 세계에 특별히 관심을 집중한 작품이 있을 뿐입니다. 본격적인 소설가가 아동문학 비슷한 작품을 쓸 수도 있는 것입니다. 독자의 나이에 따라서 몇살 이하, 몇살 이상이 보면 좋은 작품이 있겠지요. 우리나라만 유독 아동문학이라는 시장이 따로 열려 있어서 그쪽은 아주 딴세상인 것이 현실이죠. 아니면 프로 소설가가 간혹 돈 떨어지면 외도하듯이 그쪽을 기웃거리는 (함께 웃음) 인상을 주기도 하는데, 그것은 우리들의 근대문학의 관행이 이상하게 굳어져서 그렇지 않나 싶어요. 하기야 요샌 또 '어른을 위한 동화'라는 장르가 시장에 나오기도 하지만요. 어쨌든 등수를 매기기는 좀 뭣하지만 시와 소설의 관계만 두고 본다면 그런 면이 있습니다.

성석제씨도 얘기했습니다만, 단 한 편의 작품을 써서 그렇게 여러 번 수입을 올릴 수 있다면, 그건 상당히 경제적인 전략일 것 같습니다. 그러니 시인이 더욱 외롭죠. 반면에 그렇게 짧은 시를 써서 요즘에 큰 상을 받는 분들도 있는 것을 보면, 시도 상당히 경제적인 장르 같습니다. (함께 웃음) 그런가 하면 일생 동안 부지런히 작품을 쓰고도 상 한 번 못 받거나 심지어 원고료도 제대로 못 받고 그냥 발표하는 분들도 있다는 말을 들었는데 그분들의 오직 순수한 시심에 그저 감탄할 뿐이죠.

이상 이 두 분이 문학수업을 하게 된 과정을 약간 들어봤으니 이제 구체적인 작품 얘기를 하는 가운데 가벼운 얘기도 곁들이기로 하겠습니다. 우선 심상대씨, 마르시아스 심, 우리 문단에서 이런 생소한 이름을 가진 분이 참으로 드문데…… 그 유명한 심상대씨가 어느 날 문득 이름을 바꿔서 돌연 마르시아스 심으로 등장했습니다. 그래도 뼈대 있는 집안 자손이라서 성은 안 바꿨군요. (함께 웃음) 그런데 그 독특한 이름 때문에 제가 몇 번 독자들에게 이런 얘기를 들었습니다. 이 책은 왜 번역자 이름이 없죠, 라고 묻곤 한다나요. (함께 웃음) 분명 외국 사람 원작 같은데, 번역자 이름이 없다는 거예요. 마르시아스 심, 이분은 외국어를 상당히 좋아하시는 것 같아요. 자신의 필명뿐 아니라 어딘가에 보니까 조카 이름으로 외국인 이름을 소개하고 있었어요. 이러한 독창적인 취향에 대해서 좀 설명을 해주시지요.

심상대 본래는 성까지 바꿨었어요. 그래서 마르시아스를 성으로 하고, 선데이라고 (함께 웃음) 이름을 정해 '선데이 마르시아스' 라고 했었는데, 사람들이 자꾸 '선데이 서울' 을 연상했어요. (함께 웃음) 얼마나 멋있습니까? 선데이는 그야말로 체코에 가도 알고 쿠바에 가도 알고…… 선데이 모르는 사람이 어디 있겠습니까? 세계적인 작가로 거듭나려고 했더니 사람들이 자꾸 웃고, (함께 웃음) 또하나 나중에 제가 국회의원을 하더라도 성은 살려놓아야겠다, 강신성일 짝이 안 나려면…… (함께 웃음) 그래서 마르시아스 심이라고 해서, 성으로 쓰던 것을 이름으로 바꿨습니다. 여러분들이 아시다시피 마르시아스는 그리스 로마 신화에 나오는 반인반수이고, 저와 아주 흡사합니다. 경망스럽고 잘난 체하고 무지하고 여자를 쫓아다니면서 한 번도 성공한 적이 없고, 그래서 자기가 오만한 예술가인 척하다가 아폴론에게 산 채로 가죽을 벗기는 형벌을 받아서 죽습니다. 그래서 서양에서는 대개 그림 그리는 분들이 나이 드시면 마르시아스를 꼭 한 번쯤 그려요. 예술가의 상징이거든요. 자기의 독창적 사유체계를 통해서 신에게 저항하는 반인반수, 반신반인 역할로 제가 좀 폼을 잡았는데, 최근에 제가 그것 때문에 어떤 표절 시비에 말려들어서, 앞으로는 안 쓰려고 합니다. 마르시아스라는 말만 들어도 깜짝깜짝 놀랍니다. (함께 웃음)

김화영 그러면 다시 심상대로 돌아오는 겁니까?

심상대 심각하게 생각하고 있습니다. 아니면 무슨 호를 쓸 것인가, 아니면 앙드레 심으로 할 것인가, (함께 웃음) 이름이야 자기 마음대로 바꿀 수 있는 것이니까요. 다시 한번, 강신성일 짝이 안 나려면 심은 지켜야겠다는 생각입니다. 아까 김화영 교수님이 말씀하셨는데, 제 여동생이 미국인과 결혼해서 낳은 조카 이름이 알렉산더 크로니인데, 저보다 먼저 결혼을 하고 낳은 아이라서 아주 예쁩니다. 그래서 제가 첫번째 책에다가 이름을 적어줬지요. 그 아이가 지금 중학교 3학년인데, 동네방네 자랑한답니다. 자기 외삼촌이 코리안인데, 앞으로 노벨상을 탈 사람이라고 하면서, (함께 웃음) 그 책에 자기 이름이 적혀 있다고 얘기한답니다. 서양 사람들은 문필가에 대한 배려가 이렇게 깊은데, 우리 애들은 전혀 신경을 안 씁니다. (함께 웃음)

김화영 저는 이런 이름을 가진 분은 주로 패션 디자이너 아니면 미스 프랑스와 결혼한 별난 사람만 있는 줄 알았는데…… 하여튼 소설가가 이런 재미있는 이름을 붙여서 한동안 재미있었습니다. 그런데 최근에는 시달림까지 당하신다니…… (심상대 : 더 재미있는 이름으로 바꾸겠습니다.) (함께 웃음)

이제 두 분이 정해주신 작품으로 화제를 돌려보겠습니다. 두 분은 서로『홀림』 『떨림』을 정하신 것을 모르셨지요? (심상대, 성석제 : 네.) '림' 자가 참 드문 제목인데, 저는 두 작품 다 아름다운 제목이라고 생각합니다. 살다보면 이 두 작품의 제목처럼 홀리는 것도 좋고, 떨리는 것도 좋은 일입니다. 성석제씨의『홀림』속에 실린 「협죽도 그늘 아래」는 아주 아름다운 작품입니다. 사실 저는 이 작품이 성석제씨 작품 중에서도 좀 예외적인 작품이 아닐까 생각합니다. 다른 작품들이 걸쭉한 입담을 풀어놓으면서 독자가 정신을 못 차릴 정도로 어디론가 신명나게 달려가는 것 같은, 입심에 실려가는 이야기인데 비해서, 이 작품은 잔잔한 노래처럼 가슴속에 애잔한 앙금이 가라앉게 하는 설화 형식으로 그린 '여자의 일생' 같은 것인데……

오늘 얘기하려는 것은 대개 이런 것입니다. 작품에 대한 깊은 해석을 해달라는 것이 아니라, 이 작품을 착상하면서부터 작품이 완성되기까지 무대 뒤에서 어떤 과정을 거쳤는지, 그 구체적인 경험을 소개해달라는 것이 주문입니다. 「협죽도 그늘 아래」를 구상하던 시절, 그때의 자신의 심정이라든지 그때의 분위기랄지 그런 것을 소개해주시지요.

성석제 이 작품 속에 나오는 여성은 사실 모델이 있습니다. 저에게는 제 할아버지의 동생의 부인인데, 그러니까 저에게는 종조모가 됩니다. 백 퍼센트라고는 할 수 없지만, 반 가까이는 그분의 이미지가 담겨 있는데…… 어떻게 생각하면, 소설 속에 있는 내용에 대한 착상은 무의식중에라도 어릴 때부터 했는지 모르겠습니다. 작품으로 쓰기 시작한 동기는 사실 이렇습니다. 제가 아는 분이 남제주 쪽에 살고 계십니다. 그 동네를 찾아가려고 제주공항에 내려서 버스를 타고 가는데, 어떤 할머니 한 분이 한복을 아주 곱고 화사하게 차려입고 길가 버스정류장에 앉아 계시는 것을, 우연히 보게 되었습니다. 눈에 확 뜨일 정도로 화사한 옷차림이었죠. 이틀쯤 있다가 다시 제주로 나오는 버스를 탔는데, 그분이 앉아 있는 겁니다. 그래서 이상하다, 누굴 마중 나왔나…… 마중을 나왔다가 전송을 하는 길인가 생각했습니다. 갈 때는 건너편으로 멀찍이 보았지만 올 때는 가까이에 있었으니까 자세히 보게 되었습니다. 곱게 늙은 할머니였는데, 그때 그 할머니가 갖고 있는 이미지가 제 종조모 이미지와 겹치면서, 왜 그 할머니가 거기에 그렇게 옷을 입고 있게 되었는가에 대해서 상상하며 꾸며나가기 시작했습니다. 선생님께서 제게 걸쭉한 입담으로 달려가는 듯한 느낌을 갖고 있다고 하셨는데, 이 소설이야말로 저에게는 한 번도 쉬지 않고, 어렵지 않게 그냥 저절로 마치 실패가 돌아가면서 실이 풀려나오듯이 써진 작품입니다. 거의 멈추지 않고 쓴 기억이 납니다.

김화영 그런데, 내가 이 작품을 특히 좋아했던 것은…… 내용도 내용이지만 특히 한 여자가 자기 동네에서 조금 떨어진 버스정거장에 앉아서 기다리는 모습, 모티프의 반복이 너무나도 인상적이었습니다. 지금 여성들이야 훨씬 더 적극적이고 용감한 삶을 살게 되었지만 과거에 우리나라의 많은 여성들은 일생 동안 기다리기만 하면서 살았지 않습니까. 그 모습을 가장 잘 나타낸 것이 이 작품이긴 하지만 여성의 신산, 그 일생 동안에 경험하는 질곡, 그 모든 것들이야 너무 많은 사람들이 겪었기 때문에 새로울 것도 없습니다. 중요한 것은 이런 고통스러운 일생의 이야기를 어떤 형식에 담아서 노래하느냐는 거죠. 특히 제가 좋았던 것은 이런 한국 특유의 여성이 일생을 지내는 동안 겪는 고통, 어려움 그 모든 것이 어쩌면 한이랄까, 한맺힌 탄식이랄까 이런 것의 단순한 표현이 아니라 아주 적당한 거리에서 그 삶을 내다보면서 묘사하고 노래에 의해서 그것이 극복이라면 좀 뭣하지만, 그것을 적절하게 승화시키는 것 같은…… 아마 문학이 가지고 있는 가장 중요한 기능이 이런 것이 아닐까 싶습니다. 어차피 이 사람의 지나간 일생이고 보면 중요한 것은 그 일생에 어떤 의미를 부여하느냐 하는 것이겠죠. 그걸 리얼리즘 계통의 형식으로 적극적으로 대처할 수도 있겠지만, 그런 것은 이미 많이 했던 것입니다.

제가 꼼꼼히 세어보니 열대여섯 군데에 마치 음악으로 치면 일정한 주제를 끊임없이 변주시키면서 똑같은 주제를 반복하듯이, 첫 줄에 나온 '한 여자가 앉아 있다. 가시리로 가는 길목, 협죽도 그늘 아래', 이것이 문장으로는 두 문장이지만, 넉 자 넉 자씩, 마치 규방가사의 사음절 형식처럼 반복되고 있어서, 그것이 마치 우리나라에서 일생을 보낸 지난날 여성들의 모습이 그 특유의 형식으로 다시 한번 재연되듯이, 그래서 곳곳에 그것이 반복되고, 인생에서 변화되는 대목마다 약간씩 변주되면서, '여전히 한 여자가 앉아 있다'는 그 첫마디가 주제처럼 되풀이되는 것이 매우 아름답다고 느꼈는데, 처음부터 이런 형식으로 쓰겠다고 금방 착상이 됐습니까?

성석제 네, 처음부터 그랬습니다. 말씀을 듣다보니까 그런 생각이 들기도 하는데, 아마 노래의 느낌이 있었기 때문에, 리듬을 타고 있었기 때문에, 쉬지 않고 꼬리를 물고 뭔가가 이어서 떠올라주고 했던 것 같기도 합니다.

김화영 그 점은 성석제씨가 시인이었기 때문에 이런 가락에다가 실어서 반복적인 요소까지 도입해서 쓸 수 있지 않았나 하는 생각이 듭니다. 매우 시인다운 형식이니까요.

한편, 심상대씨의, 아니 마르시아스 심씨의 『떨림』을 읽어보신 분은 아시겠지만, 상당히 재미있는 소설입니다. 한번 잡으면 놓기가 어렵습니다. 이런 유의 작품을 연작으로 쓰겠다고 처음부터 결심을 했습니까, 아니면 한 작품을 쓰고 보니까 계속 써보고 싶다는 생각이 들었습니까? 그 과정을 조금 설명해주시지요.

심상대 처음부터 제목도 다 정해두고 있었구요. 한꺼번에 빨리 후닥닥 썼으면 좋겠는데, 이런 세계명작을 발표하려면 시기가 중요하기 때문에, (함께 웃음) 시기를 타서 장정일씨도 갔다가 풀려나오고, 마광수 교수님도 갔다가 풀려나왔기 때문에 별 무리가 없겠다고 생각하면서도 만약에 검찰에서 부른다면 포토 라인에 서서 어떤 말을 해야 하는가도 준비를 다 하고, (함께 웃음) 완성 발표를 했습니다. 그러느라고 오륙 년 정도 발표시간이 걸렸는데, 이 『떨림』을 쓰면서 책도 많이 읽고 공부한 바에 의하면, 우리나라에서는 남녀를 불문하고 성에 대해서는 다들 자기가 굉장히 잘 안다고 생각한다는 겁니다. 그런데 보니까, 저도 많이 안다고 생각했는데, 너무너무 모르는 게 많았다는 것을 깨달았고, 나름대로 공부가 좀 되어 성적으로 성숙한 인간이 됐습니다. (함께 웃음)

김화영 그런데 참 이상하네요. 저는 이 작품들이 여기저기 발표될 때, 작품집 순서와 관계없이 이 작품 저 작품을 읽게 됐습니다. 그러다가 우연히 이번에 오늘 만남을 염두에 두고서 다시 한번 책의 차례대로 훑어 봤는데, 작가 자신이 성에 대해서 책도 많이 읽고 공부도 많이 하셨다고 얘기하시니 놀랍군요. 대개 소박한 독자들이란 소설책을 읽으면서, 특히 거기에 나오는 주인공이 일인칭이면, 약간 달리 바꾸기야 했겠지만 어느 정도 작가 자신이 실제로 체험한 일들이려니, 생각하는 경향이 있죠. 더군다나 이게 성애의 문제라면 그냥 추상적으로만 생각하면 재미없으니까, 우리가 잘 아는 소설가 자신을 주인공 혹은 내레이터로 삼아 머릿속에 얼굴까지 떠올려가면서 읽으면, (함께 웃음) 훨씬 재미있지 않습니까? 평소에 심상대씨를 보면, 흉내내기 어려운 달변이고, 또 부끄러움이 별로 없는 것처럼 무엇에든지 항상 대답이 마련되어 있는 것 같은 인상을 주고, 또 재미있게 농담도 잘 하고 능청도 수준급이…… 그러는 것을 감안할 때 저런 식으로 휩쓸고 돌아다녔다면 분명히 여자 경험도 상당한 경지에 이르렀을 거다, 그러면 그렇지, 역시 고백조로 다 털어놓았구나 하고 생각할 법한데…… 글쎄, 많은 책을 보고 연구하신 결과라고 하는군요.

그런데 여러분들, 심상대씨가 말은 자기 작품을 두고 세계적인 명작이라느니, (함께 웃음) 이런 식으로 농담을 하시지만, 텍스트를 유심히 읽어보셨다면 이분의 글이 얼마나 깔끔하고 명쾌한 형식을 갖추고 있는가를 알 수 있잖아요. 자신은 좀

과대망상이 지나쳐서 장정일이라든지 마광수 같은 전문가들에 비교하는데 그것은 좀 실력 이상의 과대평가인 것 같습니다. 문체를 보면 같은 성애의 주제라도 다루는 방식이 얼마나 다른가를 알 수 있습니다. 그러니까 이 작품의 경우, 절대로 검사님께서 불러들여 문제를 일으켜줌으로써 (함께 웃음) 이 책이 잘 팔리게 응원해 준다든지 (함께 웃음) 하는 좋은 일은 기대하기 어려울 겁니다. 제가 한마디로 감상을 얘기한다면, 이 경우 성은 성이지만 결코 엽기나 치열한 성 그 자체의 탐구라기보다는 일종의 성애의 낭만주의랄까, 서정적 성애랄까 이런 느낌이 들지, 그러니까 별의별 자극적인 얘기가 다 씌어 있음에도 불구하고 다 읽고 난 뒤에 추하다, 지독한 것을 봤다는 느낌 같은 것은 별로 안 들죠. 특히 「나팔꽃」 같은 작품을 보면 그런 느낌보다는 오히려 상큼하고 아름다운 그 무엇이 느껴져서…… 물론 실제 경험한 것을 그대로 옮긴 경우는 별로 없겠죠? 어떻습니까? (함께 웃음)

심상대 저는 여자라고 해서 별로 아는 사람이 없습니다.

김화영 이거 믿어도 됩니까? (함께 웃음)

심상대 아마 평균적으로 따지면, 제가 좀 많이 알 겁니다. (함께 웃음) 작품을 발표한 뒤 기자분들을 만나면, 기자분들은 대중의 관심을 대신해서 묻는 것이니까, 첫번째 나오는 질문이, 어느 정도가 경험담입니까, 하는 것이구요, 거기에 대해서 제가 화를 내면서, 문학을 그렇게 보면 어떻게 하냐고 짜증을 내면, 그 다음에 또 묻는 게 사모님 반응은 어떠세요, 입니다. (함께 웃음) 하여튼 오늘 이야기할 작품으로 이 텍스트를 선택한 것은 이렇습니다. 발표된 지 이 년 가까이 되어서 창작자인 제가 본질까지는 아니라도 우스갯소리로 얘기해도 될 만한 시기가 됐다고 생각하구요. 또 그럴 필요도 있다고 생각합니다. 또 재미있어야 하지 않습니까? 그래서 이 텍스트로 정했고 작품도 그렇게 정했습니다.

그런데 이 소설을 제가 한두 편 발표하면서, 아까 교수님이 「나팔꽃」을 말씀하셨습니다만, 「딸기」 같은 작품은 여러 문인 동료, 선배들이 꽤 많이 좋아하셨어요. 다 묶어놓으니까 이상한데, 한두 편은 좋다고 하시는 분이 많았는데, 꼭 술 드시면 저를 불러서 주인공 '나'를 '그'로 바꾸라는 겁니다. 컴퓨터에 들어가서 탁하고 치기만 하면 되는데…… (함께 웃음) 그리고 소설가를 다른 직업인으로 바꾸라는 겁니다. 그런데 저도 갈등을 굉장히 많이 했는데도, 지금은 깊이 생각할 필요가 없기 때문에 잊어버렸습니다만, '나'라는 소설가로 제가 고집을 부린 굉장히 중요한 이유가 있었습니다. 그것까지 설명하면, 저의 터무니없는 문학개론이 되기 때문에 그만두겠습니다만, 제가 생각 없이 그냥 쓴 게 절대 아닙니다. 저도 앞으로 글 쓰면서 평생을 살아가야 할 사람인데…… 그건 그냥 우연히 쓴 게 절대로 아닙니다. 그걸 다 설명해버리면 평론가들이 재미없어지니까, 그만두고요.

우리 마누라 같은 경우에는 처음 「딸기」부터 시작해서 「발찌」까지, 어쨌든 제가 썼습니다만, 마누라에게 발표하기 전에 한번 보라고 하는 게 예의잖아요. 누가 봐도 오해할 여지가 있으니까…… 자기가 먼저 보면 나중에 발표되어도 화가 덜 날 거 아니에요. 그중에 재미있는 것은 「떨림」에 보면, 술집에서 다양한 여자들하고 하룻밤에 성관계를 하는 장면이 있는데, 원래는 한 여자였어요. 그런데 우리 마누라가 이왕이면 세 명 다 하라고 그러더라구요. (함께 웃음) 그래서 세 명 다 하니까 훨씬 더 풍성해지고, (함께 웃음) 정말 우리 마누라한테 깊이 감사를 드리는 바입니다. (함께 웃음)

창작자와 주인공의 거리 관계는 서양 현대소설에서 아주 중요한 겁니다. 그런데 『떨림』이 어느 만큼 오해를 받았냐면, 아직 영화는 안 만들어졌습니다만, 책이 나오자마자 보름 만에 포르노 비디오가 나왔어요. 많이 못 보셨을 텐데……

김화영 제목이 뭡니까?

심상대 '떨림'입니다. (함께 웃음) 제가 어느 날 '비디오 오백원'이라고 써붙여 놓은 집을 지나다 보니까, '떨림 입하'라고 써놨더라구요. (함께 웃음) 그래서 들어가봤더니 〈떨림〉을 한 일곱 개를 쌓아놨는데, 주인 아줌마는 책을 안 사본 상태니까 제가 『떨림』이라는 소설을 쓴 사람인지 모르잖아요. 포르노 비디오의 재킷에 저하고 똑같은 사람이 있어요. (함께 웃음) 그런데 재미있는 것은 「우산」에 보면, 거렁뱅이 여자애를 다리 밑에서 '접수'하는 장면이 나옵니다. (함께 웃음) 이게 북한식 용어입니다. 우리나라에서는, 저를 사랑해주세요, 라고 하는데, 북한에서는 여자들이, '동무 저 접수해주시라요', 라고 합니다. (함께 웃음) 비디오에서 그 장면을 극화했는데, 거기에는 감자 부침개를 사주는 게 아니고, 쏘시지를 사줍니다. (함께 웃음) 제가 그 친구들이 왜 원작에 있는 부침개를 쏘시지로 바꿨을까 생각했더니 감자 부침개를 하려면 연탄불도 피워야 하고 감자도 갈아야 하고, 소품이 복잡하잖아요. (함께 웃음) 쏘시지는 슈퍼마켓에 가면 팔백원이면 되니까, 쏘시지를 소품으로 쓴 것 같더라구요. 꼭 그 세계명작 비디오를 한번 빌려보시길 바랍니다. (함께 웃음) 한국문학을 이해하려면 텍스트를 반드시 거쳐야 합니다.

김화영 아니, 그런데 '떨림'이라고 제목을 정했으면 여러 편의 단편들이 들어 있을 텐데 어떻게 한 편의 비디오로 만들었죠?

심상대 아마 저나 출판사인 '문학동네'에서 그 비디오 제작사에 어떤 법적 제재를 가했다면, 그 친구들이 언론을 타면서 연작으로 계속 만들 텐데, 우리가 지식인답게 가만 있었거든요. (함께 웃음) 그러니까 때려줘야 울 거 아닙니까? 울 여지가 없었습니다. 그래서 저도 같이 뜨지 못하고…… (함께 웃음)

김화영 매번 제가 소설가들께 여쭤보는 게 또하나 있습니다. 제가 사실은 『떨림』을 찾으니까, 서재에 있는 책들 속에 묻혀서 어디에 있는지 못 찾겠어요. 그래 너무 급해서 '문학동네'에 얘기를 해서 책을 갖다달라고 했더니, 건네준 책의 판권에 '1판 4쇄 2000년 11월 6일 발행'이라고 되어 있었습니다. 그러니까 10월 13일에 나온 책이 한 달도 채 안 되어서 4쇄가 찍힌 걸로 되어 있는데, 돈 많이 벌었겠네요?

심상대 사람들이 『떨림』 때문에 돈도 많이 번 줄 아는데, 전혀 안 그렇습니다. 이 책이 나왔을 때, 출판인협회하고 온라인 서점하고 갈등이 생겼습니다. 이 책은 사실 아줌마들이 사보려고 하면 서점에 가서 직접 사기보다는 온라인에서 사봐야 하는데, 그게 한 육 개월 동안 봉쇄되어 있어서 전혀 못 팔았습니다.

김화영 액수는 말을 안 하더라도, 몇부나 팔렸습니까?

심상대 이건 그러니까 두 달 반 동안 삼만 부 팔리고 더이상 안 팔렸습니다. 그후에 사보신 분들은 대개 대여점에서 보신 분들이죠.

김화영 지금은 잘 안 나갑니까?

심상대 지금은 거의 안 나가죠. 요즘은 인터넷 들어가면 부르르 떨리는데, 『떨림』을 보겠어요? (함께 웃음)

김화영 같은 질문을 성석제씨에게도 해보겠습니다. 『홀림』은 몇부 정도 팔렸습니까?

성석제 그 책은 한 만오천 부 정도까지 찍었다는 연락을 받았습니다.

김화영 그러면 열 권이 넘게 장편, 단편을 쓰셨는데, 가장 많이 팔린 책은 어떤 책입니까?

성석제 아마 최근에 나온 『황만근은 이렇게 말했다』가 아닐까 싶습니다. 그건 아마 사만 부를 조금 더 찍은 것으로 알고 있습니다.

김화영 동인문학상 수상하고 난 뒤에 조금 더 팔렸습니까, 어떻습니까?

성석제 더 팔린 걸로 알고 있습니다.

김화영 참 놀라운 것은…… 동인문학상이 제정되어서 일 년 내내 심사위원들이 매달 모여서 토론하고, 독자수가 그렇게 많은 조선일보에 그 내용을 보도하는데도, 사실 상 받은 작품이 의외로 그다지 많이 팔리는 것 같지 않습니다. 그래서 독자들이 뭔가 남의 의견에 기대지 않고 아주 독자적으로 책을 선택하는구나, (함께 웃음) 하는 느낌을 받습니다. 신문에 상을 받은 책이라고 소개되면 아주 많이 사볼 것 같은데…… 프랑스 사람들은 예를 들어서 공쿠르 상 수상작이라고 알려진 다음 서점에 깔리면 갑자기 십만 부에서 사십만 부 사이의 엄청난 부수로 판매고가 올라가곤 하는데, 한국 독자들은 역시 독립심이 강해서 기어코 마다하고 다른 책을 사보는 것 같습니다. (함께 웃음) 창작집이 나오면 평균적으로 얼마 정도 팔립니까?

성석제 창작집이 나오면, 이만보다 조금 떨어질 겁니다.

김화영 그래도 참 많이 팔리는 셈이네요.

심상대 성석제씨는 소설집 많이 파는 작가입니다. 이백 권도 안 팔리는 작가가 수두룩하다니까요. (함께 웃음)

김화영 그건 너무 극단적인 경우를 예로 든 것 같은데……

성석제 저도 처음 소설 쓰기 시작할 때, 나도 곧 백만 부 작가가 될 것이다, 라고 했습니다. 그러니까 주변에서도 꼭 밀리언셀러가 되기를 바란다고 격려를 하더라구요. 그래서 나는 한 권 가지고 백만 부를 파는 게 아니라 백 권으로 만 부씩 팔겠다고 했습니다.

김화영 그런데 참 놀랍게도…… 성석제씨는 거의 일 년에 한 권 내지 이 년에 한 권 정도를 내셨는데, 이 많은 작품을 쓰는 방식, 즉 언제 어디서 어떤 방식으로 쓰는지 좀 소개해주시지요.

성석제 제가 소설을 쓰기 전부터 찾아다닌 게 글을 쓸 만한 장소였습니다. 시골에 조용한 장소를 찾아다녔는데, 그러다가 운 좋게 그런 곳을 찾은 뒤로는 그곳과 집을 왔다갔다하면서 씁니다. 그런데 막상 그런 장소가 생기니까 집에 있으면 생각이 전혀 안 나는 거였습니다. 거기에 간다 해도 이웃 사람들과의 사귐도 필요하고, 건축, 토목 이런 게 다 필요해서 사실 쓸 시간이 생기질 않았습니다. 그러니까 대개 왔다갔다하는 동안에 생각을 하고 생각이 다 이루어지면 그곳에 멈춰서 메모를 해두든가 써두든가 하게 되었습니다. 이런 식으로 저는 대부분 왔다갔다하면서 씁니다. 그런데 이 '왔다갔다'가 지금 꽤 됐습니다. 그러다보니까 소설도 좀 많아진 게 아닌가 싶습니다.

김화영 '왔다갔다' 하며 구상은 차 안에서도 하겠지만, 실제로 쓰는 것은 컴퓨터로 쓰시죠? (성석제 : 네, 그렇습니다.) 그러면 장소는 어디라도 괜찮습니까?

성석제 노트북을 쓰고 있기 때문에 전기가 들어오고, 앉아서 쓸 수 있는 데라면 어디라도 괜찮습니다.

김화영 그러니까 집에 와서도 쓰고, 여행 가서도 쓰고, 여관방에서도 쓰고, 어디에서든지 쓸 수 있다는 거죠? (성석제 : 네.) 굉장히 행복하신 분입니다. 어떤 분들은 참 많이 장소를 가리는데…… 제가 같이 여행을 한 적이 한번 있는데, 시골 우리집에 같이 갔더니 과연 거기에서도 컴퓨터를 켜놓고는 마치 책상도 필요 없다는 듯 땅바닥에다 놓고 그냥 작업하는 것을 보고, 사고가 굉장히 적극적이라는 생각을 했습니다. 또하나 놀라운 것이 아까 심상대씨가 『떨림』 속의 인칭을 일부러

'나'라고 했고 그리고 소설 쓰는 사람이 주인공으로 되어 있는데, 사실 지금 우리 나라에서 나오고 있는 작품들 가운데 '소설가 소설'이 상당히 많습니다. 주인공이 소설가라든지, 소설가가 소설 쓰는 과정을 얘기한다든지…… 지난번에 이청준 선생, 이승우 선생은 두 분 다 그런 작품을 갖고 얘기를 했습니다만, 그런 경우가 아주 많지요. 당장 머리에 떠오르는 경우가 윤대녕씨군요. 윤대녕씨의 소설을 읽다 보면 작가가 어디에 가서 소설 썼는지를 잘 알 수 있습니다. 쌍계사에 갔었는지, 선운사에 갔었는지, 별들이 비 오듯 쏟아지는 유성우를 보러 갔다든지 금방 압니다. (함께 웃음) 그런데 놀라운 것은 이렇게 많이 왔다갔다 한다는 성석제씨는 황만근이면 황만근, 남가이면 남가이 이런 식으로 쓰지, 그 속에 소설가인 일인칭 '나'가 컴퓨터를 앞에 놓고 글 쓰는 고민을 한다는 식의 서술은 거의 없는 것 같습니다.

또 거기에 한술 더 떠서 언제나 놀라운 점은 굉장히 잡다한 지식이 시시콜콜 동원되고 있다는 사실이죠. 카바레면 카바레 춤이면 춤 노름이면 노름, 모르는 게 없이 싹쓸이한 지식들인 것 같은데, 그런 것들은 다 어디서 구해냅니까? 열심히 찾아다니며 취재합니까, 아니면 이상한 책에서 발굴해냅니까?

성석제 책보다는 제가 시골 출신이라서…… 시골 초등학교를 졸업하고 중학교 2학년 초에 서울로 왔으니까 친구들이 많습니다. 선생님도 기억하시겠지만 칠십년대 초에 말하자면 국가에서 강제로 이주시키다시피 해서, 농촌에서 어마어마한 인구가 도시 변두리로 밀려왔는데, 그러니까 제 친구들도 그랬습니다. 물론 도시에서 태어난 친구들도 있습니다. 제가 서울로 처음 가서 이십 년 넘게 산 동네가 또한 변두리 중의 변두리여서 사람 말고는 볼 게 없었습니다. 이런저런 친구들이 갖가지 직업전선 생존전선에서, 살아오면서 겪은 갖가지 일들을 얘기해준 게 많습니다. 그중에는 물론 노름꾼도 있고 춤꾼도 있습니다.

김화영 상당히 다방면에 친구들을 두셨는데, 그것도 약간씩 아는 게 아니라 그 방면에 전문가들이고 뿌리를 뽑을 정도로 잘 압니다.

성석제 하여간 여러 분야에 친구들이 있어서 그 덕을 많이 보고 있습니다. 너무 한쪽 분야에 있다보면 못 보는 것들도 있습니다. 그런 것은 제가 유추하거나 상상도 하고, 책도 보고 자료도 찾고 합니다.

김화영 오늘 이 두 분이 제목이 비슷하거나 생년만 같은 게 아니고, 제가 자세히는 모르지만, 두 분에게 공통된다고 생각했던 또하나는 두 분 다 대단히 분주하신 분들이라는 점입니다.

심상대 저는 전혀 안 그렇습니다.

김화영 그런데 왜 그런 인상을 받았는지…… 동에 번쩍 서에 번쩍 하는 느낌을 받았는데, 안 그렇다고 하니까 좀 이상하네요. 왜냐면 물론 문인들이 모이는 자리에서도 만나긴 하지만, 어쩐지 이분들은 서울에서 굉장히 먼 묵호나 강릉이나 춘천 같은 곳에 가 있을 것 같고, 최근에도 제가 어디 지방에 가서 잤는데, 그 집에 또 심상대씨가 와서 상당히 인상을 깊이 남기고 갔다고 하던데…… 강원대학교 영빈관에서……

심상대 그 얘기는 하지 마십시오. (함께 웃음)

김화영 내가 무슨 특별한 얘기를 집어서 하려는 것이 아니라, 내가 늘 보면 어디 멀리 갔다 온 사람 같았는데, 아닙니까? 늘 집에 다소곳이 앉아서 글만 씁니까?

심상대 뭐 거의 그런 편입니다.

김화영 솔직히 말하세요.

심상대 그런데 교수님, 다른 사람이 초대손님으로 올 때도 거의 이 수준으로 질문을 하십니까? (함께 웃음) (김화영: 네.) 오늘은 저 때문에 좀 낮춰서 질문하시는 거 아닙니까? (함께 웃음)

김화영 아닙니다. 천만에요. 그렇게 생각하지 마십시오.

심상대 굉장히 품격 있는 질문이 나오리라고 예상을 했는데, 책 몇 부 팔렸냐, 여행 많이 다니냐고 하면서 성석제 심상대를 조금 낮춰 보는 것 같습니다. (함께 웃음) 다른 사람에 비해서는 제가 좀 나대는 편이죠. (함께 웃음)

김화영 그걸 어떻게 알았어요?

심상대 교수님이 하시는 말씀인데요. (함께 웃음) 쓰는 얘기를 하자면, 글 잘 써지려나 싶어서 예전에는 절간에도 가보고 도서관에도 가고 고시원에도 가고 별짓을 다했는데, 보니까 그냥 골방에 틀어박혀서 열심히 빈둥대는 게 최선의 방법이더라구요. 예전에는 꼭 밤에만 써졌는데, 요즘에는 급하면 언제든지 써집니다. (함께 웃음) 이제는 연륜이 쌓였다고 할까요. 나이도 들었구요. 일단 돈 얘기를 하시니까, 돈이 눈앞에 어른거리니까, (함께 웃음) 빨리 써집니다. (함께 웃음) 잡문 같은 것은 청탁을 받으면 급히 써요. 그런데 하여간 소설 쓰다가도 이상한 글의 청탁이 오면, 그야말로 언어로 이루어진 글의 뼈도 살도 독도 꿀도 다 맛보고 싶다는 글 쓰는 사람의 천부적인 욕구 때문에 소설을 파기하고, 이상한 글들을 쓴다니까요. 돈도 안 되게. (함께 웃음) 친구들 개업하면 개업식 찌라시도 써주구요. (함께 웃음) 요즘에는 동창회 많을 때 아닙니까. 초등학교 중학교 고등학교 동창회 축사 다 써줬습니다. (성석제:저도 그거 해봤습니다.) 어떤 글이든 요즘에는 금방 잘 써요. 전문가가 됐으니까. 그런데 소설은 정말 쓰기가 어렵습니다.

김화영　그런데 소설 안 쓰려고 쓸데없이 다른 것을 많이 쓰는 거 아닙니까?

심상대　그런지도 모르겠습니다. 그러다보니까 제가 아직 장편소설을 몇 번 쓰다가도 다 끝마치지 못하고 발표를 못 했는데, 정작 중요한 일은 늘 미뤄놓고, 사소한 일부터 깨끗이 정리하려고 하는데, 사소한 일이 끝나질 않네요. (함께 웃음) 뭐 소설가뿐만 아니고 우리의 인생 자체가 그렇게 생겨먹었어요. 그러니 사소한 일을 버릴 줄 아는 용기가 성취하는 거죠. 뭐 좀 어려운 질문 좀 하십시오. (함께 웃음)

김화영　내가 왜 이런 수준 낮은 질문만 하는고 하니, 아까 화자가 '나'로 된 것은 너무 어려운 것이기 때문에 안 한다고 해서, (함께 웃음) 우리를 무시하는 것 같아서…… 그러면 예를 들어서 그런 거라도 한번 설명해보시겠어요? (함께 웃음)

심상대　그건 잊어버렸습니다.

김화영　낮으면 낮다, 높으면 높다고 하니 수준 맞추기가 어렵네요. 그런데 저는 늘 이런 생각을 합니다. 혼자 앉아서 좀 음탕한 생각을 한다든지 남에게 들키면 안 되는 생각을 할 수야 있겠지만, 혼자 앉아서 진지하게 이런 소설을 깊이 생각에 잠기면서 쓰는 기분이 어떻습니까? (함께 웃음)

심상대　아, 굉장히 난해한 질문이네요. (함께 웃음) 그걸 제가 설명할 수 있다면, 이 패러다임이 부재한 시대에 한 문명의 서광을 비춰줄 수 있을 텐데, 저로서는 참 설명하기 난해하구요. (함께 웃음) 참으로 창작의 지난한 고통을 외롭게 겪으면서, (김화영:그건 너무 판에 박힌 멋있는 표현 아닙니까?) (함께 웃음) 저로서는 사인펜에 피를 찍어서 이렇게 썼는데, (함께 웃음) 안 좋게 생각하시는 독자들에게는 한편으로는 섭섭하구요. 제가『떨림』에 관한 좋은 수사를 많이 받았습니다만, 제가 제일 기억에 남고, 정말 내가 잘 썼다고 생각한 것은 제 후배(삼십대 중반)의 반응이었어요. 소설 쓰는 친구가 어느 날 술 마시다가, 선배가 쓴『떨림』을 읽고 자기가 정말 너무너무 흥분했다고 해서, (함께 웃음) 내가 정말 잘 썼구나, 라고 생각했습니다. 과년치 못한 분들이 많은 것 같아서 구체적인 용어는 삼가겠습니다.

김화영 본인을 옆에 두고 이런 얘기를 해서 그렇습니다만,『떨림』이 단편 모음집이라고 생각하는데, 그중에 제일 먼저 읽었던 게「우산」이라는 작품이었어요. 그 작품을 보면서 옛날에「묵호를 아는가」를 썼던, 낭만적이긴 하지만 수줍음 많고 감수성 예민한 작가가 이런 얘기를 왜 계속해서 쓰나 하고, 처음엔 좀 안타까웠습니다. 그리고 전체적인 작품의 짜임새도 좀 부족한 느낌이고 해서 이런 걸 왜 쓰나 그랬는데, 나중에 책이 나온 다음에야 이 전체를 꿰어서 읽어보니 과연 무슨 생각이 있어서 그랬구나 하고 이해가 되었습니다. 한 편만 봤을 때는 뭔가 이분이 장난을 하나 싶은 느낌이 없지 않았는데, 나중에 전체를 놓고 앞뒤를 맞춰서 생각하니까, 멋있는 주제를 용케도 독창적인 각도에서 포착하면서 참 잘 썼구나 하는 느낌을 받았습니다.

제가 읽는 동안 하도 정치하고 정확한 관찰과 비판적 감각에서 온 듯한 서술이어서 감탄했던 한 대목만 인용해보겠습니다. "나는 이러한 허영을 가진 여자를 좋아한다. 이를테면 노란색 원피스를 산 그날, 그 원피스에 맞춰 노란색 표지의 책도 한 권 사는 여학생, 면회할 애인을 기다리는 동안 초병의 가슴을 바라보며 얼굴을 붉히는 아가씨, 영안실 구석에서 떡을 먹다가도 양복쟁이 남자의 얼굴을 노려보려 고개를 내미는 노파, 신랑의 팔짱을 끼고 걸어가면서 다른 남자를 훔쳐보는 새댁, 함께 엘리베이터에 오른 이웃집 남자의 냄새를 들이켜는 아낙네를 나는 다 좋아한다." ……내용을 보시면 미묘한 심리상태, 허영의 일부를 잘 꼬집은 것인데, 그런 것을 또 얼마나 단정하고 정확한 문장형태 속에다 딱 끼워넣었는지…… 바로 이 책의 아름다움은 그 내용을 어떤 그릇에 담았는가 하는 문제가 아닐까 생각되는데, 이 정도면 상당히 수준 높은 얘기 아닙니까?

심상대 문학적 수준에 경의를 표합니다. (함께 웃음) 명작이 또 명평론가를 만들지 않습니까?

김화영 평론은 셋쨋가 넷쨋가라면서요. (함께 웃음)

심상대 제 작품은 됐으니까, 이제 성석제 작품도 좀 칭찬을 해주시지요. (함께 웃음)

김화영 이렇게 언변이 좋으신 분들이 어떤 때는 의외로 아주 수줍어한다는 사실 또한 알게 되는 대목입니다. 「협죽도 그늘 아래」는 빨리 쓰셨다는데, 아주 고생하면서 끊임없이 고쳐도 잘 안 되는 작품도 있습니까? 그 예로 어떤 작품이 있었는지 말씀해주시지요.

성석제 네, 있습니다. 저에 대한 얘기를 어쩔 수 없이 쓰게 될 경우 좀 어렵습니다. 「홀림」이라는 작품이 그런 경우인데, 그게 아무리 고쳐도 그렇고, 안 고쳐도 그렇고, 고쳐봐야 자기 자랑밖에 안 되는 것 같고, 안 고치고 그냥 두려니 너무 흠이 많아서 좀 골치가 아팠습니다. 그런 게 좀 쓰기가 어렵습니다.

김화영 다른 것은 어느 정도 자료를 모아놓고 정리를 하면, 쭉 써나갑니까?

성석제 저도 인간이니까, 그렇게 한 번에 주욱 쓰지는 못하고, 저도 나름대로 지난한 고통을 (함께 웃음) 가끔씩 경험하는데, 어느 때는 정말 아무 것도 안 되고 막막할 때가 있습니다. 그럴 때는 대개 다른 일은 아무것도 할 수가 없고, 완전히 육체가 지쳐서 떨어질 때까지 술을 마시거나, 아니면 노름을 한다거나, 심각한 노름은 아닌데, 하여튼 온몸에 에너지가 하나도 없다고 느껴질 때까지 소모해버립니다. 그리고 난 다음에야 쓸 의욕이랄까 마음이 조금 돌아오고 그렇습니다. 처음에 소설을 잘 모르고 그저 흥이나 신으로 쓸 때 어떤 것은 하루에 쓴 적도 있습니다. 그런데 물어보니까 다들 그 정도 경험은 했다고 하고……

김화영 그러면 이 「협죽도 그늘 아래」도 하루 만에 썼습니까?

성석제 아니오. 그것은 시간이 좀 걸렸습니다. 하루에 쓴 것은 육십 매 정도의 짧은 단편입니다. 그런데 가면 갈수록 점점 어려워진다는 느낌이 있습니다.

김화영 1994년부터 소설을 쓰기 시작했는데, 그때 이미 컴퓨터로 시작했습니까?

성석제 저는 시도 타자로 시작했고, 시를 많이 쓰고 발표할 때도 이미 워드프로세서를 쓰고 있었습니다. 그래서 제가 모르긴 몰라도 시인 중에는 제일 빠른 축에 들지 않을까 생각합니다. 물론 소설가들은 많이 쓰고 있었을 겁니다.

김화영 그러면 소설을 쓰기 전에 메모를 해둔다든지 이런 것은 거의 안 하고 바로 씁니까?

성석제 공책도 들고 다니고 또 컴퓨터에도 메모를 합니다. 공책의 메모는 날을 잡아서 컴퓨터에 옮깁니다. 컴퓨터에 입력해둔 게 쌓이고 쌓여서 지금은 이삼십 쪽 분량이 됩니다. 메모 중에는 써먹은 것도 있고 아직 안 써먹은 것도 있는데, 아직은 안 써먹은 게 많은 걸 보니까……

김화영 컴퓨터에만 메모합니까?

성석제 파일 상태로 '메모'라는 파일이 있습니다.

김화영 그것을 여러 벌로 해두었습니까? 복사도 해두었습니까?

성석제 한 파일에다가 계속 겹쳐서 쓰고 있습니다. 그리고 잃어버려도 할 수 없다고 생각해서 복사는 안 해두고 있습니다.

김화영 그게 상당히 궁금한데, 열어보았으면 좋겠는데요.

성석제 그걸 저 말고는 아직 열어본 사람이 없는데, 열어봐도 다른 사람들은 뜻을 잘 모를 암호로 되어 있습니다.

김화영 제가 좀더 구체적으로 질문을 드리면, 중편이나 단편의 경우는 아마 머릿속에 기억해두겠지만, 특히 성석제씨는 바둑도 잘 두고, 노름도 잘하고 그래서 머리가 좋은 분이라서 되겠지만, 예를 들어서 『순정』 같은 긴 장편을 쓸 때는 전체 플롯 같은 것을 한참 동안 궁리해서 짭니까, 어떻게 합니까?

성석제 대략 얼개를 짜놓고, 큰 줄거리를 짜고, 주인공의 움직임 같은 것을 정해놓고, 그 다음에는 시간의 채찍을 빌려서 씁니다. 마감이 있으니까요. 장편은 전작으로 쓰는 경우가 거의 드물고 연재를 하게 되니까, 마감에 쫓겨서 그 힘으로 쓰는 경우가 많습니다. 제가 농촌 출신이라서 그런지 몰라도, 일이 앞에 밀려 있으면 조바심을 내고 그것을 끝내야 놀 수도 있고 잠을 잘 수도 있고 다른 일도 할 수가 있습니다. 일이 밀려 있으면 평화롭지를 못합니다. 어쨌든 그때그때 죽이 되든 밥이 되든 맞춰놓고 다른 일을 하는데 그런 식으로 쓴 장편은 쓰는 시간보다는 고치는 시간이 더 드는 게 아닌가 하는 생각이 듭니다.

김화영 심상대씨는 아까 제가 선입견 때문에 여기저기 많이 다니는 걸로 말씀드렸는데, 오히려 골방 같은 데에서 시간을 많이 보내고, 한자리에 계시는 시간이 많다고 하셨는데, 글 쓰는 스타일은 어떻습니까? 무엇을 쓰겠다고 결심했을 때 메모를 많이 하고 정리를 많이 합니까, 아니면 바로 쓰기 시작합니까?

심상대 예전에는 그야말로 메모를 상당히 많이 했어요. 그야말로 정교하고 시적인 문장이라는 소리를 들었는데, 요즘에는 제가 게을러져서 하지 않을뿐더러 하려고 하지도 않습니다. 가지고 있는 것만 가지고 쓰려고 하구요. 여기도 글 쓰시는 분들이 계실 텐데, 저는 거의 제목 짓는 재미로 글을 씁니다. 제목이 제 마음에 딱 들면 너무너무 신나서 글이 잘 써져요. 그런데 『떨림』은 제가 지은 책의 제목으로서는 한 칠십 점 정도이고 완성된 게 아닙니다.

김화영 그런데 이 작품집 속에는 왜 「떨림」이 없습니까?

심상대 본래는 맨 마지막의 「발찌」가 「떨림」이었는데요. 저는 이 책 제목을 '없음'을 모았다는 '무위집'이라 하려고 했습니다. 무위가 단순히 없는 것은 아닙니다만…… 그랬더니 출판사 사장님과 남진우 시인이 무슨 무협지 소설 같다고 하면서, (함께 웃음) 죽어도 안 된다고 하는 거예요. 그래서 안에 있는 「떨림」이 좋겠다고 해서 '떨림'을 제목으로 지었습니다. 저는 그냥 제목을 '떨림'이라고 지었지, '떨림'이라는 언어에 대한 뉘앙스는 전혀 몰랐습니다. 그런데 얼마 전에 대학교 국문과 교수인 친구를 고향에 가서 만났는데, 제목을 상당히 잘 지었다고 하면서, 북한에서는 오르가슴을 '떨림'이라고 한다고 그래요. (함께 웃음) 그래서 제가 남북한을 통틀어서 성에 관한 언어의 뉘앙스가 아직도 소통하고 있구나, '떨림'을 보더라도 우리는 통일할 수가 있겠다는 생각을 했습니다. (함께 웃음) '떨림'이라는 감성이 사유로, 말로, 언어로 고착되는 과정이 거의 비슷하잖아요. 전 '떨림'이 그런 뜻인 줄 모르고 지었습니다.

소설 쓰는 버릇에 관해서 얘기하니까, 하여튼 단편이든 중편이든 장편이든 제목은 먼저 정해져야 하는데, 바뀌는 경우가 많이 있습니다. 그런데 그외에는 두 가지가 정해지면 대개 그냥 소설을 쓸 수 있습니다. 첫번째는 주인공의 직업이구요. 그 다음에는 사건이 진행되는 계절만 정해지면 됩니다. (김화영 : 아주 특이하네요.) 그러면 어떤 인간을 만나고 어떤 옷을 입고 어디로 다녀야 되는 게 다 떠오르지 않습니까. 주인공이 변호사인데, 초등학교 학생들과 계속 있지는 않을 거 아닙니까. 주인공의 직업이 정해지면, 학벌이나 교류하는 사람이나 지적 수준이나 경제성이 다 정해지니까, 제게는 직업이 상당히 중요합니다. 『떨림』의 주인공이 소설가일 수밖에 없었던 여러 가지 미학적인 이유도 아마 그럴 거라고 생각합니다.

김화영 전에도 제목 얘기를 했습니다만, 독자라는 사람들은, 특히 평론가 같은 사람들은 책을 읽으면서 텍스트에 사용된 언어에 대해서 지나칠 만큼 많은 의미를 부여하는 경향이 있습니다. 그래서 저도 『떨림』을 보면서, 왜 작품들 속에 '떨림' 이라는 제목의 작품이 없을까, 라고 생각하면서 읽었는데, 더군다나 '떨림'이라는 제목을 별 감동 없이 남이 하라고 해서 했다고 하니까, 제가 말만 하고 글을 안 쓰기를 잘했다는 생각이 드네요. 저는 82쪽에 "그 모든 우주의 떨림에 나를 맡기고 있었던 것이다"라는 구절에 까만 줄을 진하게 쳐놨는데, 아마 여기에 급소가 있겠다 했더니, 이게 얼마나 헛짚은 얘기입니까? (함께 웃음) 그러니까……

심상대 아마 '떨림'이라는 제목을 썼던 것은 제 책의 제목으로 쓰고 싶은 말이 아직 우리 인간에게 생성되지 않아서 그렇지, 가장 가까운 말이 '떨림'이었을 거예요. 하루 이틀 생각한 게 아니니까요. 그리고 이 안에는 무수히 떨림이 나오지 않습니까? (함께 웃음) 계속 떨리니까요. (함께 웃음)

김화영 아까 '부르르 떨린다'고 했죠? 그런데 전에도 얘기했습니다만, 심상대 씨가 이렇게 재미있는 얘기도 많고 파격적인 내용도 많고 농담도 많이 하는데, 가만히 보면, 여기에 문장의 갖춰짐이라든지를 보면, 파격을 많이 쓰기보다는 아주 적절한 고전적인 문체를 사용한다는 느낌을 받습니다. 그리고 맑고 투명한 문체인데, 그래서 좋은 의미의 보수성이라고 할까요, 뜻밖에 굉장히 진보적일 것 같으면서도 대단히 보수적인 어떤 성향을 갖고 있는 느낌입니다. 제목도 보면 모두 명사입니다. '딸기 샌드위치 나팔꽃 우산 밀림 피크닉 베개 발찌' 여기는 명사 두 개를 합친 것마저도 없습니다. 전부 하나의 명사뿐인데, 제가 보수적이라고 하는 것이 절대로 나쁜 뜻이 아닙니다. 이렇게 된 이유가 있습니까?

심상대 질문하시는 말과 부합되는지는 모르겠으나, 아마 제 독자 중에서 가장 정확한 독자는 우리 마누라가 아닐까 생각합니다. 우리 마누라가 그러더라구요. 아마 사람들이 『떨림』을 정확하게 읽어냈다면, 심상대라는 소설가를 보수적 여성주의자라고 할 거다, 그리고 남자보다는 여자가 훨씬 기뻐할 거라고 해요. 제 작품을 가장 잘 알고 있고, 또 어느 정도는 고친 우리 마누라의 평가에 의하면 그렇습니다. 저는 뭐 제가 왜 그런 사람이 됐는지는 잘 모르겠습니다.

김화영 그렇죠. 자기가 왜 그렇게 됐는지는 보통 잘 모르죠. (함께 웃음) 그런데 어쨌든 여기에 보면, 이혼을 했는데 왜 이혼을 했는지 알겠다고 나와 있어서 저는 또 가정적으로 좀 문제가 있는가 했더니, 여기에 와서 계속 가장 정확한 독자라면서 부인 자랑을 많이 늘어놓으시는데……

심상대 가장 정확하게 전달하려고 그러는 것이구요. 마누라 얘기 하는 것을 저도 별로 좋아하지 않습니다. 그런데 이혼했다는 작품을 발표했더니, 우리 학교 동창들, 평상시에 심상대가 소설가가 됐다고 신문이나 텔레비전에 나오는 것을 시기하던 친구들이 너무너무 기뻐서, 쟤 드디어 이혼했구나, 하고 동네방네 소문을 다 냈어요. 마침, 사촌동생이 전화해서 계속 중얼중얼하더니, 뭐 집안에 무슨 문제가 있어요? 라고 그래서, 너도 어디서 소문 듣고 지금 그러는구나, 소설책 읽고 그렇게 너까지 오해하면 다른 사람은 어떻겠냐고 한 적이 있습니다. 이혼 아직 못 했습니다. (함께 웃음)

김화영 그러니까 아직 희망이 남아 있네요. (함께 웃음) 시간이 많이 지났는데,

끝으로 한마디만 묻고 질문을 받도록 하겠습니다. 성석제씨는 그렇게 맨날 차를 타고 어디를 많이 돌아다니는데, 제가 봤을 때는 거의 다 차를 타고 있습니다. 별로 좋지도 않은, 온 사방 찌그러진 차를 타고 (함께 웃음) 전국을 누비고 다니는데, 지방에서 만나도 함께 서울로 돌아온 적이 없습니다. 또 어디 다른 곳으로 간다고 해요. 지금 부인 얘기가 나왔는데, 성석제씨 부인은 집을 안 지키고 매일 그렇게 돌아다니면 반응이 어떻습니까?

성석제 처음에는 어떤 반응도 있었고 반항도 있었던 것 같은데, (함께 웃음) 요즘은 뭐 익숙해진 것 같습니다. 그리고 요즘은 제가 나가서 돌아다니는 빈도수가 줄어든 것 같습니다. 그래서 그럭저럭 균형을 서로 맞춰가고 있습니다.

김화영 제가 그것을 물어본 이유는 사사로운 궁금증도 관계되지만, 조금 공적으로, 대체 글 쓰는 분, 소위 요새 말하는 전업작가들 있잖습니까. 본인이야말로 얼마나 힘들고 고통스럽겠습니까. 물론 잘 풀려서 좋을 때도 있겠습니다만, 주변에 있는 전업작가의 가족이라는 사람들은 과연 어떨까 하는 생각이 드는데, 거기에 대해서 아주 간략하게 분위기만 한번 말씀해주시지요.

성석제 저보다는 제 친구 예를 드는 게 좋을 것 같습니다. 미국에 가 있는 친구가 있는데, 그 친구가 처갓집이 부자라서 처갓집에 빌붙어사는데, 그 집에서 장모가 은근히 구박을 하니까, 어느 날 그 친구가 장모가 사는(층이 달랐답니다) 곳에 가서 식칼을, (함께 웃음) 뭐 어떻게 하는 것은 아니고, 분위기로 식칼을 갖다놓고 하는 말이, 예술가가 하나 나오려면 삼대가 적덕을 해야 되는데, 당신은 예술가 사위를 볼 자격이 없다고 했답니다. 그랬더니 장모가 극구 사과를 하면서 잘못했다고 해서, 나도 저 정도는 되어야 하는데…… (함께 웃음) 그래서 저도 그때 깊이 반성을 했습니다. (함께 웃음) 사실 유별난 인간이 가족 중에 하나 있어서, 그 인간 때문에 남들과는 좀 다르게 인생을 살아가야 되니까, 가족들에게 고생을 시키고 있다는 생각은 늘 가지고 있습니다. 그런데 가족들도 어느 정도 알면서도 참아주어서 고맙게 생각하면서 살고 있습니다.

김화영 성석제씨쯤 되면 우선 이렇게 많이 썼고, 또 큰 상도 받았고 그랬으니까 가족들이 당연히 참아주실 만하다고 생각합니다. 제가 이런 얘기를 왜 하는고 하니, 사적인 상황을 묻자고 하는 게 아니고, 제가 보면, 창작하는 분들이 매일 백지 앞에서 어떻게 대처해야 될지 몰라하며 정말 벼랑 앞에 섰다는 느낌을 늘 받을 텐데, 또 그 결과물에 대하여 늘 좋은 평만 듣는 것도 아니고, 저 사람은 요즘 작품이 왜 저래, 라는 소리도 더러 들리고…… 그런 모든 어려움을 겪어가면서 자기 자신과 싸워야 하는 게 예술가인데, 우리나라 예술가는 다른 나라 예술가들에 비해서 더 힘들겠다는 짐작을 합니다. 왜냐하면 다른 나라의 경우 제가 좀 살펴보니까, 결혼하고 사는 사람이 그리 많지 않은 것 같습니다. 결혼을 안 하고 살고, 또 결혼 안 해도 그다지 불편하지 않은 사회구조이고, 또 결혼을 했더라도 각자 상당한 독립성을 누리고 있는 것 같았어요. 그런데 우리나라의 경우 결혼을 하는 것 정도는 아무것도 아닙니다. 그 다음에 애를 낳고 애를 낳으면 학교만 보내는 게 아니라 다 과외를 시켜야 됩니다. 우리나라 과외라는 게 얼마나 무서운 괴물입니까. 그런 무거운 책임을 다 져야 하는 것이 가장인데, 그런 책임까지 짊어지고 또 어려운 글을 쓴다는 게 얼마나 고통스러운 일인가…… 그래서 사실 저는 작가나 시인들에게 더 좋은 작품을 쓰라는 말을 쉽게 하곤 합니다만, 독자의 입장에서 그런 어려운 것을 요구하는 게 인간적으로 참 못할 짓이라는 생각도 듭니다. 어떻게 사람에게 그런 엄청난 것을 다 요구하느냐, 저 사람도 나와 마찬가지로 가족도 먹여살려야 하고, 자식 과외도 보내야 하고, 좋은 학교도 보내야 되고, 집 평수도 늘려야 되고, 이웃집처럼 차도 큰 차로 사야 되고, 이런 복잡한 것으로부터 자유롭지 못한 사람일 텐데 거기다가 글쓰기의 벼랑 위에 서 있으면 얼마나 고통스러울까, 라는 생각이 들어서…… 가족들의 반응이 어떤지를 한번 물어본 것입니다.

심상대씨께서는 저보고 너무 수준이 낮다고 질책하셨습니다만, 훨씬 더 심각하고 근사한 얘기는 글로 다 나와 있을 테니까, 오히려 그런 데에 없는 얘기를 하는 것이 좋지 않나 싶어서 그렇게 했고, 또 사실 이렇게 가까이에서 육성을 듣고 얼굴을 보고 제스처와 함께 이야기를 듣는 일이 자주 있지도 않습니다. 그런 의미에서 이런 모임의 유익한 점이 있지 않나 싶어서 사적인 얘기도 많이 섞었습니다.

질의 응답

질문자 1 오늘 아주 재미있게 잘 들었습니다. 제가 메모를 하면서, 김화영 선생님과 심상대 선생님께 좀 질문을 드리고 싶었던 게 있습니다. 오늘 작품이 『떨림』인데, 그 작품을 읽게 된 동기가 무엇이었냐 하면, 제 머리나 가슴속에 있는 내용들을 지워버리고 싶은 마음에서 그 작품을 선택했습니다. 몇 년 전에 마광수의 『즐거운 사라』가 유행한다고 해서 옆에 있는 사람에게 빌려서 읽고, 별 감흥을 못 받았습니다. 그렇겠거니, 하고 있었어요. 그러다가 이 년 전쯤에 집에 있는데, 장정일의 『내게 거짓말을 해봐』라는 작품이 판금되었고, 작가도 구속되었다는 보도가 나와서 교보로 뛰어나가서 그 작품이 마침 있길래 행운이다 싶었는데, 그 책을 읽어가면서 그때부터 실망을 하고, 문학이라는 것이 이렇게 독자를 지저분한 상상 속으로 들여놓고 혼탁하게 만들 수 있구나 생각했습니다.

그래서 요즘 성에 대해서 너무도 많은 젊은이들이 개방되었고 인터넷에서의 과열이 얘기되는 상황 속에서 고민을 하다가 『떨림』을 보고 제 느낌은 이랬습니다. 이 정도면 들어줄 수 있겠다, 이 정도면 읽어줄 수 있겠다는 생각을 하고 굉장히 좋게 읽었습니다. 여기서 여쭤보고 싶은 것은 너무 아름답게 쓰려고 하다보니까, 탐미주의적인 성향으로 빠지려다보면, 문학의 본질에서 조금 떨어지는 것은 아닌가 하는 질문을 드리고 싶구요. 그리고 김화영 선생님께 말씀드리고 싶은 것은 『내게 거짓말을 해봐』라는 작품이 영화화되면서 그 작품이 작품성이 있다고 해서 프랑스에서 역수입되어서 우리에게 다시 돌아왔는데, 저희는 프랑스를 모르기 때문에 과연 그 작품이 작품성이나 예술성이 있는지 그 영화와 문학작품의 역학관계를 조금 설명해주셨으면 합니다. 그리고 그 정도의 작품이 독자들을 그렇게 혼란스럽게 해도 되는 것인지, 그런 문학 윤리적인 측면에 대해 질문을 드리고 싶거든요.

심상대 저한테는 별게 없네요. 잘 읽었다고 하니까 좋구요. 저도 그렇습니다만, 『시경』에 나오는 말인데, 훌륭한 작품은 최종적인 본질이 간이한 인간 삶의 이야기라고 합니다. 저도 소설을 씁니다만, 최종적으로는 앞으로 그렇게 되어야 한다고 생각하구요. 동서양을 막론하고 근현대 소설에서 인간의 본질 위에 덧씌워져 있는 이성과 관념의 때를 걷어내는 게 젊은 소설가가 이제 앞으로 해야 할 일이 아닌가 생각하고, 그 단초가 『떨림』이라고 생각해주시면 좋겠습니다. 잘 보셨다니까, 좋다는 사람에게 더 얘기할 건 없을 것 같구요. 탐미적인 취향으로 가다보면 문학성이 떨어질 수 있지 않겠는가 하는 질문은 질문하신 분의 취향인 것 같아요. 문학이 어떻게 되어야 한다는 것은 그 누구도 아직 규정한 바가 없습니다. 그러니까 탐미적으로 보셨다면, 그것도 보신 분의 감상이고, 문학성이 어떻게 되어야 한다, 글이 어떻게 훼손되었다고 생각하는 것도 본인의 취향이니까, 저는 뭐라고 말할 수 없을 것 같습니다. 하여튼 저는 탐미를 목적으로 하지는 않았습니다만, 탐미라는 말이 그렇게 나쁜 뜻은 아니라고 생각하고, 좋게 받아들이겠습니다. 문학성이 훼손되었다면 훼손된 것도 문학 아니겠습니까?

질문자 1 아닙니다. 훼손되어서 말씀드린 것은 아니구요. 하나만 더 여쭤보겠습니다. 장정일의 『내게 거짓말을 해봐』를 읽어보셨는지요. 그리고 심상대 선생님의 작품과 대조해보셨는지요.

심상대 좀전에 제가 이름을 거론했습니다만, 장정일씨나 마광수 선생님 작품을 저는 읽어보지 않았습니다. 그리고 저는 제 소설 읽는 데 하도 빠져서 다른 사람들 작품을 잘 읽지 않습니다. (함께 웃음) 별로 읽고 싶은 생각이 안 들어요. 그리고 또 소설가들과 이야기하다보면, 제게 특이한 점이 있는데, 저는 소위 무협지를 한 번도 읽어본 적이 없습니다. 초등학교 때 읽으려고 했는데 재미가 없는 거예요. 요즘 횡행하는 대중소설들을 텍스트로 읽어보려고 해도, 저는 문장이 재미가 없으면 한 페이지를 읽지 못합니다. 그러니까 주인공이 나쁜 편인가 좋은 편인가 하는 서사성은 제가 읽는 수준과 영 다르기 때문에, 저는 일단 문장이, 제가 생각하기에 맛있어야 합니다. 그렇지 않으면 시작이 안 돼요. 작품을 안 읽은 이유는 제가 선택을 안 했기 때문이겠습니다만, 읽어도 문장이 제 마음에 안 들었을 수도 있습니다. 저에게는 관념이 이렇다저렇다 하는 것은 두번째, 세번째 문제입니다. 안 읽었어요. (함께 웃음)

김화영 저는 마광수씨 작품은 못 읽었습니다. 읽고 싶은 흥미도 처음부터 별로 없었구요. 저는 그분이 시를 쓸 때 좋아했는데, 왜 그러시나 하고 조금 의아했습니다. 그리고 장정일의 『내게 거짓말을 해봐』라는 책도 똑같은 경우입니다. 이게 판금되어서 없어질 것 같아서…… 저는 남이 금지하는 것이라면 관심이 많아집니다. 그래서 얼른 가서 한 권 샀습니다. 금지되어 희귀한 것을 나는 하나 가지고 있다는 점에서 가지고 있었고, 책도 얇고 그래서 금방 읽을 수 있으려니 싶어서 읽기 시작했는데, 반쯤 읽다가 포기했습니다. 저는 사실은 집에 책이 너무너무 많습니다. 불어책도 있고 한국책도 있는데, 읽을 책이 너무 많아서 중간에서 이 정도면 됐다 싶으면 버립니다. 말하자면 끝까지 안 봐도 될 것 같아서…… 그것은 도덕적인 이유와는 관계없이 우선 큰 재미가 없었습니다. 그리고 성문제에 대해서는 저도 좀 보수적인 편입니다. 도덕적으로 보수적인 게 아니라, 문학에서 성을 사용하는 방법에 있어서 지금은 때가 조금 늦지 않았나, 라는 생각이 듭니다. 옛날에 많이 금지했을 때 그때는 정말 성은 뭔가 폭발력도 있고 신비하고 좋은 거였습니다. 다시 말해서 우리들 속에 억압되어 있던 것을 탁 터뜨리는 힘이 좋았습니다. 그런데 지금은 거의 다 열었습니다. 프랑스 말에, 열려 있는 문을 걷어찬다, 라는 말이 있는데, 자기가 처음 하는 줄 알고 온몸으로 부딪혔더니, 꽝 하고 자기가 나가떨어지는 경우에 쓰입니다. 그런 성문제라면 옛날에 대담하게 했더라면 좋았을 걸 하는 생각을 합니다. 그러나 또 여러 가지 방법이 있겠죠. 성을 다른 방법으로 활용하는 방법이 무궁무진할 겁니다.

옛날에 거투르드 스타인이라는 사람이 한 얘기를 듣고 저는 무릎을 쳤는데, 성은 두 가지 차원이 있다는 겁니다. 하나는 심리적 차원이고, 또하나는 육체적 차원인데, 육체 부분은 상상력이 발동할 수 있는 한계를 가지고 있어요. 육체는 우리가 가지고 있는 신체기관의 수가 정해져 있습니다. 그 정해진 수의 신체기관과 소위 다른 신체기관과 결합하는 얘기인데, 그걸 아무리 조합해봐야 뻔한 한계가 있는 조합방식뿐입니다. 그러니까 남들이 이미 다 해본 것이어서 무의미해진다 이겁니다. 거기다가 기껏 조금 보태는 게 상상력인데, 그것도 하도 많이 해서 별로 놀랍지도 않고 해방시킨다는 것도 이제 별 의미가 없는 것 같아서, 성이야말로 이제 연애소설 쓰기가 어려운 것만큼이나 정말 다루기 어려운 것 아닌가 하고 생각합니다.

그리고 아까 말씀드렸던 장정일의 작품이 영화화된 것은 제 경우에는 이렇습니다. 제가 잘 알던 어떤 화가가 주연을 맡아서 한 작품인데, 속으로 좋은 예술가 하나 버렸구나, 버렸다는 것은 도덕적으로 버렸다는 것이 아니라, 계속해서 자기의 미술작업을 했으면 좋았을걸, 이라는 표현입니다. 그런 데에 한번 맛을 들여서 스타가 되면, 사람이란 잘 견뎌내기 어렵습니다. 그런 점이 좀 안타까웠고, 소설도 그렇지만 영화라는 것은 더욱 그렇지 않습니까? 많이 떠들어서 그렇지, 우리 영화 그다지 잘 못 만듭니다. 특별한 몇 작품을 빼고는 아시아권에서도 좀 처지는 수준입니다. 국내 분들이 참 마음이 좋아서 표를 많이 사줘서 지금 굉장한 수준인 줄 알지만, 그리 대단치 않다고 봅니다. 영화를 제가 직접 보지는 않았습니다만 들은 얘기로는, 별로 보고 싶지도 않았는데, 파리에서 지나가다가 간판을 봤습니다. 큰 극장은 아니고, 샹제리제 뒷골목에 있는 조그만 극장에 불어로 이상한 제목을 붙여 상영하고 있었는데, 크게 성공한 것 같지는 않고…… 역시 섹스 문제니까 작자가 있었는지 수입을 해서 조금 돌리는 눈치였는데, 그 정도 섹스 영화는 쎄고 쎘으니까, 그걸로 파리에서 잘 팔릴 리 없지요. 그게 뭐 역수입해서 어떻게 선전되었는지는 모르겠습니다만, 참 불필요한 애를 너무 많이 썼다는 느낌을 받았죠. 그뿐입니다.

반면에 제가 용기가 없어서 일부러 나서지는 못했습니다만, 그럼에도 불구하고 마광수씨의 작품이나 장정일씨의 작품을 법에 호소해서 그분들이 감옥살이를 했다는 것은 잘못입니다. 그 내용이 어떻든 문학작품인 이상 그 작품이 검사의 손에서 가타부타 평가되는 일이 있어서는 안 됩니다. 그런 시대는 지났습니다. 19세기도 아닌데. 법의 손에 맡겼다는 것은 무지한 도덕주의자들, 위선자들의 잘못이라고 생각합니다. 저는 적어도 그 부분에 있어서는 역시 장정일씨나 마광수씨 개인을 옹호해서가 아니라, 큰 원칙에 있어서 그래서는 안 되었다고 봅니다.

심상대 성석제씨에게도 뭐 아무 질문이나 하십시오. (함께 웃음)

질문자 2 아무도 안 계시길래 느닷없이 용기를 냈습니다. 동인문학상 수상을 하신 다음에 조선일보에 수상소감을 쓰셨던 것을 제가 읽었는데, 거기에서 제가 특별히 기억나는 구절이 동화와 이화에 대한 말씀입니다. 지금까지의 삶이 동화 쪽의 삶이었다면, 앞으로는 이화 쪽으로 살겠다는 뜻으로 지금 기억이 되는데요. 동화와 이화에 대한 것을 조금 구체적인 예를 들어서 간단하게 설명해주셨으면 고맙겠습니다.

성석제　참 힘들게 썼던 것을 다시 생각하려니까 다시 힘이 드는데, 소설을 쓰는 과정에서 소설이 탄생하게 되면, 그것과 내가 이미 하나가 되기 때문에 거기에서 다시 내가 새로운 장으로 나아가야 한다, 변해야 된다는 정도의 뜻이었습니다.

김화영　그러면 시간도 많이 지났고, 오늘 두 분 모시고 정말 아주 재미있는 시간을 보냈다고 생각을 합니다. 오늘은 이것으로 이야기를 마치도록 하겠습니다. 경청해주셔서 감사합니다. (함께 박수)

황 지 우

이 인 성

타르코프스키 감독의 고향
— 황지우

고향이 망명지가 된
사람은 모두 시인이다.
출렁했던 물위에
녹슬고 있는 표지선처럼
엣집은 제자리에서
나비와 함께 커져가는
흉터; 아직도 딱지가
얼어지는 그 집 뒤란에
145이던대 후미기리
목재소 나무켜는 소리 들리고,
혹은 눈내리는 날, 차단기가
내려오는 건널목
타종소리 들린다.

Nov. 2002

강 여치에
시끼 하나
— 이 인 성

아마도, 언제나
해질 무렵이었기
때문일 것이다.
무엇에 자꾸 불길이
이끌리는 것인지는
느낌이 해답이시시
않았는데도, 어쩌면
그 집이 가 닿아
있곤 하던 곳도
번번이 돌아갈 수
없는 사실이었고,
그러면 제일 먼저
달려가던 먼 다락속
그래서나 동쪽 끝
방울의 작은 창문에는
언제나, 아련하면서도
아득한 빛의
점묘화가 떨리듯
없었다.

2002. 11. 22.

김화영 여러분, 일 주일 동안 안녕하셨습니까? 오늘은 좀 이례적으로, 장르를 달리하여 시인 한 분, 소설가 한 분을 모셨습니다. 우선 제 왼쪽에 시인 황지우 선생 나오셨습니다. (함께 박수) 그리고 오른쪽에 소설가 이인성 선생이 나오셨습니다. (함께 박수) 여러분들이 보시다시피 매번 두 분씩을 모시니까 비교가 잘 돼서 더 재미가 있는 것 같습니다. 특히 오늘은 전혀 다른 장르의 두 분을 모셨는데, 차차 얘기하겠지만 거기에는 여러 가지 이유가 있습니다. 비슷한 무렵에 두 분을 제가 알게 된 것도 한 가지 이유이고, 또 두 분이 친하신 것도 또 한 가지 이유입니다.

우선 두 분을 간단히 소개하겠습니다. 별도의 소개가 필요 없을 정도로 널리 알려지신 분들입니다만, 황지우 선생은 서울대 미학과를 졸업하시고, 서강대 대학원, 서울대 대학원, 홍익대 대학원 등을 졸업하시고, 1980년 중앙일보 신춘문예에 시「연혁沿革」이 입선되었고, 『문학과지성』에 시「대답 없는 날들을 위하여」를 발표하면서 문단에 나오셨습니다. 현재 한국예술종합학교 연극원 극작과 교수로 계십니다. 저서로는『오월의 시집』『나는 너다』『어느 날 나는 흐린 주점에 앉아 있을 거다』『저물면서 빛나는 바다』『게눈 속의 연꽃』『구반포 상가를 걸어가는 낙타』『겨울 나무로부터 봄 나무에로』『새들도 세상을 뜨는구나』등 여러 권의 시집이 있습니다. 그리고 1983년 김수영문학상, 1991년 현대문학상, 1993년 소월시문학상, 1999년 백석문학상, 대산문학상 등을 수상하셨습니다.

오른쪽에 계신 이인성 선생은 서울대 불문과 및 동대학원을 졸업하셨습니다. 1980년『문학과지성』에 소설 「낯선 시간 속으로」를 발표하여 등단하셨고, 현재 서울대 불문과 교수로 계십니다. 소설로『한없이 낮은 숨결』『미쳐버리고 싶은, 미쳐지지 않는』『낯선 시간 속으로』『강 어귀에 섬 하나』 등을 내셨고, 한국일보창작문학상을 받으셨습니다.

이렇게 두 분을 모셨는데, 이분들께도 여태까지 나오신 분들과 마찬가지로 무슨 얘기를 한다고 특별히 말씀드리지 않았습니다. 다만 오늘 얘기하는 데 중점적으로 관심을 둘 작품을 선정해달라고 말씀드렸더니, 이인성 선생님은 중편 「강 어귀에 섬 하나」, 황지우 선생님은 두 권의 시집『게눈 속의 연꽃』과『어느 날 나는 흐린 주점에 앉아 있을 거다』(이하『어느 날』) 속에서 세 편의 시를 추천해주셨습니다.

오늘은 좀 예외적으로 시인도 오셨으니까, 조금 있다가 두 분께 작품을 육성으로 읽어달라고 부탁을 드릴 예정입니다. 아까 저 아래층에서 처음 만나서 황지우 선생께 작품의 일부를 수첩에 적어달라고 했더니 조서받는 것 같다고 하셨는데, (함께 웃음) 읽어달라고 하면 또 그런 경찰과 관련된 얘기를 할 것 같아서, 우선은 좀 부드럽게 한담이나 좀 할까 합니다.

황지우 선생께서는 이인성 선생의 소설 많이 읽어보셨습니까?

황지우 예전 작품은 다 읽었는데, 최근에 나온 작품은 못 읽어봤습니다.

김화영 읽은 느낌을 몇 마디로 말씀해주실 수 있겠습니까? 아마 조서받는 것보다 더할 겁니다. (함께 웃음)

황지우 저는 이인성씨하고 문학의 입문 시절부터 살을 비비다시피 해온 관계로, 그래서 친족 같다는 느낌을 항상 갖고 있기 때문에, 이인성을 제가 공개적으로 그러니까 객관적으로 말한다는 게 상당히 힘듭니다. 그것은 일종의 근친상간 행위처럼 될 수도 있기 때문입니다. (함께 웃음) 우리 한국문학에서 소설의 스펙트럼은, 제가 번역본으로 본 외국문학의 다양한 지평에 비해서, 조금은 답답하다고 느껴질 정도였습니다. 특히 소설에 있어서 말하는 화법이라든가 미학적인 측면에서 우리 소설 문학이 너무 단성학적 구조를 갖고 있지 않는가, 그런 점에서 답답함 같은 것을 느끼곤 했는데, 이인성 소설에서 비로소 우리 소설의 지평이 자기 반성적인 깊이를 끊임없이 탐침하는, 말하자면 이인성은 희귀종의 식물 같은 소중한 작가라고 생각합니다.

선생님께서 앉자마자 저희 둘을 하나의 콘트라스트로 소개하셨는데, 보시다시피 여러 점에서 콘트라스트가 뚜렷합니다. (함께 웃음) 대체로 비만형 사람들은 자기를 객관적으로 뚱뚱하다고 생각하지 않거든요. 그래서 누가 그런 말을 하면 굉장히 기분 나빠요. 그런데 제가 뚱뚱한 측면도 있지만, 이인성이는 너무 말랐어요. (함께 웃음) 지나치게 말라서……

김화영 두 분 다 지나치십니다. (함께 웃음)

황지우 둘이 걸어가면 그게 하나의 전형적인 코미디언 (함께 웃음) 한 쌍이 되기 때문에 어색하긴 하죠. 사람이라는 게 자기와 다른 것, 타자, 타자성, 이런 것을 영원히 동경하기 때문에 이인성과 저는 생긴 것뿐만 아니라, 발끝에서부터 머리끝까지 모든 게 다르기 때문에, 이인성을 동경합니다만, 안을 들여다보면 이인성은 생긴 것도 그렇지만 사실 이인성이가 시인이 아닌가 생각됩니다. 저희들은 시를 사랑하기가 힘들거든요. 시 쓴다는 것을 조금 부끄럽고 창피하게 여기면서, 그것도 사춘기가 아니라 사오십이 되어서까지 여전히 시를 쓴다는 것이 적어도 사나이로서 그렇게 떳떳한 짓거리는 아닌 것 같고…… 제가 좀 말이 많네요.

저는 시를 학대한다고 그럴까, 좀 모른 체하고 싶은데, 이인성이는 시를 그 어떤 질투심도 없이 그 자체로 사랑하고 즐기고, 진정으로 시를 탐닉하고 시인을 존중할 줄 아는, 그런 참 몇 안 되는 문우라는 것은 사실입니다. 여기까지 하겠습니다. 제가 너무 말이 많았네요.

김화영 제가 사실 두 분을 여기에 모신 것은 앞에 설명한 이유도 있지만, 특히 제가 아주 좋아하는 시집 『어느 날』의 발문을 이인성 선생께서 쓰셨는데, 내가 이걸 보고, 그 시적 교감이나 우정의 모습이 너무 좋아서 두 분을 같이 모시면 좋겠다는 생각이 들었던 것입니다. 그중에 두 분의 사연을 말해주는 처음 한 대목을 읽어보겠습니다. "그 자신의 표현을 빌리면, 우리는 저 지긋지긋했던 80년대를 가로지르며 일 주일이 멀다 하고 만나서 술 마시고 토론하고 삐치고 노래하고 엉겨붙어온 사이였다." 여기서 '엉겨붙는다'는 말이 굉장히 에로틱하게 들리는데요. (함께 웃음) 과연 그 말은 결론에도 또 있습니다. "그러니, 그의 시집이 나오는 날, 술판에서 우리가 몸과 몸으로 엉겨붙는 것은 하나의 제의적 연극일 뿐이리라"라고 할 정도로 두 분이 '엉겨붙는' 사이라서 오늘 이렇게 같이 모셨습니다.

발문에 감회와 독후감의 일단이 아주 정겹게 씌어 있습니다만, 이인성 선생은 황지우 시인의 시를 몇 마디로 얘기하면 어떻게 말씀하실는지요.

이인성 황지우가 말을 빙빙 둘렀듯이 저도 몇 마디로 얘기하기가 어려운데요.

김화영 그럼 빙빙 둘러 하세요. (함께 웃음)

이인성 계속 빙빙 에두르면, 황지우가 근친상간 했듯이, 저도 또 근친상간 해야 될 것 같아서…… (함께 웃음) 황지우 시인의 시는 그냥 읽으면 그대로 가슴에 오는 시들이 대부분이라고 생각합니다. 그런데 그런 것들이 그냥 우리가 쉽게 읽을 수 있는 서정시 같은 식으로 다가오는 게 아니라, 그것과는 전혀 다른 차원에서 뭔가 더 층을 여러 개, 겹을 여러 개 대면서 중층적으로 속을 한번 훑고 나가는 것 같은, 그런 느낌을 황지우 시를 읽을 때마다 언제나 느꼈고, 그걸 좋아했습니다. 젊었을 때 처음 만났을 때부터 그런 느낌에 사로잡혀 있었는지 몰라도, 마지막으로 나온 시집이 『어느 날』인데, 시집 발문을 쓰면서도 그냥 단숨에 읽혔고, 단숨에 이 시집의 핵심이 뭐다, 라는 게 제 머릿속에 탁 들어왔고, 그리고 그게 황지우라는 사람과 붙어서 그냥 단숨에 그 글(발문)을 썼던 것 같아요. 독자로서의 나와 시인으로서의 황지우를 하나로 만들어주는 어떤 언어의 힘을 특별하게 가지고 있는 시인이 아닌가, 라고 저는 늘 그렇게 생각합니다.

김화영 지금 말씀하신 내용과 겹칠지 모르겠습니다만, 발문 중에서 황지우 시인의 시의 핵심을 건드린 것 같은 한 구절을 읽어보겠습니다. "그의 뛰어난 시적 감각이 어느 순간 날카로운 키스처럼 진흙 위를 스쳐갔다는 느낌을 주는 것들이 있다"는 말이 있는데, 여기 '날카로운 키스' 와 '진흙', 두 가지가 황지우 시인을 아주 단적으로 말하는 중층적인 표현이 아닐까 싶습니다. 한쪽이 '진흙' 이라면, 이인성 선생이 쓴 다른 말로 "시인이라는 존재를 진흙탕 속의 미꾸라지에 비긴다"에 해당되겠는데, 미꾸라지는 미끈거리는 진흙탕 속에서도 제 몸에 더러운 것들을 묻히지 않고 빠져나가는, 그래서 진흙 속 곳곳에 구멍을 숭숭 뚫어서 숨통을 열어주는 것이라는 식으로 설명이 되겠지요. 그런 의미에서 이 시인에겐 진흙탕, 혹은 진흙 자체를 만지는 듯한 요소가 있는가 하면, 거기에는 또 한순간 날카로운 키스처럼 번뜩이는 그 무엇이 스치고 지나가는, 그런 양면이 느껴지는 시인이라는 느낌을 받습니다.

이 두 분은 나이도 비슷하고, 문단에 나온 것도 1980년에 등단하셔서 이른바 80년대에 문단을 어느 면 주도했다고 말씀드릴 수도 있겠어요. 저는 이인성 선생을 먼저 알았습니다만, 보통의 경우, 시를 읽는 것이 더 어렵고, 소설 읽는 것이 쉽고 친근해야 될 텐데, 황지우 시인의 시를 읽을 때는 이인성 선생이 얘기한 것처럼 정말 그대로 단숨에 읽을 수 있는 반면, 오늘 제가 이인성 선생의「강 어귀에 섬 하나」를 세번째 읽었는데, 다 읽고 지금 여기 와서도 뭘 읽었나 떠올리기가 쉽지 않습니다.

이인성 저는 지금 뭘 썼나 싶어서…… (함께 웃음)

김화영 이것은 바로 이인성 선생의 소설이 한국에서 볼 수 있는 흔한 소설이 아닌, 희귀한 소설의 장르를 개척하는 고통 때문이기도 하고, 독특한 개성 때문이기도 할 겁니다. 문예진흥원에서 보내준 자료를 읽다가 제가 오늘 한참 웃었습니다. 자료 내용이 어떤 분은 자세하게 설명이 되어 있고, 어떤 분은 간소하게 소설가 · 시인 등으로 소개가 되어 있는데, 이인성 선생의 직업 부분에 '교수', 그리고 쉼표를 찍고 나서 그냥 '소설가' 가 아니라 '전위 소설가' 라고 되어 있는 겁니다. (함께 웃음) 지금 인터넷에 그렇게 올라와 있습니다. 그리고 황지우 시인은 전위 시인이 아니라 그냥 시인으로 되어 있고요. 전 이 '전위 소설가' 라는 표현이 매우 인상적이었는데, 이인성 선생은 스스로 독자들과 자신과의 관계에 있어서 이런 대우를 받고 이런 입장에 서게 된 것을 솔직하게 어떻게 생각하십니까?

이인성 솔직히 말씀드리면 대단히 못마땅하죠. (함께 웃음) 전위라는 말, 요새는 그런 말을 안 쓰지만, 80년대 초에 처음 소설 쓸 때는 전위소설이다, 실험소설이다, 라는 꼬리표를 많이 붙였는데, 그 꼬리표를 붙인다는 것은 동물원의 동물에다가 이것은 특별한 동물이니까 와서 봐라, 하는 것처럼 꼬리표를 붙여놓는 것 같아서 썩 내키지는 않죠. 그냥 제 소설을 소설이라고 생각하고 쓰고 있지, 이게 무슨 특별히 의도적으로 다른 소설을 쓴다고는 생각하지 않습니다. 다만, 혹시 이런 걸 지칭하는 것일지도 모른다고 스스로 그냥 합리화시켜볼 때가 있는데, 나만이 쓸 수 있는 소설을 써보겠다는 의식은 제 속에 늘 들어 있었던 것 같습니다. 그런데 나만이 쓸 수 있는 소설을 써도 사람들에게 감동을 줘야 될 텐데, 감동을 못 주니까 이게 그리 신통한 게 못 되죠.

김화영 감동을 못 준다고 단정하기는 뭣하고, 다만 보통 다른 소설을 읽을 때와 같은 태도로 접근해서는 자기가 찾는 소기의 목적을 달성하기가 어렵다, 이런 것은 사실입니다. 바로 그런 이유 때문인지, 이인성 선생은 이런 자리에서 그런 얘기를 대중들 앞에서 하는 기회가 많지 않았던 것 같은데…… 사적인 분위기의 자리라고 생각하시고, 처음 문학 공부를 시작하고 소설을 쓰기 시작할 때의 심정과 과정을 조금만 소개해주시죠. 참 궁금한 것은 이 선생도 분명 우리가 생각하는 소위 스토리가 있고, 인물들간의 특이한 관계도 있는 평범한 소설이나 시 들도 많이 읽으셨을 텐데, 그런 작품들을 읽고서도 처음에 문학청년으로 시작할 때부터 그런 독특한 작품을 쓰셨지 않습니까? 그런 길로 들어서게 된 과정을 초년 시절로 좀 소급해서 얘기해주실 수 있을까요?

이인성 선생님, 선생님께서는 이삼십 년 전 일이 기억이 나세요? (함께 웃음) (김화영 : 기억나는 대로만 얘기하세요.) 어쩌다 그런 표현을 잠깐 쓴 적이 있는 것 같습니다. 서울예술대학에서 습작기에 대한 짧은 글을 써달라고 해서 쓸 때, 내가 어쩌다가 이런 소설을 썼나, 생각을 잠깐 했던 적이 있었습니다. 그러다가 잘 모르겠어서 어쩌다보니까 그냥 이렇게 됐다고 그 수필에다가 썼는데, 그 말 뒤에는 이런 측면은 있습니다. 이것은 아니다, 이것은 내가 쓸 것이 아니라는 생각을 했던 것 같아요. 제가 뭐 대단해서가 아니라 어떤 때는 제 능력이 안 닿아서, 가령 발자크 같은 소설은 굉장히 재미있는데, 저는 도저히 그렇게 못 쓰겠어요. 우선 경험도 안되고, 자기 삶의 시대적인 배경도 그렇고, 삶의 체험도 그렇고, 그런 것들은 내가 도저히 쓸 수 없는 소설이다, 내가 쓸 수 없는 소설을 쓰려면 차라리 안 쓰겠다, 그런 식으로 하나씩 하나씩 버려나갔던 것 같습니다.

버려나가다가 어느 날 쓰기 시작한 게 「낯선 시간 속으로」라는 제 데뷔작이죠. 그전에 습작을 몇 개 썼습니다만, 처음 대학생 때 썼던 것들은 제가 생각할 때, 스토리도 조금 있었던 것 같습니다. 그런데 그때 제가 약간 충격을 받았던 것은 어느 친구가 그 소설을 읽고 이 부분은 누구하고 비슷하고, 이 부분은 누구하고 비슷하고, 이런 식의 얘기를 저에게 굉장히 자세하게 해줬습니다. 그걸 듣고 제가 굉장히 쇼크를 받았습니다. 그런 부분들은 독서체험이었을 텐데, 물론 거기에는 제 개인적인 이야기도 들어 있습니다만, 그런 것을 얻는 과정에서 제 독서체험들과 섞여서 슬쩍 그런 식으로 흉내도 내보고 그랬던 것 같습니다. 그게 아마 대학교 1, 2학년 때였던 걸로 기억하고 있는데, 그 다음부터는 제가 글을 쓸 때 글에 대한 자의식이라는 것을 굉장히 날카롭게 가졌던 것 같아요. 좀 신경질적으로.

그러면서 나만이 쓸 수 있는 게 뭘까, 지금 쓰고 있는 게 사실 나만이 쓸 수 있는 것이라고는 생각하지 않습니다. 이것 속에도 여러 가지 문화적 배경 속에서 흘러온 것들이 당연히 있을 거라고 생각하는데, 그럼에도 불구하고 그런 자의식을 갖게 되다보니까, 자연히 남의 소설을 읽으면 읽은 다음에 그것과 나를 가르려고 하고, 이런 과정을 거치면서 그런 작업들이 처음 본격적으로 구체화되었던 게 「낯선 시간 속으로」라는 소설이었던 것 같습니다. 그게 육백 매쯤 되는 소설이었는데, 꼬박 삼 년 걸렸습니다. 발표는 1980년에 했지만 쓰기는 1977년 후반이었던 걸로 기억이 됩니다. 그때는 이백 자 원고지에다가 썼는데, 하루에 한 두세 장 썼다가 마음에 안 들면 찢어버리고 다시 쓰고, 오십 장쯤 썼다가 뭐가 이상하면 처음부터 다시 쓰고, 그런 식으로 써서 과장 없이 삼 년 동안 그 소설을 붙잡고 있었습니다. 그게 데뷔작이 됐습니다만, 그런 과정을 거친 이후에는 빨리 쓰거나, 내가 처음에 머릿속에 구상한 대로 씌어지면, 제가 뭔가 사기친 것 같은 느낌이 들고 그래서 도저히 그걸 발표를 못하겠어요. 하여간 몇 번씩이나 고치고, 부쉈다 다시 만들고 하면서 애를 쓰지 않고서는, 거의 이때까지, 소설을 발표해본 적이 없습니다. 물론 전부 그랬던 것은 아니지만, 거의 그랬던 것 같습니다. 초기의 체험은 아마 그런 것이었던 것 같습니다.

김화영 제가 약간 불평 섞인 말로 「강 어귀에 섬 하나」라는 중편을 세 번이나 읽어도 잘 모르겠더라고 했는데, 작가가 그처럼 삼 년씩이나 걸려서 작품을 쓰셨다면 독자들도 과연 세 번이 아니라 열 번이라도, 많은 시간을 들여서 그만큼 뜸을 들이고 그 시간만큼 마음속에서 되씹으면서, 읽는 일을 두고 이런 표현이 적절할지는 모르겠습니다만, 정말 '정치하게' 읽어야 될 것 같습니다.

그러면 황지우 선생께서는 처음에 문학청년……

황지우 선생님, 질문을 알았습니다. 첫 질문하실 때 다음엔 내 차례구나 (함께 웃음) 생각하고 준비를 하려고 했는데, 준비된 것은 하나도 없고, 이인성에 대한 두 분의 담론만 메모되어 있는데요. 저도 여기에 좀 끼고 싶습니다. 이인성 소설은 전위다, 실험이다, 라는 꼬리표가 붙은 게 작가 자신으로서는 부담스럽고 껄쩍지근하고, 불쾌하다는 반응을 보였는데…… 그리고 김화영 교수님의, 이인성 소설은 여러 번 읽어도 잘 안 들어오는데, 제 시는 한 번 보고 다 들어온다는 (함께 웃음) 비교도 썩 기분 좋은 것은 아닙니다. (함께 웃음)

김화영 그건 내가 한 게 아니고 이인성 선생의 말을 인용했을 뿐입니다. (함께 웃음)

황지우 그런데 저는 80년대 우리 시단, 문단, 다 아시겠지만 그때는 저희가 김화영 선생님 세대들과 비록 생물학적인 세대로는 십 년 차입니다만, 정신적으로는 선생님 세대는 영어로 말하면 멘터(은사)라고 하죠, 저희 문학의 영감의 출발이자, 문학적·시적 상태로 끊임없이 깨어 있도록 자극해줬던 세대들입니다. 그게 결국 70년대에 소위 『문학과지성』이라는 계간지를 하나의 캠프로 해서, 저희들이 이 마당(대학로)에서 정신없이 술 마시고, 시대에 대해서 분노하고 절망할 때에 멀리서 원격조종을 했던 분들입니다. 80년대에 신군부 등장과 더불어서 '창비'는 말할 것도 없고, '문지'까지도 폐간되고, 완전한 폐허 위에서 다시금 폭탄 맞은 그 자리에서 기어올라왔던 게 이인성이나 제 세대라고 할 수 있겠는데요.

저는 제 출발에서부터 난 전위다, 난 아방가르드다, 그런 입장을 시 속에서 명백히 하고 나왔다고 할까요. 그런데 한국문학 공간에서는 지금은 좀 덜합니다만, 70~80년대에 묘한 고정관념 같은 게 하나 있었는데, 지금도 사실은 그래요. 시나 소설이 지금까지 보아왔던 스타일에서 조금 이상하면, 이거 아방가르드다, 모더니즘이다 라고 말하는데, 그 말이 쓰인 맥락에서는 상당히 폄하된 의미를 내포하고 있었습니다. 그것은 서양에서 다 이뤄낸 것을 지금 흉내내고 있지 않느냐는 식의 반응이었는데, 그것과 반대급부로, 특히 소설에서 그게 심했는데, 이른바 우리가 지금도 흔하게 접하게 되는 작품들, 즉 일정하게 스토리가 있고 발전되고 인물들이 항구성을 갖고 유지되는 소설들은 정상적이고, 이것은 우리 것이라는 암묵적인 태도들이 있었어요. 그러니까 조금 실험적인 것은 바깥 것이고, 이른바 리얼리즘에 가까운 것은 우리 것이라는 착종된 범주, 저는 그걸 굉장히 답답해했습니다.

그러면 리얼리즘은 우리 것인가. 그렇게 따지면 우리 거라고 할 수 있는 게 뭐가 있나. 요강, 갓끈, 한복, 된장국, 이런 것 이외에 우리 것이라고 할 수 있는 게 뭐가 있나. 당신이 입고 있는 지금의 그 옷, 당신이 앉아 있는 의자, 당신이 여기까지 올 때 타고 왔던 것들, 즉 우리 삶의 토대는 이미 근대적 조건이 된 거죠. 그러니까 아주 최종심급에서 우리 삶이 얹혀져 있고, 우리 삶을 작동시키고 있는 방식 자체, 또는 모두스 비벤디라고 하는 것은 이미 근대입니다.

더 나아가서 우리 삶의 근대성을 가장 압축적인 상징으로 보여주는 게 두 가지가 있다고 보는데요. 하나는 아파트이고 또하나는 자동차라고 생각합니다. 그 가운데 특히 자동차, 우리가 자동차를 도라무통 펴서 두들겨서 만들었던 수준에서 언제부터인가 현대, 기아, 대우라는 브랜드를 가진 자동차가 그 자체로 작동하고 있단 말예요. 그 제품들이 도요타나 포드에 비해서 승차감이 떨어지거나 어쩐다고 하더라도 우리의 현대 차가 갑니다. 제가 처음 차 몰았던 게 포닌데, 포니 가지고 광주에서 서울까지 왔다갔다했습니다. 가고 있습니다. 즉, 자동차 언어로 압축될 수 있는 우리 삶의 근대적인 조건이 실제로 작동하고 있고, 실제로 우리는 그 위에서 얹혀져 살고 있고, 그리고 그것 위에서 우리는 밥 먹고 배설하고 사랑하고 증오하고 거래하고 하는 삶의 모든 콘텐츠가, 그리고 그것으로부터 깊게 관련되어 있는 모든 종류의 정서적 표현들이 이루어지고 있단 말예요.

물론 현대 차나 포드 차의 동질성과 함께 차이도 있습니다. 그렇듯이 너무 물질적 이미지로 단순 대비해서 거슬리긴 합니다만, 우리 문학에서 사실은 우리가 낯익고 익숙한, 소설로 말한다면 리얼리즘, 이것이 사실은 더 허위적인 것인지도 몰라요. 지금 우리 삶 속에서 진짜로 일어나고 있는 삶의 본질을 리얼리즘 스타일로 더이상 말할 수 없는 상황은 진작부터 있었습니다. 그러니까 이런 우리 삶에 대해 여전히 똑같은 리얼리즘 어법, 구조, 스타일로 가고 있다는 것은 그 작가가 정말 그가 직면하고 있는 삶을 정직하게 노려보고 있는 것인가, 아니면 그런 노력을 안 하고 스스로 부패한 것인가라는 부분을 고민하게 합니다.

저는 우리 문화 여러 곳에 부패가 만연되어 있다고 생각을 하게 되었는데, 그런 점에서 제가 80년대에 이런저런 시적인 장난, 혹자는 해체시라고 불렀던 것들로 정말 나를 포함하고 우리를 둘러싸고 있는 삶의 진짜 핵심에 가장 정직하게 다가가는 시적 방식, 소설적 방식이 무엇인가를 고민했습니다. 이 부분에 대해서 저는 우리나라 문학평론가들이 직무유기를 하고 있다고 생각합니다. 그 부분을 안 밝히고 있는 것이 문제인데, 그런 점에서 이인성이야말로 주목해야 할 것입니다.

그렇지만 이인성과 제가 걸어온 길은 다릅니다. 이인성은 전형적인 경기고 엘리트이고, 저는 촌놈으로 저 해남 바닷가에서 요행히 상경해서 유학 온 이농의 제1세대이고 그렇습니다. (함께 웃음) 어쨌든 이인성이 이렇게 고통스럽게 매달리고 집중하고 있는 삶을 바라보는 시선, 세계를 바라보는 자신의 방식, 이것에 대한 응당한 평가가 이루어져야 한다고 힘주어 말씀드리고 싶습니다. (함께 웃음)

김화영 제가 처음부터 이인성 선생의 '전위' 소설에 대해서 공격적으로 말씀했던 게 효과가 있었던 것 같습니다. 아주 반격이 사납게 나오는데, 그것 자체로 충분한 의의가 있다고 생각합니다. 사실 저는 두 분의 문학청년 시절, 데뷔 시절에 관한 것을 여쭤본 것뿐인데, 그것을 훌쩍 뛰어넘어서 실험적인 것과 우리들의 평범한 이해가 가능한 그 두 가지 세계를 대비시켜서 남의 것과 우리 것, 이 두 개념이 무엇인가에 대해서, 그리고 오히려 그것이 거꾸로 된 것에 대해서 잘 지적해주셨군요. 아닌게 아니라 지금 말씀하신 것처럼 자동차와 아파트로 대변되는, 남의 것과 우리 것을 가릴 것 없이, 우리가 지금 올라앉아 있는 근대적 조건을 생각한다면, 황지우 선생의 시 속에 들어와 있는 서정적인 것 같으면서도 대단히 현실적이고, 때로는 매우 공격적이고, 또 아주 정다운 것 같으면서도 뒤틀려 있는, 그런 양면이 함께 한자리에 어울려 있는 시를 여러 편 고를 수 있겠고 또 그 점을 각별히 주목할 수 있겠습니다. 황지우 시인이 몸소 이 자리에 나오신 김에 그 육성으로 시를 한번 읽어주십사 부탁을 드리고 싶습니다.

황지우 읽겠습니다. 「타르코프스키 감독의 고향」. "고향이 망명지가 된 사람은 폐인이다. / 출항했던 곳에서 녹슬고 있는 폐선처럼 / 옛집은 제자리에서 나이와 함께 커져가는 흉터; / 아직도 딱지가 떨어지는 그 집 뒤편에 / 1950년대 후미끼리 목재소 나무 켜는 소리 들리고, 혹은 / 눈 내리는 날, 차단기가 내려오는 건널목 타종 소리 들린다. / 김 나는 국밥집 옆을 지금도 기차가 지나가고. / 나중에는 지겨워져서 빨리 죽어주길 바랐던 / 아버지가 파자마 바람으로 누워 계신 / 그 옛집, 기침을 콜록 콜록, 참으면서 기울어져 있다. / 병들어 집으로 돌아온 자도 폐인이지만 / 배를 움켜쥐고 퀭한 눈으로 나를 쏘아보신 아버지, / 삶이 이토록 쓰구나, 너무 일찍 알게 한 1950년대; / 새벽 汽笛에 말똥말똥한 눈으로 깨어 공복감을 키우던 / 그 축축한 옛집에서 영원한 출발을 음모했던 것; / 그게 내 삶이 되었다. / 그리움이 완성되어 집이 되면 / 다시 집을 떠나는 것; 그게 내 삶이었다. / 그러나 꼭 망명객이 아니어도 결국 / 폐인들 앞에 노스탤지어보다 먼저 와 있는 고향. / 가을날의 송진 냄새 나던 목재소 자리엔 대형 슈퍼마켓; / 고향에서 밥을 구하는 자는 폐인이다." (함께 박수)

김화영 감사합니다. 작품을 골라달라고 부탁드렸더니, 마침 이 작품을 고른 것을 보고 저는 잠시 놀랐습니다. 제가 전에 이 시집을 시인에게서 처음 받아들었을 때, 바로 이 시가 너무 좋아서, 지금은 많이 잊어버렸습니다만, 저도 전편을 다 외웠던 시입니다. "고향이 망명지가 된 사람은 폐인이다"라는 말을 들으니까 생각나는 것이 있네요. 지난 시간에 소설가 심상대씨를 이 자리에 모셨더니, 어떤 이야기 중에, 고향에 돌아가서 할 수 없는 직업이 세 가지가 있다고 알려주었습니다. (함께 웃음) 그중 하나가 예술가였습니다. 예술가는 고향에 돌아가서 예술가 노릇을 못 하는가봅니다. 그 다음에 또하나가 선지자입니다. 그런데 심상대씨의 화제와 직접 관련된 부분은 앞의 둘이 아니라, 웨이터였습니다. (함께 웃음) 웨이터의 경우는 상당히 직접적으로 우리에게 이해되는데, 여기 "고향이 망명지가 된 사람은 폐인이다"라는 표현을 귀에 담자니, 그런 이야기에다가 비유해서 어떨지 모르겠습니다만, 언뜻 그 생각이 떠오르게 합니다. 역시 고향으로 돌아갈 수 없는 것이 예술가인 모양입니다.

　그리고 제가 꼭 물어보고 싶었던 게 있는데, 무식해서…… '후미끼리 목재소'가 뭡니까? 일본말 같은데……

황지우　제가 다섯 살 때 해남 바닷가에서 광주로 이사를 왔습니다. 모든 이농세대들이 그런 것처럼 도시에서도 변두리를 점거하게 되어 있는데, 그때 제가 어린 시절에 살았던 곳이 기차 철로가였습니다. 지금도 어디서 침목의 콜타르 냄새 같은 게 나면 바로 제 의식은 그리 가거든요. 그러니까 냄새가 굉장히 중요한 것 같아요. 시내 쪽으로 들어가는 데에 삼거린가 사거린가 있고, 거기에 기차 건널목 차단기가 있고, 파출소가 있고, 그리고 그 옆으로 목재소들이 쫙 잇닿아 있으면서, 그 앞에 그때는 장작을 새끼로 묶어서 차곡차곡 쌓아서 올려놓았습니다. 그러면 저는 그 사이에 들어가서 막 뽀갠 소나무 그 살들, 그건 정말 살이었어요, 거기에서 송진 냄새가 나면 거기에 취해서 자버리고 나오고 그랬는데, 거기 놀던 곳을 부모님들이 '후미끼리'라고 그랬죠. 일본말 같아요. 아마 나이드신 분들은 그 말을 쓰셨거나 이해하실 듯 싶은데, 50년대 누리끼리한 흑백사진 같은 그런 분위기로 '후미끼리'라는 말을 썼습니다. 그런데 이건 몰라도 괜찮습니다. (함께 웃음)

김화영　여러분들 아셨죠? 이제 모르는 말도 분위기만 살리면 써도 됩니다. (함께 웃음) 사실 이건 농담만이 아닙니다. '후미끼리'라는 말의 뜻 자체가 뭐 그렇게 대단하겠어요? 지금 누리끼리하다는 말이 마침 나왔는데, 그런 연상도 소리에서 올 수 있고, 그 시절을 상기시키는 데에는 이런 청각적 효과면 충분하다고 생각합니다. 충분히 진하게 산 삶이었으니까요. 저도 사실 그 의미를 모르고도 시적 이해에는 충분히 도달했으니까, 오늘 이것만으로도 상당한 수확이라고 생각합니다.

이인성 선생의 소설 얘기를 하자면, 소설도 역시 몸과 살로 들어가야 되니까, 살은 구체적인 텍스트일 텐데, 그걸 이인성 선생의 육성으로, 처음도 좋고 중간도 좋고 마음에 내키는 부분을 한 토막 읽어주셨으면 좋겠습니다.

이인성　선생님께서 미리 귀띔을 안 해주셔서 준비를 안 했으니까, 그냥 처음을 읽는 수밖에 없겠네요.

"아마도, 언제나 해질 무렵이었기 때문일 것이다. 무엇에 자꾸 발길이 이끌리는 것인지는 도무지 헤집어지지 않았는데도, 어느새 그 집에 가 닿아 있곤 하던 것은 번번이 돌이킬 수 없는 사실이었고, 그러면 제일 먼저 달려가던 맨 오른쪽 그러니까 동쪽 끝방의 작은 창문에는 언제나, 아련하면서도 아뜩한 빛의 점묘화가 펼쳐졌었다. 서서히 온몸을 끌어당겨 가라앉힐 듯, 잠잠하게 꿈틀꿈틀, 두터운 몸짓으로 유영하는 거대한 강줄기 위에는, 부드럽게 일렁일렁, 그 물의 살의 움직임에 따라 흔들리는 진노랑빛 은행나뭇잎들과 선홍빛 단풍잎들이 가득 떠 흐르며, 산란하게 반짝반짝, 수억만 개의 물비늘처럼 시야를 어지럽히고 있었던 것이다. 아무리 보아도, 그 뒤척이는 빛무늬들은 울긋불긋한 낙엽들의 난반사가 조화를 부리는 것임에 틀림없었다. 아닌가 싶어 창틀 액자 속으로 고개를 깊이 기울여보아도, 그 물비늘들은 분명 빛의 낙엽들이었으므로, 그 집에서는 계절이 따로 없이, 늘 가을이었다. 어쩌다가 먹구름이 눈높이까지 내려오는 날도 마찬가지였다. 그런 날엔 암회색으로 바래고 찌든 색감이 빛을 뿜어내지는 못했지만, 그래서 오히려, 스산하게 물살에 휩쓸리는 낙엽의 모양새만은 더욱 선명했다. 맑은 날에도 간혹, 햇살의 각도가 시절과 시간차에 따른 미묘한 변화를 일구어, 그 빛쪼가리들이 문득, 새초롬하게 봄물 오르는 진달래 꽃잎이나 개나리 꽃잎으로, 또는 여름의 열기에 농익은 흑장미 꽃잎으로 보일 때가 있었다. 심지어 색감마저 바뀌어, 끈적한 땀기가 느껴지는 여름 나무의

암록색 잎새, 거꾸로는 창백한 한기 속에서 희한하게 녹지 않고 솜털처럼 물 위에 떠 있는 흰 눈송이로 여겨진 적마저 있기는 있었다. 그러나 모두가 잠시의 환영일 뿐, 눈을 몇 번 껌벅이고 나면, 강 건너편 숲이 푸르렀거나 헐벗었거나, 물결에 찰랑이는 것은 결국 울긋불긋한 가을의 낙엽들이었다." 이 정도 할까요? (함께 박수)

김화영 확실히 그렇죠? 텍스트를 앞에 펴놓고 우리가 책을 읽을 때는 정신이 덜 깨어 있을 때도 있고, 졸다가 깰 수도 있고, 약간 졸려서 어렴풋해질 때도 있고, 다른 생각에 팔릴 때도 있죠. 그러면서 간간이 정신을 차려 텍스트를 읽으려고 노력할 때 그 이해라는 것은 종래의 오랜 타성과 관습이 된 이해방식에 따라서 자기식으로 수렴하고 이해하려드는 경향이 있어서 실제로는 이해가 안 될 때가 많지요. 그런데 지금 작가 자신의 고즈넉하고 잔잔한 목소리로 텍스트를 읽으니까, 이해라는 것에도 여러 가지 층이 있구나 하는 것을 느끼게 됩니다. 스토리를 안다, 앞뒤 관계가 어떤지 맞춘다 하는 식의 논리적 맥락만이 아니라, 단어의 소리, 단어의 음색, 단어가 환기시켜주는 여러 가지 내면의 율동 혹은 울림, 이런 것들이 우리들 마음 저쪽에 전달되면서 저는 여태까지 잘 모른다고만 생각했던 것들도 이제는 잘 알 것 같은 느낌이 드는데, 여러분들은 어떠했는지 모르겠습니다.

그렇지만 제가 또 시비를 좀 걸어볼까 해서…… 지금 읽은 이 대목은 저도 「강 어귀에 섬 하나」의 도입부로서 아주 아름다운 부분이라고 생각해왔습니다. 거기 특히 동쪽 끝방이라든지 낙엽인지 빛인지가 반사되면서 떠서 흘러가는 강이라든지 가을철이라든지, 이 모든 것이 매우 친근한 것 같은 동시에 이상하고 아름다워요. 그런데 서서히 뒤로 진전하면서 탈바가지가 등장하면서부터 뭔가가 심상치 않게 요동치면서 정신이 하나도 없어지는데, 글쎄요, 이게 무슨 뜻이냐고 물어본다면 무식하다는 소리를 듣겠고, 왜 이런 강 어귀에다가 처용을 붙여놓게 됐는지, 그때 그 내적인 분위기 같은 게 어떻게 상상되었는지, 어떻게 된 겁니까?

이인성 글쎄요, 이것도 이미 한 사 년 전에 발표한 소설이라, 지금 저도 여기서 (문예진흥원) 뭘 한다고 그러길래 다시 읽어봤는데, 이걸 내가 왜 이렇게 썼나 잘 모르겠네요. (함께 웃음) 그때는 나름대로 굉장히 치밀하게 썼거든요. 그때 자료를 뒤져보면 뭐가 굉장히 많을 것 같은데…… 어쨌든 이걸 지금 서쪽으로 배치시켜놓은 것은, 사실 처용 이야기는 울산 쪽이라서 동쪽입니다. 거기에서 지금 우리는 시간적으로 천백 년 이후입니다. 시간적인 거리의 이동과, 그러니까 처용이 처음 생겨났을 때, 동쪽에서 시작을 했다고 하면 서쪽으로 해가 지는 것 같은 느낌, 그런 어떤 시간적인 거리감, 우선 시간과 공간을 배치하는 데에 그런 것들을 제일 먼저 떠올렸던 기억이 납니다. 그런데 서쪽 끝으로 왔는데, 중간에 그런 얘기를 합니다만, 한 바퀴 돌면 다시 돌아오는 거죠. 지구를 한 바퀴 돌면 다시 돌아오는 것인데, 그 너머로 더 가고 싶다, 우리는 지금 서쪽 끝에 와 있는데, 그 너머에 아직 우리가 모르는 어떤 미지의 세계 쪽으로 더 가고 싶다, 그런 것들과 관련지어서 공간을 그렇게 배치시켰던 것 같습니다.

그런데 여기에 나와 있는 소위 물도리동은, 강물이 돌아가는, 처음에 묘사했던 그곳은 하회입니다. 그걸 그냥 갖다쓴 것이고, 하회를 그 핑계 삼아서 몇 번 놀러 가기도 했습니다. 중간에 이야기의 상당부분도, 이상하게 쓰기는 했습니다만, 하회탈춤의 내용들을 많이 가져다가 썼습니다. 탈춤의 내용이라는 게 원래 일종의 우리 식의 카니발 같은 거였을 텐데, 모르긴 해도 카니발의 내용들이 그렇듯이 굉장히 잔인합니다. 여러 날에 걸쳐서 여러 마당의 탈춤들이 벌어지는데, 요즘 주말에 하는 것들은 그걸 순화시켜서 맛보기로 보여주는 것들이고, 제가 조금 들여다본 바에 의하면, 굉장히 원색적이고 잔인한 내용들이 많이 들어 있는 것 같습니다. 원래 축제의 속성이 그런 것이죠. 그런 것을 통해서 우리 인간 욕망의 가장 원초적인 것들이 탈과 어떻게 결부되느냐, 그런 것들을 생각했던 것 같은데……

김화영 이인성 선생님은 소설가이시기도 하지만, 대학에서는 학생들을 가르치는 교수이기도 합니다. 전공이 연극 전공이라서 그쪽으로 관심이 가게 된 점도 있겠죠?

이인성 네, 제가 연극 공부한 게 우연히 축제라든가 카니발과 관련된 것이었고, 그게 인간의 본성과 어떻게 결부가 되느냐는 것을 많이 생각했던 것 같아요. 특히 90년대로 넘어서면서 온갖 욕망들이 길거리에 까발려지던 시대였죠. 이 욕망의 거대한 꿈틀거림, 이런 것을 소설적으로 어떻게 그려볼 수 있을까, 그러니까 불륜이 어떻고 삼각관계가 어떻다는 식의 욕망 말고, 좀더 근원적인 욕망들의 정체를 어떻게 드러내볼 수 있을까, 그런 것을 스스로 의식하고 있었던 것 같습니다. 이 소설은 마침 하회탈에 대한 관심이 좀 있었을 때 그런 것과 결부시켜서 쓴 것입니다.

김화영 처음에 제가 일부러 참 읽기도 어렵고 난해한 소설이라는 얘기도 했습니다만, 사실은 다른 소설과 본질적으로 많이 다르다는 것은 분명하고, 또 이 선생 자신도 처음에 글을 쓸 때, 남이 다 쓴 것 또 쓰면 뭐 하냐, 라는 식으로, 나는 좀 네거티브하게, 이것은 내 것이 아니다, 저것도 내 것이 아니다 하는 식으로 차츰 지워가면서 자기 자신의 길을 발견했다고 하셨는데…… 특히 오늘 여러분들은 작가 자신이 텍스트를 아주 낭랑한 목소리로 읽는 것을 귀로 들으면서 이 텍스트를 좀더 친근한 태도로 자주 접하면 의외로 아주 가까운 어떤 세계가 열릴 것 같다는 느낌을 받으셨을 겁니다. 그런 의미에서 한 번 읽고서 다 읽었다, 그렇고 그런 얘기구나 하고 덮어버리는 책들과는 달리, 마치 시를 음미하며 다시 곱씹어 읽듯이, 텍스트의 결을 느끼면서 읽는다면, 특히 지금 약간의 힌트로 제시된 처용무나 근원적인 욕망 같은 문제와 관련지어가며 읽는다면, 반드시 난해하기만 한 소설이 아니라 뭔가 우리에게 새로운 맛을 느끼게 해주는 것이 되지 않을까 싶습니다. 여기 한 대목을 제가 인용해보겠는데, "인과의 매듭은 불확실한 채, 기이한 행적만이 때로는 환상처럼, 때로는 사실처럼 던져져 있는 그 집에서의 시간" 같은 표현이, 어쩌면 이 소설의 비밀을 손가락질하고 비춰주는 거울로서 우리들이 이 소설을 찾아가는 열쇠 노릇을 하지 않나 하는 생각을 하게 됩니다.

그러면 다시 황지우 선생의 시로 이야기를 돌려보도록 하겠습니다. 전연 장르가 다른 두 분을 모셨더니, 제 얘기가 마치 "장닭 얘기를 하다가 노새 얘기로 옮아가는 것 같은"(프랑스 말에 횡설수설을 나타내는 이런 표현이 있습니다) 형국인데, 어느 면 초현실적인 듯해서 좋지 않습니까? (함께 웃음) 우선 시를 세 편 골라주셨는데, 『어느 날』 중에서 지금 낭독하신 「타르코프스키 감독의 고향」과 「거룩한 식사」가 있는데, 둘 다 뭔가 공통된 부분이 있다면, 제가 눈여겨본 바로, 이 시집 속에 상당히 많이 강조되고 있는 것이 「거룩한 식사」에 나오는 '식사' '밥' 같은 것입니다. "몸에 한세상 떠넣어주는 / 먹는 일의 거룩함이여"라고 했는데, 특히 이 시들을 상당히 긴 시간에 걸쳐서 쓰셨죠? (황지우 : 네.) 그 무렵에 밥 먹는 문제가 많이 마음을 사로잡았습니까?

황지우 힘들었냐구요?

김화영 아니, 그런 뜻이 아니구요. 그거야 뭐 라면도 있는데…… (함께 웃음)

이인성 제가 알기로는 집 밖으로 많이 떠돌았던 것과 관계가 있을 것 같습니다.

황지우 80년대 중반까지 세상이 여전히 힘들어가지고, 집을 나올 수밖에 없는 수배 비슷한 것을 받아서 여기저기 좀 많이 돌아다녔습니다. 그냥 이 시를 읽겠습니다. 이건 편하게 쓴 시니까요.

「거룩한 식사」. "나이든 남자가 혼자 밥 먹을 때 / 울컥, 하고 올라오는 것이 있다 / 큰 덩치로 분식집 메뉴표를 가리고서 / 등 돌리고 라면발을 건져올리고 있는 그에게, / 양푼의 식은밥을 놓고 동생과 눈흘기며 숟갈 싸움하던 / 그 어린 것이 올라와, 갑자기 목메게 한 것이다 // 몸에 한세상 떠넣어주는 / 먹는 일의 거룩함이여 / 이 세상 모든 찬밥에 붙은 더운 목숨이여 / 이 세상에서 혼자 밥 먹는 자들 / 풀어진 뒷머리를 보라 / 파고다 공원 뒤편 순대집에서 / 국밥을 숟가락 가득 떠넣으시는 노인의, 쩍 벌린 입이 / 나는 어찌 이리 눈물겨운가."

다들 조금 어려운 시절에 경험들 하셨을 거예요. 혼자 밥 먹을 때 갑자기 목이 메는 순간이 있거든요. 특히 나이들어서 혼자 밥 먹으면 우선 보기가 청승스럽고, 확실히 밥은 꼭 누구와 같이 먹는…… 그래서 저는 식탁이 미사를 올리는 자리 같기도 한데, 사실 미사라는 게 뒤집으면 식사를 상징한 것이잖습니까. 언젠가 제가 길을 가다가 한국은행 쪽 지하도를 내려가는데, 지하 계단의 한켠에 할아버지 한 분이, 전부 사면 만원도 안 될 자질구레한 것들을 밑에다 깔아놓고, 어디서 자장면을 배달시켰는지 사람들이 막 내려가는 계단 한켠에서 그 할아버지가 자장면을 왕창 젓가락에다 말아서 입에 떠넣는데, 수염에 자장도 좀 묻고, 그걸 보고는 지하도 저쪽을 가면서 눈물이 쏟아졌는데, 누가 볼까봐서 한참 지상 위로 못 올라온 적이 있습니다.

사람이 밥 먹는 것을 보면 왜 그런지 서러워 보여요. 또 밥을 못 먹어서 서러운 장면도 많습니다만…… 그래서 밥, 또는 그것과 관련된 식사라고 하는 일에는 근원적인 어떤 성스러움, 거룩함, 자꾸 그런 게 보이는데 이게 건강한 건 아니지요. 그러면 마저 하나 더 읽겠습니다.

「거룩한 저녁 나무」. 이 시는 언젠가 어딘가에 「화강동진」이라는 시를 발표했는데, 그것에 대해서 뜬금없이 섬진강에 살고 있는 김용택이라는 시인이, 제가 굉장히 좋아하는 선배인데, 그것에 대해서 자기 느낌을 시로 썼더라구요. 그래서 아이쿠, 이거 오랫동안 연락을 못 했는데 이 양반은 나를 보고 있었구나, 그래서 황감하여서 『현대문학』에 전화해서 그것에 대한 답시를 쓰겠다고 해서 「거룩한 저녁 나무—김용택 詩伯에게」라고 했습니다.

"급식소로 밥 타러 가는 사람처럼 / 저녁을 받는 나무가 저만치 있습니다 / 혼자 저무는 섬진강 쪽으로 천천히 / 그림자를 늘이는 나무 앞에 뫼이 서 있을 때 / 옛 안기부 건물 앞 어느 왕릉의 나무에게 / 전, 슬리퍼 끌며 갑니다 / 그 저녁 나무, 눈 지긋하게 감고 / 뭔갈 꾹 참고 있는 자의 표정을 하고 있데요 / 형, 그거 알아요 / 아, 저게 '거룩하다'는 형용사구나 / 누군가 떠준 밥을 식반에 들고 있는 사람처럼 / 제 손바닥에 놓여진 생을 부끄러워할 때 / 혹은 손바닥을 내밀고 매 맞는 아이처럼 / 생의 빈 바닥을 아파할 때 / 저녁 나무는 이 세상 어디선가 갑자기 / 울고 싶어하는 사람들을 위해 서 있나봐요 / 형이나 저나, 이제 우리, 시간을 느끼는 나이에 든 거죠 / 이젠 제발 '나' 아닌 것들을 위해 살 때다, 자꾸 / 되뇌기만 하고, 이렇듯 하루가 나를 우회해서 / 저만큼 지나가버리는군요 / 어두워지는 하늘에 헌혈하는 자처럼 굵은 팔뚝 내민 / 저녁 나무를 올려다보고 있는 저는, 지금 이 시간 / 세상 밖 강물 소리 듣는 형의 멍멍한 귀, / 잠시 빌려가겠습니다; 그 강에 / 제 슬리퍼 한 짝, 멀리 던지고 싶소." 감사합니다. (함께 박수)

김화영 이 시가 『현대문학』에 발표했던 거죠? (황지우: 네.) 제가 이 시를 처음 읽었을 때, 다른 것보다 "슬리퍼 한 짝, 멀리 던지고 싶소" 하던 마지막 구절이 눈에 띄던데요. 여기서도 여전히 밥이 단순히 배고파서 떠넣는 밥이 아니라, "제 손바닥에 놓여진 생을 부끄러워할 때"처럼 이 생 자체가 아까 나온 시에서도 그랬듯이, 한세상 전체, 삶 전체가 밥과 연결되어 있는 이미지였습니다. 이인성 선생도 한 군데 더 읽어주시죠.

이인성 금방 떠오르지가 않네요.

김화영 그러면 나중에 부탁을 드리고, 이 작품을 설명해달라고 하기는 좀 뭣하지만 제가 여기 모시는 작가 손님들께 자주 드리는 질문 한 가지를 여쭤보겠습니다. 아주 구체적인 것인데요. 뭐 이 작품과 직접적으로 관계 없어도 좋습니다. 흔히 작품을 쓰는 버릇, 낮에 쓰는지 밤에 쓰는지, 컴퓨터로 쓰기 시작한 것은 언제라든지, 그런 자기의 특이한 습관이라든지, 이것 아니면 못 쓴다든지, 그런 이야기를 몇 가지 소개해주시면 또 작품 얘기가 나올지 모르니까……

이인성 글쎄요, 저는 뭐 밤낮 가리지 않고 쓰는데요. 일단 쓰기 시작하면 다른 일은 거의 못 하는 편입니다. 다른 일은 다 집어치우고, 아침부터 밤 두세시까지 붙잡고 있는 식으로 쓰는 스타일입니다. 그건 뭐 저뿐이 아니고 글 쓰는 분들이 대개 많이 그런 것으로 알고 있는데, 처음 시작하기가 굉장히 어려워서 시작하는 데 일 주일 정도 걸립니다. 우선 방부터 치우고 (함께 웃음) 그 다음에 괜히 산책도 한번 나갔다 오고 빙빙 돌고, 요새는 펜도 그렇습니다만, A4용지가 잘 갖춰져 있나 점검하고, (함께 웃음) 그러는 데에 한 일 주일쯤 보내는 것 같구요. 그리고 정 안 되면 술을 마십니다. 술은 거의 매일 조금씩 마시거든요. 자기 전에 맥주 세 병 정도씩 마시고 자는데…… (함께 웃음)

김화영 그게 조금씩입니다. (함께 웃음) 담배도 많이 피우시죠?

이인성 네, 담배는 지금 하루에 두 갑 피우는데, 지금도 아주 죽겠습니다.

김화영 여기 자료에 나와 있습니다. 하루 두 갑이라고. (함께 웃음)

이인성 글 쓸 때는 세 갑 정도 피우는 것 같습니다. 그런데 물론 몇 모금 피우다가 꺼서 버릴 때도 많고 그렇지요. 그거 다 피우면 죽겠죠, 뭐. (함께 웃음)

김화영 그런데 아까 얘기한 것처럼, 쓰다가 마음에 안 맞으면 처음부터 다시 쓴다고 그랬는데, 지금은 컴퓨터로 쓰니까 훨씬 더 편해졌죠?

이인성 제가 컴퓨터를 쓰긴 쓰는데, 컴퓨터를 한번 쓰기 시작하니까 컴퓨터를 안 쓰면 또 이상하더라구요. 그렇긴 한데, 그냥 컴퓨터상에서 수정하는 것을 전혀 못 하고, 얼마쯤 치면 그걸 꼭 프린터로 뽑아서 연필로 고쳐서 다시 옮겨서 고치고 고친 것을 다시 뽑고, (함께 웃음) 그러니까 어떻게 보면 굉장히 비경제적인데, 보기에는 A4용지가 큰 화면에 문단도 잘 나누어지니까, 그리고 이백 자 원고지라는 것은 한눈에 장악되는 공간이 너무 작지 않습니까. 쓰시다보면 느끼겠지만, 그런 문단 배열, 공간, 시각적인 것들을 생각할 때에는 컴퓨터가 훨씬 효율적이지요. 그런데 수정할 때는 직접 수정하다가 요새는, 선생님 앞에서 죄송합니다만, 저도 이제 조금 나이가 들다보니까 조금 전에 생각했던 것을 잊어버려요. (함께 웃음)

김화영 이인성 선생이 그럴 정도라면, 나는 안심입니다. (함께 웃음)

이인성 그래서 빨리 메모를 해야 되는데, 그러니까 화면상에서 치다가 지웠는데, 잊어버리면 큰일이지 않습니까. 그러니까 반드시 일단 프린터로 뽑아놓고 그 다음에 고치고 그런 식으로 진행을 합니다. 대개 하루에 나가는 양이 A4용지 한 장입니다. 그러니까 이백 자 원고지 칠팔 매 정도입니다. 어떤 날은 아침부터, 아침에 대개 늦게 일어나는 편인데, 우연히 열한시쯤부터 쓰기 시작해서 두시쯤 됐는데 A4용지 반장 쯤을 써서, 수정할 게 없을 것 같으면 너무나 기분이 좋아서 나가서 놀다가 술 마시고 (함께 웃음) 종친 날도 있습니다.

김화영 그러면 수정한 원고 같은 것은 버리지 않고 가지고 계세요?

이인성 대개 모아두는 편입니다. 제가 저를 잘 못 믿겠거든요. (함께 웃음) 그래서 일단 발표를 했다가…… 저는 재판 찍을 때 고치고 삼판 찍을 때 고치는 것을 개인적으로 좋아하는 취향은 아닙니다. 그런데 적어도 잡지 같은 데에 한번 내고 책으로 낼 때에는 다시 한번 작품을 전부 검토하고 수정을 하는데, 그때 밑자료들이 최소한은 있어야 되겠고 해서 수정한 종이들은 거의 다 보관을 하는 편입니다.

김화영 그러면 아까 하루에 보통 평균 A4용지 한 장을 썼다는데, 그게 전체 속에서 어느 한 페이지일 텐데, 그뒤에는 또다시 처음으로 돌아가거나 그러지는 않죠?

이인성 그럴 때도 있긴 있습니다. 꼭 처음은 아니더라도 중간의 어느 지점으로 돌아가는 것은 비일비재합니다. 왜냐하면 가령 여러 가지 장치들을 요소요소에 박아놓아야 하는데, 암시하는 어떤 이미지라든가 상황에 대한 묘사라는 것들을 그냥 지나갔다가, 가다보니까 이게 아닌데 싶으면 그걸 다 고쳐야 되는데, 한번 고치기 시작하면 그뒤 이야기 자체가 바뀌어야 되는 경우가 상당히 많습니다. 소설 쓰는 분들은 대개 다 아실 것 같은데, 그러다보면 그게 막 뒤죽박죽이 되는 경우도 있습니다.

김화영 더러는 하루에 겨우 한 페이지씩 쓰면서, 쓰다 말고 또 앞으로 돌아가서 고치고…… 이런 식으로 작업한다면, 정말 이인성 선생이 대학교에 취직을 해서 월급이 나오니 천만다행이지, (함께 웃음) 그냥 소설만 쓰셨더라면 가족에게 아주 죄송할 뻔했습니다. (함께 웃음)

황지우 선생께 돌아가보겠습니다. 이인성 선생이 쓰신 황 선생의 시집 발문에 아주 재미있는 대목이 있습니다. 팔 년 동안 쭉 시집을 못 내다가 시집을 드디어 냈다고 하면서, "그 변모의 과정은 매우 미묘한데", 짐작하겠지만, 이인성 선생은 아마 그 변모의 과정을 전부 대조해봤다는 얘깁니다. 처음 발표할 때, 작은 시집에 냈을 때, 큰 시집에 냈을 때, 각기 달라지는 변모 과정을 다 체크해보았다는 얘기죠, "나는 그 '심오한' 내용들을 가르쳐줄 생각이 전혀 없다." 다시 말해서 노력 안하고 공으로 먹으려드는 독자들의 애를 태웁니다. (함께 웃음) 그리고 괄호 치고 "나는 되지도 않는 헛소리로 겉멋이나 부리는 '평론가' 님들 대신, 이런 문제를 재미있게 풀어가는 '평론쟁이' 들이 많아졌으면 좋겠다"라고 쓰셨는데, 두 분 다 평론가들을 상당히 매도하고 계십니다. (함께 웃음)

그러면서 "그냥 내가 지적하고자 하는 것은, 그런 장인적 태도야말로 90년대 이후의 '날림'의 글쓰기 속에서 문학을 살아남게 하는 마지막 힘이 되리라는 것이다"라고 했는데, 저로서는 솔직히 백 퍼센트 찬성입니다. 저는 우연히 언제 한번 신춘문예 평론부문 심사를 하다가, 바로 이 황지우 선생의 시가 텍스트 속에서 변모한 과정을 다룬 평론을 당선시킨 기억이 나는데, 바로 이 이인성 선생이 절대로 안 가르쳐주기로 한 심오한 내용들을 다룬 것 같습니다.

우선 팔 년 동안 왜 그렇게 오랫동안 시집을 못 내셨는지, 그리고 그뒤에는 어떻게 이런 멋있는 시집이 나오게 됐는지, 그 사연을 좀 들어볼 수 있을까요?

황지우   제 기억이 맞다면, 1991년인가 『게눈 속의 연꽃』을 내고, 이 작품을 1999년에 냈으니까, 그 사이가 제 삶에서 공간적으로는 1987년 고향 광주로 귀향했다가 그대로 머물러 있을 때입니다. 이중에 거기 한번 다녀가신 분이 있을지 모르겠습니다만, 담양에 우리 전통의 16~17세기 정원들이 쭉 펼쳐져 있는 소쇄원이라든가, 그 뒷산 쪽에 명옥헌이라는 상당히 그윽하면서 황량한 조그만 정원이 있는 곳이 있어요. 그 농가로 칩거차 내려가 있을 때예요. 가만히 보면, 제 시집들은 이사 갔던 것과 꽤 많이 일치합니다. 첫 시집은 신림동에 살 때 나왔고, 두번째 시집은 사당동 쪽에 살 때 나왔고, 그런 식으로 내 거처를 옮긴 것과, 즉 내가 자리한 공간과 시가 의도적인 것은 아닐지라도 어째 이상하게 어떤 단락들이, 어떤 매듭들이 지어지는 것 같은데요. 확실히 시 쓰는 사람이 어디에 있느냐는 것이 상당히 시쓰기에 영향을 미치는 것 같습니다.

그런데 제가 이 뜸해진 침묵의 공간, 글쎄요, 제가 뭐 전투적인 운동권에 속해 있지는 않은 사람인데, 나름으로는 인디 운동권이라고 할까요. (함께 웃음) independent, non-partisan, 떠돌이, 한 개인으로서 세상이 못마땅하고 잘못 가고 있다 싶을 때, 저는 제 시에서 그렇게 정치적인 구호나 이념은 거의 직접 드러내지 않았거나 않으려고 했거나 안 드러냈습니다. 그런데 남이 뭐 하자, 해야지 않느냐, 라고 와서 접선을 하게 되면, 그걸 거절 못 하는 나약함이 있어서 몇몇 시국사건 끄트머리에 연루되어서 끌려가고 쥐어터지고, 실세들은 다 디자인해놓고 튀어버리고, (함께 웃음) 하여튼 어리숙한 자들이 앞에 남아 있다가 달려가서 대신 곤욕을 치르곤 했는데, 여하튼 90년대 초 아마 이건 저희 문학을 포함해서 남한 사회의 지적 풍향계에 있어서 중요한 전환점이라고 할까요, 공교롭게 두 가지 일이 일어났는데요. 물론 이 시기에 여전히 대학에 운동권 잔당들이 아주 강고하게 남아 있었고, 강경대 사건도 있었고 그랬지만, 하여튼 YS의 등장에 의해서 일단 군정 종식은 되었다고 보입니다. 그리고 우리 사회가 형식적인 수준에서나마 민주주의적 게임룰이 어느 정도 확보되어가는 정치적인 이행과, 두번째로는 아무래도 소비에트와 동구의 현실 사회주의가 끝장나버리는 밴크럽시(정치적인 파산) 상태에 빠져버렸던 것은 저희가 70~80년대에…… 글쎄요, 워낙 여기가 개판이고 엉망이니까, 도덕적 대안으로서 저쪽의 이념, 사회주의적 대안, 이런 게 우리 지식인 내지 청년들에게 80년대의 뜨거운 이념의 시대를 만들지 않았나 싶은데요.

저는 그러한 이념 과잉에 대해서는 제 시나 산문에서 전적으로 거부감을 표현해 왔습니다. 그렇지만 그런 목소리가 갖고 있는 도덕성, 그러니까 이를테면 지금 이 자리에서 고백하자면, 제가 80년대에 마르크시즘에 대해서 independent로서 수용하고 있었던 것은 이런 상황에서의 도덕적인 개인으로서 저의 움직임을 평가했다고, 저의 의식에 영향을 주었다고 할 수 있겠는데, 하여튼 저 건너편에 어쩌면 답이 있을지도 모른다 여겼는데 저 건너편의 세계관이 파산상태에 떨어져버렸을 때, 저는 일종의 명확한 아노미 상태 같은 데에 빠졌던 것 같습니다.

그러면서도 80년대에 이른바 좌파 쪽에서 제 문학을 맹공을 했었죠. 그 사람들이 하나도 안 아파하는데, 왜 나만 이렇게 아파하나, 왜 내가 더 아픈가, 그들이 이 자리에 참회를 보여줘야 할 때인데, 왜 우리 같은 지식인 세계에서는 진짜 참회가 없는가, 친일문제 이래로부터 우리 문화 안에는 참회, 고백(confession)하는 게 없다, 그런 것도 느끼고, 그래서 언젠가 김지하 선배와 그 양반 집에서 이야기하다가 우리 지금부터 참회해야 한다, 그리고 그 참회는 지식인들만이 아니라 우리 국민들도 해야 된다, 우리 국민들도 너무 비겁했다, 전 국민이 참회하는, '내 탓이오' 라는 스티커를 그랜저 뒤에다가 붙이고 다닐 것이 아니라 진짜 그걸 해야 된다, 자기 가슴들을 두들겨야 한다, 그랬더니 그 양반이 그때 동아일보에 이상한 글을 쓰고, 오히려 그 다음에는 강경대 사건과 합쳐져서 요상한 방향으로 결과가 끝나버리기는 했습니다만, 하여튼 1991년부터 1999년에 그 시집 『어느 날』이 나올 때까지 굉장히 힘들었습니다. 힘들다는 말을 왜 이렇게 길게 했는지…… (함께 웃음)

김화영　지금 말씀하신 대목이 한국의 지식인들이 겪었던 양면이겠는데, 한편에서 참여라고 할 수 있는, 일종의 앙가주망과, 또 한편에서는 자기 혼자 외톨이로 아까 인디라고 표현했습니다만, 자기만의 세계를 가지고 거기에 대응하겠다는 이런 양면의 태도를 갖게 됩니다. 바로 그것과 관련해서 떠오르는 것이 「작업중인 예술가」

라는 부제가 붙은, 큰 제목은 『요나』입니다만, 알베르 까뮈의 단편 속에 그려진 예술가의 모습입니다. 그 단편의 맨 마지막에 주인공인 그 화가가 그림을 그린다고 천장 위에 있는 다락방에 올라가서 안 내려옵니다. 식구들과 친구들, 그리고 열렬한 팬들이 궁금해서 올라가봤더니 화가는 쓰러져 있고, 그림을 그린다고 해서 올라간 사람이 그림은 안 그리고 캔버스에 뭐라고 희미한 글자를 써놨는데, 불어로 솔리떼르 (solitaire)라고 하면, '외롭다, 홀로'라는 뜻이고, 솔리데르(solidaire)라고 하면, '남과 유대한다, 참여한다'라는 뜻인데, 그게 단어 속의 한 글자가 d인지 t인지 정확히 판독되지 않아요. 솔리데르인지 솔리떼르인지 알 수 없는 글자를 써놓고 쓰러져 있는 모습의 예술가, 바로 그런 모습이 우리가 통과해온 80년대가 아닌가 생각합니다.

지금 마침 잘 모르시는 분들이 있을 것 같아서, 금방 말씀하신 '내 탓이오' 하는 부분을 알려드리죠. 「진짜 빛은 빛나지 않는다」라는 시에 그 대목이 상당히 아이러니컬하게 표현되어 있습니다. 이렇게 말입니다. "외환은행 앞 보도에 주차된 그랜저; '내 탓이오'는 샘물체였다." 내 탓이오, 라는 말이 사실은 진정한 참회 그 자체여야 하는데, 그들이 관심이 있는 것은 샘물체인지 무슨 체인지, 하는 식의 '체', 즉 형식이나 장식적인 면이 훨씬 더 중요해진 상황의 풍자겠지요. 그리고 그 시구 바로 뒤에 "전투경찰들이 도열하여 어디론가 가고 있었다." 이 두 구절이 나란히 놓여 있는 것은 바로 지금 하신 그때의 상황 설명으로 충분히 이해하셨을 겁니다.

끝으로 이인성 선생께 다른 긴 이야기보다는 그 차분한 목소리를 듣는 것이 나을 것 같아서, 잘 기억이 안 난다고 하셨지만, 아까는 처음부분을 읽어주셨으니까 이번에는 끝부분을 좀 낭독해주시면 좋을 것 같습니다. 마지막 낭독을 듣고 여러분들의 질문을 받도록 하겠습니다.

이인성 "그 커다란 새가 하늘 아득한 곳에서 눈동자만한 크기로, 빙글빙글 맴을 돌고 있었다. 멀었던 눈이 갑자기 트이면서, 그 눈 둘레로 모든 것이 빙글빙글 도는 것 같았다. 이 세상에 '나'가 있었다면, 아마도 그때의 그 눈이야말로 바로 '나'였을 것이다. 그때, 그 '나'는 강이 아찔하게 내려다보이는 어떤 절벽 위의 누각에 던져져 있었다. 이쪽 절벽을 치고 도는 강 건너편에는, 고운 백사장이 물도리동을 이루고 있었다. 백사장 뒤로 송림이 길게 담을 쌓고 있었고, 그 너머로 몇 겹의 산 등성이가 첩첩이 멀어졌다. 건너 백사장에서 마파람이 잘못 얽혔는지, 한순간, 회오리가 일었다. 하늘 기둥이라도 세울 듯 끝없이 솟구치던 그 불기둥 같은 모래기둥은, 그러다가 하늘 꼭대기에서 사방으로 퍼져내리기 시작했는데, 한낮의 햇살을 받아 황금빛을 드넓게 펼치는 그 모습이 바로 그곳으로 데려다준 새 혹은 시의 날갯짓이 아니었나 싶었다. 회오리가 솟구쳐 날아간 그 자리엔, 그리하여 / 이제 아무것도 없었고, 그러므로 / 그 집에는 다시 갈 수 없을 것이었지만, 그럼에도 / 발밑에, 웬 새알 하나가 떨어져 있었다."

김화영   감사합니다. (함께 박수) 오늘 우리들의 이야기는 여기에서 마치고, 여러분의 질문을 받도록 하겠습니다. (청중 질문 없음)

충분히 설명이 되었다고 생각하시는 모양인데, 오히려 잘됐군요. 질문이 없으시면 그러지 않아도 제가 황지우 선생께 이 시집에 들어있는 시 한 편을 낭독해달라고 청하고 싶었어요. 「너를 기다리는 동안」을 한번 읽어주십시오.

황지우   「너를 기다리는 동안」. "네가 오기로 한 그 자리에 / 내가 미리 가 너를 기다리는 동안 / 다가오는 모든 발자국은 / 내 가슴에 쿵쿵거린다. / 바스락거리는 나뭇잎 하나도 / 다 내게 온다. / 기다려본 적이 있는 사람은 알지, / 세상에서 기다리는 일처럼 / 가슴 에리는 일 있을까. / 네가 오기로 한 그 자리, / 내가 미리 와 있는 이 곳에서 / 문 열고 들어오는 / 모든 사람이 너였다가 / 너였다가 너일 것이었다가 / 다시 문이 닫힌다. / 사랑하는 이여, / 오지 않는 너를 기다리며 / 마침내 나는 너에게 간다. / 아주 먼 데서 / 나는 너에게 가고, / 아주 오랜 세월을 다하여 / 너는 지금 오고 있다. / 아주 먼 데서 / 지금도 천천히 오고 있는 너를, / 너를 기다리는 동안 / 나도 가고 있다. / 남들이 열고 들어오는 문을 통해 / 내 가슴에 쿵쿵거리는 모든 발자국 따라 / 너를 기다리는 동안 / 나는 너에게 가고 있다." 감사합니다. (함께 박수)

김화영   오늘 일종의 낭독회가 되어서 더욱 즐겁지 않았나 싶습니다. 이제 우리모두가 각자 누군가를 기다릴 시간입니다. "아주 먼 데서 / 지금도 천천히 오고 있는 너를." 오늘은 이것으로 마치도록 하겠습니다. 여러분, 감사합니다. (함께 박수)

하
성
란

윤
대
녕

별 모양의
얼룩

많은 별들이 한곳으로
흘러갔다

누가 뭐라든
여자는 그 아이가
자신의 아이 였다고
믿고 싶었다. 일 년이
넘도록 집으로 돌아오지
않는 건 아이의
좁은 보폭 때문이라고
믿고 싶었다. 아이가
그 걸음으로 돌아오려면
아직도 수많은 시간들
기다려야 할 것이다.
누가 뭐라든, 그렇게
믿고 싶었다.

2002년 11월
겨울로 아닌
깊은 겨울이기도
한 …

1998년 11월 22일은
소설(小雪) 이었는데
썰 오는 논산 강경간
장벽 국도변에 있는
양식집에 앉아 새벽시
를기하며 퍼기 내리기 시작한
눈을 뿌연 커튼창 속으로
들여다보고 있었다. 악흥을
훔친 밤의 수도승처럼
대각선 방향으로 솔빽여
내리는 눈은 허공간
여인숙 간판과 우체통치
돌담판과 길가에 모로
쓰러져 있는 녹은
리어카를 차차 무거렵며
세상을 지우고 있었다.

2002. 11. 29.

윤 대 녕

김화영 여러분, 일 주일 동안 안녕하셨습니까? 오늘은 젊고 멋진 소설가 두 분을 모셨습니다. 우선 오른쪽에 윤대녕 선생이 나오셨습니다. (함께 박수) 그리고 왼쪽에 하성란 선생이 나오셨습니다. (함께 박수)

간단히 두 분을 소개하겠습니다. 윤대녕 선생은 1962년생으로 단국대학교 불문과를 졸업하시고, 1988년 『대전일보』 신춘문예에 단편 「원圓」이 당선된 이후 많은 작품을 쓰셨습니다. 저서로 창작집 『은어낚시통신』 『남쪽 계단을 보라』 『많은 별들이 한곳으로 흘러갔다』 장편 『추억의 아주 먼 곳』 『옛날 영화를 보러갔다』 『달의 지평선』 『코카콜라 애인』 『사슴벌레 여자』 『미란』, 그리고 산문집 『그녀에게 얘기해주고 싶은 것들』 등을 내셨고, 1990년 문학사상 신인상, 1994년 오늘의젊은예술가상, 1996년 이상문학상, 1998년 현대문학상 등을 수상하셨습니다.

하성란 선생은 1967년생으로 서울예술대학 문예창작과를 졸업하시고, 1996년 『서울신문』 신춘문예에 단편 「풀」이 당선되셨고, 저서로 『루빈의 술잔』 『식사의 즐거움』 『옆집 여자』 『삿뽀로 여인숙』 『내 영화의 주인공』 『푸른 수염의 첫번째 아내』 등을 내셨고, 1999년 동인문학상, 21세기문학상, 한국일보문학상 등을 수상하셨습니다.

오늘은 제가 약속시간보다 조금 일찍 왔는데, 두 분 다 저보다 먼저 와 계셨습니다. 다른 분들은 사적으로 만나면 얘기가 많은데, 이 두 분 옆에 앉아 있어보았더니 셋이서 서로 멀뚱멀뚱 쳐다보기만 했습니다. 한마디 하면 간단히 대답하고, 또 조용해지고…… 프랑스 사람들은 할말이 없어서 이처럼 서로 멀뚱멀뚱 쳐다보기만 할 뿐 말없이 있게 될 때, '천사가 지나간다'고 합니다. (함께 웃음) 그래서 오늘은 속으로 은근히 걱정이 됐습니다. 여러분들을 앞에 앉혀놓고, 셋이서 계속 천사만 지나보내면 어떻게 하나 하는 생각이 들었는데, 아마 그러시지 않고 잘 협조해주실 줄 압니다.

　처음부터 작품 얘기로 들어가면 너무 딱딱할 것 같아서, 간단히 몸 푸는 이야기부터 하도록 하겠습니다. 우리가 처음 만나면 서로 인사할 때, '날씨가 좋죠, 추워졌죠?' 이러거나 '요즘 어떻게 지내십니까?' 하면, '그저 그렇게 지낸다'고 대답합니다. 그런데 여기까지 와서 그런 문답을 주고받을 수는 없는 노릇이고, 제가 이곳으로 오면서 오늘은 이런 질문을 해봐야겠다고 생각했습니다. 우선 하성란씨께 물어보겠습니다. 오늘 문학과 관련된 일로 무슨 일을 하셨습니까?

　하성란　네, 오늘 문학과 관련된 일은 전혀 안 했습니다. (함께 웃음)

　김화영　직접적인 관련은 없다 하더라도 작가에겐 삶 그 자체가 문학과 관련된 것일 텐데…… 그러면 문학과 직접적인 관련이 있는 일은 최근에 언제 하셨습니까?

　하성란　어젯밤까지는 했습니다.

　김화영　좀 자세히 말씀해주시죠. (함께 웃음)

　하성란　삼 년 전부터 구미호 캐릭터에 매력을 느끼고 있어서요…… 요즘은 그걸 작품으로 쓰기 위해서 구미호가 되어서 살려고 노력하고 있습니다. (함께 웃음) 밤에 여우의 속성을 좀 관찰했던 것들을 따라 해보고 있는데요. 아마 그렇게 어둠 속에 앉아 있는 것 자체가 문학과는 직접적인 상관이야 없겠지만, 제 소설 쓰는 것과는 상관이 있을 겁니다.

　김화영　언제부터 구미호가 되셨습니까? (함께 웃음)

　하성란　이 개월 정도 됐습니다.

김화영　구미호가 되는 방법은 어떤 겁니까? 좀 자세하게 얘기를 해주시지요.

하성란　일단 어둠 속에서 물건들을 인지할 수 있도록 불을 다 꺼놓은 상태에서 앉아 있습니다. 그리고 여우의 몸동작을 하는데, 네 다리를 이용해서 둥그렇게 몸을 말고 앉아 있구요. 여우는 어떤 생각을 할까, 라는 생각을, 사람 같은 생각이지만 하고 있습니다.

김화영　그러니까 가만히 앉아 있거나 아니면 구미호의 동작을 하는 겁니까?

하성란　네, 가장 여우일 것 같은 어떤 동작들…… 구미호는 다른 여우와는 다르기 때문에, 그런 여우라면 어떤 행동 어떤 생각을 할까 생각하고 있습니다.

김화영　구미호를 보셨어요?

하성란　보지는 않았지만, 제 머릿속에서 그려낸 어떤 특이한 모양을 가지고 있기 때문에요. 그 모양이 아닐까 생각하고 있습니다.

김화영　이 개월 정도면 상당히 구체화되었겠네요?

하성란　네, 그런데 그것이 생각처럼 쉽지 않아서요. 가장 인상적으로 그리고 있는 구미호의 현대적인 모습은 놀이공원에서 롤러 코스터 꼭대기에 앉아 있는 건데, 그것까지 아마 넣게 되지 않을까 싶습니다.

김화영　오늘 제가 질문을 아주 잘 골랐네요. 웬만해서 우리가 이런 얘기를 들을 수 있겠습니까? 상당히 미인이신데, 이런 미인이 불을 꺼놓고 (함께 웃음) 구미호가 되는 모습은 상상해볼 만하네요. (함께 웃음) 구미호라는 말은 많이 들어봤지만 우리가 본 일은 없는데, 바로 옆에 앉혀놓고 상상해보면 재미있을 것 같습니다.

제가 금년 봄에 안식년이라서 파리에 가서 두 달 정도 있는 동안에 프랑스 작가 미셸 투르니에를 찾아가서 만난 적이 있었어요. 그분은, 이삼 년 전에 제가 찾아갔을 때 요즘 뭘 쓰시냐고 물어봤더니 구미호가 아니라 흡혈귀에 관해서 소설을 준비하고 있다고 하면서 흡혈귀 얘기를 한참 하더군요. 그래서 지난 봄에 가서 다시 그 흡혈귀는 어떻게 됐냐고 물어봤지요. 그분 말이 요즘은 나이가 나이인지라 다리에 좀 힘이 없어서 흡혈귀의 현장에 가야 되는데 못 가보고 있다고 했어요. 흡혈귀가 있는 현장이 어디냐고 물었더니, 파리 변두리에 위치한 엄청나게 큰 공동묘지로 페르 라셰즈라는 곳이 있습니다. 거기에 흡혈귀가 출몰한다고 하더군요. 우린 영화에서밖에 본 일이 없는 흡혈귀에 대하여 이분의 설명은 상당히 구체적입니다. 흡혈귀는 그 묘지에서 몽마르트르로 오가는 기차(지하철) 통로를 타고 왔다갔다 하므로 그걸 보러 가야 하는데, 다리가 불편해서 못 가고 있다고 했습니다. (함께 웃음) 그 이야기를 들으면서 흡혈귀 같은 가상의 존재들이 소설가에게는 그렇게 구체적으로 잘 보이는 것인가 싶어 놀랐었는데, 오늘은 또 우리 작가에게서 구미호 얘기를 듣게 되는군요. 재미있어요.

윤대녕씨는 오늘 문학적인 일로 무슨 일을 하셨습니까? 가능하면 자세하게 얘기해주시길 바랍니다.

윤대녕 우리나라의 옛날 그림과 서양의 미술작품을 비교 분석한 정은미씨의 『몬드리안과 조선의 보자기』라는 책을 읽다가 왔습니다.

김화영 신문에 잠깐 소개된 것은 봤는데, 책은 제가 아직 못 읽었습니다. 사진자료와 글이 섞여 있는 책입니까?

윤대녕 네, 아직 다 읽지는 못했구요. 명작 그림들에 대한 정은미씨의 작품분석이 상당히 주관적인데 오히려 그 점이 재미있더군요. 제가 유럽에 다니면서 그림을 많이 본 편이거든요. 그때마다 그림을 몽상적으로 볼 수가 없어서 유감이었는데, 그 책을 읽고 있자니 전에 무심코 흘려봤던 것들에서 어떤 주관적 상상력이 생기는 것 같은 느낌을 받았습니다. 가령 이제부터 그림을 보게 되면, 몽상하는 기분으로, 꿈을 꾸면서, 내 자아의 내적인 부분들을 풀어내는 방식으로 그림을 볼 수 있지 않을까 하는 암시를 받았습니다.

김화영 그냥 재미로 보셨습니까? 아니면 특별히 쓸 작품과 관계지어서 보셨습니까?

윤대녕 삼 주에 한 번씩 모 일간지에 독서 칼럼을 쓰고 있습니다. 그것과 관련되어서 읽고 있습니다.

김화영 몬드리안 얘기를 하니까 생각이 나는데, 몬드리안은 추상미술의 선구자 중 한 사람이죠. 언젠가 파리의 퐁피두 미술관측에서 몬드리안 작품을 상당히 비싼 값에 사게 됐는데, 이게 문제가 생겼다고 합니다. 몬드리안이 선을 구획해서 동일한 색깔로 각 칸마다 컬러를 균등하게 집어넣는 그림을 많이 그렸잖아요? 그게 사실은 콜럼버스의 달걀 같은 겁니다. 그 사람은 시작했으니까 어려웠겠지만, 우리가 흉내내려면 문외한들에게까지도 쉬운 일일 것 같은 느낌을 줍니다. 그 결과, 진품과 가짜를 가려내는 부분에서 상당히 심각한 문제를 자아내는 것이 몬드리안의 작품인가 봅니다. 상당히 비싼 돈을 주고 샀는데, 여러 사람에게서 이게 진품이 아닌 것 같다는 얘기가 나온 것입니다. 또 전에 뉴욕과 파리에서 각각 대형 전시회를 봤었는데, 재미있는 것은 그런 종류의 그림만 그린 것으로 알고 있던 몬드리안이 초기에는 상당히 구상적인 작품을 그린 작가라는 사실을 실제 그림들을 통해서 알게 된 일입니다.

그런데 윤대녕씨는 다른 국내 작가의 소설들을 많이 읽는 편입니까, 잘 안 읽는 편입니까?

윤대녕 최근에는 이십대 혹은 삼십대 초반의 작가들의 작품집이나 문예지에 실린 작품들은 다 챙겨보지 못하고 지냈습니다. 천성이 게으른 탓이죠. 저는 문학을 하면서 우리나라 전후 세대, 1960~70년대에 활동했던 많은 훌륭한 작가 분들의 작품에서 가장 많은 영향을 받았고, 그분들의 문학하는 태도에서 저 역시 깊은 감화를 받고 아직까지 문학을 해오고 있다고 생각합니다. 가령 이제하 선생의 작품이나 오정희 선생의 작품, 또 윤흥길 선생의 작품들을 읽으며 문청 때 문학에 대한 열정을 키우고 그분들의 태도에 감화를 받았습니다. 지금도 가끔 꺼내 읽곤 합니다. 또하나 제가 불문학을 공부했기 때문에 롤랑 바르트나 바슐라르의 텍스트에서 영향을 많이 받았습니다. 하지만 역시 동시대 작가의 작품을 읽은 일이 중요하다고 생각합니다.

김화영 혹시 최근에 다른 사람의 단편이나 장편을 읽고 기억에 남는 게 있습니까?

윤대녕 이 자리에 계셔서 드리는 말씀은 아니구요, 하성란씨의 「기쁘다 구주 오셨네」라는 작품을 인상 깊게 읽었습니다.

김화영 아주 잘 선택해서 읽으셨네요. (함께 웃음) 그럼 하성란씨께 물어보겠습니다. 영향받은 작가가 아니라 자신과 동시대의 동료나 선배의 작품을 많이 읽는 편이십니까, 잘 안 읽는 편이십니까?

하성란　많이 읽는 편입니다. 제가 문예지를 모두 정기 구독하고 있는 것은 아니지만, 보고 있는 문예지를 통해서 다른 분들의 소설을 일단 처음은 읽기 시작합니다. 그만두는 경우가 많긴 하지만요. 그리고 제가 소설을 쓰는 데에 영감을 주는 것들이 바로 그분들의 소설들입니다. 그래서 주위환경이나 저의 경험보다는 오히려 선후배나 동료들의 소설들을 읽으면서 또다른 상상력을 자극받게 되거든요. 재미없으면 끝까지 읽지는 못하지만, 재미있는 소설들의 경우에는 끝까지 다 읽는 편입니다.

김화영　최근에 읽으신 글로 가장 재미있는 게 뭐가 있을까요?

하성란　소설집이었는데요. 강영숙씨의 『흔들리다』라는 소설집이 가장 좋았습니다. 우선 글을 읽을 때, 작가가 글 속에 분신들로 나오게 되는데, 그 분신들의 고통스러움을 그대로 드러내지 않고, 약간 비켜서서 별것 아니라는 포즈를 취하는 것들, 그리고 수많은 문장들을 고르고 골라서 그 문장들만의 적확한 표현을 골라내는 문장력이 좋았습니다.

김화영　본인 자신이 구미호에 관한 소설을 생각하고 있다고 했는데, 실제로 지금 쓰고 계신 소설이 있습니까?

하성란　단편들일 텐데요. 『푸른 수염의 첫번째 아내』가 세번째 단편집인데, 그 소설집 후에 문예지 한곳에 자전소설이라는 단편을 발표했었습니다. 제가 요 근래에 매번 마주치는 경험이…… 얼마 전에 윤대녕 선배도 동석을 했었습니다만, 관광버스를 타고 어느 곳으로 이동을 하게 되었는데, 파란색 플라스틱 의자 커버에 '쓰레기를 분리 수거해서 문화관광인의 긍지를 높입시다' 라는 글자가 새겨져 있었습니다. 제가 그런 문자들을 읽을 때, '문화관광인을 분리수거해서 쓰레기의 긍지를 높입시다' 라는 식으로 읽게 되거든요. (함께 웃음) 늘 이런 식으로 제가 생각하고 있는 대로 문자들을 읽게 됩니다. 신문기사나 CF 광고지를 그렇게 읽게 되는데, 그래서 다시 한번 보면 다른 문장이곤 합니다. 제가 소설을 쓰고 있는 기본 바탕은 제 문자와의 결투라고 생각합니다. 그 문자가 이렇게 제 의지대로 흔들리기 시작한다면 제 소설이 흔들리고 있는 건 아닐까, 문자를 과연 신뢰할 수 있는가, 라는 생각이 듭니다. 그래서 그 문제에 대해 좀더 깊이 천착해서 생각해보려고 하고 있습니다.

김화영 다시 한번 말씀해주시겠어요. 바뀌는 내용을……

하성란 '문화관광인을 분리수거해서 쓰레기의 긍지를 높입시다.'(함께 웃음)

김화영 지금 재미있게 말씀해주셨습니다만, 20세기 초엽에 초현실주의자들이 착상해낸 '우아한 시체'라는 게임이 있습니다. 저도 유학생 시절 프랑스 친구들과 참 많이 했죠. 우리말로 하기는 좀 어렵습니다. 우리말은 단어의 문법적 기능, 통사적 기능에 따른 토씨라는 게 붙어 있어서 그 격을 말해주기 때문에 따로 분리 독립시키기가 쉽지 않거든요. 이런 언어구조가 한국인의 사고와 직결된다고 생각하는데, 서양어는, 영어의 경우도 그렇지만 격변화가 잘 없습니다. 그래서 문법적인 기능만 알려주고 각자 단어를 하나씩 씁니다. 당신은 동사를 쓰고 나는 명사를 쓰고 또 누구는 형용사를 쓰는 식으로 문장으로 조합하면 '나는 당신을 사랑합니다' '당신은 나를 사랑합니다'가 될 수도 있지만 기상천외의 문장이 나올 때도 있습니다. '밥이 맛있는 나를 먹습니다'라든가 '봄이면 사랑에 빠진 풀이 연두색 당신을 쓰다듬는다'는 식의 문장도 만들어져서 본의 아닌 시적인 재미를 자아내는 게임이죠.

윤대녕씨는 최근에 쓰고 계신 책이나 작품이 있습니까?

윤대녕 일 년 정도 작품을 전혀 쓰지 못하고 있다가 근래에 중편소설 한 편을 시작했습니다.

김화영 구상중입니까? 쓰고 있습니까?

윤대녕 네, 지금 쓰고 있습니다.

김화영 많이 쓰셨습니까?

윤대녕 이백 매쯤 초고를 끝냈는데…… 저 같은 경우에는 여러 번 손을 보기 때문에 반쯤 끝냈다고 말씀드릴 수 있겠습니다.

김화영 아직 미완성으로 발표도 안 한 작품인데다가, 더욱이 과묵하신 분이니까 말씀을 안 해주시겠지만, 나중에 전연 다른 모습으로 나올지도 모르니까, 한 귀퉁이만 조금 말씀해주실 수 있을까요?

윤대녕 사실 지금 몹시 긴장하고 있습니다. (함께 웃음) 제가 말주변이 없어서 이런 데 잘 나오지 않는데, 김화영 선생님께서 제 세번째 창작집에 해설을 써주셔서, (함께 웃음) 그리고 선생님을 제가 존경하고 있어서 (함께 웃음) 나와 있습니다만, 아주 불편합니다. (함께 웃음) 작년과 올해, 제가 글을 못 쓴 이유 중에 하나는 아마 나이에 관한 자기 정체성의 혼란을 겪고 있기 때문이라고 생각합니다. 사실 작년에 마흔이 되면서 여러 가지 복잡한 심정, 육체적인 것과 관련한 것, 삶 자체에 관한 것, 또 부모 형제(가족)와 관련해 오랫동안 고민에 휩싸여 있어서 작품 구상이 상당히 늦었습니다. 올해는 제가 마흔하나가 되었고, 그런 와중에서 죽음에 관한 이미지가 자주 머릿속에 떠올랐습니다. 그래서 이번 소설에서는 제가 이 나이에서 감지할 수 있는 삶과 죽음의 문제, 삶과 죽음이 만나는 장면을 써보고자 하는 것입니다. 다소 막연한 주제이긴 하지만 그 막연함에 매달려 삶과 죽음을 얘기해보고 싶습니다.

김화영 여전히 좀 추상적으로 말씀하시네요. 긴장하지 마십시오. 다른 분들은 농담을 훨씬 더 많이 하는데, 두 분이 진지하게 하니까 제가 농담을 잘 못 하겠네요. 아주 엄숙한 이야기를 하려고 이 자리에 모인 것이 아니라, 글로만 뵈었던 작가들의 목소리를 가까운 자리에서 들어보자는 것, 그리고 얼굴도 보고, 몸짓도 보고, 표정도 보고 이런 것이 참 중요하다고 생각해서 이런 자리를 마련한 것입니다. 그렇지 않다면야 집에 앉아서 책을 꼼꼼히 읽으면 충분히 교감할 수 있는 사이가 작가와 독자 사이라고 생각합니다.

제가 나이도 더 많고 또 학교 선생도 하고 그래서 좀 자리가 편하지 않으실지 모르겠지만…… 긴장을 풀었으면 해요. 다른 나라에서는 젊은 분들이 더 도전적인데, 우리나라는 장유유서의 유가적 전통 때문인지 나이를 너무 의식하시는 것 같은데, 그 반대로 해주셨으면 좋겠습니다.

제가 질문하려는 것은 소설을 처음에 쓸 때, 착상이 작품에 따라 다르겠습니다만, 착상하는 과정이 어떤가 하는 것입니다. 제가 잘 아는 한 예만 들어보겠습니다. 최근에 제가 알베르 카뮈의 전집을 내고 있는데, 그 사람은 일생 동안 아홉 권의 노트에다가 '작가수첩' 이라고 해서 늘 무엇인가를 적어두었습니다. 그 노트들을 묶은 '작가수첩' 의 첫 권과 세번째 권을 번역해 내고, 한동안 두번째 권을 못 내고 있다가 이제 막 번역을 끝마쳤습니다. 그냥 읽을 때와 번역할 때는 전연 다릅니다. 몇 번씩 반복해서 읽어야 되니까 얼마나 자세하게 읽었는지 모릅니다.

그런데 뻔히 아는 얘기임에도 불구하고 늘 새로운 감동을 받는 점이 있었어요. 알베르 카뮈라는 작가는 스물두 살 때부터 마흔일곱 살 교통사고로 죽을 때까지 수십 년 동안 꾸준히 노트에다가 작품구상과 관련된 짧고 긴 생각들을 기록을 했습니다. 내면의 일기와는 다릅니다. 마음속의 기분이나 심정을 기록한 것이라기보다는 오로지 소설가로서 끊임없이 생각하고 있는, 작품에서 쓸 필요가 있는 내용, 에피소드, 대화, 풍경 묘사 같은 것들을 단편적으로 토막토막 끊어진 상태로 적어두고, 또 자기가 읽은 책의 한 대목도 인용하고…… 그러는 동안에 가끔 자기 예술론을 만들어가는 과정도 드러내 보이게 됩니다. 소설은 이러이러해야 한다, 소설의 기능이란 이런 것이다, 내가 다음에 쓸 내용은 전에 쓴 주제와 관련해서 이런 것이어야 하지 않겠는가, 앞으로 왜 이런 방향으로 나아가야 하는가 등 수많은 자기의문들이 곳곳에 기록되어 있지요. 그래서 작가로서 그가 어떤 시기에 어떤 생각을 끊임없이 했는지를 알 수 있습니다. 이렇게 얘기하다보면 작가는 꼭 그런 식으로 심각하게 생각해야만 한다는 어떤 규범이 있다고 믿기 쉽지만, 반드시 그렇지는 않겠지요. 작가마다, 사람마다 다 자기 식의 방식이 있을 테니까요.

그래서 두 분께 여쭤보고 싶은 것은…… 지난 시간에 이 자리에서 들었던 한 예를 다시 들어보겠습니다. 작가 심상대씨를 모시고 얘기를 들었는데, 그 분은 소설을 쓸 때 일단 인물의 직업을 확실히 해놓아야 쓸 수가 있다고 했습니다. 직업이 확실해야 직업에 따른 행동 장소 말투가 쭉 딸려나온다고 말입니다. 제가 이제 막 카뮈와 심상대씨, 두 예를 들었는데, 두 분께서는 쓰는 작품의 성격에 따라서 다르겠습니다만, 그래도 대체로 작품을 구상하고 쓰실 때, 소재가 먼저인지, 이미지가 먼저인지 그런 걸 좀 소개해주셨으면 좋겠습니다.

하성란 먼저 오늘 나눠주신 브로슈어에 제가 21세기문학상을 받은 것으로 나와 있는데, 제가 그 상은 받지 못했습니다. (김화영 : 그래요?) 후보로 올라갔었는데, 잘못 기록된 것 같습니다.

김화영 그럼 아직 받을 일이 남았으니까 좋겠네요. (함께 웃음)

하성란 선생님께서 지금 해주신 질문은 상당히 어려우면서도 쉬운 질문인 것 같습니다. 저 같은 경우는 두 분의 방법을 조금씩 그대로 사용하고 있는데요. 언제나 잠자리에 들 때, 노트를 옆에 두고 잡니다. 노트를 좀 큰 것으로 준비하고, 불을 켜지 않고도 글자 획수가 엉키지 않도록 하기 위해서 일부러 큰 종이를 놓고 잠자리에 들구요. 그림 수첩 같은 것이 있어서 그림을 잘 그리지는 못하지만, 인물이나 소설의 배경이 되는 곳을 스케치하는 습성이 있습니다. 그러고 나면, 아까 구미호 때 했던 방식처럼 책도 읽지 않고, 쓰고자 하는 이야기나 잡념들을 불러오기 위해서 그냥 우두커니 앉아 있습니다. 예전에 신경숙 선배가 어느 수상 소감에서 자기 속에서 물을 주고 음식을 줘서 기르는 인물이라고 했는데, 그런 하나의 인물이 숙성되기까지의 과정을 머릿속에서 그립니다. 그렇게 해서 수많은 이미지들이 필름처럼 지나가면, 그것들을 머릿속에서 짜맞추고 또다시 편집하는 과정을 거치고 나서 글을 쓰기 시작합니다.

김화영 아주 구체적으로 재미있게 설명을 해주셨습니다. 그러니까 사람마다 얼마나 다른지 아셨을 겁니다. 어둠 속에서 넓은 종이를 놓고 글씨를 쓰신다고 해서 생각나는 게 하나 있는데, 지금 보시다시피 제가 즐겨 쓰고 있는 이 수첩은 조그마한 수첩입니다. 주머니에 잘 들어가죠. 제가 이런 수첩을 쓰기 시작한 지는 십 년이 채 안 되요. 전에 제가 영화에 관한 책을 하나 쓴다고, 영화관에 들어가서 영화의 각 장면이 바뀌는 순서를 체크하기 위해서 간략하게 메모를 하면서 영화를 보곤 한 적이 있었습니다. 영화의 큰 상인 대종상 심사 때도 그런 방식의 노트가 필요했지요. 그때 어둠 속에서 수첩에 메모를 해야 하는데, 그럴 때 쓰라고 우리나라의 어떤 사람이 발명했다고 하는, 펜 끝에 전지가 달려 있는 펜이 있긴 합니다만 예상보다 기능적이지 못하고 화면 보고 노트 보고 그럴 새가 없더군요. (함께 웃음) 밑의 노트를 보지 않고 영화를 보면서 써야 하니까요. 그때 잘못하면 글씨의 줄이 이중으로 겹쳐서, 쓴 내용마저 알아볼 수 없게 됩니다. 그래서 이처럼 폭이 좁은 수첩을 손에 잡고 손가락을 대고 쓴 줄 다음 공간을 짐작하는 한편 엄지손가락으로 조금씩 밀면서 쓰면 쓴 내용이 안 겹칩니다. 이때 노트의 폭이 넓으면 줄이 삐딱해지면서 겹쳐질 위험이 그만큼 더 커지게 되어 있습니다. 그래서 지금 제가 갖고 있는 수첩은 좁고 긴 수첩이 많습니다. 파리에 가니 이런 종류의 수첩을 많이 팔더군요. (함께 웃음) 이게 좋다고 선전하려는 게 아니라, 재미있어서 말씀드린 겁니다.

　같은 방식으로 윤대녕씨도 작품을 구상하는 방식에 대해서 한 말씀 해주시지요.

윤대녕　저는 메모를 하는 경우가 거의 없습니다. 그리고 음악을 듣는다든지 여행을 다닌다든지 할 때 순간적으로 떠오르는 이미지들, 처음엔 그게 뭔지 저 자신도 잘 모르지만 이미지가 떠오르면 그것을 붙잡고 계속 씨름을 합니다. 그리고 시간이 지나면서 그와 관련된 다른 유사한 이미지들이 떠오르는데, 그 다음부터는 줄거리를 통해 이미지를 배열합니다. 뭘 써야 되겠다는 주제의식이나 목적의식보다는 일단 문장을 몇 줄 써놓는 게 저로서는 대개 소설의 시작입니다. 그리고 앞에 몇 줄을 쓰면 제가 무엇을 쓰고 싶어하는지를 알게 되고, 거기에 적절한 문체와 그와 관련된 소도구와 장치들을 배합하면서 의식의 흐름에 기대 써내려갑니다. 주제의식에 의식적으로 매달리지 않는 것은 공통된 이미지들 속에 이미 주제가 포함돼 있다고 믿기 때문입니다. 설계도면처럼 만들어놓고 글을 쓴 적은 거의 없습니다.

김화영　그러면 가령, 마음속으로 어떤 생각을 한다든지 어떤 문장을 쓴다든지 할 때는 그렇지만, 제가 알고 싶은 것은 그런 생각을 머릿속에서 익혀서 하성란씨가 말씀하신 것처럼 식물에 물을 준다든지 그런 느낌으로 자기 마음속에서 작품이 숙성되어가는 과정을 지켜보다가 어느 날 어느 순간, 이제부터 나는 쓰겠다, 지금까지는 모든 것이 머리나 마음속에 그려졌지만, 지금부터는 적어도 눈에 보이도록 쓰겠다고 마음 먹는 순간이 올 텐데 그건 언제 옵니까?

윤대녕 이미지들이 서로 닮아가고, 함께 간격을 좁히면서 텐션이 발생하는 지점이 있는 것 같습니다. 그럴 때 저는 주로 혼자 있으면서 명상하듯이 고도로 집중합니다. 저는 의식적으로 소설을 쓰는 느낌을 가져본 경우는 거의 없습니다. 가령 문학도 노동을 하며 먹고사는 것처럼 육체적인 일이라고 생각합니다. 그래서 내가 쓰고 싶어하는 것은 육체 속에 이미 내재되어 있다고 생각합니다. 내면의 에너지에 의해 문장들이 풀려나오고 그러는 동안에 삶의 경험들이 스토리로 변환돼 나오는 것 같습니다. 어떤 경우엔 다 쓰고 나서야 무엇을 썼구나, 라고 느낄 때도 있습니다. (함께 웃음) 글 쓰는 과정을 의식보다는 육체에 맡겨놓는 편입니다.

김화영 그러면 처음 쓸 때, 시작하는 첫 줄은 중요합니까?

윤대녕 앞 부분이 매우 중요하고, 대개는 열 번 이상씩 고쳐 씁니다. 가령 「빛의 걸음걸이」라는 단편이 있는데, 그것을 쓰게 된 동기는 아주 사소합니다. 그 전날 술을 많이 먹고 다음날 아침 더운 여름날에 목욕탕에 가려고 집을 나와 걷고 있었습니다. 전날 숙취도 있어서 일체의 사물이 흔들려 보이고 몸도 피곤한 와중에 어느 집 지붕 너머로 빛이 걸어가는 게 보이더군요. 우선 제목을 잡아놓고, 이 제목으로 무언가를 쓸 수 있겠구나 생각을 했고 쓰다보니까 그 소설이 나왔습니다. 저는 영감의 대부분이 이런 식으로 불지불식간에 찾아오는 것 같습니다.

김화영 보시다시피 작가들이 얼마나 서로 다른지를 알 수 있습니다. 이것은 평이 아니라, 일종의 묘사나 독자로서의 느낌인데, 윤대녕씨 작품이 지금 말씀하신 것처럼 소설이면서 상당히 시적인 요소를 가지고 있습니다. 그러니까 스토리 자체가 중요한 게 아니라, 스토리가 물론 없는 것은 아니지만, 작품 자체를 구성하는 여러 가지 구성요소들이, 얼른 보면 약간 산만하게 흩어져 있는 것 같지만, 그것을 꿰고 있는 방식은 스토리가 아니라 전체적인 어떤 이미지들의 결합입니다.

한편, 하성란씨 작품들은 대부분이 종래의 전통적인 얘기와는 다를지라도, 어쨌든 앞뒤를 꿰고 있는 이야기가 비교적 선명한 상태라고 생각합니다. 그래서 이미지만으로 흩어져 있는, 파편적 이미지가 뿌려져서 하나가 된다는 것만이 아니라, 아주 구체적인 얘기가 있는 것 같은데, 아마 이렇게 성격이 다른 작품이라면 쓰는 방식도 다르지 않을까 하는 생각이 듭니다. 제가 아까 물어봤던 그 질문 그대로 숙성되어가는 마음속의 그것이, 드디어 오늘부터는 컴퓨터에 앉아서 쓰기 시작하겠다는 경계점으로 나타나는 것은 어떤 때입니까?

하성란　간혹 받는 질문 중 하나가 소설을 쓰는 데에 어느 정도의 시간이 소요되느냐는 것인데요. 제가 노트북 앞에 앉아서 단편 하나를 쓰는 시간은 굉장히 짧습니다. 제가 단편을 쓰는 시간은 단편의 인물이나 주제 같은 것들이 생각나기 시작하는 그 순간부터이기 때문인데요. 그리고 예전에는 손으로 썼습니다만, 요즘은 노트북을 쓰고 있는데, 노트북에 쓸 때에도 쓰고 나서 전혀 보지를 않습니다. 아까 말씀드렸듯이, 모든 이미지나 인물들의 행동 같은 것들이 구체적으로 머릿속에 자리잡기 시작하면, 그것들을 그냥 글로 옮기는 작업을 하고 있기 때문입니다. 한 편의 이야기가, 한 편의 소설이 다 마무리되었다고 생각하면, 처음과 결말의 문장들이 딱 떠오르기 시작하고, 그 사이에 모든 줄거리나 하고 싶은 이야기들이 다 떠오르기 시작하면, 그때 이제 노트북으로 옮기는 작업만 하고 있습니다.

김화영　그러니까, 거의 마음속에 소설 한 편이 다 들어 있네요? (하성란:네.) 그리고 그걸 받아쓰는 것이구요? (하성란:네.) 얼마나 다릅니까? 윤대녕씨는 쓰고도 많이 고치는데, 오히려 하성란씨 같은 경우가 제일 드물지 않나 싶습니다. 고치지 않고 정리만 한다는 게…… 그러면 단편의 경우는 그렇다지만, 장편의 경우도 그런 식으로 온전히 받아쓰기만 하면 됩니까?

하성란　그래서 장편은 단편처럼 좋은 소설이 되지 못하는 것 같습니다. 단편의 걸음걸이와 장편의 걸음걸이가 많이 다른 것이 아닌가 생각하고 있습니다. 지금 고민하고 있는 부분이 바로 장편의 그런 부분들입니다. 장편 양식과 서사성이 단편과 다르기 때문에 장편을 쓰는 것이 조금 어렵게 생각됩니다.

김화영　제 개인적인 감상입니다만, 우리나라 작가들이 한글로 글을 쓰기 시작한 지 길어봐야 1세기 정도 됩니다. 19세기 말엽, 20세기 초엽에 현대소설이 시작되었다고 해도 과언이 아닌데, 그런 가운데 우리나라가 경제적으로 별로 윤택하지 못했기 때문에 발표지면이 별로 없었습니다. 종이도 없고, 독자가 책을 사볼 만한 돈도 충분히 없었죠. 그리고 밤에 책을 읽자면 조명시설이 필요한데 전등이 널리 보급된 것도 아주 오래된 것은 아닙니다. 이처럼 여러 가지 경제적·사회적인 제약 때문에 제대로 글을 못 썼는데, 그래도 그나마 원고료도 좀 받고, 독자와의 접촉이 쉬웠던게 바로 잡지였지요. 따라서 주로 잡지에 실리는 것은 단편소설일 수밖에 없었습니다. 그래서 아마 오늘날 전세계에서 단편소설이 가장 많이 나오는 나라는, 제가 아는 나라 중에서, 한국과 일본 정도가 아닐까 합니다. 물론 캐나다의 퀘벡 지방에 굉장히 많은 단편소설들이 쏟아져나오고 있는 것은 또하나의 예외에 속합니다. 그 밖의 나라들에는 단편소설이 거의 없어요. 독자들이 안 좋아하니까요.

그래서 우리나라 작품들을 외국독자들에게 번역 소개할 때 아주 곤란한 문제가 바로, 우리나라의 대표적인 작품이 단편들이라는 사실입니다. 우리 독자들에게는 매우 재미있지만, 번역해서 외국 사람들에게 갖다주면, 우선 주인공이나 등장인물의 이름을 외우기부터 굉장히 힘들어합니다. 우리야 김영철이라고 하면 금방 외지만, 서양 사람들은 발음도 어떻게 해야 하는지 잘 알지 못하고, 이름이 석자, 세 음절이라는 사실에 습관이 되어 있는 것도 아니기 때문에 상당한 낯섦과 기억의 어려움을 갖습니다. 게다가 어떤 작품의 경우에는 등장인물이 여럿일 수도 있습니다. 그래서 단편소설은 사람 이름이나 지명을 간신히 외우는 데 성공했는데 벌써 끝나버리니까 아주 허망해져서 독자들이 별로 좋아하지 않습니다. (함께 웃음) 장편소설은 그래도 한번 고생해서 각종 고유명사에 길들여놓으면, 그 지식과 정보가 축적 돼서 나중에는 그냥 재미있게 쭉 따라가다보면 재미와 감동을 충분히 맛볼 수 있지요. 그래서 일 년에 한두 권 정도 읽는 독자들은 흔히 육칠백 쪽 정도의 긴 장편소설을 좋아합니다. 특히 여름 바캉스를 떠날 때는 대개 그런 작품을 가방에 넣어가지고 갑니다.

그런데 우리나라 사람들은 앞서 설명한 그런 여건과 이유 때문에 단편소설에 굉장히 익숙해 있고 그러다보니 한국의 단편소설은 굉장히 밀도가 짙습니다. 그래서 그런지 정작 제대로 된 장편소설은 찾아보기가 어렵다는 느낌을 받게 됩니다. 우리 작가들이 장편을 잘 못 써서 그렇다기보다는 우리 독자의 습관이 진한 밀도의 단편소설에 너무나 오랫동안 익숙해져 있어서 장편을 읽으면 어딘가 좀 함량부족인 것 같은, 공기가 희박해진 것 같은, 그리고 얘기도 좀 너무 쉽고 평면적인 것 같은, 그런 느낌을 받는 것이 아닌가 합니다. 그 원인은 독자의 습관과 기대치에도 있고, 작자의 의식과 글쓰기 방식에도 있는 것 같습니다.

지금 두 분은 머릿속에서 작품이 이루어지고 숙성된다고 했는데, 아마도 단편이나 중편 정도니까 그렇지, 장편소설의 경우라면 그렇게 하기가 쉽지 않을 것 같은데 어떻습니까. 더군다나 그것이 매우 밀도가 높은 단단한 작품이라면……

그것과 관련해서 하성란씨께 제가 묻고 싶은 것이 한 가지 있어요. 아시는 분들은 아시겠지만, 지금 현역으로 왕성하게 활동하고 있는 우리 소설가들 중에서, 개인적인 생각인지는 모르겠습니다만, 아마 하성란씨는 아주 드물게, 작자나 내레이터의 감정이 별로 개입되지 않은, 소위 건조한 묘사에 있어서 발군의 작가라고 생각을 합니다. 저는 늘 우리나라의 많은 소설들이 묘사에 소홀하거나 무관심하다고 생각하는데, 그 이유 중에 하나는 우리 한국 사람에게 타자 경험이 없거나 부족하다는 사실을 꼽을 수 있지 않을까 합니다. 한국 사람은 오래 전부터 '우리끼리' 폐쇄적인 삶을 살아왔고, 또 전부 다 한국어를 사용하는 단일성을 가진 사람들이었기 때문에 '우리' 밖의 타자경험이 별로 없었지요. 그래서 만사가 다 '우리끼리' 입니다. 이 지구상에 대학에 '국문과' 가 이렇게 많은 나라는 우리나라밖에 없습니다. 한국문학과가 아니라 국문과 말입니다. 한국사학과가 아니라 사학과입니다. 자신을 객관화하는 시각이 많이 결핍되어 있습니다. 우리끼리니까 서로 객관적인 소개가 필요없다고 여깁니다. 소설가도 소설 속에서 어떤 장소나 인물을 장황하게 객관적으로 묘사하는 일이 드물지요. 작품 속에 서울역이 나타나면, 서울역이 어디 있다는 말이나 건물의 구조묘사 같은 것은 찾아보기 어렵지요. 서로 다 알고 있잖아? 서울역, 그걸 몰라? 라고 반문하는 듯한 인상입니다. (함께 웃음) 청량리역, 부산 등도 마찬가지입니다. 그런데 사실은 소설에 등장하는 부산과 실제의 부산은 다른 겁니다. 그러니까, 부산이 목포나 대구, 서울과 관계에 있어서 공간적인 위상이 어떻다든가, 거리는 얼마쯤 떨어져 있는가 하는 관계의 묘사가 독자에게 소개

되는 것이 마땅하지 않겠어요? 예를 들어서 알베르 까뮈의 페스트 같은 곳에서 '오랑'이라는 도시는 당시 작가가 살고 있는 도시였지만 작품의 초입부터 그 도시에 대한 묘사와 설명이 장황하게 나옵니다. 오랑 사람들 누가 그 도시를 모르겠습니까? 그래도 작품 속에서 그 도시가 맡고 있는 서술적 기능상 도시의 묘사나 성격의 분석은 필요한 것입니다.

묘사가 참 부족한 이런 나라에서 하성란씨의 소설에는 「별 모양의 얼룩」만 봐도 곳곳에 아주 소상한 묘사가 등장합니다. 그래서 제가 여쭤보는 것인데, 이렇게 아주 자세한 묘사, 예를 들어서 「파리」 같은 작품에도 자갈밭이 많은 곳에 대한 묘사가 아주 장황하게 나옵니다. 그런 묘사도 방 안에 들어앉아서 혼자 상상해서 합니까, 아니면 현장에 가서 자세히 관찰하고 필요할 때는 노트를 하십니까?

하성란 여행을 많이 다닐 만한 환경이 되지 못하구요. 여행을 가게 되면 사진은 잘 안 찍는 편입니다. 대신 눈으로 제가 본 것들을 기억에 담아오려고 하구요. 그렇게 담아온 것들을 소설 속에서는 또다른 환경으로 조금씩 변형을 주기도 합니다. 제가 보지 않은 곳에 대한 상상은 잘 할 수가 없구요. 본 것에 어둠이나 안개나 자갈밭이나 상징적인 것들을 조금씩 넣어서 작품을 씁니다.

김화영 그러면 상당히 눈에 힘을 줘서 자세히 쳐다보는 편이겠네요?

하성란 네, 그래서 한번 본 사람이나 한번 들은 목소리는 잘 기억하고 잊어버리지 않는 편입니다.

김화영 그런 게 개성이겠죠. 관심도 가지겠지만, 대상을 보면 사진처럼 기억이 잘 되는 사람이 있고, 어떤 사람은 그런 것이 별로 중요하지 않고, 나에게는 나만의 이미지가 중요하지 내가 본 현장은 중요하지 않을 수도 있습니다.

아마 윤대녕씨의 경우는 무슨 묘사를 시시콜콜히 한다든지, 작품에서 힘을 주어 묘사하는 경우를 별로 볼 수 있는 것 같지는 않습니다. 어떻습니까?

윤대녕 죄송합니다. 질문의 요지를 잘 못 들었습니다.

김화영 그러니까 어디에 가면 소설에 써먹을 만한 곳을 자세히 관찰하는 편입니까, 아니면 그것에 관계없이 느낌만 가지고 옵니까?

윤대녕 유럽이나 동남아 같은 곳을 여행할 때에도, 저는 어디에 가서 뭘 봐야지, 그러니까 관광 책자를 가지고 다니는 식의 여행은 해보지 못했습니다. 가다가 그냥 편하면 거기에서 며칠 묵고, 자연스럽게 흐름을 따라 다니기 때문에 특별히 눈여겨보거나 기억에 담아두거나, 이 장소, 이 환경에 관해서 소설 속에 어떻게 써야지 하는 경우가 거의 없었던 것 같습니다. 나중에 그곳에 대해서 쓰게 될 때는 오히려 그곳에 대한 자료를 찾아보곤 합니다.

김화영 책이나 기타 자료를 조사한 일은 별로 없습니까?

윤대녕 작품을 쓰는 도중에 그런 경우는 있습니다. 방금 말씀드린 것처럼 인터넷에서 자료를 검색한다든가, 백과사전을 찾아본다든가 하는 경우 말이죠.

김화영 이제 워밍업이 어느 정도 된 것 같으니까, 정해놓은 소설 얘기로 들어가겠습니다. 제가 벌써 상당히 많은 작가분들을 이 자리에 모셨는데, 물론 그분들이 정해주신 단편이나 중편이 반드시 대표성을 갖는다고 말하기는 어렵겠습니다만, 전에 이미 제가 지적한 대로, 요즈음 우리 소설에는 빈번하게 등장하는 소재가 서너 가지 정도 되는 것 같습니다. 첫째 동식물, 다음으로 천문학(기상학), 끝으로 여행, 이렇게 세 가지가 가장 눈에 띄는 소설의 주제라고 생각되는데, 윤대녕씨야말로 이 세 가지를 골고루 아우르는 작가라는 생각이 듭니다.

지난번에 심상대씨와 성석제씨를 모시고 이야기를 나누면서, 두 분을 보면 매번 어딘가를 돌아다니느라고 자동차 속에 있는 것 같다고 했었죠. 그분들 보고 어디를 그렇게 돌아다니면서 쓰냐고 했더니, 성석제씨는 여기저기 노트북을 갖고 다니면서 쓴다고 했고, 심상대씨는 글 쓸 때는 안 돌아다닌다고 하더군요. 자기는 골방에 틀어박혀서 쓴다고 하면서, 돌아다니면서 쓰는 사람은 윤대녕씨라고 하더라구요. (함께 웃음)

그게 사실인지 아닌지는 모르겠으나, 오늘 단편집 『많은 별들이 한곳으로 흘러갔다』 속에서 같은 제목의 단편을 지정해주셨는데, 제가 봤더니 이 한 편의 작품 속에 등장하는 장소가 굉장히 많습니다. 처음에 논산 근처에서 시작하던 소설이 뒤로 가면서 2차적인 지명이 장화, 등화 등으로 이어지고, 그 다음에 속초…… 그런가 하면 데이트를 해도 데이트 장소를 이렇게 부산하게 이동하는 작가는 그리 많지 않을 것 같아요. (함께 웃음) 동숭동 아트센터에서 처음 만난 남녀가 소공동 초밥집으로 건너뛰더니, 그 다음에 홍익문고라고 해서 신촌으로 갔습니다. 그러더니 또 연대 방향으로 옮깁니다. 여기 동숭동에서 시작해서 소공동으로 가서 저녁을 먹고. 실제로 이렇게 많이 움직이며 데이트하기가 쉬운 일은 아니죠. (함께 웃음) 그러다가 인사동으로 갔다가, 벽제, 광탄, 기산 저수지, 물론 국외로 필리핀의 보라카이도 등장합니다. 더구나 고향인 임실 외곽까지 등장하니 행동반경이 여간 넓은 것이 아닙니다. 몸이 직접 움직일 수도 있지만, 머릿속에서 상상으로 왔다갔다하는 경우에도 상당히 멀리 갑니다. 사실, 『많은 별들이 한곳으로 흘러갔다』가 나올 때, 제게 소개글을 써달라고 해서 작품을 여러 번 꼼꼼히 읽을 기회가 있었는데, 읽다보니까 이분은 참 많은 곳에 가서, 별처럼 흘러가고 있구나, (함께 웃음) 그런 생각을 했습니다. 쌍계사도 가고, 선운사도 가고 그러던데 여행을 참 많이 하시죠?

윤대녕 비교적 많이 하는 편입니다.

김화영 거기 가서 씁니까, 아니면 갔다 와서 씁니까?

윤대녕   어디를 말씀하시는 겁니까? (함께 웃음) 특정한 장소를 말한다면 가령 「3월의 전설」이라는 소설이 있는데, 그것은 쌍계사에 한 달 정도 있으면서 썼습니다.

김화영 거기에서 다 써 가지고 왔습니까? (윤대녕 : 네.) 선운사는 아니구요?

윤대녕 선운사에서도 한 달 정도 있으면서 쓴 「상춘곡」이라는 중편이 있습니다.

김화영 지금도 글 쓰기 위해서 어디를 많이 다니십니까?

윤대녕 거의 집 밖에서 쓰는 것 같습니다. (함께 웃음)

김화영   한 분은 남자이고 여자이기도 하지만, 얼마나 두 분이 다릅니까? 하성란씨는 거의 대부분 집에서 쓰시죠?

하성란 네, 장소가 바뀌면 한 줄도 잘 못 쓰고 편지도 잘 못 씁니다. 편지 써본 지도 꽤 오래됐긴 했지만요.

김화영 그럼 여행 가서 엽서도 잘 안 쓰시겠네요?

하성란 소설 이외에 돈을 받지 않는 글은 잘 안 쓰고 있습니다. (함께 웃음)

김화영　확실하시네요. (함께 웃음) 오늘은 글을 써달라는 주문이 아니라 그냥 얘기만 하는 것이니까 다행입니다. 윤대녕씨는, 제가 참 인상 깊게 읽었던 작품이 「은어낚시통신」인데, 낚시 많이 하십니까?

윤대녕　근래에는 못 하구요. 어렸을 때부터 대학 졸업할 때까지는 상당히 많이 했습니다.

김화영　요즘 우리 소설가들이 많이 다룬 주제로는 은어 송어 사슴 이런 동식물 얘기도 있고, 천문학 쪽으로는 「많은 별들이 한곳으로 흘러갔다」 같은 천문 기상 (유성우 얘기입니다)에 관한 주제를 다룬 작품도 있고, 그리고 지금 말하는 중인 여행 얘기나 영화 얘기, 불륜 얘기 이런 것들이 있는데, 특히 최근에 동식물의 소재를 다룬 소설이 참 많아진 것 같습니다. 홍어 멸치 고양이 개 등이 있는데, 하성란 씨 작품에도 개에 관한 이야기가 있었죠? (하성란:네.) 구미호도 동물에 속하겠죠? 동물 얘기를 많이 쓰셨습니까? (하성란:그다지 많지 않았던 것 같습니다.) 그런데 근래에 개에서 구미호까지 이어졌는데, 그런 구체적인 대상들이 주제와 관련된 상상력을 촉발시키고 집중시키는 데 많은 도움을 줍니까?

하성란　그건 아닌 것 같습니다. 제가 그리고자 하는 구미호는 동물이라기보다는 인간에 훨씬 가까운 존재입니다. (김화영:본질 같은 겁니까?) 네.

김화영　그러면 구체적으로 하성란씨가 지정해주신 작품이 「별 모양의 얼룩」인데, 이 작품은 뒤에 보니까 1999년 6월에 일어났던 씨랜드 화재 사건을 소재로 한 것이더군요. 이걸 특별히 구체적으로 취재를 하셨습니까, 간단히 신문에서 읽은 것으로 충분했습니까?

하성란　그 당시에 신문과 방송에서 참조했구요. 제가 현장에 직접 가보지는 않았습니다. 카메라가 취재한 것에서 사실과 다른 점이 있는 게 확실하긴 하지만, 그 모든 것을 글로 쓰는 것은 가능했다고 생각합니다.

김화영　이것뿐만 아니라, 신문에 났던 소위 사회면 잡보 기사를 소재로 하는 경우가 원래는 드문데, 왜 관심을 가졌습니까?

하성란　뒤에 해설 쓰신 분은 『푸른 수염의 첫번째 아내』에 이르러서 제 소설들이 사회성을 띠게 되었다고 말씀하셨지만, 사실 그전 단편들도 늘 제가 관심을 가지고 있는 일들에 단지 익명성만을 띤 것이기 때문에 그 말씀에는 동의하기가 좀 어렵구요. 단지 「별 모양의 얼룩」에 나왔던 씨랜드 사건은 굳이 제가 신문기사나 그런 일련의 사건이나 사고에 관심이 있어서가 아니라, 저에게 소설가로서 무엇을 해야 될 것인가에 대한 생각을 처음 하게 했습니다. 그래서 소설가의 책임감이란 것이 무엇인가라는 고민에 이르렀을 때, 그중에 해야 될 일의 하나가 바로 그런 것들이 아닌가, 상처 입고 실의에 빠져 있거나 커다란 슬픔을 안고 있는 사람들에게 위로를 해주는 것도 소설가의 의무가 아닌가 하는 생각이 들었구요. 수많은 어머니들과 사고 당사자의 부모들, 그리고 죽은 아이들의 혼까지도 짧은 소설이지만, 소설을 통해서 위무하고 싶었습니다.

김화영　그런 아주 구체적인 생각을 하실 줄은 몰랐네요. 앞으로도 계속 기회가 닿는다면 그런 소설을 쓰고 싶습니까?

하성란　네, 그런 생각을 갖고 있습니다. 저 또한 한 아이의 엄마이기 때문에 그 사고가 너무 큰 충격이었습니다. 그때 유가족 중에 한 분이, 아이가 죽었다고 생각하는 것과 아이가 진짜 죽은 것과는 차이가 있다는 말씀을 하셔서 뜨끔하긴 했지만, 그분들의 고통에 반까지도 쫓아가지는 못하겠지만, 너무너무 충격이 컸고 마음이 며칠 동안 너무 아팠던 기억이 있습니다.

김화영　그런데 이 경우는 특별히 충격이 크다든지 그것에 대한 연민이라든지가 있겠지만, 예를 들어서 「파리」라는 작품도 실제로 잡보 기사와 관련이 있는데, 그런 경우는 연민이나 그런 것과는 관계가 없지 않습니까?

하성란　그건 제가 그때 쓰고자 했던 주제와 맞닿아 있는 사건이었기 때문인데요. 배경과 비슷한 인물을 끌어왔을 뿐이지, 그 사건과는 아무 관계가 없는 겁니다. 그래서 혹시 그 마을의 유가족들에게 오해를 살 만한 일들이 있지 않을까 걱정이 되어서, '그 사건과는 아무런 관계가 없는 일임을 밝혀둔다'고 쓰고 싶었지만, 그렇게 하지는 않았는데요. 그 사고를 접하고, 수년이 지난 오늘에 이르러 머릿속에서 그 인물로부터 시작되긴 했지만, 전혀 다른 인물이 하나 만들어지게 된 거죠.

그 글을 읽고 그 일을 떠올리는 건 당연한 일이겠지만, 그 사건과는 전혀 관계가 없습니다.

김화영　그러시다면 이번에는 전혀 성격이 다른 윤대녕씨께 여쭤보겠습니다. 일부러 취재를 하는 건 아니라고 하셨지만, '유성우' 장면은 실제로 가서 보셨습니까, 얘기만 들으셨습니까?

윤대녕　네, 실제로 가서 봤습니다. 그것을 구상하기 위해서 갔다기보다는 갔다온 후에 그걸 소재로 한 편 썼으면 하는 생각을 했습니다.

김화영　그러니까 맨 처음에 「많은 별들이 한곳으로 흘러갔다」에 가장 중요한 주제로 떠오른 게 이 유성우였습니까? (윤대녕 : 네.) 이건 우연입니다만, 지난번에 이 자리에 모셨던 윤후명 선생이 쓴 소설도 여행을 많이 해서 공간적으로 여러 곳을 왔다갔다 하는 소설이었습니다. 그런데 둘 다 공간적으로 상당히 폭넓은 보폭을 가졌다는 것은 유사한데, 놀랍게도 아버지를 찾아서 헤매는 것도 상당히 비슷합니다. 그 작품 보셨습니까? (윤대녕 : 네.) 윤씨들이 왜 이렇게 아버지를 찾아 헤매는지 (함께 웃음) 이건 물론 농담입니다. 소설 얘기일 뿐입니다. 그 주제가 처음부터 중요했습니까?

윤대녕　어려서의 경험 같은 것들…… 유년기 때 집안에 유랑하는 사람들이 많았던 것이 영향이 있었던 것 같습니다. 그리고 저희 조부께서 한학을 하셨는데, 학계에는 나가지 않으시고 당신 혼자 깊이를 쌓아가는 그런 분이었고, 가끔씩 학문하는 사람들이 찾아와서 같이 얘기를 하는 장면들이 기억납니다. 우주나 시간이나 자연에 관한 요즘 표현으로는 담론 같은 것들을 들었던 기억이, 성장하면서 제가 소설을 쓰는 데 영향을 상당히 미치지 않았나 하고 근래에 와서 되돌아보게 됐습니다. 그러니까 역마살 낀 사람들이 많았고, 또 가족 해체의 장면들도 많이 목격했지요. 그리고 성격이 상당히 강한, 부정적으로 말하면 이기적인 사람들이 많았는데, 그런 성격적 경향이 훗날 소설에 영향을 주지 않았나 생각합니다.

김화영　제가 글을 쓰느라고 이분의 작품들을 자세히 읽어봤더니, 지금 말씀드린 단순히 국내와 국외로 공간적 이동이 많거나 크고, 그런 곳에 가서 글을 쓴다고 했는데, 그것뿐만 아니라 공간의 넓이가 굉장히 광대합니다. 예컨대 제목 자체가 「천지간」이라든지, 「많은 별들이 한곳으로 흘러갔다」라든지 해서 단순히 지구상의 땅 넓이 정도가 아니라, 우리가 살고 있는 우주 전체로까지 폭을 확장하면서 그리고 있다는 것을 알 수 있었어요. 물론, 그것이 크다 넓다는 것은 그리 중요한 게 아닌 것 같습니다. 제가 받은 느낌은 지금 말씀하신 것처럼, 유랑이니 역마살과 관계가 있는 것이 아닌가 싶습니다. 정처가 없는 사람들은 매인 몸이 아니니까 어디든지 상당히 멀리 갈 수 있는 사람들입니다. 그러니까 단순히 국내나 혹은 국외의 어떤 장소가 아니라 하늘나라까지도 넓게 보일 수가 있습니다. 예를 들어서 하성란씨의 작품 속에 나오는 인물들은 무슨 일이 있더라도, 어디를 가더라도 결국은 집으로 돌아옵니다. 혹은 집에 있거나 동네에나 나갑니다. 그런데 윤대녕씨의 주인공은 집이 어디 특별히 있는 것 같지도 않습니다. (함께 웃음)

그런데 여러분들이 아시는지 모르겠습니다만, 「많은 별들이 한곳으로 흘러갔다」라는 작품에서 처음 만난 단어가 하나 있습니다. 과문해서 그런지는 모르겠지만, 누구는 '옥탑방'을 모른다고 하던데, (함께 웃음) 조경란씨 책도 안 읽고, 박상우 책도 전연 모르는구나 생각했는데…… '함바집'이라는 것이 무엇인지를 그때까지만 해도 저는 잘 몰랐어요. 밥집이라는 뜻인 것 같은데, 작품에서는 '함바술집'으로 나오더군요. 그런 곳에 많이 다녀봤습니까?

윤대녕 네, 공사장에 가건물 식으로 지어놓구요. 공사장을 따라다니면서 밥집을 겸합니다.

김화영 주로 컨테이너로 지은 건물이죠? (윤대녕 : 네.) 밥집이라는 말은 많이 들어봤는데, '함바집'이라는 말은 이 소설 속에서 처음 봤어요.

방청객 선생님만 모르시는 것 같은데요. (함께 웃음)

김화영 그래요? 죄송합니다. 저도 잘하면 중요한 자리에 출마할 자격을 갖추어가고 있는 것 같군요. (함께 웃음) 어쨌든 '함바술집' 같은 공간이 정말로 윤대녕씨 작품에 등장하기 좋은 곳이 아닌가 싶습니다. 작품에서는 그 함바집을 에워싸고 있는 숲이 파괴되고 나니까 술집도 없어지는데, 이런 곳은 한결같이 임시적으로 만든 곳이니까 사람이 뿌리를 내리고 정주하는 곳과는 거리가 멀죠.

그런 데 비해 하성란씨는 집을 딱 지키고 있습니다. 지난번에 제가 특히 인상 깊게 읽었던 작품이 「곰팡이꽃」입니다. 제가 동인문학상 심사 때 참여해서 젊은 작가에게 상을 주기로 결정하면서, 약간 파격적이고 참신해서 좋다고 했는데, 그 작품은 쓰레기와 관련된 얘기입니다. 쓰레기라는 것은 떠도는 사람도 버릴 수 있지만, 주로 정주하는 사람들이 많이 생산하는 겁니다. 그래서 쓰레기를 통해서 사람의 삶이 유추될 수도 있으므로 쓰레기야말로 정말 시민들의 인류학 자료라고 할 수 있겠죠. 그 속에 삶의 자취와 삶의 방식이 고스란히 담겨 있으니까요. 이것 또한 가정주부의 붙박이 생활과 관련이 있겠죠?

하성란   네, 그렇습니다. 소설을 쓰기 시작할 때 저는 사전을 잘 뒤적거리는 편인데요. '가볼러지' 라는 단어에서 먼저 소설이 떠올랐습니다. 그리고 나서 제 쓰레기이긴 하지만 쓰레기를 직접 두 번 정도 뒤져봤습니다.

김화영   쓰레기를 뒤져보면 불결하긴 하지만 사실 재미있습니다. 그게 바로 우리들의 삶이 가장 통째로 서슴없이 드러나는 장소라고 할 수 있으니까요. 쓰레기에서 시작한 게 아니라, 사전 속의 단어에서 시작했다니까 뜻밖이네요. 그러니까 소설가에 대해서 생각하고 있는 선입견이 얼마나 어긋날 수 있는가를 알 수 있습니다.

지금 우리가 얘기하고 있는 「별 모양의 얼룩」은 구상에서부터 쓰는 기간이 얼마나 걸렸습니까, 지금 기억 나십니까?

하성란   네, 한 달 남짓 걸렸습니다.

김화영   그런 식이라면 작품을 많이 쓰시겠네요. 아주 긴 시간이 걸린 소설도 있습니까? 보통 한 달 정도면 쓰십니까?

하성란   네, 제일 힘들었던 것은, 마감기간을 계속 넘기고 있는 소설인데요. (김화영:구미호요?) 아니요, 단편인데, 아직 제목도 정해지지 않았고 이미지만 계속 떠오르고 있는데, 소설로는 잘 되지 않아서요. 마감을 두 계절 정도 넘기고 있네요. 이번이 처음입니다.

김화영   마침 제목 얘기가 나왔으니까 하는 얘기인데, 제목은 보통 어떻게 정하십니까? 먼저 정합니까, 나중에 정합니까?

하성란　다양한데요. 제목이 먼저 떠올라서 제목에 맞춰서 소설을 생각하는 경우도 있고,「별 모양의 얼룩」 같은 경우는 제목이 잘 떠오르지 않아서 무척 애를 먹었습니다. 그래서 '평범한 아이'로 할까, '별 모양의 얼룩'으로 할까 곰곰이 생각을 하다가, 정작 제목을 짓기가 힘들어서 편집자에게 한번 물어봤습니다. 그랬더니 '평범한 아이'로 하자고 해서, 그러면 그건 하기 싫고 '별 모양의 얼룩'으로 하자고 했습니다. (함께 웃음)

김화영　제가 생각하기에도 '별 모양의 얼룩'이 더 좋습니다. 제목과 관련지어서 특별히 소개할 만한 재미있는 얘기는 없습니까?

하성란　『푸른 수염의 첫번째 아내』에 나오는 작품들에 특별히 노래 제목들이 많습니다. 「기쁘다 구주 오셨네」, 「저 푸른 초원 위에」 등이 있는데, 농담입니다만, 노래 제목들로 소설을 만들어서 '애창곡 13' 이렇게 소설집 제목을 지을까 하는 생각도 했었습니다. 「기쁘다 구주 오셨네」 같은 작품들은 노래 제목에서 먼저 소설의 제목을 빌려와서 그 다음에 소설을 구상하게 되었습니다.

김화영　노래 제목이 많이 인용되는데, 가장 큰 장점은 대중에게 널리 알려져 있다는 점일 겁니다. 〈기쁜 우리 젊은 날〉〈무궁화 꽃이 피었습니다〉 등이 그런데, 지금 말씀하셨다시피 〈기쁘다 구주 오셨네〉〈저 푸른 초원 위에〉〈고요한 밤〉 같은 것들이 있습니다. 저는 직접 목격하지는 못했습니다만, 우리 문단에서는 하성란씨가 노래방 실력이 아주 정상급에 속한다고 하던데, 그것과 관련이 좀 있습니까?

하성란　그건 아닙니다. (함께 웃음) 선생님께서 좀전에 말씀하셨듯이, 노래는 CF와 더불어서 시간의 지속성이 굉장히 짧습니다. 유행하고 지나가면 대중들의 기억 속에서 잊혀지고, 거의 새로운 것들이 수없이 많이 나오는데, 문학의 성격과는 다분히 반대인 것이어서, 그런 것들이 어떻게 보면 잔망스럽겠지만, 노래 제목들을 인용해보았습니다.

김화영　그러나 짧다고는 하지만 그걸 의식하셔서 그랬는지 그냥 유행하는 노래가 아니라, 교회에서 부르는 〈고요한 밤〉이라든지 〈기쁘다 구주 오셨네〉 같은 노래

는 절대로 안 없어지죠. 생명력이 굉장히 길죠. (함께 웃음)

　윤대녕씨는 제목을 정하는 방식이 어떻습니까?

　윤대녕　저는 반드시 정해놓고 씁니다. 제목이 잡히지 않으면, 글이 시작이 안 되구요. 계속해서 써나갈 수 없습니다. (함께 웃음) 제목은 어느 순간에 그냥 작위적으로 만든다든가, 또 어떤 제목을 잡아야지라기보다는 아까 처음에 말씀드렸듯이, 이미지들이 갖고 있는 공통적 분모를 생각하다보면, 제목은 그냥 자연스럽게, 저절로 떠오르는 것 같습니다.

　김화영　그러면 다 쓰고 나서 제목을 바꾸는 경우는 거의 없습니까?

　윤대녕　그런 경우는 아직 한 번도 없었습니다.

　김화영　그러면 처음에 제목을 일단 정해놓고 쓰는 거네요. 훨씬 정식으로 하시는 것 같습니다.

　윤대녕　아, 딱 하나 있습니다. (함께 웃음) 제 첫번째 창작집 안에 들어 있는 소설인데,「소는 여관으로 들어온다, 가끔」이라는 단편이 하나 있습니다. 그 소설은 '소는 여관으로 들어온다'로 작품을 끝낸 다음에, '가끔'을 나중에 붙였습니다. (함께 웃음) 그게 불교 '십우도'에서 발상을 얻어 쓴 작품인데, 제목이 너무 크다는 생각이 들어서, 제일 마지막에 쉼표를 찍고 '가끔'을 넣었습니다. '죽음의 연구'가 '죽음의 한 연구'로 바뀐 경우에 감히 비교할 수는 없지만, 제목 자체가 부담이 되어서 나중에 바꾼 유일한 작품입니다.

　김화영　제목 얘기를 하니까, 갑자기 생각나는 게 하나 있습니다. 전에 쓰신 단편 중에「배암에 물린 자국」이라고 있죠? (윤대녕 : 네.) 단편소설에다가 상을 주는 경우가 우리나라에는 많습니다. 단편소설에 상을 준 것까지는 좋은데, 잡지사든 신문사든 상을 줬으면 그걸로 끝내질 않고, 다른 작품들을 들러리 세워서 한 권으로 묶어서 책을 만들어 판매합니다. 옳은 방법은 아니라고 생각합니다만, 이게 팔리냐 안 팔리냐의 문제와 관련이 있고, 독자들도 책임이 없지 않은 일이 바로 이런 관행이죠. 따라서 그 책에는 잘 팔릴 것 같은 얄상한 제목이 하나 붙어야 됩니다. 너무 무겁고 심각하다든지 어두운 제목이 붙으면 판매에 나쁜 영향을 줄 수도 있습니다. 저는 「배암에 물린 자국」이라는 작품 자체가 좋았는데, 우선 '배암'도 그렇고, 소설집 표지에다가 「배암에 물린 자국」이라고 했을 때 문제가 있지 않겠느냐는 얘기가 나온 적이 있습니다. 그게 뭐가 문제냐고 항변은 했습니다만 역시 제목이 작품 선택에 어느 정도 영향을 주었던 것 같습니다. 물론 직접적으로 제목 때문에 수상작 결정이 달라진 것은 아니지만요.

그런데 바로 작품과 제목 사이의 관계의 문제를 이야기하자니 얼마 전에 모셨던 조경란씨 경우가 생각납니다. 그분의 경우처럼 작품의 내용과 제목이 아무런 상관이 없는, 가급적이면 상관이 없을수록 좋다는 작가가 있기도 하지만, 역시 소설 내용을 어떤 방식으로건 요약하는 제목이 가장 전통적이라고 할 수 있겠지요. 요약까지는 아니더라도 지금 윤대녕씨 같은 경우는 소설 제목이 바로 이미지의 축이고, 이미지 측면에서는 거의 주제에 가까우니까, 아마 달리 고칠 수는 없겠죠? 그런데 그 작품에서 제목이 왜 '뱀'이 아니고 '배암'입니까?

윤대녕 미당 선생의 시 가운데 「화사」에 아마 '배암'으로 표기가 된 것으로 알고 있습니다. 강하고, 육체적으로 다가오고, 어감상 훨씬 그게 더 효과적이지 않을까 싶어서 강조하기 위해서 썼습니다.

김화영 하성란씨의 경우는 반드시 처음부터 제목을 잡지는 않는다, 어떤 때는 먼저 붙이고, 어떤 때는 나중에 고친다고 했습니다. 두 분 다 상당히 다양한 내용의 제목입니다. 심상대씨처럼 명사 하나가 딱딱 떨어지게 「떨림」「홀림」이런 게 아니라, 여러 가지입니다.

그럼 윤대녕씨의 경우는 출판사에서 제목을 좀 고려해달라는 주문은 안 받았습니까?

윤대녕 첫 창작집을 낼 때, 출판사에서 다른 제목으로 책을 냈으면 했어요. 『은어낚시통신』이라고 하면 책이 낚시 코너에 가 있는다고 (함께 웃음) 그래서 '그를 만나는 깊은 봄날 저녁'이라는 제목을 편집부에서 요구했습니다. 「은어낚시통신」이란 소설이 저 자신이 보기에는 다른 소설들에 비해서 짜임새가 덜하다고 생각합니다. 그럼에도 불구하고 모천회귀에 관한 주제와 전체적인 소설 이미지를 책 한 권으로 표현할 수 있는 제목은 '은어낚시통신'이 아닌가 생각해서 제가 하고 싶은 대로 책을 냈습니다. (함께 웃음)

김화영 잘하셨습니다. 아닌 게 아니라, 『은어낚시통신』이 처음 나왔을 때 굉장히 신선했을 뿐만 아니라, 은어가 얼마나 멋있는 물고기입니까? 나중에는 은어 연어 이런 모든 물고기가 독서시장에 연이어 등장해서 생선시장처럼 됐는데 (함께 웃음) 첫 스타트에 있는 작품이었으니, 고집 부리기를 잘하셨습니다.

저 자신은 오늘 이야기를 하면서 상당히 떨었습니다. 두 분이 어찌나 진지하신지 농담도 안 하시고, 질문을 드리면 정답만 짤막하게 얘기하고 나서는 절벽이 되어 딱 멈추니까…… 그러다가 나마저 질문이 나오지 않고 딱 멈춰지면 어떡하나하고 조마조마했는데, 쓸데없는 농담 안 하고도 진지하게 여기까지 잘 왔습니다. 이제 여러분의 질문을 받도록 하겠습니다. 아주 알찬 대화였다고 생각합니다.

질의 응답

질문자 1 「기쁘다 구주 오셨네」에서 여자가 결국 남자 네 명에게 능욕을 당한 상황인데, 약혼자 생일에 불려갔다가 남자 친구 네 명에게, 제가 이해하기로는 약혼자도 거의 묵인을 한 상태에서 능욕을 당한 것으로 되어 있습니다. 그런 상황이 여자에게 있어서는 상당히 잔인한 상황인데, 이 작품에서 왜 그런 상황을 설정하셨는지 저는 이해가 안 됐거든요.

하성란 극단적이었다고 저도 생각합니다만, 이야기하려고 했던 주제에 맞는 상황을 고르다보니까 그런 상황을 선택하게 됐구요. 파우스트라는 단체명에서도 알수 있듯이 개인에 대한 조직의 폭력을 다루려고 했습니다. 언짢은 이야기를 하게됐지만, 윤대녕 선배의 소설처럼 아름다운 소설을 쓰지는 못한 것 같습니다.

윤대녕 제 소설은 아름답지 않습니다. (함께 웃음) 저는 제 소설이 아름답다는 얘기를 들으면 도무지 이해가 안 됩니다. (함께 웃음)

하성란 제가 그 질문에 답을 해야 하나요?

윤대녕 아니오. (함께 웃음)

김화영 아름답다는 말 자체가 요즘 격이 낮아진 감은 있겠지만, 아름답다는 말을 좋은 뜻으로 이해한다면 괜찮을 텐데, 본인이야 아름답다는 평이 마치 화장을 해서 아름답다는 식으로 이해를 하게 될 경우 기분이 좋을 리가 없죠. 그런데 어쨌든 추한 얘기라도 그 이미지가 전체적으로 마음속에 들어올 때, 그것이 제3의 아름다움으로 느껴질 수가 있는 거죠. 표현이 아름답다기보다는 우리들 마음속에 현이 있다면, 그런 곳을 건드린다는 뜻으로 아마 아름답다는 얘기를 하는 것 같습니다. 그래도 기분이 안 좋겠습니까? (함께 웃음)

윤대녕 「빛의 걸음걸이」라는 작품은 상당히 자전적인 작품입니다. 집안 내력 자체가 자전적인데, 그 소설을 쓰고 나서 집안으로부터 비난을 받았습니다. (함께 웃음) 그런 얘기를 굳이 하면서까지 소설을 써야 되느냐고 말입니다. 물론 저는 소설을 쓰는 사람이기 때문에 그런 생각을 하진 않습니다만, 가까운 사람들에게 상처를 주면서까지 쓰는 것이 과연 옳은 것인가, 라는 가치판단이나 윤리의식 같은 것은 가끔 생각합니다. 제가 드리고 싶은 말씀은 그 소설을 두고 아름답다고 하는 사람이 뜻밖에 많더라구요. 김화영 선생님의 말씀이 무슨 뜻인지는 알겠지만, 저로서는 비감한 경우였지 않나 하는 생각이 듭니다.

김화영 자꾸 그 점을 강조하시니까, 저는 거꾸로 말씀을 드리고 싶은데, 그 비감한 얘기를 너무 아름답게 쓴 게 아닐까, (함께 웃음) 그런 느낌이 듭니다. 사실 이런 얘기가 많습니다. 방금 전에 하성란씨께 질문하신 분의 얘기대로 한 여자가 여러 남자에게 당하는 내용 자체는 아주 끔찍하죠. 또하나는 가족에게 비난을 받았다고 했는데, 주인공이 나라든지 구체적으로 집 모양이 비슷하다든지 여러 가지 환경이 일치되는 부분이 있었을 때, 특히 가족 분들은 가족부터 생각하지 소설부터 생각하지 않습니다. 그러나 그거야 어떻습니까? 누가 능욕당한 얘기를 고백체로 쓰겠습니까? 또 가족의 얘기를 왜 쓰겠습니까? 문제는 그것이 하나의 전체가 되어서 우리 마음속에 구체적인 서사는 거의 구실에 지나지 않고, 그 옆에 있는 다른 이미지들이 우리 마음속에서 살아나려면, 여운이랄까 그런 게 더 중요한 것일 겁니다. 저도 사실은 그 「빛의 걸음걸이」와 「은항아리 안에서」, 두 작품이 거의 시와 같이 굉장히 아름다웠고 그런 부분에 윤대녕씨의 장기가 있지 않나 생각했는데, 그건 뭐 아주 좋은 의미에서의 아름답다는 말입니다. 물론 밑바탕에 있는 비감함이 아름다움으로 승화되어 올라가지 못하고, 비감 그 자체로 머물면 너무 억울하지 않습니까. 그런 의미에서 자꾸 아름다움이라는 말이 나왔습니다만, 뭔가 우리의 마음을 흔드는 부분이 있다는 뜻일 겁니다.

질문자 2 이건 두 분 선생님께 동시에 드리고 싶은 질문인데요. 먼저 윤대녕 선생님의 「상춘곡」이라는 작품을 굉장히 감명 깊게 읽었습니다. 그래서 그 작품을 읽은 다음 해에 고창 선운사까지 찾아간 적이 있었는데요. 윤대녕 선생님께서 처음 작품을 쓰실 때, 굉장히 많이 신춘문예에 낙선하셨다고 들었습니다. 문학 공부하는 분들께 어떤 얘기를 해주고 싶으신지 여쭙고 싶구요.

하성란 선생님께 여쭙고 싶은 것도 똑같은 질문이긴 한데, 요즘 젊은 작가들을 보면 감각적인 모습도 중요한 것으로 보이는데, 선생님의 작품에서 보이는 진지한 모습이 저는 작가의식답다고 느껴졌거든요. 「기쁘다 구주 오셨네」라는 작품을 읽으면서 충격적이었는데, 문학 공부하는 학생들에게 어떤 얘기를 해주고 싶으신지요.

윤대녕 대학에서 강의하는 친구들을 가끔 만납니다. 그러면, 요즘 문예창작과에서 재능 있는 사람들은 영화 시나리오나 방송 대본 쪽 공부를 한다고 합니다. 이것이 시대의 흐름이고 문화자본이나 사람살이의 모습의 변화나 욕망의 변화라고 생각을 합니다. 반드시 문학을 할 필요는 없겠죠. 제가 지금 문예창작과에 다니는 이십대 초반의 문학청년이었다면, 아마 저도 영화나 드라마 쪽에 혹 관심을 가졌을지도 모릅니다. 저는 너무 어렸을 때부터 문학을 가까이할 수밖에 없었고, 다른 것을 선택할 수 없었던 환경에 의해서 자연스럽게 문학을 하게 됐는데, 쓰는 일에 회의가 들 때마다 주변에 상처를 주면서까지 이렇게 문학을 해야 하나 하는 갈등에 많이 시달렸습니다. 그리고 아까 리스트를 보면서 제가 그 동안 소설을 많이 썼다는 것을 새삼스럽게 알았습니다. (함께 웃음) 근래 한 이삼 년 사이에는 다른 일을 해보려다 다시 문학으로 돌아오면서 문학이, 글을 쓰는 일이 저에게 천직이고, 재능은 크게 없지만, 아마 이것으로 살다가 죽어도 크게 여한은 없지 않을까 하는, 격렬한 계기에 의한 자기성찰과 통찰을 했습니다.

무엇보다도 본인이 정말 소설을 쓰고 싶고, 시를 쓰고 싶고, 문학을 하고 싶은가에 대한 자문을 해보는 것이 우선 문학을 공부하는 분들에게는 필요하고, 자기에게 정말 재능이 있는가를 먼저 알아보는 게 중요하다고 생각합니다. 재능만으로 문학을 하는 것은 아니지만, 아주 없다면 역시 할 수 없다고 생각합니다. 그리고 만약에 문학을 하고 싶다면, 다른 일과 비교해서 자꾸 문학을 저울질하는 것을 삼가야 합니다. 그만큼 단호한 의지가 필요하다는 거죠. 문학은 우주와 시간과 또한 인간과 삶에 관한 모든 것을 담고 있는 것이기 때문에 신명을 바쳐 해야 되는 것이 아닌가 생각합니다. 문학을 하면서 속된 표현으로 점점 먹고살기가 힘들어지고, 앞으로 세속적인 어떤 보장도 없을 것이라고 저는 생각합니다. 하지만, 사람을 고통으로 행복하게 하고 감동시킬 수 있는 문학의 진정성, 말하자면 영화나 드라마와는 다른 문자 추상의 영원성이 엄연히 존재한다고 생각합니다.

하성란 지금까지 생활하면서 직업란에 무엇인가를 써야 되는 경우가 의외로 많습니다. 거기에 소설가라고 쓰는 것이 굉장히 겸연쩍습니다. 제가 아직 '가' 는 아닌 것 같구요. 그렇다고 소설 '님' 이라고 하기도 그렇고, 소설 '주부' 라고 하기도 좀 뭣합니다. 저는 사실 소설 쓰는 일보다는 주부로서의 삶을 더 많이 살고 있습니다. 그리고 제 아이가 저를 닮았겠지만, 초등학교 2학년인데 반에서 제일 글을 잘 씁니다. 제가 2학년이었을 때보다 훨씬 재주가 있습니다. 하지만 아이가 소설이나 시를 쓰겠다고 하면 말릴 겁니다. 평론을 하겠다고 하면 생각을 달리 할 수가 있는데 (함께 웃음) 그래서 저는 되도록 하지 마시라고, 다른 일을 찾아보시라고 권하고 싶습니다. (함께 웃음) 저 자신은 정말 소설가라는 의식 없이 밥 먹고 잠 자고 아이를 씻기고 학교 보내는 것처럼 소설을 쓰고 있습니다. 소설은 그냥 제 생활의 일부인데도 불구하고, 어른들이 삶이 힘들다고 하시는 것처럼 소설 쓰는 일이 점점 더 힘들어지는 것 같습니다.

김화영 같은 질문에 대한 대답도 이렇게 많이 다르군요. (함께 웃음) 아마 지금 현재 두 분이 도달한 심정적인 입장의 표명이기도 하겠고, 처해진 상황과 관련이 없지 않을 것 같습니다. 어쨌든 한 분은 하려면 제대로 하라, 자기에게 재능이 있는지 없는지 생각해보라는 얘기를 하셨고, 한 분은 가정주부로서 2세에게는 안 시키겠다고 하셨습니다. 오늘 자꾸 제가 이상하게 심상대씨 얘기가 생각납니다. (함께 웃음) 그분이 지난번에 등급을 매기시더군요. 가장 예술가적인 것은 시인이고, 두번째는 소설가이고, 세번째로 떨어지는 게 평론가라고 했는데, 평론가가 하성란씨에게는 매력적인 것 같습니다. 제가 직장에서 월급을 받으면서 평론가로 행세하기 때문인지도 모르겠습니다만, 저는 정말로 평론가는 안 하기를 바랍니다. (함께 웃음) 그리고 저는 저 자신을 평론가로 생각하지도 않습니다. 왜냐하면 그래도 자기 작품을 창조하는 게 훨씬 낫고, 평론가는 좀 과장되게 얘기하면, 다른 나라에는 없는 직업입니다. 다른 나라에는 대개 신문기자가 다 하고, 평론가쯤 되면 가타부타 권력이나 쥔 것처럼 오해하기 쉬운데, 그건 역시 심상대씨 얘기가 맞습니다. 3등쯤 되지 않나 싶습니다. (함께 웃음) 바로 그렇기 때문에 평론가는 하다가 그만두어도 큰 문제 될 것은 없는데, 반면에 소설가나 시인이 하다가 그만두면, 그 사람은 정말 실패자라고 생각할 겁니다.

그러니까 하려면 정말 철저하게 매달려야 되겠는데, 소설가 시인 평론가 대학교수의 중간쯤에서 살펴보고 여러분들에게 권하고 싶은 것은 지금 두 분이 대답한 부분의 공통점이라고 보이는 점입니다. 즉, 심각하게 자기 자신에게 정말 재능이 있는지 없는지 자문해보시고, 아니라면 과욕 부리지 말고 훌륭한 독자로 남는 것도 좋을 것 같습니다. (함께 웃음) 요즘은 책 내기가 쉬워서…… 우리나라처럼 책 내기 쉬운 나라도 없습니다. 정 안 되면 자비 출판하면 되고, 그것도 안 되면 컴퓨터에서 출력해보면 상당히 그럴듯해 보입니다. 그러나 자기 글을 프린터로 출력을 해보고 흐뭇해하며 오해를 하면 안 되지요. 그런 분들이 너무 쉽게 낸 책들이 오히려 다른 훌륭한 작품들을 뒤덮어 가리는 역할을 할까봐 걱정되어 하는 말입니다. 소위 악화가 양화를 구축하듯이. 잘 모르는 독자들은 윤대녕씨 글이나 이름 모를 자기 동네 사람 책이나 비슷비슷한 이야기라고 하고, 오히려 자기 동네 사람이 쓴 게 더 재미있다고 할지도 모릅니다. 왜냐하면 스토리도 분명하고, 풋풋한 인간적 '감동'도 줄 수 있고, '별이 한곳으로 흘러가서 마침내 어찌어찌 되었다더라'는 식으로 (함께 웃음) 결론을 내릴 수도 있으니까요. 정말이지 하겠으면 제대로 하고, 이것도 하고 저것도 하고, 나도 남들처럼 시집 한 권쯤 폼으로 내봤으면 좋겠다 싶어 내고서는 심지어는 저에게 공짜로 부쳐주는 친절까지 베풀어주십니다. (함께 웃음) 책이 워낙 많아서…… 그러니까 제대로 확실한 신념을 가지고 전 인격을 걸고 하든가, 아니면 좋은 독자로 남는 게 좋다고 생각합니다.

오늘 의외로 굉장히 심각하지만, 아주 유익한 얘기를 했다고 생각합니다. 이것으로 좀 길어진 오늘의 이야기를 마치도록 하겠습니다. 오랫동안 심각한 이야기 지루해하지 않고 경청해주셔서 감사합니다. (함께 박수)

장
영
희

김
주
연

문학, 그 영원한
따뜻한 더불어

문학이 인간을
풍요시켜주는,
어쩔 수 없이
서로 껴 안겨서
살아야 하면, 많은
달라지면, 그러한
편견 인간을
세계화 하는 일에
다름 아니어서
없겠느기, 인간을
세계화 한다는
것은, 인간자연
이 세계가 된다
는 것, 즉 그토록
한 절대존재가
된다는 의미일
것이다.

2002.
12. 6

金桂漢

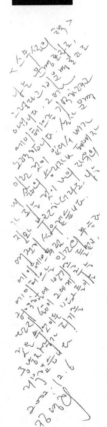

김화영   여러분, 일 주일 동안 안녕하셨습니까? 오늘은 결석이 많으시네요. 시인 작가 분들에 비하여 교수님들에 대해서 차별대우가 많은 것 같습니다. 할 수 없죠, 뭐. 지금까지 계속 시인 소설가들만 초대를 했는데, 이 모임의 끝부분에 두 번만 시인 소설가가 아닌 분들을 모시게 되었습니다. 오늘은 보시다시피 저까지 포함해서 학교 훈장만 셋이 나란히 앉았습니다. 두 분을 소개해드리겠습니다. 왼쪽에 앉아 계신 분이 김주연 선생이십니다. (함께 박수) 오른쪽에 앉아 계신 분이 장영희 선생이십니다. (함께 박수)

유인물을 통해서 보셨겠지만, 제가 한번 읽어보겠습니다. 김주연 선생님은 보시다시피 장영희 선생님보다 한 십 년 위이신 것 같습니다. 서울대학교 독문과 및 동대학원을 졸업하시고, 미국 버클리대와 독일 프라이브루크대에서 공부하셨고, 현재 숙명여대 독문과 교수로 계십니다. 문학평론가로 오래 활동을 하셨기 때문에 저서가 아주 많으신데, 최근에 나온 책만 소개해드리겠습니다. 『디지털 욕망과 문학의 현혹』『가짜의 진실, 그 환상』『사악한 지식인』『사랑과 권력』 등을 내셨습니다. 특히 『문학과지성』 동인으로 여러분들에게 익숙한 분이십니다. 그리고 김환태 평론상 우경문화저술상 팔봉비평상 등을 수상하셨습니다.

장영희 선생님은 서강대 영문과와 동대학원을 졸업하시고, 뉴욕주립대 버펄로 대학원에서 영문학 박사를 받으셨고, 현재 서강대학교 영문학 교수로 계십니다. 저서로는 『내 생애 단 한 번』, 이건 제가 신문에서도 광고를 본 것 같은데 많이 팔린 책 같습니다. 그리고 그밖에 번역서도 많이 내셨고, 한국문학번역상, 올해의 문장상 등을 수상하셨습니다.

오늘 제가 이분들을 예외적으로 모신 까닭은 이 두 분이 글을 통해서도 알려지셨지만, 특히 외국문학 전공이신 관계로, 세계문학 속에 한국문학이 처한 위치를 한번 생각해보고 싶었기 때문입니다. 다시 말해서 세계문학과 한국문학의 관계를 한번 살펴보고 싶었던 것입니다.

우선 두 분께 아주 사사로운 질문을 드려보도록 하겠습니다. 장영희 선생님은 지각을 하셨는데요. 아무리 봐도 지각을 하실 분 같지 않은데 말입니다. 예전에 이미 문예진흥원 회의에서 종종 뵙고 그래서 위치도 잘 아실 줄 알았는데…… 사람은 어쩌다가 실수를 한 번 하면, 꼭 두 번 하게 됩니다. 그게 다 평소에 밤에 외출을 잘 안 하신 탓이 아닌가 합니다. 우리 둘(김주연/김화영)은 여기여기 동숭동에서 잔뼈가 굵어서, (함께 웃음) 익숙한 곳이죠. 아마 지금 이 자리가 허름한 강의동이 있었던 자리로 기억합니다. 제가 다니던 60년대에, 지금은 제 전공이 된 알베르까뮈의 『이방인』을 처음 배웠던 곳이 이 근처 어떤 강의실이었죠. 정말 기억도 새롭군요. 제가 1학년 때 그 강의를 듣고 D를 받았습니다. (함께 웃음) 불어를 잘 못해서, 시험 때 앞에 앉은 친구의 답안이라도 좀 베끼고 싶은 심정이었는데 도무지 보이지도 않고 그래서, 형편없는 점수를 받았던 초년병 시절이었습니다.

장선생님은 몸이 불편하셔서 아까 올라오시기가 불편하셨지요? 저도 이 모임을 처음 시작할 때 다리를 다쳐서 목발을 짚고 왔었습니다. 그런 상태로 오르내리기에는 아주 불편한 건물이어서 물어봤더니 1980년대에 이 건물을 지었다고 했어요. 그때만 해도 우리나라가 아직 장애인의 사정 같은 것을 돌아볼 겨를이 없었기 때문인지도 모르겠지만, 이제 무슨 조처를 하든지 해야겠어요. 지금 이 상태로만 봐서는 문화예술 '진흥원' 같지는 않습니다. (함께 웃음)

김주연 선생님은 오늘 문학과 관련된 일로 무슨 일을 하셨습니까, 아니면 그런 일은 아무것도 안 하셨습니까? 안 했으면 안 했다고 하셔도 됩니다.

김주연 무슨 문학상 시상식에 갔다 왔습니다. 갔다가 이 일 때문에 중간에 왔습니다.

김화영 정말 그렇게 끝내는 겁니까? (함께 웃음)

김주연 김화영 선생은 저와 이 건물의 대학교 동창입니다. 불어를 D를 받았다고 하셨는데, 저는 교양 국어 과목에서 F를 맞았어요. (함께 웃음) 요즘은 성적증명서를 뗄 일이 없습니다만, 성적증명서를 뗄 때마다 1학년 1학기에 국어가 제일 위에 있지 않습니까? 요즘은 이게 컴퓨터로 나오지만, 그전에는 다 손으로 썼어요. A, B, C 이런 것도 학점을 도장으로 찍어줬는데, D까지는 파란 잉크로 된 도장인 반면, F는 빨간 도장이었어요. 그래서 외국 같은 곳에 장학금 좀 달래기 위해서 성적증명서를 같이 보낼 수밖에 없을 때는, 문학평론을 한다는 사람이 자기가 잘났다고 하면서 'Korean language' F (함께 웃음)를 받느냐고 해서 한동안 상당히 난처했던 적이 있습니다. 그때 저에게 F를 주신 선생님이 지금도 살아 계시고, 그분의 자제도 문학을 하는데, 아직도 제겐 감정이 조금 남아 있어요. (함께 웃음) 성적을 주는 분이 잘못한 것이지, 제가 잘못한 것은 아니라는 사실은, 4학년 때 다른 분에게 할 수 없이 재수강을 하게 되면서 A$^+$를 받았다는 사실이 증명합니다. (함께 웃음)

여러분들이 잘 아시는 『객주』의 소설가 김주영씨와 김화영씨와 제가 좀 가깝습니다. 그런데 김주영씨는, 자기 이름은 김주연의 '주' 자와 김화영의 '영' 자를 합친 게 '김주영'이라고 합니다. (함께 웃음) 문이당이라는 출판사에서 『객주』를 이십년 만에 재출간을 합니다. 거기에 한 권을 각종 자료, 어휘사전과 여러 사람들의 방담을 모아서 '김주영 재미있게 읽기'라고 이름 붙이는데, 거기에 뭘 써달라고 해요. 대개 그런 글은 삼사십 장 써주면 되는데, 백 장을 써달라고 해서 할 수 없이 오랜만에 다시 읽느라고 시간을 보냈습니다. 오늘 뭘 했냐고 물어보셨는데, 다행히 오늘은 뭘 좀 해서 대답할 것이 있습니다. (함께 웃음)

김화영 오늘 백 장을 썼어요?

김주연 아니요. 그걸 하기 위해서 책을 좀 읽었다 이 말입니다. (함께 웃음)

김화영 금방 학점 얘기가 나왔습니다만, 제가 두 분께 얘기를 시작해보고 싶은 내용이 바로 그것입니다. 오늘날 대학교에서 문학의 위치, 특히 외국문학의 위치란 어떤 것일까요? 오늘 더욱이 여러분들이 조금밖에 안 나오셔서, 우리가 혹시 이 지구상에서 멸종되어가는 종족들의 마지막 파티를 하는 것이나 아닌가 하는 느낌이 드는데…… (함께 웃음) 정말입니다. 여러분들이 독자로서 책을 사보실 때는 별로 못 느끼시겠지만, 우리가 생각했던 소위 고전적인 의미의 문학, 어쨌든 약간 구세대인 사람들이 문학이라고 생각했던 것이 저 구석에 밀려서 지금은 한창들 말하는 생산성 경쟁력 따위의 시각에서 보면 어쩔 수 없는 열세에 몰려 있는 상황 같습니다.

김주연 선생께서는, 농담으로 시작하다보니까 학점 얘기가 나왔는데, 아마 선생이나 저나 학점으로 따지면 부끄러운 학점일 겁니다. 그러나 그 당시에는 B, C학점 정도 따는 것을 전연 부끄러워하지 않았고 또 학점도 매우 짠 편이어서, 자기가 좋아하는 과목에 A만 받으면 그 나머지는 알 바 아니었죠. 배짱이 두둑했달까, 자부심이 강했달까. 그래서 나중에 교수가 될 때, 다행히 국내 성적을 그다지 중요시 안 해서 그렇지, 아마 요즘처럼 했으면 저희는 교수는 엄두도 못 냈을 겁니다. 반면에 십 년쯤 후배이신 장영희 선생께서는 뭘로 보나 우등생이었을 것 같고 저희들처럼 그렇게 놀았을 것 같지는 않은데 어떻습니까? (함께 웃음) 장영희 선생이 학교를 다니신 때가 70년대인 것 같으니, 그때만 해도 벌써 저희와 달라서 휴강도 적고 공부도 많이 하셨을 것 같은데, 처음에 문학에 관심을 많이 갖게 된 동기랄까 인연이 어떤 것이었는지, 그때 생각했던 문학은 어떤 것이었는지 좀 얘기를 해주시지요.

장영희 오늘 문학과 관련해서 무엇을 했느냐는 똑같은 질문을 하실 줄 알고, 거기에 대해서 준비하고 있었는데요. (함께 웃음) 아까 시상식 갔다 오셨다고 하셨는데, 동서문학상 시상식에 갔다 오신 거죠? (김주연: 네, 맞습니다.) 저도 거기 초대 받았는데, 다섯시까지 수업을 하고 여기 여섯시 반에 선생님들과 약속이 되어 있어서 한 시간 반 가량은 걸릴 것 같아서 정확히 다섯시 5분에 서강대에서 떠났어요. 그런데 지금 생각하니까, 그때 차라리 동서문학상 시상식에 갔더라면 김주연 선생님과 같이 올 수 있었을 것이고, 그러면 영광일 뿐만 아니라 길도 안 잃어버렸을 텐데……워낙 길눈이 어둡거든요. 하지만 길을 잃는 것은 인간의 특권이 아닌가요? (함께 웃음)

제가 왜 문학을 특히 영문학을 하게 되었는가에 대해서 물어보셨는데, 저에게는 사실 별로 선택의 여지가 없었어요. 첫째, 당시 이공계열에서는 장애인을 받아주지 않으려고 했고, 그래서 고등학교 때부터 할 수 없이 문과로 갈 수밖에 없었지요. 그리고 워낙 이과 과목을 못하기도 했구요. 그런데 문과를 선택했는데도 대학들이 저의 신체적 장애를 이유로 입시를 치르는 것조차 허락하지 않았어요. 그래서 시험 보기 전부터, 여러분들 중에 아마 저희 아버님 성함을 들어보신 분도 계실 텐데, 번역을 많이 하신 장왕록 교수가 저희 아버님이십니다. 당시 서울사대 교수님이셨지요. 제가 고3 때 학력으로는 그럴 만한 능력이 있다고 판단하셨는지 서울대학교에 가서 시험을 보게 해달라고 부탁했습니다. 그런데 총장님이 저희 아버님과는 개인적으로 친분이 두터운 분이셨는데, 장선생 딸이면 내 딸이나 마찬가지라서 정말 시험을 치르게 해주고 싶지만, 명문화된 법은 아니더라도 통상 장애인을 받아주지 않기 때문에 직원들과 갈등을 빚고 싶지 않다고 해서 결국 시험을 못 봤어요.

그래서 저희 아버님이 이 학교 저 학교 돌아다니시다가 서강대학교에 찾아가셔서 영문과 과장님께 말씀을 드렸지요. 미국 신부님이셨는데, 굉장히 놀라시면서 왜 장애인이라고 시험을 못 보느냐, 당연히 볼 수 있는데 왜 그런 말도 안 되는 질문을 내게 하느냐고 눈을 크게 뜨시더랍니다. 그래서 저희 아버님이 그분 앞에서 너무나 바보가 된 것처럼 느꼈지만, 그렇지만 그렇게 행복한 바보가 어디 있겠느냐고 말씀하시던 게 기억납니다.

그래서 서강대에 입학시험 볼 수 있도록 허락을 받았고, 과는 당연히 영문과를 택했죠.

다행히도 제가 어렸을 때부터 책을 좋아했고 늘 저희 아버님이 공부하시고 번역하시고 연구하시는 것을 곁에서 봐 왔구요. 옛날엔 다 그랬지만 교수들 생활이 그렇게 넉넉하지 않았으니까 저희는 아주 조그만 셋방에서 살았거든요. 두 분은 좀 경우가 다른 것 같긴 하지만…… (함께 웃음) 저희는 형제가 여섯이었는데, 그때 당시에 서울대학교 월급은 타 대학에 비해 더 적었어요. 그래서 항상 조그만 방에 저희가 복작거리고, 아버님은 구석에서 저희에게 등을 돌리고 밥상 놓고 앉아서 글을 쓰시거나 번역을 하시던 모습이 생각나요. 그래서 아주 어렸을 때부터 저는 사람은 태어나면 저렇게 사는 건가 보다, (함께 웃음) 항상 열심히 책을 보고 무언가를 쓰는, 그런 모습이 참다운 사람의 모습인가보다, 그렇게 생각을 했었지요. 저희 여섯 형제 중에서 다섯 형제가 영문학을 했어요. 그것이 딱히 영어나 문학에 기가 막힌 재능이 있었다거나 그런 거라기보다 다른 거 할 게 없으니까 (함께 웃음) 그리고 책이 워낙에 옆에 많이 굴러다니니까, 그래서 한 번도 저희 형제들은 아버님께 무슨 과를 갈까요, 라고 물어본 일이 없어요. 당연히 대학을 가면 영문과에 가는 건가보다, 라고 생각을 했어요.

그래서 저는 어떤 의미에서 운명적으로 문학을 하게 되었고, 특히 외국문학을 하면서 유학생활 동안, 아니 그 이후에도 좌절을 느낀 적도 많지만, 지금 생각해보면 문학하기를 참 잘했다는 생각이 듭니다. 저는 지금도 여전히 문학을 사랑하는 걸 배워 가고 있는 것 같아요. 애당초 제게 두드러지게 문학적 재능이나 관심이 있었던 것 같지는 않아요. 하지만 정말 아름답고 훌륭한 남의 작품들을 읽으면서 서서히 깨우쳐 가는 거고, 아직도 그 과정 속에 있지요. 문학작품에서 나를 발견하고, 어떻게 살아가야 하는가에 대한 답을 얻고 방향을 찾으면서 말이지요. 그래서 제 운명이 저를 이끌었다고 생각하고, 그런 운명을 사랑합니다.

김화영 지금 말씀을 들으니까, 세상이 참 많이 변하지 않나 하는 느낌이 드네요. 저도 제가 대학 다닐 때, 교수님들의 자제들이 같은 과에 셋이나 있었습니다. 그래서 그분들이 지금 다 교수가 됐는데, 그 당시에 교수님의 자제들은 당연히 공부도 잘했고 또 교수가 꼭 되고 그랬어요. 그뒤 많은 세월이 지나 주위를 가만히 살펴보니까, 교수 자제 중에서 교수가 된 사람이 없지 않아 있지만, 점차로 교수 자제들이 공부를 잘 못하고, 그 다음에 아버지가 하던 것을 잘 안하더라구요. 저희 집 경우가 바로 그런 경우인데, (함께 웃음) 제가 뭐 교수를 하라고 특별히 시키지도 않았지만, 아버지를 보니까, 이사할 때 무겁고 거추장스러운 책뿐이고, 집 안 어딜 가나 많은 자리를 차지하는 책만 가득한 것이 지겹고, 허구한 날 책만 붙들고 앉아 있는 아버지 모습도 보기에 딱하기만 한지…… 아버지의 직업을 그리 부러워하는 것 같지 않아요. 그래서 지금 말씀하신 대로 아버님이 공부하시는 모습을 보고 자란 아이들이 교수가 된 경우는 드문 경우에 속하고, 완전히 거꾸로 된 경우도 참 많이 봤습니다.

이렇게 지금의 사회적 압력이 여러 가지로 개인의 진로에 작용한다는 느낌이 들어요. 특히 김주연 선생이나 제 세대는 문학이 좋아서 문학을 하게 되는 것은 당연했죠. 좋아하지 않았다면 했겠어요? 또 그때 만약 지금처럼 취직이 어렵지 않게 되는 세상이었더라면 문학은 안 했을 것 같습니다. 요즘처럼 대기업에 들어가서 장래의 살 길이 열린다든지 그랬다면, 문학 같은 것을 하겠다고 결심하자면 자못 비장해질 필요가 있었을 겁니다. 그런 것을 하고 있으면 굶어 죽을 테니까요. 그러나 당시 우리들 대학 시절엔 어차피 서울대학 아니라 어디를 나와도 취직은 안 되었습니다. 자리가 없으니까요. 있어도 연줄과 빽이 있어야 하는 것으로 알려졌으니까요. 취직은 서울대학교 상과대학이나 법과대학을 졸업한 몇몇 사람들만 할 수 있는 것이고, 나머지는 어차피 아무것도 안 되는 겁니다. 그러니까 안 될 바에야 자기 좋은 것 하는 게 좋지 않습니까. 그래서 문학을 하지 않았나 하는 느낌이 드는데, 김주연 선생님은 어떻습니까? (함께 웃음) 혹시 나만의 사정을 일반화해서 지어낸 이야기가 된 건 아닌지 모르겠네요. (함께 웃음)

김주연   사실 오늘 나와서 무슨 이야기를 할지 몰랐는데, 과거를 들추면서……
(함께 웃음) 김화영 선생의 말씀이 아주 속을 꿰뚫듯이 다 보고 계신데, 그런 동기나 그 당시의 상황을 말씀드리면 김화영 선생님이 말씀하신 그대로입니다. 우연인

지 김화영 선생이 일부러 그렇게 섭외를 하셨는지 몰라도, 장선생은 영문학을 하시고, 김화영 선생은 불문학을 하시고, 저는 독문학을 했습니다만, 저는 뭘 할지 몰라서 의대 공대까지 한번 돌았습니다. 돌았다는 얘기는 머릿속에서만 돌았다는 겁니다. 고등학교 때도 이과였었는데, 그래서 독문과를 최종적으로 결정짓고 선생님들께 말씀을 드렸더니, 독일어 선생님이 경상도 분이셨는데, 니 독일어 실력 그래가 독문과 가겠나, 라는 딱 한마디 하셨습니다. (함께 웃음) 지금도 산본에 사시는데, 그런 상황이었습니다. 그래서 모든 것이 가만히 보면, 아까 장선생이 운명이라는 말씀을 하셨는데, 운명이란 표현을 쓰면 운명, 그 다음에 여러 가지 상황과 조건, 그 다음에 긴박한 상황 아래에서의 본인의 노력 등을 들 수 있습니다.

대개 외국문학과에서 오래 선생 노릇을 하는 사람을 보면, 학생들이나 다른 사람들은 대부분 저 사람 외국어학에 타고난 재주가 있다고 생각하지요. 날 때부터 저 사람은 독일어나, 불어를 귀신같이 하고, 옆에서 독일어를 못하는 사람이 보면 독일어를 독일 사람보다 더 잘하는 것처럼 보이는데, 저희가 사실은 그렇지 않은 수가 많습니다. 이따가 김화영 선생이 그런 거 물어보시지 않겠어요? 세계문학 속의 한국문학, 외국문학을 받아들이는 것 등을 미리 앞질러서 대답을 하겠습니다. (함께 웃음)

음악이나 미술이나 수학 같은 것은 타고난 재주가 좀 있는 것 아닌가 싶은데, 외국어는 자기가 외국어를 만들 수는 없지 않습니까. 어차피 외국어는 배워야 되는 것이고, 그런데 외국어야말로 재주가 없는 사람이 해도 노력하는 만큼 그대로 비례하는 것 같습니다. 어떤 사람은 사전을 찾으면 한 번에 딱 찾는데, 어떤 사람은 아무리 찾아도 빨리빨리 안 찾아진다고 해요. 그때마다 제가 하는 얘기가 있습니다. 오랜만에 찾으니까, (함께 웃음) 하루에도 수십 번 찾으면 잘 찾아지는데, 오랜만에 찾으려고 하니까 그렇지, 세상 모든 일이 다 그렇지, 라고 얘기를 하는데요. 그 당시의 상황이 오늘날처럼, 공학 법학 한국문학 영문학 독일문학 이런 사이클이 굉장히 섬세하고 세분된 재주나 전공, 이런 것이 있었던 것 같지는 않아요. 제 기억도 그렇고 다른 사람도 그런데, 앉아서 친구들끼리 담배 피우면서 밥을 먹을

까? 중얼거리기도 하고, 그랬던 기억이 납니다. 이런 얘기는 길게 하는 거 아니지 않습니까? (함께 웃음)

김화영 자, 그러면 문학에 어떻게 접근하게 됐는지에 대한 얘기가 시작되었으니까, 우선 오늘은 두 가지 정도의 중요한 주제를 놓치지 않고 얘기했으면 합니다. 하나는 외국문학이 가지고 있는 한국에서의 위상입니다. 제 개인적인 얘기부터 시작하지요. 제가 지금 교단에서 학생들에게 불문학을 가르친 지 내년이면 삼십 년이 됩니다. 그런데 그러는 동안, 그 변화는 엄청납니다. 제가 생각할 때는 80년대 중반부터 뭔가가 변했습니다.

이번 학기에 제가 열세 명을 놓고 가르쳤습니다. 최근에는 매학기 이런 식입니다. 강의를 처음 시작하면 많이 들어올 때는 오십 명, 적게 들어올 때는 삼십 명 정도 들어왔다가, 이번 학기에 내가 무엇을 한다, 학생들은 무엇을 읽고 무엇을 해야 한다고 설명을 하고 나면 다 도망갑니다. 그러고 나면 열 명 미만이 남습니다. 그런데 어떻게 열 명이 넘느냐 하면, 첫 시간에 안 들어와서 뭘 모르는 (함께 웃음) 학생들이 번지수를 잘못 찾아서 들어왔다가 못 나간 경우, 그 다음에는 수강신청을 하지 않고 청강하는 학생까지 합쳐서 열두세 명이 들어오지요. 게다가 전과 달라진 또 한 가지 현상이 여기에 추가돼요. 아침 열시 반에 강의를 시작하니 등교시간에 쫓기는 문제도 별로 없을 듯한데 어찌된 영문인지 요즘은 열한시 넘어서도 뒤늦게 교실에 들어오는 학생이 서너 명은 됩니다. 집이 멀어서 그런 게 아니라, 요즘 학생들의 태도 혹은 풍조가 그렇습니다. 풍요의 시대 젊음은 기상시간이 늦은 것인지…… 그런가 하면 옆 교실에서 다른 교수가 하는 강의에는 이백 명이 넘도록 꾸역꾸역 들어온답니다. 제목을 아주 얄상하게 붙여서 '프랑스 영화 감상과 이해', 이런 식이면 손님이 드는 겁니다. 교수도 학생의 얼굴이 보이지 않고 학생도 교수와 눈이 마주치지 않아요. 그런데 고전적인 제목이 붙은 제 강의의 출석부를 보면 열 명 내외…… 여지없죠. 얼굴을 쳐다보면 다 아는 얼굴이 되니까, 적당히 넘길 수가 없는 상황이 되어버리죠.

이런 상황이 왜 왔는가 하면, 물론 인기가 없어서 그렇겠죠. 인기라는 게 다른 게 아니라, 다른 것도 있겠지만, 이런 강의 받고 학점 따서 졸업해서 무엇에 쓰느냐는 걸 겁니다. 그래요, 내 강의 성적이 좋다고 대기업에서 하는 일이 곧바로 잘되는 것은 아니지요. 그런데 대학은 직업훈련소가 아니잖습니까. 지금 제가 강의하고 있는 학교에서 제 강의를 들어도 다 취직은 됩니다. 그런데 멀리 볼 생각은 않고 당장 무슨 취직을 하려고 그러는지 모르지만…… 그래서 제도가 변하고, 사회 전체의 분위기가 변해서 그렇기도 하겠지요. 그래도 사정이 좀 나은 쪽이 영문학이 아닐까 싶은데, 어떠신지요? 제 얘기와 비슷한 얘기를 하라는 게 아니라, 학교 내에서 외국문학의 어제와 오늘, 달라진 내용이 무엇인가, 거기에 대해서 말씀을 좀 해주시지요.

장영희 선생님 말씀을 들으면서 놀랐습니다. 어쩌면 제가 겪고 있는 것과 똑같은 상황을 선생님께서 대변해준 것과 마찬가진데요. 저희 학교에는 영문과가 없구요. 국제문화 계열이라고 하나의 조그만 단과대를 만들어서 신입생을 받는데, 그렇게 한 이유가 워낙에 영문과에 학생이 너무 몰려서 독문과와 불문과, 중문과를 다른 계열로 보내고 영문과가 독립을 한 셈이지요. 그만큼 영문과가 인기 있다는 걸 반증하지요. 그렇지만 슬프게도 학생들의 목적은 전혀 문학과는 상관이 없는 경우가 많아요. 요새는 10월부터 계속 여러 차례에 걸쳐 수시 입학 면접이 있는데, 옛날에 제가 학교 다닐 때는 영문학을 택한 이유를 말하라면 문학이 좋아서, 또는 영문학과 교수가 되고 싶다는 학생들이 대부분이었습니다. 그런데 지금은 백 명을 면접을 하면, 거짓말 하나도 안 보태고 아흔 여덟 명이 통역관이나 외교관, 번역가가 되겠다고 하지, 문학을 업으로 삼겠다고 하는 학생은 거의 없어요. 그래서 저희 학교에서는 궁여지책으로 학생들의 요구에 따라 영미문화 전공을 창설했어요. 그래서 국제계열 속에 영문학과 영미문화 전공이 있는, 그런 구조로 되어 있지요.

그런데 학생들이 영미문화 과목에는, 말씀하신 것처럼 백 명 이상이 영화 보기나 음악듣기 등등의 과목에 모이고, 우리가 전통적으로 생각하는 셰익스피어라든지 초서 같은 작가는 전혀 인기가 없지요. 저는 19세기 미국 문학이 전공인데, 『백경』 같은 작품들을 가지고 강의를 하면, 책이 너무 두껍고 이야기 자체가 지리해서 학생들에게 잘 받아들여지지 않습니다. 지금 학생들은 워낙 여러 매체에 익숙하기 때문에 다양한 데에 관심이 있지만 집중력이 떨어지고 소위 영상세대라서 책이라는 매개체 자체를 거부해요. 수업에도 책을 안 사고 인터넷에서 다운받아서 복사를 몇 장 해와서 앉아 있기 일쑤입니다. 책은 재산이라고, 거기다 줄도 치고 낙서도 해야 배운 느낌이 있다고 이야기해도 별로 설득력이 없어요. 제가 영문학개론이라는 1학년 필수과목을 가르치는데, 학생들이 거의 백 명입니다. 그런데 제가 생각할 때 거기에서 정말로 문학에 관심이 있고 어느 정도라도 문학적 재능이 있다고 생각하는 학생은 아마 열 명 미만일 겁니다. 나머지 아흔 명은 다른 것을 하기 위한 하나의 준비과정으로 영문학을 하고 있으니까, 어떤 의미에서 서로가 괴롭죠. 선생은 이 작품의 상징이 어떻고 캐릭터가 어떻고 열심히 얘기하고, 학생들은 휴대전화기를 가지고 노는 거죠. (함께 웃음)

그래서 아까 말씀하신 것처럼 시대가 기가 막히게 많이 변했는데, 얼마 전 이 문제에 대해서 어딘가에 글을 쓴 적도 있지만, 완전히 문학의 수난시대라고 할까요. 문학이라는 것을 학생들이 본능적으로 싫어하고 어렵게 생각하는 것 같아요. 좀더 확대해서 해석하면, 인문학의 수난시대라고 볼 수 있는데, 돈이 되는 경영학과, 신방과, 이공대 쪽을 학생들이 많이 선호합니다. 아까 이곳에 올라오는데, 어떤 선생님이 저를 도와주시면서 엘리베이터가 없어서 힘들겠다고 말씀하셨는데, 사실 저는 학교에서도 매일 층계를 걸어서 오르내립니다. 경영관, 이공대학에는 다 엘리베이터가 있는데 인문관에만 엘리베이터가 없거든요. (함께 웃음) 제 수업이 모두 인문관에서 있는데, 항상 두세 층을 올라 다닙니다. 그게 사실은 우리 사회가 인문학을 어떻게 자리매김하고 있는가에 대한 가시적인 징후라고 생각합니다.

김화영 똑같은 질문을 김주연 선생께 해봐야 비슷한 상황일 것 같습니다. 김주연 선생께서는 이런 상황이 앞으로 어떻게 타개될 수 있는지, 아니면 꼭 타개되어야 하는 것인지에 대한 견해를 말씀해주시죠.

김주연 저는 타개되어야 하고 또 타개될 수 있다고 봅니다. 타개될 수 있다고 생각하는 이유는 두 가지인데요. 여러분은 동서문학상이라는 것을 모르시죠? 아세요? 여기 계신 분들이야 아시겠지만, 대부분 모르실 거예요. 그전에 저도 소설 심사를 했습니다만, 이게 상금이 삼백만원이었거든요. 그런데 오늘 시상식 끝나면서 사회자가 "참고로 말씀드리는데, 상금은 천만원입니다"라고 하더라구요. 그래서 이게 별볼일없는 상이 아니구나, 생각했습니다. (함께 웃음) 요즘 문학상이 굉장히 많습니다. 그런데 천만원 이하가 별로 없어요. 김화영 선생이 심사위원으로 계신 조선일보 동인문학상이 오천만원인데, 조금 있으면 일억원이 될지 몰라요. 이렇게 경쟁력 있는 문학을, (함께 웃음) 이렇게 수지 맞는 문학을…… 그러니까 문학이 어떤 의미에서는, 요즘 같은 세상에서는 일종의 틈새시장이에요. (함께 웃음) 이런 점 하나하고, 예전에는 시인이 천 명에 달한다고 하더니, 한 삼사 년 전쯤에 시인이 삼천 명 된다는 얘기를 들었습니다. 제가 조금 정보가 없어서 요즘 시인이 오천 명이라고 했더니, 옆에서 누가 듣고 있다가, 아니에요, 이만 명이래요, 하더라구요. (함께 웃음) 그런데 지금 어떤 통계도 없어요. 시 잡지(계간지 포함)가 몇십 종, 몇백 종인지 알 수가 없어요. 한국 사람들은 시를 읽지는 않고 쓰기만 해요. (함께 웃음)

김화영 일종의 내부자 거래라고 할까…… (함께 웃음)

김주연 그렇죠. 이 에너지라고 할까, 이런 것이 어디로 가겠습니까? 그런 것과 더불어서 한국 사람들이 기본적으로 이중의식이 있지 않습니까? 일종의 명목주의, 명분을 중시하잖아요. 그런데 명실상부하질 않죠. 그래서 한국에서는 거짓말이 악덕이 아닙니다. 한국에서는 거짓말을 잘하는 것이 정상적일 뿐만 아니라 상당히 미덕이 됩니다.

김화영 이거 기록에 남습니다. (함께 웃음)

김주연 이게 왜 그러냐면, 소위 명분론이라는 게 노미널리즘(nominalism) 아녜요. 우리가 못살아도 손님이 온다고 하면 어디서 돈 빌려다가라도 차립니다. 그리고 못사는 것을 다 덮어둡니다. 현실과 명분 사이가 이렇게 떠 있죠. 무슨 말인가 하면, 이게 쉽게 간단히 할 수 있는 말씀은 아닙니다만, 한국 사람들이 제가 볼 때 아주 현실주의자들이면서도 표면상 대단히 낭만적이라고 봅니다. 이건 우리가 대단히 진보적인 발언을 일삼으면서도 상당히 보수적인 데에 안주하는 경향 속에서 볼 수가 있습니다. 저는 이 두 가지가 어떤 것이 좋다 나쁘다가 아니라, 우리의 전통적인 의식이나 성격을 생각할 때 그렇다는 겁니다. 문학이라는 게 일종의 형이상학(metaphysics) 아닙니까? 그런데 지금 두 선생님이 말씀하셨듯이 요즘 이 메타를 싫어한단 말예요. 눈에 보이는 것만 좋아하지 눈에 보이지 않는 것은 싫어한단 말입니다. 그런데 정말 메타를 싫어하는가 보면, 이건 또 달라요. 시인이 이만 명 있다고 하는 것이 그것을 입증하고 있어요. 그래서 우리가 보다 좀 영악해질 필요가 있지 않은가 생각합니다. 아까 틈새시장이라는 말씀을 드렸습니다만, 이럴 때일수록 문학의 독자적 독창적 경쟁력을 착안해서, 사회 여러 층에서 행하는 상이 많다고 말씀드렸는데, 상 같은 것도 일종의 현실적 낭만주의일 텐데, 한국 사람들이 이런 걸 행하길 좋아합니다. 신문사, 잡지사, 재단 등에서 행하는 상이 많아서 요즘 상받는 사람들은 바빠요. 여기서 몇천만원, 저기서 몇천만원…… 누가 이광수 시대, 김동리 시대 소설쟁이는 춥고 배고프다고 해서 딸도 안 준다고 그랬는데, 안 준 사람 저만 손해죠. (함께 웃음)

요즘 그런 상황이라고 저는 봅니다. 그래서 이 두 가지가 양극적으로 서로 대립이라고 할 수는 없고 서로 떨어져 있는데, 이게 사실은 틈새시장이라고는 하지만, 틈새가 너무 커요. 그러니까 여기가 얼마나 풍성한 곳입니까? 그런 시각에서 요즘 많이 쓰이는 말로, 경영 마인드적인 측면에서도 본격적인 관심을 가질 필요가 있다고 생각합니다. 주식도 그렇다고 하잖아요. 떨어질 때 사야지…… (함께 웃음) 요즘이야말로 문학에 대해서 좀더 본격적인 관심을 갖고 metaphysics의 메타가 오히려 현실적인 힘을 갖고 있다는 사실에 주목을 한다면, 상당히 수지 맞지 않을까, 그런 생각을 평소에 좀 하고 있습니다.

김화영 김주연 선생님 말씀을 들으니까 조마조마합니다. 이게 저녁 이야기 시간이 아니라, 무슨 혹세무민…… (함께 웃음) 계통의 담화가 길어지는 자리 같은데요. 왜 제가 이런 말씀을 드리는고 하니, 물론 지금 말씀은 상당히 고무적입니다. 그런데 선생님 말씀에 굳이 반론을 제기하자면, 첫째는 한국 사람이 이렇다고 하셨는데, 한국 사람이 영원히 변하지 않으리라는 법이 없습니다. 한국 사람들은 아주 돌변하기 잘하는 사람들입니다. (함께 웃음) 제가 왜 그런 얘기를 하냐면, 제가 학교에 다니던 옛날까지는 거슬러 올라가지 않더라도, 80년대까지만 해도, 대한민국 캠퍼스 풍경은 대한민국 캠퍼스 풍경이었습니다. 즉 삼엄한 곳이었죠. 그런데 지금은 제가 70년대 초에 프랑스에 가서 보았던 프랑스의 캠퍼스를 뺨칩니다. 청춘남녀 학생들 둘이서 손 붙잡고 교실의 빤히 보이는 자리에 앉아서 한 시간 내내 장난을 칩니다. 나는 물론 모른 체하고 강의를 계속하죠. 여학생들이 벤치에 앉아서 담배를 피워물고 느긋이 연기를 내뿜는다든지…… 이렇게 돌변할 수 있는 게 한국 사람들입니다. 그러니까 언제, 모든 문학상을 때려치울지 알 수 없는 노릇입니다. (함께 웃음)

또 한때 우리나라 사람들이 갑자기 너도 나도 그림을 사들이던 때가 있었습니다. '눈부신'이란 형용사가 따라다니는 경제발전의 결과, 아파트 건설로 주거 면적이 늘어서 벽에 걸 그림이 필요하기도 했죠. 재벌 부인들은 저마다 자기네 미술관을 세우면서 비싼 외국 저명작가의 그림들을 고가에 사들이기도 하고, 곳곳의 전시장에는 그림 밑에 빨간 딱지가 붙어서 저마다 화랑을 개업했지요. 그러다가 어느날 IMF라는 낯선 이름의 위기가 왔지요. 지금은 그게 극복되었다는데도, 그림은 거의 안 팔립니다. 그런데 혹시 잘 팔리는 경우가 있다 해도, 열 손가락 안에 드는 제한된 화가들만 작품을 팔았고 또 팔고 있습니다. 나머지는 못 팝니다. 재료값도 못 건집니다. 많은 작가들이 대학에 자리를 얻어 그 월급으로 생활하고 있어요. 그런 시각을 가지고 문학상을 주의 깊게 살펴보세요. 문학상의 종류가 많아지고 상금이 많아졌지만 속지 말고 자세히 보세요. 모든 문학상은 늘 같은 사람들만 탑니다.

그래서 오히려 저는 이런 각도에서 경쟁력이 있다고 말하고 싶습니다. 다시 말해서 시인 이만 명 속에서 단골로 상 타는 사람은 오십 명 추리기 어렵습니다. 같은 사람들이 계속 서로 다른 상들을 탑니다. 무슨 정실이 개입되어서 그런 게 아닙니다. 요즘은 웬만큼만 잘 쓰면 그 오십 명 안에 듭니다. 나머지 수많은 군단이 그

명성을 높여주면서 들러리 서서 시집을 냅니다. 그리고 이 사람들이 또한 거대한 독자들이 되어 상 탄 사람들의 시집을 사줍니다. 몇만 명 시인들의 공화국 거대시장이죠. 그래서 잘못 시작했다가는 그 오십 명 바깥에서 내내 높은 곳을 우러러 쳐다보기만 하면서 시의 위상을 높이죠. 한편, 상을 아무리 많이 받아도 그 상금 전부 합해서 평균치를 내본다면, 정말 웬만한 월급만 못합니다. 그러니까 혹시 이 자리에 계신 분들 중에서 김주연 선생님의 희망적인 얘기를 듣고 (함께 웃음) 갑자기 직장까지 사직하고 소설이나 시에 덤벼드는 불상사는 (함께 웃음) 없도록 부탁드립니다.

지금 기왕 이런 얘기가 나온 김에 김주연 선생님이 금방 문학 일반의 얘기로 건너뛰셨는데, 지금 제가 더 얘기하고 싶은 부분은 외국문학입니다. 외국문학의 필요성에 대해서 저는 아직도 확신하는 사람 중 하나입니다. 그러나 그걸 강조해서 말하는 것이 사회자 입장이 아니니까, 우리나라에서 이렇게 학생들이 별로 관심도 갖지 않는 외국문학을 과연 계속할 필요가 있는가, 또 있다면 왜 그렇게 해야 하는가라는 부분에 대해서 장 선생님께서 얘기를 좀 해주시지요.

장영희 제가 영문과니까 영어 쪽을 얘기할 수밖에 없는데요. 학생들이 영문과에 들어올 적에는 영어를 배운다고 생각하지, 영문학을 배운다는 것은 생각하지 않고 옵니다. 그래서 1학년 신입생들에게 일종의 설문을 통해, 여태까지 네가 읽은 문학작품을 적어서 내라고 하면, 그럴 적에 『태백산맥』 정도 이상을 읽은 학생이 거의 없어요. 거의 문학에 대해서 전혀 무지한 상태에서, 문학을 배우려는 의지도 없이 들어오는 경우가 많은 것 같습니다. 단지 장래 직업을 얻기 위해 영어를 배우러 오는 것이지요. 하지만 그게 오산일 수 있다는 거지요. 영문학과에서는 영문학을 가르치지 영어를 가르치는 곳은 아니니까요.

문제는 정부나 교육행정 쪽에서도 문학을 학생들이 언어를 배우기 위한 수단 정도로 생각하고 학교 커리큘럼에 있어서의 중요성을 간과하고 있는 경우가 많습니다. 예를 들어서 저희 영문학회가 봄, 가을에 만나는데, 학회가 끝나면 함께 식사를 하면서 여러 문제를 이야기하지요. 지난 해 선생님들이 모여서 말씀하신 화두

중에서 가장 열띠게 토론했던 것이 바로 이 문제였습니다. 지방에서 오신 선생님들이 이제는 대학에서 문학을 가르칠 수조차 없다고 합니다. 학생들이 원하든 말든, 대다수의 지방 대학에서, 그리고 서울에 있는 몇몇 대학에서도 영문과 프로그램에서 완전히 문학작품을 걷어내고, 관광 영어, 비즈니스 영어, 무역 영어, 토플, 이런 걸로 다 대체를 했기 때문입니다. 그 선생님들의 전공은 저처럼 영미문학인데, 갑자기 어느 날 영어 청취를 가르쳐야 되고, 회화를 가르치라고 총장에게서 명령이 떨어지고, 그럴 때에 선생님들의 밥그릇만의 문제가 아니라 정말 비애가 생긴다고 말씀하셨습니다.

그런데 그중에서 한 선생님이, 다 뺏어갔지만 나는 한 개는 지켰어, 라고 하셔서 뭘 지키셨습니까, 라고 물어봤더니, 아동문학을 지키셨다고 해요. (함께 웃음) 아동문학을 어떻게 지키셨느냐, 라고 물었더니, 학생들이 졸업하고 나서 요새는 방문 영어교사를 한다고 해요. (함께 웃음) 그래서 학교에 학생들이 아동문학을 배우면 나중에 방문교사로 취직할 수 있는 자격요건을 갖춰서 취업률 높인다고 학교를 설득해서 학교허락을 받았다고 하시더라구요. 나머지는 다 없어지거나 다른 것으로 대체되고. 요즘 추세 자체가 순수 문학 과목이 많이 없어지고, 소위 문화 과목으로 대체되거나, 아니면 문화도 아니고 완전히 말하기 쪽의 실용영어 쪽으로 대체되고 있기 때문에 문학은 고리타분하고 이제는 사라진 학문인 듯한 취급을 받고, 그래서 연구할 가치가 없는 것으로 간주되는 적이 많지요.

그래서 외국문학과 외국어 분야가 완전히 별개의 영역이라는 걸 구별 못하는 점이 아마도 교육행정 하는 사람들의 가장 심각한 문제라고 생각해요. 그리고 대부분의 학생들은 영문과에서 영어를 배운다고 생각하지, 문학을 배운다고 생각하지 않거든요. 그래서 어떤 의미에서는 외국문학과가 따로 있고, 영어문화를 가르치는 과가 따로 있어야 되는데, 우리의 실정은 그렇지 않거든요. 뭉뚱그려서 합쳐놓았기 때문에, 그래서 커다란 혼돈이 빚어지면서 문학이 슬그머니 사라지는 거죠. 저희 학교에서는 이제는 불문학과가 없어졌어요. 불문화과로 바뀌었어요. 유일하게 독문과만 선생님들이 거의 데모를 하다시피 하고, (함께 웃음) 완강히 거부하셔서 지금 아주 외롭게 그대로 독문과로 남아 있고, 나머지는 불문화, 영미문화, 이런 식으로 바뀌었습니다.

김화영 이게 대세니까, 어떤 방식으로든지 그 방향으로 상당 기간 가지 않을까 생각됩니다. 이러다가 아예 멸종될지도 모르죠. 그런데 저의 경우, 이런 표현이 좀 속됩니다만, 저야 어차피 학교 훈장으로서는 파장이니까 (함께 웃음) 할 수 없다 싶지만, 파장에 서 있는 저 개인적으로 보면 그래도 덜 서글프다는 생각이 드는데 (함께 웃음) 열심히 공부하고 연구해서 교수가 된 젊은 선생님들이 걱정이죠. 그러나 교수로서 학생들에게 외국문학의 존재 이유에 관해서, 불과 몇 사람 앞에 앉혀 놓고 하는 얘기입니다만, 생각을 얘기하면 이게 전체적인 분위기(사회적인 압력)와 관계가 있다는 것입니다.

김주연 선생님이 옆에 계십니다만, 사실상 우리나라에 소위 한글 세대, 1960년대 세대가 새로운 한국문학을 세우고 이끌어왔다고 해도 과언이 아닙니다. 거기에 주도적인 역할을 한 사람들을 자세히 보시면, 거의 대부분 외국문학과 출신들입니다. 『창작과비평』이니 『문학과지성』이니 이런 소위 가로쓰기 잡지가 등장한 것은 외국어문학과의 접촉 및 습관과 관련이 깊습니다. 영어 불어 독어를 세로쓰기로 읽을 수는 없거든요. 새로운 한국문학은 그렇게 시작했고, 그 외국문학 전공자들이 이에 공헌을 많이 했습니다. 반드시 외국어만이 훌륭하다는 뜻은 결코 아닙니다. 다만, 프랑스 사람들이 흔히 하는 말에 이런 말이 있습니다. 인식(connaissance)이라는 것은 비교(comparaison)다라는 말이 있지요. 다시 말해서 세계 속에서 한국문학이 무엇인가를 알기 위해서는, 다른 문학들과 비교했을 때 비로소 이게 이런 것이구나를 알 수 있다는 겁니다. 한국을 이해하기 위해서는 세계를 한 바퀴 돌아와서야 비로소 올바른 이해에 도달할 수 있다는 말입니다. 특히 언어가 그렇습니다.

저는 늘 약간 자조적으로 삼십 년 동안 뭘 했냐고 물으면, 피아노 선생을 했다고 대답합니다. 배울 때도 그렇지만 가르칠 때도 그런데, 외국문학 책을 펴놓고 거기에 쓰인 외국어 텍스트를 한국어로 해석해보라고 시켜놓고, 가끔 틀리는 곳이 있으면, 거기를 다시 해봐, 라고 합니다. (함께 웃음) 마치 피아노 교습하는 선생님처럼요. 그게 아주 우습게 보여도, 외국말을 우리말로 옮기는 과정에서 한국어와 서양어의 구문 차이를 비교의 차원에서 알게 되고, 비교하여 단어도 배우고 문법도 배웁니다. 간단한 해석 번역에 불과한 것 같지만, 각각의 언어를 뒷받침하는 사고 방식을 아주 깊은 곳까지 감지할 수 있는 능력을 기르는 것이 바로 한국어를 이해하는 데 꼭 필요하다는 겁니다. 그래서 나는 늘 한국어에 거울을 붙여주는 것이 바로 외국어라는 느낌을 가지고 외국문학을 대합니다. 외국어를 이해하는 것은 단순히 상인이 외국 상인을 상대로 장사를 하는 데만 유용한 것이 아닙니다. 바로 문학 텍스트를 통해서 남들의 언어의 본질 자체, 사고방식, 인식의 방식을 이해하는 첩경이 되기 때문입니다.

그리고 다른 한편, 학교에서 외국어를 배운다는 점이 아주 나쁜 영향을 남기는 면도 없지는 않습니다. 외국어 교육을 하다보면, 먼저 발음 따지고 문법 따지고 하다 보면 어떤 때는 보통 책 한 권을 읽고 새기기 시작해서 겨우 다섯 페이지를 새까맣게 노트 하고 줄긋고 하며 칠해놓고 나면 한 학기 강의가 끝나는 경우가 있었습니다. 그러다보니까, 외국문학과 학생들의 독서량이 굉장히 제한되는 결과를 빚어요. 그래서 나는 늘 우리 불문과 학생들에게 불어 책 몇 줄에만 매달려 있지 말고 좋은 한국어 책을 많이 읽어라, 그리고 동시에 불어 책도 많이 읽어라, 그렇게 함으로써 말을 잘하게 되고 생각을 논리적이고 바르게 하게 된다, 그리하여 말이 무엇인가를 알면서 하게 된다고 설명해줍니다. 그런데 이런 것을 안 하면서 돈 많이 버는 상인이나 되겠다는 것인데, 정말 이러면 안 되겠다고 생각하는데…… 그러나 저 개인의 미약한 힘으로 될 수 있는 것도 아니고, 또 사회의 분위기가 대세가 생산성, 경쟁력, 이윤을 바탕으로 한 '즐거운 생활' 쪽으로만 가고 있으니까, 아마 이런 삶을 실컷 즐기고 나서 결국 따분하다는 생각이 들면 혹시 불문학이나 영문학 자체에 대한 관심까지는 바라지 않더라도, 적어도 어떤 형태로든 이 비슷한 식의 발상이 필요하다는 걸 느끼게 되지 않을까, 막연히나마 기대해보는데, 김주연 선생은 어떠십니까?

김주연   아까 김화영 선생이 타개책을 물어보셔서 타개책 좀 얘기했다가, (함께 웃음) 야단을 맞아서…… (함께 웃음) 요즘 아이디어 시대 아녜요. 창의성이 강조되는데, 창의성이라는 게 참 해괴한 겁니다. 장선생님이 계십니다만, 영어에 unusual이란 말이 있지요. 그것을 강조하면서도 지금 우리 사회는 unusual한 것을 무시합니다. 소위 마이너(minor)가, 소수가 무시되는 상황이란 말씀이에요. 문학이라는 것은 영원한 마이너거든요. 그런데 문학에 저는 마이너의 생산성이 있다고 생각하는 거예요. 오늘날 문학이 자꾸만 소멸되어가는 듯이 보이는, 이게 소위 세계화 때문 아닙니까. 세계화라는 게 미국화라는 게 밝혀지지 않았습니까. 미국화라는 것의 허구도 지금 밝혀지고 있습니다.

그래서 저는 김화영 선생님보다는 조금 더 낙관적입니다. 이 물결이 이렇게 가고 있다고 봅니다. 특히 미국화라는 것이 정치적인 것을 제외한다고 해도 학문적으로 보자면, 영어 경영학 엔지니어링 이 세 가지입니다. 미국이란 나라가 그것 아닙니까? 그런데 사실 미국이란 나라를 우리가 이렇게 쉽게만 볼 수는 없습니다. 미국의 유명한 대학, 소위 아이비리그라든지, 요즘은 주립대학들도 다 쟁쟁하잖아요. 이런 데 보면 불문과 독문과 이런 과들이 주 정부에 의해서 탄탄히 보호되고 있습니다. 오히려 교수들이 월급은 각각 다르기 때문에, 비즈니스 계통보다 훨씬 떨어진다 하더라도 숫자는, 예를 들면 학생은 백 명인데 교수는 사십 명이니까, 다른 과보다도 조건은 더 좋은 경우도 많이 있습니다. 그런데 이런 부분들은 요즘 우리나라의 대학이라든지 문학풍토에서는 간과되고 있습니다. 미국이라고 하면, 비즈니스와 엔지니어링의 생산성, 생산성이라는 걸 사실은 우리가 잘 봐야 돼요. 생산성이라는 게 기분이 나쁜 상태에서 일하면 열 시간을 일해도 안 오릅니다. 기분이 좋으면 한 시간 일해도 생산성이 오르는 거구요. 이것을 쉽게만 볼 일은 아닌데, 미국 사람들은 이걸 또 심리적으로 보기도 하는데, 우리가 이것을 일일이 쫓아갔다가 똑같이 망하고 돌아올 필요가 없이, 볼 것을 봐야 되듯이 미국화 세계화 경영 마인드니 생산성 위주의 정책 등이 가지고 있는 허구도 함께 볼 때, 문학 특히 지금 말씀하신 외국문학의 필요성과 장래에 대해서 저는 그렇게 비관적으로 생각하지 않습니다.

지금 상태는 사실은 독일문학이 불문학보다 더합니다. (함께 웃음) 김화영 선생은 열세 명이라고 하셨는데, 저는 두 명일 때도 있었어요. (함께 웃음) 그런데 그 대신 두 명은 확실해요. 철학 하면 여학생이라도 독문과 와야 되는 것 아닙니까? 그리고 실제로 대학교 1학년 학생인데, 18세기 학생 같아요. (함께 웃음) 칸트 같애요. (함께 웃음) 세상이 이렇구나, 우리는 다 묶어서 얘기를 하는데, 철학 교수보다도 낫다고 물론 말할 수는 없지만, (함께 웃음) 요즘 이런 신입생도 있습니다. 독서량은 물론 적다고 그래도 관심 없는 다른 교수보다 더 나을 수도 있어요. 이런 예외적인 존재들이 갖고 있는 크기와 무게는 감히 말씀드립니다만, 경영학자 백 명보다도 생산성이 있다고 저는 봐요. 이게 소멸되었을 때 다시 복원하기 위해 들어갈 비용을 사회비용으로 환산할 수도 있다고 생각합니다. 외국문학에 대해서 두 분 선생님이 말씀하셨듯이, 우리나라의 경제발전이라는 측면에서의 발전도 감히 말씀드리지만, 외국문학을 통한 외국문화의 기여가 굉장히 크다고 봅니다. 요즘 선거철인데, 대선후보식으로 얘기하면, 절반 외국문학의 덕이라고 생각합니다. (함께 웃음)

우선 한 가지만 말씀드리면, 그런 게 있습니다. 이건 실화인데요. 할아버지가 옛날에 서울에 있는 손자한테 학비 걱정은 말고, 돈은 내가 보낼 테니까 너는 공부나 열심히 해라, 라는 것을 편지로 뭐라고 쓰셨느냐 하면, 학비는 보내느니, 걱정 말거라, 라고 했는데, 학비가 안 와요. 이게 학비를 보낸다는 방침을 정했다는 것인지, 보냈다는 것인지, 보낼 예정이라는 것인지 시제가 소위 tense(시간개념)가 없습니다. 영어는 열두 개의 tense가 있지 않습니까, 미래완료진행, (함께 웃음) 이런 걸 우리말로 번역을 할 수가 없어요. 우리말에 그런 말이 없으니까요. 이런 시간개념 같은 것은 최근 반세기에 이루어진 일입니다. 이제는 경영 쪽에서도 시테크라는 말까지 나오잖아요. 한국말은 시간개념이 없습니다. 이광수 소설 보세요. 그걸 보면 기껏 나오는 게 "어느덧 계절은 바뀌어 봄이 되었다" (함께 웃음) 정도이지, "네가 올 때쯤 내가 뭐를 하고 있을 거다"라는 게 없습니다. 그리고 그건 중요하지도 않습니다. 이런 게 하나의 예입니다만, 외국문학 때문에 특히 서양문학 때문에, 물론 이런 시제가 독일어는 영어의 반밖에 안 되는 점이 있습니다만, 어쨌든 저는 영어영문학과, 불어불문학과 독어독문학과 학생들 보고 그거 멋으로 붙여놓은 거 아니다, 말과 문학은 등과 배의 관계와 같다는 얘기를 가끔 합니다. 헤르만 헤세를 읽을 때, 정말 좋으면 그 사람이 쓴 독일어로 읽고 싶은 데까지 가야 진짜 좋은 거지요. 그렇지 않습니까? 우리가 이성간에도 정말 좋으면 저지르는 데까지 가야 좋은 거 아닙니까? (함께 웃음)

김화영 조심하십시오. (함께 웃음)

김주연 녹음을 한다니까, 생각해서 말씀을 해주시네요. (함께 웃음) 그래서 반대로도 마찬가집니다. 저는 그런 사람을 가까운 데서 봤습니다. 지금 하와이대학 교수를 하시는 분인데, 영어만 그렇게 잘하세요. 코리아 헤럴드에 오래 계셨고, 혹시 장선생님 아실는지 모르겠습니다만, 미국에서 영어학으로 학위를 하셔서, 거기에서 잠깐 영어 교수를 하시다가 그뒤로 다시 동양학으로 바꾸셨어요. 이분의 고백이, 하여간 영어를 몇십 년 했는데 영문학 책을 읽어본 게 없다고 해요. 어느 때 갑자기 이게 아니구나, 라는 걸 자기가 알고, 문학을 공부할 것이 너무 암담해서 이제 취직하기가 좋은 것은 동양학인데, 몇십 년 전이긴 합니다만 한국학으로는 안 되고, 지금도 물론 안 됩니다만, 그래서 동양학, 일본사를 썼다는 얘기를 들었습니다. 그게 무슨 말씀이냐면, 이렇게 말과 문학은 너무나 붙어 있는 것이라는 말씀입니다.

지금 우리 사회에서 마치 문학이 특히 서양문학이 퇴출의 위기에 몰린 것과 같은 상황은 제가 볼 때, 대단히 안타깝긴 합니다만, 저는 아까 반은 좀 우스개로 말씀드렸습니다만, 오히려 아주 좋은 타이밍이다, 김화영 선생이나 저희들은 참 쓸쓸합니다만, 여러분들은 인기가 있을 때보다 이때가 훨씬 더 재미있을 때가 아닌가 라는 생각을 실제로 합니다.

김화영 지금 얘기가 벌써 문학과 언어로 넘어갔는데, 할 얘기가 굉장히 많지만, 나머지 한 가지 빼놓을 수 없는 주제가 남았습니다. 그것이 바로 언어와 관련된 부분인데, 번역입니다. 외국문학의 한국어로의 번역도 얘기할 게 많지만, 우선 한국문학의 외국어 번역에 대해서 얘기해보겠습니다.

우선 제가 방향에 대해서 조금 얘기를 하겠습니다. 우리나라에서 지금 참 유감스러운 부분은, 인문학 부문의 정책 입안자라든지, 대학의 정책을 담당하는 분들이라든지 이분들이 대부분 자신이 직접 하는 독서습관을 포기한 것 같다는 점입니다. 독서를 할 시간이 없어요. 보고서 읽느라고 바쁘고 도처에 전화를 해야 되기 때문에 전화통 앞에만 앉아 계십니다. 그리고 각종 회의에도 참석해야 하니 책이 아니라 보고서만 보는데 그 보고서라는 것이 짤막짤막하게 조목조목 요약 나열한 몇 가지 정책 이야기일 뿐입니다. 그래서 결과적으로 독서를 직접 하지 않고 남들에게만 시킵니다. 독서야말로 비서가 못 하는 겁니다. 자기가 해야 되는 겁니다. 독서를, 특히 문학 독서를 비서가 읽어보고, 내용이 세 가지인데, 사랑했다가 헤어졌다는 얘기입니다, (함께 웃음) 라고 할 수 있겠습니까? 우리나라 대부분의 어른들이 보여주는 특징은 애들한테만 읽으라고 하고 자기는 안 읽는다는 점입니다. 자기는 그보다 더 쾌적한 골프를 치러 가거나 헬스클럽에 가기 때문에 시간이 없습니다. 그 결과 지금 우리나라에서 가장 장사가 짭짤하게 되는 부문이 아동문학입니다. 그 아동문학도 글보다는 그림이 많고 짧아야 됩니다. 그런 것이 잘 팔리는, 시간이 없는 나라가 됐습니다. 그런데 정책 입안자들은 우리나라 문학은 지금 반드시 노벨상을 받아야 되는 시점이라고 생각하는 눈치입니다. 저는 우리가 왜 노벨상을 꼭 받아야 되는지 잘 모르겠습니다. 저는 사실 안 받았으면 좋겠다는 생각도 더러 합니다. 왜냐하면 우리나라 사람들은 누구를 진심으로 존경하는 일이 별로 없기 때문입니다. 그래서 그렇게 받고 싶었던 노벨상을 받고 나서, 그 사람을 돌아보며 저 정도라니 별거 아니구만, 이렇게 생각하게 될까봐 (함께 웃음) 무섭습니다.

그런데 그건 농담이고, 직접 책을 안 읽고 문화정책 입안만 하는 높으신 분들은 노벨상을 받으려면 그저 번역만 잘하면 된다는 생각으로 열심히 뛰고 있는 느낌입니다. 문제는 번역을 할 가치가 있는 작품들이 상대적으로 그렇게 많지도 않고 또 번역이 그리 만만한 일이 아니라는 점입니다. 저도 번역을 좀 해봐서 아는데, 그게 별로 존경은 못 받는 일이면서 야속할 정도로 무지하게 어렵습니다. 이유는 여러 가지가 있어요. 첫째는 제가 물론 불어 실력이 시원치 않아서 그렇기도 하지만, 시간이 너무 많이 걸립니다. 그래서 제가 네이티브(원어민)가 아니고 십대 후반이라는 나이에 뒤늦게 배웠기 때문에 아무리 해도 번역을 해놓고 보면 문학 텍스트로서 자신이 안 생깁니다. 한국어로 글을 쓸 때는 고치고 고치고 하다가, 어느 순간 이 정도면 됐다, 이 정도면 사람들 눈앞에 내놔도 되지 않을까 하는 느낌이 옵니다. 즉, 붓을 놓아도 되는 순간이 오는 겁니다. 그런데 우리 문학작품을 외국어로 번역해놓고 보면, 이게 문법에도 대충 맞고 괜찮은 것 같은데, 감으로 이게 문학적 톤이 유지된 것인가, 이 리듬과 생각의 흐름이 잘 들어맞는 것일까 싶어 고민이 이만저만이 아니어서 슬그머니 자신이 없어집니다. 네이티브에게 괜찮다는 말을 듣고도, 긴가민가하면서 손을 놓게 됩니다. 그러니 점점 더 번역을 못 하게 되는데, 적어도 이런 정도의 고민이라도 할 정도에 이르자면, 아시다시피 수십 년의 노력과 투자가 필요합니다. 그런데 막상 그 고생을 해서 번역을 하고 나면 무슨 대접을 받습니까. 그저 번역자에 불과한 것입니다.

수십 년이 걸려서라도 어떤 작품에 매달려 번역을 할 수 있는 열정을 가지려면 정말 그 작품 자체의 가치를 깊이 인정하고 존경해야 됩니다. 다시 말해서 환장하게 좋아해야 됩니다. 안 그러면, 번역이라는 것은 정말이지 비생산적입니다. 요새 보통 한 권의 번역료로 많이 받으면 천만원 준다고 하던데, 천만원 받으려고 번역을 하려면 골이 빠집니다. 우리나라에는 좋은 번역자가 불과 몇 사람뿐이고 또 능력이 있는 분들은 그들대로 다른 일이 바쁩니다. 그런데 작가들은 작품은 훌륭한데 번역이 안 돼서 노벨상을 못 받는다고들 그럽니다. 특히 정책 입안자들은 그렇게 확신하는 눈치입니다. 그래서 지금 우리나라에서는 한국문학을 외국어로 번역시키는 분야에 상당한 돈이 들어와 있습니다. 돈만으로 다 되는 것은 아니지만 그래도 한편은 고무적입니다.

놀랍게 많은 번역이 이루어지고 있다고들 하는데, 장영희 교수께서는 거기에 대해서 전문가이시니까, 첫째 영어로 번역된 책들이 어느 정도 있으며, 영어를 사용하는 주요국 독자들이 영어로 번역된 한국문학에 대해서 어느 정도 접근하고 있으며, 우리 문학을 어느 정도 인정하게 되었는지 간략하게 얘기를 해주시지요.

장영희　제가 작년에 안식년이라서, 미국 보스턴에서 일 년 정도 있었거든요. 그래서 하버드 대학 선생님들도 만나고, 한국학 프로그램이 있어서 참관도 하고 그랬어요. 하버드 대학에서는 꽤 지명도가 있는『하바드 리뷰』라는 잡지가 나오는데, 작년에 한국문학 특별 호를 만들어서 저희가 알고 있는 유명한 여러 작가들(열 명 정도 되는데) 번역이 저에게도 의뢰가 와서, 한 시인의 작품을 번역해 보냈는데, 그후 아무 소식이 없는 거예요. 번역을 하면 편집회의를 여러 번 거쳐서 다시 번역자에게 교정봐 달라는 연락이 오는데 제가 떠날 때가 될 때까지 연락이 없어서 그쪽으로 연락을 해 봤지요. 그랬더니 편집진에서 한국호 특집을 내는 것 자체에 대해서 망설이고 있다고 얘기를 해요. 그래서 번역의 문제인지 작품 자체의 문제인지를 물어봤더니, 오히려 그쪽에서는 번역보다는 작품성이 좀 떨어지지 않는가라고 해서 제가 굉장히 놀랐던 적이 있습니다. 편집 측에서 어떤 작가들을 선택했었는지 모르지만, 작품에 있어 어떤 정교함, 즉 완성도가 떨어진다는 평이었습니다. 우리가 일반적으로 아까 말씀하신 것처럼 번역이 부진하기 때문에 노벨 문학상을 못 받는다고 생각하고 있지만, 그리고 그쪽 편집진의 판단을 우리가 백프로 다 수용할 필요는 없겠지만, 그래도 우리에게 과연 노벨 문학상을 받을 만한 작가가 정말 있는지, 앞으로 그런 작가가 나올 만큼 여러 가지 관심이나 지원을 하고 있는지에 대해서도 의문을 가져 볼 필요가 있습니다.

이때까지 영어로 번역되어 출판된 단행본이 모두 169권입니다. 그러니까 건국 이래로 1949년에 첫 번역 책이 나왔고, 1980년대 이후에 한국문학의 세계화라는 기치 아래 문예진흥원이 생겨서 많은 노력을 해왔고, 그러면서 여러 가지 지원사업을 많이 했어요. 한국문학진흥재단 한국문학번역원 등 대부분은 지원금을 특정한 번역가에게 주어서 번역을 하게끔 했습니다. 다른 나라에서는 일반적으로 어떻게 번역이 이루어지고 출판되는지 잘 모릅니다만, 미국문학을 우리말로 번역을 해서 소개를 할 때, 지원을 받아서 하지는 않죠. 그냥 작품을 보고 번역을 할 수 있는 능력이 있는 사람이 이것은 정말 나 혼자 읽기는 아깝다, 우리 독자들에게 소개를 하고 싶다고 할 때 번역을 시작하지요. 그리고 출판사가 번역이 좋고 독자들에게 소개할만한 가치가 있다고 판단될 때 출판을 합니다. 그러나 우리 문학작품이 영어로 번역될 때는 그렇지 않습니다. 정부에서 번역가에게 돈을 줘서, 어떻게 보면 조금 강제성을 띄었다고 볼 수 있습니다. 그래도 그것이 한국문학 번역을 시작하는 유일한 방법이었는지도 모릅니다. 그래서 1980년대 이후로는 꽤 많은 작품들이 번역이 되었고, 169종 중에서 149종이 미국과 영국인데, 미국이 129종쯤 되고 영국이 20종쯤 됩니다. 그리고 호주나 아일랜드나 캐나다에 몇 개씩 있구요. 대부분 미국에서 출판됐는데, 참으로 슬프게도 미국 독자들에게 한국문학이 어떻게 인식되어 있는가에 대해서는, 그것을 가늠할 척도조차 없을 정도로 한국문학에 대해서 미국 독자들이 전혀 무지하다고 생각하시면 됩니다.

하버드대학에 옌칭 인스티튜트라고, 세계에서 가장 유명한 동양학 센터가 있는데, 거기 도서관에 들어가면 중국 도서가 제일 많구요. 그 다음이 일본 도서, 그 다음에 구석에 조그맣게, 그것도 다른 곳은 다 엘리베이터를 타고 갈 수 있는데, 한국 섹션은 엘리베이터가 아니라 무슨 토굴 같은 곳으로 가서 (함께 웃음) 층계를 내려가야 됩니다. 저는 층계를 내려가는 게 위험해서 잘 내려가지도 않았는데, 일단 번역이 169종이라는 숫자 자체가 중국이나 일본문학의 번역서 숫자에 비해서 절대적으로 미미하구요. 그리고 제가 생각하기에 가장 심각한 문제점은 아직 한국문학이 영미 독자들에게 가는 길을 제대로 못 찾았다고 볼 수 있어요. 이것을 조사하는 과정에서 어떤 책이 번역이 되었고, 어떤 장르의 책들이 번역이 되었는가를 알아보았는데, 워낙에 우리가 아무것도 없던 불모지에서 시작을 했었기 때문에 결국은 소개 차원에서, 이 작가 저 작가의 작품들을 하나씩 모아서 만든 단편집, 시선집일 뿐입니다. 그래서 결국 한 사람의 장편이라든지 시집이라든지가 숫자적으로 적고, 대부분이 소개 차원에서 배경이 전혀 다른 시인들이나 단편소설가들을 모아놓은 책들이 많습니다. 전 세계적으로 마찬가지라고 생각하는데, 일단 단편집은 독자들이 잘 안 사요. 대부분 장편소설이나 시집을 사도 한 작가가 쓴 책을 사지, 이 사람 저 사람의 작품이 같이 실려 있는 시집은 일단 매력이 떨어집니다. 가장 중요한 것은 책을 낸 출판사에서 홍보를 잘하고 판매를 잘하고 또는 유통을 잘시켜야 되는데, 거기에서 우리 문학이 가장 심각한 걸림돌을 만나게 되는 것 같아요. 대부분 지명도가 떨어지는 출판사에서 출판되는 경우가 많고 (그것도 우리 정부의 보조를 받아서), 그래서 유통력이 떨어지고 그러니까 독자들에게 다가가지를 못했고, 또 그러니까 독자들이 한국문학에 대해 모르고, 이런 식으로 악순환이 계속 되고 있지 않은가 생각합니다. 그래서 한국문학에 대한 영어권 독자들의 인식은 아주 미미하다고 볼 수가 있습니다. 즉 우리의 바램만큼 미국이나 영국 독자들이 한국문학을 알아주지 않는 거지요.

김화영 오늘 저녁에 외국문학과 번역 얘기의 결론이 상당히 부정적 비관적으로 확인이 되는 느낌인데, 부정적인 게 반드시 나쁜 것만은 아닙니다. 부정적인 면이 일단 확인이 된 다음에 거기에서부터 시작해야지, 우리들 스스로에 대해서 아주 멋있는 이미지만 만들어가지고 지내면 조국애에야 어느 정도 도움이 되겠지만 (함께 웃음) 그것이 우리들만이 즐기는 일시적 허구일 가능성이 많죠. 그래서 부정적인 것이 결코 나쁜 것이 아니니까, 너무 우울하게만 보지는 마십시오.

지금 시간이 많지 않은데, 한국문학의 문학평론도 오래 하셨고, 독일문학도 하셨고, 또 번역 관계의 심사라든지 양쪽으로 잘 아시는 분인, 김주연 선생께서 결론적으로 한국문학의 번역상태에 대해서 조금 얘기를 해주시지요.

김주연 그 분야에 대해서는 사실 여기 계시는 김화영 선생이 우리나라에서 최고의 전문가이십니다. 저는 번역을 많이 하지도 않았습니다만, 그나마 손을 놓은 지가 십 년 가까이 되는 것 같습니다. 하여간 오랫동안 번역을 못 하고, 안 했어요. 언제부턴가 하기가 싫더라구요. 이 나이에 또 번역을 하나 싫기도 하구요. 그래서 제가 신문광고나 이런 데에서 김화영 선생님의 이름을 만나면, 이 양반 아직도 번역을 하시는구나, 만년 청춘이시네, 라고 생각합니다. 이건 제가 웃으면서 얘기합니다만, 평소에 제가 그렇게 생각을 하고 있는데, 김화영 선생님은 문학평론도 하시지만 워낙에 시인이세요. 그것도 일찍이 확실치는 않지만 1964년인가에 신춘문예로 등단하신 시인이십니다. 그리고 지금 말씀하신 대로 장선생님도 그렇지만, 이런 관계의 심사 같은 곳에서 일을 같이 많이 했습니다. 그래서 참 공범자로 죄를 많이 지은 셈인데……

제가 지난달, 사십 일 전에 프랑크푸르트와 스위스의 취리히와 로잔을 다녀왔습니다. 이십 년 전 1983년에 제가 처음으로 한독 수교 백 주년 기념으로 본과 서베를린에서 한국문학 특강을 한 일이 있습니다. 지금은 정년퇴직을 하셨습니다만, 본 대학의 구기성 선생님과 한국학과 독일인 선생님들이 주최를 하셔서 제가 그야말로 혈혈단신 혼자 가서 손님도 없는 곳에서 이야기를 했어요. 그분들이 여기저기 독일 기자들을 불러모으셨는데, 눈물겹게 이십여 명 정도 모아놓고, "김교수, 베를린에 가면 조금 더 사람이 많이 있을 거예요" 하길래, (함께 웃음) "스무 명도 얼마나 많습니까?" 그랬어요. 그 비슷한 일을 몇 번 했습니다.

그런데 이번에, 프랑크푸르트 문학의 집이라는 데를 가보니까 정말 어디 앉을 자리는커녕 설 자리도 없이 사람들이 모였더군요. 한국 총영사관의 직원이 열 명이라는데, 열 명이 전부 다 왔습니다. 그리고, 제가 한국학 관계하는 사람들은 이리 왔다 저리 갔다 하면서 아는 사람들이 꽤 많은데, 이제는 노인네들부터 젊은 학도들까지 왔습니다. 거기서 있었던 일 중에서 딱 한 가지가 기억에 남아요. 프랑크푸르트 서적 전시회를 하는 컨설턴트 같은데, 그분이 조경란씨 소설을 높이 평가한다고 얘기해요. 그러면서 지금은 숫자를 잊어버렸습니다만, 독일어로 번역된 책들이 그래도 제법 소개가 되는데, 다른 여러 작가들을 들더라구요. 그분들의 소설들에서는 한국적인 것인지는 몰라도, 어떤 보편적인 것을 읽기가 힘들었다고 얘기합니다. 시든 소설이든 우리가 얘기하는 소위 리얼리티라든지 객관성이라든지 설득력이라든지가 있어서 책을 읽으면, 맞어, 그래, 내 얘기 같애, 이래야지 감동이 오는 것 아닙니까? 그분이 그런 얘기를 해요. 역사를 현재적인 시점에서 쓰고 있고 오늘의 한국인 속에서 그들이 바라보는 역사가 어떤지가 잘 나타나 있다고요. 조경란이라는 소설가가 지금 스투트가르트에 와 있는데, 그것도 저는 그때 처음 들고 알았는데 그 사람을 위한 장학금을 자기가 주선하고 있다고 하면서, 곧 확정될 거라고 얘기를 하더라구요.

한 예를 말씀드렸습니다만, 현지에서 그들이 좋아서, 번역하는 사람이 한국말로 자기네들이 읽고 그냥 반해서 이걸 내가 불어로 번역하고 싶다, 이래서 번역하는 일은 대단히 드물고, 제가 알기로는 독일어권에서는 그런 일이 전혀 없습니다. 제가 프랑크푸르트에서 그날 오후에 토론회를 할지 안 할지 몰랐었는데, 사람들이 없어서 안 할 거라고 하더니, 갑자기 사람들이 많이 왔으니까 하자고 해서 거기에서 그런 얘기를 한 일이 있습니다. 김화영 선생님이 관계가 되시는지는 모르겠습니다만, 프랑스에 악트 쉬드 같은 출판사는 제가 알기로는 다소 자발적으로 한국문학 번역에 힘쓰는 드문 예에 속하는 것 같더군요. 그래서 제가 출판사 얘기를 했어요. 그래도 프랑스 사람들은 아주 문화적인 호기심이 많아서 이제는 한국문학 작품을 자발적으로 소개하는데, 독일 사람들은 안 그러니, 당신네들의 책임이고 문제일 수 있다, 라고 얘기했습니다. 여기서는 이렇게 얘기를 하면서도 독일에 가면 이런 얘기들을 잘 안 했는데, 이젠 좀 그런 얘기를 할 때가 되었다 싶어서 얘기를 했지요. 그랬더니, 솔직히 얘기해서 자기들이 재미가 없다고는 말 못겠지만, 그다지 큰 흥미를 갖지 못했다고 대답합니다. 전에는 그런 경우가 없었습니다. 아까 말씀드린 대로 진흥원, 번역원, 대산재단 이런 데에서 돈을 주고 우리나라 사람이 번역해서, 일종의 가공비용 조달 비슷하게 해서 독일에 갖다놓았습니다. 물론 독일 출판사에서 하는 것이지만, 그냥 독일 서점에 가서 찾으면 당연히 없죠, 뭐.

그런 현황인데, 그래도 오랫동안 돈 들이고 노력한 보람이 있는지, 자기네 독일인들 입으로 얘기하는 것을 저는 조경란씨 경우에 처음 봤어요. 물론 동베를린 대학에 있는 분들 중에 박경리 박완서를 좋아하시는 분들이 있어요. 동독 쪽의 사회주의는 과거에 직업화되어 있었기 때문에 좀 다릅니다. 어쨌든 그래서 약간 일방적으로 우리 쪽에서 돈을 쏟아부었었는데 약간의 자발적 관심이 이제 좀 나타나는가 싶은데, 이것이 과연 올바른 길인지는 모르겠습니다만, 이제는 전환점에 서 있는 게 아닌가 싶네요.

김화영   이번에는 제가 마무리를 겸해서 프랑스 쪽 얘기를 조금 하겠습니다. 사실상 영미 쪽이나 독일과 다른 것이 프랑스입니다. 다시 말해서 미국의 경우에 출판할 때, 뉴욕에서 하느냐 샌프란시스코에서 하느냐가 문제가 됩니다. 또 독일에서 프랑크푸르트에서 하는지 본에서 하는지, 베를린에서 하는지가 문제이지만, 프랑스는 중앙집권적인 나라라서 우리나라와 비슷합니다. 그래서 모든 것, 특히 문화는 파리에서 이루어집니다. 파리에 거의 모든 주요 출판사들, 언론이 집중되어 있으니 파리에 있는 출판사에서 책이 나와야 됩니다. 이런 상황인 만큼 한국문학이 번역된 경우 지금 비교적, 다른 나라의 경우와 비교해서 상대적으로 어느 정도 성공을 거둔 것입니다.

지금 말씀하신 악트 쉬드 출판사는 이상하게도 파리가 아닌 저 남쪽 아를에 있습니다. 그 출판사가 아시아권 번역을 특히 많이 했습니다. 그것이 도화선이 되어서 파리까지 상륙을 하고 있는 상황입니다. 그러나 어쨌든 두 분이 말씀하신 것처럼 한국문학은 아직도 번역 출판 지원이라는 치마폭에 싸여서 보호받고 있습니다. 다시 말해서 자력으로 정규시장 속으로 들어가 경쟁을 하여 독자를 확보한 것이 아니라, 국가나 재단이 지원하는 지원비를 받아서 번역 출판을 해서 외국에서 선보인 상황입니다. 예를 들어서 프랑스에서 유명한 노벨상 수상작을 놀랄 정도로 많이 낸 갈리마르 출판사는 물론 자본이 많이 축적된 유서 깊은 출판사이므로 구태여 지원 같은 것을 안 받아도 작품만 좋으면 얼마든지 내줍니다. 그러니까 돈이 문제가 아니라는겁니다. 우리 작품은 아직 갈리마르 출판사에서는 한 작품도 번역되지 못한 형편입니다. 신경림씨 작품이 그곳에서 나왔다지만, 아시아의 이해를 위한 특별 코너에서 관리되는 것입니다. 이래 가지고는 독자의 손에 이르기는 어렵지요.

한편 갈리마르와 거의 대등한 쇠이유 출판사에 드디어 한국작품이 등장하기 시작한 것은, 극히 최근입니다만, 주목할 만한 사실입니다. 지금부터 칠 년 전 어떤 작가의 소개를 받아 제가 거기 편집국장을 만났더니 하는 얘기가, 한국에서 좋은 장편 여러 권을 낸 한 작가만 소개해보라, 그 사람을 계속해서 띄우겠다고 하더군요. 아시아 이해를 위한 특별 코너에 넣는 것이 아니라 도스토예프스키를 낸 외국 문학 총서에서 소개하겠다는 얘기였어요. 그런데 정작 그런 작가를 꼽아보려니 난감했어요. 대여섯 권의 작품을, 프랑스 독자들을 깜짝 놀라게 할 수 있는 장편 다섯 권 이상을 내놓은 우리 작가가 쉬 머리에 떠오르지를 않았습니다. 이런 말씀 드리기 곤란합니다만 가령 예를 들어서 이청준, 이문열씨 정도가 괜찮지 않나 싶은데, 이청준, 이문열 등은 이미 앞에서 말한 아를의 악트 쉬드 출판사에서 이미 다 번역해놓아서 거기에 판권이 걸려 있습니다. 제가 파리 서점에 가보니까 과연 우리 기관들이 지원해서 번역 출판한 책들은 보통 사람들의 눈에 잘 띄는 곳에 표지가 보이게 깔려 있는 경우는 거의 없었습니다. 최근에 황석영의 『한씨 연대기』 한 권이 깔려 있는 걸 보았습니다. 예외적이죠. 파리에서 제일 많이 사람들이 왔다갔다하는 생 제르맹 대로의 라 윈느 서점에서 봤습니다.

한 가지만 특별한 예를 꼽자면, 우연입니다만, 제가 이 자리에 같은 날 초청했던 두 분이 조경란씨와 김영하씨였는데, 김주연 선생께서는 조경란씨를 말씀하셨습니다만 프랑스 번역판의 경우에도 김영하만이 예외였습니다. 김영하의 책은 어떤 한국 기관에서 지원도 하지 않았는데, 프랑크푸르트 서적 시장에서 스토리를 요약한 시놉시스를 보고 프랑스 출판사가 판권을 직접 사간 경우입니다. 자기들이 판권을 사가서 자기들이 번역자를 구해서 자기들이 책을 냈지요. 그 책이 나온 것을 저는 한국 사람을 통해서가 아니라 프랑스 기자들을 통해서 들었습니다. 기자들이 무슨 소설 얘기를 하는데 그 스토리를 가만히 들어보니까, 프랑스말로는 제목이 달라서 몰랐는데, 그것이 바로 김영하의 『나는 나를 파괴할 권리가 있다』라는 소설이었습니다. 이것만이 유일하게 저쪽 사람들이 자발적으로 판권을 사간 책이었습니다. 이 얘기는 이미 여러 번 얘기했습니다만, 그게 고무적인 일이고 우리 문학도 바로 그렇게 되는 날이 와야 한다고 생각합니다. 지금 현재는 지원받아 출판한 것이나마 우리 문학이 프랑스에서는 어느 정도 알려진 편입니다. 프랑스에서 오신 문인들을 만나보면, 한국에 초청받아 오기 전에, 한국 사람들을 만나서 할말이 있어야 되겠기에, 그런 번역서적들을 조금 읽어보고 온 눈치였어요. 그래서 이문열 이청준 오정희 등의 얘기를 하더군요. 그것도 그분들이 한국에 오는 기회가 아니었으면 자발적으로 읽었을 것 같지는 않지만, (함께 웃음) 그래도 그나마 다른 나라에 비해서는 어느 면 고무적인 일이 시작된 것이라고 봅니다.

그리고 아까 장영희 선생이 말씀하신 것처럼, 우리나라는 소설에 있어서는 단편소설이 주종을 이루는 나라라서, 그쪽이 중점적으로 번역이 됐습니다만, 그 정도 가지고는 안 되고, 훌륭한 장편소설 작품을 다수 발표한 작가들이 많이 등장해야 비로소 세계 속에 한국문학이 알려지고 그 위상을 확보하지 않을까 생각합니다. 어쨌든 제가 이런 얘기를 왜 하는고 하니, 바깥에서 번역을 하고 번역에 관한 세미나를 한다고 하는데, 사실 세미나도 중요하고 거기에 대한 반성도 중요하지만, 보다 중요한 것은 한국문학도 잘 알고, 해당 국가의 문학과 언어도 잘 아는 그런 유능한 번역자층이 두터워져야 한다는 점을 강조하기 위해서입니다. 그런데 이게 사실 대단히 어렵습니다. 상당히 많은 번역이 몇몇의 단골 네이티브 외국인들에게 의존하고 있는 상황이니까, 내국인의 문학적 감식안과 언어능력, 그게 어렵습니다. 지금 우리가 극복해야 될 문제가 많지만, 그래도 차츰차츰 어느 정도 효과를 내기 시작했다고 할 수 있습니다.

오늘 이야기는 좀 길어졌습니다만 이것으로 마치도록 하겠습니다. 경청해주셔서 감사합니다. (함께 박수)

이문열

김원우

《강을 건너는 …》를 읽고

아우와의 만남

2002. 12.
13.

김화영 여러분, 일 주일 동안 안녕하셨습니까? 오늘은 모시기 어려운 두 분을 모셨습니다. 모시기 어렵다는 것은 연세가 많으시고 중요한 작가들이라서 그렇기도 하겠지만, 김원우 선생님은 대구에서 올라오셨고, 이문열 선생님은 지금은 교통이 좋아졌다고는 하지만 그래도 거리가 떨어진 이천에서 올라오셨습니다. 날씨도 추운데 멀리서 와주셔서 대단히 감사합니다.

두 분 선생님을 차례로 소개하겠습니다. 왼쪽에 계신 분이 김원우 선생, 오른쪽이 이문열 선생이십니다. (함께 박수) 이문열 선생은 서울대학교 국어교육과에서 수학하셨고, 1977년 대구매일신보에 「나자레를 아십니까」로 입선하시고, 이 년 후 1979년 동아일보 신춘문예에 「새하곡」이 당선되어 등단하셨습니다. 자료를 보시면 소설가일 뿐만 아니라 부악문원 대표로 되어 있습니다. 잠시 후에 그 얘기도 들어보겠습니다. 워낙 많은 작품을 내서서 간단히 몇 작품만 추려서 말씀드리겠습니다. 『이문열 중단편전집』(전6권), 『시인』『레테의 연가』『대륙의 한』『아가』『황제를 위하여』『변경』『익명의 섬』『여우사냥』『그대 다시는 고향에 가지 못하리』등이 있습니다. 우리나라의 중요한 문학상을 거의 다 수상하셨는데, 오늘의작가상 동인문학상 대한민국문화예술상 대한민국문학상 이상문학상 현대문학상 프랑스 문화예술공로훈장 우경문화예술상 21세기문학상 호암예술상 에든버러공펠로십 등 수많은 상과 훈장 등을 받으셨습니다.

제가 사실 오늘 이 두 분을 함께 모신 것은 두 분이 같은 해에 등단하신 이유도 있습니다. 김원우 선생님은 경북대 영문학과 및 서강대 국문학과 대학원을 졸업하시고, 1977년 『한국문학』에 소설 「임지」로 등단하셨습니다. 현재 계명대학교 문예창작과 교수로 계십니다. 김원우 선생님도 워낙 많은 책을 내서서, 간단히 몇 권만 추려서 말씀드리겠습니다. 『김원우 중편소설집』 여러 권, 『진흙구덩이』 『짐승의 시간』 『소인국』 『객수산록』 등이 있습니다. 그리고 한국창작문학상 동인문학상 동서문학상 등과 바로 며칠 전에 대산문학상을 수상하셨습니다.

무엇보다 두 분 선생님이 바쁘신데 초청을 거절하지 않으시고 나와주셔서 감사합니다. 이문열 선생님은 아까 만나자마자, 아무 준비도 안 하고 오셨다고 말씀하셨지만, 준비하고 오셨다면 오히려 이상할 겁니다. 그냥 생각나시는 대로 오늘 제가 질문하는 내용에 대해 편하게 말씀해주시면 됩니다.

우선 요즘 동아일보인가요? 『초한지』를 연재하고 계신데, 저는 신문연재소설이 드디어 없어진 줄로 알았더니, 요새 다시 부활한 것 같더군요. 왕년의 신문연재 스타이신 이문열 선생이 다시 또 시작해서 새로운 느낌이 듭니다. 『초한지』는 대충 얼마 동안이나 연재할 것으로 예상하고 계십니까?

이문열 글쎄요, 사정에 따라서 봐야 될 것 같은데, 만약에 최대로 길게 쓴다면 『삼국지』 정도의 분량이 나올 것 같고, 또 사정이 여의치 않아서 줄여야 한다면 세 권 정도로 줄여버릴 수도 있습니다.

김화영 열 권씩 되면…… 저는 한 권 분량이라도 도무지 시작할 엄두가 안 날 텐데, 그게 별로 어려운 일이 아닌 모양이죠? 제가 가급적이면 질문을 미리 준비하지 않고 때에 따라 즉흥적으로 해야 딱딱하지 않고 좋은 것 같아 그냥 두서없이 질문하려고 합니다. 오늘은 지금까지 모셨던 다른 분들에게 잘 여쭤보지 않았던 문제 하나, 즉 연재소설에 관해서 애기를 할 수 있어서 좋습니다. 다른 분들은 단편소설을 주로 쓰시는 작가들이었죠. 아주 오랫동안 연재소설과 관련이 깊으셨던 두 분인 만큼, 그 방면 얘기를 우선 시작해보겠습니다.

김원우 선생님도 신문연재 많이 해보셨죠?

김원우 딱 한 번 해봤습니다. 한 사 년 동안 했습니다.

김화영 『우국의 바다』죠? 연재소설을 보면, 저는 늘 감탄을 합니다. 전에 이런 일화가 있었습니다. 프랑스의 탐정소설 작가로 조르주 심농이란 사람이 있는데, 이 사람은 일생 동안 자기가 몇 권을 썼는지 집계가 잘 안 되어서 잘 모른다고 할 정도로 많은 작품을 썼습니다. 그래서 대충 추산하건대, 육백 권 정도 썼다고 그래요. 굉장히 많은 양이죠. 탐정소설도 썼지만 무게 있는 소설도 썼습니다. 그런데 이분이 어느 날 크레인 끝에 매달린 조그만 방에 들어가서 사람들이 쳐다보는 가운데 소설 한 권을 써가지고 내려오겠다고 해서 그렇게 한 적이 있었답니다. 그런데 그처럼 직접적으로 가시적으로는 아니더라도, 신문연재소설의 집필은 그렇게 대중이 보는 앞에서 써나가는 모습 자체를 드러내는 행위가 아닌가 하는 느낌이 듭니다. 저분이 무슨 마음을 먹고 저 꼭대기 집필실에 올라가서 시작했다가 뒷감당을 어떻게 하려고 저러나 하는 느낌이 들거든요. 마치 망망대해를 건너겠다고 바다에 뛰어드는 사람처럼 더러는 무모해 보이기도 합니다. 저는 그런 연재를 해본 일도 없기 때문에, 저분들은 어떻게 매일매일 쓸까 궁금하고 부럽고 남의 일에 괜히 안쓰럽고 그렇습니다. 연재를 시작하면 어떻게 날짜가 빨리 가는지, 일 주일 치를 보냈는데도, 금방 일 주일이 되고……

그런데 이분들이 사 년씩이나 연재를 했다니, 그 비결이랄까, 고민, 그사이의 일화, 제때에 대지 못한 경험이라든지 그런 얘기를 좀 해주시지요.

김원우 제가 연재했던 것은 한말의 풍운아를 다룬 작품이었는데, 역사 공부하는 셈치고, 그리고 또 생활비를 번다는 생각으로 매일 오전에 딱 하루치만 썼습니다. 그런데 처음 시작할 때는 활자가 작아서 한 회 분량으로 여덟 매를 썼는데, 나중에 이 년 지나니까 활자를 점점 키워서 6.5매를 썼어요.

김화영 그래도 원고료는 똑같이 줍니까?

김원우 네, 원고료는 물가상승률에 따라서 조금씩 올랐습니다. 내가 처음 시작할 때 백팔십만원이었는데, 해마다 조금씩 올라서 마지막에 이백팔십만원인가를 받았습니다. 그런데 매일 딱 한 회분만 썼습니다. 오늘 밥벌이 딱 끝났다고 해서 오전중에 한 회를 끝내고, 오후에는 책 보고, 이런저런 자료를 뒤적거렸습니다. 그때 사무실을 제 형하고 같이 썼는데, 서로 등지고 앉아서 오전중에 한마디도 안 하면서, (함께 웃음) 매일 한 회분씩만 썼던 게 제 기억에 아직 남아 있습니다.

김화영　하루도 빼먹은 날 없이 사 년을 매일 썼습니까?

김원우　네. 그런데 누가 여행을 가자든지 하면, 미리 이틀치 정도를 써놓곤 했는데, 이런 식으로 미리 썼던 게 사 년 동안에 서너 번 정도 있었을 겁니다.

김화영　외국여행은 안 갔습니까?

김원우　그때 외국여행도 자료 취재차 일본을 두 번 갔는데, 4박 5일과 일 주일 정도를 갔습니다. 그때는 물론 그 정도를 미리 써놓고 갔습니다.

김화영　제가 재미있는 화제라서 김원우 선생께 먼저 물어봤습니다. 이문열 선생은 도대체 신문연재만 몇 번 하셨습니까?

이문열　신문연재만 한 다섯 번 정도 한 것 같습니다.

김화영　그중에서 가장 긴 것은 얼마나 했습니까?

이문열　삼국지를 한 오 년 정도 했습니다.

김화영　그게 무슨 신문이었죠?

이문열　경향신문이었는데, 사 년 사 개월 정도였습니다.

김화영　그러면 어떤 연재들을 하셨었는지 한번 꼽아보시죠?

이문열　제일 처음에 중앙일보에 역사소설 『대륙의 한』을 했고, 두번째 연재한 것이 아마 『삼국지』(경향신문), 세번째 연재한 것이 『수호지』(세계일보), 그 다음에 『오딧세이아 서울』(조선일보), 『성년의 오후』(동아일보), 『변경』(한국일보), 그렇게 다섯 개 신문에 연재를 했습니다.

김화영　그중에서 가장 힘들었던 게 뭐였습니까?

이문열　『오딧세이아 서울』이 힘들었습니다. 왜냐하면, 신문을 사흘이나 나흘 있다가 빗대어서 쓰는 것이었기 때문인데, 오래 전의 역사를 쓴다든가 적어도 십 년이나 이십 년 전의 과거를 추체험하는 것이 아니라, 바로 사흘 전 일을 사흘 후쯤 따라가면서 소설로 쓰는 것이었기 때문에 연재의 긴장이 가장 살아 있는 것이었습니다. 다른 역사물들은 이미 이야기가 결정되어 있어서 연재라고 특별히 긴장할 필요는 없는데, 이것은 그런 준비가 전연 되어 있지 않기 때문에, 좀 빡빡하고 긴장되고 미리 써놓을 수도 없는 것이었죠.

김화영 오랫동안 그렇게 하는 과정에 펑크를 내거나 한 적은 없습니까?

이문열 네, 그런 일은 없었습니다. 저 같은 경우는 보통 몰아 쓰는 습성이라서, 김형처럼 하루에 한 번씩은 못 쓰고요. 쓰면 대개 일곱 개 내지 열 개씩 써서 놔두고, 다른 일 하고 이런 식이기 때문에 그런 일은 없었습니다.

김화영 그 질문을 하다보면, 자연히 글 쓰는 방식에 대한 얘기로 이어질 수 있겠는데, 예를 들어서 『우국의 바다』 같은 사 년에 걸친 그 긴 얘기를 쓸 때, 무슨 얘기를 어떻게 쓰겠다는 어느 정도의 복안이 있겠지만 자세한 시나리오를 만들어놓고 합니까, 아니면 마음속에 막연히 담아둔 것을 씁니까?

김원우 저는 단편 하나를 쓰더라도 머릿속에 몇 년씩 공글린다고 그럴까, 그리고 메모 같은 것을 일체 잘 안하거든요. 그런데 요즘은 나이도 들고 그래서 단어 몇 개는 적죠. 자명종이랄지, 맨드라미랄지, 그런 단어를 몇 개 적어놓고, 그것 가지고 계속 생각만 하다가 달려들어서 쓰면 줄줄줄 나오는데, 그래서 옆에서 전체 구상을 하는 사람을 보면 신기하고, 그렇습니다.

김화영 사 년짜리를 그냥 머릿속에서 풀어낸다! 그러면 적어도 이야기 줄거리가 어떻게 흘러간다는 것을 구체적으로 머릿속에서 넣어가지고 있습니까?

김원우 네, 전체적으로 아웃라인은 거의 다 들어가 있죠.

김화영 그러면 구상을 할 때는 얼마나 걸렸습니까?

김원우 아마 그 작품은 한 십여 년 전에 우연히 어떤 책을 보다가, 고영근이라는 사람이 이런 사람이라는 한 줄을 보고, 이것은 소설이 되겠다고 해서 십 년 전에 착목을 해서, 관계된 자료들을 계속 보고 그랬죠. 그러고 난 뒤에 이런 식으로 써가면 안 되겠나 싶어서, 물론 반 이상은 지어낸 얘기입니다만, 나머지 반 정도는 사료를 적극적으로 활용했습니다.

김화영　그러면 사료는 따로 모아두거나 적어두지 않았습니까?

김원우　네, 사료는 책을 접어둔다든지 부전지를 꽂아놓는다든지 쓸 것은 책상 옆에 놔두고, 주로 책을 접어놓고, 계속 뒤적거리면서 씁니다. 별다르게 노트를 마련해서 메모를 한다든지 이런 것은 전연 하지 않는 스타일입니다. 제 형이 쓰는 걸 옆에서 봤는데, 대학 노트에 하루 쓸 것을 계속 메모를 하고 그러더라구요. 저하고는 전혀 달라서 다음 연재 분량에는 무엇을 쓴다든지 해서 한 줄이라도 그렇게 하는데, 저는 머릿속에서 그냥 대충 얼개만 잡아놓고 씁니다.

김화영　여러분들 잘 아시겠지만, 지금 말한 형이라는 분은 바로 김원일 선생이십니다. 한번은 제가 그 집에 가보았더니, 두 분이서 말도 않고 등을 돌리고, 각자 책상 하나씩 놓고 앉아서 집필을 해서 무슨 소설 공장 같았는데, 저렇게 두 분이 형제이면서도 쓰는 방식이 다르군요. (함께 웃음)

이문열 선생님은 장편소설, 연재소설뿐만 아니라 일반적으로 소설을 쓰는 방식이 어떻습니까? 사전에 메모를 많이 합니까, 아니면 머릿속에서 다 나옵니까?

이문열　저는 김원우형 말을 들어보니까 정반대라고 할 수 있을 정도로 차이가 나는군요. 저 같은 경우에는 물론 구상은 하지만, 거의 내가 방금 본 영화나 방금 읽은 책처럼 내 작품을 얘기할 수 있을 때 글을 시작합니다. 그래서 그걸 잊어버리지 않으려고 상세한 설계도를 그립니다. 심지어는 이 부분에는 원고지 몇매가 배정된다는 것까지 정해지구요. 실지로 다 써놓으면 단편 같은 경우에는 내가 원래 예정했던 것과 원고지 다섯 장 이상 차이가 안 납니다. 장편 같은 경우에도 백 매 이상 차이가 나는 것은 드물고, 예를 들면 『변경』 같은 경우에도 다 끝나는 데에는 십이 년이 걸렸지만, 실제 내 노트에 쓴 것은 이미 십 년 전에 『변경』의 제일 마지막 장면이 다 예정이 되어 있었습니다. 그러니까 언제 쓰느냐의 문제이고, 그래서 항상 설계도가 없으면 저는 전혀 글을 시작하지 않습니다.

안 그래도 전에 김원우형이 그런 얘기를 하더라구요. 글을 쓰다보면, 펜이 생각하는 것이 있고, 추고하는 재미로 글을 쓴다고 말했는데, 저도 물론 추고를 하긴 하는데, 그러나 그게 양이 많지도 않고, 내가 전에 생각하지 않았던 것이 추고하는 과정에서 나와서 더해진다거나 펜을 생각해서 달리 쓰는 일들을 저는 별로 경험해 보지 못했습니다.

김화영　제가 지금 '금요일의 문학 이야기'를 진행한 지 다음주면 석 달째입니다. 그 동안 많은 소설가들을 이 자리에 모셨는데, 아마 이문열 선생 같은 분은 거의 없었던 것 같습니다. 한국인답게 거의 대부분이 머릿속으로 상상해놓고 적당히 그때그때 생각나는 대로 썼다고 하시던데, 이문열 선생은 치밀한 설계도가 사전에 준비된 아주 예외적인 케이스를 소개해주셨습니다.

제가 전에도 잠깐 말씀드린 적이 있습니다만, 이런 식의 아주 전형적인 케이스가 플로베르입니다. '시나리오'라고 이름 붙여놓은 설계도가 상세히 마련되어 있는데, 거기에는 각각의 서술에 배당된 페이지 수도 정확하게 예정되어 있을 정도죠. 그래서 예정된 만큼의 페이지를 쓰죠. 그리고 수없이 고치고 또 고칩니다. 그러면서 단어와 단어, 문장과 문장 사이의 리듬을 맞추느라고 큰 소리로 읽고 또 읽으면서 수없이 고치는 과정을 밟게 되므로 여간 고생이 아니죠. 그 고생의 내용이 여자친구에게 보낸 편지 속의 신음 소리로 기록되어 남아 있습니다. 지금 책으로 나온 『마담 보바리』가 한 삼백여 페이지밖에 안 되는데 그가 실제로 꼼꼼하게 공들여 쓴 텍스트는 이천 페이지가 넘습니다. 그 수고가 오늘날 도서관에 그대로 남아 있어서 연구에 매우 중요한 자료로 쓰이고 있습니다. 이문열 선생도 메모한 것을 하나도 안 버리셨겠지요?

이문열　네, 많은 부분 남아 있습니다. 컴퓨터로 쓰기 시작한 이후에는, 물론 컴퓨터에서도 날아가긴 하지만, 많은 부분 남아 있구요. 특히 『변경』 같은 작품을 다 쓴 것은 98년도였는데, 87년도에 시작했을 때의 설계도가 찾아보면 어디 있을 것 같습니다.

김화영　지금 컴퓨터에다가 쓰는 것도 설계도가 있을 것 아닙니까?

이문열　네, 찾아보면 있을 것 같습니다. 예를 들면, 최근에 쓴 『아가』 같은 것이라든가, 「김씨의 개인전」 같으면, 이것은 여섯 토막으로 하고, 동네 사람들 누구의 눈으로 한다, 이 내용은 뭐다, 이것은 몇매, 이런 것들을 써놓은 것이 있을 것 같습니다.

김화영 김원우 선생님도 지금은 컴퓨터로 쓰시겠죠?

김원우 아직까지 저는 PC를 어떻게 켜는지도 모르고 (함께 웃음) 내가 사 년 전에 계명대학교에 내려가니까, 학교에서 컴퓨터를 연구실에 넣어주더라고요. 그런데 아직도 저는 컴퓨터 마우스를 한 번도 잡아본 적도 없고, 컴퓨터를 사용 안 하는 게 굉장히 미안할 정도로 아직도 플러스펜으로 초고를 깨알같이 썼다가, 나중에 정서할 때 사인펜으로 씁니다.

김화영 그러면 원고지에다 씁니까?

김원우 네, 원고지 뒷장에 초고를 쓰고, (함께 웃음) 실제 원고는 내가 별도로 만든 사백 자 원고지에다 옮겨쓰는 셈입니다.

김화영 거 참 정말 다르시네요. (함께 웃음) 그러니까 이문열 선생은 손으로 쓴 것이 있지만, 쓸 때는 컴퓨터로 쓰신단 말씀이시죠? (이문열: 네.) 컴퓨터로 쓰신 지 얼마나 되셨습니까?

이문열 제가 『오딧세이아 서울』 쓸 때, 컴퓨터로 넘어갔습니다. 그러니까 92년도입니다. 왜냐면, 주로 신문연재와 연관이 되는데, 신문연재를 쓸 때 원고지로 쓰면 옛날에는 원고지를 신문사에 내가 갖다주거나 누군가를 시켜서 갖다줘야 했습니다. 팩스가 생긴 지금도 원고지에 쓴 글을 보내려면, 아마 열 매 정도만 해도 A4 용지 열 매 보내는 것보다 시간이 더 걸립니다. 팩스가 원고지의 칸을 읽느라고 시간이 많이 걸리기 때문이지요. 일이 많아요. 그러니 우선 전송문제 때문에라도 컴퓨터로 바꾸지 않을 수가 없었습니다.

김화영 이미 제가 여러분들에게 이 수첩을 보여드린 적이 있습니다.('금요일의 문학이야기'에 나오신 작가들에게 각자 자신의 작품 한 토막을 직접 손으로 옮겨쓰도록 부탁해서 귀중한 필적을 남겨두기 위하여 가지고 다니는 좁고 긴 수첩) 제가 이 수첩을 왜 다시 보여드리는고 하니, 전에 말씀드렸던 대로 재작년에 파리 국립도서관에서 마르셀 프루스트에 관한 큰 전시회가 있었습니다. 그때 국립도서관에서 모형으로 제작해서 팔았던 것이 이 특이한 모습의 수첩인데, 이 수첩이 바로 '마르셀 프루스트의 수첩' 입니다. 설명서에 보면, 그의 수중에 이런 모양의 수첩이 네 권 있는데, 헝겊으로 표지를 싼 수첩이고, 옆쪽에는 필기용 연필도 꽂혀 있고, 프루스트는 이걸 스트라우스 부인이라고 하는 분에게서 선물로 받았다고 합니다. 여러분들이 잘 아시는 작곡가 조르주 비제의 부인인데 나중에 스트라우스라는 사람과 재혼해서 이름이 바뀌었어요. 프루스트는 그 부인의 아들과 친구여서 부인을 잘 아는 처지였고요. 그 부인이 이런 수첩 네 권을 선물했는데, 작가는 거기에다가 『잃어버린 시간을 찾아서』의 메모를 담아놓기 시작했습니다. 참 좁고 쓰기도 어려운 이 수첩에다가 깨알같이 양쪽 페이지에다 썼지요. 프루스트가 여기다 처음에 메모를 쓴 것까지는 좋은데, 그 다음에 교정을 보기 시작하면서 세계지도만한 넓은 종이를 덧붙여가지고 몇 번씩 다시 접어서 끼워놓고, 거기에 다시 꼬리표 같은 종이가 또 붙고 해서 텍스트가 엄청난 분량으로 늘어납니다. 그게 지금 파리 국립도서관에 보관되어 있어요. 그것뿐만 아니라 프루스트의 다른 모든 원고도 다 버리지 않고 보관되어 있습니다.

우리나라 현대문학의 경우 전쟁통에 귀중한 자료들이 다 흩어지고 파괴되어 남은 자료가 별로 없습니다. 한국 현대문학의 역사도 짧은데 문학연구에 필요한 자료들 중 보존된 것이 별로 없습니다. 그래서 여기 오시는 작가들에게 그런 것들을 버리지 않고 다 보관해두셨냐, 라고 늘 물어봅니다. 당시 본인에게는 그냥 끄적거린 휴지로 보일지 모르지만 훗날 그건 다 문화유산의 일부입니다. 그런데 저 자신도 그렇습니다만, 원고지에 써서 잡지사 출판사에 보내고 나면 그 다음에 메모지나 초고는 어디로 갔는지 없어요. 대개 글을 쓰는 데만 정신이 팔려서 보관을 잘 못 하게 됩니다. 반면에 서양 사람들은 훨씬 더 꼼꼼했습니다. 조그만 메모 하나도 안 버렸습니다. 심지어 이미 쓴 글을 자필로 여러 번 다시 정서해서 곱게 묶어 보관하거나 소중한 사람에게 선물하여 오래도록 보관하게 하는 작가 시인들이 적지 않습니다. 그래서 나중에 그분들이 작고하신 뒤에는 제일 먼저 그런 메모지, 시나리오, 설계도, 수첩 같은 것부터 꾸려서 이것을 국립도서관에서 구입하겠느냐고 국가에 물어봅니다. 대개는 국립도서관에서 구입하죠. 어마어마한 분량의 원고들이 그렇게 해서 국립도서관 문헌실에 보관됩니다. 특히 근년에는 이맥(IMEC)이라는 국가문예문서보관소가 설립되어, 가령 어떤 출판사가 폐업을 할 경우에도 거기에 신고하도록 만듭니다. 출판사에는 보통 사람들 눈에는 그저 쓰레기일 뿐이지만 후세의 연구자들에게는 귀중한 자료가 될 많은 서류, 문인 작가들이 보낸 편지, 원고, 메모, 부전지, 계산서, 영수증, 초판 서적 등이 많습니다. 그 모든 자료들을 폐기하지 않고 그곳으로 가지고 오게 하여 보관합니다. 출판사에는 작가들이 보낸 원고가 많습니다. 그래서 그 모든 원고를 버리지 않고 가지고 있습니다. 우리나라는 그런 것에 너무 신경을 안 써서 어떤 작가에 관한 깊은 연구를 하는 데에 고증 부분이 대단히 허술한 편입니다. 이거 그냥 흘려들을 일이 아닙니다. 여기 계신 두 분은 앞으로 어떤 종이쪽지도 버리지 않고 잘 두시면 그게 나중에 후학들에게는 큰 도움이 될 것으로 생각합니다.

그래서 여쭤보겠는데, 김원우 선생님께서는 아직도 원고지에 쓰신다고 하셨는데, 그러면 그 원고를 출판사에 넘겼다가 다시 찾아오십니까?

김원우　찾아오는 경우가 거의 없죠. 그런데 최근에는 저도 이제 원고 상태로 바로 주면 분실 우려도 있고 출판사에서 잘 안 받아주니까, 조교를 시키든지 학생들 중에서 컴퓨터를 잘 치는 학생들에게 아르바이트를 시켜서, (함께 웃음) 원고를 그대로 치라고 한 다음에 세 번 정도 그 위에다가 가필을 하는데, 요즘에 나온 『객수산록』의 원고는 전부 다 조교를 시켜서 컴퓨터로 작업을 했고, 원본은 가지고 있습니다.

김화영　이문열 선생은 원고를 쓰신 다음에 고칠 때는 어떻게 하십니까?

이문열　요즘은 뭐 컴퓨터에서 바로 고칩니다. 저는 예전에 원고지 위에다가 고치거나 찢어내지 않고, 대개 원고를 한번 쓰고 난 뒤, 다시 전부를 새로 씁니다. 초기에 겸손하고 열심일 때 쓴 것들은 같은 단편이라도 비슷한 원고가 여덟 개씩 있습니다. 1교, 2교, 3교 하는 식이었는데, 어떤 분들은 떼어내고 원고가 하나밖에 없다고 하던데, 저 같은 경우에는 많으면 일곱 개도 있는데……

김화영　그걸 다 가지고 계십니까?

이문열 만약에 그걸 다 가지고 있었다면, 아마 제 키의 다섯 배는 될 겁니다. 그러면 짐이 너무 많고 해서, 대표적으로 예를 들면 『사람의 아들』 원고 마지막 것 세 개, 제일 많은 것은 단편 중에 「사라진 것들을 위하여」라는 글이 있는데, 그게 일곱 개가 있습니다. 그런 게 자꾸 줄어듭니다.

김화영 지금은 컴퓨터로 글을 쓰시는데, 글을 출력해서 다시 고치지 않습니까?

이문열 초기에는 그렇게 했는데, 지금은 바로 화면에서 고칩니다. 초기에는 화면으로 확인이 잘 안 되어서 일단 종이로 뽑아서 고친 뒤에 화면에서 고쳤는데, 이제는 좀 습관이 되어서 화면에서 바로 고칠 수 있습니다.

김화영 그거 아주 좋지 않은 습관이네요. (함께 웃음) 그게 이문열 선생께는 편리하겠지만 나중에 다른 사람들에게는 그 고쳐진 과정의 흔적이 완전히 사라지니까…… 제가 늘 컴퓨터에 대해서 우려하는 부분이 그 대목입니다. 제가 연구하는 과정에서 알베르 카뮈라는 사람이 어떻게 작업했는가를 알게 됐는데, 그 사람은 아주 대단히 가난했던 사람이고, 살아생전에 책이 꽤 팔렸는데도 그렇게 부자가 아니었습니다. 지금은 그 아들딸이 세계에서 가장 많이 팔리는 책의 판권을 가지고 있으니 대단한 재산가겠죠. 그래도 그는 만년에 집필할 당시에 부자도 아니었지만 비서가 한두 사람 정도 있었다고 합니다. 대개 20세기 작가들이 거의 다 그런 편인데, 자기가 처음 쓴 글을 적당히 고쳐서 타이피스트들에게 넘겨줍니다. 타이피스트가 그걸 쳐서 오면, 그걸 손으로 다시 고치는 식으로 해서 맨 마지막에 결정 원고를 만드는데, 그 원고를 그때 자기와 친한 친구들이나 주변 사람들에게 기증하곤 했습니다. 가령 카뮈는 『섬』을 쓴 장 그르니에(카뮈의 옛 스승이죠)에게 자신의 원고를 선물한 적이 있어요. 카뮈의 유명한 저서 『시지프스 신화』에 관하여 논의할 경우, '장 그르니에 판'이라는 단계의 원고에 대한 언급이 자주 등장합니다. 그래서 유명한 플레야드 전집 성서같이 생긴 유명한 전집으로 많은 주요 작가들의 작품은 이 판본을 바탕으로 연구가 이루어집니다. 보면 문제의 텍스트의 어떤 대목은 장 그르니에가 받아서 보관했던 원고내용과 서로 어떻게 다르다는 사실이 전집 뒤에 붙인 전문가들의 주석에 소상하게 밝혀져 있습니다. 그래서 1번 원고, 2번 원고, 3번 원고가 어떻게 달라지고 수정되었는가 그 과정을 전부 그대로 밝혀놓을 수 있었던 것입니다. 플로베르 같은 경우에는 이렇게 잘 쓴 대목을 왜 잘라버렸나 싶을 정도로 기가 막힌 대목들이 주석본 뒤에 실려 있는 것을 볼 수 있습니다. 가령 『마담 보바리』 첫 장면에 샤를르 보바리가 쓰고 나오는 모자라든가 아이 생일날 등장하는 기이하고 복잡하게 생긴 케이크 묘사나 장난감 묘사가 아주 길고 절묘하게 되어 있는데 오늘날의 많은 독자들은 이런 명문을 작가가 왜 삭제했을까에 대해서 의견과 해석도 분분하고, 앞으로도 연구가 이어질 것입니다. 그게 다 버리지 않고 보관해둔 수고들과 메모지들 덕분입니다.

서양에서는 이 정도로 소위 창조의 비밀에 관한 연구가 많이 이루어지고 있는데, 거기에 필수적인 것이 원고와 작가가 남긴 다양한 흔적들입니다. 그러니까 이문열 선생도 앞으로 조금 힘드시더라도 컴퓨터 화면에다가 바로 고치지 마시고, 일단 출력을 해서 중간중간 고치고, 그래서 그중 한 부를 제게 맡기신다든지 (함께 웃음) 그것도 좋은 방법이 될 것 같습니다. 김원우 선생님께서는 특히 손으로 원고를 쓰신다니까 좋은데, 그래도 조교를 시켜서 컴퓨터에 쳤다든지 할 때, 한 부 더 뽑는 것은 쉽습니다. (함께 웃음) 그냥 한 부를 더 뽑기만 하면 별 의미가 없지만, 거기에 손수 가필을 했다든지 정정을 했다든지 하는 원고는 귀중해집니다. 왜냐하면 이 작가가 처음에 뭐라고 썼다가 이렇게 고쳤다 했을 때 그 고치는 스타일이 그 작가의 어떤 특성을 말해줄 수 있기 때문입니다. 한 작가의 문체를 연구할 때는 그것이 결정적으로 중요한 근거가 될 수도 있습니다.

한 가지, 그와 관련해서 여쭤보고 싶은 것이 있어요. 저는 글을 쓰다가 잘 안 써지면, 그 원고의 첫머리로 돌아가서 소리내어 읽고 그 읽는 힘을 따라서 내처 쓸 수 있게 됩니다. 마치 운동할 때나 춤을 출 때 탄력이나 관성을 이용하듯이, 꽉 막혀서 쓰지 못하고 있던 부분에 탄력이 와 닿으면 그 내닫는 힘이 돌파력을 발휘하는 듯한 느낌을 받는데, 혹시 이문열 선생은 그런 경험이 없습니까?

이문열 연재할 때 미리 다 구상이 되어 있다고는 하지만, 문장이라든지 세세한 부분이 다 되어 있는 것은 아니기 때문에, 어떤 부분들은 구상은 되어 있지만 소설로 형상화하는 데 힘들거나 귀찮은 것들이 있습니다. 어떤 부분은 신나서 잘되는 부분도 있는데, 그 부분에서 힘도 좀 빠지고 흥이 떨어지면, 처음으로 다시 돌아가서 그 힘으로 쭉 써나갑니다.

김화영 김원우 선생은 어떠십니까?

김원우 저는 옛날에도 그랬지만, 요즘은 특히 학기중에는 원고지에 아예 손댈 시간도 없어서 방학 때 주로 쓰는데, 이번 방학에 사십 일 동안에 사백 장 쓰겠다고 딱 마음먹으면, 거의 매일 열 장씩 써서 딱 사십 일 만에 끝낼 수 있어요. 이게 자기 훈련이고 자기 버릇인데, 아예 처음부터 버릇을 그렇게 들이면, 중간에 안 써지는 경우가 거의 없습니다. 그런데 초반에는 작업이 굉장히 안 나가지요. 어떨 때는 두 장도 썼다가 한 줄도 썼다가 하는데, 초반만 넘어가면, 사백 장 같으면 오십 장이나 백 장만 넘어가면 그 다음에는 줄줄줄줄 나오죠.

김화영 그거 두 분이 또 아주 다르시네요. 작가들이 글을 쓰는 것은 우리 독자가 읽을 때 느끼는 인상과는 실제로 많이 다를 수 있어요. 어떤 느낌이냐면, 이문열 선생의 글은 숨쉬듯, 물 흘러가듯 유연해서 쓸 때도 아주 쉽게 물 흐르듯이 썼을 것만 같은데, 사실은 그런 상태에 이르기까지는 많이 고심한 결과일 것 같은데 어떻습니까?

이문열 그렇지는 못합니다. 사실 요즘은 좀 쉬워졌는데, 쉬워진 것이 내가 달인이 돼서 좋아진 것인지, 매너리즘에 빠진 것인지 그게 좀 걱정스럽습니다. 그러나 쉽게 술술 썼던 기억은 별로 없었던 것 같습니다.

김화영 그런데 김원우 선생 소설은, 여러분은 어떤지 모르겠습니다만, 저는 읽을 때 아주 힘이 듭니다. 그래서 이분은 한 줄 한 줄 쓰느라고 굉장히 힘들었겠다 싶은데, 정반대로 하루 몇 장 쓰기로 하면 쓴다고 하시니까, 우리가 글을 읽을 때 인상하고 실제로 작가가 그것을 만들어내는 과정하고는 같으리란 법이 없는 것 같습니다.

이렇게 해서 두 분의 글 쓰는 버릇에 대해서 잠깐 얘기해봤습니다. 그러면 두 분이 지정해주신 작품 얘기로 들어가기 전에 한 가지만 더 여쭤보겠습니다. 오늘 여기 모이신 두 분은 유명한 소설가이기도 하지만, 김원우 선생님은 지금 현재 계명대학교 문예창작과 교수로 계시고, 이문열 선생님은 세종대학교 교수로 계시다가 그만두시고 지금은 부악문원 대표로 계신데, 부악문원이라는 곳은 일종의 신식 서당입니다. 그래서 두 분이 다 후학의 양성과도 관련이 있는 직종에 종사하고 계신데, 김원우 선생님은 학생들 가르친 지 얼마나 되셨죠?

김원우 지금 사 년 됐습니다.

김화영 그전까지는 순전히 글만 쓰셨죠?

김원우 중앙대 문창과, 추계예대에서 이삼 년씩 강사는 했죠.

김화영 그 입장의 양면을 보면, 우선 직장이라서 월급을 받으셔서 좋은 면이 하나 있고, 다른 한편 학생들을 가르치는 것의 보람이라는 면이 있겠는데, 특히 글 쓰겠다는 학생들을 가르치는 일이 할 만한 일인가, 좋은 일인가, 잘 되는가에 대한 얘기를 좀 해주시지요.

김원우 그 이야기는 정말 하려면 끝도 한도 없는데, 우선 직장의 월급은 웬만큼 연봉이 책정되어 있어서 생활 걱정이 없는 것은 좋은데, 막상 가르치다보면 하루에도 몇 번씩 짜증이 나서, 형편만 되면 당장 그만둬야지, 라는 생각을 계속 하죠. 더구나 매학기마다 2학년, 3학년, 4학년에 두 번 이상씩 소설 실기 과목이 있거든요. 그런 시간에 학생들에게 작품을 일 주일 전에 A4용지로 써서 내라고 하고, 요새는 대부분 형상력을 따지기 전에 주로 문장력을 많이 체크하는데, 밑줄 쳐가면서, 이건 비문이다, 오문이다, 용어 선택을 잘못했다라든지, 그걸 그냥 꼼꼼하게 싫증 안 내고 읽으려면 두 시간 정도 걸립니다. 그걸 하고 있으면 정말 밥냄새가 입에서 날 정도로 거의 미칠 지경이죠. 매학기에 스무 편 정도 봐야 되는데, 어떤 때는 수강생이 많아서, 이번 학기에도 마흔세 명이 들었는데, 학기중에는 스무 편 정도밖에 함께 못 읽습니다. 나머지 스무 편을 읽고 채점을 해야 되는데, 그런 것을 당할 때마다 형편이 조금만 나으면 그만둬야지 하는데, (함께 웃음) 그런데 나아질 전망이 전혀 없죠. 내 글이 잘 나갈 리도 없고, 『객수산록』이라는 저것도 지금도 아직 초판이 안 나가서…… (함께 웃음)

김화영 그래요? 최근에 큰 상까지 받은 작품인데 그게 무슨 소리입니까?

김원우 초판 삼천 부를 찍었는데, 모 출판사 사장이 왜 그렇게 많이 찍었냐고 하더라구요. (함께 웃음) 한 천오백 부만 찍어도 원우 형 건 안 나간다고, (함께 웃음) 내 책이 워낙 안 나가는데 아마 재판 들어간 게 거의 없어요. (함께 웃음) 그래서 형편이 좋아질 전망이 전혀 없어서 이럭저럭 사 년 됐는데, 앞으로 정년까지는 있어야 되지 않을까 싶은데…… (함께 웃음) 소설은 쉽게 말하면 거의 육체노동이거든요. 체력싸움인데, 나이 먹으니까 점점 기억력도 떨어지고, 옛날에는 초고를 써서 앞뒤 전후 문맥을 따지다보면 한두 페이지를 외우거든요. 밤에 잠 안 올 때, 낮에 쓴 글을 한두 페이지 외우는데, 그런 게 점점 기억력이 떨어지고 체력 자체가 떨어지니까 집중력도 떨어지고 해서 안 외워집니다. 김화영 선생님은 워낙 잘 아시겠지만, 오늘날 대학이라는 게 관료화되어서 강의나 강의준비 말고 행정적인 업무가 굉장히 많아요. 안 놓아주지요. 그래서 학기중에는 거의 내 공부 자체도 못 하고, 따분하기가 이를 데 없고, 내가 공연히 결혼을 했나 싶은데, (함께 웃음) 오로지 교육비 때문에 매달리거든요. (함께 웃음) 애들 앞으로 돈 쓸 일은 많고, (함께 웃음) 그래서 안 할 수는 없고, 오늘 대단히 구질구질한 이야기를 해서 죄송합니다. (함께 웃음)

김화영 그 얘기 잘하셨습니다. 제가 요령을 하나 가르쳐드리겠습니다. 두 분이 작가로서의 경력은 대단하시지만 교직 경력으로는 내가 훨씬 많으니까 요령을 가르쳐드리자면…… 가만 보니까, 제 또래의 사회의 요직에 있던 분들이 그 자리를 벗어나면, 대학에 일 년 내지 이 년 , ○×표의 ○교수라고 해서 주로 지방대학의 교단에 서기도 합니다. 그분들이 자기 분야에서는 능력이 뛰어나지만 다만 교단에는 처음 서는 것이니까 경험 부족으로 잔뜩 얼었어요. 그러니 어쩌겠어요? 코피가 터지게 준비를 하십니다. 그렇게 많은 준비를 해서 교단에 서면 결과는 오히려 정반대입니다. 학생들은 그렇게 준비를 많이 한 강의를 정말 싫어합니다. 숨막혀서 못 듣습니다. 그건 책보다 더 분량이 많고 이해하기 어려운 짐이에요. 요령이 없어서 그런 것이죠. 학생들이 숨을 좀 쉬면서 들을 수 있게 해줘야 한다 이겁니다. 제가 졸업할 무렵의 학생들로부터 명강의였다, 잊을 수 없는 강의였다는 말을 간혹 듣는 경우가 있는데, 그건 가만히 들어보면, 코피 터지게 준비를 많이 해가지고 가서 한 강의가 아니라 그 전날 술을 너무 많이 마셔서, (함께 웃음) 준비를 하나도 안 하고 가서, 뭘 떠들어야 될지 몰라 작취미성인 분별없는 정신으로 인생론 조금 끼우고, (함께 웃음) 농담 좀 깔고 해서 즉흥적으로 여러 가지 횡설수설했던 날의 강의를 두고 하는 말이었어요. 나는 무슨 소리를 했는지 모르는데 학생들은 감동적이었대요. (함께 웃음) 어쨌든 매일 열심히 책 읽고 생각하고 노트해 가서 강의하는 날은 학생들이 못 따라와서 그만 하품을 합니다.

이게 물론 요즘 학생들의 지적 훈련 부족 때문인 면도 있습니다만, 제가 학생 때도 그랬습니다. 아주 빡빡한 강의가 좋은 때도 간혹 있겠죠. 그러나 대다수는 숨통을 좀 터주는 강의가 좋은데, 대개 경험이 얼마 없는 분들은 너무 많은 노력을 하십니다. 김원우 선생님께서 애들 키우는 얘기를 하셨는데, 저같이 별볼일없는 외국문학을 가르치는 것이야 적당히 해도 그럭저럭 넘어가지만 국어국문과만 해도 벌써 만만찮은 학문입니다. 그런데, 한술 더 떠서 글 쓰는 방법을 가르치고 학생들 사십여 명이 쓴 글을 다 읽고 고쳐주신다는 것은 그건 좀 지나친 서비스 같습니다. (함께 웃음) 요즘 논술 한 과목 과외 하는 데 얼맙니까? 선생님 같은 작가 경력이 없는 그냥 아줌마가 과외해도 한 시간에 그렇게 싸게는 안 받습니다. (함께 웃음) 하물며 수십 년 경력의 작가가 어떻게 학생의 글을 일일이 다 읽고 고칩니까? 대체 월급을 얼마나 받으시기에 그렇게 열심히 하십니까? 그렇게 쉽사리 고쳐주시면 학생들이 깔봐요. (함께 웃음) 그러니까 웬만해서는 저 선생님한테는 원고지도를 못 받는다, 이건 하늘의 별따기처럼 아주 귀하다, 아주 잘 쓰고 잘 보여야 한번쯤 고쳐준다, 공들여 쓴 원고를 여러 편 제출하면 잘해야 몇 주일에 한 개 정도 읽어봐주시고 그래도 직접 첨삭지도는 언감생심 꿈도 못 꾼다, 나머지는 보지도 않고, '도로 가져가' 그런다, 이쯤 되어야 하는 것 아닙니까? (함께 웃음) 이런 멋진 방법을 사용하시는 게 어떨까요?

김원우 저는 문단 선배들 말도 잘 듣고 제 형 말도 잘 듣고 그러는데, 앞으로 김

화영 선생님 말씀을 듣고 대충 헐렁헐렁하게 하겠습니다. (함께 웃음)

이문열 저는 그 방법을 써봤는데요, 별로 안 좋던데요. (함께 웃음) 그런 식으로 선생 노릇을 한 삼 년 동안 했더니만, 나중에는 나도 별로 남는 게 없고 학생들도 손해보는 것 같고 그래서 제가 사표를 냈습니다. (함께 웃음)

김화영 그 얘기를 계속 해주시지요. 처음에 대학에 계시다가 그만두셨는데, 얼마나 계셨어요?

이문열 삼 년 있었는데요. 제가 맡은 학점이 9학점이었어요. 다행히 다른 분들은 더 받았는데, 저는 좀 봐줘서 9학점만 받았습니다. 제 생각으로는 일 주일 중에 사흘만 내가 노력하면 좋은 선생도 되고, 나흘 동안 글을 쓰면 내가 좋은 작가로 유지될 수 있을 거라고 생각했어요. 국문과였는데 제가 작가로서 너무 바빠지면서 학교에 사흘을 바칠 수가 없었습니다. 결국은 첫해에는 솔직하게 말하면 한 이틀 정도를 바쳤고, 그 다음에는 하루, 세번째 해에는 강의시간만 맞췄습니다. 강의시간 삼십 분 전에 도착해서 작년에 한 노트 가지고 대충 시간 때우는 식으로 했는데, 삼 년 동안 그렇게 하고 보니까 이게 뭐 하는 것인가 싶은 게, 나한테도 별로 나은 면이 없고 학생들한테도 내가 와서 이러는 것보다는 문학이론을 공부한 젊은 친구들이 강의하는 것이 낫겠다는 생각이 들어서 그만두었습니다.

김화영 대학을 그만두신 이유가 충분히 이해가 갑니다. 차라리 문예창작과였다면 제가 지금 힌트 드린 방식대로 가능했을 텐데, 국어국문과라면 문제가 다릅니다. 게다가 전 그런 계통의 공부를 해서 가르쳐봤기 때문에 알아요. 시간이 쌓이면 쌓일수록 교수의 노트가 많아집니다. 그래서 그 노트를 가지고 매번 다르게 조합을 하면, 그렇게 고생을 안 하고 다르게 가르치는 방법이 있습니다. (함께 웃음) 그런데 처음 몇 년은 뾰족한 방법이 없죠. 코피 터지게 해야죠. 그런데 제가 거의 정년이 가까운 지금에 와서 돌이켜 생각하니까, 글쎄요, 회의가 많아요. 세계적인 훌륭한 대학의 몇몇 유능한 교수들은 다르겠습니다만, 그렇게 요란하게 가르쳐서 실제적인 결과가 뭘까요? 제가 미국 사람들의 경우를 가만히 보니까, 이공계는 다릅니다만, 인문계의 많은 분들이 대학에서 사실 그렇게 열심히 가르치는 것이 뭣이 그리도 좋은가 하는 회의가 없지 않아요. 지식이라면 말보다 책 속에 더 많죠. 중요한 것은 학생과의 직접적인 접촉이고 학생 스스로의 의지죠. 중요한 것은 학생들이 얼마만큼 자발적으로 하느냐고, 선생이 가장 많이 하는 것은 사실은 강의가 아니라 저서의 집필입니다. 저서를 읽으면 강의보다 훨씬 더 일목요연하게 정리되어 있지 않은가요? 강의의 장점은 목소리와 표정, 그리고 인간적인 접촉과 자극이죠. 어마어마한 저서가 전 세계에 널려 있습니다. 강의는 교수의 목소리를 들으면서 그때그때 즉각적으로 반응하고 이해할 수 있다는 점에서는 좋은 점이 있지요.

그러나 사실은 너무 많은 공부가 최선은 아닙니다. 지금 대학이라는 곳은 뭔가 본말이 전도된 느낌이에요. 특히 미국은 학비를 굉장히 비싸게 받기 때문에 그 대가로 뭔가를 많이 가져다가 안겨주느라고 어마어마한 것들을 사람들 머릿속에 집어넣습니다. 그게 다 뭣에 쓰는 거죠? 하기야 우리나라 대다수 학생들의 경우 이런 말을 할 필요도 없을 정도로 머릿속이 비어 있지만요. 머릿속은 그저 인터넷이 획획 통과하는 빈 공간이라는 생각도 해요. 이런 말이 있습니다. 고대의 철학자들은 스스로 생각과 성찰을 많이 했는데, 주로 17~18세기 이후부터 철학자들은 스스로 생각은 하지 않고 남의 책만 열심히 읽는다고 누군가 비판을 했어요. 사실 그 말이 맞습니다. 그래서 대학이 오랜 관성에 의하여 어떤 상태로 변했냐 하면, 생각을 하는 곳이 아니라, 남이 쓴 많은 책들을 읽고 달달달 외워서 정리하고 시험치는 곳으로 변했습니다. 물론 평범한 사람들에게는 그게 중요하지만, 정말 빼어난 사람들에게는 그런 수동적 사고의 오랜 관습은 오히려 해가 됩니다.

그런 의미에서 반드시 교수가 열심히 가르치는 것이 늘 좋기만 한 것은 아니라고 생각해요. 앞서 이청준 선생, 김주연 선생과도 얘기했습니다만, 보시다시피 저는 학교 다닐 때, 휴강을 밥 먹듯이 하던 시대에 자랐기 때문에, 덕분에 문학도 좀 할 수 있었고 숨도 좀 넉넉히 쉬고 지냈습니다. 그러니까 문학 하겠다는 학생들에게 너무 많이 가르치는 것은 좀 무섭습니다. 혼자 많이 쓰고 생각하게 버려두셔야죠. 아마 그래서 부악문원을 설립하시지 않았나 싶은데, 부악문원 시스템은 어떻게 돌아가는지 좀 말씀해주시지요.

이문열 원래 제가 옛날에 대학 다닐 때, 사범대학을 간 적이 있는데, 맹자가 그런 말을 했습니다. 많이 알지도 못하면서 남의 선생 되기 좋아하는 것은 병통이라고 그랬어요. 그런데 아마 저한테 이상하게 남의 선생 노릇하는 병통이 있는지, 작가 외에 그 다음에 많이 한 직업이 남을 가르치는 직업이었습니다. 작가를 한 지 지금 한 이십삼 년 됐고, 이래저래 다음 직업으로 제일 많이 한 게 최고는 교수이고, 그 아래로 학원 선생까지 해서 한 십 년 이상을 남을 가르치는 일을 했습니다. 그런데 그것이 남아서 그랬는지, 부악문원을 설립하고, 그때 저는 교육기관이 아니라 장학 혹은 장려기관으로 생각했고, 솔직히 말해서 글 쓰기를 가르친다기보는 글 쓰기를 도와준다든가 편의를 제공한다는 개념으로 부악문원을 만들었습니다. 막상 젊은 친구들이 대여섯 모이는데, 일 주일 내내 너 알아서 해봐라 하고 버려두는 것이 무책임한 것 같기도 하고, 그래서 공동의 커리큘럼을 만들고 공부를 하게 되었습니다. 인문교양 수준으로 했는데, 거기에는 두 종류의 사람이 있는데, 하나는 객원이고 또하나는 숙생입니다. 숙생은 공통으로 커리큘럼을 가지는 사람들이고, 객원은 그냥 와서 시설만 이용하고 자기 글만 쓰는 작가들인데, 그 사람들은 꼭 커리큘럼에 참여할 의무가 없습니다. 자기 방에서 자기 글을 쓰면 됩니다.

보통 알려진 것은 숙생들을 말하는데, 다섯 명씩 뽑았지요. 작년에 제가 아시다시피 험한 꼴을 당하고 나니까 갑자기 맥이 빠지고 재미도 없고 해서 숙생을 뽑지 않았습니다. 그냥 객원만 둘을 받았는데, 다시 숙생을 뽑고 교육제도를 복원하는 것에 대해서 고심하고 있는 것 중의 하나는 이제 나한테도 별로 많은 시간이 남지 않았는데, 커리큘럼을 가지고 있으니까 이틀 정도는 그 숙생들과 함께 해야 됩니다. 그런데 지금 내가 그런 데 이틀씩이나 쓸 수 있는가 생각해보니까, 나도 이제 제대로 글 쓸 수 있는 시간은 길어야 십 년 정도이고, 그 십 년도 지난 십 년이나 그전 십 년보다는 질적으로도 영 떨어지는 십 년이라는 생각이 드는 겁니다. 그것밖에 안 남은 작자가 남을 가르친다고 일 주일에 이틀씩이나 버린다는 것이 갑자기 끔찍해지고, 그래서 당분간 숙생은 뽑지 않고 객원만으로 내가 기왕 만들어놓은 시설을 이용만 하게 할 생각입니다.

김화영 거기에 그러면 지금 객원이 있습니까?

이문열 네, 객원 둘만 와 있습니다.

김화영 그러면 방은 좀 비어 있겠네요?

이문열 네, 그래서 조금 있으면 공고를 내서 방과 편의시설이 있으니까 이용할 사람 이용하라고 해서 방을 채울 생각입니다.

김화영 제가 부악문원에 가봤더니, 시설도 좋고 경치도 좋고 조용한 곳이었습니다. 사실 제가 처음부터 조금 우려하긴 했습니다. 저분이 자기 글을 쓰는 일이 바쁠 텐데, 언제 남들을 돌봐주려고 저렇게 원대한 꿈을 꾸셨나 의아하게 생각했었죠. 그곳에 객원이 있고 숙생이 많았으면 좋겠습니다만, 그보다 이문열 선생 같은 작가 자신이 더 좋은 작품을 쓰시는 게 사실은 더 중요할 것 같습니다.

그러면 이제 남은 시간 동안 두 분께서 각기 지정해주신 작품에 대해서 조금 얘기를 해보겠습니다. 우선 김원우 선생의 『객수산록』. 조금 전 이야기를 듣고 정말 놀랐어요. 대산문학상같이 큰 상을 받으시면, 그래도 책이 많이 나가지 않았겠느냐고 물어보려고 했는데, 이미 답을 하셔서 참 답답한 일이라는 생각이 듭니다. 그런데 한편으로는 이해가 되는 면도 있습니다. 많이 팔았으면 좋겠지만, 지금 같은 시대에 『객수산록』 같은 소설을 재미있게 읽는 사람이 많아지기를 바란다는 것은 좀 어렵지 않나 싶습니다. 잘 썼다 못 썼다 그런 것이 아니고, 이 문체가 가지고 있는 이 맛을 이해하기 위해서는 이 말을 어느 정도 스스로 써보았거나, 쓰지 못해도 귀로 그 어조를 많이 접해본 경험이 있어야 할 것 같은데, 요즘처럼 허구한 날 나라 전체가 TV나 인터넷으로 똑같은 말, 어조만 쏟아놓는 세상에 이런 감칠맛을 아는 사람이 과연 몇이나 될지는 의문이니까요.

제가 아주 무지막지한 질문을 하나 드리면, 불쾌하게 받아들이지는 마시고, 흔히들 김원우 선생님 하면 갑자기 염상섭을 떠올리게 되는데, 염상섭의 문체로부터 은연중에 영향을 받으신 겁니까, 아니면 나도 나 나름의 특이한 문체를 가져야겠다고 생각하셨습니까?

김원우 횡보 선생에 대해서는 제가 논문도 몇 번 쓰고 해서 비교적 좀 알죠. 물론 아직 전집이 우리나라에 안 나와서 횡보의 전모를 안다는 것은 상당히 힘든 일인데, 아마 많이 읽으면서 자연스럽게 우리말 특유의 용어 같은 게 잘 이해가 안 되면 노트에 적어놓고 그래서 영향을 좀 받기는 받았을 겁니다. 하지만 횡보 문체를 그대로 내가 익힌다든지 그대로 내가 한번 써보겠다든지 하는 생각은 전연 없죠. 그뿐만 아니고, 횡보 선생은 문체 자체가 너무나 경아리말씨, 서울 본토박이 중산층 말씨니까, 저하고는 출신도 다르고 해서 많이 다른데다가, 더욱이 횡보 선생은 생활 자체에서 우러난 얘기를 많이 써서 오늘날 인문학적인 사고와는 상당히 거리가 멀고 해서, 제 문체하고는 많이 다를 겁니다. 다만 횡보가 가지고 있는 특유의 어휘량, 어휘의 총량 같은 것은 우리가 좀 본받아야 되지 않을까 해서 어휘량을 넓힌다는 부분에서는 횡보 같은 사람이 제 목표라고 할까, 우리 문인들이 전부 다 횡보의 어휘량 자체는 극복해야 되지 않을까 하는 생각은 늘 가지고 있습니다.

김화영　제가 왜 무지막지하다는 말을 했냐 하면, 그 비유가 우습습니다만, 김원우 선생의 소설을 읽으면, 그 속에서 벌어지는 사건이라든지 인물의 성격 이전에 우선 서술하는 어조, 문체가 다른 어디에서도 본 일이 없는 독특한 특징과 느낌을 가지고 있다는 점에서 횡보를 연상시킨다고 했습니다. 횡보 문체 그 자체를 모방했다거나 비슷하다는 뜻은 아니었습니다. 그리고 객관적인 문체가 아니라 작가 특유의 체취가 배어 있는 문체를 가졌다는 뜻에서 제가 빗대어 쉽게 표현하다보니까, 이렇게 무지막지한 말이 되었습니다.

그런데 사실 『객수산록』 같은 책을 처음에 읽을 때는 읽기가 만만치 않습니다. 그러나 두번째 읽을 때는 훨씬 나아지고, 세번째 읽을 때는 또 독특한 말의 질감이 느껴집니다. 그것이 바로 곱씹어서 읽게 되는 문체의 맛이라 하겠는데, 그런 점에 유의하면서 여러분들도 한번 시도해보십시오. 이 책을 저처럼 고생해서 두 번씩이나 읽는 분들이 많이 계실지는 잘 모르겠습니다만, 처음에는 저도 정말 쉽지 않았어요. 그러나 두번째는 훨씬 느낌이 좋았습니다.

그래서 이런 종류의 텍스트를 작가의 목소리로 들으면 어떤 느낌을 주는지, 또 작가 자신은 어떤 목소리로 그 어조를 표현을 하는지 알고 싶은데, 제가 한 군데를 골라왔으니까 어디 한번 좀 읽어봐주시면 좋겠습니다.

김원우 "이른 아침에 욕쟁이 할매가 깡깡 얼어붙은 장독대에서 김칫독을 끌어안고 쓰러진 후, 한나절 내내 게워올리다가 그날 해거름녘에 숨을 거둔 때가 62년도 아니면 63년도였을 텐데, 성적이 반에서 중간만 해도 동계고등학교에는 수월하게 들어갈 수 있었으므로 그는 입시공부에 열을 올린 기억도 딱히 없는 걸 보면 중학교 2학년인가 3학년 겨울방학 때였지 싶다. 그때 초상을 어떻게 치렀는지도 아슴푸레하다. 엄마 정을 모르고 자란 그를 키워주고, 겨울 한철 내내 입고 있던 당신의 배자 가두리에 달린 거뭇거뭇한 토끼털과 똑같은 색깔의 구멍 뚫린 귀마개도 그이가 사줬는데, 이상하게도 서럽지도 않았고 눈물도 안 나왔다. 다만 뜨개질한 검은 털실 모자를 벗자 파릇한 두상이 목탁처럼 동글동글하니 잘생겼던 까까중 하나가 밤새도록 용 비늘 새긴 목탁을 두드리며 한마디도 알아들을 수 없는 경소리를 읊조리고, 그에 묻어온 비구니 서너 사람이 소복한 수양딸의 흐느끼는 어깨를 번갈아가며 부둥켜안고 토닥거리던 광경만은 선하다. 아마도 그즈음의 어느 날 밤이었을 것이다. 담벼락 곁에 켜켜이 쟁여놓은 판자때기 연탄광을 포대기처럼 친친 동여매고 있던 가마니 위에 꽝꽝 얼어붙은 눈이 두텁게 쌓여 있었다. 그것 역시 외모만큼이나 반질거리는 족제비 목도리를 두르고, 모자도 짐승털로 만든 벙거지 같은 것을 눌러쓰고 그날 밤 느지막이 들렀던 전직 민의원 이씨와 그의 모친이 무슨 일로 말다툼을 벌였다. 명색 장모상에 문상도 안 온 비례를 구실 삼아 그 희여멀건 민의의 대변자에게 찌그렁이를 부린 게 아닐지. 제법 음성들이 커서 덕자와 찬모 월배댁이 두 손을 모둬잡고 대청마루에서 서성였다. 이윽고 이씨가 성마르게 툇마루 쪽의 방문짝을 열어젖히더니, 높직한 개탕을 걸터넘고는 황황한 손길로 길다란 나무 구둣주걱을 손수 찾아 신발을 꿰신었다." 여기까지만 읽죠. (함께 박수)

김화영 여러분 어떻습니까? 지난번에 이인성 선생 경우에도 그랬습니다만, 책을 읽을 때 독자인 우리는 흔히 재미난 얘기 줄거리나 돌발적인 사태가 벌어지기를 기대합니다. 그런 게 흔히 재미니까요. 그런 기대를 가지고 읽는 사람에게 이런 종류의 문장이 숨막히게 이어져나가면, 좀 실망하여 '뭐가 이래?' 하는 느낌이 들기 쉽지요. 그런데 막상 작가가 소리를 내서 읽는 동안 문장의 결을 주의하여 들어보면, 거기에 매순간 즐길 수 있는 참맛이 난다는 것을 알게 됩니다. 물론 거기에다가 지금 국회의원이 민의원이라고 불리던 시절이나 연탄광에 가마니때기를 덮어서 거기에 눈이 쌓이던 그 광경을 직접 체험해본 사람에게라면 유별난 정서가 보태지겠지요. 그러나 피자나 맥도날드 같은 패스트푸드를 먹고 자라고 텔레비전 앞에서 팝 가수에 홀려 있는 휴대폰 세대에게는 이런 문장의 감칠맛이 잘 먹히지는 않을 겁니다. 하지만 이 문체에 어울리는 시절의 분위기를 떠올리면서 이 리듬을 탄다면, 훨씬 더 작품을 이해하는 것이 쉽지 않을까 생각합니다.

자 그러면, 지금 들으신 김원우 선생님의 『객수산록』얘기와 이문열 선생의 텍스트가 얼마나 다른지를 이해하기 위해서, 제가 이문열 선생께 한 부분만 읽어달라고 부탁을 드려보겠습니다.

이문열 읽어보겠습니다.

"거기서 나는 잠시 아연했다. 참으로 기묘한 전도(顚倒)였다. 아우가 말하는 나의 이미지는 바로 내가 괴로운 젊은 날을 보낼 때 품었던 아버지의 이미지 그대로였다. 그런데 이들에게는 또 내가 그러했단 말인가. 아버지에게는 주관적인 선택이 있었지만 나는 아무런 선택 없이 부여받은 대로 존재했을 뿐이지 않은가. 역사 속에서 개인의 선택이란 것이 하찮음을 이미 희미하게 실감하면서도 막상 아우로부터 그런 말을 듣자 나는 좀 어이가 없었다. 하지만 아우의 가슴에 맺힌 응어리만은 섬뜩할 만큼 절실하게 이해할 수 있었다.

이번에 떠나올 때 제 심경이 어땠는지 아십네까? 솔직히 말해 아버님의 유언 따위는 뒷전이었시요. 그건 오히려 이상한 경쟁심리를 자극했을 뿐이야요. 어째 아버지는 자기가 받은 가장 높은 훈장을 거기다 주라 하는가고. 우리는 뭐인가고. 내가 형님을 만나기로 한 건 오히려 그런 아버님의 유언보다는 궁금함 때문이었시요. 우리의 오랜 재앙과 저주가 실제로는 어떤 모양을 하고 있나가 못 견디게 궁금했시요. 아니, 그 이상으로 한평생의 원수를 찾아 떠나는 심경이었시요. 그런데 형님을 만나보니 첫눈에 벌써 아니었습네다. 아직도 내래 잘 설명은 못 하갔지만 만

나는 순간부터 형님은 그저 우리 형님일 뿐입디다. 함께 쓸어안고 울 사람이지 원
망하고 미워할 사람은 아니더란 말이야요. 시간이 갈수록 내가 품고 온 적의가 당
황스럽고 부끄러워지더란 말입네다. 되레 오래 그리워해온 사람인 듯한 착각까지
들고 글티만 그럼 이거 어드렇게 된 거야요? 형님의 한은 어디 가서 풀고 우리 한
은 어디 가서 풀어야 하는 거야요?"

　여기까지만 읽겠습니다. (함께 박수)

　김화영　이 겨울날, 두 분 작가가 텍스트를 자신의 목소리로 읽는 소리를 듣고
있으니까, 제가 시골에서 보냈던 어린 시절의 구수한 겨울 밤들이 생각납니다. 지
금은 밤이면 온 식구가 텔레비전 앞에 앉아 있지만, 옛날에는 텔레비전 같은 것도
없었으니 할머니 무릎을 베고 누워『사씨남정기』나『춘향전』『추풍감별곡』같은
것들을 소리내서 읽는 소리에 귀를 기울이다 잠이 들었지요. 혹은 형제들 모두 이
불 속에서 다 같이 발을 뻗고 앉아서 할머니가 들려주는 옛날이야기에 홀려 있던
그런 저녁이 생각납니다.

　그런데 지금 다 같이 들어보셨겠지만, 두 분 작가의 목소리며 문장의 결이 얼마
나 다릅니까? 아마도 글 쓰는 스타일과 관계가 있을 것 같은데, 김원우 선생은 직
접 목소리로 들어보니까 훨씬 더 감칠맛이 나는 반면, 이문열 선생은 눈이 잘 안
보여서 속도를 내어 읽을 수가 없었는데다가, 하필이면 제가 정해드린 부분이 이
북에서 자란 동생이 북도 억양으로 하는 말을 이문열 선생 특유의 경상도말로, (함
께 웃음) 그것도 느릿느릿하게 읽다보니, 늘 제가 농담 삼아 흉내도 내곤 합니다
만, 이문열 선생의 글이 보여주는 그 거침없는 리듬에 비교해서 이분의 말소리는
발음도 그리 정확하지 않고 (함께 웃음) 또 이분 특유의 허스키한 목소리가 섞여
있어서, 분위기가 글과는 전혀 다릅니다. 그러니까 여러분들이 이문열 선생을 오
늘 눈앞에 직접 모시고 글을 읽는 소리를 듣게 되어서 훨씬 더 생생한 인상을 받으
셨을 겁니다.

　어쨌든 두 분이 얼마나 다른가를 분명히 느꼈을 겁니다. 그러면 이제 책의 내용
에 관해서 조금 얘기를 해보겠습니다. 우선 언제나 그렇듯이, 여기 와서 얘기할 작

품을 미리 정해주시면 읽고 오겠다고 했는데, 두 분 다 단편이 아닌 중편을 지정해주는 바람에, 제가 좀 혼이 났습니다. 그전에 읽었던 텍스트인데도 읽은 지 오래되어 다시 읽어야 되는데, 이문열 선생 작품은 빨리 읽었어요. 반면에 김원우 선생작품은 빨리도 안 읽히고 해서, 정말 오늘 하루 종일 완전히 그 속에 파묻혀 지낸셈입니다. (함께 웃음) 그런데 시간이 지날수록 그 읽는 맛이 정말 좋았습니다. 제가 이번 석 달 동안에 거둔 가장 큰 수확은 물론 여러 귀한 분들을 직접 만난 것이었습니다만, 다른 한편 전에 읽었던 텍스트들을 여기 오기 직전에 훨씬 더 꼼꼼히한번 더 읽을 수 있었다는 점입니다. 그래서 전에 맛보지 못했던 구석구석의 감칠맛을 골고루 맛볼 수 있었다는 느낌입니다.

우선 왜 이 작품을 정해주셨는지 말씀해주십시오. 제가 미리 작품을 하나 정해주십사고 했을 때는 그 작품에 얽힌 얘기, 작품을 처음 구상할 때 얘기라든지, 어느부분이 특히 쓰기 힘들었다든지, 재미있었다든지 그런 얘기를 할 수 있도록 가급적재미있는 이야깃거리가 있는 작품을 골라달라고 했는데, 그 주문이 잘 전달됐는지모르겠습니다. 어쨌든 이 작품을 구상하고 쓰는 동안에, 개인적인 경험의 몫은 어느 부분이며 상상으로 지어낸 부분은 어디인지 등 여러 가지를 말씀해주시지요.

김원우 제가 『객수산록』을 지정한 것은 최근에 쓴 작품이기 때문이고요. 그리고 저 작품이 사백칠십 장 정도 되는 중편인데, 제 호흡으로서는 오백 장 전후로아주 딱 좋은 길이라서 작년 겨울방학 때, 사십오 일 정도에 걸쳐서 초반 부분이조금 안 나가서 그렇지, 단숨에 쉽게 잘 썼습니다. 작품 길이가 길어져서, 『문학동네』에 발표할 때, 주간이 길어지는데 어떡하나, 제발 빨리 끝내달라고 했던 기억이납니다. 제가 사백 장 정도 되었을 때 며칠까지 내가 주겠다고 했으니까……

작품의 내용은 제가 경험한 것은 별로 없고, 어릴 때 본 몇 가지 기억은 있습니다. 저희가 전혀 연고도 없는 대구에서 피난생활을 했는데, 그 당시 대구엔 전쟁경기가 일어서 상당히 괜찮았습니다. 지금은 대구가 섬유 경기가 가버리고 난 뒤에, 대구 특유의 어떤 열패감 같은 것을, 인천이나 대전에 대해서도 지고 있어서그곳 사람들이 상당히 녹어 있는데, 그 당시 대구는 6 · 25 전쟁 경기로 인해서 상당히 활기를 띠고 기생들 사회나 요릿집 같은 게 제법 흥청대는 것을 내 눈으로 많이 봤습니다. 돌아가신 우리 모친이 바느질을 했거든요. 그 당시에는 여자들이 전부 다 호구가 없으면 그것으로 사는데, 어머니에게 와서 주로 한복을 해입는 사람들이 기생들이었어요. 그 사람들이 계속 옷을 해입고 해…… 그 당시에 내가 어린 눈으로 본 기생들, 그게 아마 여기에 조금 들어간 게 경험이라면 유일한 경험이고, 은행원뿐만 아니라 지점장 이야기는 내 가까운 친구가 최근에 명퇴를 당해서 거기에서 아마 아이디어를 얻은 것 같고, 경험적 내용이 있다면 그 두 개 정도가 간접경험입니다. 내 눈으로 직접 본 게 앞부분과 뒷부분인데, 내 친구와는 전혀 관계가 없습니다. 내 친구의 사생활은 전혀 그런 것이 아니고 사회적으로 아주 건실한 친구니까요. 그리고 쓰는 도중에 뒷부분에 인디언 부분이 나온다든지, 일부다처제에 대한 나름대로의 생각 같은 것은, 내가 사 년 동안 그야말로 객지에서 혼자 밥 끓여 먹으면서 살고 있으니까, 아마 나의 생각 같은 게 많이 들어가 있겠죠. 달바라기를 한다든가 하는 것은, 나 혼자 숙소에서 베란다 너머로 보이는 달 같은 것을 많이 보게 되는데, 그런 내 체험이 녹아 있을 겁니다. 대충 제 경험세계는 그 정도입니다.

김화영　늘 그런 얘기를 합니다만, 독자라는 사람들은 늘 문학적으로 평가를 하면서 읽는 게 아니라, 자기 식으로 재미있게 상상하며 읽고, 이런 이야기라면 작가의 구체적 체험과 관련이 있겠지 생각하면서 더 재미있어하지요. 진짜로 작가의 실제 경험과 관계가 있을 것 같은 한 대목을 제가 체크해보았습니다. 조금 아까 학생들이 레포트로 쓴 글을 일일이 다 읽고 고쳐주는 일이 너무나 힘들다고 하셨는데, 과연 이 작품 속에는 K선생이 글 쓰는 방법을 번호를 붙여서 설명해주는 대목이 나옵니다. 이걸 읽어보면 너무 재미있습니다. "1) 어순을 반드시 지킬 것, 2) 의미의 뜻을 분명히 건져올릴 것, 3) 어휘 선택에 있어서 허영은 금물, 논리적이어야, 시에서처럼 기표와 기의를 양각시키면 곤란, 구어와 문어를 구별해서 사용할 것, 동어반복을 철저히 피할 것" 등 『객수산록』에는 이런 글쓰기 요령 강의가 굉장히 장황하게 나옵니다. K교수가 누누히 강조하는 실전지도 부분 말입니다. 그런데 이

거 어디 논술참고서에 사용해도 좋을 것 같은데요. 다만 글쓰기 요령을 열거할 때 기표, 기의 같은 어려운 문자까지 동원하는 바람에 평범한 독자로서는 이해가 쉽지 않습니다. 이거 다소 장난기로 쓰신 겁니까, 교실에서 실제로 이런 식으로 가르치고 계신 겁니까?

김원우 소설창작 실기를 2학년부터 4학년까지 네 번에 걸쳐 가르치는데, 2학년 올라올 때 첫 시간은 내 나름대로 개발한 문장론을 A4용지에 써서 나눠주면서 네 시간에 걸쳐서 강의를 하죠. 주로 그것을 요약한 게 (함께 웃음) 방금 김화영 선생이 지적하신 것인데, 그것은 아마 내 세계겠죠.

김화영 여러분들은 특히 이 부분을 참조하시면 문예창작과 등록 안 해도 글 쓸 때 일단 도움을 받을 것 같습니다. 그리고 제가 개인적으로 맛을 즐기며 읽었던 한 부분은, 지금은 많이 없어진 구식 요릿집 사내가 호강하는 장면이었습니다. "아침마다 나부죽한 전 달린 놋대야에 더운물을 담아 대령하면, 그 양반은 대청마루 끝에 서서 칫솔질을 오래도록 하고 나서, 세수한 그 물에 발까지 담가 씻었다"는 부분입니다. 아주 감칠맛 나는 장면이죠. "그의 모친은 타일 박은 댓돌 위에서 수건을 들고 서 있다가 왜 그러는지 비누질까지 해서 씻은 그 발만은 꼭 손수 닦아주었다. 수건을 활짝 펴서 발모가지부터 발가락 사이사이까지 곰살궂은 손길로, 호강작첩이라는 말도 있지만, 난데없는 발모가지만 칙사 대접을 받는 건 아닌지." 이런 모습은 지금 사라진 지 오래됐습니다. 지금은 수건 들고 서 있다가 발 닦아줄 사람도 없고 (함께 웃음) 타일 박은 댓돌도 없는데, 이런 소설이 없으면 영원히 다시 못 볼 그런 삶의 장면을 어떻게 간직하겠습니까?

여기 앉은 세 사람이 다 비슷한 동네에서 청운을 품고 상경했지요. 저는 그래도 일찍 상경했기 때문에 상당히 세련된 서울말을 쓰고 있습니다만, 두 분은 다 어디서 보리밥을 많이 먹은 목소리로 얘기하시지 않습니까. 그래서 당연히 뭔가 공통된 점이 있어 뵈는데, 그건 바로 일종의 문학적 보수주의랄까…… 그 보수주의가 잘 드러나는 부분이 바로 소설의 제목입니다. 여러분들이 이미 보셨듯이 지금은 소설에 엉뚱하게도 『코끼리를 찾아서』라고 제목을 붙이는 세상입니다. 그런데 너무나도 점잖고 어렵게 『객수산록』이라…… (함께 웃음) 처음에 한자 없이 그 제목을 들었을 때는 이게 무슨 소리인가, 중국말인가 월남말인가 의아했습니다. 나중에 한자로 보니까 알 만한 소리였습니다만, 아직도 '객수산록'이라고 넉 자짜리 제목을 붙이는 소설가가 계시는구나, (함께 웃음) 라는 생각을 했습니다.

그런데 이문열 선생이라고 별로 다를 것이 없습니다. 이문열 선생은 날이 갈수록 옛날 한문투가 점점 역력해지십니다. 최근에도 주로 제목을 붙여도 두 글자짜리 한문단어 하나입니다. 『변경』『선택』『아가』, 보통 이렇습니다. 이게 어느 시대 소설 제목인지 모르겠습니다. 무슨 해방 직후 제목인지, 구한말 제목인지, 보통 그렇습니다. 그래서 그만큼 단정하달까, 쓸데없이 포즈를 잡는다든지 그런 점이 없긴 합니다. 단정하고 고전적인 형식을 고수하니까요. 그래서 이「아우와의 만남」을 읽노라면 우리의 삶이 얼마나 빠른 속도로 변했는가를 절감합니다. 여기에 등장하는 정보기관의 이름만 해도 중앙정보부에서 안기부로, 지금은 어느새 국정원으로 변했죠. 다시 말해서 우리는 국정원 시대에 안기부와 중앙정보부 시대의 얘기를 읽고 있는 것이죠. 그리고 지금은 이북도 제3국을 거치지 않고 직접 들어가는 세상인데, 소설에서는 중국의 연변에 가서 아버지가 계신 북한 땅을 향해 망제를 지냅니다. 그때가 사실은 엊그제입니다. 그런데 어느새 그 일이 까마득한 옛날 같은 생각이 들어요. 이 소설을 쓰게 된 과정을 조금 말씀해주시지요.

이문열 사실은 제가 여기 올 때까지도 「아우와의 만남」을 지정한 게 아니고 「시인」을 추천했다고 생각하고 왔는데, (함께 웃음) 와보니까 「아우와의 만남」이네요. (함께 웃음) 그 이야기는 제 자신이 92년도인가에 중국 가는 팀에 끼어서 저런 형식으로 아버님을 한번 만날 수 없을까 싶었던 생각을 가졌었으므로 앞부분은 거의 사실입니다. 그래서 가려고 했는데, 조금 불안해서 안기부에 상의를 했더니 극구 말리기에 포기했어요. 저는 사실 그때 문인들하고 같이 갔습니다. 김성동이라는 작가와, 그의 부친은 이미 돌아가셨는데, 둘이서 술도 많이 취한 상태에서 두만강가에 갔는데, 나는 가만히 생각에 잠겨 있다가 아버님 쪽에 절을 두 번 하고 있었는데, 김성동이 옆에서 갑자기 울더라구요. "니는 아버지가 살아 있어서 절이라도 할 수 있지만, 나는 아버지가 죽어버려서 망제도 못 지내고 절도 못 한다"라고 얘기를 했습니다. 그리고 돌아와서 신문기사를 보니까, 내가 운 것으로 되어 있더라구요. (함께 웃음) 내가 두만강가에 가서 목을 놓고 울었다고, 하여튼간에 그 장면은 좀 인상적이었고, 나머지 부분은 전부 상상으로 쓴 것입니다. 아우를 만난 적도 없고…… 그런데 재미있는 것은 그로부터 육 년 뒤에 여러분이 아마 TV로 보셨겠지만, 실제로 나중에 내가 그걸 그대로 겪었지요. 그러면서 나 자신이 소설가지만, 소설가의 상상력이 참 묘하구나 생각했습니다. 상상 속에서 지어냈던 부분들이 육 년 후에 많이 확인되고, 그 비슷한 상황들도 겪고, 망제도 올리고 그래서 좀 독특한 작품입니다.

사람들은 그걸 내 체험으로 생각하는데, 실지로 내 체험은 제일 앞에 동생을 만나려고 했는데, 안기부에서 말려서 못 만났다는 대목뿐입니다. 나머지는 다 지어낸 것입니다. 오히려 육 년 후에 저 상황을 내가 가서 실현하게 됩니다. (함께 웃음) 묘한 전도가 일어나게 됩니다.

김화영 일종의 본의 아닌 예언이었네요.

이문열 네, 그렇게 된 것 같습니다. 아버님이 돌아가신 상황이라든지 영락과정 같은 것들은 대충 짐작만 하고 있었던 것인데, 그것도 상당 부분이 맞았습니다.

김화영 이문열 선생의 상당한 소설들이 제가 보기에는 가계와 가족과 깊은 관련이 있는 것 같습니다. 제가 아까 우리 셋은 비슷한 쪽에서 왔다고 그랬는데, 다시 말해서 이남, 그것도 경상도 출신이라는 얘기입니다. 이남 출신인 사람들은, 납북이나 월북한 가족이 있는 경우가 없지 않지만, 삶의 뿌리 자체는 언제나 접근이 가능한 남쪽 땅에 있기 때문에 자기 땅(고향)이나 가계의 전통과 관련된 부분에 매우 강한 애착을 가지고 있습니다. 특히 이문열 선생의 이 소설에는 그런 전통적 삶의 양식과 관련된 옛날 단어들이 빈번히 등장합니다. 여기 계신 젊은 분들은 뜻조차 생소할 그런 단어와 그 단어들이 환기하는 삶의 형식들 말입니다. 빈소야 알겠지만, '위패, 상복, 탈상, 기제사, 천도, 파보, 문중, 족보' 이런 것들을 몇 번 들어보긴 했어도, 아주 실감나게 다가오기보다는 이미 잊혀진 문화의 유물이라고 느끼는 분도 많을 겁니다. 그런데 이문열 선생은 이 부분을 굉장히 중요하게 여기고, 아마 양반 가문 출신이라는 것도 슬쩍슬쩍 드러내 보이시는 것 같은데요. 어딘가에는 벼슬한 얘기도 나오던데, 그런 요소들이 그토록 중요합니까? (함께 웃음)

이문열 그 부분을 선생님까지 오해하시니까 풀어야 되겠는데, 실제로 예전에 자기를 기술하는 방식, 자기를 상대에게 알리는 방식에서 가장 중요한 것은 자기 가계를 밝히는 겁니다. 나는 누구 집 자손이라는 것에서부터 처음 만나는 사람과 얘기가 시작되는데, 우리나라가 내가 알기로는 조선 초기 정도면 양반의 비율이 인구의 오 퍼센트 정도, 성을 가진 사람 자체가 한 십오 퍼센트 정도입니다. 그런데 후기 특히 철종 때에 오면, 임진왜란이 지나면서 벌써 성을 가진 사람이 육십 퍼센트가 넘고, 성을 가진 사람들은 대개 어떻게 만들든지 대충 양반 비슷한 족보를 만들어냅니다. 그래서 여기 계신 분도 옛날 식으로 자기를 설명하기 시작하면, 집에 가서 자기 족보를 찾아보면, 양반 자랑 비슷하게 됩니다. 왜냐하면, 김, 이, 박 씨야 틀림없이 왕의 자손이고, 심하게 말하면 왕족이 되기도 하고, 그게 아니더라도 성을 가진 분, 족보를 가진 분이 얘기를 하면, 12대라고 하면, 삼백육십 년, 사백 년인데, 거기에 판서 하나 없는 집이 어딨겠어요. 그래서 사실 저희 집 같은 경우는 잘 아실 텐데, 우리가 말하는 것은 양반이라고 할 수도 없고, 그냥 저 경상도 지방에 토반, 겨우 상민이나 면한 정도, 그리고 평소에는 양민(농부)으로 많이 살고, 어쩌다가 운 좋으면 몇 대 만에 과거 하나 되어서 가는 정도인데, 그래서 나는 예전 식으로 나를 진술하게 되면 이런 형태가 되지 않겠느냐고 해서 해놓은 것이 이상하게 양반 자랑처럼 보입니다. 그런데 진짜 양반 자랑을 하려고 하면, 저도 진짜 당해내기 어려운 좋은 양반들이 우리나라에는 많이 있습니다.

김화영 그런데 이문열 선생 같이 널리 알려진 작가를 둔 문중에서는 별볼일없는 가계를 가지고도 전국의 자랑이 될 수 있습니다. 제가 여기 좀 읽어보겠는데, 물론 이걸 작가 자신의 집안 얘기와 혼동하지는 않습니다. 저 역시 이문열 선생이 자기 자신의 가계를 자랑하려고 소설을 그렇게 그리고 있다는 말은 천만 아니고, 소위 가계의 혈통을 중시하는 표현과 내용이 빈번히 등장한다는 얘기죠. 가령 이런 대목, "나는 그래 놓고 비록 증직(贈職)이지만, 이조판서 좌승주 호조참판의 직함을 가진 조상들과 실직(實職)으로 안동 부사며 의령 현감을 사신 조상들을 들먹인 뒤, 김한조씨를 돌아보았다", 이런 말이 나온 걸로 봐서, 가계는 매우 중요시되고 있는 게 틀림없잖습니까? (함께 웃음)

이문열 이 작품에서는 특히 더 그런데, 아우와 나와의 유일한 혈통은 피입니다. 피를 정하는 것은 가계밖에는 할 수 없으니까요. 그러니까 많이 나오게 됩니다.

김화영 여기 앉아 계신 어떤 분도 자기 가계를 부인하실 분은 없습니다. 그런데 하도 요즘 우리나라의 사회구조와 세태가 급속도로 변해가고 있어서, 제가 보면 우리 옆에 있는 사람들이 거의 다 서양사람처럼 변했다는 느낌이 들 정도로 낯이 설어요. 제가 삼십 년 전에 유학 갔을 때, 프랑스에서 봤던 사람들하고 조금도 다를 것이 없습니다. 오히려 앞서 갔으면 앞서 갔습니다. 제가 유학 갔을 때는 프랑스에서도 에이즈 얘기를 들어본 일이 없습니다. 그런데 우리나라에서는 엊그제 사건(에이즈 환자 무차별 성관계)도 생기고 그러던데……

제가 프랑스 얘기를 왜 꺼내는고 하니, 최근에 제가 소설들을 읽다가 가계와 관련지어서 참 흥미롭다고 느낀 것이 한 가지 있습니다. 지난번에 모셨던 윤후명 선생, 윤대녕 선생 등 두 사람의 소설 속에 다 같이 아버지를 찾아가는 이야기가 들어 있었습니다. 그러니까 한국 사람에게 아버지를 찾는 일이 얼마나 중요한가는 지금 여기 모셨던 작가 세 분의 작품 속에서 가장 중요한 주제가 아버지 찾기라는 사실을 통해서 알 수 있습니다.

그런데 저는 며칠 전에 프랑스 작가 미셸 투르니에가 쓴 책을 한 권 받았습니다. 여행하면서 틈틈이 쓴 짤막짤막한 메모들을 모은 책입니다. 거기에 한국 사람인 저로서는 놀라운 얘기가 하나 있어요. 근래에 쓴 글인데, 자기는 외가 쪽 고향에서 자랐기 때문에 어머니 가계에 대해서는 잘 안다고 하면서, 지금 팔십이 다 된 할아버지인 이분이, 아버지에 대해서는 잘 몰랐는데, 최근에 고향 면사무소에 갔더니 아버지 할아버지는 이러이러한 사람들로서 처음에 어디 살다가, 할머니가 친정에 가서 아버지를 어떻게 낳았다는 사실을 알게 되었다면서 무슨 큰 발견이나 한 것처럼 책에 적어놓은 것입니다. 우리 식으로 하자면 이건 있을 수 없는 일이죠. 그 나이에 아버지의 가계에 대하여 발견을 하다니요.

그것과 관련해서 또 한 가지 생각나는 것이 있군요. 작가 알베르 카뮈는 1913년 생인데, 1914년에 1차 세계대전이 일어나서 아버지가 전장에 나가서 곧 죽었습니다. 그러니까 아버지 얼굴도 모르고 자랐지요. 이십대 때 프랑스로 건너와서 줄곧 살았으면 아버지가 전사해서 묻힌 무덤에 한 번쯤 가볼 법도 한데, 십여 년이 지난 뒤에야 겨우 그 무덤을 찾아가봅니다. 그리곤 가서 한다는 소리가, "아버지가 스물아홉 살 때 죽었으니까, 지금 내가 마흔몇 살인데, 나보다 훨씬 어린애구나"입니다. 우리 같으면 있을 수 없는 일이죠. 그래도 식민지에서 태어나 살다가 본토에 건너왔으면, 아버지가 묻혀 있는 전사자 묘지를 알고 있는 터, 거기 전사자 무덤부터 찾아가봐야겠다고 생각할 법한데, 십몇 년이 지난 다음에야 간 겁니다.

반면에 우리들은 소설 속에서도 연변 쪽 두만강가로 찾아가서 망제 지내지, 거기에다가 음복도 합니다. 거기서 참 인상 깊었던 부분은 동생과 같이 가서, 동생이 별로 먹지도 못했을 것 같은데, 제사 지낸 제물들을 가지고 가서 같이 먹으면 될 텐데, 이건 원래 집에 가지고 가는 게 아니니까 누구에게든 주라고 합니다. 이것도 옛날 고향에서 하던 식으로 똑같이 합니다. 그래서 한국 사람이 변했다 변했다 하면서도 여전히 특이한 풍속은 못 버린다는 생각이 듭니다. 어떻습니까?

이문열 글쎄요, 그걸 별 생각 없이 썼는데, 원래 산소에서 음식은 집에 가지고 가는 게 아니고, 음복을 하고 다 나누어주는 것이니까요. 그래서 거기서도 그렇게 썼습니다.

김화영 이북에서 전연 다른 체제에서 자란 이복동생과 만나서 우리나라의 제사에 관한 얘기를 하면서 형이 갖가지 문화적 압력을 가합니다. (함께 웃음) 그 압력이 대단히 교육적입니다. (함께 웃음) 이제 앞으로 이문열 선생 같은 분만 계시면, 남북통일이 되면 이북 사람들은 여기에 와서 교육을 제대로 많이 받을 것 같습니다. 농담입니다. (함께 웃음) 여러 가지 얘기를 하다보니까, 시간이 다 됐네요. 혹시 청중들 중에서 질문이 있으시면 한 분씩만 받겠습니다.

질의 응답

질문자 1　이문열 선생님께 여쭤보겠는데, 고향에 뭐 만드시려고 했던 것은 어떻게 되셨나요?

이문열　그게 좀 난처하게 됐는데요. 몇 년 전에 고향에서, 요즘 뭐가 있냐 하면, 경상북도 유교문화권 개발이라고 해서 아마 공돈이 많이 나도는 것 같습니다. 그 중에 하나가 저희 생가를 복원하고 어쩌고 한다면서, 솔직히 고백하면 이문열 기념관을 짓는다고 하면서 돈이 한 사억이 나왔대요. 그런데 그때는 부악문원 차린 지가 얼마 되지 않았던 때이고, 나도 말이 좀 우스워서 사양을 했습니다. 그런데 그 이듬해 다시, 네가 그렇게 하지 않으면 이 돈이 다시 국고로 돌아간단다, 하고 집안 어른들께서 이거 좋은 건데, 왜 안 하고 그러느냐, 라고 했습니다. 나도 가만히 생각해보니까, 고향에 한 삼백 년 정도 된 생가가 있는데, 예전에 팔아서 아직 찾지를 못했습니다. 돌려주지를 않습니다. 그래서 그러면 그 기념관은 나한테 도저히 부담스럽고, 마음속으로 나중에 내가 가서 살 집으로 해서 국가에서 나온 돈과 제 것을 합쳐서 집을 하나 지었습니다. 그리고, 이름을 붙여봐야 되겠기에 '문학연구소'로 붙여놨는데, 문학연구가 될지 안 될지는 모르겠습니다. 경상북도의 민속마을로 하회, 양동이 있고, 그 다음에 문화마을로는 우리 고향 원리와 봉화 닭실(酉谷)이라고 있는데, 그 두 군데가 결정되어서 그곳에는 양옥을 짓지 못합니다. 그래서 옛날 양식 그대로 한옥으로 집을 지었습니다.

김화영　저도 처음 그 집을 낙성했을 때 가봤습니다만, 아주 크고 좋은 집입니다. 느낌은 꼭 연속극에 나오는 동헌 마루 같은 데가 하나 있고, 그 옆에 이어진 거처하는 방도 있고 좋은데, 그쪽 방향으로 가시거든 한번 들러보십시오.

질문자 2　김원우 선생님의 아우님도 시를 쓰셨던 시인으로 알고 있는데, 그 아우님의 시나 시집에 대한 얘기를 좀 해주시지요.

김원우　네, 제 바로 밑에 동생이었는데, 나보다 세 살 밑이었습니다. 그 친구는 그림도 그리고 시도 쓰고 했는데, 대구매일신보 신춘문예로 데뷔를 했죠. 그런데 일찍이 좀 다혈질이라고 할까 해서 문학을 하면서 술을 지나치게 폭음을 해서 간경화로 일찍 죽었습니다. 죽고 난 뒤에 제형이 그 유고시집을 하나 묶은 게 있는데, 책은 아주 얇습니다. 그런데 지금은 아마 절판되고 없을 텐데, 굳이 보시겠다면 복사를 하실 수밖에 없겠네요.

김화영   하마터면 아주 드물게 삼형제 문인이 나올 뻔했습니다. 벌써 지명도가 높은 두 분 형제분이 소설가라는 것만 해도 아주 예외적인 일입니다. 아주 자랑스러운 일이라고 생각합니다.

그러면 오늘은 이것으로 얘기를 마치도록 하겠습니다. 오랜 시간 동안 경청해주셔서 감사합니다. (함께 박수)

김광일

이문재

문학답게 기자를 위한
변명
　　　　-김광일-

기자는 대체적으로
제 자신을 아는
사람과 물품이다.
근본적으로 말하여
거짓말이 아으면
기자가 아니다.
기자의 생명은
한쪽 거린다는 데
있다.
알게요 나머지 귀어
좋고 싶은 정도가
되야한다. 사자
존와로 안되고
나슴근아로 쓴
된다.
　　　　2002년
　　　　12월 20일

노트

　　　이문재

둥불이
이승의 오늘로 가까로
써버
이승의 후모같은
반듯불 그대

불으로 돌아오길이
불이 신의로
황나라 온거배
바라그래.

　　　2002년
　　　12월 20일
　　　동향동에서

김화영　여러분, 일 주일 동안 안녕하셨습니까? 오늘은 두 분 선생님을 모셨는데, 제 왼쪽에 앉아 계신 분이 조선일보 논설위원인 김광일 선생이십니다. 오른쪽에 앉아 계신 분은 『시사저널』 편집위원이고 시인인 이문재 선생이십니다. 지난 10월 가을이 한창 무르익을 무렵에 처음으로 여러분들과 만나서 매주 금요일 저녁 일곱 시부터 한 시간 반이 조금 넘게 이야기를 나누어온 지 벌써 석 달인데, 오늘이 그 프로그램의 마지막 날입니다.

여러분들은 그 동안 어떻게 받아들이셨는지 모르겠습니다만, 이 늦은 시간에 자리를 가득 채워서 출석하신 여러분들을 만나고, 또 이름으로만 널리 알려진 시인 소설가 평론가 여러분들을 만나서 자유롭고 허심탄회하게 이야기를 나누었던 시간들이 저에게는 아주 귀중한 것이었습니다. 무엇보다도 요즘처럼 경쟁력이나 생산성, 그리고 경제적인 가치를 중요시하는 시기에 그것과 아주 무관하다면 과장이겠지만, 그런 것과 상당한 거리가 있는 문학적 삶, 그리고 구체적인 여러 작품들에 관하여 이야기들을 나누게 된 것이 저로서는 매우 보람 있는 일이었습니다.

그 동안 이십여 명의 문인들을 모셨는데, 오늘은 보시다시피 한 분은 시인이시고 한 분은 논설위원입니다만 두 분 다 문학과 아주 깊은 관련이 있는 분들입니다.

이 두 분을 모신 것은 사실상 이번 모임의, 이를테면 정리랄까 그런 면도 있고, 또 구체적인 어떤 작품을 놓고 이야기하는 것이 아니라 이를테면 우리나라의 문학과 제도 전반에 걸친 문제를 가지고 이야기를 해보려는 데 목적이 있습니다. 문학이 생산되려면 그 밑바탕에 의도했든 의도하지 않았든 여러 가지 사회적인 생산장치가 기능하게 마련입니다. 그것을 통해서 문학이라는 한 현상이 우리들 앞에 나타나게 되는데, 그 사회적인 장치를 통칭하여 흔히들 제도라고 합니다. 그 문학의 제도가 우리나라에서는 역사적으로 어떻게 발생 변모했는지, 어떻게 기능하고 있으며 어떤 현상들을 보여주는지에 대해서 얘기를 하기 위해서, 직업상 그쪽의 구체적 현실을 아마도 가장 소상하게 알고 계시고 또 그 제도와 접촉이 가장 많을 언론 관련의 두 분을 모셨습니다.

이문재 선생은 시인이지만 주간 시사저널에서 오랫동안 문화담당 기자생활을 해왔고 또 잡지와 출판에 관여한 경험이 많으십니다. 그 옆에 계신 김광일 선생은 지금 직함이 논설위원으로 되어 있습니다만, 불과 얼마 전까지만 해도 소위 현장에서 부지런히 뛰던 문학담당 기자였습니다. 그리고 또 오랫동안 파리 특파원을 역임하기도 하셨지요. 여러분들은 아마 조선일보의 문학 출판 면에서 지금도 김위원이 열정적으로 쓰고 계신 여러 가지 글들을 읽고 계실 줄로 압니다.

그러면 우선 먼저 신춘문예 이야기로 시작해볼까요? 매년 이맘때 즈음이면 문학을 지망하는 분들은 특히 가슴이 설렙니다. 신춘문예의 응모마감 때니까요. 우리나라의 신춘문예라는 것은 다른 나라에서 보기 드문 아주 특이한 제도로서, 문단의 등용문 중에서도 왕도라고 할 수 있죠. 그것이 어떻게 생겼고, 어떤 방식으로 운영되고 있으며, 지금과 어제는 과연 어떻게 되는지 그런 얘기를 좀 해보겠습니다. 그럼 신춘문예는 일간지를 중심으로 한 것이니까, 가장 직접적으로 신춘문예에 관여하신 분, 조선일보에서 오랫동안 문학담당 기자로 일하신 김광일 선생께서 금년의 신춘문예 경향에 대해서 조금 소개해주시지요. 신문사에서 운영하고 있는 신춘문예는 어떻게 돌아가는 것이며, 또 금년은 어떤지를 말씀해주시지요. 심각한 발표는 안 하셔도 됩니다.

김광일 제가 가장 존경하는 선생님을 모시고 이런 자리를 갖게 되어서, 특히 올해같이 다사다난했던 연말을 이런 뜻깊은 자리에서 보내게 되어서 정말 기쁩니다. 어쩌면 이 자리에 계신 분 중에 신춘문예에 응모를 하고 그 결과를 기다리시는 분도 없지 않아 계실 줄 압니다. 신춘문예는 전통적으로 12월 10일 정도에 마감을 하고 있습니다. 신문사에 따라서 조금 다르긴 하지만, 대개 그렇고, 그 작품들을 분류하는 데에 이삼 일 정도가 걸리지요. 그 다음부터 곧 예심에 들어갑니다. 아마 지금 이 시점이 예심이 끝나고 본심을 하는 기간에 해당될 겁니다. 그래서 당선작은 아마도 오늘 혹은 다음주 월요일 화요일 어간에 결판이 나고, 당선자에게는 대개 크리스마스 선물로 통지 전화가 가는 수가 많습니다.

다른 나라에서 우리와 같이 운영되는 신춘문예는 못 본 것 같은데, 신춘문예가 생긴 것은 1925년입니다. 동아일보에서 처음 시작을 했는데, 그때 1회 소설 당선작이 뭔지 혹시 아세요? (방청객:「성황당」 아닌가요?)「성황당」일 수도 있겠는데, 제가 가지고 있는 자료에는 최자양이라는 사람의「오빠의 이혼 사건」이라고 되어 있더군요. (함께 웃음)

김화영 시작이 아주 엉뚱하네요.

김광일 그리고 1928년에 조선일보가 시작했고, 해방 이후 1954년에 한국일보, 그 다음에 경향신문, 중앙일보 이런 순으로 신춘문예를 모집하기 시작했습니다. 얘기 마구 길게 해도 됩니까?

김화영 네, 길게 하셔도 됩니다. 조금 더 소개하시죠.

김광일 최근 동향은 해마다 10월, 그러니까 신춘문예를 문학담당 기자가 기획하고, 어떤 장르를 공모할 것인가를 결정짓고, 상금을 어떻게 할 것인지 등 플랜을 짜기 시작하는데 그 무렵이 되면 항상 신문사 내에 신춘문예 폐지론이라는 악령이 돌아다닙니다. 그래서 신춘문예를 폐지하자는 쪽과 신춘문예를 존속시키자는 쪽, 양자로 나뉘어서 싸움을 벌이기도 하고, 문학담당 기자는 신춘문예를 지켜내기 위해서 동분서주하기도 하지요. 최근에 몇몇 신문사는 실제로 신춘문예를 다른 형태의 문학상으로 바꾸거나 아예 없애거나 또는 신문을 새로 창간할 때 신춘문예를 아예 시작하지 않거나 이런 식으로 조금씩 변형되는 것을 볼 수 있습니다. 어떤 언론사는 예전에 한 열 개 정도의 장르에 걸쳐서 신춘문예를 공모하다가 갈수록 장르의 숫자를 줄여 단편소설과 시, 똘똘한 놈 두 놈으로 나가려고 하는 경향도 일부 있는 것 같구요.

김화영 조선일보는 지금 몇 가지 분야입니까?

김광일 여덟 개 장르를 그대로 유지하고 있는데, 운문 부문을 보면 시 시조 동시, 산문 쪽으로 넘어가면 단편소설 희곡 문학평론 미술평론 동화, 이렇게 됩니다.

김화영 감사합니다. 조금 있다가 계속 설명을 듣기로 하구요. 이문재 선생은……마지막 시간이 되다보니 제 마음이 바빠서 그랬는지 두 분을 소개하는 것을 깜빡했네요. (함께 웃음) 기왕 생각난 김에 말씀드리면, 이문재 선생은 경희대 국어국문과를 졸업하시고 등단은 1982년『시운동』으로 한 것으로 되어 있는데,『시운동』은 잡지입니까?

이문재 동인지입니다.

김화영 「우리 살던 옛집 지붕」을 발표해서 데뷔했습니다. 그후『산책시편』『마음의 오지』『샘물이 바다로』를 내셨는데, 시집 숫자보다 상이 더 많습니다. 이쯤 되면 연속 스트라이크라고 하겠는데 김달진문학상, 소월시문학상 우수상, 시와시학상 젊은 시인상, 소월시문학상 대상 등을 받으셨습니다. 그런데 소월시문학상은 두 번 받으셨네요?

이문재 그 점 제가 정정하겠습니다. 세 번 받았습니다. (함께 웃음) 이 종이에 보면, 1996년에 소월시문학상 우수상이라고 되어 있는데요. 소월시문학상에 우수상은 없습니다. 수상작품집에 그해에 최종적으로 거론이 됐던 작품들을 싣는데, 출판사에서 상은 소월시문학상 대상 한 사람에게만 주면서도 거기에 추천후보작으로 올렸던 사람들을 우수상이라고 명칭을 붙입니다. 상은 아닙니다. 이게 어디 인터넷엔가 올라가서 자꾸 제가 상을 네 번 받은 것처럼 되어 있는데, 여러분들은 오해하지 마세요. 세 번입니다.

김화영 그리고 왼쪽에 앉아 계신 김광일 선생은 서울대 사범대학 불어교육과를 졸업하시고 연세대 언론홍보대학원을 마치셨습니다. 그리고 저서로는『우리가 만난 작가들』이 있으신데……

김광일 저도 하나만 고치겠습니다. 저는 언론정보대학원을 중퇴했습니다. (함께 웃음)

김화영 이 인터넷에 올라 있는 정보들이 불완전한 것도 많지만, 쓸데없이 자세한 것도 참 많습니다. 어떤 작가의 혈액형이라든지, 특히 여성작가의 경우 몸무게라든지, (함께 웃음) 이런 게 올라 있어서 고소를 금치 못합니다.

제가 굳이 중간에 새삼스레 두 분에 대한 소개를 한 이유는 특히 이문재 시인 때문입니다. 1982년『시운동』이라는 동인지로 등단했다고 하셨는데, 농담입니다만 옆문으로 등단하신 것 같아서…… 오랫동안 신춘문예가 마치 문단으로 들어서는 정문인 것처럼 관례상 그렇게 되어 있어서 해본 농담입니다. 신춘문예를 통과해야만 진짜 시인으로 알려지던 시대가 없지 않았는데…… 제가 슬쩍 한번 여쭤볼 테니까, 솔직히 대답해주시죠. 신춘문예에 여러 번 응모한 경력이 있는 것은 아닙니까, 아니면 한 번도 안했습니까?

이문재 마치 대통령 후보 토론회 같아서요. (함께 웃음) (김화영: 절대 그런 것이 아닙니다.) 시간 제한은 없죠? (함께 웃음) (김화영: 네.) 사실 제가 신춘문예에 대해서는 할말이 많습니다. 왜냐하면 제가 신춘문예 출신이 아니다보니 이를테면 친정이란 게 없습니다. 저는 딱 한 번, 한 회에 내봤다가 최종심도 못 올라가보고 그 뒤엔 포기를 했습니다. '여우의 신포도'라는 말도 있지만, 겉으로는 신춘문예 제도라는 것을 상당히 저주했지요. 또는 거기 심사위원 분들이 어떻게 이렇게 좋은 시들을, (함께 웃음) 최종심에조차 올리지 않느냐, 그래서 그뒤로는 정말 내본 적이 없습니다. 그때가 아마 1982년 11월이었을 텐데요. 1982년이면『시운동』4집에 그해 2월, 제 시가 처음으로 활자화되었던 때입니다. 그래서 그해 겨울에 중앙일보, 조선일보, 한국일보 등 세 군데에 몇 편의 시를 냈었습니다.

지금 이 정도가 선생님께서 질문하신 답변의 요체가 되겠는데, 지금은 등단제도라는 것이 매우 열려 있고 다양합니다. 그런데 1982년 당시만 해도 이를테면 신춘문예 출신이 아니면 시인이나 작가로 인정하지 않는 풍토가 매우 강했습니다. 그리고 신춘문예와 쌍벽을 이루는 등단 방식이 이를테면 추천제도였죠. 80년대 초반에는 추천제도가 거의 사그러드는 단계였구요. 그리고 신춘문예가 가지고 있는 권위는, 김광일 위원께서 지적하셨다시피 신춘문예 폐지론이 있음에도 불구하고 그 명맥은 여전히 유지되고 있었죠. 그때 한편에서 목격된 또다른 사건들은 1980년대적 상황과 맞물려 있습니다. 1980년에 신군부가 등장하면서 『창작과비평』『문학과지성』이 강제 폐간을 당합니다. 그리고 나서 1980년대는 이를테면 시의 시대라고 불렀는데, 그때 시의 시대는 무크지 동인지 등과 밀접한 관계가 있습니다. 잘 아시겠지만, 그때만 해도 검열과 같은 억압상황이 극에 달했기 때문에 무크지나 동인지 같은 게릴라식 출판형태가 많이 나타났습니다.

그런데 제가 몸담고 있던 『시운동』 동인이라는 것은 당시 시대상황과는 접점이 그리 많지 않았습니다. 여러분들도 들어서 아시겠지만, 80년대 시의 시대를 견인했던 『시와 경제』 또는 『오월 시』, 이런 쪽의 소위 민중적 상상력 진영으로부터 저희들은 전자오락 세대, 철부지, 이런 지탄을 많이 받았습니다. 그런 상황에서 제가 82년에 단지 우리 동인들의 동의에 의해서 시를 발표하고 활자화되면서, 여기저기서 시인으로 불렀는데, 저는 어쩌면 주위에서 시인이라고 부르기 때문에 시인이라고 생각했지, 소위 제도적 뒷받침이 전혀 없었기 때문에 그해 겨울에 신춘문예에 한 번 도전을 했던 것 같습니다. 그때 당선됐으면 아마 저도 신춘문예 출신이라고 여기저기서 목에 힘을 주었을 텐데, 그해 겨울에 제가 첫 도전에 참담하게 실패를 하는 바람에 그뒤론 다시 도전을 하지 않았습니다.

김화영 아마 여기 계신 분들 중에도 있을 테고, 문인이 아닌 채로 사회의 다른 분야에서 활동하는 분들 중에서도 나 역시 여러 번 도전해봤다, 는 분들이 꽤 계실 겁니다. 왜 이런 말을 하는고 하니 저 역시 엊그제 어떤 신문의 소설 신춘문예 심사를 마치고 심사평을 오늘 막 보내고 왔지만, 투고한 사람들의 숫자를 볼 것 같으면 정말 깜짝 놀랄 정도입니다. 단편소설만 해도…… 조선일보는 올해 몇 편이나 왔습니까?

김광일 자료를 보고 말씀을 드리겠습니다. 관심이 있으실지 모르겠는데, 여덟 개 장르를 다 합해서 1998년에 10335편, 1999년에 10429편, 2000년에 9291편, 2001년에 10445편, 2002년에 10547편, 그러니까 만 편 안팎의 작품들이 응모된다고 보시면 되는데, 내년도 2003년도 신춘문예를 보니까, 전부 9417편이 들어온 걸로 되어 있습니다.

김화영 조금 줄었네요?

김광일 네, 작년까지는 오르내림이 있기는 했지만 그래도 조금씩 늘어나는 추세였는데, 금년에 눈에 띄게 줄었다는 것을 알 수 있습니다. 문학담당 기자에게 물어봤더니, 월드컵과 대통령 선거의 평계를 대더라구요. (함께 웃음)

김화영 어쨌든 그래도 구천여 편이면…… 단편소설은 몇 편인가요?

김광일 내년도 신춘문예 단편소설 응모작이 593편입니다.

김화영 제가 담당했던 그 신문사도 한 오백 편 정도로 집계가 됐습니다. 오백 명의 예비소설가들이 응모했다는 얘긴데, 그것도 이번 한 번만 응모한 게 아니라 과거에 이미 여러 번 응모한 사람들도 꽤 있을 테니까, 그 수가 상당하다고 볼 수 있죠. 어쨌든 이렇게 해서 신문의 신춘문예를 통해서 등단하고자 하는 사람들은 크게 줄어들지 않고 있습니다.

그런데 지금 설명해주신 대로 1925년부터 시작된 이 신춘문예가 우리 문단에서는 아주 특이한 기능을 하고 있다고 봅니다. 우선 많은 사람들의 치열한 관심이 있고…… 특히 엄청난 독자 수를 가진 일간지가 모집하는 점, 또 저로서 매우 중요시하는 부분이 바로 장르 구분입니다. 요즘은 사실 시와 소설과 에세이의 장르 구분이 매우 모호해져 있는 것이 사실인데도 불구하고, 신춘문예에 처음 등단할 때 분명한 장르 구분이 있어서 그 때문에 나중에까지 사람들이 문학작품을 대하는 태도에 매우 강한 영향을 끼친다고 봅니다. 마치 문과에 급제냐 이과에 급제냐가 다른 것처럼 그 장르의 구분을 뛰어넘기가 매우 어렵습니다.

그래서 우리나라에서는 이상하게도 시인이 소설을 쓰면 예외 취급이 되어 신문에 납니다. 한술 더 떠서 유종호 선생님 같은 평론가가 시를 쓰면, 신문에 나도 여러 번 나고 크게 납니다. 이렇게 장르를 바꾸는 것이 금기 혹은 예외시되어 있는 것은 신춘문예 등단시의 시작을 중요시하기 때문이 아닌가 합니다. 그때 이미 시인 소설가 평론가의 딱지가 요지부동으로 붙어버리니 말입니다. 그래서 장르를 옮기면 무슨 일이나 난 것같이 보는데 제가 알고 있는 바에 의하면, 예를 들어 프랑스 같은 경우에는, 그런 일이 별 의미가 없습니다. 어떤 사람이 갑자기 신춘문예를 거쳐서 돌연 소설가가 되고, 돌연 시인이 되는 것은 아니기 때문입니다. 한 가지 직업으로 국가에 등록하는 것은 아니니까요.

그러니까 우리나라에서는 신춘문예의 등용문이라는 것이 과거제도 비슷해서 그걸로 인해서 그 사람의 문단 내적 지위가 결정될 정도로 영향력이 크다고 볼 수 있습니다. 지금 이문재 선생이 얘기한 것처럼 1980년대부터 신춘문예 이외에 여러 가지 등용문들이 생겼지요. 군부에 의한 영향도 있겠습니다만 보다 넓게 보면 사회구조의 급격한 변화와 무관하지 않겠습니다. 1980년에 전두환 정권이 등장하면서 '국가보위비상대책위원회'라는 것이 생겼습니다. 그와 함께 우리나라의 대학교가 갑자기 두 배로 팽창되었습니다. 그래서 그때부터 대학교의 교복도 교모도 배지도 다 사라졌습니다. 그것의 변별적 기능이 상실된 것입니다. 모든 사람이 다 대학에 가는데 대학생 표지가 왜 필요하겠습니까. 이와 더불어 모든 것의 문이 다 열려버렸다고 볼 수 있지요. 신춘문예 역시 교복 배지 같이 해체된 것이 아닐까 합니다.

그렇게 해서 신춘문예 옆에 여러 가지 잡지나 동인지 등 다양한 등단제도가 병행하여 등장한 것이죠. 그리고 그런 등단절차도 밟지 않은 채 곧바로 단행본을 가지고 나오는 사람도 없지 않죠. 그럼에도 불구하고 아마 신춘문예에 버금가는 권위를 가진 등용문은 아직 쉽게 눈에 띄는 것 같지 않습니다. 하기야 신춘문예를 통해 등단했다고 해서 문단에서의 지위가 확고하게 굳어지는 것은 절대 아니지만요. 등단한 뒤에 이름도 없이 사라진 신춘문예 출신이 많습니다. 신춘문예 시상식에 가보면, 종종 같은 신문 신춘문예 출신 OB팀이 결성되어 있어서 선배들이 새로 등단하게 된 후배들을 이끌고 가서 저녁도 같이 먹고 그러는 광경을 볼 수 있습니다. 그럴 때 더러 저 사람이 후배들을 데리고 저녁 먹는 것 이외에 무슨 글을 썼더라

하고 의문을 자아내는 경우도 없지 않지요. (함께 웃음) 그런 사람일수록 또 열심히 후배들 앞에서 더욱 선배임을 과시하는 것은 아닌지…… 문학이라는 것은 공적이고 외적으로 드러나는 행위인 것 같지만, 사실은 아주 고독하게 혼자 방 안에 들어앉아 혼자의 마음속을 들여다보는 것임을 잊어서는 안 될 것 같아요.

신춘문예 얘기는 또 잠시 후에 계속하도록 하고, 이것과 관련해서 또 한 가지 생각나는 것이 있다면 동인지이겠는데, 그 동인지에 대하여, 그리고 그와 더불어 또 다른 등용문으로 기능하는 문예지에 관하여 얘기를 좀 해보겠습니다. 지금 이문재 선생은 『문학동네』 편집위원으로 활동하고 있는 것으로 아는데, 문예지의 기능이랄까 역사랄까 이런 부분에 대해서 얘기를 좀 해주시지요.

이문재 신춘문예는 1925년에 동아일보에서 시작되었다고 하셨는데, 문예지 추천제도는 언제부터 시작되었는지 제가 연구를 해보지는 못했습니다. 어쨌든 상당히 오래됐고, 우리나라 신문학사 시작과 더불어서 『백조』니 『폐허』니 이런 동인지들과 더불어서 한국 현대문학 백 년이 시작되었다고 하는 것은 여러분들이 잘 알고 계실 테고요. 우선 제가 몸담고 있는 『문학동네』라는 계간지에서 어떻게 신인들을 뽑고 있고, 그 신인들이 신춘문예 신인들과 활동에서 어떻게 차이가 나는지, 요즘 동인지들은 어떻게 활동을 하고 있는지에 대해서 개괄적으로 말씀을 드리겠습니다.

『문학동네』 출판사는 1993년 12월에 창립이 됐구요. 그 이듬해에 계간지를 만들었습니다. 그 당시 삼십대 중반의 편집 동인들이 주축이 됐지요. 잘 아시겠지만, 우리나라 문단, 출판 상황에서 계간지를 만들어낸다는 것은 경제적인 이득과 전혀 무관합니다. 다만 그때 삼십대 중반의 패기만만한 평론가, 또는 저 같은 시인들이 꿈꾸었던 것은 『창작과비평』 『문학과지성』 또는 『세계의문학』이 일궈왔던 휘황한 전통을 이어받되, 세대론적으로 또는 창조적으로 그것을 극복해보자 그런 꿈이 있었습니다. 저희들이 꿈을 갖기 이전에 간헐적으로, 이를테면 청하출판사에서 『언어의세계』라는 계간지가 아마 80년대 초반에 나왔었습니다. 그래서 소위 『창작과비평』 『문학과지성』 등이 해방 이후의 한국문학 1세대라면, 2세대를 자처하면서 좋은 의미에서 연속과 단절을 시도했던 경험들이 있었습니다. 그러나 여러 가지 상황 때문에 여의치가 않았죠.

그러다가 94년에 저희들이 『문학동네』라는 계간지를 창간했습니다. 당시에는 상당히 촌스러운 제목이었죠. 그러면서 저희가 관심을 두었던 것의 하나가 신인작가 발굴이었습니다. 그래서 여러분들도 잘 아시지만, 문학동네소설상, 문학동네신인작가상, 그리고 문예공모, 이렇게 해서 일 년에 무려 네 번의 문학상을 운영해왔습니다. 문예공모가 처음에는 일 년에 두 번씩 있었으니까요. 우리 잡지의 문예공모는 아마 일간지 신춘문예와 그 성격이 같은 것이었습니다. 좀전에 김화영 선생이 말씀하셨다시피 80년대 이후에 대학이 급격히 팽창하는 과정에서 더욱 급격히 팽창한 것이 문예창작과입니다. 대학 내에서는 문창과가 많이 늘어나고, 대학 밖에서는 주로 일간지들이 문화센터들을 많이 운영하면서 소위 작가 지망생, 시인 지망생들을 아주 많이 배출했습니다.

저도 매년 일간지 신춘문예 예심을 보곤 하므로 저희 계간지의 문예공모와 어떻게 차이가 나는지를 몸소 느끼고 있습니다. 요즘 그런 차이들은 많이 줄어들었지만, 일간지 신춘문예 응모작들은 응모작 수준이 대단히 차이가 많이 납니다. 초등학교 4학년에서 여든둘의 할아버지까지, 그리고 원고지나 갱지에 시를 써서 보내오는 분들이 아직도 일간지에는 있는 반면에, 계간지 문예공모는 거의 다 훈련이 상당히 되어 있는 분들이에요. 그래서 앞의 한 문단 정도 읽어서 판별이 날 수 있는 정도가 아닙니다. 글쓰기 훈련들이 상당히 많이 되어 있기 때문입니다. 응모작의 수준들은 그렇고요.

그런데 가장 큰 차이는 신춘문예의 폐해를 지적할 때 많이 나오는 얘기지만, 일간지는 신인작가들을 배출만 해놓고 그 다음에 관리를 못합니다. 식민지 시절이나 50년대까지만 해도 일간지 자체가 작품 발표의 마당이 될 수 있었는데, 지금은 그런 관리 기능이 거의 없어졌습니다. 그 기능을 문예지들이 떠안게 되었지요. 그래서 문예지들에서 시인 작가 평론가들을 등단시키고 나면 그를 세상에 내놓은 매체에서, 좋은 의미로, 관리를 해야 한다는 책무, 신뢰 관계가 생기죠. 신춘문예 신인작가들이 백 명 중 열 명 꼴로 살아남는다면, 아마 문예지 출신들은 그것보다 상당히 많은 비율이 작가로서 생명을 유지한다고 봅니다.

김화영 이야기를 하다보니 제가 마치 오늘 한 분은 일간지, 한 분은 잡지, (함께 웃음) 이런 식으로 균형을 맞추기 위해 모신 것 같은 인상을 주는데, 그건 절대 아니고 우연히 이렇게 됐습니다. 혹시 김광일 위원께서 신춘문예를 옹호하고 싶은 생각이 없으신지요? (함께 웃음)

김광일 일단 문예지 얘기가 나왔으니까, 문예지 얘기를 좀더 드리면, 제 책상 위에는 막 도착한 문예지가 약 스무 권쯤 놓여 있게 마련입니다. 그런데 편집국 안에는 문학담당 기자의 책상을 호시탐탐 노리는 문청들이 있습니다. 그중에서 가장 먼저 없어지는 책이 『문학동네』입니다. 왠지는 모르지만……

김화영 우선 책이 두껍잖아요. (함께 웃음)

김광일 두꺼워서 낮잠 잘 때 베개로 사용하기가 아주 좋다는 얘기를, (함께 웃음) 자기들이 하기 때문에 제가 더 말씀드리기는 그렇습니다만, 아무튼 『문학동네』의 문예지로서의 대단한 성공은 문학석사, 박사학위를 준비하는 사람들이 연구 과제로 삼고 싶어할 정도로 1990년대 한국문단사에서는 커다란 사건이라고 볼 수 있습니다.

김화영 좀 대결을 하시라고 그랬더니, 적진으로 넘어가시려고 합니다. (함께 웃음)

김광일 혹시 지금 마음속으로 한국의 문예지라고 하는 것들이 대체 몇 종이나 있을지 궁금해하시는 분들이 계실지 모르겠습니다. 마음속으로 짐작한 숫자가 있다면, 지금부터 제가 드리는 통계숫자와 한번 비교를 해보시길 바랍니다. 지금부터 말씀드리는 숫자는 우리 연감에 나오는 숫자인데, 전혀 믿을 만한 것이 못 됩니다. (함께 웃음) 지금 이 시간에도 어디선가는 새로운 문예지 창간을 위하여 건배를 하고 있는 분들이 있을 것이고, 이번 달로 폐간을 하는 분들도 있을 테니까요.

아무튼 한국에서 나오고 있는 문예지로 월간이 22종 있습니다. 격월간이 6종, 반년간이 9종, 연간이 4종, 그 다음에 부정기로 나오는 게 4종, 그 다음에 도대체 이 문예지는 언제 나오고 언제 들어가는지 알 수 없는 게 1종, (함께 웃음) 그리고 문예지의 절반 이상을 차지하고 있는 게 계간지인데, 계간지가 78종, 그래서 모두

124종이 있다고 합니다. 알라딘에 들어가서 문예지라는 키워드로 검색을 하면 153종이 나옵니다. 그런데 이것 역시 믿을 게 못 되는 게 어떤 잡지는 호수마다 별도의 항목이 나뉘어 있어서, 도대체 지금 한국에서 발행되고 있는 문예지의 종과 숫자는 신만이 아는 게 아닌가 그런 생각이 듭니다.

김화영　아주 놀랍죠. 저는 다른 나라 사정은 잘 모르고 그저 프랑스 쪽과 조금 접촉이 있는 셈인데, 프랑스와 한국을 비교해보면, 우리는 굉장한 자부심을 가져도 좋습니다. 지금 말씀하신 124종의 문예지 중에서 심지어 반을 툭 잘라서 60종만 정기적으로 나온다 쳐도 굉장한 숫자입니다. 프랑스가 소위 문예왕국이라고들 하는데, 그런 나라에서 현재 눈에 띄는 문예지는 집계를 안 해봐서 모르겠지만, 그 이름에 손색이 없을 만한 문예지는 딱 하나밖에 없습니다. 그게 바로 『N.R.F.』라는 잡지입니다. 그러니까 프랑스 최고의 출판사인 갈리마르 출판사가 내고 있던 가장 오래된 월간 『N.R.F.』도 몇 년 전에 드디어 더이상 버티지 못하고 계간지로 바뀌고 말았습니다. 그리고 그 출판사에 들렀을 때 몇부나 찍느냐고 물었더니, 한 삼천 부 찍는다고 했습니다.

그리고 그밖에 문예지 비슷한 게 있다면, 문예지라는 성격 규정이 참 어려운데, 적어도 우리처럼 소설도 싣고 시도 싣고 그런 것은 아닌, 문예 및 출판관련 특집 월간지 『마가진 리테레르』 정도가 있습니다. 철학 문학을 망라하여 매호마다 작가도 소개하고 있지만, 시를 싣는다든지 소설을 싣는다든지 그러지는 않습니다. 그 외에 나머지는 문예지라기보다는 연구지입니다. 주로 논문들을 싣는 문예연구지도 열 종 이내입니다. 그리고 만약에 있다 해도 우리의 『창작과비평』『문학과사회』『문학동네』『세계의문학』 이런 식으로 선뜻 손에 꼽을 수 있는 굴지의 잡지는 아예 없습니다.

그러니까 이게 얼마나 엄청난 일인가를 알 수 있죠. 지금도 제가 무료로 받고 있는 것 중에, 최근에 새로 나온 계간지들도 여러 종 있습니다. 더욱 놀라운 것은 안 팔리기로 유명한 시 잡지가 이렇게 많은 나라는 아마 이 지구상에 없을 겁니다. 그래서 가히 문예진흥이 아니라, 문예부흥의 시대요, 나라라고 할 수 있는데, 그들이 맡고 있는 기능도 사실은 막강합니다. 지금 말씀하신 대로 제가 이중에서는 나이가 많으니까, 구체적으로 통계를 안 잡더라도, 제가 개인적으로 경험해온 문예지를 우선 여러분들에게 소개할 만하다고 생각합니다.

지금 추천 얘기가 나왔습니다만, 제가 기억하기로는『문예』라는 잡지가 옛날에 있었습니다. 그 잡지가 사라지면서 제가 문학에 처음 관심을 쏟기 시작했던 문학소년 시절, 1950년대 중학생으로 뭔지도 모르고 보기 시작했던 잡지가『현대문학』인데, 1955년에 첫호가 나온 것으로 기억됩니다. 그 잡지에 소위 추천제도가 있었는데, 거기에 군림하시던 하늘의 별 같은 분들이 바로 김동리 서정주 황순원, 이런 분들이었습니다. 대개 오늘날 우리 문단 중진이라 할 수 있는 육십대 이상인 분들의 상당수가 이 잡지 출신입니다. 그리고 약간 예외적이고 참신한『문학예술』이라는 잡지가 있었는데, 조금 있다가 폐간됐습니다. 그리고 이승만 대통령의 권력과 가깝다고 느꼈던『자유문학』이라는 월간 문예지도 있었습니다. 한때 그 세 개 잡지가 주도하던 시절이 있었지만 지금껏 나오고 있는 문예지는『현대문학』뿐이죠.『현대문학』으로 등단하기 위해서는 세 번의 추천을 받아야 했는데 그게 굉장히 까다로웠습니다. 작품도 작품이지만, 추천해주신 선생님께 세배도 잘 가고, 또 그 근처에 얼쩡대면서 공손하게 말씀도 경청하고 술도, 그래봐야 겨우 막걸리겠지만, 한잔 사드리고…… 지금처럼 버릇없이 대들었다가는…… (함께 웃음) 약간 농담을 섞어 얘기하자면 그 비슷한 분위기였습니다.

그렇게 지나다가 제가 기억하기로는 1969년경을 기점으로 변화가 생긴 것 같습니다. 제가 69년에 프랑스로 떠났으니 뚜렷이 기억하죠. 그때『68문학』이라는 잡지를 한 호 만들었습니다. 그때, 소위 한다 하는 저희 또래의 거의 대부분의 젊은 문인들이 덕수궁 풀밭에서 모였던 기억이 새롭습니다. 그래서『68문학』이라는 잡지를 딱 한 번 만들었습니다. 이를테면 그 모임이 둘로 갈라져서 만들어진 것이『창작과비평』과『문학과지성』이 아닐까 싶습니다. 그리고 저는 거기에 결석하고 말았죠. 69년에 프랑스에 가 있었기 때문에 현장에 없었습니다. (함께 웃음) 그 바람에 본의는 아닙니다만 상당히 중도적인 인사의 하나가 되어버렸습니다. (함께 웃음) 이쪽에도 저쪽에도 끼일 기회가 없었으니까요. 그게 바로 우리 문단 역사의 일면이라고 할 수 있는데, 제가 프랑스에서 돌아와보니까 이어령 선생님이 『문학사상』을 창간해서 상당히 참신한 영향력을 발휘하고 있었습니다. 제가 돌아온 게 삼십대 초반이었는데, 그때 인연이 되어 『문학사상』의 이상문학상 심사에 참여하기 시작한 것이 지금은 문학상 심사가 직업의 한 귀퉁이가 된 꼴입니다. 하여튼 그 무렵 지금은 작고하신 김동리 선생, 백철 선생, 최정희 선생, 유주현 선생 같은 분들의 말석에 끼어앉아 작품들을 읽을 기회를 가졌지요.

신춘문예와 관련된 얘기로 한 가지 에피소드만 소개해보지요. 두 분에게만 여쭤봤다가는 엄청난 자료들이 쏟아져나올 테니, 질리지 않도록 농담 삼아 한 말씀 곁들이고 나서 두 분께 훨씬 내용 있는 말씀을 듣도록 하겠습니다. (함께 웃음) 다름이 아니라, 제가 대학에 입학한 게 1961년인데, 그 한 학년 위에 지금 한국문단을 쥐고 흔드는 기라성 같은 사람들이 온통 포진해 있었습니다. 지금이니 포진이라고 하지만 그 당시에야 별 존재도 없는 문학청년들이었죠. 이청준 김주연 김현 김치수 염무웅 박태순 등의 청년들인데 그중 유난히 제 눈에 띄는 사람이 소설가 김승옥이었습니다. 저보다 일 년 선배이지만 당시에 저와 가장 친했습니다. 정말로 매일 김승옥이 하숙방 대용으로 사용하는 교내신문 『새 세대』 편집실에서 밥 해먹는 게 일이었습니다. 먹을 게 별로 없으니까, 쌀 씻어서 밥이나 해먹자고 해서 김치 한 가지 가지고 먹곤 했습니다. (함께 웃음) 특이하고 재미있는 사람이 김승옥이었죠. 제가 대학 1학년을 마칠 무렵 공부가 재미가 없어서…… 배우는 내용이란 게 고등학교 때의 공부만도 못해요. 소위 교양학부라고 해서 교양국어 교양세계사 교양과학 체육 따위의 기초과목들만 들으라고 강요하니 너무나 재미가 없었어요. 그래 더이상 못 다니겠어서 그만두고 자원해서 군대를 가려고 했지요.

그런데 김승옥이 자기가 먼저 군대를 간다고 떠벌려서 송별회를 해주게 되었죠. 없는 돈들을 갹출하여 학교 앞 막걸리 집에서 송별회를 열게 되었는데 술이 만취가 되어 있던 어느 순간, 그 술자리에서 김승옥이 대학노트, 그 당시에는 얇아서 길쭉하게 반으로 접으면 바지 뒷주머니에 꽂을 만했는데, 얄팍한 것을 뒷주머니에서 꺼내더니 깨알같이 뭔가가 씌어 있는 것을 보여줬어요. 뭐냐고 물었더니, 나는 오늘 저녁에 많이 취했지만 이걸 집에 가서 정서해가지고 신문사에 투고를 하려고 한다, 고 했어요. 신춘문예 마감이 박두했을 무렵이었으니까요. 그것이 문제의「생명연습」이라는 작품이었습니다. 한국일보에 투고하여 당선한 김승옥의 등단작품입니다. 그런데 정작 저는 송별회도 못 얻어먹고 이듬해 정월 하순에 군에 입대했죠. 김승옥은「생명연습」을 술 먹고 집에 돌아가 정서해서 응모한 결과 당선이 되었고, 당선만 된 정도가 아니라 정말 한 시대를 흔들었죠. 그 바람에 이 친구는 입대를 포기했고…… 이건『문학동네』출신들만이 아니라, 신춘문예 출신도 상당한 실력일 수 있다는 얘기를, (함께 웃음) 하려고 하는 겁니다. 그런데 재미있는 것은, 그 당시에는 워낙 가난하던 시절이라, 신춘문예에 당선했다고 신문에 나니까 이 풋내기 소설가가 굉장히 많은 돈이라도 번 줄 알고, (함께 웃음) 이 사람 고향이 순천인데, 고향에서 어른 두 분이 상경해서 여관에 묵으면서 김승옥에게 돈을 꾸려고 했답니다. 나중에 들은 얘깁니다만. 그런 웃지 못할 에피소드가 있었던 것이 당시 신춘문예였습니다. 그때만 해도 신춘문예 모집을 하는 신문의 수가 그리 많지는 않았기 때문에…… 사실 그 당시에 등단한 인사들이 지금껏 문단에서 열심히 활동하고 있는 분들이기도 합니다.

그래서 제가 지금 관심이 있는 것은, 신춘문예에 당선되면 돈은 얼마나 벌 수 있는지, 그 부분인데…… 그 점에 대해서 김광일 위원께서 좀 말씀해주시지요. 최근에 동아일보와 조선일보가 조금 올렸죠? 그러면 얼마나 벌 수 있습니까?

김광일 네, 올렸습니다. 그런데 미리 말씀드린다면, 돈 버는 데 관심이 많으신 분들은 신춘문예에 대한 열병을 빨리 치유하는 게 낫지 않을까, 라는 생각이 들 정도로 사실 얼마 안 됩니다. 최근까지 시가 이백만원, 소설이 삼백만원밖에 안 됐었어요. 작년에 그런 내용을 그 전년도와 똑같이 담아서 신문공고를 내려고 준비하고 있는데, 동아일보가 하루 전에 공고를 냈더라구요. 딱 보니까, 이자들이 소설을 칠백만원으로 올렸어요. (함께 웃음) 건넛집에서도 기가 죽으면 안 되니까, 부랴부랴 기안을 다시 올렸던 기억이 새롭습니다. 그런데 얼마 전에 토요일 날 오후에 산에 갔다 오는 길에 라디오를 들으니까, 요즘 아주머니들이 라디오에 편지 한 장을 잘 적어보내면 추첨해서 김치냉장고 같은 것을 주는데, 그중에 한 편지 내용이 이 러했습니다. 자기 신랑이 신춘문예 시 부문에 아홉 번을 내서 아홉 번을 떨어지고 있다, 무척 어렵게 살고 있는데도 남편이 별다른 호구지책 없이, (함께 웃음) 지금 십 년째 시에 도전하고 있는데, 남편이 정기적으로 자기에게 하는 말이 있는데, 여 보 힘들면 도망가, 였다는 말을 듣고 (함께 웃음) 제가 운전을 하면서도 코끝이 찡 했던 기억이 있습니다.

지금 에피소드를 말씀드리는 시간인 것 같아서 에피소드를 하나 더 말씀드리면, 이 년 전에 저희 신문에 시 부문에 당선된 아주머니가 있었습니다. 그분에게 당선 을 통지하고 주민등록번호를 받고 보니까 이 아주머니가 예사 분이 아니에요. 학 력이 초등학교 출신밖에 안 되고, 커다란 주차장에서 기사들을 위해 평생 부엌에 서 밥을 해왔고, 남편은 개인택시 운전수인 그런 아주머니인데, 신춘문예 시 부문 에 당선이 된 겁니다. 그 아주머니의 눈물나는 사연에다가 최루탄 가루를 더 섞어 서 1월 1일자 사회면에다가 썼던 기억이 나는데, 문제는 1월 하순경에 열리는 신 춘문예 시상식이었습니다.

우리는 여덟 개 장르니까, 당선자 여덟 명이 한쪽에 쭉 앉아 있고, 이쪽에는 심 사위원 선생님들과 회사 간부들이 쭉 앉아 있었습니다. 그래서 호명되면 한 분씩 나와서 상금과 상패, 꽃다발을 받는 순서가 진행되는데, 이문재 시인도 계시지만, 문학 장르에서 가장 선봉대가 항상 시입니다. 그래서 상금은 두번째이지만, 상을 주고받는 순서는 항상 시가 첫번째인데, 이 아주머니가 나오셨습니다. 사장에게서 봉투와 꽃다발을 받았는데, 이분이 바로 마이크를 잡고서 하는 말이 이 상금을 불 우이웃돕기에 보태주십시오, 하는 겁니다. (함께 웃음) 저희 회사 사장 옷소매를 붙잡고 이백만원을 주더라구요. 그분이 이백만원의 상금을 쾌척할 정도로 여유가 있는 것은 좋은데, 문제는 이제 나머지 일곱 사람입니다. (함께 웃음) 사실은 상금 이 굉장히 귀히 쓰여야 되고, 이미 가불 형태로 엄청나게 많은 술을 먹었기 때문 에, (함께 웃음) 갚아야 될 사람도 있을 텐데, 첫 단추를 불우이웃돕기로 쾌척을 했으니, 이 노릇을 어떻게 합니까. (함께 웃음) 잘못하면 시상식을 전부 다시 해야 되거든요. 그런데 다행히 두번째 시상대에 올라온 분도 오십대가 넘은 아주머니셨는데, 역시 아주머니들이 생각하시는 게 폭넓고 상황 판단이 빠르다는 생각이 들었던 게, 그분은 남편이 정부의 고위 관직에 있었기 때문에 그분이야말로 상금을 얼마든지 쾌척할 수 있는 처지였음에도 불구하고, 수상소감을 얘기하면서 자기는 이 돈이 너무 필요해서 갖겠다고 얘기를 해서 나머지 여섯 사람을 구제한 적이 있습니다. (함께 웃음)

김화영 사실 돈 얘기는 제가 농담으로 한 것이고, 신춘문예에 당선해서 신문에 나고 문단의 등용문을 통과하는 그것 자체가 대단한 영광 아닙니까, 그런데 그 영광 쪽에만 마음이 쏠려 있다가 돈봉투까지 받아들면 그건 정말 굉장히 기분 좋은 일입니다. 게다가 삼백만원을 주다가 돌연 칠백만원으로 두 배 이상을 인상하면 여간 기분 좋은 충격이 아닌데, 다만 그 전해에 받은 사람이 얼마나 안타까웠을까, (함께 웃음) 하는 생각이 듭니다. 동아일보, 조선일보 두 신문이 그런 경쟁은 매년 갱신했으면 좋겠습니다. (함께 웃음)

신춘문예와 문예지 얘기를 했습니다만, 어쨌든 지금 현재 우리나라에서 씌어지고 있는 글들의 양은 정말 엄청납니다. 대개 신춘문예나 잡지를 통해서 나올 때 우리는 등단이라는 말을 합니다. 프랑스 말로는 '데뷔'라고 해서 시작했다는 말인데, 우리는 '등단'이라고 해서 상당히 높은 쪽으로 올라서는 느낌을 줍니다. 이게 아마 조선시대 과거제도와 관련이 있지 않나 싶은데, 어쨌든 이렇게 해서 나온 사람들이 각기 시집을 내고 소설집을 내고 장편소설을 내는 것이니 이번에는 문학과 제도에 관계된 다른 한 면인 출판 얘기로 넘어가보도록 하겠습니다.

두 분 다 출판에 관해서 잘 알고 계신데…… 우선 제가 지난 봄에 파리에 가서 유명한 갈리마르 출판사를 처음으로 방문한 얘기를 좀 할까 합니다. 그 출판사 건물 앞으로 늘 지나다녀보기만 했지 그 안으로 들어갈 일이 없었는데, 마침 로제 그르니에라는 작가의 책을 번역하면서 그분에게 내가 파리에 왔다고 인사편지를 보냈더니, 곧 전화를 걸어와 한번 만나자고 하면서 자기가 근무하는 갈리마르 출판사로 오라고 하더군요. 그래서 세계적인 그 명문 출판사에서 책은 못 냈지만 건물 안으로 처음 입성하는 경험을 했습니다. 그분을 만나기 위하여 왕년에 앙드레 말로, 알베르 카뮈, 장 폴 사르트르 등이 근무하던 사무실로 올라가서 얘기를 나눌 수 있었지요. 감개무량하더군요. 우선 거기서 특이한 게 있습니다. 프랑스 사람들은 태어나서 글을 쓰면 표지에 '갈리마르'라는 이름이 붙어 있는 책을 한번 내는 게 꿈입니다. 노벨 문학상을 받은 기라성 같은 작가들이 대부분 여기서 책을 냈으니 그들의 이름 옆에 나란히 자기 이름도 한번 세워보고 싶은 게 꿈이겠지요.

그래 제가 물어봤지요. 지금 현재 이 출판사에서는 책을 어떻게 내느냐, 투고만 하면 내주냐, 라고 물었더니, 그 집에 신간서적을 내기 위해서 투고되는 책 한 권 분량의 원고가 일 년에 약 육천 건 정도 된답니다. 이제 며칠 안 있으면 우리말 '카뮈 전집'으로 『작가노트』 둘째권이 나오게 되어 있는데, 거기에 보면, 처음 이 무명작가가 데뷔할 때 『이방인』이라는 소설과 『시지프스 신화』라는 에세이를 이 출판사에 투고해서 마침내 책이 되어 나오기까지 출판사 사람들, 심사독회 위원들, 또 그들의 친구들 사이에 왔다갔다한 편지, 메모 등 설왕설래의 과정이 잘 기록되어 있습니다. 처음에 소설과 에세이의 원고가 파스칼 피아라는 사람의 손을 거쳐서 앙드레 말로의 손으로 들어가면서 마침내 긍정적으로 검토되기 시작한 얘기가 나오는데, 이 원고의 출판 여부를 가리는 심사위원들의 독회를 갈리마르 출판사에서는 '코미테 드 렉퇴르'라고 하는데, 글쎄 우리말로는 뭐라고 번역해야 좋을지 모르겠습니다. 독서위원회라고 할까요.

거기로 넘어온 원고는 위원들 각자가 나누어가지고 읽고 나서 거기에 부전지를 붙이게 됩니다. 이 책은 이러이러한 이유로 출판을 하면 좋겠다, 혹은 별로 관심이 없다 등의 소견을 붙이는데, 마지막으로 점수를 써넣는다고 합니다. 그래서 최고는 가장 적은 점수인 1점인데, 1점을 받으면 거의 대부분 출판이 되고, 숫자가 높으면 높을수록 점점 더 출판될 가능성이 적어진다고 합니다. 주로 시, 소설, 에세이, 극작품, 내면일기, 서한집, 이런 것들을 받아서 1차 예심에서 일단 거르는데, 그 위원회에 열 명 정도 되는 작가들이 활동하고 있습니다. 지금 현재로는 미셸 투르니에, 르 클레지오 등 한 열 명 정도의 편집위원회 혹은 독서위원회가 결정을 하고, 그랬다 하더라도 맨 마지막에 사장인 앙트완 갈리마르 손에 넘어가서, 안 내겠다고 하면 못 냅니다. 그렇게 해서 책이 나온다고 합니다. 이것이 거기에서는 굉장히 오래 전부터 지켜오고 있는 확고한 제도라고 알고 있는데, 우리나라에서는 대개 어떤 방식으로 책이 나오는지 우선 이문재 선생부터 얘기를 해주시지요.

이문재 '문학동네' 얘기인데, 일 년에 어느 정도 투고작이 출판사에 들어오는지는 잘 모르겠습니다. 저는 갈리마르 앞에도 못 가봐서 잘 모르겠지만, (함께 웃음) 저희도 대개 크게 문학관련 시집 소설집 평론집이 나오는 방식은 크게 세 가지쯤입니다. 하나는 글을 쓴 분이 '문학동네'라는 출판사에서 책을 내고 싶다, 그래서 원고를 보내는 투고 형식이구요. 또하나는 저희가 갖고 있는 등단절차나 문학상 제도를 통해서 수상이 된 작품이고, 또하나는 출판사에서 이분 책을 좀 내고 싶다고 해서 청탁을 하는 원고, 크게 이 세 가지이고, 또하나는 번역 출판일 것입니다.

그런데 많은 문학출판사에서 계간지를 발행하는 큰 이유 중의 하나가 신인 발굴인데 웬만큼 알려져 있는 문학출판사에서 편집자들이 쏟아져들어오는 투고작품을 읽고 판단하기란 대단히 어렵습니다. 일단 물리적으로 그런 시간이 확보가 안 되고, 옥석을 구분할 만한 잣대를 가진 사람이 많지가 않아요. 또 출판사 이직률도 많고, 여러 가지 이유가 있습니다. 그래서 계간지 편집위원회, 편집동인들이 하는 일 중의 하나가 투고작을 보고, 책으로 내느냐 마느냐를 결정하는 것입니다. 그래서 저도 시집 원고를 늘 가방에 갖고 다니는데 그게 보통 일이 아닙니다. 문학동네가 생긴 지 내년이면 십 년이 되는데, 어떻게 생각하면 권위라는 게 저희가 생각하는 만큼 없습니다. 이를테면 삼십 년 넘는 창작과비평사나 문학과지성사나 민음사 이런 쪽에서처럼 이건 이러저러한 이유로 저희 출판사에서 낼 수가 없습니다, 이렇게 얘기하면 별 문제가 없는데, 우리는 단지 연륜이 짧고 편집동인들이 나이가 어려서 투고작을 돌려보내는 일이 대단히 힘들어요. 저희 쪽에서는 돌려보내야 할 뚜렷한 이유와 명분이 있는데, 그걸 밝히게 되면 저희와 원수가 되는 경우가 많습니다. 서양 출판사의 선진문화와는 다른데, 우리는 한 사람 건너면 다 아는 사람들이고 또 언제 어디서 마주칠지 모르는 관계들인데, 어차피 책을 안 내준다는데 기분 좋아할 사람이 있나요? 덜 기분 상하게 만드는 기술을 발휘하기가 상당히 힘들었습니다. 그런 절차들이 있구요. 최근에는 문학 독서시장이 상당히 위축되는 바람에 책 내는 것 자체가 어려워졌습니다. 특히 시집 출판이 상당히 어렵습니다.

김화영 그래도 문학동네에서는 책을 많이 내고 있던데, 더구나 저에게는 많은 신간들을 보내주셔서 여간 좋은 것이 아닌데 (함께 웃음) 그 덕분에 이 집이 책을 무척 많이 낸다는 것을 실감하고 있어요. 양적으로만 그런 것이 아니라 질적으로도 참 훌륭해서 책을 받으면 언제나 흐뭇해요. 그러면 김광일 위원께서는 문학출판만이 아니라 출판현황의 통계라든지 그런 부분을 좀 소개해주시겠어요?

김광일 며칠 전에 아마 보신 분도 있을 텐데, 문인들이 아주 멋지게 쓰는 표현 가운데 이런 말이 있습니다. 시중에 문학의 위기라는 풍문이 돌아다니고 있다, 그러나 문학은 위기 때문에 더욱 위대해지는 것 아니냐, 라는 뒷부분의 결론을 유도하기 위해서 그런 말을 초입에 쓰는 경우가 많이 있습니다. 그런데 올해 신춘문예 응모작이 줄어든 것으로 미루어 짐작하건대, 문학출판이나 문학서적이 그렇게 활발치 못했을 거라고 짐작이 되는데도 불구하고, 교보문고 판매량을 보니까 작년에 비해서 소설은 약 삼십 퍼센트 정도 증가했고, 그 일등 공신은 모 방송사의 모 프로그램이었다고 되어 있습니다. 그래서 1위가 『아홉살 내 인생』이고, 2위가 『봉순이 언니』, 박완서 선생님의 『그 많던 싱아는 누가 다 먹었을까』도 거기 들어 있었던 것 같고, 아무튼 기타 등등 소설만 그런 게 아니고, 다른 인문과학 서적도 작년에 비해서 이십 퍼센트 안팎으로 증가한 것으로 통계가 잡혀 있습니다. 이 점을 감안한다면, 제가 간혹 만나게 되는 출판사 사장들이 만날 때마다 죽는소리를 하지만, 역시 경영을 함께 책임지는 분들은 입으로 내는 소리 따로, 손으로 챙기는 돈 따로 있는 게 아닌가 그런 생각이 들기도 합니다.

이문재 선생께서 문학동네에서 책을 내는 여러 가지 유형에 대해서 개괄적으로 말씀을 해주셨는데, 제가 알고 있는 유수의 문예지들은 단행본 출판도 겸하고 있기 때문에 그네들이 책을 낼 때 어떤 과정을 밟는가를 가까이에서 보게 됩니다. 한

마디로 말씀을 드리면, 계약에 따라서 냅니다. 출판사의 발행인과 저자가 계약을 하고 내는데, 그 계약을 하는 방식이 이문재 선생이 말씀하신 것처럼 출판사 쪽에서 작가에게 청을 하는 경우도 있습니다. 최근 풍문으로 듣기에 모 출판사는 모 인기작가에게 이억원을 제안하면서 세상을 잠시 흔들 수 있는 소설을 써줄 수 있겠냐는 제안을 했다고 하고, 또 그 반대로 출판사에서는 아주 골치로 여기는 원고들도 있습니다. 스토커처럼 지치지도 않고 원고를 들이미는 사람들이 있는가 하면, (함께 웃음) 이름 석자만 대면 대한민국 백성의 절반이 알직한 중견 이상의 분께서 어느 날 원고를 가지고 오셨는데, 출판사의 편집인들이 차마 뭐라고 말씀드릴 수 없을 정도로 타작일 경우가 있어서 이러지도 저러지도 못하는 경우를 보곤 합니다. 또 어떤 분들은 출판사와 계약을 해서 선인세라고 하는 계약금을 상당 액수를 받아가셨는데도 불구하고, 그 계약서에 언제까지 원고를 주겠다고 약속한 기간의 세 배 이상의 세월이 흘렀음에도 아직까지 가타부타 말씀이 없어서 애를 태우게 하기도 하고…… 아무튼 여러 가지가 있는데, 최근에는 한국에도 출판 에이전트가 나와서, 그러니까 출판사와 작가가 막 바로 만나게 되면 차마 하지 못하게 되는 여러 가지 치사하고 곤란한 얘기들을 중간에서 부드럽게 중개해주기도 합니다. 그게 사실은 문학출판에서만 활발하지 못했지 영화 가요 미술 등의 분야에서는 그 모든 것들을 하는 사람들이 너무나 많이 있습니다. 보면 문학판에도 작가 시인들 중에는 쑥스러워하는 분들이 너무 많아서 결정적으로 주장해야 될 부분들을 말씀을 잘 못하시고는 나중에 속상해하고 출판사 원망하고 그런 분들을 많이 봤는데, 지금 현 상황은 새롭게 문학판에도 에이전트라고 하는 사람들이 차츰 나타나고 있는 것 같습니다.

이문재 약간 미세한 변화지만, 요즘 인터넷이라는 새로운 미디어 때문에, 아마 정통 문학출판사 말고 약간 대중적인 책들을 내는 쪽에서는 그쪽에서 많은 자료들을 구하고 반응들을 많이 체크하고 그럽니다. 저도 뭐 자료를 하나 조사해왔는데요. 돈 얘기도 많이 나오고, 모두에 등단문제가 나왔었는데, 우리나라에 문학상을 통해서 신인이 데뷔하는 경우도 많습니다.

그런데 아까 김광일 위원께서 문학매체가 얼마나 될 것 같으냐고 여러분에게 퀴즈 비슷하게 냈는데 문학상도 이게 보통이 아닙니다. 이게 아마 90년대 중반 문예진흥원 통계일 텐데 문학상이 106개입니다. 그래서 아까 저보고 상 네 개 탄 것을 보고 상 많이 탔다고 하셨는데, 많은 게 아닙니다. (함께 웃음) 문학 전체적으로 주는 종합상이 27개이고, 시가 22개, 소설 10개, 시조 13개, 아동문학이 22개입니다. 그런데 106개의 상을 주는 기관은 시인협회, 아동문학가협회 이런 곳이 54로 제일 많네요. 그 다음에 잡지 출판사가 24개, 그 다음이 상을 운영하는 운영위원회가 17개이고, 언론기관이 한 5개 정도입니다. 연대별로 1980년대에 87개가 제정이 되었고, 1970년대에는 31개였습니다.

90년대 후반에 여러분들이 생생하게 기억을 하시고, 지금도 아마 그 기억에서 자유롭지 않을 텐데, 그 유명한 '문학권력 논쟁'이 있었습니다. 제가 그 당사자 중 하나였습니다. 저는 그 논쟁에 대해서 상당히 고마워하는데, 그 논쟁을 통해서 저는 권력자가 됐습니다. (함께 웃음) 그전에는 권력자가 아닌 줄 알았는데 하도 권력 권력 그래서…… 그것과 최근에 주례사 비평이 문학제도와 깊은 관련을 가지고 주목되고 있는데, 그때 제가 깨달은 것 중 하나가 밖에서 보기에는 이 문단을, 특히 문학상 또는 계간지를 중심으로 한 동인들, 혹은 '에콜'에 대해서 상당한 편견을 가지고 있다는 것을 느꼈습니다. 여기 계신 분들은 다른 분들에 비해서 문학에 대해서 애정이 많으시고, 다른 분들에 비해서 문학의 안쪽에 계시다고 감히 생각을 하는데, 저는 시사주간지의 문화 쪽에서 십 년 넘게 현장을 다녔습니다. 그런데 제가 자신있게 말씀드릴 수 있는 것은 영화판이나 가요계, 더 가까이는 화단이나 무용계 등 다른 분야들에 비하면 문단은 정말 깨끗하다는 점입니다. 여기서 말씀드리는 문학권력이라는 것을, 저는 당사자이기 때문에 한쪽 얘기밖에 할 수 없지만, 당시에 저희 쪽을 비판했던, 지금도 비판하고 있는 사람들의 얘기를 들을 수 없기 때문에 한쪽일 수밖에 없지만, 나쁜 의미의 문학권력을 저는 인정하지 않습니다. 문학상이 함부로 운영되고, 요즘 정치 경제 사회 모든 사건이나 사태의 배후를 음모론으로 이해하려고 하는 사람들이 있지만 사실은 저 뒤에 지저분한 일이 있는 것은 절대로 아닙니다. 도대체 그럴 수가 없는 곳이 문단입니다.

여기 김화영 선생님이 계시지만, 출판사에서 상을 제정하고 운영하고 신문사에서도 상을 제정하고 운영하는데, 그것은 전적으로 심사위원 분들의 자존심이 걸린 문제입니다. 그런데 이를테면 문학동네 같은 출판사가 조선일보와 결탁을 해서 전혀 형편없는 문학작품이 언론의 힘을 빌려 왜곡되게 독자들에게 전달됐다, 그게 문학권력을 비판하는 요지였고 단초였습니다. 그리고 그것이 지금 과장되게 이어져서 '주례사 비평'이라는 용어까지 나옵니다. 문학상과 관련해서 그런 말씀을 잠깐 드리고 싶었습니다.

김화영 여기 와 계신 청중들도 그렇고 우리 셋도 그렇고 다 문학 하는 사람들이고 다 문학을 좋아하는 사람들이기 때문에 문학이 예술 중에서 가장 깨끗하다고 말하는 것은 형평에 어긋납니다. (함께 웃음) 왜냐하면, 다른 쪽 분들이 없어서 객관적 근거가 없기 때문입니다. 그래도 우리끼리니까 서로 추켜주고 만족합시다. 사실 과연 얼마나 깨끗하냐는 것은 달아봐야 아는 거죠. 그건 모르는 겁니다. 다만 다소 제 자신이 경험한 바로는 정말 자부합니다. 깨끗하다고 말하지는 못하겠지만 더럽지는 않습니다. (함께 웃음)

그 이유가 물론 사람들이 양심적이어서 그렇다고도 할 수 있지만 그건 모르는 일이고, 하나 확실한 것은 그것을 향유하는 수준과 관계가 있습니다. 그리고 그것을 향유하는 사람들이 사용하는 매체와 관련이 있습니다. 아시겠지만 미술 같은 경우, 제가 미술을 폄하하려는 것은 절대로 아닙니다. 20세기 초엽으로 넘어오면서 점차로 소위 리얼리즘 계통의 작품들이 퇴조하고 추상적인 미술이 등장하면서, 최근에는 정말 그 경계와 기준을 찾기 어려운 다양성을 갖게 되었습니다. 해프닝도 있고 행위미술도 있고 설치미술도 있고 하니까 그래서 소위 우리들이 공유하는 미술의 '문법'이 사라진 지가 오래됐습니다. 고전주의 시대에는 문학뿐만 아니라 모든 예술의 기준이, 서양의 경우에는 그리스-로마, 이른바 고대의 작품에 얼마만큼 가까이 다가가느냐 이게 기준이었습니다. 그거라도 있으면 객관적인 기준이라고 하겠는데, 다른 장르에는 그런 기준이 전혀 없습니다. 그래서 사실 많은 부분, 화상들이 비평가들을 거느리고 돈을 가지고 특정 작가를 키운다는 둥, 유태인이 주로 권력을 잡고 있다는 둥, 동성애자들이 갖고 있다든 둥 별의별 소문이 다 많습니다. 사실상 그런 경향이 없지 않고요. 물론 일면만의 얘기겠지만.

그런 데 비해서 문학의 경우는 이게 '언어'가 매체다 보니까, 아무 기준 없이 주관적으로, 권력으로, 돈으로 좌지우지하기란 아주 힘이 듭니다. 물론 예술적인 기준이라는 게 전문적인 부분, 고도의 수준에서는 여러 가지로 달라지겠지만, 문학의 경우는 어마어마한 수의, 상당히 수준 높은 독자들이, 이들이 실질적인 문학의 소비자, 향수자들입니다, 뒤에 포진하고 있기 때문에 그들 앞에서 형편없는 작품에 1등상을 줬다든지 어림없는 호평을 했다든지 하면 난리가 납니다. 그래서 객관적인 기준을 뭐라고 딱히 말할 수는 없지만, 언어라는 매체가 가지고 있는 논리성(로고스), 즉 커뮤니케이션의 바탕이 되고 있는 언어 특유의 상호적 성격 때문에 절대로 이것은 예술적인 면 따로, 언어의 소통상의 면 따로 기준을 달리하여 평가하기가 어려운 장르입니다.

그런 근본적인 이유에서, 제가 보기에는 문학에 있어서 부패한 권력만을 가지고 마음대로 판단하기는 어렵다는 점을 말씀드릴 수 있겠지요. 가령 음악상 미술상에 대해서는 일반인들이 잘 모르니까 별말이 없이 관망만 하고 있을 수 있지만 문학상이 어림없는 사람에게 주어진다면 아마 많은 독자들이 어디선가 소리없이 비웃고 있을 겁니다. 그래도 상 같은 경우, 그 상을 못 탄 사람은 다른 기준을 대고 싶겠죠. 자기들끼리 해먹는다고 하겠지요. 그러나 예술분야에는 원칙이 불공평입니다. 예술분야는 민주주의 같은 것이 없습니다. 예술의 우월성을 투표로 정하는 것은 아닙니다. 뛰어난 사람은 뛰어나고 뛰어나지 못한 사람은 영원히 탈락할 수밖에 없습니다. 더군다나 예술에 있어서 '2등은 꼴찌'라는 말이 있습니다. 아까 이문재씨가 우리나라 문학상이 106개나 된다고 했는데, 프랑스에 비하면 문학 잡지수가 이렇게 많은 나라에서 상의 수는 정말로 너무 적습니다. 프랑스에는 상이 삼천여 개라고 합니다. 그렇게 상이 많아요. 물론 상금이 없는 상도 많습니다. 또 상금을 줬다가 도로 빼앗는 상도 있고…… (함께 웃음)

그런데 우리나라는 최근에 와서 상금이 정말 많아졌습니다. 억대에서부터 보통 천만원 이상을 줍니다. 이만하면 대단하지 않습니까. 단지 잊지 말고 생각해둘 점은, 우리나라의 작가나 시인들은 상 이외에는 경제적으로 기댈 데가 별로 없다는 사실입니다. 원고료 몇푼 해봐야 정말 말단사원의 월급도 안 됩니다. 그 사람이 바친 각고의 노력을 생각해볼 때, 그런 상 몇 개 돌아가도 기본적인 생활도 잘 안 됩니다. 게다가 예술가의 경우, 참 딱하지만 어쩔 수 없는 점은, 유명한 몇몇 사람들이, 뛰어난 몇몇 사람들이 그 상들을 독차지합니다. 어떤 사람은 모든 상을 다 받습니다. 상이 새로 생겨도 꼭 그 사람을 주고 난 다음에 다른 사람에게 줍니다. 상을 수여해야 할 입장의 노대가가 또 수상자가 됩니다. 모든 상은 그 상의 수상자 명단이 그 성가를 결정하기 때문이죠. 그래서 지난번에 어떤 분이 문학상을 또 받기에 제가 그랬지요, 아직도 안 받은 상이 많아서 좋겠다고요. 다 아시겠지만, 문학분야에 부패가 적다는 증거의 하나는 바로 몇몇 사람이 상을 독차지한다는 사실입니다. 그것은 그 사람 작품의 질과 관련이 있습니다. 그게 싫어서 이상한 상을 한구석에서 만들어가지고 자기들끼리 오순도순 아주 '공평하게' 나누어 가지려는 사람들이 없지 않아 있긴 합니다만, 대다수는 탁월한 사람들이 상을 독차지하게 되어 있습니다. 그건 어쩔 수 없는 일이겠죠. 뛰어난 예술가층이 두터운 나라에서 야 수상자 폭이 넓겠지만요.

지금 서서히 문학권력 문제로 이야기가 넘어왔습니다. 권력에 대해서 해석을 객관적으로 할 수 있는, 즉 어느 정도 공평하게 거리를 두고 얘기를 할 수 있는 분들은 문학인 자신보다는 기자들일 텐데, 김광일 위원은 어떻게 생각하세요.

김광일 쑥스럽습니다. 왜냐하면 문학권력 논쟁이 있을 때 대표적인 당사자가 조선일보였고, 문학동네였습니다. (함께 웃음)

김화영 제가 골라 골라서 오늘 이상하게 두 분을 모셨군요. (함께 웃음) 전혀 그런 의도는 아니었는데요.

김광일 둘이서 결탁을 했느니, 문학동네에서 나온 것만 조선일보에서 빼놓지 않고 대서특필한다느니, 조선일보에 있는 모 인사가 『문학동네』 편집에 깊이 관여를 한다느니 기타 등등 말이 많았습니다. 그래서 제가 너무 화가 난 나머지 재작년 연말 특집으로, 좋다, 문학권력, 문화에도 권력이 있단 말이지, 그렇다면 진짜 권력을 찾아나서보자, 그런 적이 있었습니다. 조금씩 말씀하셨지만, 음악 미술 무용 스포츠 영화 바닥의 실체를 들여다보니까 무시무시한 권력들이 있습니다. 예컨대 세계적인 바이올리니스트나 피아니스트로 크기 위해서는 반드시 거쳐야 될 몇몇 사람의 손이 있습니다. 가령 내로라 하는 세계적인 화랑에 자기 작품을 걸기 위해서는 어떤 사람의 눈 밖에 나면 아예 꿈도 꾸지 말라는 그런 게 있습니다. 스포츠계는 말할 것도 없죠. 프로모터가 마음만 먹으면 저 같은 사람도 동양챔피언까지는 바라볼 수 있지 않을까, (함께 웃음) 생각합니다.

예컨대 중간에 있는 자기 장르의 유통과 생산, 그것들에 대한 평가, 이런 종합 메커니즘을 한손에 틀어쥐고 있는 사람들이 있습니다. 그런데 이 사람들이 꼭 부정적인 역할만 하느냐면 꼭 그렇지만은 않습니다. 세계의 문화시장을 그 나름대로 잘 통제하고 신인들을 발굴하고 그 산업이 육성되게 하고, 그것을 향유하는 사람들에게 적절한 정보와 적절한 작품을 제공하는 역할도 하고 있습니다.

문학만 예를 들자면, 독일에 있는 모 평론가는 제가 보기에는 사실상 황제에 가깝습니다. 그 사람이 작가나 시인들에게 주는 영향이라고 할까, 그 사람의 평론 한 줄이 작가의 운명을 좌우하는 걸 보면 소름이 끼칠 정도입니다. 여기 계신 김화영 선생님도 한국에서 저는 대단한 문학권력가라고 말씀드릴 수 있습니다. (함께 웃음) 김교수님께서는 사실 워낙 탁월한 문학작품 선별안과 비평을 해오셨기 때문에 모든 문학상을 만드는 곳에서 선생님을 모셔가기 위해서 치열한 경쟁이 벌어집니다.

김화영 얘기가 오늘 이상하게 되네요. (함께 웃음)

김광일 저희 회사에서 운영하고 있는 동인문학상도 선생님께 제일 먼저 달려가서 종신으로 심사위원직을 청했을 만큼 많은 문학상에 관계하고 계시고, 또 많은 비평, 번역작업, 프랑스 문학 소개작업 등을 하고 계십니다. 이런 분이 문학권력이 아니라면 누가 문학권력이라고 할 수 있겠는가, (함께 웃음) 라는 생각이 들기 때문에, 이름 많이 들어보셨기 때문에 얘기해도 되겠지만, 비평활동을 하는 여러 소장파들이 문학권력이라는 말을 만들어서 아주 치열하게 지난 몇 년 동안 욕을 해 오고 있습니다. 그런데 이문재 시인도 얘기를 했지만, 그 사람들이 말하는 문학권력이라는 것이 제가 볼 때는 실체가 없어요. 실체가 없는 아주 소모적이고 쓸데없는 논쟁을 하고 있다고 감히 말씀드릴 수 있는데, 왜냐하면 권력이라는 것은 반드시 이득을 향한 투쟁의 과정에 있어야만, 그게 권력이 될 수 있기 때문입니다. 김화영 선생님이 문학상 심사료를 받으면 얼마나 받으시겠습니까? (함께 웃음)

김화영 한 가지만 말씀드리지요. 상금을 아무리 올려도 심사료는 안 올려요. (함께 웃음) 그렇습니다, 지금.

김광일 참고로 문학권력 논쟁은 실체가 없는 가짜 논쟁이라는 말은 제가 드리는 말씀이 아니고, 소설가 김영하씨가 한 말입니다.

김화영 제가 이 마지막 날 손님을 잘 모시다보니까, (함께 웃음) 돌연 권력도 많이 가지게 되고 (함께 웃음) 하늘로 비행기를 타고 올라가는 느낌인데, 그건 사실과 많이 다릅니다. 권력이론이라는 것은 좀 다른 것인데…… 한동안 권력이론이 굉장히 유행했습니다. 권력문제의 이론가로 가장 널리 영향을 준 사람은 역시 프랑스의 미셸 푸코라고 할 수 있죠. 그런 이론을 깊이 생각하며 따져보지도 않고 잘 이해도 하지 못한 상태에서 그저 심술이 나니까, 권력, 권력이라고 하는 것 아닌지 모릅니다.

사실 그 권력이라는 말은 중요합니다. 우리가 생각지도 않았던 도처에, 갈피갈피에 권력이 있다는 생각은 우리가 명심할 필요가 있습니다. 사실 평범한 사람들도 나름대로 조그만 권력을 향유하는 것은 사실입니다. 여러분들도 마찬가지입니다. 그 정도의 차이가 있는 것은 사실이지만, 그들이 그렇게 요란스럽게 떠들 만큼 권력을 가지기에는 우선 경제적인 이득도 적고 영향력도 보잘것없습니다. 어느 날 사라지면 끝입니다.

그런 것이 하나 있고, 우리나라에 권력 문제와 관련지어서 제가 특히 걱정하는 대목은 독자의 문학적 수준입니다. 1980년대가 되면서 대학이 뻥튀기가 되어서 많은 사람들이 대학졸업장을 상당히 쉽게 갖게 되었습니다. 경쟁에 의해서 대학졸업자들의 능력이 뛰어나게 된 것이 아니고 기껏해야 온갖 요구사항이 많아졌을 뿐입니다. 이건 미국식 제도의 꼭두각시 같은 놀음에 지나지 않습니다. 미국만큼 수준은 높지 않지만 미국처럼 속되다는 점은 같습니다. 대학은 지금 실력이 높아진 것이 아니라 훨씬 낮아졌습니다. 왜냐하면 스스로 노력하지 않고, 자신이 낸 등록금보다 훨씬 많이 '나를 가르쳐내라'고 요구하기 때문입니다. 그러다보니까 많은 사람들이 자율적 독서 능력에 있어서 형편없는 하향 평준화에 이르렀습니다.

이 자리에서 말씀드리기는 뭣하지만, 어떤 방송에서 내보냈던 책소개 프로그램 같은 것은 이 나라 출판산업과 도서매출고에 도움이 된 점이 없지야 않겠지만 정말로 우리 문화의 현주소를 정확하게 비춰주는 한심한 거울입니다. 이 무지한 정권이 민주화를 표방하며 내세운 우민정책 중의 하나가 아닐까 싶은데, 제가 계간 『문학동네』를 통해서 긴 글을 쓴 것도 도저히 분노를 참을 수가 없어서였습니다. 이건 간단히 얘기해서 공정거래법 위반입니다. 왜 그런고 하니, 한 달 내내 그 어마어마한 광고권력을, 코미디 프로 이상의 광고권력이 있습니까, 이용해서 무지몽매한 독자(시청자)를 상대로 '아홉 살' 수준의 자기 위안류의 작품들을 골라서(물론 다 그런 것은 아닙니다만), 한 달 내내 방송하면 수십만 부가 팔려나가게 됩니다. 그것은 무얼 의미하는고 하니, 우리나라 독자가 그만큼 순진한 백지라는 얘기입니다. 백지에 그린 강력 광고예술이죠. 막강한 광고, 그것도 코미디 독서 프로그램으로 위장했으니 효과만점인 광고를 통해 갖다가 안겨주면, 비누도 먹고 세제도 먹고 소설도 먹고 초보 휴머니즘 수필도 먹고 다 먹습니다. (함께 웃음)

문학작품은 사실은 세제가 아니지 않습니까. 레몬 냄새가 첨가됐다, 거품이 더 잘 난다, 이런 게 아니지 않습니까. 그런데 그걸 방송하면, 여지없이 먹습니다. 이 방송 제작자들의 '천재성'은 작품 내용에 대해서는 일언반구도 얘기하지 않은 채 끊임없이 길바닥에서 사람들을 붙들고 읽었느냐, 안 읽었느냐를 묻는 그 집요함입니다. 그것도 대학교육의 내실화가 가장 형편없어진 세대들이 가장 많이 보는 코미디 프로그램에 집어넣어서 끼워팔기를 하는 겁니다. 그러고 나면 일간신문들은 '독자의 알 권리' 운운하면서 베스트셀러 목록에 바로 그 방송이 강력하게 광고한 책들의 리스트를 도배를 해줍니다. 사실 비판의 일차적 대상은 그런 방송제작자들이라기보다는 독자의 수준을 이 지경으로 만들어놓은 우리의 교육문화환경이라고 해야겠지요. 거기에는 물론 기성세대인 저 자신도 포함됩니다.

어쨌든 바로 이런 방송 같은 것이 권력입니다. 텔레비전 같은 어마어마한 매체를 동원해서 몇몇 작품을 계속 선전하고 몇십만 부씩 팔게 하는 것이 권력인데, 사실은 백만, 몇십만 부를 팔게 만든다는 게 가장 심각한 것은 아닙니다. 그들이 어떤 작품을 고르는가를 보십시오. 물론 그중에 제가 귀중하게 여기는 작품도 없지는 않습니다. 그러나 대다수가 우리를 위안하는 작품, 우리가 다 아는 소리를 써놓은 작품, 우리에게 안도감을 주는 이야기 일색입니다. 우리는 왜 끊임없이 다독거림을 당해야 되는 대상인지, 우리 독자들을 언제까지 성숙한 성인이 아니라 위로받아야 할 어린아이 취급을 받아야 하는 것인지…… 문학작품이란 단순한 위안의 도구가 아닙니다. 문학작품은 상처를 다독거려주기보다는 오히려 상처를 쑤시는 경우가 많습니다. 그렇게 정신을 깨어나게 하는 것인데, 우리 독자는 왜 이리도 과잉보호를 받고 사는지……

독자의 수준이 낮아지면 광고가 커집니다. 전 세계에서 우리나라 책 광고처럼 사이즈가 큰 나라는 없습니다. 이것은 뭘 증명합니까? 광고를 크게 내면 독자가 책을 산다는 얘깁니다. 다시 말해서 그만큼 독자 각자의 개성이 강하지 못하고 여론 추수적이라는 뜻입니다. 서점에 가서 내가 보고 싶은 책이 있습니까, 하고 묻는 것이 아니라, 요새 뭐가 재미있습니까, 뭐가 잘 나갑니까, 하고 묻습니다. 그래서 우리나라의 경우 베스트셀러 목록의 발표는 일종의 광고행위라는 겁니다. 그리고 여기 신문사에 계신 분도 있지만, 모든 주요 일간신문에 끊임없이 베스트셀러가 실리는 나라는 대한민국밖에 없습니다. 이것은 출판을 오직 상행위로만 본다는 증거입니다. 상업주의적 안목에서 문화적 오브제인 책을 보면서 그 현상을 부추기고 있다는 말입니다. 미국인들에게 배운 그리 바람직하지 못한 행태입니다. 엊그제만 해도 어떤 일간지를 보니까, 문제의 TV방송 프로그램에서 선정하여 광고했던 책이 베스트셀러 리스트를 거의 다 덮고 있었습니다. 이 현상은 상당기간 계속될 것으로 예상됩니다. 나는 처음 시작할 때부터 그렇게 될 수밖에 없다고 얘기한바 있습니다. 생산과 유통의 메커니즘이 그러니까요. 이런 상황에서 누구의 책임이 가장 크냐 하면, 독자들의 책임이 가장 큽니다. 독자의 문학에 대한 질적 평가 및 감시 능력이 결여되어 있기 때문에 이런 현상이 생기는 겁니다.

그런데 독자라는 것은 '국민'처럼 무명입니다. 그래서 무명의 독자에게 책임을 지우는 것은 공론이 되기 쉽지요. 프랑스에서 공쿠르 상을 받으면, 받자마자 책에 공쿠르 상이라는 빨간 띠가 둘러져서 나가는데, 그러면 평균 이십만 부에서 삼십만 부가 팔립니다. 그게 최고로 팔리는 겁니다. 그런데 우리나라에서는 동인문학상을 받아봐야 만 부가 더 나가지 않습니다. 독자는 그런 상에 끄덕도 안 해요. 어렵다는 겁니다. 반면에 텔레비전에서 갖다안겨주면, 전 국민이 보기 시작해요. 그래서 이와 같이 황폐한 나라에서 문학을 한다는 것이 얼마나 힘든가를 절감하지 않을 수 없지요. 예술은 양보다 질인데 자꾸만 양에 신경이 쓰이는 사회에 살다보니 괴롭지요. 끝으로 얘기가 나왔으니까 상 얘기를 하고, 오늘 얘기를 마칠까 합니다.

두 분이 상 얘기를 계속 하시겠지만 제가 먼저 프랑스의 경우를 조금 소개하겠습니다. 제가 지난 봄에 프랑스에 가서 소설가 미셸 투르니에 씨를 만나서 이런저런 얘기를 하다가, 그분이 아카데미 공쿠르의 회원인데, 그분은 공쿠르 상 심사위원이 되었다는 것을 굉장히 자랑스럽게 생각을 해요. 그래서 저에게 그 얘기를 많이 했습니다. 제가 공쿠르 심사를 어떻게 하느냐고 물어봤어요. 이미 저 자신도 대충은 아는 내용이었습니다만, 드루앙이라는 파리의 유명한 식당에서 매월 첫 화요일 날인가에 열 명의 심사위원이 모입니다. 거기 모여서 이야기하는 것 그 자체가 아주 유서 깊은 문학행위의 일부입니다. 덕분에 상도 유명해졌고 식당도 유명해졌지요. 그와 비슷한 형식으로 만든 것이 동인문학상이고 김광일 위원이 그 상 제정과 관리에 많이 관여하신 분이어서 제가 그랬습니다. 문학작품과 상보다 나는 젯밥에 더 마음이 간다, (함께 웃음) 심사위원 명단도 난 아주 마음에 쏙 드니 우리도 좋은 식당에서 정기적으로 모여 밥 먹는 전통을 세워보자고 제안했지요. 이건 괜한 농담만이 아닙니다. 어차피 종신심사위원이 됐는데 그 종신이 뭐겠습니까, 종신토록 만나 문학 이야기를 하는 좋은 친구분들의 모임이 생겨서 좋다는 것입니다. 그건 조선일보 입장이 아니고 제 입장입니다. 그런데 좋은 식당, 운치 있는 식당, 망하지 않고 오래오래 계속하는 식당, 돈 벌었다고 업종을 바꿔버리지 않는 식당 찾는 것 자체가 그리 만만치 않습니다.

　얘기가 딴 데로 샜군요. 공쿠르 상 얘기로 돌아가야겠지요? 그 상은 아시다시피 공쿠르 형제가 만든 상이죠. 1903년에 공쿠르 형제가 죽으면서 남긴 재산이 꽤 많았습니다. 이 사람들이 약간 화가 나긴 났어요. 공쿠르가 굉장히 중요한 작가였음에도 불구하고, 어디든지 목소리 큰 사람이 이기듯이, 당시에는 그만 에밀 졸라에 가려서 합당할 만큼 주목받지 못했거든요. 졸라가 당시 프랑스에서 왜 유명했냐 하면, 작품도 작품이지만 '나는 고발한다'라는 드레퓌스 사건 때 유명한 글을 써서 떠들썩해지면서 특히 유명해졌습니다. 소위 앙가주망 작가의 선두에 서 있어서 널리 알려진 것인데 이 사람이 너무 설치는 바람에 공쿠르 형제는 뒷전에 가려서 빛이 안 났습니다. 그게 너무너무 화가 나고 억울해서 드디어 자기 집 다락방에 문우들을 초대하여 정기적으로 모이기 시작해서 만들어진 것이 공쿠르 상인데, 지금 현재 그 상의 심사를 맡은 아카데미 공쿠르의 회원이 열 명입니다. 투르니에 씨는 나보고 여러 번 그 얘기를 하더군요. 열 명이 아카데미 공쿠르 회원이고, 주로 목적이 아카데미이다, 아카데미는 모여서 노는 곳이라는 얘깁니다. 노는 것이 주로 밥 먹으면서 얘기를 나누는 겁니다. (함께 웃음) 그래서 문학에서는 같이 밥을 먹는 게 굉장히 중요하다는 겁니다. 프랑스 속어로 친구를 '코펭(copain)'이라고 하는데 이건 빵을 같이 먹는 사람이라는 뜻입니다. 아카데미의 회원들은 서로 '코펭'입니다. 입회는 호선제여서 누가 자진해서 탈퇴하기 전에는 사람이 죽어야 나갑니다. 그렇게 나가면 그 나머지 사람들이 누구를 뽑아서 거기다 채웁니다. 아카데미가 프랑스에 두 개가 있는데, 아카데미 프랑세즈(프랑스 예술원)와 아카데미 공쿠르가 있습니다. 투르니에 씨는 늘 아카데미 프랑세즈의 회원은 마흔 명인데 반해서 아카데미 공쿠르의 회원은 열 명밖에 안 되니까, 4대 1의 경쟁력이라고 자랑합니다. 그래서 사실은 아카데미 공쿠르가 아카데미 프랑세즈보다 훨씬 더 활동이 많습니다. 그리고 주목도 더 많이 받고, 거기에 들어가고 싶어하는 사람도 꽤 많습니다.

그런데 그들이 모이는 드루앙 식당이 또 굉장히 유명한 곳입니다. 우리나라에도 프랑스 요리학교가 생긴다고 하던데, 프랑스에서 지금 최고의 요리학교라면 이곳입니다. 매우 들어가기 어렵고, 들어가더라도 어려서부터 들어가야 합니다. 요리학교는 수십 명씩 뽑는 곳이 아니라, 도제식으로 해서 세 사람도 뽑고 한 사람도 뽑습니다. 그런 식당이니까 얼마나 좋겠습니까. 그리고 이 식당에 모이는 공쿠르 회원들 접시에는 각자의 이름이 새겨져 있습니다. 그리고 당사자 이름만 새겨놓는 게 아니라, 후에 그 자리를 이어받는 후배문인의 이름이 함께 새겨져서, 이 접시가 문학사의 일부가 됩니다. 문학사에다가 좋은 음식을 받아먹는 셈이죠. 한 달에 한 번씩 모여서 문학 얘기를 나누는 저명 식당 그리고 음식을 같이 먹는 아카데미, 바로 이렇게 해서 결정되는 것이 공쿠르 상입니다. 상금은 고작 오십 프랑, 우리 돈 십만원이 채 안 됩니다. 그러나 상이 발표되면 수많은 독자들이 그 훌륭한 작품을 삽니다. 그런데 우리는 베스트셀러만 사니…… 여럿이서 두고 두고 읽고 상의하여 훌륭한 작품들을 정성껏 뽑아놓아도 잘 안 삽니다. 이게 독자의 수준 아니고 무엇이겠습니까.

제가 소속되어 있는 동인문학상이 최고라서 드리는 말씀이 절대로 아니고, 무슨 상이든 좋은 상을 정말로 애써서 뽑아놨으면 좋은 독자들이 그것을 평가해서 많이 읽는 나라, 그것이 저는 문학적으로 좋은 나라라고 생각하는데, 우리나라는 그게 아니고 팔았다 하면 흔히 백만 부씩 팔리는 일이 있습니다. 프랑스에는 그런 작품이 없습니다. 기껏 오만 부만 팔아도 너무너무 자랑스러워합니다. 다시 말해서 독자의 개성이 각각 다르기 때문에 각각 다른 여러 작품이 만 부, 오만 부, 십만 부씩 골고루 팔립니다. 다시 말해서 만 부, 오만 부 책들이 많은 나라가 개성 있는 나라지, 백만 부짜리 한두 개 베스트셀러가 다 휩쓸어가고 나면 나머지 힘들여 쓴 노작들이 전부 창고에 쌓이는 나라는 문화적으로 신뢰할 수 있는 나라라고 하기가 어렵습니다.

사회자가 말이 너무 길어서 대단히 죄송합니다. 그러면 두 분께서 마지막으로 상과 관련된 얘기를 보충해주시면서, 지금까지 얘기가 나왔던 데뷔, 문예지, 출판, 권력 등에 대해서도 보충 말씀을 듣고 마치도록 하겠습니다.

우선 한마디 여쭤보고 싶은 것이 우리나라 문인이 모두 몇명입니까?

김광일 문인 통계는 문화관광부가 갖고 있는 통계자료가 있습니다. 그런데 한국에 있는 세 개 문학단체 민족문학작가회의, 펜, 문인협회의 회원명단에 나와 있는 숫자를 더하고, 겹치는 사람을 빼고 이렇게 하면 만이천 명 정도가 된다고 나와 있습니다.

이문재 시인이 한 팔구천 명 정도 될 겁니다.

김화영 이 정도 문인 수라면 시집 한 권 내서 최소한 팔천 권은 팔 수 있겠네요. (함께 웃음) 이를테면 내부자 거래죠. (함께 웃음)

김광일 신문과 문학의 뗄래야 뗄 수 없는 권력관계를 잠깐 말씀드리고 싶습니다. 그 안에 물론 신문사가 주관하고 있는 상도 포함이 됩니다. 첫째, 신문과 문학은 어떤 권력관계가 있냐면, 신문기자 중에서 많은 사람이 문인입니다. 특히 우리나라 초창기에는 문인들이 많이 신문사에 와서 일을 하고 그랬습니다. 선우휘(조선일보 편집국장), 심훈(조선 / 동아 / 중앙일보 학예부장), 심훈은 영화배우도 했었습니다. (함께 웃음) 떠나는 사람의 뒷모습은 아름답다고 얘기했던 이영희 시인(연합서울, 대한일보 문화부장), 노천명 시인(중앙일보 기자), 기형도(중앙일보 기자), 강경애(조선일보 지국장), 계용묵(조선일보), 고은(불교신문 주필), 구상(경향신문 논설위원), 김기림(조선일보 학예부 기자), 김동리(경향신문 문화부장, 만국일보 편집국장, 서울신문 출판국 차장), 김병익(동아일보 기자), 김소월 시인은 동아일보 지국을 개설해서 운영을 하다가 망한 적이 한번 있습니다. (함께 웃음) 김수영(평화신문사 문화부 차장), 작고하신 김정한 소설가(부산일보 논설위원), 『임꺽정』쓰신 홍명희 선생(동아일보 편집국장), 박팔양 시인(동아/중외/만선일보 기자), 백석(조선일보사 『여성』지 편집), 미당 서정주(동아일보 문화부장, 사회부장), 안수길(여러 신문사 전전, 마지막으로 경향신문사 문화부 차장), 안정효(코리아 헤럴드, 코리아 타임즈 영자지 근무), 이광수(조선일보 부사장), 염상섭(경향신문 초대 편집국장) 등,

이렇다시피 김화영 선생님이 이 자리에 계시지만, 프랑스 기자들을 만나보면 명함에 '기자 그리고 작가'라고 함께 쓴 것을 본 기억이 납니다.

그리고 신문과 문학의 두번째 관계는 방금 말씀드린 신춘문예가 있습니다. 신춘문예는 우리나라에 있는 문학 아마추어리즘이 폐경기를 맞지 않도록 해주는 바이브레이터의 역할을 해주고 있는 게 아닌가, 그래서 그런 열정을 가진 분들이 사실상 우리나라 시집 소설집 장편소설의 실제 수용자 소비자들이 아닌가 하는 생각을 하고 있습니다.

세번째는 연재소설이 있는데, 지난 오 년 내지 십 년 동안 신문지상에서 사라졌다가 최근에 다시 나왔습니다. 그런데 웬일인지 전부 다 오백~천 년 전 것을 리바이벌하는 양식을 띠고 있어서, 그것도 참 기이한 일이라고 생각합니다. 저희 신문에 『서유기』, 모 신문에 『초한지』, 모 신문에 『심청』, 또 최근에 노란색 신문에서는 『삼국지』를 다시 내고 있습니다. 이것도 분명, 무슨 징조는 징조입니다.

그 다음에 네번째는 문학상 제도입니다. 국민일보가 일억짜리 문학상을 제정해서 쇼크를 주더니, 웬일인지 그걸 없앴습니다. 최근에 만든 상 중에서 주목되는 상은 중앙일보에 황순원문학상 미당문학상 등이 있고, 『여성동아』의 장편은 유서도 깊고 좋은 작가를 많이 배출한 상 중의 하나이고, 저희 신문에 동인문학상이 있고, 한국일보에 한국일보문학상이 있습니다.

그 다음에 신문이 문학에 기여하고 있는 일 중의 하나가 시를 연재한다는 사실입니다. 종합대중지가 시를 연재하는 것은 한국에서만 볼 수 있는 일 중의 하나입니다. 그 일에 가장 앞장서서 큰일을 하고 계신 분이 김화영 선생이십니다. (함께 웃음)

그 다음에 중요한 또하나는 논쟁을 유도한다는 사실입니다. 가령 문학권력 논쟁도 가급적이면 제 욕심으로는 신문지면에 녹여내고 싶습니다. 멀리 거슬러올라가면, 1925년 계급문학 시비가 신문지상에서 벌어졌습니다. 김기진 박영희 등 프로문학 쪽과 이광수 염상섭 전영택 김동인 등 민족문학 진영이 맞붙은 사건이었습니다. 1934년에는 박영희가 동아일보에 전향선언문을 발표해서 또 한번 한반도를 흔들어놓는데, 그가, 얻은 것은 이데올로기이며 상실한 것은 예술 자신이었다, 라고 했습니다. 그후로 1930년대 말, 그리고 1959년도에 신문지상을 통해서 순수문학 논쟁이 있었습니다. 거기에 동원되었던 분들이 유진오 김동리 임화 김환태 원형갑 선생들입니다. 가장 최근에는 미당 서정주 선생이 서거하실 때, 그걸 계기로 친일 문학 논쟁이 또 뜨겁게 불타오른 적이 있었습니다.

그런데 안타까운 것은 이상 소략하게 말씀드린 관계가 있음에도 불구하고, 요즘 신문들이 겁도 없이 문화면에서 문학면을 자꾸만 줄이려는 음모를 꾸미는 것 같아서 참 안타깝습니다. 여러분들이 많이 도와주셔야 신문의 문학면이 갈수록 활기도 띠고 면도 넓어지고, 지금 일 주일에 한 면 있는 게 두 면으로 늘어나고 이렇게 됩니다. 많이 도와주십시오. 감사합니다. (함께 박수)

김화영 아주 중요한 자료들을 가져오셔서 전체적인 설명을 해주셨습니다. 김광일 위원 감사합니다. 그러면 이로써 오늘 모임뿐만 아니라, 지금까지 겨울 석 달 동안 제가 매주 금요일 밤에 진행해온 '문학 이야기'가 모두 끝나게 되는데, 여러분들은 어떻게 생각하실지 몰라도 저에게는 여러 가지로 유익한 시간이었다고 생각합니다. 특히 저녁식사시간임에도 열성적으로 모여 경청해주시고 질문해주신 수준 높은 청중 여러분 감사합니다. 제가 개인적으로 좋아하고 높이 평가하는 시인 소설가 평론가 기자 여러분 모두 솔직하고 재미있고 유익한 이야기를 정다운 육성으로 들려주셨습니다. 귀중한 내용이었다고 생각합니다.

오늘 이야기를 끝내면서, 특히 이문재 시인 같은 분을 모셔다가 기껏 문학관련 자료나 얘기해달라고 해서 대단히 미안하게 생각합니다. 그 미안한 마음을 빌려, 이분이 쓴 「노독」과 「농업박물관 소식—우리 밀 어린 싹」, 이 두 편을 낭독하는 육성을 들어보기로 하겠습니다. 부탁드립니다. (함께 박수)

이문재 제 여러 가지 꿈 중의 하나가 정말 시를 멋있게 읽는 낭송 능력을 키우는 것인데, 죄송합니다만 초등학생처럼 읽겠습니다. (함께 웃음)

「노독」. "어두워지자 / 길이 그만 내려서라 한다 / 길 끝에서 등불을 찾는 마음의 끝 / 길을 닮아 물 앞에서 / 문 뒤에서 멈칫거린다 / 나의 사방은 얼마나 어둡길래 / 등불 이리 환한가 / 내 그림자 이토록 낯선가 / 등불이 어둠의 그늘로 보이고

/ 내가 어둠의 유일한 빈틈일 때 / 내 몸의 끝에서 떨어지는 / 파란 독 한 사발 / 몸 속으로 들어온 길이 / 불의 심지를 한 칸 올리며 말한다 / 함부로 길을 나서 / 길 너머를 그리워한 죄".

이게 「노독」이구요. 그 다음에 「농업박물관 소식—우리 밀 어린 싹」이라는 시 인데, 이 시를 읽은 분들이 농업박물관이 실제로 있느냐고 많이 물어보시던데, 실 제로 있습니다. 서대문에 있는데요. 강남(강동) 어디로 이전한다고 합니다. 제 회 사가 바로 그 옆에 있는데, 가끔 그 옆을 지나다녔습니다.

「농업박물관 소식—우리 밀 어린 싹」. "만일 지금 예수가 오신다면 / 십자가가 아니라 똥짐을 지실 것이라는 / 권정생 선생의 글을 읽었다 / 점심 먹으러 갈 때마 다 지나다니는 농업박물관 / 앞뜰에는 원두막에 물레방아까지 돌아간다 / 원두막 아래 채 다섯 평도 안 되는 밭에 / 뭔가 심어져 있어서 파랬다 / 우리 밀, 원산지 : 소아시아 이란 파키스탄이라고 쓴 푯말이 세워져 있었다 / 농업박물관 앞뜰 / 나는 쪼그리고 앉아 우리 밀 어린 싹을 / 하염없이 바라다보았다 / 농업박물관에 전시된 우리 밀 / 우리 밀, 내가 지나온 시절 / 똥짐 지던 그 시절이 / 미래가 되고 말았다 / 우리 밀, 아 오래된 미래 / 나는 울었다".

끝입니다. (함께 박수)

김화영 「농업박물관 소식」이란 시가 이 모임 마지막 낭독의 시가 된 것이 좋은 징조인지 나쁜 징조인지 모르겠습니다만…… 이제 마침내 농업이 박물관 안으로 들어가는 시절이 왔습니다. 부디 우리들이 지금 여기 앉아 있는 이 자리가 문학의 박물관이 아니기를 바랍시다. 문학이 박물관 속에 유폐되고, 바깥에서는 돈과 선거 바람이 불어대고 있습니다만, 석 달 동안 열정적으로 육성을 들려주신 문인들, 경 청해주신 여러분들 같은 사람들 덕분에 문학은 박물관의 먼지 속으로 들어가기를 거부하고 살아 있는 싹으로 푸르게 솟는 것입니다. 정말 감사합니다. (함께 박수)

김화영의 문학이야기
한국문학의 사생활
ⓒ 김화영 2005

1판 1쇄 | 2005년 1월 19일
1판 4쇄 | 2012년 3월 9일

지은이 김화영
펴낸이 강병선
책임편집 차창룡 조연주 김송은
마케팅 신정민 서유경 정소영 강병주 | 온라인 마케팅 이상혁 장선아
제작 안정숙 서동관 김애진 | 제작처 (주)상지사P&B

펴낸곳 (주)문학동네
출판등록 1993년 10월 22일 제406-2003-000045호
주소 413-756 경기도 파주시 문발동 파주출판도시 513-8
전자우편 editor@munhak.com | 대표전화 031)955-8888 | 팩스 031)955-8855
문의전화 031) 955-8890(마케팅) 031) 955-8864(편집)
문학동네카페 http://cafe.naver.com/mhdn

ISBN 89-8281-906-1 03810

www.munhak.com